译文名著精选

YIWEN CLASSICS

追忆逝水年华（精华本）

〔法〕普鲁斯特 著　沈志明 译

Marcel Proust

À la recherche du temps perdu

上海译文出版社

图书在版编目(CIP)数据

追忆逝水年华(精华本)/(法)普鲁斯特
(Proust,M.)著;沈志明译.—上海:上海译文出版
社,2014.3(2025.9重印)
(译文名著精选)
ISBN 978-7-5327-6282-8

Ⅰ.①追… Ⅱ.①普… ②沈… Ⅲ.①长篇小说—法
国—现代 Ⅳ.①I565.45

中国版本图书馆CIP数据核字(2013)第162153号

Marcel Proust
À LA RECHERCHE DU TEMPS PERDU

追忆逝水年华
〔法〕普鲁斯特 著 沈志明 译

上海译文出版社有限公司出版、发行
网址:www.yiwen.com.cn
201101 上海市闵行区号景路159弄B座
上海信老印刷厂印刷

开本890×1240 1/32 印张15 插页4 字数386,000
2014年3月第1版 2025年9月第13次印刷
印数:34,001—36,000册

ISBN 978-7-5327-6282-8
定价:48.00元

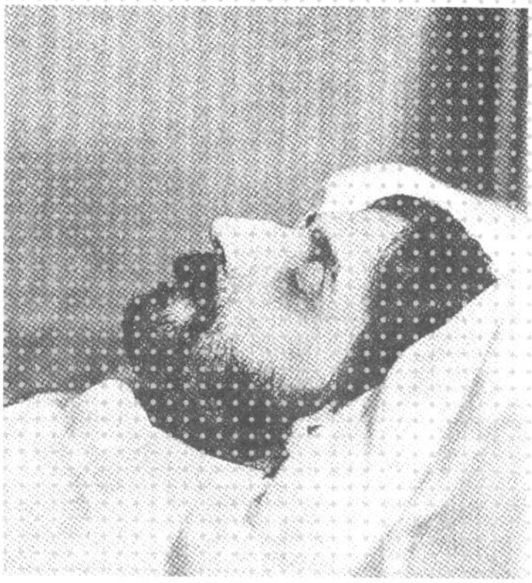

译本序

普鲁斯特漫长的文字生涯似乎总体上完成了一部散文式长河小说，主要以无意识回忆为发端，引起种种联想，产生想象的印象，不断拓展，延伸重叠，枝枝蔓蔓，无穷无尽，总题为《追忆逝水年华》。他也写过不少文论，但大多为散文式的、感想式的评论，集中收入《驳圣伯夫》，虽独立成册，却多半内容近似《追忆逝水年华》。本文主要通过《追忆逝水年华》论述普鲁斯特的创作思想和小说艺术。

鸿篇巨制《追忆逝水年华》不是通常意义上的长河小说，因为它没有传统长河小说的种种特征。从思想内容上讲，它着力于表现现代资本主义社会中无所事事的贵族遗老遗少和饱食终日的资产者、委琐渺小的凡夫俗子以及他们个人的命运，描绘他们对人类状况的忧虑，对生存意义的怀疑，由于个人事业和爱情幻灭后内心产生的矛盾和苦闷，通过对近四十年失去的岁月的追忆，再现了昔日荣华的阶级如何衰退，如何没落。这恐怕是对这部长篇小说的思想内容较客观的概括。

但是，自《追忆逝水年华》第一部问世以来，四分之三的世纪过去了，世人对这部巨著的思想内容，仍然臧否不一。不管分歧有多大，他们对《追忆逝水年华》的创作方法和艺术技巧的评价似乎趋向一致。在经过较长时间的争论之后，法国文学界几乎一致认为普鲁斯特是现代小说的先驱之一，为他身后的几代作家开辟了新的创作途径，有人甚至称他为“现代小说之父”。显而易见，《追忆逝水年华》没有传统长河小说的构架，即除有一个正主题外，还有若干副主题，故事情节曲折、复杂，围绕着主线又有一条或几条副线。相反，它的情节已经淡化，摆脱了强烈的外部冲突，着重刻画人物的心理状态，把主题、形象、情节熔为一炉。更值得一提的是，《追忆逝水年华》中的情节酷似断线后散铺的念珠，很难按顺序、年代加以编排，不仅念珠的排列没有秩序，而且各粒念珠又像一滴滴油渍，不断地滋蔓、扩散。总体看来，仿佛是一幅印象派的油画，近看模糊一片，远看光彩夺目。不连贯的情节有如断金碎玉，晶莹耀目，富有诗意，却又没有油渍黯淡无光、索然无味的缺陷。当代法国著名作家、批评家瑞利安·格拉克指出，阅读普鲁斯特的《追忆逝水年华》趣味无穷，有如品尝当代时兴的甜夹咸的食物。他运用心理分析的手法，把现实世界剖析得淋漓尽致，而又仿佛把我们带入古老的童话世界。我们就像阿里巴巴闯入藏满珍宝的洞穴那么兴奋。这部巨作把巴尔扎克的《幻灭》和《一千零一夜》天衣无缝地融合在一起。①

一　大器晚成

马塞尔·普鲁斯特出生于富裕的家庭，幼时即从母亲、外祖母习诗作文，研读经典著作，博览群书，弹琴学画，中学文哲成绩优异，为后来的文学创作打下坚实的功底。不幸，体格纤弱的马塞尔九岁上得了哮喘病，倍加受到家庭的溺爱；更不幸的，这位天赋聪颖、极度敏感的艺术型少年处在和他的艺术前途格格不入的社会环境中，尽管周围有不少文化素养极高的人乐于和他相与。由于自幼出入上流社会，生活又局限于社交应酬，难免染上社交界的轻佻习气。他没有尽早地发挥自己创作的天赋，却一味炫耀广博的知识和精湛的技巧，为的是博得名流雅士的赏识。《欢乐与岁月》便是他这个时期的产物，书中高谈音乐、美术、纯文学；并请法兰西学院院士、著名作家阿纳托尔·法朗士作序。谁都看得出，这本印刷精美、装潢漂亮的书受法朗士的影响十分明显，但作者却意气扬扬，甚为自得，不理会友朋的议论。人们普遍认为这位风流倜傥、聪颖多智的绅士因百无聊赖而涉猎文学创作，毫无前途可言，以致他自己也信心不足了。到了而立之年的普鲁斯特还在黑暗中摸索，还在仔细观察周围的一切，还在砥砺批评精神，还在积累各方面的素材，从这个意义上讲，这时期频繁的社交活动对他后来的创作倒并非无益。直到普鲁斯特研读罗斯金之后才确立信心，并等到双亲谢世之后才中断社交活动，深居简出，虽然重病缠身，却发疯似的闭门著书，终于潜心

① 《读写随笔》，第105页，科尔蒂出版社。

于真正的创作。

为了说明舞文弄墨的普鲁斯特怎样被奉为经典作家，我们将用一些篇幅，叙述《追忆逝水年华》这部风格卓异的杰作得到举世公认经过了何等艰难的历程。

经过多年的艰苦创作，1911 年普鲁斯特认为他的力作即将诞生，准备找个出版者。他把《追忆逝水年华》第一部题献给《费加罗报》的负责人之一卡尔梅特，希望通过他的周旋，在其好友法斯凯尔主持的出版社出版。但卡尔梅特不大起劲，法斯凯尔的态度也十分冷淡。著名作家让·科克多倒颇识才具，他替普鲁斯特求助于当时负有盛名的戏剧家埃德蒙·罗斯当，因为罗斯当的书在法斯凯尔出版社出版，销路甚好。科克多为人慷慨大度，答应出面跟法斯凯尔交涉。法斯凯尔勉强同意出书，但要求删改。不愿意屈从出版商意志的普鲁斯特怯生生地试探久已认识的出版家加斯通·加利马，派人送去几本手稿。加利马把稿子拿到《新法兰西评论》编委会上征求意见，爱挑剔的编委会成员看到题献给卡尔梅特的字样心中大为不快，说什么热衷于上流社会生活的纨绔子弟普鲁斯特的手稿充满“公爵夫人的气息”。大作家安德烈·纪德随意翻阅，注意到一句话，那是叙述者对其姑妈莱奥妮的描绘：“我没跟姑妈待上五分钟，她就把我打发走，生怕我累着她。她把苍白而黯淡的前额伸向我的嘴唇，在这清晨时分，她尚未梳理假发，额头显得阴郁，椎骨隆起，好似一环冠状骨刺或一串念珠……”①什么“额上的椎骨”！纪德不屑一顾，作品就这样被轻蔑地否决了。

尝试失败，普鲁斯特不得不违心地回过头去接受法斯凯尔提出的删改要求，但未想到法斯凯尔居然退稿，推说无力出版，深表歉意。其实卡尔梅特并没有得到过法斯凯尔的任何许诺。普鲁斯特仍不死心，他买了一件珍贵的礼品去费加罗报社求见卡尔梅特。这位大人物对普鲁斯特的礼物心不在焉地瞥了一眼，根本没有打开看，连一声谢也没说，只字未提法斯凯尔，光讲了几句有关总统选举的话，普鲁斯特只得起身告

---

①《追忆逝水年华》中《在斯万家那边》。

辞。走投无路的普鲁斯特万般无奈，开始认真考虑自费出版。

好心的朋友路易·德·罗贝尔担心普鲁斯特自费出版在公众眼里等于把自己降为业余作家，建议他把手稿寄给奥朗道夫出版社，并且亲自写信给经理恩勃洛，推荐普鲁斯特，称他是一位大作家。半个月后，罗贝尔收到经理先生的回答："亲爱的朋友，我也许少见多怪，但我不明白这位先生哪能用三十页的篇幅来描写他入睡前如何在床上辗转反侧，叫人百思不得其解……。"①

气恼和失望之余，普鲁斯特毅然决定自费出版，交给初出茅庐的青年出版者贝尔纳·格拉塞承办。他对一位朋友说："这部著作我写了很长时间，实录了我的思想精华。它要求在我进入坟墓之前，给它建座坟墓，以了其事。"②普鲁斯特早为他的巨著写下总书名：《追忆逝水年华》，第一部名为：《在斯万家那边》。

自1913年12月起，普鲁斯特拼命动员报界的朋友鼓吹他这部重要的作品。朋友们尽了力，甚至把"天才"的字样都用上了。但读者的反应冷淡，他们心目中的普鲁斯特仍旧是《欢乐与岁月》的作者，在他们看来，报界的评论不过是几个上流人士吹捧另一个上流人士而已。法朗士收到赠书和作者的亲笔题献："赠给我的启蒙导师，赠给最伟大、最敬爱的人。"可法朗士打开书却念不下去，后来对《最后一课》的作者阿尔丰斯·都德的遗孀说："我为他的处女作写过序。听说他得了严重的神经衰弱症，身不离床，护窗板成天关着，电灯总亮着。我根本看不懂他的作品。他讨人喜欢，绝顶聪明，有敏锐的观察力。但我早就不跟他来往了。"③收到赠书的朋友们出于礼貌，纷纷向他道喜，说些赞扬的话。普鲁斯特听后很不受用，因为他看出不少人根本没有翻阅他的书。他失望了，一种失败感侵袭着他。尽管如此，他的出版者格拉塞在路易·德·罗贝尔的支持下为争取《在斯万家那边》获龚古尔奖而奔

---

①② 安德烈·莫洛亚《马塞尔·普鲁斯特研究》，第253、254页，阿歇特出版社。

③ 同上，第257、258页。

波，因为龚古尔奖评委会委员莱翁·多代是个知音。普鲁斯特立即抓住这个机会，四处活动，八方写信，发疯似的希望拥有更多的读者，以便保护这株脆弱的幼苗。但在初审时，他就被刷了下来，1913 年的龚古尔奖根本轮不到他。

不过，慧眼识真金的人还是有的。书出版后，加利马和《新法兰西评论》的主编、诗人雅克·里维埃尔责成盖翁写一篇书评。盖翁读了小说后欣喜若狂，赞叹不已。里维埃尔立即向纪德报告，纪德答应阅读全书。不久，纪德给普鲁斯特寄去一封情透纸背的信，其中写道："几天来我一直未离开您的书。我读得津津有味，完全沉浸在尊著里，可谓大饱眼福。唉！我面对这本爱不释手的书为何感到如此痛苦呢？……拒绝出版这本书是《新法兰西评论》最严重的失误，也是我一生中最大的遗憾和内疚，因为我有很大的责任。为此我感到羞愧……"[①]普鲁斯特大喜过望，立即回信说："我经常想，某些欢乐是以起先被剥夺较小的欢乐为条件的，如果没有遭到拒绝，没有遭到《新法兰西评论》的一再拒绝，我不可能收到您的信，收到您的信比《新法兰西评论》要出版我的书，更使我高兴。"[②]从此，《新法兰西评论》向他敞开大门，热切地准备出版《追忆逝水年华》后面几卷。加利马本人一再表示愿意出版普鲁斯特所有的书；法斯凯尔深表遗憾，迫不及待地要求弥补过失。这样一位到处吃闭门羹的作家，一日之间成为所有的出版商争抢的对象。

不幸，第一次世界大战爆发，《追忆逝水年华》的出版暂告中断。势力弱小的格拉塞出版社暂时关闭，不得不忍痛割爱，把出版权转给加利马。几年后，在几位朋友的游说和斡旋下，龚古尔评奖委员会经过激烈的争论，终以六票赞成、四票反对，通过《在如花少女们倩影旁》（《追忆逝水年华》第二部）获龚古尔奖（1919 年 11 月 10 日）。然而，舆论却颇为冷淡，甚至有人讥讽这部"难读的作品"不过是花花公子的浅薄之作：如花少女的倩影压倒了有血有肉的主人公形象；不少人对这位踯躅于社会篱墙之外，几乎与世界隔绝的作家仍抱着怀疑的眼光，

---

①② 安德烈·莫洛亚《马塞尔·普鲁斯特研究》，第 252、258、260 页。

认为他写的是“梦呓”。

对已出版的《追忆逝水年华》第一、二部的思想内容，在较长的历史时期内的评论界一直褒贬不一。现把褒贬双方的意见归纳如下：

贬责者认为，在他的作品里只看到贵族或大资产阶级沙龙中上流人士聚会的场景。作者不厌其详地描绘有闲阶级的情感：病态的爱情、嫉妒、冒充的高雅等等，反映不出社会的风貌。游手好闲之徒属于行将消亡的阶层，他们的激情无非是矫揉造作的无病呻吟。工人、农民、商人、士兵、学者、革命者、保守派才是构成当代社会的主体，巴尔扎克已经预见到的，普鲁斯特却一无所知或视而不见。巴尔扎克描绘一个世界，普鲁斯特只描绘上流社会。当代著名的左翼学者、评论家、巴尔扎克研究专家皮埃尔·阿布拉阿姆指责普鲁斯特如同圣西门那样只注意表现一个狭小的天地，甚至不如圣西门。圣西门的回忆录虽然只局限于宫廷，但书中的人物毕竟是有职业的，干大事的，为取得政权而奋斗，其中不少人物后来成为军政要员。而活跃在普鲁斯特笔下的全是上流社会中虚度光阴的人物，尽管偶尔出现一个医生、一个律师、一个外交官，但看不到与他们的职业有关的活动，有的只是无谓的情节和无聊的情调。

欣赏者反对这种说法，认为小说家只能有效地描写他所熟悉的阶层和人物，任何作家的作品都不可能包罗万象，巴尔扎克也远没有写尽他那个时代的整个社会。例如，工人和农民就很少在《人间喜剧》中出现，即使出现，也仅作陪衬；政治生活很少涉及，军事生活也表现得不充分。像巴尔扎克这样的天才，也不可能把整个社会都囊括到他的小说里，而且也没有必要。不错，普鲁斯特笔下的人物，大多是贵族、大资产者、上流绅士、女士，以及为他们服务的佣人，但在像法国这样的社会里，这些阶层的人士在人数上毕竟占着不少的比例，并有相当重要的地位。问题是怎样写他们，是针砭、批判乃至鞭笞他们的没落，还是揄扬他们的雍容，润饰他们的鸿业？普鲁斯特的作品显然属于前者。再说，他塑造的人物特征其实在各个阶层、各个国家都普遍存在，只不过在上流社会更突出罢了。况且，他的作品中时有出现如同弗朗索瓦丝这样善良、淳朴的农民形象以及其他为数不多的劳动阶层的人物，对他们从不鄙视。因此可以说思想内容是具有批判意义的，因而是积极的、有益的。

如果我们把小说应该或不应该表现哪些阶层的争论放置一边，通观全书，我们不难看出，《追忆逝水年华》真切地反映了1880年至1919年法国资产阶级上层社会的衰朽和没落，反映了生活在这个社会里的人们思想上的彷徨、苦闷、空虚，以及其他种种病态的心理特征。譬如，风流倜傥的斯万虽然颇具才华，爱好艺术，却从未有自己的作品问世，一生孜孜不倦地追求所谓的爱情和所谓的幸福，结果为一个对他不合适的女人糟蹋了一生。普鲁斯特虽然不着力于对某个境况、某个阶层的总体描写，但通过某一具体的人、具体的事、具体的细节的刻画揭示了普遍的规律。他认为，一具骨骼、一个人体模型，足以讲授解剖学；剖析一颗心灵，足以揭示人的伟大或可悲。例如他用诙谐而尖刻的笔触淋漓尽致地描写盖芒特一家和韦迪兰一家如何附庸风雅。我们不妨引一小段文字，以资印证。

> “若有那种事情，她会对我说的，”韦迪兰夫人傲慢地反驳道，“我告诉你们，她有什么事，不论大小都对我说！眼下她身边没有男人，我对她说她该跟他睡觉。她却说做不到，说她着实迷上了他，可他跟她总那么畏畏缩缩，弄得她怪不好意思的；她还说她不以那种方式爱他，说他是个理想的人物，害怕糟蹋自己对他的感情，到底怎么回事，谁知道呢？反正她绝对需要这号人。”
>
> “很抱歉，我不同意你的说法，”韦迪兰先生说，“我觉得这位先生不地道，他装腔作势。”
>
> 韦迪兰夫人顿时不作声，摆出一副木然的神情，好像变成一尊雕像，这种假脸谱使她可以让别人以为她根本没有听见“装腔作势”这个不可容忍的字眼，否则这似乎意味着人家可以在他们夫妇跟前“装腔作势”，进而意味着“高出他们一头”。
>
> “总而言之，即使没有那种事情，我也不认为这位先生会把

她看作守身如玉的女人，”韦迪兰先生含讥带讽地说道，“不过，咱们不好说什么，既然他好像觉得她挺聪明。不知你那天晚上是否听见他对奥黛特滔滔不绝地大谈万特伊的奏鸣曲；我打心里喜欢奥黛特，但要跟她讲美学理论，非得甘愿当大傻瓜不可。”

“得了，别说奥黛特的坏话，”韦迪兰夫人说，学着孩子娇滴滴的样子，“她挺可爱的。”①

韦迪兰夫妇道貌岸然而又俗不可耐的资产者形象跃然纸上。不懂艺术的韦迪兰夫妇出于虚荣心，举办艺术沙龙，除朋友、熟人外，邀请一些音乐家、画家、批评家、学者、医生参加，按照他们的标准选择一些常客，组成一个小圈子围着他们转。从上面这段对话看出，韦迪兰夫妇竟然在客人面前毫无顾忌地议论不在场的常客斯万和奥黛特的私生活。韦迪兰太太傲慢地以保护人自居，直言不讳地承认曾纵容奥黛特跟别人搞不正当关系，谈吐粗俗，不知羞耻，反以为荣。当她听到比她更笨拙的丈夫认为斯万在他们面前“装腔作势”，她立即采用遮眼法，改变脸谱，因为虚荣心使她不忍承认像她这般高贵的人居然会接纳一个装腔作势的客人，但内心对冒充艺术爱好者的丈夫讽刺挖苦奥黛特和斯万却十分得意，暗自欣赏丈夫损人的俏皮话，尽管表面上装出维护奥黛特的样子，不许丈夫说她朋友的坏话。用小孩儿的语调说出这句话，证明她拿腔拿调，既骄矜放肆又好作媚态，充分暴露其虚伪的本性。

值得一提的是，普鲁斯特对上流社会的讽刺并非是因个人事业的幻灭或风流公子的失望而引起的报复，当然他也不是以叛逆者的姿态站在贵族、资产阶级的对立面抨击上流社会的腐败和描绘上流社会的没落，而是因为他曾一度向往过上流社会的魅力，相信过上流人士机智聪明和富有教养，但当他接触到上流社会的现实，这位涉世不深的青年的幻想立刻破灭了，经过仔细的观察，他得出完全相反的结论：拥有高贵头衔和大宗财富的上流人士非但不是所谓社会精英，而是草包、笨伯，他

①《追忆逝水年华》（精华本）中《斯万的爱情》。

们傲慢、虚伪、庸俗，甚至下流。他一针见血地指出："上流社会是虚无的王国。"①

在《追忆逝水年华》，第一部中对贵族、大资产者的讥讽到第二部及以后各部变得更加辛辣，更加明显。上流人士的形象越来越黯淡。例如，德·盖芒特一家蒙上层层阴影，德·盖芒特公爵夫人变得面目可憎：她原先以极乐鸟的形象出现，后来变成固执的母鸡，甚至比一只老鸦更糟糕，简直像一头秃鹫；德·马桑特夫人虚伪的温柔风姿再也掩盖不住贵族不可救药的傲慢；谈吐风趣的夏吕斯已经堕落，难以自拔，连温文尔雅的德·圣卢也开始沾染坏习气；满脑子沙文主义的韦迪兰夫人从无知和爱虚荣变得神气十足，不可一世，既可笑又可恼。总之，如果说作者在第一部小说中对无可奈何花落去的上流社会还有几分留恋的话，那么在以后的各卷中变得愤世嫉俗，对上流社会厌恶的情绪时时流露于笔端。

普鲁斯特三十四岁开始创作《追忆逝水年华》，四十二岁才出版第一部《在斯万家那边》。战争拖延了作品的出版，但使他更加成熟。第二部《在如花少女们倩影旁》发表时他已四十八岁。病魔缠身的普鲁斯特知道生命所剩的时日不多了，他要与死神赛跑，争夺有限的时间。他最大的责任是为他的作品活下去，把所剩无几的生命全部用在创作上，其他一切都顾不上了，哪怕友谊也得牺牲，甚至他崇敬的大作家纪德登门造访，也不接待。纪德在一天的日记中写道："塞莱斯特转达了普鲁斯特不能接见我的歉意，之后她补充道：'先生请纪德先生相信他始终想念他'，（我立即记下这句话）。"②

从1920年至1922年，病重的普鲁斯特神奇般完成了他的巨著，令人不可思议。继《在斯万家那边》和《在如花少女们倩影旁》之后，出版了《盖芒特那边》上卷（1920）、下卷（1921），《索多姆和戈摩尔》

---

①《追忆逝水年华》，原著第三卷，第984页，七星丛书版。

②安德烈·纪德《1889至1939年日记》，第693页，七星丛书版，加利马出版社。

上卷（1921）、下卷（1922），以及死后发表的《金屋藏娇》（1923），《痛失阿尔贝蒂娜》（1925），《失而复得的时间》（1927），共十五卷，圣经纸“七星丛书”版四册，合计3 134页，近200万字。

对于创作的辛酸有深切体会的弗朗索瓦·莫里亚克曾写过一篇非常漂亮的文章，赞扬普鲁斯特的作品。他曾有幸进入普鲁斯特的病房幽室，是目睹他如何工作的为数极少的人之一，并且受到邀请，参加晚宴，他嗣后著书《在普鲁斯特家那边》，高度评价普鲁斯特的创作生涯：“君不见，他只身一人，顶着回忆的滚滚波涛，一步一步拼搏，直至死亡？这个身体虚弱的赫剌克勒斯，或驾驶着流逝的时间前进，或跟随着时间任意漂流。他死于发疯似的工作，死时也许没有得到上帝的悯爱，就像巴斯卡尔那样被剥夺了人的一切归宿，然而我们这些崇敬他、热爱他的晚辈却得到了非常大的教益：艺术不是玩笑，而是生死攸关的事，甚至比生命重要。”[①]是的，普鲁斯特为文学、艺术倾注了毕生的精力，可谓鞠躬尽瘁，死而后已。他以自己的作品丰富了世界文化的宝库，理所当然地受到了各国有识之士的好评。

早在二十年代初，普鲁斯特的作品就在国外引起异乎寻常的回响。英国人说他继承了狄更斯和艾略特的传统，有人热情著文，称颂普鲁斯特的艺术创作使个性得到最充分的揭示，他的作品具有使人的生活变得严肃的价值，具有教育的价值；美国人则赞赏他的作品富有诗意的幽默和深刻的意蕴，很快把他的作品引进课堂，普鲁斯特最先在美国成为经典作家；德国人对他的评价更高，《马塞尔·普鲁斯特》和《论普鲁斯特相对论》的作者库蒂乌斯早在1925年就懂得普鲁斯特真正的价值，他写道：“普鲁斯特开创了法国小说史的新纪元，他是最崇高的大师之一，令人仰慕。”[②]盎格鲁-撒克逊人认为，普鲁斯特的小说统治了法国上半个世纪，有如巴尔扎克的小说统治了十九世纪。较晚认识普鲁斯特的真正价值的法国人在争执多年之后，不甘落后，迎头赶上，终于承认

---

①参见《作家辞典》，第三卷，第797页，罗伯尔·拉封出版社。
②转引自《当代批评家与普鲁斯特》，第36页，加尼埃出版社。

他是“奇才”（著名作家巴雷斯语），终于看到他像巴尔扎克那样，用参观历史博物馆和动物园的批判眼光观察和分析世界；像波德莱尔那样，用无瑕的艺术道破有瑕的人生，用自己心灵的痛苦、失望、沉溺再现人类的悲剧。

二　普鲁斯特并非柏格森主义者

人们在谈论普鲁斯特的时候，往往先讲一通柏格森，说什么“普鲁斯特师承柏格森主义”，“是柏格森的信徒”，“普鲁斯特的作品图解柏格森的哲学”等等。我们认为这些说法有失偏颇。诚然，普鲁斯特受过柏格森的教诲，受到一定的影响，但他不是柏格森主义者。尽管他们俩都是半个犹太人而且是亲戚，尽管普鲁斯特在索邦大学听过柏格森教授的课而且声称自己是柏格森的弟子，尽管普鲁斯特在浓厚的天主教氛围中长大成人，尽管普鲁斯特对柏格森十分敬重，柏格森对他也刮目相看，然而在哲学思想和美学观点上，两人互相并不理解。年轻的普鲁斯特在《笔记》中写道：“很遗憾，这里我的观点和令人钦佩的大哲学家柏格森相悖，在我诸多的辩驳中应当加上一条：柏格森先生声称意识越出躯体，并在躯体之外延伸。确实，按人们回忆得起的含义和想到哲学家们所下的定义，这是显而易见的。不过，柏格森指的不是这样的理解，他的本意是指，在头脑以外延伸的灵魂能够和必须继头脑死亡之后存活下来。然而这种意识在每次大脑的震荡时都受到损害，一次普通的昏厥就会毁掉它。怎么能相信在死亡之后灵魂会长存呢？”①由此看来，具有批判精神的普鲁斯特，从青年时代起就对柏格森抱着怀疑的态度。而在柏格森一方，他直到晚年还不懂得《追忆逝水年华》的价值。据著名传记作家莫洛亚说，柏格森声称，不能以情感人、激发人意的作品，不是真正伟大的艺术品，《追忆逝水年华》恰恰不是这样的作品。历史证明柏格森的判断是错误的，这种判断错误正好反证了普鲁斯特并非柏格森主义者。

---

①安德烈·莫洛亚《马塞尔·普鲁斯特研究》，第8页，阿歇特出版社。

十九世纪末叶法国的社会思潮发生了重大的转折，最后三十年，法国传统的资本主义文明逐步衰落。普鲁斯特青少年时期目睹“世纪末”思潮异军突起，与一度占统治地位的实证主义相抗衡。圣伯夫、丹纳从实证主义社会学的角度提出的“科学”的文学评论原则受到挑战，他们开创的文学外缘因素研究法遭到批评，以波德莱尔为先驱，马拉美、兰波等人为主将的象征主义者标新立异，日益占据文坛。他们主张诗人应当避免自然主义地描绘外部世界，应当发掘内心世界的“最高真实”。因此，世纪末思潮在文艺领域的表现非常突出。这股思潮认为，实证科学已经行不通，主张依靠科学和工业的发展来实现资本主义的进步和稳定的孔德哲学、斯宾塞进化论已经过时；实证主义不能解决资本主义世界中日趋尖锐的特质和精神的矛盾，以实证主义为思想基础的自然主义已不适合于表现现代人的复杂内心和多变的心理活动。为了填补价值观念的空白，世纪末思潮主张转向非理性的内心世界，强调探测人类的主观世界，表现一瞬间的心灵感受和直觉印象。在这样的社会思潮下，崇尚直觉成为十九世纪末和二十世纪初跨世纪人中非常普遍的现象。

非逻辑的直觉作用的发现，是对孤立的分析方法的反拨。直觉在科学发现中的作用愈来愈为哲学、文学、艺术、心理分析学、科学方法论所重视。印象派画家莫奈崇尚直觉，印象派音乐奠基人德彪西崇尚直觉，象征派诗人从马拉美到瓦莱里都崇尚直觉，甚至较晚的军事家、政治家戴高乐也崇尚直觉，他在《剑刃》(1932）一书中指出，直觉是一个领袖必须具备的三个至关重要的品质之一。他写道，亚历山大把直觉称之为“希望”，恺撒称之为“时运”，拿破仑称之为“星宿”。当我们谈到一个领袖具有“想象力”或“现实感”时，我们实际上在说，他直觉地知道事物是如何发展的。直觉能使领袖“看事物入木三分”。他还写道，一个领袖“必须能够确定他的权威”，而权威来自名望；名望却“大体上是一种感觉、暗示、印象等等，它首先取决于具有基本的天赋，而天赋则是一种无法分析的天生的颖悟”。所谓直觉，指的正是这种突如其来的颖悟。大家都知道相信直觉的爱因斯坦所说过的那句名言："真正可贵的因素是直觉"。这位伟大科学家的话证明直觉是一种科学思维的重要形式，捕捉直觉为一种基本的科学思维技巧。年轻的普鲁斯特在如雨后春笋般涌现的象征主义文学杂志的影响下，很快形成一种看法，认为直觉是一种形象思维的重要形式，表现直觉成为一种基本的形象思维技巧；并决心把这种形式和技巧运用到自己的创作实践中去。

综上所说，崇尚直觉是当时社会思潮的一个重要组成部分。应当承认，柏格森以哲学上的直觉主义集中地体现了这种思潮。但是，他过分夸大了直觉的作用，声称只有依靠直觉才能获得实在的知识，才能认识世界和解决世界的一切问题。他认为，理智是静止的，固定的；只有排斥理性，直觉才能达到绝对。在他看来，直觉是最重要的创造意识，进而把直觉说成了他生命哲学中的核心理论，所以人们称柏格森的哲学为"直觉主义"。

如果我们比较一下柏格森的直觉主义和普鲁斯特的直觉印象说，就会发现两者虽有相似之处，实际上却区别很大，尽管他们同属一个思潮。相似之处： 直觉和行动无关，不受功利的支配，属于生命和意识本身的流动，即意识的向内运动，通向意识的深处，因此直觉是非逻辑的，追求无秩序的绵延。不同之处： 柏格森强调非理性的直觉才是真正的直觉哲学。他否认理智，认为理智是追求功利的工具，因此在他看来，理智的认识必然导致人们不能掌握真理，而只能获得功利；普鲁斯特所说的直觉确实具有无意识非逻辑性的特征，但没有把直觉视为非理性。与柏格森相反，他认为直觉是理性思维的一个环节，是思维过程的飞跃。换言之，虽然由直觉获得印象是普鲁斯特艺术哲学的基础理论，但他并不停留在印象上，相反，他通过思辨不断地深化印象。普鲁斯特的直觉印象说不在于简单地用脑子随时记录转瞬即逝的印象，而在于不断克服思想的惰性，挖掘每个印象所包含的点滴真实。印象消失后，印象的含义却留在记忆里，嗣后加以汇总。从印象中发掘现实，从印象中提炼真实，这便是普鲁斯特直觉超印象主义的内涵。他写道："片刻前对我来说不存在的思想，此刻以言词的形式在我的头脑里形成了。”[1]我们不能不承认这是一种由感性认识上升到理性认识的过程，我们将在本文第三部分举实例进一步加以说明。

普鲁斯特的直觉印象说非但与柏格森的直觉主义不同，而且与象征派非理性的、梦幻式的直觉说也迥然有异。十九世纪末、二十世纪初，象征派基本上统治了法国文坛，人们从来没有像当时那么多地谈论直觉，但对内心事物的表现却从来没有那么无能为力。象征派大师一味让诗人、小说家闭上眼睛进入梦幻的世界，凭直觉去感受外部世界在人们身上激起的震荡。与之相反，普鲁斯特却张大眼睛，全神贯注地、仔细入微地观察世界，凭着直觉剖析和描绘外部世界在人们内心深处的反映，以求真理。他善于抓住自己内心稍纵即逝的变化，并能把它详尽地描绘出来，这一点连福楼拜都做不到。普鲁斯特以内心独白的手法在铺叙内心活动时，根本不采用柏格森主张的办法：要么绞尽脑汁，要么处在睡眠状态；正相反，他以清醒的头脑，敏锐的辨别力，平静地铺展意识的流动。他认为，只有这样，作者的眼睛才能看到内心的真实。

因此，普鲁斯特不论受到柏格森的直接影响或间接影响，还是和他在同一思潮中保持平行关系，我们决不能把柏格森的直觉主义和普鲁斯特的直觉印象说等同起来，更不能把对于柏格森哲学的评价用来代替对于普鲁斯特意识流小说的评价。我们应当对具体的人、具体的作品作具体的分析。

另外，在时空观念这样一个带根本性的问题上，普鲁斯特和柏格森的观点很不相似，甚至大相径庭。自柏拉图以来，西方哲学在于如何消除绵延性，在于把时间视为既是有限的东西，又是永恒的存在，既是幻觉的存在，又是永恒的实在。柏格森否认这种观点，认为不应当把精神的实在和时间割裂开来认识。相反，他认为柏拉图通过反映所认识的存在实际上是一种持续的存在，即时间本身。他套用笛卡儿那句名言：Je suis une chose qui pense（我是一个有思想的东西），提出 Je suis une chose qui dure（我是一个绵延着的东西），就是说，精神的实在性只有

---

①《追忆逝水年华》，第一卷，第 180 页，七星丛书版。

通过时间才存在，即存在是一个时间的过程。柏格森把它称之为“绵延”。在他的心目中，真正的实在，既非物质也非理念，更非意志，而是存在于时间的不断运动变化之中，是一种“流”，即“绵延”。进而，他认为，时间具有纯粹的不间断性，绵延不断，不处于空间之内，是内在的，心理的，并且没有数量观念只有质量观念；而空间则具有纯粹的间断性，没有绵延，不处于时间之中，是外在的、物理的、可以度量的。这种心理的、非物质的绵延活动，只表现在时间上而不表现在空间上，其运动是时间的绵延，与时间同步同性，无法占据空间。总之，绵延仅在时间中运行不息。柏格森认为，正是这种生命冲动，这股变幻莫测的“绵延”创造了大千世界，我们不难看出，柏格森完全割裂了运动和物质的统一、空间和时间的统一。

与柏格森的时间说相反，普鲁斯特认为时间具有间断性，始终处在空间之中，既有量的积累也有质的变化。他在《驳圣伯夫》的序言中写道：“片刻间我好似半夜惊醒过来，不知身在何处，试图挪动身子，以便弄清所处的地方，因为不知道在哪张床上，处在哪栋房子，处在哪块土地，处在何年何时。”于是，他开始回忆处在何时何地，以及此时此地和彼时彼地有何联系等等。

《追忆逝水年华》一开始，叙述“我”半夜醒来，茫然若失，仿佛掉进时间的深渊。初醒的片刻，完全与时间割断，悬空着，因此令人焦虑，因为他不知道身处何时何地。迷蒙过后，定睛看清房间的四壁、门窗等等，这才想起自己处在什么地方和什么时间。在回忆中，时间和空间始终同时沉浮。例如，品尝泡在椴花茶里的小玛德莱娜蛋糕时突然想起在姑妈莱奥妮家的情景；在盖芒特王妃家用上过浆的硬餐巾擦嘴唇时突然想起在巴尔贝克旅馆餐厅里的情景；踩着盖芒特亲王府邸院里两块不平的路石时突然想起威尼斯圣马可教堂前院的两块不平的石板；听到旅馆侍应领班不小心把一把汤匙碰到盘子发出的声音时突然想起一次旅行中铁路职工用锤子敲打火车轮子的声音等等。每次联想都离不开时间和空间。在这里，运动不仅和时间同步，而且始终占据着空间。

普鲁斯特认为，没有空间，人物将成为抽象的影子，所以说地点支撑着人物，没有地点的烘托，在我们的思想空间就映照不出有血有肉的形象，也无法回忆他们，想念他们。由于回忆具有间断性的特点，因此普鲁斯特世界里的时间有间断性，随之空间也有间断性。普鲁斯特世界是个碎片晶莹的世界，每块碎片又随时爆裂成无数的碎片。气象万千的晶莹碎片散布在无限的时间和空间里，更有甚者，这些碎片是混杂的，异质的，所以普鲁斯特的空间也是异质的空间。而柏格森只承认心理空间，也就是用空间的固定概念来说明这种空间，即同质空间。

然而，由异质碎片组成的普鲁斯特世界不失为一个完整的世界。那么用什么东西把碎片黏合成整体的呢？是源源不断的意识之流，喷薄四溢的回忆和情感，是时间和空间这张无边的天网笼罩着无数的晶莹碎片。普鲁斯特式的回忆大多属于无意识的回忆、模糊的回忆。正如上面所举的那些例子，一般都由一个不起眼的东西或一件微不足道的小事而引起的回忆，每次追忆旨在恢复失去的时间和空间。多亏了记忆，时间可以失而复得，因而空间也可以失而复得。然而，这种复得终究是暂时的胜利，因为所谓复得的时间只是时间长河中的几个片刻，复得的空间也只是几个孤立的地点。回忆恢复失去的时间和空间的力量极为有限，只不过激起点点火花而已。作者虽然复得许许多多的片刻和地点，但因为无规律、无秩序、无系统而永远不可能复得整体的时间和空间。怎么办呢？

普鲁斯特把许许多多的回忆如同把一幅幅图画汇集在一起，每幅画表现一定的时间和空间，在画面上“时间以空间的形式出现”。但这跟柏格森所说的空间时间大异其趣，与柏格森的“纯绵延”说相反，恰恰是受柏格森批评的那种“假绵延”。所谓假绵延指的是，绵延的成分一个个、一批批并列地外化了，这与柏格森的“心理空间”正好背道而驰。总之，普鲁斯特和柏格森在观察世界和透视存在时的眼光截然不同。柏格森对并列成分的同时存在不屑一顾，认为只有运用直觉方法才能“达到绝对的领域”，“把握事物的生命的真实运动”。这种直觉活动是心理的而非物质的，时间上的而非空间上的，质的变化而非量的积累。普鲁斯特则是时间与空间的间断论者，认为无数的并列成分组成绵延，人的直觉活动既是心理的也是特质的，既是时间上的也是空间上的，既是质的变化也是量的积累，无限绵延，直至无穷。

不过，普鲁斯特的艺术哲学和柏格森的艺术哲学都带有较浓厚的神秘主义色彩。普鲁斯特十分欣赏柏格森讲授的哲学与诗相结合的观点，他早在中学时期已经形成此种观点。对他的世界观影响极大的中学教师达吕是个正统的哲学家，讲授柏拉图、笛卡儿等人的哲学。年轻的普鲁斯特崇拜他的哲学老师，但他不喜欢那些抽象的术语，心想最好用象征的形式对具体的事物表达他的哲学思想。他声称要把老师在哲学课堂上讲的感知、幻想、记忆、自我、外部世界的现实性、空间、时间等统统在他作品里化为栩栩如生的形象，即把它们全部诗化，以便做到把哲学与诗高度结合起来。达吕教授热情地鼓励、支持他为实现确定的目标而努力奋斗。在普鲁斯特看来，艺术的作用在于清除横跨在精神和现实之间的种种障碍和固定的概念，哲学应当成为对艺术的思考。

普鲁斯特的艺术哲学建立在相对论的基础上，在他看来一切都是相对的。例如，在巴尔贝克海边看到如花少女时的视觉印象在他的思想里转换成观念性结论：如花少女不仅是美丽的图画，而且是人类之树美好而又短暂的季节；在欣赏清香的昙花的同时，觉察到成熟、结果、结籽、干裂等难以觉察的迹象。他比较两个或两个以上已知事物的相似之处，从事物的形象中提炼出某个能感觉得到的自然形象。他认为，采用这种比喻可帮助作者和读者感受到某个难以描绘的事物或情绪，从而形成普鲁斯特艺术世界的创造公式。这样，他的艺术价值的获得来源于相对性：时间与空间的相对性，艺术与生活的相对性，观察与默想的相对性，睡与醒的相对性，生与死的相对性等等。但我们必须指出，他的相对论带有浓厚的主观色彩。他步柏格森的后尘，把世界本质当作他的创造本质，用他的主观臆想来代替客观现实。所谓一切都是相对的，指的是一切都有价值，如同黑格尔在《法哲学原理》序言中的那个命题："凡是现实的都是合理的，凡是合理的都是现实的。"普鲁斯特的相对论也属于这种“逻辑的泛神论的神秘主义”（马克思语）[1]。普鲁斯特的思想翻来覆去总归不可避免地落实在某一事物与某一意识之间神秘的关系上，他认为，世界对我们大家都是真实的，但对每个人却非常不同。例如，对一般人来说，一朵山楂花也许只是一朵山楂花或像别的什么花，但在普鲁斯特眼里却变成了一片苹果树叶子；对他来说，教堂的钟声不仅仅是钟声，也不仅仅是金黄的阳光，而且是乏味的果酱。类似这种离奇、荒诞的比喻在普鲁斯特的作品中时有出现。普鲁斯特创造的这个内心世界，其真实性并不寓于事物，而寓于对事物的感知和事物的变幻之中。由此可见，他的神秘主义倾向十分明显。也许正因为这种神秘莫测不可捉摸的情调、意境，读者常常感到茫然不知所措，空灵不知所从，以至痛苦和失望。虽然普鲁斯特的世界实质上是他生活的那个充满矛盾、令人痛苦的社会和时代的缩影，但人们掩卷沉思，不能不感到恻怅。

普鲁斯特的神秘主义倾向来源于他的客观唯心主义世界观，他的观点似乎更接近柏拉图。他认为，事物反映到人的脑子里变成影子，即所谓印象，一切艺术恰恰建立在印象之上，艺术家的责任在于再现这些被感知的印象，而不在于再现那些被定见调整过的印象；由于不存在纯而又纯的感觉，人们总要通过智力试图一劳永逸地再现看不见的事物，所以思想每时每刻都在创造世界。人们对事物的看法实际上是一连串的推理，由于推理的错误或不完整而产生了幻觉。一根棍插入水中看上去好像折断似的，曾引起类似“杯弓蛇影”的误会：阳光下的水波使人产生“万道金蛇”的幻觉。不过，承认幻觉，也就是承认非幻觉的实在，印象毕竟是事物的影子。普鲁斯特深知，在我们的印象之外存在一个需要认识的外部世界，艺术的作用在于横扫精神与特质、想象与现实之间的种种障碍，即种种定见。

然而，理解一个印象或一种情感，首先需要仔细观察引起这种印

---

①马克思《黑格尔法哲学批判》，见《马克思和恩格斯全集》第一卷，第250页。

象或情感的事物，然后对它进行解剖、分析，彻底了解该事物的方方面面，最后推演、总结出普遍的规律。普鲁斯特受到当医生的父亲的熏陶，从小养成用科学分析去对待周围的事物和人物的习惯。他研究自己笔下的人物就像昆虫学家研究昆虫那样认真；他观察一朵花、一棵树，就像生物学家那样仔细；他像医生那样诊断、解剖、分析人的情感，在他，爱情、嫉妒、虚荣无一不是人类的疾病。普鲁斯特深信，千变万化的世界服从着一定的客观规律。这种认识无可非议，但在如何揭示客观规律的问题上，他却得出艺术至上的错误看法，他认为，唯有艺术才能揭示普遍规律，唯有以艺术作品的形式才能显示世界的永恒。艺术拯救世界，没有艺术，世界将陷入遗忘的虚无之中；艺术家、画家、音乐家、诗人，都是艺术宗教中起决定作用的圣人。唯有艺术世界才称得上绝对的，不朽的，永恒的。但我们知道，有史以来，“圣人中没有艺术家，艺术家中也没有圣人”。普鲁斯特把艺术绝对化了，宗教化了。他一辈子在为艺术而艺术的道路上蹒跚，在艺术宗教桎梏下挣扎，但由于他的天才和勤奋，在艺术技巧上，他终于攀登了文学艺术史上的一个高峰。但他没有成为圣人，也不可能成为圣人。

三 挑战圣伯夫

圣伯夫是法国文学史上第一位专业文学批评家，也曾出版过三部诗集和一部长篇小说，但从十九世纪二十年代起，主要从事文学批评。从三十年代初至六十年代末，近四十年间，圣伯夫著作等身，浩如烟海，称霸文艺评坛，甚至叱咤风云于最高学术权威机构：法兰西学院。更有甚者，他培植了继承其业绩的一批学界强人，诸如勒南、丹纳、布尔热等；虽然曾受到十九世纪最后三十年以象征主义为主体的“世纪末”思潮的冲击，但其影响直到二十世纪二三十年代才减弱，可以说圣伯夫文学批评的影响长达百年之久。

对这样一位文学批评权威，第一个发难的，就是普鲁斯特。早在1905年，普鲁斯特就指出：“圣伯夫对同时代所有伟大的作家一概不认”。后来进一步指出，圣伯夫对同时代天才作家的批评全盘皆错。

首先应当说明，普鲁斯特并非全盘否定圣伯夫的功绩，始终承认圣伯夫对十九世纪以前经典作家的论著，已经成为文学批评的经典。甚至可以勉强接受著名文艺评论家、法兰西学院院士保尔·布尔热对圣伯夫的颂扬：

“圣伯夫才识高明，体事入微，连最细微的差别都提到笔端。他大量采用趣闻轶事，以便拓展视听。他关注个体的人和特殊的人，经过仔细探究之后，运用美学规律的某个典范高瞻远瞩，而后根据这个大写的典范作出结论，也迫使我们得出结论。”

普鲁斯特认为这是布尔热给圣伯夫方法下的定义，揄扬可信，定义简要。但竭力反对推广圣伯夫方法，因为此法不利文学评论，更不利文学创作。普氏提出怀疑进而否定圣伯夫方法，是从现实出发的，有根有据的： 为什么这位杰出的批评家，对同时代所有的文学天才会一概熟视无睹？嫉妒吗？彼时许多同情天才未被承认的人是这么想的，但不足为据。圣伯夫处在文坛至高无上的地位，何必嫉妒其时默默无闻或深受贬压的斯当达尔、奈瓦尔、波德莱尔、福楼拜呢？那么有可能忌妒名人名家雨果、巴尔扎克、乔治·桑、缪塞吗？也说不通，因为他早已放弃文学创作，专事文学评论，同行不同类，何必相轻？如果用在他阻止某些学者入选法兰西学院，或许说得通，确实他利用在学院举足轻重的地位，反对过一些人入选。再说，雨果、巴尔扎克、乔治·桑、缪塞等巴结他都来不及呢，比如乔治·桑想去拜见，或引见缪塞，都得使出浑身解数，甚至女性魅力；巴尔扎克对他百般殷勤，好话说尽；连雨果都始而把他奉为座上客，继而把他视为知己挚友，终而因他染指其爱妻而反目，但拿他无奈何。

普鲁斯特不从圣伯夫与大作家们的私人关系去批判圣伯夫的文学评论，相反他非常厌恶甚至气愤圣伯夫在文学评论中常常拉扯作家的品行、为人、私生活以及跟他个人的关系。比如对斯当达尔《巴马修道院》的评论，圣伯夫说不同意巴尔扎克对此书的赞扬，远没有巴氏的热情，与前人的历史题材小说相比，雕虫小技而已，但笔锋一转，称赞斯当达尔男女私情上“正直可靠”（其实非常糟糕，据说此公实际死于梅毒）；说他虽缺乏小说家的素质，但为人谦虚，是有儒雅风度的谦谦君子。再如，圣伯夫对待波德莱尔的态度更“令人发指”，他口口声声称波德莱尔是他的私交至友，说波氏“谦虚”、“平和”、“有教养”、“识大体”等等，但对这位十九世纪最伟大的诗人（普鲁斯特语）的创作闪烁其辞，不置可否。波德莱尔的一些诗歌受到司法追究时，他“见死不救”，只作了个小小的姿态，以示同情。最令普鲁斯特不解和难受的，是波德莱尔自始至终对圣伯夫顶礼膜拜，低声下气，摇尾乞怜。波氏的朋友们实在气愤难平，说了一些坏话，波氏马上出面制止，并写文章公开声明这与他无关。此类例子很多，不胜枚举。总之，圣伯夫对同代天才作家这种一打一拉的恶劣手法，深深激怒一向文质彬彬从不说粗话的普鲁斯特：“读圣伯夫，多少次我们恨不得痛骂几声：老畜生或老恶棍。”

普鲁斯特骂过之后，冷静下来，承认圣伯夫说得对：“正确判断久已得到公认并列为经典的作家是容易的，难就难在把同时代的作家放在应有的位置上，而这恰恰是批评家固有的职责，唯履此职责，批评家才名副其实。”可惜圣伯夫本人从来没有身体力行。普鲁斯特认为，问题出在圣伯夫的批评方法不对：诗人小说家戏剧家的艺术奥秘，圣伯夫不从他们的作品去寻找，一味热衷于收集他们的近亲好友熟人乃至对手敌人所作的议论所写的书信所讲的故事，有点像咱们的“查三代”，“调查社会关系”。圣伯夫过于重视作家的出身地位境遇交往，他对夏多布里昂的阿谀奉承便是明显的例子。确实，作家艺术家的政治立场，为人处世，生活作风，男女关系，很容易引起争议。历史上一直存在抑或因人废文，抑或因文废人，抑或因文立人的现象。普鲁斯特早在本世纪初就批判圣伯夫对人和文不分的批评方法，这里的文当然指文艺创作。他主张把论人和评文分开，文学批评必须从文本出发。常言道：“圣人中没有艺术家，艺术家中也没有圣人。”不要因为大仲马和小仲马父子为同一个烟花女争风吃醋而否定《基度山伯爵》和《茶花女》的小说价值。也不要因为维克多·雨果放荡得连女佣人都不放过而谴责《悲惨世界》中纯洁的爱是虚假的。更不要因为波德莱尔恶习多多而批评他的诗歌伤风败俗，进而否定其艺术性。谁要是读了《忏悔录》而谴责卢梭道德败坏，那就是普鲁斯特所指“不善于读书”的那类人。

普鲁斯特认为，圣伯夫没有看出横在作家和上流社会人物之间的鸿沟，没有懂得作家的自我只在其著作中显现，而在上流社会人物面前只表现出像他们一样的一个上流社会人物。诗人作家“外部为人”的趣闻轶事无助于理解他们的作品，弄清楚诗人和作家所有的外部问题恰恰排除了他们真正的自我。一部好的艺术作品是用“内心深处的声音所唤醒的灵感”写就的。普氏说：“书是另一个自我的产物，不是我们在习惯中在社会中在怪癖中所表现的那个我。”

从上述论点，我们逐步看出，普鲁斯特批判圣伯夫的目的是想建立并阐述自己的文艺观，也是他写《驳圣伯夫》的目的。他说：“（本书）借圣伯夫之名加以发挥的将大大多于论及他本人，指出圣伯夫作为作家和批评家所犯的错误，也许能对批评家应是何人、艺术应是何物说出个所以然来。”难怪许多不熟悉普鲁斯特的法国读者，包括文学系大学生，不明白本书前部和后部好多章节尽谈作者身边琐事，看上去同赫然醒目的论战性标题《驳圣伯夫》风马牛不相及。相信中译本读者中也会有同感，不要紧，谨请读者诸君硬着头皮读下去，读完就会明白的。因为推倒圣伯夫方法谈何容易，而纯学术理论批判又不是小说家的任务，普鲁斯特只想通过小说，确切讲，散文性小说，阐述自己的文艺观。关键的命题是：文贵乎真。圣伯夫方法的要害也是求真实。问题是求什么样的真实，怎样的真实才算真正的艺术真实。圣伯夫一贯主张小说应在写真人真事的基础上进行艺术加工，用他的话来说，进行“天才的艺术加工”。举个典型的例子，圣伯夫竭力鼓励龚古尔兄弟去罗马实地勘察，体验生活，深入调查他们那位移居罗马的姑妈的身世。回来后，他们以姑妈为女主人公的原型，以真人真事为蓝本，写出了小说《谢凡赛夫人》。圣伯夫对这部不成功的小说评论道，小说的创作方法是对头的，但缺少艺术性。仿佛艺术性和方法是两回事。对此普鲁斯特提出自己独到的见解，也是他酝酿已久的创作思想，从而导致他开拓现代小说的先河，同时也为后来的文本主义和结构主义批评奠定了第一块基石。

普鲁斯特认为调查得来的素材只能作为参照，作家必须依据切身的感受才能体现本人的思想，唯其如此，作品才是真实的。他指出：“艺术上没有（至少从科学意义上讲）启蒙者，也没有先驱。一切取决于个体，每个个体为自己的艺术从头开始艺术或文学尝试，前人的作品不像科学那样构成既得真理，可供后人利用。今天的天才作家必须一切从零开始。他不比荷马先进多少。”他这么说，也是这么做的。他不是那种迎合读者口味的作者，必然会使一部分读者失望，因为这部分读者总希望读到想得到的东西，或想找到某些理论或现实问题的答案。所以，谨请这样的读者换种眼光去读普鲁斯特的书，把它当作一个未知世界，那么您会发现他对已知的世界有了新的发现，作了新的解释。

综上所说，我们可以看出普鲁斯特虽然批判了圣伯夫方法，但没有全盘否定圣伯夫，因为圣伯夫是研究十九世纪文学史不可逾越的大家。甚至对许多人真心诚意把圣伯夫论贺拉斯的话来评论圣伯夫本人，普氏也不持异议：“现代各族人民中，尤其在法国，贺拉斯已经成为一本必备的书，无论培养情趣和诗意，还是培养审时度势和通权达变，都必不可少。”我们还知道，普鲁斯特在其文字生涯中，一向以赞扬前人和同辈著称，如高度评价罗斯金；有时甚至用词过分，如恭维阿纳托尔 · 法朗士。他批判圣伯夫比较严厉，但如上所说，是为了阐述自己的观点。除此之外，他很少议论文学艺术家的短处。

但有一例外，就在《驳圣伯夫》的《结论》中，普鲁斯特突然猛烈抨击罗曼 · 罗兰，情绪之激烈，言词之尖刻，态度之专横，是绝无仅有的。他批评罗曼 · 罗兰“不了解自己内心深处所发生的事情，只满足于千篇一律的套话，一味怄气发火，不想办法深入观察”，只好“撒谎”，所以《约翰 · 克利斯朵夫》非但“不是新颖的作品”，而是“俗套连篇”，“肤浅的、矫饰的作品”。结论是：“罗曼 · 罗兰的艺术是最肤浅的，最不真诚的，最粗俗的，即使主题是精神，因为一本书要有精神，唯一的手法，不是把精神作为主题，而是主题创造精神”。他的批评没有展开，不到一千字，只引了两小段《约翰 · 克利斯朵夫》的文字，就作出如此武断的结论，就其文章而论，难以叫人信服。

罗曼 · 罗兰是中国人民敬仰的法国作家，尤其得到三十至五十年代青年学生和知识分子的崇敬。傅雷先生翻译的《约翰 · 克利斯朵夫》自 1937 年初版，至少是三代追求自由、民主和进步的知识青年必读的书籍之一。现在看来，这首先应当归功于傅雷优美流畅的译文，以及译者对真理热情似火的追求。他在《译者献辞》中高度评价这部长河小说：“它（《约翰 · 克利斯朵夫》）是千万生灵的一面镜子，是古今中外英雄圣哲的一部历险记，是贝多芬式的一阕大交响乐”。后来经他重译再版（1952），印数多达百万部，其影响经久不衰。之后，又有许多人翻译罗曼 · 罗兰其他的作品，至于论述这位作家的文章更是不计其数。总之，罗曼 · 罗兰在中国人的心目中享有崇高的威望。

我们完全可以不同意普鲁斯特对《约翰 · 克利斯朵夫》及其作者的批评，但不得不佩服他的勇气。大凡西方有成就的思想家和文学家从不人云亦云，甚至在他们未出名时就敢于向权威向世俗向所有人挑战，都有众醉独醒的气概。《约翰 · 克利斯朵夫》连载发表于 1903 至 1912 年，悄然获得成功。1914 年大战爆发前就闻名遐迩。由于文学成就卓著，更因 1915 年《超然乱世》系列文章获得好评，罗曼 · 罗兰 1916 年荣获诺贝尔文学奖，名声大震，成为世界文化名人。当时的普鲁斯特只在上层文学圈子和上流社会有点名气，竟敢如此放肆抨击诺贝尔文学奖得主。好在其时他的言论没有多大影响，丝毫无损如日中天的罗曼 · 罗兰。后者的威望一直延续到他去世（1944）之后的五十年代，然后滑坡，每况愈下，现在几乎到了被人遗忘的地步。本文不是专论罗曼 · 罗兰的，仅列出一些现象，供读者思考。

为此，我们最后引用普鲁斯特一段十分精彩的话：“文学创作有本身的内在规律、精神法则。一个作家凭一时的天才就想一辈子在文学社交界清谈文艺，享受天年，那是一种错误的想法，幼稚的想法，就像一位圣徒过了一辈子最高尚的精神生活，却向往到天堂享受世俗的快乐。文艺猎奇从来没有创造过任何东西。”

四　独特的艺术风格

人们翻开普鲁斯特的作品，第一感觉就是句子冗长，弯弯绕绕，时常迷宫似的使人弄不清各分句之间的关系，有时又戛然而止，令人摸不着头脑。他爱好代词、遁词、诡辩、离奇的比喻，喜欢借用哲学、医学、音乐、美术等其他学科的术语，抓住细枝末节不放；文笔也过于雕琢。不过，这并非作者矫揉造作，也非疏忽大意，更非故意难为人。其实，他的传统文学功底非常深厚，他模仿孟德斯鸠、夏多布里昂、福楼拜、波德莱尔、圣伯夫、丹纳等人撰写的文章，可以达到乱真的程度，其中部分作品还收在《仿作与杂谈》集子里。《追忆逝水年华》独特的行文风格是一种意识流风格，适用于表达人物不安、焦虑、矛盾、共鸣等复杂的心理状态。普鲁斯特指出：“风格对于作家来说，如同画家看待色彩那样，不是一个技术问题，而是一个视觉问题。”①他认为每个人的真实皆深藏在意识的直接已知条件中，其过去与现在遥相呼应。对此，分析性的智力难以抓住其中的复杂性，因为“一小时并不是一个小时，它还恰似盛着芬芳、声响、计划和气候的花瓶”。②。这样的“花瓶”就是藏得很深的意识流动，用简明扼要的语句无论如何表达不出来。为了完成这个使命，普鲁斯特创造了一种枝节盘绕而又错落有致的行文风格，以便适合于表现内心活动的起伏跌宕，适合于表达内心的独白。

“艺术不是玩笑，而是生命攸关的事，甚至比生命还重要”，莫里亚克用这句哲理性的话概括了普鲁斯特一生的创作生涯。是的，普鲁斯特说过：“文学是真正的生活，被发掘和被廓清的生活，因此是实实在在被体验过的生活。”③而“艺术作品是复得失去的时间

---

①②③《追忆逝水年华》（精华本）中的《失而复得的时间》。或原著第三卷，第889、901页，七星丛书版。

的唯一手段”。[1]在他看来，艺术不是可有可无的奢侈，而是认识的手段，由表及里的认识工具。因此，写出好的艺术作品成了他一生奋斗的目标：“我一生为我想写的作品而活着。”[2]文学成为他终身唯一的寄托，成为他的信仰，他的宗教。如前所说，普氏赞成哲学与诗相结合、把哲学诗化的主张，尽管他那诗化的哲学披着神秘主义的色彩，是幻灭的诗，即他的“自我”如同一叶扁舟在大海里漂流，任凭海浪冲击，但他所描绘的诗境不失为别开生面的独创，在创作实践中取得惊人的成功，他的小说被誉为充满诗情画意的小说。

叙述者“我”基本贯穿《追忆逝水年华》，他极度敏感，容易触景生情，区区小事都会唤起他许多忘却了的往事。他特别善于在过去的奥秘中挖掘使人激动的情绪，并能使它完整无损地感染读者。其中第一层次表现在对景物的描写，他所展示的表面图景已经诗意盎然。例如，圣伊莱尔教堂的钟楼暗红色的塔顶在夕阳下呈废墟般的绯红，使人想起印象派大师莫奈那幅著名的《鲁昂大教堂》；维沃纳河畔的睡莲在河水轻轻的拍击下微微颤动宛如停在水上的大蝴蝶，又使人想起莫奈笔下主观意境十分浓厚的一系列《睡莲》。两位大师的作品异曲同工，用普鲁斯特赞美莫奈的话来讲，作品透过“现实这面神奇的镜子”反映出“对世界瞬间的意识”。作者不满足于表面的图景，进入第二层次的景物描写。他发现万物之间存在意想不到的应和。这一点明显受到波德莱尔的影响，波德莱尔认为，宇宙万物互相呼应，互为象征，整个大千世界是一座象征神秘和奥义的森林。我们不妨举一些普鲁斯特笔下的例子加以说明。《在斯万家那边》中叙述者多次提到他家的门铃声：门发出椭圆而金色的丁当响。又如，在孔布雷周围林间蜿蜒的幽径上散步时瞥见教堂的钟楼仿佛在翩翩起舞。再如，梅泽格利兹的小路旁山楂花香气袭人，发出嗡嗡的声响。还有其他表现“应和”的范例，诸如：“初春鸽子的咕咕声散发出彩虹的颜色”，“风信子的花蕊瑟瑟作响”，“最后

---

①② 《追忆逝水年华》（精华本）中的《失而复得的时间》。或原著第三卷，第889、901页，七星丛书版。

一道光线的余音萦绕”等等。在他的心目中，一切景物都包含诗意，一片云彩、一朵鲜花、一块卵石、一座钟楼、一个三角等等，多有象征意义。这还不够，他甚至认为符号、专有名词也有诗意。例如，“巴马”，自从他读了斯当达尔的《巴马修道院》之后，他认为，“巴马”是“结实的、光滑的、淡紫的、温存的”。在这第三层次上，诗不再是言语的装饰，而是言语不可分离的组成部分，成为不断发掘事物本质的工具。总之，普鲁斯特认为，诗人的责任在于彻底弄清他的印象，弄清诸感觉器官之间的相互作用，哪怕最平凡的事物也可能显示世界的秘密，如果诗人善于使它富于灵性的话。

品尝椴花茶里浸泡过的小玛德莱娜蛋糕应当算作最平凡的事情吧，但它通过无意识的回忆却能给人以极大的愉悦，可惜快感持续的时间太短。而艺术的作用就在于无限地延长这种快感。普鲁斯特认为，创作在于恢复失去的精华，不在于制造，更不在于发现。他说：“我发现，这本令人含英咀华的书，唯一真实的书，以通常的含义而言，一位伟大的作家不需要把它创造出来，因为它已经寓于我们每个人的身上，而只需把它翻译出来。一个作家的职责和任务就是一个翻译家的职责和任务。”①现在我们就用“小玛德莱娜蛋糕”这个例子来说明普鲁斯特是怎样“翻译”寓于他身上“这本书”的。

> 突然之间，我回忆起来了。味道正是那块小玛德莱娜的味道，在孔布雷，每星期天早晨（因为星期天在做弥撒的钟响以前我不出门），我去莱奥妮姑妈的卧房请安，她总把小块蛋糕放进茶或椴花茶里浸一下给我吃。可这天，我看到小玛德莱娜蛋糕，在品尝之前，什么也没有想起来；也许因为打那之后经常瞥见糕点店的货架上摆着小玛德莱娜，又没有再吃过，其形象早已和在孔布雷的那些日子分离，而和一些较近的日子联系上了；也许因为

---

①《追忆逝水年华》（精华本）中的《失而复得的时间》。或原著第三卷，第899页，七星丛书版。

事隔已久，早被抛到记忆以外，什么也没有残留下来，一切都已解体。形状——包括托着糕点的贝壳形衬纸，严正而虔诚的打褶是那么富有肉感——消失了，或冬眠了，丧失了打入人们意识的扩张力。但是人亡物丧，昔日的一切荡然无存，唯有气味和滋味还长久留存，尽管更微弱，却更富有生命力，更无形，更坚韧，更忠诚，有如灵魂，在万物的废墟上，让人们去回想，去等待，去盼望，在几乎摸不着的网点上不屈不挠地建起宏伟的回忆大厦。

一旦辨认出莱奥妮姑妈给我吃的那种用椴花茶浸过的小块蛋糕的味道（尽管我还不明白或要等到晚些时候才明白为什么这个回忆使我那么高兴），在我眼前立即像戏台布景似的浮现临街的那座灰色老房子，姑妈的房间靠街面，另一面连接面朝花园的楼房，这是我父母在尾后加建的（这段截接的墙面迄今为止只有我重见过），随即浮现城市，从早到晚的城市，时时刻刻的城市，浮现我午饭前常去的广场，浮现我常去买东西的街道，浮现我们天晴时常去的道路。如同日本人玩的那种游戏：他们把原先难以区分的小纸片浸入盛满水的瓷碗里，纸片刚一入水便舒展开来，显其轮廓，露其颜色，各不相同，有的变成花朵，有的变成房屋，有的变成活灵活现的人物。同样，我们花园的各色花朵，斯万先生大花园的花朵，维沃纳河畔的睡莲，村子里善良的居民连同他们的小房子和教堂乃至整个孔布雷及其周围，不管是城池还是花园，统统有形有貌地从我的茶杯里喷薄而出。①

这是个阴冷的冬天，叙述者马塞尔从户外回来，母亲破例地让他用茶和小玛德莱娜蛋糕，他没有胃口，不想吃。随后不知为什么改变了主意，但心中依然闷闷不乐，面对阴郁的白天和无望的明天，愁眉不展，

---

①《追忆逝水年华》（精华本）中的《孔布雷之夜》。或原著第一卷，第46—48页，七星丛书版。

万般无奈。他机械地舀了一勺泡着小块蛋糕的茶，漫不经心地送到嘴里品尝一口，不料猛然一惊，他身上发生了奇妙的事情："一种美不可言的快感传遍我全身，使我感到超然升华，但又不解其缘由。这种快感立即使我对人生的沧桑无动于衷，对人生的横祸泰然处之，对幻景般短暂的生命毫不在乎，有如爱情在我身上起作用，以一种珍贵的本质充实了我，或确切地说，这种本质并不是寓于我，而本来就是我自身。我不再感到自己碌碌无为，猥琐渺小，凡夫俗子。我这种强烈的快乐是从哪儿来的呢？"[①]作者说，这同茶点的味道有关，但并不立即下结论。他继续停留在这奇妙的味觉上，不惜重墨描绘味觉的方方面面，抓住奇迹出现的片刻不放，一直到失去的时间重新获得，不再感到自己必然消失，即获得一种永恒感，哪怕这种感觉是短暂的。之后，他才开始分析出现这种现象的原因。

叙述者企图重获这味道，加深印象。为此他再次品尝，但未获得刚才的味道，他的企图失败了。于是，他求助于智力，要求他的智力捕捉逃遁的感觉。他竭力回忆刚才第一勺茶的一刹那，虽然又体验到同样的状态，但没有新的启示，因为他所寻求的真理不在味道之中，而寓于他的身上。他的智力一再受阻，哪怕排除一切杂念，全神贯注，也无济于事。刚才的味道离他越来越远，越来越难以捉摸。他企图借助智力唤醒深埋在他心中遥远的、被遗忘的、相似的瞬间，但毫无收获。可是，当他不再回想，一心只注意当天的烦恼和思索翌日的欲望，突然之间，他回忆起来，奇迹出现了。整个孔布雷的景象从茶杯里喷薄而出，就是说一个已经消失的世界突然之间再现了。首先浮现姑妈家的房屋、花园，继而浮现周围的街道、屋宇、广场，最后浮现整个城市以及叙述者本人在这花木扶疏、平静而又富足的城市活动的情景。原先，遗忘把这一切尽可能小地压缩在模糊的记忆里，而现在，无意识的回忆使这一切复活，使这一切扩大、舒展，恢复到原来的规模和情景。这就是不起眼的

---

①《追忆逝水年华》（精华本）中《孔布雷之夜》。或原著第一卷，第 45 页。七星丛书版。

小玛德莱娜蛋糕激发无意识的回忆所引起的奇迹。

无意识的回忆区别于有意识的回忆，作者在早些时候对有意识的回忆作过描绘，而且也是有关孔布雷的回忆。他写道：

> ……在很长的时间内，每当我夜里醒来，都回忆起孔布雷，我只见到一截发亮的墙呈现在模糊不清的黑暗里，如同彩色烟火或电光的某种照明映射楼房时凌空截断被照亮的墙面，把楼房的其余部分推进黑暗中；我见到颇宽敞的底层的小客厅、餐厅、小径的开端——那个无意中引起我忧伤的斯万先生就是从那里进来的；我见到门厅，门厅里的楼梯像不规则的棱锥体，陡得吓人，我正朝第一阶级踏步走去；我见到顶层我的卧房外的走廊，妈妈就从走廊的玻璃门进入我的房间；简言之，一再看见我脱衣服时发生的悲剧所必需的背景，这个极简单的背景总是在同一个时间脱离周围的一切，从黑暗中孤立地呈现（如同外省上演旧戏时开头的场面），仿佛孔布雷仅由三层楼组成，中间由一座单薄的楼梯连接，又仿佛总是停留在晚上七点钟。说实话，我满可以向讯问我的人回答，孔布雷还包括别的东西，还有别的时辰的生活。但是，由于我回想时只靠有意识的回忆，只靠智力的回忆，由于这类回忆提供的关于过去的情况没有保留任何有价值的东西，我从不乐意去想孔布雷的其他事情。实际上，这一切对我来说已经消亡了。①

为什么无意识的回忆或模糊的回忆能使作者笔下生花，而有意识的回忆，即靠智力的回忆，则使作者文思不畅呢？普鲁斯特在《驳圣伯夫》序言一开头就回答了这个问题，他写道：“我对智力的评价与日俱减，而与日俱明的则是，作家只有超越智力方能重新抓住我们印象中的某些东西，就是说触及他自身的某些东西，也就是说触及艺术唯一的素材。智力以过去的名义向我们反馈的东西，已不是这个东西的本身。”

---

①《追忆逝水年华》（精华本）中《孔布雷之夜》。

普氏认为，我们的生命每时每刻都在死亡，每时每刻不断地隐没在某种特质的背后。每时每刻的感觉逐一储存在记忆中，日积月累，愈积愈多，其中许许多多的感觉不可能恢复，因为人们不可能获得相同的感觉。每当智力要恢复过去的时刻，通常都不具备相同的条件，即使能恢复，也会缺乏生气，因此智能对恢复失去的时间是无能为力的。然而，无意识的回忆，由于受类似小玛德莱娜蛋糕的诱发，有如喷泉口被揭开，泉水源源不断地喷射而出。这种回忆不仅能恢复过去的某个时刻的情景，而且还能引发一系列其他的情景，并向纵深发展，从而如实地恢复当时的全部生活。普鲁斯特的小说，从某个很小的地点、某个很小的情节出发，一下子跳入过去相同的地点和情节，由点到面，逐渐扩大，真实地反映变化的世界。

我们可以说，整部《追忆逝水年华》是以恢复失去的时间这样浩大的工程的面貌出现的，令人叹为观止，整部作品集中表现模糊回忆引起的种种现象，产生的今昔变幻，激发的情感和想象。总之，模糊回忆给了他灵感，带给他快乐。尽管灵感和快乐都是暂时的，他也要揭示躲在它们背后的真理。一块小玛德莱娜蛋糕使模糊的回忆变成清晰的现实时所获得的快意，对他来说是情感的一种神秘的升华，他称这种失而复得的时间为“永恒的时间”或“纯态的时间”。他把这种快意视为灵感的爆发点，在书中多次阐述，认为作家有了灵感就能写出艺术作品，当灵感迸发时，他“感到已经准备创造艺术作品，尽管还没有自觉地下定决心”。①而今昔相同的景象相继地重叠在富有感性的联想中构成普鲁斯特艺术创作的基础。叙述者在盖芒特邸宅的院子和书房里获得相同的快感：“我刚感受到的快乐确实和我那次吃小玛德莱娜时获得的快活相同。”②

普鲁斯特虽然重视无意识回忆的作用，但丝毫不轻视记忆的功能。相反，记忆在普鲁斯特的作品中占据特别重要的地位，是形成他多层

---

①② 《追忆逝水年华》（精华本）中的《盖芒特那边》。或原著第三卷，第867、870页，七星丛书版。

次、多方位、多角度、多含义的艺术风格的有力的手段，下面举一大段文字加以说明（由于连绵不断的意识流动难以切断，引文较长，敬请读者原谅）：

一年前，在一次晚会上，他听到一首钢琴和小提琴协奏的乐曲。最初，他只品出从乐器散发的质地良好的音响。当他突然听到在小提琴尖细、持久、密致、主导的线状音响下，钢琴部浑厚的块状声奋力升起，形式多变而又不可分割，平滑流畅而又互相撞击，宛如月光下荡漾的淡紫色水波，以降半音的节奏，显得富有魅力，他已经感到极大的愉悦。然后在某一瞬间，他还未能分辨清楚其轮廓，未能给予所获的欣喜以恰当的名目，突然入迷似的竭力捕捉那个乐句或和声——他自己也不明白是什么——；它稍纵即逝，却已经大大打开了他的心扉，有如玫瑰的芬芳在晚间湿润的空气中飘荡，使我们不禁鼻翼贲张。也许正因为他不知道这是什么乐曲，才产生如此模糊的印象，然而这种印象也许只属于纯音乐性的、无广延的、别具匠心的印象，与别的印象格格不入的。这类瞬间的印象可以说是Sine materia（拉丁文：非物质的）。这时我们听到的音符已经按其高度和时值逐渐在我们眼前覆盖大小不等的面积，描绘出飞舞的线条，使我们产生开阔、纤细、平稳、多变的感觉。但我们这些感觉还没来得及确定，音符便消失了，后继音符乃至同时出现的音符又使我们产生另外的感觉，把原先的感觉淹没了。这种印象将继续流入和渗入不时浮现的乐旨，然而刚刚出现的乐旨还没让人认清就立即沉没和消灭了；它们以特殊的欣悦为我们所知，而我们却不能加以描绘、记忆、认定；它们是难以形容的，除非记忆，如同工人致力于在川流中筑造持久的基座那样，为我们复制倏忽不见的乐句，使我们能够把它们与后继的乐句加以比较和区分。因此，斯万享受到的美感刚刚终止，他的记忆立刻为他把这些乐句暂时扼要记录下来，但在他回顾记录时，乐曲继续向前，结果当相同的印象突然再度出现时，它已经不再是难以把握的了。斯万想象得出乐句的音域，乐句与乐句之间匀称的组合，乐句的谱写线图，乐句的表现时值；他眼前出现的不再是纯粹的音乐，而是图画、建筑、思维，并且能使他回想得起来。此时他已经清晰地分辨得出某个乐句从回荡的乐波中脱颖而出，浮现了若干片刻。这个乐句顿时使他获得特殊的愉悦，而这在听见它以前是难以想象的，而且感到其他的乐句都不能引起他有类似的快适，于是他对这个乐句产生了从未有过的爱好。

这个乐句以徐缓的节奏引导他由近及远，一直走向崇高的、难以理解而清晰可感的幸福。突然，乐句到达某个符点，斯万刚准备紧随不舍，它却在稍稍休止之后猛地改变方向，以一种新的旋律，以更为快速而又纤细、凄凉、缠绵、温柔的旋律，卷着他奔向陌生的前景。之后，乐句消失了。斯万热切希望它第三次再现。它果然再次出现，不过并没有使他更明白其中的含义，甚至在他身上引发的欢快不如原先那么深厚。但是，他回到家里，感到需要它，如同生活中某人偶然瞥见一个过路的女人，感到这个女人在他心目中树立了新颖的美的形象，而且切身体察出它具有更大的价值，可他却不知道能否再次见到那个使他已经钟情的、连名字也叫不出来的女人。

这种对一个乐句的热爱顿时使斯万好像觉得有可能在某种程度上恢复青春。①

斯万经常在圣日耳曼城关富贵区出现，他由交际花奥黛特·德·克雷西引荐，踏进富有的资产者韦迪兰的沙龙。这晚，一位年轻的钢琴家演奏了一首万特伊的奏鸣曲，引起斯万极大的兴趣。但作者对这次晚会的音乐没有作任何的描述，只点明斯万听后对钢琴家很亲切，因为他听

①《追忆逝水年华》（精华本）中的《斯万的爱情》。或原著第一卷，第208—210页，七星丛书版。

到的乐曲勾起他的联想，使他回忆起一年前在一次晚会上听到的另一首奏鸣曲，于是过去的情景潮水般地涌现了。斯万对那首奏鸣曲的感受，作者分三个阶段加以描述。

第一阶段属于知识性欣赏。斯万初听那首奏鸣曲获得一个愉快的印象，但只感到乐器的音质悦耳，产生了视觉的快感。小提琴的尖细声使他联想到纤细可见的线状，钢琴的浑厚声使他联想起模糊不定的块状；仿佛听到尖细的轻风掠过湖面时水波激荡的汩汩声，又仿佛见到朦胧的月光下呈现一片淡紫色的湖光山色。

第二阶段属于感情性欣赏。斯万在某个瞬间突然被一个乐曲吸引，尽管它轮廓模糊，飘忽不定，但像芳香四溢的玫瑰，使他不由自主地张大鼻孔，一时说不清这种模糊的印象究竟是什么。他被迷住了，竭力追踪其后，但未能捕捉住。这个富有魅力的乐句看来是主旋律，其美感虽然模糊，不可言喻，但非常独特，从众多的印象中脱颖而出。此处，音乐的铺展与时间的流逝合而为一，每个音符的消失和每个时辰的消逝完全相同。这个难以形容的乐句如同难以描绘的时刻叫人抓不住、摸不着。它虽然“大大打开了他的心扉”，就是说触动了他的潜意识，但还没有成为他有意识的感知。

第三阶段属于认识性欣赏。这个乐句后来接二连三地出现，可以断言是主旋律，节奏平缓，富有诗意、幻想、柔情和哀愁的色彩。斯万虽然还不明白其中的含义，但由于它反复出现，多亏记忆功能，它深深印入了他的脑海。记忆落实了他喜欢的乐句，使他把乐旨转化成空间形象（如几何图形，种种图案），使他认清其形状和性质。即使不能言传，也可以意会了。总之，这个乐句经过记忆的复录，不再是不可捉摸了，不再是抽象玄妙了。它使你钟情，使你像恋人那样，始终想念着你所钟情的对象，因为你对它有了认识，你认为它美，认为它具有较大的价值。

综上所说，第一阶段的印象是飘浮在空间的无形的印象，听者的态度基本上是冷漠的；第二阶段的印象是使人感到稍纵即逝、捉捕不定而又心驰神往的印象，听者的心情是焦虑的；第三阶段，因为不断加深记忆，印象愈来愈鲜明，从感性认识上升到理性认识，听者逐步懂得了其中的奥妙。时间失而复得，听者获得新的生命，生活有了新的希望。这个奇妙的主旋律在斯万身上产生奇迹般的效力，使他顿时焕发了青春。长期以来，斯万已经失去理想，没有崇高的追求，满足于一般的物质享受，准备庸庸碌碌地度过一生。他习惯于无关宏旨的思维，把大量的时间消耗在琐碎的日常小事上，从不敞开胸怀发表内心的见解。但是现在，艺术的魅力打开了他的心扉，擦亮了他的眼睛，促使他去寻找生活的真理，哪怕是暂时的。艺术犹如爱情，给予他新的生命，赋予他新的活力，使他得以追求艺术魅力为最高的生活目标。在斯万身上寄托着作者的希望和追求，尽管严酷的现实一再使作者的追求落空，使作者的希望化为泡影。另外，从叙述的风格来看，作者在这里创作了二十世纪以来最有特色的艺术形式之一，即把叙述的效果、视觉的效果和音乐的效果配合在一起，形成三位一体，使时间与空间打成一片。

从斯万对一个乐句的感受可以看出普鲁斯特式的人物形象是多层次的，重叠式的，但这是一种并列的重叠，即相继的重叠。普鲁斯特写道："我们的自我由我们相继的状态重叠而成。"①一系列相继的形象的重叠构成真实的我们，而我们每个人的身上汇集着各色各样的人物形象。譬如，叙述者在与盖芒特公爵夫人的接触中发现在她身上"重叠着众多不同的女人形象。每个女人的形象等到后继的女人的眉目足够清晰就消失了。"②相继的人物形象就如消逝的时光。普鲁斯特的经验不在于把过去埋葬在现时之下，相反，他要让过去在现时复活。可以想象，在遗忘的海洋中打捞模糊的形象何其艰难，这就导致他采取多层次、多角度的方式来进行挖掘，以便"使古远的层次浮现到面上来。"③因此，从埋得很深的地方掘出来的一系列相继的形象必然时空倒错，秩序紊乱，令人眼花缭乱，而且异质不均，形状不一，零零碎

①《追忆逝水年华》（精华本）中的《盖芒特那边》。或原著第三卷，第544页，七星丛书版。

②《追忆逝水年华》，第二卷，第531页。

③《追忆逝水年华》，第三卷，第544页。

碎。然而，这些由无意识的回忆所产生的形象，经过像高明的收藏家那样的整理、归类、编排，也可显示其内在的一致性、统一性、完整性。所以我们说，普鲁斯特艺术风格的形象有如夏日的夜空，闪闪发光的星星嵌镶在看不见的天幕上，是那样的散乱而又那样的完整，那样的明亮清晰而又那样的神秘和富有诗意。

纪德说过："普鲁斯特的风格就我所知，是最富有艺术性的，他从不感到受自己风格的约束，我寻找这种风格的缺点，但找不出来；我寻找其最突出的优点，也找不到。他的风格不是具备这样或那样的优点，而是集所有的优点之大成……任何其他的风格与他那挥洒自如、跌宕有致的风格相比，都显得浮夸、平淡、含糊、粗浅、没有生气。"[①]在《追忆逝水年华》第一部遭到所有出版商拒绝的时候，纪德在法国文坛上已经占据举足轻重的地位，他对比他小两岁的同辈持这样高的评价，不能不说是真挚的，可信的。反过来也说明纪德了不起，他不像圣伯夫那样对同代天才作家熟视无睹，而是相见恨晚，大力培植。可以说，普鲁斯特有今天的名声，纪德起了不小的作用。

沈志明

① 见《作家词典》，第797页，罗伯·拉封出版社。

目　次

追忆逝水年华*

（精华本）

* 根据法国伽利玛《七星丛书》1987 年出版的《追忆逝水年华》选译，所选章节或段落全是完整的，没有任何删节；各章标题除部分采用原著卷目，其余是选译者参照《七星丛书》编者撰写的提要段落标题所加。为了尊重原著，各段编排、句号分布都未作变动（除极个别的地方），另外，为了不改变句号，不得不在冗长的句子中扩大分号（；）的用途，尚希见谅。书中除注明“原注”外，所有的注释均由选译者参考《七星丛书》版附录中的注释所加，不再一一说明。

一　孔布雷之夜

好久了，我一直早睡。有时，蜡烛刚灭，我的双眼随即闭上，快得来不及思量：“我睡了”。半小时后，我想到应该睡着了，这个想法反倒把我弄醒了；我以为手上还捧着书，所以想把它放下，把灯火吹灭；似睡非睡的那会儿，我不停地想着睡前读的东西，但想法有点特别；我觉得书中讲的事仿佛与我密切相关： 教堂、四重奏，弗朗索瓦一世和查理五世的纷争。这种似以为真的感觉在我惊醒时还连续了几秒钟；我并不觉得它违理，但它像玳瑁眼镜似的挡着我的眼睛，使我意识不到烛火早已熄灭。之后，它开始令我难以理解，似前人的思想，经过灵魂转生，附着在我身上；于是书的主题与我脱钩了，是否再挂钩，随我的便。我即刻恢复了视力，十分惊异地发现周围原来一片昏暗，这片昏暗使我的眼睛感到适意和舒服，可也许使我的脑子感到更适意和更舒服；对我的脑子来说，这片昏暗好像是无源之水，无本之木，不可思议，好像真正是叫人不知其所以然的东西。我说不好当时几点钟了，只听得火车的汽笛声，忽远忽近，好似林中的鸟叫，指点着距离远近；汽笛声为我描绘了一片荒凉的田野，有个旅行者匆匆赶往临近的车站；他走的那条小路将铭刻在他的记忆里，因为新到的地方，新奇的举止，新近的交往，时至今夜的静谧中还萦回于耳的异乡灯下的话别，即将回家的快乐，这一切使他兴奋不已。

我将面颊轻柔地贴在枕头的美丽面颊上，它好似我们童年时的面孔，饱满而鲜嫩。我划亮一根火柴，看了看怀表。时近午夜。背井离乡的游子，尽管病魔缠身，却不得不借宿陌生的旅馆，往往就在这个时辰，病痛发作，惊醒之后，庆幸瞥见门下有一线光亮。天亮了，好运气！过一会儿侍者就会起床，他只要拉铃，就有人来救护他。得救的希望给予他忍受痛苦的勇气。正巧他仿佛听见脚步声，款款走近，又渐渐远去。但他房门下的那一线光亮随之消失了。时已午夜；原来那人是来熄灭煤气廊灯的；最后的侍者也走了，他只得孤独无助地熬上一夜。

我又睡着了，时不时惊醒片刻，只听得细木护壁板发出格格的裂声，我睁开眼睛，凝望黑暗中万变的浮光掠影，凭借稍纵即逝的意识的微光，领略着睡意的滋味，依稀瞥见在睡意笼罩下的家具乃至整个房间，仿佛我自己变成其中的一小部分，很好融入整体，昏花失去感觉。或者在睡着时我毫不费力地梦见一去不复返的童年时代，重新感受到儿时的恐惧，好比舅公揪我卷曲的头发，直到我被剪了光头，恐惧才消除，那天对我来说是新纪元的创始日。可是这个新纪元的到来一直没有在我的睡眠中再现，直到为了躲开舅公的手，我把头一闪，突然惊醒，方始回忆起来，但为谨慎起见，我用枕头把脑袋严实地裹住后才返回梦乡。

有时，就像夏娃从亚当的一根肋骨脱胎而生，有个女人趁我熟睡的时候从我姿势不当的大腿之间钻了出来。我当时即将领略女性的快感，便以为是她奉献给我的。我的身体贴紧她的身体，正准备进一步深入时，我惊醒了。世上剩下的女子跟我片刻前分离的女人相比不可同日而语；我的面颊还留存她亲吻的余温，我的躯体好像还在承受她的躯体的重压。如果，有时也确有其事，梦中的女人与我在现实生活中认识的某个女人容貌相像，我将竭尽全力去达到这个目的：找到她，正如有些人长途跋涉非亲眼看看他们心目中的福地洞天不可，以为在现实中可以领略梦幻中的良辰美景。渐渐地对她的记忆消散了，我终于忘却梦中的姑娘。

一个人睡着时，仍在自己的周围保持一圈圈光阴的时轮，年年岁岁，天地星斗，井然有序。他睡醒时，本能地环视寻向，瞬间便弄清他在地球上占据的地点，在苏醒前所消逝的时间；但时间和地点的序列可能交织，可能脱节。即便他失眠至清晨才有睡意，而这时他正在看书，其姿势与平常的睡相大不一样，也只需抬一下胳膊就挡住太阳，乃至让太阳后退，等他醒来时，最初一刻不知道是什么时辰，还以为刚躺下不久哩。如果他打盹儿，例如晚饭后坐在扶手椅里，其姿势更加不妥，与平常更加不同，那么，日月星辰的时序完全混乱了，魔法无边的扶手椅载着他在时间和空间中风驰电掣地神游，等他张开眼皮，顿时觉得躺在几个月前去过的地区。但是，只需躺在自己的床上，我就睡得深沉，我的脑子就完全松弛；我的脑子甩掉了我熟睡的地方的平面图，于是，当我半夜醒来，我便不知道身在何处，甚至在初醒的瞬间连自己是谁也不知道，我只有最原始的存在感，如同动物萌发的那种迷离恍惚的生存感；我比穴居时代的人更赤条条，无牵无挂，但就在这时，回忆如同上天派来的救星，把我从虚无中解脱出来，否则，我永远不可能自我解救的；最初并没有回忆起我所在的地方，而只回忆起几个我曾住过或我可能要去的地方；在一秒钟之间，我跨越了几个世纪的文明，然后模模糊糊看见煤油灯的形状，翻领衬衫的形状，逐渐重新恢复我自己的相貌。

也许我们周围物件的静止状态是由我们的信念强加给它们的，是由我们面对物件的思想的静止状态强加给它们的。不管怎么说，我如此醒来的时候，我的脑子乱糟糟的，竭力寻清我处在何处，但总是徒自惊忧，这时，物体、地域、岁月，一切的一切在黑暗中围绕着我旋转。我的身子麻木得移动不得，却竭力根据疲劳状况来测定四肢的姿势，从而推断墙壁的方向，家具的位置，进而重建和命名身处的住宅。身子引起的回忆，两肋、两膝、双肩引起的回忆，使我接连重见曾睡过的好些房间，这时，看不见的四壁随着想象中的房间的形状而变换着位置，在黑暗中旋涡纵地围绕着我旋转。我的思想往往在时间和物形的入口处迟疑，还未把各种情况进行对照，进而辨认住所之前，它，我的身子，已经回忆起各处房间卧床的款式，房门的位置，窗户的明亮程度，走廊的分布，以及我入睡时和睡醒时的思绪。因侧睡而变得僵硬的半边身子竭力猜测它面对的方向，比如躺在一张有顶盖的大床上，面壁而卧，这时我马上想到："噢，我最终还是睡着了，尽管妈妈没来给我道晚安"，当时，我在乡下早已去世多年的祖父家；我的身子，侧卧的半边身子，忠实地保存着我的脑子永远不该忘却的一段往事，却使我想起波希米亚制的玻璃长明灯的火焰，是瓮形吊灯，用链子悬在天花板下，还使我想起西埃纳大理石的壁炉，那是在孔布雷外祖父母家里我的卧室；距离现在虽然已经久远，但我并没有恍若隔世之感，此刻睡眼惺忪，还难以确切再现那些遥远的日子，等一会儿完全清醒，就历历在目了。

然后，新的姿势又产生新的回忆；墙壁驶往另一个方向：我睡在德·圣卢夫人的乡间别墅专为我安排的房间里；我的上帝！至少10点钟了，人家大概晚饭都吃完了吧！我这个盹儿打得太长久了：每天傍晚陪德·圣卢夫人散步回来，先打个盹儿，然后换上夜礼服。离开孔布雷已有许多年了，在孔布雷的日子，不管散步回来多么晚，我总在我房间的窗玻璃上看得到夕阳红霞的反光。在唐松维尔，德·圣卢夫人家的生活则是另一种方式，在那里，我得到另一种乐趣：我只在夜幕降临时出去，踏着月光，沿着我从前在阳光下玩耍的小路散步；我们回来时，我从远处就瞥见我的房间，但见屋里灯火通明，酷似黑暗里唯一的灯塔；回到房间，我先打盹儿，而不马上更衣用餐。

这些旋转和模糊的浮现一向是稍纵即逝的；往往我一时记不起自己在什么地方，在多种假设之间难以确认，正如我们在电动西洋景里观看一匹奔马，镜头一个接一个地飞驰而过，无法把它们分离出来。但对我生平所住过的房间，我时而重见这一间，时而重见那一间，在睡醒之后的冥思遐想中终于统统回想起来了：冬天躺在房间里，把头缩进自编的窝，用的是极不协调的东西：枕头的一角，被子的上沿，披巾的一截，卧床的前沿和一期《玫瑰花论》杂志，根据鸟儿筑窝的技术，终于牢固地建成万无一失的安乐窝；在天寒地冻的时节，可以享受到与外界隔离的安乐，好似在暖烘烘的地洞里筑窝的海燕；这时节房间的壁炉彻夜生火，熊熊的炉火像一件热气腾腾的斗篷，裹着熟睡的人，壁炉好像是在房间里挖出的一个暖烘烘的洞穴，一种摸不着的暖阁，火光忽悠忽悠的，热气一圈圈地扩散，形成一个流动不定的温带，不断得到冷空气的调节：从房间的四角，从窗户附近或距壁炉较远的地方，吹来已经变凉的空气，吹到脸上，清新凉爽；夏天躺在房间里，则喜欢温和的夜晚，月光透过半开的百叶窗，把一道光与影投到床前，好似中魔入境；人几乎就像睡在露天，好似曙光初露时在微风中摇曳的山雀；有时我回想起路易十六款式的房间，非常地明亮，甚至第一个晚上睡在里面也没觉得有什么不舒服，一根根小圆柱轻巧地支撑着天花板，柱与柱的间隔风雅别致，明显地为床留多了位置；有时则相反，房间很小，而天花板却很高，简直像两层楼高的空心金字塔，部分墙面饰有桃花心木护板，我一脚踏进去就被一股从未闻到过的香根草气味熏得中了毒似的，认定紫色窗帘虎视眈眈，大声叽里呱啦的挂钟显出傲慢的冷漠，根本不把我放在眼里；一面又古怪又冷酷的四方形立镜斜挡着房间的一角，冷不丁地从我习惯视野的悦目的整体中硬挖去一块地盘；我一连几小时竭力想把思绪拆散，把它拉向高处，以便确切地弄清房间的形状，进而把思绪灌满这巨大的漏斗，为此，苦苦熬了好几夜，真是煞费苦心，我只得干躺在床上，眼睛向上翻，耳朵惶惶竖起，鼻翼发硬，心里怦怦跳，直到习惯了之后，才觉得窗帘改变了颜色，挂钟停止了吵闹，那面斜放的、冷酷无情的镜子也变得有恻隐之心了，香根草的气味完全消散了，至少大大隐退了，天花板的表面高度显著降低了。习惯，这个精明能干而行动迟缓的地域整治者，开始总是让我们的头脑一连几星期在某个临时的安顿中受煎熬，但不管怎样，我们的头脑还是很高兴有这样一位整治者的，因为倘若没有习惯这位整治者，单凭自身的力量，我们的头脑将无可奈何，无法使我们觉得某处住宅是可以一住的。

自然，我现在已完全睡醒了，我的身子最后翻了一次，信念天使停止了我周围的一切转动，让我躺在自己房间的被窝里，让我的衣柜，我的书桌，我的壁炉，朝街的窗户和两边的房门在黑暗中大致各就各位。然而现在知道我不处在那些往日住过的房间已经枉然了，我梦中朦胧的片刻明明目睹一间间房间的影像，至少在那一刹那以为眼见为实的，总之，我的回忆已经开动了，一般来说，我不急于马上重新入睡；我用大半夜时间回想我们从前的生活，在孔布雷的姑婆家，在巴尔贝克，在巴黎，在东西埃尔，在威尼斯，还有在其他地方的生活，回想我到过的地方，我认识的人，回想我听说过的有关他们的事情。

在孔布雷，当白日将尽，虽然还有很长时间我才该上床，还有很长时间才该离开母亲和外祖母就我独自呆着，我的卧室便又成为使我忧虑重重的一个固定的和痛苦的焦点。家里人发现我每天晚上愁眉不展，为了使我开心，别出心裁给我搞来一盏幻灯，趁着等待开饭的时候，把它套在我房间的吊灯上；如同哥特式建筑时代初期的建筑师和彩画玻璃匠[①]的作品那样，这种幻灯用变幻莫测，虹彩和绚烂多彩的神奇幻象取代不透明的四壁，好似闪闪烁烁的彩画玻璃窗，上面也绘着传奇故事。然而，我的忧愁却有增无减因为单单照明的变化就破坏了我对房间的习惯；先前已习惯了，除上床时叫苦不迭，对其余的一切还是觉得可以忍受的。如今我的房间变得面目全非，我呆在里面感到忐忑不安，就像下火车后第一次走进旅馆房间或“山区别墅”房间。

居心叵测的戈洛骑着马，一颠一颠地走出小山坡葱葱茏茏的三角形树林，仓皇窜向苦命的热内维埃芙·德·布拉邦[②]的古堡。这座古堡被切割了，因为玻璃灯片是椭圆形的，插在幻灯框架的内侧滑槽，弧形的边线把古堡切去了大部分。这样古堡只剩下一面墙了，墙前是一片荒原，热内维埃芙在那里冥思遐想，她系着一条蓝缎带。古堡和荒原是黄色的，其实我不看也知道是什么颜色，因为在玻璃画片未打出以前，布拉邦这个铿然有声的大名已明显地展示出这种颜色了。戈洛停马片刻，垂头丧气地听着我姨婆夸张地高声朗读解说词，他好像完全听得明白，他的举止符合解说的指示：既顺从又不失尊严；听罢，他依然一颠一颠地赶路。什么也阻挡不住他缓慢地骑行。如果幻灯移动错位了，那在窗帘上也看得见投影：戈洛照样骑马前行，遇到凸褶，人与马胖鼓鼓的，遇到褶缝，就变得瘦瘦的了。戈洛的身躯同他的坐骑一样具有神奇的本领，对付得了一切物质障碍，又对付得了一切阻挡，并且把阻挡物当作骨架，借以附身其间，哪怕是房门把手也不在话下，他立即就适应，让他的大红袍和苍白的面孔飘然而过，所向披靡，其神情总是那般高贵，那般惆怅，但面临中途被截的境地，并不显得张皇失措。

---

①哥特式建筑，如教堂等，装有大片彩画玻璃窗，多画有传奇故事。

②出自中世纪民间故事《热内维埃芙·德·布拉邦》，热内维埃芙是德·布拉邦公爵的女儿，嫁给了伯爵西格弗里德。伯爵出征时把妻子交给总管戈洛照看，并不知道妻子已怀孕。戈洛诱奸热内维埃芙未成，便向伯爵诬告其夫人与人通奸。伯爵命令手下把妻子及孩子拉到森林中处死，但手下人把她们放了。几年后，伯爵去森林打猎，与妻子邂逅。妻子向他证明她受了冤枉，戈洛受到惩治。热内维埃芙被恢复名誉，但因积劳成疾，不久去世。

诚然，这些光彩奕奕的映画对我具有很大的吸引力，活像从古代墨洛温王朝释放出来的，把一幅幅如此古老的历史场景折射在我的周围。我无法说清这种奥秘和美妙闯入我的房间使我产生怎样的苦恼。习惯的麻醉性影响已经停止，我开始思索和领会，多么令人狼狈呀。我房间的门把手在我看来与世界上其他门把手的不同之处在于它似乎能自动打开，用不着我拧它，因为转动把手在我已是完全无意识的举动了，而如今把手却成为戈洛赖以转世的躯体了。晚饭铃声一响，我赶紧跑进餐厅，那里的大吊灯不知道戈洛和蓝胡子①，却认识我的长辈和化成锅中菜肴的牛肉，它每天晚上光芒四射；我急忙投入妈妈的怀抱，热内维埃芙·德·布拉邦的苦难使我对母亲倍感可亲可爱，而戈洛的罪孽促使我更加严格地审视自己的良心。晚饭后，可叹哪，我不得不很快离开妈妈，她得留下跟别人聊天，每逢好天气时就在花园里闲聊，遇到坏天气，大家就在小客厅聚会。所谓大家，不包括外祖母，她觉得“在乡下闭门不出，真作孽”，所以，大雨滂沱的日子，她总跟我父亲争论不休，因为我父亲叫我躲进房间念书，不让我呆在户外。“你想让他身体健壮，精力充沛，这种做法可不行哪”，她伤心地说，“尤其这孩子特别需要增强体力和意志”。我父亲耸耸肩膀，仔细查看晴雨表，因为他喜欢气象学；这时我母亲蹑手蹑脚地尽量不打扰他，带着动了情的敬意望他，但不是凝望，唯恐看破他优越于他人的秘密。可我外祖母，她不管什么天气，即便骤雨大作，弗朗索瓦丝急忙把贵重的柳条椅搬进屋里，生怕它们被雨淋湿，而外祖母独自留在空荡荡的花园里，任凭倾盆大雨浇灌，时时撩起凌乱的灰白头发，让前额更好地吸收风雨的滋补。她说：“总算呼吸畅快了！”她还踩着泥泞小径，欢蹦乱跳地小跑起来；花园小径让新来的园丁按他的意愿修得过分对称，足见其人缺乏自然感，我父亲居然一清早就请教他天气是否会转好；我外祖母的小跑根

---

①蓝胡子是法国作家夏尔·贝洛（1628—1703）的短篇小说《蓝胡子》的主要人物，他曾杀死6位妻子。第7位妻子不顾蓝胡子的禁令，偷着去看6个女人的尸体，差点被蓝胡子卡死，幸亏她的两个兄弟赶到，才幸免于难。

据她内心起伏的波澜而调节；暴风雨的狂劲儿，卫生保健的威力，对我愚蠢的教育，花园的对称划一都会引起她心潮澎湃，她根本想不到让她的酱紫色裙子免受烂泥的飞溅，往往泥水溅得很高，弄得她的女仆又气又急，大伤脑筋。

每当外祖母在晚饭后到花园里跑跑跳跳，有件事可以使她回屋，就像用灯火引飞蛾准能把兜圈的外祖母及时召回来，这时小客厅灯火齐明，牌桌上已经摆好各种色酒，只听得姨婆冲她大喊："巴蒂尔德，快来劝你丈夫别喝白兰地！"其实这是跟她闹着玩，她把这种迥然不同的精神带进我父亲的家，以致大家都跟她开玩笑，逗她着急，姨婆明知道我外祖父喝不得色酒，偏怂恿他喝上几口。我可怜的外祖母进屋后，热切请求丈夫别沾白兰地，外祖父发火，干脆一口喝个精光，外祖母心痛地走开，非常泄气，但脸上仍带着微笑，因为她心胸谦和，温存厚道，对人和善，对己从不考虑个人得失和自己的苦楚，一切和谐地交织在她的目光中，化为微微一笑，这与我们在诸多人脸上见到的正好相反，其讽刺的意味仅限于她自我解嘲，对我们大家则像用目光亲吻，她的眼睛对她所疼爱的人无不投以炽热而慈祥的光芒。姨婆故意作弄她，外祖母白费口舌恳求外祖父放下烈酒杯，由于心肠软，每每规劝无效，败下阵来，这种场面后来司空见惯了，反倒当作笑柄，大家居然站在作弄者一边，毫不迟疑地，喜眉笑眼地跟作弄者一鼻孔出气，却硬让自己相信这不是什么作弄。先前这些使我十分反感，我真想对姨婆大打出手。但听惯了"巴蒂尔德！快来劝你丈夫别喝白兰地！"也就疲沓了，我跟大家一样，像我们长大成人后那样，面对苦楚和不公，我背过脸，眼不见为净：爬上屋顶书房隔壁的小屋失声痛哭；小屋里弥漫着菖蒲味儿，窗外墙根下一棵野生黑醋栗树也飘来清香，一枝开满花的树梢还伸进半开着的窗户哩。白天从这间小屋极目眺望，可一直望到鲁森维尔松林的城堡主塔，这间小屋原来用来做比较专门和比较粗俗的用场，却很长时间成了我的避难所，或许因为它是唯一可以让我反锁的房间，每当我需要不可侵犯地独处时，我就把自己反锁在里面；读书，遐想，流泪和作乐。可叹哪，我当时不知道最让我外祖母操心的并不是她丈夫节饮忌嘴方面的小差错，而是我薄弱的意志，我身体的虚弱，家里人对我的前途的困惑，这些更为使她伤心，她在下午和晚间不停地跑动中为此牵肠挂肚，她跑来跑去，斜着脑袋仰望苍天，面颊虽然已呈褐色，皱纹纵横，由于上了年纪，有如秋天耕过的土地几乎呈淡紫色，但她的脸仍旧清灵秀气，不过出门时，面颊虽然被半遮的面纱挡住，但寒冷和忧思总是使她不由自主地流下眼泪，却又总是让它自然干去。

我上楼睡觉时，唯一的安慰是妈妈在我上床后来吻我。但她道晚安的时间太短，转身下楼太快，以致每当我听见她上楼，听见她经过双门走廊时她那挂着草编饰带的蓝色平纹细布套裙窸窸作响，我便感到一阵痛苦。这一痛苦的时刻预告下一个痛苦的时刻，届时她将离开我，她将转身下楼。因此，我竟然希望这声带来快乐的晚安来得越迟越好，只望妈妈上楼前的这段缓冲时间越长越好。有时她吻过我之后开门就走，我真想把她唤回来，对她说“再吻我一次吧”，但我知道她马上会满脸不高兴，因为她上楼来吻我，给我送来安慰的吻，是对我愁闷和烦躁的一种妥协，已经使我父亲大为光火，他认为这种仪式荒谬之极，所以她想竭力使我放弃这种需求，这种习惯，根本不想让我养成新的习惯：等她走到门口还允许我请求她再吻我一次。不过，看到她生气，片刻前她给我带来的平静就荡然无存了；她把亲情的面孔俯向我的床头，就像举着圣像牌的圣餐仪式上递给我一小块圣饼似的，我的双唇感受到她的存在和汲吸着入睡的力量。这样的晚上，妈妈不管怎么说还在我的房间呆上一会儿，已算甜蜜了，相比之下，有客人来吃晚饭，她就因此不上楼来向我道晚安了。所谓客人，平日只限于斯万先生，除了几个短暂逗留的外来客人，住在孔布雷来我们家的人几乎只有斯万先生一人，有时他作为邻居应邀来共进晚餐，不过，自从他与不适当的女人结婚后，就难得来了，因为我父母不乐意接待他的妻子，有时晚饭后，他不请自来。晚上，我们在屋前高大的栗树下，围绕铁桌子坐着，忽听得花园尽头传来铃声，不是自家人“不按铃”进门时碰响的声音：好一阵刺耳的叮当作响，叮当声所到之处，好像一路洒下源源不竭的铁冷水；而是专为外人设置的门铃声：叮当双响，这怯生生的铃声是椭圆形的和金黄色的；大家立刻面面相觑：“有人来访？会是谁呢？”其实大家明白得很，这只能是斯万先生；我姨婆提高嗓门说话，力求语调自然，为大家作了表率：她叫大家不要窃窃私语；她认为这是使来访者最不愉快的事情，好像使客人觉得大家在说他不该听到的事情；大家派我外祖母去侦察，她也总乐意找个借口到花园里多转一圈，并趁便一路上把支撑玫瑰的支架拔掉，好让玫瑰花显得更自然一些，有如母亲用手把儿子被理发师梳得过于扁平的头发拨弄得蓬松些。

我们一个个屏气凝神，等待外祖母侦察后带回的敌情，好像我们处在可能被一大批敌人围攻的境地，一时进退两难，但很快我外祖母就开腔了：“我听出是斯万的声音。”其实也只听得出他的声音，根本看不清他的脸，因为我们在花园里尽量少点灯，怕招引蚊子，斯万长着鹰钩鼻，绿眼睛，高脑门，近乎红棕的金栗色头发梳成布雷桑款式①；我不露声色地去叫人端上果子汁；外祖母非常重视招待客人的饮料，认为果子汁不显得那么见外，对来访者反倒更加亲切。斯万先生尽管比我外祖父年轻得多，但跟他过从甚密；外祖父曾是他父亲的一位至交；他父亲为人极好，但是古怪，听说有时一点点小事儿就能使他内心冲动，改变思路。在吃饭时，我每每听到外祖父讲述斯万先生的父亲的一些轶事，千篇一律地讲有关斯万的妻子之死，说斯万曾日夜照看过妻子。当然，我外祖父好久没跟他见面了，闻讯赶往斯万家在孔布雷附近的庄园去看他；为了不让他看见入殓，外祖父成功地把痛哭流涕的斯万从灵房领走片刻。他们在大花园里走走，正好有点太阳。突然，斯万先生抓住我外祖父的胳膊，高声说道：“嗨，我的老朋友，这样的好天气，咱俩一块儿走走真叫人高兴！您瞧这些树木，这些山楂花，还有您从未对我赞扬过的池塘，您不觉得这一切很美吗？您的脸色太阴沉了。您感到微风没有，嘀，不管怎么说，生活毕竟是有意思的嘛，我亲爱的阿梅代！”突然，他又想起去世的妻子，或许觉得在这样的时刻深究怎么会情不自禁涌现快乐的心情过于复杂，他只拍了拍脑门，揉了揉眼睛，擦了擦夹鼻

---

① 布雷桑(1815—1860)，法国著名演员，头发梳成平顶刷子状。

眼镜，这是他的习惯动作，每当脑子里出现棘手的问题，他都是这样的。从此，他不能从丧偶的痛苦中自拔，在妻子去世后只活了两年，他对我外祖父说："真奇怪，我经常想念可怜的妻子，可一次又只能想一点儿。"因此，"像可怜的斯万老爹那样经常来一点儿"成了我外祖父的一句口头禅，谈论各种各样的事他都挂在嘴边。我一向把外祖父看作是最公正的法官，他的判决对我具有权威性，后来我本来倾向于严加谴责的过错，根据他的裁决一一宽恕了，因此，要不是外祖父接着嚷道："怎么？他的心肠可好呢！"我很可能以为这位斯万老爹是个魔鬼哩。

他的儿子小斯万先生曾经好多年，尤其在他结婚前，常来孔布雷看望我姨婆和外祖父母；他们猜想不到斯万先生根本不再跟他家的世交来往了，他来我们家还是用斯万这个姓氏，其实在他已是一种隐匿身份了，我家的人接待他住下，完全不知道他是微行的贵人，有如守本分的旅馆老板无意之中接待了一位著名的大盗，他们哪里会晓得斯万先生是赛马俱乐部最有气派的一位会员，巴黎伯爵和威尔士亲王最好的朋友，圣日耳曼上流社会的大红人。

我们对斯万在上流社会的显赫生活一无所知，其部分原因显然是他的性格内向，守口如瓶，同时也因为当时的资产者对社会有一种印度教式的观念，认为社会由封闭的种姓阶层组成，每个成员自呱呱坠地，就被定位在其父母所在的阶层，除非偶然因为例外的发迹或意外的高攀婚姻，根本无法使你跻身于高一等级的阶层。老斯万先生是证券经纪人，"儿子斯万"一辈子属于财富因收入而异的阶层，正如处在纳税者的某个等级。知道他父亲跟什么人交往，就知道他跟什么人交往，就知道他"能够"跟什么人交往。即使他跟别的阶层的人交往，也被认为年轻人交游广阔，他家的老世交，比如我的外父母，都会宽厚地睁一眼闭一眼，尤其他成为孤儿后，还念念不忘旧情，坚持来看望我们；但十有八九他这些我们不认识的新交，倘若我们在一起时碰见了，他是不敢打招呼的。如果有人硬要给他标上个他本人的社会地位系数，那么，和其他与他父母地位相当的经纪人子弟相比，他的这个系数大概是偏低的，因为他非常随便，而且对古董和油画始终"着迷"得不得了，他现在住一幢老式花园住宅，屋里堆满了他的收藏品，我外祖母很想饱一下眼福，但因为地处奥尔良河滨道，我姨婆认为住这种街区丢人现眼。“您是不是内行？我这么问您是为您好哇，因为您搞到的很可能是商人倒手的蹩脚货。”我姨婆对他说；她压根就以为斯万是个外行，甚至在智力上也是平庸之辈，既然他在交谈时一味回避严肃的话题，而在锱铢枝节上谈吐精确得令人乏味，不仅他给我们讲菜谱时是如此，而且在我外祖母的两位姐妹谈论艺术时也是如此。即使她们逼他谈谈个人的见解，讲讲一幅画的妙处，他也闭口不谈，弄得别人差不多要生气了，相反，他提供一幅画的具体情况时则是滔滔不绝，诸如画收藏在哪家博物馆，作于哪年哪月等等。通常，他每次讲一则新鲜的故事来逗我们开心，总是他新近发生的事，总是与我们认识的人有关，诸如孔布雷的药剂师，我们的厨娘，我们的车夫等等。诚然，这些故事使我姨婆开怀大笑，但她弄不清究竟是斯万先生在故事中始终扮演可笑的角色还是他把故事讲得很幽默，她叹道：“您算得上是位真正的人物，斯万先生！”由于她是我家唯一有点儿俗气的人，在谈起斯万时，她自告奋勇向不知内情的人指出，如果斯万愿意，他本可以住奥斯曼林荫大道或歌剧院大街的，他是老斯万先生的儿子嘛，大概有四五百万法郎的遗产，可他生就一副怪脾气。姨婆还认为，有怪脾气的人必定会使别人开心的；在巴黎时，每当斯万先生元旦来访，给她带来一包冰糖栗子，倘若有客人在场，她少不了要对他说：“喂，斯万先生，您还住在酒库附近吗？是不是为了每次去里昂不至于乘火车误点呢？”她一边用眼角从夹鼻眼镜的上方扫视在座的其他客人。

然而，如果有人向我姨婆叙述下列情况，她会觉得好像在听天方夜谭：斯万先生作为斯万家的公子，完全“有资格”受到所有“上流资产阶级的名媛淑女”的接待，受到巴黎最有名望的公证人或诉讼代理人的担保（这种特权他却似乎故意让女人掌管），他却偷偷地过着完全不同的生活；在巴黎时，他对我们说要回家睡觉了，但一旦离开我们家，刚到街角，就朝相反方向折回，去光顾任何别的经纪人或合股人从不涉足的沙龙；这些事情我姨婆听起来有如一位较有学问的女士想到她个人非常熟悉的阿里斯泰俄斯[1]刚与她聊完就直奔忒提斯[2]统辖的一个王国，钻进凡人眼睛看不见的帝国，而且据说维吉尔[3]确实向我们表明，他在那里受到热情的接待，或者，在姨婆听起来像一幅她念念不忘的画，更能使她浮想联翩，因为在孔布雷，我们的点心盘子上就有这样的画：阿里巴巴与我们同桌同餐，当他发现独自一个时，便钻进叫人眼花缭乱的山洞，意想不到会有那么多珍宝。

有一天在巴黎，他在晚饭后来看我们，对自己穿着夜礼服表示歉意；在他走后，弗朗索瓦丝说车夫告诉她斯万“在一位公主家”吃的晚饭，我姨婆耸耸肩膀，眼睛不离手上在织的毛衣，泰然自若地讥讽道：“是的，在一位半上流社会[4]的公主家！”

所以说，姨婆对他十分粗暴。由于她认为他应该对我们的邀请受宠若惊，因此，每逢夏天他来看我们总手提一篮自家花园产的桃子或覆盆子，或每次从意大利回来总要给我们带些美术杰作的照片，这一切，我姨婆觉得都是理所当然的。

每逢大摆筵席的时候，一旦需要多层沙司或菠萝色拉的配方，我家的人就毫不拘束地打发斯万去寻找，却不请他赴宴，认为他不够德高望重，不宜让他跟首次光临的贵宾共进晚餐。如果谈话涉及法兰西王室的王子王孙们，我姨婆便对斯万说：“像您我这样的人永远高攀不上他们，咱们略而不谈吧，是吧。”她哪里晓得，斯万衣兜里也许正揣着从

---

① 阿里斯泰俄斯，希腊神话中的农神，他来到特茨克，爱上了俄耳甫斯的妻子欧律狄克。欧律狄克为躲避他而出逃，但被咬伤。自然女神在盛怒之下，毁坏了他养的蜂群。他用牛向自然女神献祭后才收回蜂群。

② 忒提斯，希腊神话中的海神，大海的主宰，因容貌美丽，又称“美发女神”，她心地善良，乐于助人。

③ 维吉尔（前70—前19），拉丁诗人，他的代表作《农事诗》第四首田园诗中描写了阿里斯泰俄斯怎样把蜂群收集在一起，怎样成为牛羊、行人和牧童的保护神等。

综上所述，作者的意思是，一位有学问的女士听到别人对她所熟悉的事情捕风捉影，胡言乱造，感到诧异。

④ 指交际花之类构成的社会。

特威克汉姆[1]的来信哩；每逢我外祖母的妹妹演奏歌曲的晚上，我姨婆便支使他推钢琴和翻琴谱，让这个在别处深受欢迎的人随她支使，她像个不懂事的孩子那样唐突，拿着一件古董当一件便宜货那般毛手毛脚地玩弄。说不定在同一时期，在赛马俱乐部的成员中大有名气的斯万跟我姨婆所创造的斯万大相径庭；晚上，在孔布雷的小花园里，只要听见两声怯生生的门铃声，她便数落开了，搬出她对斯万家所了解的一切，把默默无闻的，拿不定主意的人物说得活灵活现，当时他正跟在我外祖母后面从黑暗的背景中脱颖而出，不过从他的说话声早已认出来了。然而，甚至从生活中最微不足道的事情来看，我们实质上不是一个完全的整体，在大家的眼里并不相同，每个人只要前来了解一下便清楚了，有如对承包协议书或遗嘱各人有各人的看法；我们的社会人格是别人思想的创造物。哪怕极其简单的行为，比如我说："看望一个我们认识的人"，就有部分是智力行为。对我们所看到的人，我们用有关他的一切概念来充实他的相貌，这些概念在我们设想的全貌中无疑占有最大的部分。到头来，使得面颊丰润饱满，使得鼻子的线条妥帖分明，进而影响嗓子的音色质地，仿佛音色只是一层透明的外罩，每次我们看见这张面孔，每次我们听见这个声音，我们又发见这些概念，听从这些概念。我的长辈们在塑造斯万的形象时或许由于无知而剔去他在社交场中的许多特色，而正是因为他有这许多特色，在别人的眼里，他的眉宇间充满风雅之气，但这股昂宇，到达鹰钩鼻就戛然而止了，如同遇到了天然屏障；但他们也能在那张被扒去魅力的脸上，在那张空廓的眉宇间，在那张被贬损的眼睛深处，堆起模糊而悦目的残迹，好像记得起又好像已遗忘的东西；那时我们是乡间的好邻居，每周一次共进晚餐，在牌桌旁或在花园里一起度过了闲暇的时光。我们朋友的体态外观因此十分饱满了，再加上有关他父母的一些回忆，以致当年的斯万已变成一个全面发展的、生气勃勃的人，以致我仿佛觉得在我的记忆中，早年的斯万和后

---

① 位于伦敦郊区泰晤士河左岸一个住宅区，那里住着很多流亡的法兰西王室贵族。

来我切实认识的斯万是有区别的，我离开早年的斯万去接近后来的斯万，在早年的斯万身上我又发见我青年时代那些风流倜傥的不端行为；早年的斯万不像后来的斯万，却更像我当年认识的其他人，就像在我们的生活中或在博物馆里，同时代的人的肖像似乎都是本家人，有着相同的色调；所谓早年的斯万就是那个优哉游哉的斯万，身上总有股清香：那是从高大的醋栗树，一篮篮覆盆子和一束束龙蒿散发出来的。

然而，有一天我外祖母去找她在圣心教堂认识的一位夫人帮个忙（由于我们的种姓血统观念，我外祖母后来不愿与她来往，尽管她们互有好感），那位夫人就是名门望族布永家的德·维尔帕里济侯爵夫人；侯爵夫人对她说："我想您非常熟悉斯万先生吧，他是洛姆家我那些侄儿们的好朋友。"我外祖母那次访问回来时欣喜若狂，对德·维尔帕里济夫人劝她租下的那幢面朝花园的房子满心喜欢，对在大楼内院开铺子的内衣裁缝父女连声称好，因为她上楼时把裙子勾破了，就到父女开的铺子里去求织补。外祖母对她们父女俩赞不绝口，声称女儿是颗珍珠，父亲是她见过的最出众、最善良的人。因为对她来说，出众是绝对与社会地位不相干的。她对内衣裁缝的一句答话赞叹不已，对我妈妈说："塞维尼①也说不了那么好！"相反，谈到在德·维尔帕里济夫人家会见的一个侄儿时，她说："嘿，我的女儿，他太平庸了！"

德·维尔帕里济夫人有关斯万的那句话非但没有在我姨婆的心目中抬高斯万的身价，反倒使侯爵夫人自己降低了身分。根据我外祖母的信念，我们对德·维尔帕里济夫人是敬重的，但这种敬重好像迫使她不得做出任何有失尊严的事情，而她居然得知斯万其人，并允许她的一些亲戚跟斯万交往，她认为这样是有失尊严的。"怎么，她认识斯万？你还说过她是麦克马洪元帅的亲戚哩！"我的长辈们对斯万的交往所抱的这种看法后来被进一步肯定，因为他跟声名狼藉的交际场所的女人结了

① 即塞维尼夫人（1626—1695），法国散文家，她的《书简集》是传世佳作。

婚，那几乎是个轻佻女子，况且他从不企图带她上门，婚后继续单独来我们家，尽管次数越见稀少，但由此他们认为可以判定斯万经常出入的社交圈子，当然是他们所陌生的圈子，他们猜想斯万就在那种地方搞到那个不三不四的女人的。

但是有一次，我外祖父在报上看到斯万先生是某某公爵星期日午餐聚会上一个最忠实的常客，这位公爵的父亲和叔父是路易-菲力普执政时最显赫的国务活动家。外祖父对这些小消息一向很好奇，因为所有的小消息都有助于他思想潜入大人物的私生活，诸如莫莱·帕斯基埃公爵，德·布罗格利公爵。他高兴得知斯万跟那些认识国务要员的人过从甚密。我姨婆则不然，她对那条新闻的解释于斯万不利：凡是在自己出身的种姓阶层以外或在自己的社会“阶级”以外选择交往的人在她的眼里等于不幸地降低了等级，她觉得抛弃有先见之明的家庭为儿女们体面地维护和保持与庄重的人们建立的高尚的联系，这样的成果一下子被人抛弃了：我姨婆甚至停止会见我们朋友们的一位公证人的儿子，就因为他娶了一位亲王家的千金，在她看来，这等于从公证人儿子受人尊敬的地位下降到冒险家的地位，冒险家们原先是王室贴身侍从或车马侍从，据说王后娘娘们有时对他们发了善心才走运的。所以，她责备我外祖父打算趁第二天晚上斯万来吃晚饭的时候向他打听我们新近发现的他那些朋友的情况。另外，我外祖母的两位妹妹虽然具有她的高贵气质，却没有她的聪明才智，她们声称不能理解姐夫找如此无聊的话题有什么乐趣。她们都是志趣很多的人，正因为如此，决不能对所谓的闲话感兴趣，即便具有史话趣味的传闻，也不感兴趣，一般来说，凡是与审美或贤德无直接关系的话题，她们一概不闻不问。对于或近或远涉及社交生活的一切谈论，她们打心眼儿里不感兴趣；一旦席间的谈话带有轻浮的口吻或意境不高，而这两位老小姐又无力把话题引回到她们所喜爱的事情，她们便觉得她们的听觉处在无用的状态，于是干脆让听觉的接受器官休息，听凭它开始真正的衰退。倘若我外祖父需要引起两位小姨子的注意，他就不得不求助精神病医生对精神分散症患者采用的物理警告法：用刀刃连敲几下玻璃杯，外加猛喝一声和横瞪一眼；精神医科医生往往把这些粗暴的手段移植到同完全健康的人交往的人际关系中来，也许由于职业习惯，也许他们认为所有的人都在发疯。

不过，当斯万来吃晚饭的前一天，他亲自给她们送来一箱阿斯蒂生产的葡萄酒，她们倒是兴致勃勃的；我姨婆拿着一份《费加罗报》，看到上面刊登一幅在柯罗画展上展出的名画，画旁有一行说明："夏尔·斯万先生收藏"，便对我们说："你们瞧见了吧？斯万在《费加罗报》上大出风头了。"——"我一直对你们讲他的鉴赏力很强嘛，"我外祖母说道。——"你自然啰，什么时候你的意见都跟我们不一样。"姨婆抗辩道，她知道我外祖母一向跟她的看法不一致，又没有把握每次得到我们的赞同，于是想生拉硬扯我们站在她一边，针对我外祖母的看法群起而攻之。但我们偏不吭声儿。我外祖母的妹妹们表示想告诉斯万《费加罗报》的那句话，姨婆却竭力劝阻。每次她看到别人具有她所没有的长处，哪怕是微乎其微的，她也要自己相信这不是长处而是短处，为此，她非但不羡慕别人，反倒怜悯别人。"我想你们不会讨好的，换了我，要是看见自己的名字那么触目地登在报上，会感到败兴的；人家跟我谈这种事，我不会洋洋自得的。"

不过她倒没有硬要说服我外祖母的两个妹妹，因为她们俩本人就厌恶俗气，往往把人身影射转弯抹角地掩饰起来，话说得很巧妙，常常连当事人都察觉不出来。至于我母亲，她一心想着竭力取得我父亲的同意，不跟斯万谈论他的妻子，只谈他宠爱的妻子的女儿，据说正因为这个女儿，他才同意这门亲事儿的。"你只要跟他提一句，就问问她身体好不好。他没准儿苦不堪言呢。"听罢，我父亲发火了："不行！你尽出馊主意。这未免不伦不类了吧。"

我们家中只有一个人对斯万的来访叫苦不迭，那就是我。因为晚上若有客人，或哪怕斯万先生一人，妈妈就不上楼来我的房间。我在大家之前先吃晚饭，然后在餐桌旁坐到 8 点，照例我便上楼了；通常妈妈在我上床睡觉时给予我的那个珍贵而易逝的吻，我得把它从餐厅带到卧室，又得在脱衣服的时候把它留住，以免损坏它的温馨，以免它本来就易逝的效力烟消云散；正是在那样的晚上，我接受妈妈的吻时需要格外小心，我得在众人面前抓住这个吻，赶紧把它藏起来逃走，甚至没有必要的时间和思考余地来专心得到这个吻，正如躁狂症患者在关门时尽量不去想别的东西，以便在躁狂症突然发作时，能用关门时的回忆来战胜它。

那两声怯生生的门铃传来时，我们全家都在花园里。我们知道是斯万，但大家依然面面相觑，脸上带着询问的神情，并派我外祖母前往侦察。“请想着谢谢他的酒，说得清楚点，你们知道的，酒味醇香，而且是一大箱，”我外祖父叮嘱他的两个小姨子。“不要再交头接耳，”我姨婆关照道，“上别人家听见人家在说悄悄话，多不舒服哇！”——“喏，斯万先生驾到，我们过一会儿问他是否认为明天是晴天，”我父亲说。我母亲以为只要她说一句话就可以把我们全家自斯万结婚以来给他造成的难堪统统消除。她想出办法把斯万引到一边。但我紧跟着她；我舍不得离开她一步，过一会儿我就得把她留在餐厅里，而我上楼睡觉时又不能像通常那样得到她来亲吻的慰藉了。“哦，斯万先生，”母亲对他说，“跟我谈谈您的女儿吧；我肯定她已经像她爸爸那样能鉴赏艺术珍品了。”这时我外祖父走过来说：“喂，你们请过来跟大家坐到凉台上。”我母亲不得不把话打住，但她从这种约束中产生一个灵巧的心思，正如优秀的诗人从严格的韵律束缚中写出最美的诗句：“等咱俩单独在一起时再谈您的女儿吧，”她低声对斯万说，“只有当母亲才配得上理解您呐。我相信她母亲也同意我的看法。”我们全体围着铁桌子坐下。我真不愿意去想今晚我独守空房的苦恼，辗转反侧的焦躁；我竭力说服自己，这没有什么了不起，因为明天清晨就会忘得一干二净；我竭力去设想未来，设想走上一座桥梁，以便越过令人心惊胆战的深渊。但我忧心忡忡，瞪眼凝视我的母亲，心弦绷得紧紧的，不容任何印象闯入。各种想法尽可闯进我的心扉，但一切可能扣动我心弦的美，乃至一切可能引起我开心的风趣都被排斥在外。有如一个病人，因上了麻醉药，动手术时心里清清楚楚，却一点感觉也没有；我可以背诵我喜爱的诗篇或观察我父亲诱使斯万谈论德·奥迪弗雷-帕斯基埃公爵所做的种种努力，然而前者不能使我产生任何激情，后者不能使我产生任何快乐。但是外祖父的努力没有结果。他刚向斯万提出一个有关那公爵演说家的问题，我外祖母的一个妹妹就觉得不入耳，认为这个问题不合时宜，以致造成长久的冷场，出于礼貌，她主动打破冷场，大声对妹妹说："你想想看，塞莉娜，我结识了一位年轻的瑞典教师，她把斯堪的纳维亚国家的合作向我作了详细的介绍，有许多非常有趣的细节。应当请她哪天来这里吃晚饭。"——"我看可以嘛！"妹妹弗洛拉回答，"不过我也没白白浪费时间哪。我在万特伊先生家遇见一位老学者，他跟莫邦很熟，莫邦向他详详细细地介绍了如何创造一个角色。这有意思极了。我是万特伊先生的邻居，我原来不知道，他非常和气。"——"不光万特伊先生才有和气的邻居，"塞莉娜姨婆大声喊道，由于羞怯，她的声音发尖，又由于预谋，她的声音很不自然，同时她向斯万瞥了一眼，用她的话说是意味深长的一瞥。与此同时，弗洛拉姨婆领会到这句话是塞莉娜对阿斯蒂葡萄酒的送者表示感谢，她也望了望斯万，其神情中既有庆贺之情，又有讥讽之意，也许仅想强调她妹妹的妙语，也许嫉妒斯万给了她灵感，也许她不由自主地挖苦他，因为她认为斯万难以招架了。"我想咱们能请得动这位先生来吃晚饭，"弗洛拉接着说，"只要谈起莫邦或马泰纳太太，他可以一口气谈上几个小时。"——"那倒蛮有意思的，"我外祖父叹道，但心想，大自然不幸地完全排除了人们对瑞典合作社或莫邦扮演的角色产生热切的关注的可能性，同时它也忘记了为我外祖母的两个妹妹的才情提供一点风趣，就像叙述莫莱或德·巴黎伯爵的私生活时必须添油加醋，听起来才津津有味，"喏，"斯万对我外祖父说，"那我就谈一谈看上去跟您问我的事情更有关联的问题，因为从某些方面来看，事情并没有什么大的变化。今天早上，我重读圣西门，有些东西也许会使您高兴。那是在有关他出使西班牙的一卷中，不算最精彩的篇章，只是一卷日记，但至少写得非常出色，仅此一点而论，就不同于令人厌烦的报纸，而我们则自以为早晚非读报纸不可。"——"我不同意您的看法，有些日子我觉得读报挺愉快的……"弗洛拉姨婆插话，以示她读到了《费加罗报》上关于斯万收藏柯罗的一幅画的说明。"每当报上登些引起我们关注的事情或人物的时候！"塞莉娜姨婆补充道。斯万感到诧异，答道："我不反对，不过我责难报纸之处，在于报界每天让我们注意一些毫无价值的琐事，而我们一生难得读到三四回货真价实的书。既然我们每天早上迫不及待地拆封看报，那么就得换换花样，加些东西才行，让我怎么说呢，比如……帕斯卡尔的《思想录》之类！"他把《思想录》三字说得夸张，用了反讽的语气，免得显得学究气。同时对上流社会的东西表现出某些社交界人士流露的那种轻蔑，他加添道："那些切口烫金的精装书，我们十年只打开一次，而读到的却是希腊王后驾临戛纳，威德·莱翁公主举办化装舞会。好像这样才合乎天理人情。"他后悔忘乎所以，把严肃的事情说得如此轻率，调侃道："咱们的谈话十分高雅，我不知道为什么提及这些登峰造极的人物，"他转身对我外祖父说，"还是谈圣西门吧，他写道，莫莱夫里埃竟敢向他的儿子们伸手套近乎。您知道，圣西门是怎么说这个莫莱夫里埃的，他说：'他就像厚玻璃酒瓶，我看他一肚子坏水，又粗俗又愚蠢。'——'玻璃酒瓶有厚有薄，但我知道有些瓶里装的是别的东西。'"弗洛拉赶紧插话，她也乘机感谢斯万，因为那箱阿斯蒂葡萄酒是作为礼物送给她们姐妹俩的。塞莉娜开怀笑了起来。斯万狼狈不堪，但还是接着讲："圣西门写道：'我不知道他是不懂规矩呢还是死要面子，反正他想同我的孩子们握手。我及时发觉他的意图，没让他得逞。'"我外祖父对"不懂规矩呢还是死要面子"一说赞不绝口，但塞莉娜小姐，由于圣西门这个文豪的名字使她的听觉官能免遭完全的麻痹，听到此话却怒不可遏："怎么？您居然大加赞赏？嗯，那好哇！但这些能说明什么呢？难道一个人非得不如另一个人吗？人若有才气和胆气，公爵也罢，马夫也罢，有什么要紧？您那个圣西门教子有方哪？他居然不让儿子们跟所有的正派人握手。真是可恶透顶。您竟敢引为佳话？"我外祖父心里很难过，见她硬是横插一杠，感到无法继续再让斯万讲叫他开心的故事了，于是低声对我妈妈说："你还记得你教我的那句诗吧，在这样的时刻可以让我轻松一下。嗨，有了，'主呀[①]，有

① 原文版注：高乃依的诗句，见《庞贝之死》(1072)，应为："天哪！……"

多少德行您要我们憎恨哪！’嗬，说得多好哇！”

我目不转睛地望着母亲，我知道，一旦开饭，就不允许我呆着看他们吃饭；为了不惹我父亲生气，妈妈不让我当着大家的面亲吻好几次，就像我在卧室里那样。所以，在餐厅里，在即将开晚饭的时候，在我感到那个时刻来临之际，我决心尽可能预先把那短短而悄悄的吻由我自个儿来完成，用目光在母亲的面颊上选择好我即将亲吻的位置，作好思想准备：由于精神上已经开始亲吻，就能感受妈妈把脸凑过来的一刹那我的嘴唇所获得的温馨，正如只能得到几次短暂的模特儿姿势表演的画家，他准备好调色板，根据笔记，事先把一切素材回忆妥当，即使模特不在场，他也能把肖像画得惟妙惟肖。然而，晚饭铃未响，外祖父残忍地，尽管是无意识的残忍，说：“孩子看上去累了，该上楼睡觉了。况且我们今晚开饭又晚。”我父亲又不如我外祖母和母亲那样恪守协约，他说：“是呀，走，快睡觉去。”我正想亲一下妈妈，这时晚饭铃响了。“不，行了，别缠磨你母亲啦，你们这个样子道晚安该收场了，这种表示真是荒诞可笑。走，上楼去。”我不得不离开，没领到盘缠就上路了；我硬着头皮登每级楼梯，恰如俗话所说“无可奈何”，即违心上楼，我的心不禁又返回母亲身边，因为她还没有吻我，我的心没有得到她发的许可证，不肯跟我回房。这可恶的楼梯，我一踏上它，总是百般惆怅，它散发的清漆味儿可以说已经吸收了，凝聚了我每晚所感受到的那种特殊的郁闷，也许正因如此，我闻到漆味时倍感惆怅难受，因为在这种嗅觉的形式下，我的智力不再能够发挥作用了。当我们沉睡时牙痛发作了，我们却感觉不到，只仿佛我们竭尽全力把一个姑娘从水里拉出来，拉出来又掉下去，一连二百次或仿佛觉得我们在不停地背诵莫里哀的一句诗，惊醒后大松一口气，这时我们的智力才意识到是牙痛，才能剥去见义勇为的伪装或铿锵吟诗的假相。我上楼时，与这种大松一口气正好相反，闻到楼梯的清漆味，突然觉得一阵揪心，速度非常之快，几乎是顷刻之间的事，既是潜伏的，又是突发的，比精神渗透不知更快多少倍。我一径进入卧房，就得堵住一切出口，把护窗板关死，掀被子，为自己挖好坟墓，把睡衣当裹尸布穿上。时令已交盛夏，家里人怕我在大床的棱纹平布帷子下太热，在我的卧房里加放了一张铁床，我在把自己埋入铁床里之前，顿时产生了反抗情绪，我想试一试囚犯的诡计。我给母亲写信，恳求她上楼来，有重要的事情禀报，又不便在信上说。但我非常害怕弗朗索瓦丝不肯为我送信，她是我姑妈的厨娘，每逢我来孔布雷，由她专门照料我。我猜想，对她来说，在家中请客时为我给母亲送信是不可能的，正如叫戏院门房送信给一个正在台上表演的演员，是办不到的。至于事情办得到或办不到，弗朗索瓦丝自有一部法规，既专横又翔实，既细微又强硬，其档次区分难以觉察或细腻入微。这使她的法规具有古风的色彩，其中惨绝人寰的规定可下令屠杀吃奶的孩子，其中大慈大悲的规定可禁止用母山羊的奶来炖山羊羔或食用动物大腿上的筋。倘若我从她有时冷不防地顽固拒绝承办我们委托的某些事情来判断，她的这部法规好像早已预见某些上流社会的复杂规矩和社交场上过分的礼仪，而这些在弗朗索瓦丝周围亲近的人中和在她乡村女仆的生活中是得不到任何启迪的；因此，我们不得不承认在她身上有着法兰西非常古老的遗风，高尚而不为人们所理解，有如在手工业城市中，一些陈旧的宅第证明昔日曾有过宫廷气派的生活，一些化学产品工厂的工人从事劳动的四周则有精美的雕塑品，如今仍旧再现着圣·泰奥菲尔的奇迹或埃蒙四子[①]。为对付当时的特殊情况，她的法规专门有一项条款：除非发生火灾，弗朗索瓦丝多半不可能为我这个区区小人物去打扰妈妈，她正陪着斯万先生哩，这不折不扣地表明她不仅尊敬长辈，如同尊敬故人、教士和王爷，而且尊敬我们给予款待的宾客；这种尊敬，如果出现在书里，也许使我感动，但出现在她的嘴里，总叫我恼火，因为她劝说的语气既严肃庄重，又动了感情，叫人受不了，尤其这天晚上，她

① 泰奥菲尔，中世纪传奇人物，相传他的故事发端于他的奴隶欧蒂欣，后来由拉丁诗人和德国诗人相传编入叙事诗：泰奥菲尔因受到不公正的待遇，怒火中烧，一气之下，在一个希伯来魔术师的帮助下把灵魂卖给魔鬼，随后追悔莫及，求助于圣母马利亚。圣母被他的诚心感动，代为求情，使他的灵魂得救，终于成为圣徒，故称圣·泰奥菲尔。埃蒙四兄弟是法国12世纪英雄诗中的人物，其父是公爵，故称埃蒙四子，在同查理大帝作战时，英勇无比，后成为传奇人物。

把这顿晚饭说得神圣得不得了，以致拒绝打扰晚餐的礼仪。但为了碰碰运气，我毫不犹豫撒起谎来，对她说根本不是我主动要给妈妈写信，而是刚才妈妈跟我分手时叮嘱我别忘了给她一个答复，有关她让我找的一件东西；如果不给妈妈写这封短信，她会生气的。我看见弗朗索瓦丝不相信我的话，因为她像原始人那样，有着比我敏锐得多的感觉，从我们觉察不出的征兆中，立即识破我企图掩饰的全部真相；她盯着信封足足瞧了5分钟，好像纸面检查和书写外观可让她看透内容的性质或教她应当参照她的法规的哪个条款。然而，她无可奈何地走出房间，那样子好似在说："哎！养了这么个孩子，做父母的真倒霉！"才一会儿她又回来了，对我说他们刚在吃冰淇淋，这个时候膳食总管无法当着众人的面递交信件，得等到上漱口盅时才有办法把信递给我妈妈。我的焦虑顿时消失；现在不用像刚才那样担心直到明天都见不着妈妈了，因为我的短信至少把看不见的而乐不可支的我带进妈妈所在的屋子，即将在她耳边说悄悄话，尽管可能使她生气，甚至双倍地生气，因为我的诡计将使我在斯万的眼里显得荒唐可笑；片刻前，冰淇淋（花岗石纹冰淇淋）和漱口盅在我看来还包含着有害的享受和极其可悲的乐趣，因为妈妈是在撇弃我后享受的，如今这间对我禁止和敌视的餐厅，突然向我开放，好比一个熟透的裂开皮的水果流出的蜜汁那样滋润我的心房，因为妈妈读到我写的几行文字时流露出的关注将使我如醉如痴。现在我与母亲心心相印了，相隔的屏障已倒塌，一条美不可言的情丝把我们联系在一起。况且，还不止如此，妈妈多半还会来看我哩！

我刚才感受的苦恼我想斯万会嗤之以鼻，假如他读到我的信和猜到我的用心的话；然而，正好相反，后来我听说，在他的一生中，一种类似的苦恼折磨了他多年，也许没有人比他更能理解我；他体会到这种苦恼：自己所爱的人在自己不在的或不能去相像的娱乐场所享受快乐，这就是爱情使他经受的苦恼，也几乎可以说，这种苦恼注定属于爱情，而且通过爱情，这种苦恼被独占了，被专门化了；不过，像对我这样的人来说，爱情还未出现在我们生活中以前，苦恼已经钻进我们的心窝，它一边期待着爱情一边迷离恍惚、不受拘束地活动，漫无钟情的目标，一天为某种感情效劳，第二天又为另一种感情效劳；时而是子女对父母的情爱，时而是同伴对同伴的友爱。当弗朗索瓦丝回来对我说我的信将送到，我得到第一次感情实习的喜悦，斯万一定也得到过这种喜悦，这其实是一场空欢喜，是我们所爱的女人的某个朋友或某个亲戚好心的结果，比如发生在这样的时刻：我们来到公馆或剧院，明明知道我们所爱的女人在里面参加舞会或观看首场演出，这位朋友正准备去找她，却瞥见我们在门外徘徊，绝望地等待与她联系的机会。他认出我们，亲热地过来招呼，问我们在那里干什么。我们编造说有紧急的事要告诉他的亲戚或女友，他向我们保证说，这再简单不过了，他把我们请进去，并且答应我们5分钟内一定送她来见我们，我们多么喜欢他，就像此刻我多么喜欢弗朗索瓦丝这位好心肠的中间人，只用一句话就使我们的心情大变样了：刚才我还认为里面正在举行难以想象的、令人受不了的晚会，而且认为其中定有几股敌对的、反常的、迷惑人的旋风，把我们所爱的人裹挟而去，还让她嘲笑我们，可现在我们觉得里面的晚会还过得去的，合乎人情的，几乎合时宜的呢！如果我们以他的态度来看："这位亲戚主动前来同我们搭讪，他本人只是初次涉足令人难堪的奥秘，那么我们可以判断其他的宾客不至于是恶魔的人物。"当我们对她即将享受怎样的欢乐一无所知时，那样的时刻是叫人望洋兴叹的，使人万分痛苦的，如今意外地出现了一个缺口，我们可以钻进去了；如今在鱼贯而行的时刻序列中出现一个时刻，与其他时刻同样实实在在也许对我们更为重要，因为我们所爱的人与这个时刻更为紧密相关；这个时刻，我们想象得出，我们占有它，我们介入其间，几乎是我们自己创造出来的，即有人告诉她我们在那儿，在楼下的那一刻。其实晚会其它时刻大概与那个时刻没有多大的本质差异，不见得更为美妙，更使我们痛苦万状，因为好心的朋友说："她一定乐意下楼的！跟您聊天对她有趣得多，她呆在上面腻歪透了。"可叹哪，斯万在这个方面深有体会，第三者的好意打动不了一个女人的心，当她得知连在晚会上也被她不爱的人跟踪时是要生气的嘛。往往，好心的朋友独自返回楼下。

我母亲没有来，根本不照顾我的自尊心(我曾希望，所谓她请我告诉她寻找东西这个谎言不被揭穿），她让弗朗索瓦丝给我捎回这句话：“不予理睬。”后来我经常听见豪华旅馆的门房或赌场的当差就是这样给可怜兮兮的姑娘回答的，姑娘大惊失色：“怎么，他什么也没说，这不可能的嘛！您真的把我的信交给他了吗？那好，我再等等吧。”而且，当门房要为姑娘多点一盏煤气灯时，她们总是说不需要，然后缩在一旁等候，偶尔听到门房和跑堂交换几句有关天气好坏的话，当门房瞥见时间正到，赶紧打发跑堂的为某位顾客把酒冰镇好；弗朗索瓦丝传过话后主动提出给我泡药茶或留下陪我，但被我谢绝了，让她回到配膳室去，然后我躺下，闭上眼睛，尽量不去听我父母在花园里喝咖啡时的说话声。几秒钟之后，我感到在给妈妈写信的时候，在冒着使她生气而硬要接近她，甚至以为马上要与她见面的时候，我实际上已经在为我自己设置障碍，可能入睡前见不到妈妈了；我的心怦怦跳得越来越厉害，越来越难受，因为我竭力说服自己平静下来，对厄运逆来顺受，结果反倒增添了烦恼。突然，我的焦虑消失了，有如强烈的药物开始见效了，我顿时感到浑身舒坦，痛苦涣然冰释：我下定决心不见妈妈偏不睡觉，等她上楼睡觉时，要不惜一切代价亲她一亲，尽管肯定会惹她生气很久。苦恼既消，平静得以恢复，我的情绪异常兴高采烈，其异常的程度不亚于等待、口渴和临危不惧所引起的异常情绪。我悄悄打开窗户，坐在床脚旁，几乎一动不动，不让楼下听到我发出的声音。窗外，万物似乎也凝结在默然的期待中，生怕惊扰明亮的月色；月亮以自身的反光照遍每个地方，使每件东西都投下形影，都向后倒退，月色溶溶而又明净，使景致变得秀丽而悠远，如同人们把一幅卷着的画轴缓缓展开。需要动一动的东西，比如栗树的叶子，在微微颤动。树叶整体的微微颤动，细别有致，不影响树的其余部分，似乎脱离树木而独辟有限的空间。远处传来的杂音，大概来自小城另一端的花园的杂音，在这不吸音的寂静中坠落散开，温柔而清晰，是那样的“完美”，好似从远处传来轻轻演奏的乐段，正如音乐戏剧学院的乐队出色地轻声演奏的乐旨，尽管每个乐符清晰可辨，但都像从离音乐厅很远的地方传来的；所有的老听众，包括我外祖母的两个妹妹在内，如果斯万给她们送音乐票的话，都会侧耳倾听，好像在听部队行军的脚步声从远处渐渐传来，其实部队还没有拐出特雷维泽街呢。

我知道我陷入的案情同所有的案情相比，对我来说，可能会惹父母采取最严厉的处罚，其后果比外人所能想象的要严重得多，外人总以为充其量不过是丢人现眼的过失所造成的后果。由于人们对我施行的教育不同于别的孩子所受的教育，过失的轻重次序是不一样的；家里人培育我习惯于把某些过失置于所有其他的过失之前，要不然，我大概没有必要让人家精心管教不犯这类过失，我现在明白这类过失的共同特性：因为大发肝火而失足，不过，失足一说当时没有挑明，也没有把根源公布于众，否则我会心安理得认为失足是可以原谅的，甚至是无法抵御的。其实我明明知道，在失足前，我百般苦恼；在失足后，我定遭惩罚；我知道，我刚才犯的过失与我过去为之严厉受罚的过失是同一类别的，尽管要严重得多得多，假如在母亲上楼睡觉的时候我半道上迎上前去，假如她看到我一直没睡只等着到过道里向她再说一次晚安，那么他们不会再让我呆在家里，第二天就会把我打发到学校去住宿，这是肯定的。那么好吧！我宁愿5分钟之后跳楼自尽，那更痛快些。现在我一心想的是要妈妈，向她道晚安；为了实现这愿望，我已经走得太远了，不可能再走回头路了。

我听得见父母送斯万出门的脚步声；门铃声提醒我斯万已走了，我便趴在窗上，妈妈问我父亲龙虾是否可口，斯万先生是否要了第二份白心果咖啡冰淇淋。“我觉得龙虾不过如此，”我母亲说，“我想下次应当试一试另一种香料。”——“我说不出口，我觉得斯万大变样了，”我姨婆说，“他像个小老头了！”姨婆习惯把斯万总看作一成不变的小年轻，当她发现斯万比她固定给他的年龄显老时，就大惊小怪起来。况且，我父母也开始觉得他衰老得失常、过分、丢脸，单身汉才会这般老气横秋，所有那些觉得无望的大白天似乎比其它大白天更长的人才会这般老气横秋，因为对他们来说，白天是无实在意义的。自清晨开始的时时刻刻白白增加，分不出哪些时刻是有成果的。“我想他为不正经的妻子伤透了脑筋，那娘们跟一个叫夏吕斯的先生姘居，孔布雷的人都知道。这事成了全城的笑柄。”我母亲提醒说斯万近来倒不怎么愁眉苦脸了，她说：“也不像从前那么经常学他父亲的举止，动不动就揉眼睛，摸脑门。我想，他实在已经不爱那个女人了。”——“当然不再爱她了，”我外祖父接茬儿，“关于这件事，我很久以前收到过他的一封信，我尽量往好处想，但毫无疑问，他对妻子的感情，至少爱情已经淡漠了。哎呀！你们真是的，你们还是没有感谢他送来的阿斯蒂葡萄酒，”外祖父最后转身对两位小姨子说。“怎么，我们没有感谢他？咱们私下说说，我以为我转弯抹角的说法还相当委婉体贴哩，”弗洛拉姨婆说。“是的，你说得非常得体，我很佩服你，”塞莉娜姨婆说。“你也一样，你表现得也十分出色。”——“是的，我对自己谈到可爱的邻居们那番话相当得意。”——“嗨，你们这也叫做感谢呀！”我外祖父喊道。“你们的话我倒是听见了，但鬼知道这是说给斯万听的。你们尽管放心，他什么也没听懂。”——“不见得吧，斯万又不傻，我肯定他十分赏识。我总不能对他说酒有多少瓶，值多少钱吧！”我的父母单独呆在一旁，在花园里坐了一会儿；后来父亲说道：“行了，咱们上楼睡吧，好吗？”——“随你吧，亲爱的，不过我一点儿也不困；总不会是咖啡冰淇淋里那点咖啡弄得我没有睡意的吧；瞧，配膳室还有灯光，可怜的弗朗索瓦丝还在等我呐，我去叫她帮我解开胸衣的搭扣，你先去更衣吧。”母亲打开装着格条的门，走进正对楼梯的门厅。接着我听见她上楼关好窗户。我悄悄溜进过道；我的心怦怦乱跳，几乎迈不开脚步，但至少不是因为焦虑而乱跳，而是因为惊喜交加。我看见楼梯井里亮起烛光。然后我看见手持蜡烛的妈妈，便扑上前去。最初一瞬，她愣怔地望着我，不明白发生了什么事情。后来，她的脸露出愠色，连一句话也不说，自然啰，平时比这样的事轻微得多她也会好几天不跟我说话。倘若妈妈对我说一句话，这就等于承认可以理睬我，但实际上也许对我来说更为可怕，就像即将发生的严厉惩罚的信号，而沉默，翻脸，倒是孩子似的表现，一句话，哪怕是平心静气说出来的，比如决定辞退佣人时就是这么回答的；再比如父母打发儿子出门谋生，就给他一个吻，而只是想跟儿子生两天气的父母是绝对不肯吻儿子的。这时她听到我父亲从盥洗室换好睡衣上楼来，为了免得他冲我发火，气呼呼地结巴着说："快逃，快逃，别让你父亲看见你像个疯子似的等在这里！"可我还是重复道："来给我说声晚安吧，"话音未落，却见父亲手持的烛光已照到过道的墙上，我大惊失色，但我乘机利用父亲的到来作为讹诈的手段，希望妈妈鉴于不让我父亲看见我呆在那里而作出让步，会对我说："先回房去，我一会儿就来。"但已经来不及了，父亲已到了我们面前。我不觉咕噜道："我完了！"不过谁也没听见。

我没有完蛋。在执行协约方面，我父亲一向不像我母亲和外祖母那样肯通融，她们所允许的，他一概拒绝，因为他不在乎"原则"，也不顾什么"人权"。他随便说个理由或干脆没有理由，就在最后一刻取消我外出散步，而我通常固定的散步别人即使阻拦也得许个愿；或者他像今晚干的那样，离晚饭惯常的时刻还早着呢，他就对我说："走吧，上楼睡觉去，不许多说！"但是因为他不讲原则(我外祖母语)，严格地说，他倒也不是硬不可通融的。他瞧了瞧我，样子又惊异又生气，不过，等妈妈不好意思地向他简要说明缘由，他便说："那你去陪陪他吧，正好你说过你不想睡，在他房间里呆上一会儿吧，我不要什么了。"——"但是，亲爱的，"我母亲怯生生地回答，"这跟我想不想睡有什么关系，咱们不能惯着这孩子……"——"谈不上惯嘛，"我父亲耸耸肩膀，"你瞧这孩子垂头丧气的，一副愁眉苦脸，得了，咱们别折磨他了！等你把他弄病了，那你就讨便宜啦！他房间里反正有两张床，叫弗朗索瓦丝给你把大床铺好，今晚你就睡在他旁边吧。好啦，晚安，我不像你们那样神经过敏，我去睡觉了。"

还不能向父亲表示谢意，否则他要恼火的，尽管这叫多愁善感。我呆着不敢有所表示，他还在我们跟前哪；他穿着白色睡袍显得十分高大，头上缠着淡紫和粉红两色相间的印度开司米头巾，自从他得了神经痛，睡觉总要缠头；他的举止很像亚伯拉罕，斯万先生送我一幅伯诺索·戈索里[①]的原作复制品，版画中亚伯拉罕硬要撒

---

① 伯诺索·戈索里(1420—1497)，意大利画家，曾作"旧约故事"的系列画。

拉舍弃以撒[1]。这事已经过去许多年了。当年我眼看烛光徐徐上升的那面梯墙早已荡然无存。留在我心中的许多东西，我当年以为永世长存，如今却也已支离破碎；许多新的东西平地兴起，给我带来当年难以预料的苦与乐，而许多旧的东西反倒变得难以理解了。很久以前父亲已停止对母亲说："去陪陪小鬼吧。"对我来说，重见这样的时刻的可能性已一去不复返。然而新近，要是我静心谛听，我又清晰地辨出我幼时的哭泣；在父亲面前我竭力憋着，等到跟妈妈单独在一起时才失声痛哭。实际上，这种痛哭从来没有停止过，只因为我目前周围的生活比以前平静多了，才又重新听见幼时的哭泣，正如修道院的钟声白天被市区的喧闹所淹没，使人以为钟声不响了，可到晚上万籁俱寂时又开始回荡了。

妈妈那晚就在我的卧房过夜；正当我犯了一个大错误以至准备被迫离家的时候，我的父母却对我关怀备至，以前我做了好事也从未如此受到嘉奖。甚至在父亲对我恩惠有加时，他的举止也带有某种专横和妄求的特性；通常他的行为多半是心血来潮，极少深思熟虑。他打发我去睡觉时的态度，我称之为严厉，也许言过其实，与我母亲和外祖母的严厉相比，还称不上严厉，因为他的生性同我的区别大于同我母亲和外祖母，很可能至今还猜想不到我每天晚上是多么地不高兴，而我母亲和外祖母却知道得清清楚楚；但他们出于爱护我，不同意为我排忧解难，她们决意叫我学会克服痛苦，以便减轻神经过敏和增加意志。至少我父亲，他对我的爱属于另一种类型，我不知道他是否心肠更软，反正这一次，他看清楚我垂头丧气的，就对我母亲说："你去安慰安慰他吧。"妈妈在我卧房过了夜；当弗朗索瓦丝看到妈妈坐在我身旁，拉住我的手，让我哭哭啼啼，也不责骂我，她明白一定发生了异乎寻常的事情，于是问道："夫人，少爷怎么哭成这样？"妈妈不想以任何的良心责备来弄糟这些非同寻常的时刻，这已超出我有权希望得到的东西了，于是

① 神要试验亚伯拉罕，令他把独生子以撒亲自送往摩利亚的一座山上，把以撒活活烧死，献为燔祭。亚伯拉罕说服了妻子撒拉，照神的意志行事。亚伯拉罕正准备动手时，神制住了他，说他经受了考验，于是送来一只公羊，代为燔祭。（参见《旧约全书》第二十二章：神试验亚伯拉罕。）

便回答道："他自己也不清楚吧，弗朗索瓦丝，他神经太紧张了吧；请给我把这张大床铺好，然后上楼去睡吧。"这样，破天荒第一遭，我的忧伤没有被视为应受处罚的过错，而当作无意的精神苦恼，并得到正式承认，至于神经紧张症，我是不负责任的；我松了一口气；不必为眼泪的苦涩而心绪不宁。我可以痛哭而不背黑锅。在弗朗索瓦丝面前，我对这种人事的反复颇为得意：一个小时前，妈妈拒绝上楼来我的卧房，并轻蔑地让人传话叫我睡觉，此时，事态的转折使我上升到大人的高位，使我一下子萌发成熟的悲伤，释放成熟的泪水。我该心满意足了吧，不，我还是满肚子不高兴。我觉得母亲刚才首次向我作出让步，这一定使她很痛苦，她第一次在设计的理想面前认输了，她，多么有胆量的女人，第一次承认失败。我觉得，我之所以取得胜利，是因为跟她作对的后果，就像生病、悲伤或年幼所能获得的东西，迫使她松懈意志，动摇理性；那天晚上开始了一个新的纪元，将作为不光彩的日子留存下来。如果我有胆量，我就对妈妈说："不，我不要，你别睡在这里。"然而，我懂得妈妈具有注重实际的明智，用现实的话说，是现实主义者，这种明智使外祖母遗传给她的灼热的理想主义天性减弱了，我知道，现在既然坏事已经铸成了，她宁愿让我至少得到欣慰，以免惊动父亲。诚然那天晚上，我母亲俊俏的面容还闪着青春活力，她百般温柔地握着我的手，想尽办法让我停止哭泣；但我恰好认为不该如此，她若满脸怒气，我反倒不会这般悲伤，因为我童年时代从未有过这样的温情；我觉得仿佛用大逆不道的手暗地里在她的灵魂划上第一道皱纹，并促使长出第一根白发。想到这一层，我便嚎啕大哭起来；妈妈从来不让自己跟我动感情，此刻我看到她突然被我激动的情绪感染了，在竭力克制自己流泪。当她感到被我发现了，便笑着对我说："喂，我的小宝贝，我的小傻瓜，再这样下去，你要把妈妈弄得跟你一样傻了。得了，既然你不困，妈妈也不困，咱们别呆着瞎发脾气，咱们干点事情吧，拿出一本你的书来念好吧。"可我的书不在身边。"要是我把你外祖母准备庆祝你生日的书拿出来，你会不会感到扫兴？想好啦，后天什么礼物也没有，你不会失望吧？"正好相反，我非常高兴，妈妈去取来一包书，从包装纸看，我只能猜出书的大小长短，但光凭外表，虽然是粗略的和遮着纸的，已经使新年的颜料盒和去年的家蚕相形见绌了。这些书是《魔沼》、《弃儿弗朗索瓦》、《小法岱特》和《笛师》。事后我才知道，外祖母原先挑选了缪塞的诗，卢梭的一本著作和《印第安娜》[①]；如果说外祖母认为无聊的读物与糖果和糕点一样有害于健康，那么她断定天才的巨大灵感对孩子的精神所产生的影响不会比室外空气和海上强风对孩子的身体更有害，更缺乏振作力量。但我父亲听说她想送我的那几本书时，几乎说她发疯了，于是她亲自返回茹伊子爵镇的书店，以免我不能及时拿到礼物：那天的天气灼热，她回家后病倒了，医生警告我母亲切不可再让她如此劳累；她不得已而选择了乔治·桑的四本田园小说。“我的女儿，”她对我妈妈说，“我下不了决心给孩子买写得蹩脚的东西。”

事实上，她从不迁就购买任何于智力无补的东西，尤其注意向我们提供优秀的作品，使我们学会在福利享受和虚荣满足之外寻找乐趣。更有甚者，当她需要送人一件实用的礼物时，当她需要送一把手扶椅，几副餐具，一根手杖，她总去找“古色古香”的，好像东西长久不用就失去其实用性似的，因此，古色古香的东西与其说供我们生活所需，不如说向我们转告古人的生活。她原本喜欢让我卧房里挂几张古建筑的照片或最美的风景画。但当她购买时，虽然画面再现的东西具有审美的价值，但她觉得庸俗性和实用性在照相这种机械表现方式中死灰复燃得太快了。她想方设法运用计谋，即使无法排除商业性俗气。至少使它减少一些，至少在绝大部分代之以艺术性，引进几层艺术的“厚度”：比如为了取代沙特尔大教堂，圣克鲁大喷泉，维苏威火山的照片，她请教斯万，问他是否有什么大画家再现过上述景致；她宁愿送给我油画照片：珂罗的《沙特尔大教堂》，于贝尔·罗贝[②]的《圣克鲁大喷泉》，透纳[③]

①《印第安娜》（1832）是乔治·桑的成名小说。
②于贝尔·罗贝（1733—1808），法国画家、雕刻家。
③透纳（1775—1851），英国画家，擅长水彩画、油画，对法国印象派绘画有较大的影响。

的《维苏威火山》，不管怎么说，这些照片的艺术档次总是高一层的吧。然而，假如摄影师不可以直接表现建筑杰作或大自然，那他只能取得复制画家所表现的东西了。我外祖母一旦发见作品俗气，她就千方百计追本溯源。她讯问斯万作品是不是雕刻的，如果有可能是镂版的，她更喜欢古本的版画，因为除版画本身之外，另有一番情趣，例如一幅杰作的临摹画犹存，而原作如今却已失传，就像达·芬奇的《最后的晚餐》①在原作损坏前，莫根所临摹的那幅版画。应当指出，通过送礼物来理解艺术，这种方法的效果不总是很引人注目的。提香画过威尼斯，画的背景据说是环礁湖，但我从中获得威尼斯的印象肯定大大不如普通的照片可能给予我的印象确切。家里有一笔糊涂账：我姨婆存心非难我外祖母，抱怨说她给新婚夫妇或老夫老妻送的扶手椅，人家刚想使用，立即就被某个受礼者的体重压散架了，这样的椅子外祖母究竟送了多少，那是算不清的。但我外祖母却不以为然，认为过于注重木器的牢度未免小家子气，因为旧木器上依然明显留存着昔日向女人献的殷勤、微笑，有时还有美丽的想象。这些木器，甚至以我们现今已经不习惯的方式显示仍然符合某种需要，这也使外祖母陶醉，好似那些古老的说法，即使在现代言语中我们还感受得到因习惯的磨损而变模糊的隐喻。而外祖母送给我当作生日礼物的那几本乔治·桑的田园小说恰恰好像古色古香的家具，充满过时而再度形象化的熟语，只在乡村还能听得到。我外祖母在各种书中有意选购这几本，好比她更乐意赞赏一幢带哥特式楼顶间的花园住宅或某件古色古香的东西，因为这些古物使她精神上感到很受用，发一发思古之幽情，到古代去作一番不可实现的遨游。

妈妈在我的床边坐下；她拿起《弃儿弗朗沙》，淡红色的书皮和不可思议的书名使我觉得弗朗沙这个人物非同一般，具有神秘的诱惑力。我还从未读过真正的小说呢。我早已听说乔治·桑是典型的小说家。仅此一说就促使我想象《弃儿弗朗沙》中会有难以形容的、美不可言的

---

①《最后的晚餐》壁画作于1495—1497年。因达·芬奇所采用的新材料质地不好，由渐变到损坏，未能完整地保存下来。

东西。旨在激起好奇心或同情心的叙述手法，引起不安和伤感的某些表达方法，稍有知识的读者一眼认出这些与许多小说都有共同之处，我只要觉得这些手法和方法使《弃儿弗朗沙》特有的本质感人肺腑地流露出来；在我眼里，一本新书并不是一件具有许多同类东西的物，而是一个与众不同的人，有其自身存在的依据。在书中那些日复一日的常事，那些普普通通的东西，那些司空见惯的用语，我却感到有一种格调，一种奇特的抑扬顿挫。故事铺展了，我却似懂非懂，更何况念着念着，整整几页没有念进去，心里想着别的事情哩。在阅读时，因为心不在焉，往往造成空白，再加上妈妈给我朗读时有意跳过所有的爱情场面，空白有增无减。所以，磨坊姑娘和小男孩各自的态度变化都很离奇，只能从萌生的爱情发展中找到解释，可我并不清楚，只觉得这些变化打上奥秘的印记，我乐于设想奥秘的来源在于“弃儿”这个称呼；我不知为什么，总觉得这个陌生而悦耳的称呼使这个“弃儿”的小男孩披上鲜艳的、大红的、迷人的色彩。我母亲虽说朗读时往往不忠实原文，但她读到表现真实情感的地方，却朗读得十分精彩，既朴实又尊重原意，声音既优美又甜润。甚至在日常生活中，且不说艺术品，就拿人来说吧，当有人唤起她的同情或赞赏，她的样子看起来十分动人，她极其谦恭地用她的声音、手势、言语避免发生下列事情： 避免兴高采烈，不使昔日失去孩子的母亲心里难受；避免提及节日、生日，不使老人联想到自己年事已高；避免家务闲谈，不使青年学者感到枯燥乏味。同样，我母亲阅读乔治·桑的散文时对书中力透纸背的善良高尚情操心领神会，因为外祖母早就教会母亲把这两种品格在生活中看得高于一切，而我只在很久以后才学会不要把它们在书本中看得高于一切，当年她朗读时全神贯注地从她的声音中排除一切小家子气和一切拿腔作势，以免妨碍感情的洪流注入其间，她脉脉温情的自然流露，一团和气的声音，正是表达高尚情操所需要的，仿佛乔治·桑的字字句句专门为配合她的声音而写的，几乎可以说每字每句都在她心弦的音区扎下了根。为了把这些字句恰如其分地配音，她找出了预制好的真诚的语气，支配着字句，因为字句本身并不标明语气；由于有了这种真诚的语气，她在朗读过程中软化了硬邦邦的动词时态，使得未完成过去时和简单过去时所表达的善良平添温柔，情爱平添惆怅，引导句子承上启下，时而加速音节的节奏，时而放慢音节的节奏，音节的数量尽管不等，但连贯成句，一气呵成，从而她给平淡无味的散文注入一种富有感情和绵延持续的生气。

我的内疚平息之后，我随即沉浸在有妈妈做伴过夜的温情中。我知道这样的夜晚不会再有，在这个世上，我最大的愿望是留母亲在我卧房陪我度过夜间凄凉的时刻，这种愿望与生活的急需和大家的心愿背道而驰，因此今晚这种愿望得以满足只是强作的、例外的事情而已。明天我的焦虑又会复现，而妈妈则不会再留在这里了。然而，一旦我的焦虑得到平息，我就对焦虑置若罔闻了，反正明天晚上还远着呢；我心里思量还有时间想办法，尽管未来的这段时间不会给我带来任何新的本领，因为事情毕竟不以我的意志为转移，因为只有在事情与我不相干时，我才会觉得较为可能避免。

就这样，在很长的时间内，每当我夜里醒来，都回忆起孔布雷，我只见到一截发亮的墙呈现在模糊不清的黑暗里，如同彩色烟火或电的某种照明映射楼房时凌空截断被照亮的墙面，把楼房的其余部分推进黑暗中；我见到颇宽敞的底层的小客厅、餐厅、小径的开端——那个无意中引起我忧伤的斯万先生就是从那里进来的；我见到门厅，门厅里的楼梯像不规则的棱锥体，陡得吓人，我正朝第一阶踏步走去；我见到顶层我的卧房外的走廊，妈妈就从走廊的玻璃门进入我的房间；简言之，一再看见我脱衣服时发生的悲剧所必需的背景，这个极简单的背景总是在同一个时间脱离周围的一切，从黑暗中孤立地呈现（如同外省上演旧戏时开头的场面），仿佛孔布雷仅由三层楼组成，中间由一座单薄的楼梯连接，又仿佛总是停留在晚上 7 点钟。说实话，我满可以向讯问我的人回答，孔布雷还包括别的东西，还有别的时辰的生活。但是，由于我回想时只靠有意识的回忆，只靠智力的回忆，由于这类回忆提供的关于过去的情况没有保留任何有价值的东西，我从不乐意去想孔布雷的其它事情。实际上，这一切对我来说已经消亡了。

永远消亡了吗？可能吧。

在这整个过程中，存在着许多偶然性，而第二偶然，即我们死亡的偶然，往往不允许我们久等第一偶然[①]的种种优越之处。

我觉得凯尔特人的信仰合情合理，他们相信，我们失去的至亲好友的灵魂被禁锢在某些低等物种躯壳内，比如一头畜生，一株植物，一个无生命的物件，其中多为万劫不复，对我们来说确实永远消亡了，直到有一天，我们经过一棵树，发现恰恰是这棵树禁锢着他们的灵魂。于是他们的灵魂大为震动，呼唤我们，一旦我们认出他们之后，魔法随之被打破。由我们解救的灵魂终于战胜死亡，又回来跟我们一起生活。

我们的往事也一样。我们每每竭力回顾往事，总是枉然，即便使出全部智力也徒劳无益。往事不在智力的范围内，也非智力所及，而隐藏在某个我们猜想不到的物件之中，隐藏在这类物件赋予我们的感觉之中。这个物件，我们在死亡以前碰得到或碰不到全凭偶然了。

多少年来，孔布雷的一切，除了我临睡前的戏剧性和悲剧性的场景外，对我来说已不复存在了，但在一个冬季的日子，我从外面回屋，母亲见我冷，让我破例喝点儿茶。我起初拒绝了，但不知为什么又改变了主意。她让人端来一个扁扁鼓鼓的点心，名叫小玛德莱娜，看上去像是用扇贝型模子焙制的。当下，面对阴郁的白天和无望的明天正闷闷不乐，机械地舀了一勺我先前泡着点心的茶，送进嘴里。就在这口带着蛋糕屑的茶碰到上腭的一刻，我猛然一震，注意到我身上发生了奇妙的事情。一种美不可言的快感传遍我全身，使我感到超然升华，但又不解其缘由。这种快感立即使我对人生的沧桑无动于衷，对人生的横祸泰然处之，对幻景般短暂的生命毫不在乎，有如爱情在我身上起作用，以一种珍贵的本质充实了我，或确切地说，这种本质并不是寓于我，而本来就是我自身。我不再感到自己碌碌无为，猥琐渺小，凡夫俗子。我这种强烈的快乐是从哪儿来的呢？我觉得它跟茶水和点心的味道有关，但又远

---

① 即我们出生的偶然。意为，生与死皆为偶然。

远超出了味觉，与其性质肯定截然不同。那么，这种快乐从何而来？又有何种意义？何处方可领略？我喝第二口，并不觉得比第一口更有滋味，第三口却比第二口感觉淡薄了。我的品尝该到此为止，饮料的效力好像在减退。显而易见，我寻找的真情不在饮料，而寓于我身上。茶味唤醒我身上的真情，但识别不了真情，只能冷冷地重复同一个见证，其力量一次比一次弱，我自已解释不了这种见证，只求能再次让它出现，再次完好无损地找到它，供我使用，以便彻底弄清其究竟。我放下茶杯，求助于我的头脑。应该由它来寻求真情实况。但怎么找？每当头脑茫然，不知所措，便产生严重的迷糊；此时，作为探索者的头脑处在一片黑暗之中，它必须在黑暗的王国寻求，在那里它的全部知识对它将一无所用。寻求？不仅仅是寻求，还得创造。头脑面临某种尚未形成的东西，而又只有它才能意识到这些东西的存在，并把它们揭示出来。

于是，我又开始自问，这个陌生的情形到底是怎么回事，它不带任何合乎逻辑的印证，但带来快乐感和真实感，这是明显的现实，相形之下，其他的现实便化为乌有了。我企图让它再度出现。我通过思想返回到我喝第一勺茶的瞬息。我又发现同样的情形，但没有新的启迪。我又开动脑子，以便再次获得消逝的感受。为了不使捕捉这种感受的势头受到阻挡，我排除一切障碍，一切杂念，塞住耳朵不听隔壁房间的声音，全神贯注。但我感到脑子很累，毫无收获，于是反过来，强迫我的脑子分散注意力，让它想想别的事情，松弛一下，以便集中全力作最后的尝试。之后，我第二次为它廓清空间，把第一口茶水犹存的余味摆在它面前，这叫我感到我的心震动了一下，有个东西在移动，在上升，好像是从很深很深的地方挖出来的东西；我不知道是什么东西，只觉得它在徐徐上升；我感受到它上升的阻力，我听得到它上升途中激起的响声。

诚然，在我内心深处闪烁的，必然是形象，是视觉回忆，与上述味觉相连，企图尾随其后来到我眼前，它在挣扎，但是太遥远，太模糊；我依稀觉察到不鲜艳的反光，其中夹杂着斑驳杂色的旋转跳动，叫人难以捉摸：但我无法辨认其形状，无法要求它给我翻译，唯有它是唯一的译员，唯有它能译释味觉——同龄的、形影不离的伙伴的见证，我也无法要求它告诉我这与哪个特殊场合有关，与过去哪个时期有关。

这个回忆，即往日的瞬息，被一个相同的瞬息从遥远的往昔吸引到我内心的深处，又是激动，又是煽动，闹得沸沸扬扬，它能不能浮现到我清晰的意识上来呢？我不知道。现在我什么也感觉不出来了，它停住了，也许又往下沉了；谁知道它会不会再从黑暗中升腾呢？我将重新做十次努力，向它欠身致意。大凡怯懦使我们逃避一切艰难的任务，逃避一切重大的事业，如今又来劝我把它丢在一边，只管喝我的茶，想想我今日的烦恼，明日的期望，不用费我吹灰之力就可反复回想。

突然之间，我回忆起来了。味道正是那块小玛德莱娜的味道，在孔布雷，每星期天早晨(因为星期天在做弥撒的钟响以前我不出门)，我去莱奥妮姑妈的卧房请安，她总把小块蛋糕放进茶或椴茶里浸一下给我吃。可这天，我看到小玛德莱娜蛋糕，在品尝之前，什么也没有想起来；也许因为打那之后经常瞥见糕点店的货架上摆着小玛德莱娜，又没有再吃过，其形象早已和在孔布雷的那些日子分离，而和一些较近的日子联系上了；也许因为事隔已久，早被抛到记忆以外，什么也没有残留下来，一切都已解体。形状——包括托着糕点的小贝壳形的衬纸，严肃而虔诚的打褶是那么富有肉感——消失了，或冬眠了，丧失了打入人们意识的扩张力。但是人在物丧，昔日的一切荡然无存，唯有气味和滋味还长久留存，尽管更微弱，却更富有生命力，更无形，更坚韧，更忠诚，有如灵魂，在万物的废墟上，让人们去回想，去等待，去盼望，在几乎摸不着的网点上不屈不挠地建起宏伟的回忆大厦。

一旦辨认出莱奥妮姑妈给我吃的那种用椴花茶浸过的小块蛋糕的味道(尽管我还不明白或要等到晚些时候才明白为什么这个回忆使我那么高兴)，在我眼前立即像戏台布景似的浮现临街的那座灰色老房子，姑妈的房间靠街面，另一面连接面朝花园的楼房，这是我父母在尾后加建的(这段截接的墙面迄今为止只有我重见过)，随即浮现城市，从早到晚的城市，时时刻刻的城市，浮现我午饭前常去的广场，浮现我常去买东西的街道，浮现我们天晴时常去的道路。如同日本人玩的那种游戏：他们把原先难以区分的小纸片浸入盛满水的瓷碗里，纸片刚一入水便舒展开来，显其轮廓，露其颜色，各不相同，有的变成花朵，有的变成房屋，有的变成活灵活现的人物。同样，我们花园的各色花朵，斯万先生大花园的花朵，维沃纳河畔的睡莲，村子里善良的居民连同他们的小房子和教堂乃至整个孔布雷及其周围，不管是城池还是花园，统统有形有貌地从我的茶杯里喷薄而出。

二　在斯万家那边

通常我们散步总是早早回家，以便在晚饭前去看望莱奥妮姑妈。开春时白日结束得早，我们回到圣灵街时，落日的余晖已映上家屋的玻璃窗，射入十字架树林深处的一条紫红色晚霞倒映在远处的池塘里；火红的晚霞，尽管经常伴随着清冽的寒意，却使我联想起炉火的红光，因为炉火上烤着肉鸡，对我来说，继散步获得诗一般的情趣之后，即将得到一饱口福的乐趣，还将得到暖和与休息的快乐。在夏天则相反，我们散步回家时，太阳还是高高的；我们在莱奥妮姑妈家看望她时，西沉的阳光才照到窗户，被挡在大窗帘和帘系绳之间，分隔成枝杈形的光束透进房间，给柠檬木衣柜镶嵌点点碎金，柔和地照得四壁生辉，有如夕阳斜光射进林下的灌木丛。但也有非常难得的日子，当我们回来时，衣柜上临时镶嵌的碎金早已消失；当我们回到圣灵街时，窗户上已没有夕阳反照，十字架树林尽头的池塘早已失去红彤彤的晚霞，有时甚至变成乳白色，一道长长的月光注入池塘，溶溶清辉渐渐扩散，池水皱起粼粼银波，席卷整个水面。每逢这样的日子，我们走近家门时，便瞥见门口有个人影，妈妈对我说："我的上帝！瞧，弗朗索瓦丝已经在守候咱们啦，你姑妈着急了，咱们回来太晚了。"

我们顾不上脱外套，便急忙上楼，好叫莱奥妮姑妈放心，让她看看，与她想象的正相反，我们安然无恙，只不过我们去了"盖芒特那边"，这不，每次到那边散步，很难说得准什么时候回来，我姑妈其实是知道的。

"瞧，弗朗索瓦丝，"我姑妈说，"我对你说得对吧，他们果真去盖芒特那边了！我的上帝，他们一定饿坏了！你炖好的羊后腿搁了半天大概干瘪了吧。这么晚才回来！这么说，你们确实去盖芒特那边了！"

"我还以为您知道的呢，莱奥妮，"我妈说，"我想弗朗索瓦丝看见我们从菜园小门出去的。"

因为，在孔布雷周围有两"边"可以散步，其方向正好相反，所以我们出去时不走同一道门，这要看我们去这一边或那一边了：梅泽格利兹酒乡那边，我又称之为斯万家那边，因为去那边要经过斯万先生的花园住宅；另外就是盖芒特那边。所谓梅泽格利兹酒乡，说实话，我只知道是在“那边”，星期天来孔布雷散步的陌生人，我们家所有的人，连我姑妈在内，都“根本不认识”，就凭这一点，我们把外乡人都看作“是从梅泽格利兹来的”。提起盖芒特，我后来有较多的了解，但只是很晚的事情了，在我整个少年时代，如果说梅泽格利兹在我看来如同远在天边的地方可望而不可即，无论走多远，因地形高低不平，与孔布雷的地势大不一样，总叫你一眼望不尽，那么盖芒特在我眼里则只是“那边”的界限，与其说是实在的，不如说是臆想的，就像某个抽象的地理习语，诸如赤道线、极圈、东方等。于是乎，“取道盖芒特”去梅泽格利兹，或相反，对我似乎都是毫无意义的说法，如同说取道东面去西面。由于我父亲提起梅泽格利兹那边总把它说成最美的平原景色，并把盖芒特那边说成典型的水乡风光，所以我把它们设想成两个实体，使它们一致和协调，仅仅属于我们精神的创造物；无论哪边的每一小块土地，我都觉得宝贵和得天独厚，而在这两处圣地周围都是纯属世俗的道路烘托着理想的平原景色和水乡风光，相形之下，这些道路不值得一看，有如爱好戏剧艺术的观众不屑一顾剧院附近的小街。更有甚者，我把两边之间的距离按我头脑想象的两部分相隔的距离来测量，大大超过了实际的相距公里数，是的，凭空想象的距离只会使它们相隔更远，使它们分处在不同的景面。由于我们从来不在同一天和同一次去西边散步，要么去梅泽格利兹那边，要么去盖芒特那边，这种习惯使得两边的界限显得更加绝对，几乎把它们固定在彼此相隔遥远的地方，互相不可能认识，在不同的下午，它们各执一隅，老死不相往来。

每当我们想去梅泽格利兹那边，我们就不会太早出门，即便是阴天，因为散步的时间不很长，不会耽搁太久，我们就像去任何别的地方，从姑妈住的房子的大门出去，进入圣灵街。沿街，我们受到火枪店老板致意，把信扔进邮筒，顺路替弗朗索瓦丝向泰奥多尔捎口信，说食用油或咖啡已用完，然后我们出城，必经斯万先生家大花园白栅栏外的那条小路。我们人还未到他家，就闻到丁香的芬芳。一株株丁香在青翠的心形叶子扶持下，把淡紫色或白色的羽形花冠好奇地伸出栅栏外，向陌生的行人送上阵阵芳香；丁香在阳光的沐浴下，连背阴处的花园也是流光溢彩的。几株丁香掩映在被称为弓箭手屋的矮小的瓦房前，那里住着守门人，哥特式的山墙上盖着清真寺式的粉红尖顶。一株株丁香像《可兰经》中的仙女们，在这座法兰西花园里保留着波斯小花园鲜艳而澄清的色调，相形之下，《希腊神话》中山林水泽的仙女似乎显得俗气了。我着实想过去搂抱她们柔软的蜂腰，把她们香气扑鼻的星形环状的鬈发捧过来，但我们没有停留，因为我父母亲自斯万结婚后就不再去唐松维尔了，并且为了不显出观看花园的样子，我们干脆不走沿花园篱笆那条直通田野的小径，而走另一条小路，也是通往田野的，不过歪斜一段路程，要抄好多远路。那天，我外祖父对我父亲说：

“斯万昨天说他妻子和儿子去兰斯了，他准备乘飞机去巴黎住24小时，你是否记得？那么咱们不妨沿着花园走过去，既然那两位女人不在家，咱们可以抄近道了。”

我们在栅栏前停留了片刻。丁香行将结果；还有几株依然亭亭玉立，娇嫩的花团如同高悬的淡紫色吊灯，但大部分枝叶间的花朵，仅在一周前，还是芳香四溢，现在却已凋谢，萎缩，发黑，就像一团团失去水分、香气已尽的泡沫。外祖父指指点点地对我父亲说，自从老斯万先生的妻子去世那天跟他一起散步以来，这个园子的哪些景色模样依旧，哪些景物模样已改，于是他抓住机会又把那次散步讲了一遍。

在我们面前，一条两旁栽着旱金莲的小径在充足的阳光下一直延伸到高处的府邸。右边则相反，大花园的地势十分平坦。园内有一座池塘，四周绿树成荫，这是当年老斯万夫妇叫人挖开的；但最不自然的景物恰恰是人们对自然加工而成的，而某些地方则总有一种独特的君临一切的气势，傲然显示着远古的特色，处在未经任何人工斧凿的环境中极需一种僻静的氛围来展现其本色，凌驾于人工的景物。比方说，陡坡小径下的人工池塘旁，两行交织而栽的琉璃草和长春花编成一顶雅致的蓝色自然花冠，缠戴在水塘半明半暗的前额，蝴蝶花像懒散的公主任凭她的利刃剑弯曲下垂，用她统治水域的权杖，把睡莲的紫色和黄色败花散落在水边的泽兰和毛茛上。

斯万小姐的外出使我失去一睹她出现在花径的倩影的良机，失去了让这位幸运的少女认识而后又轻视的良机：她有贝戈特这样的男友，在他的陪伴下参观各地教堂；由于她外出了，我虽说生平首次得以静观唐松维尔庄园，可只觉得兴致索然；相反，在我外祖父和父亲眼里，女士们不在家却给这座庄园平添了宜人之处，可爱之处，即便是暂时的，正如去山区远足遇到万里无云的天气，所以我的长辈们觉得今天来这边散步格外适宜；我真希望他们如意算盘落空，让斯万小姐和她的父亲突然奇迹般出现在我们近旁，叫我们躲避不及，从而不得不跟她结识。所以，当我突然瞥见草地上有个筐子被遗在一根鱼竿的旁边，鱼竿的浮子还在水面上浮动，这个迹象表明她有可能在家，我赶紧把父亲和外祖父的视线导到相反的方向。况且，斯万对我们说过，这回他出门，心里不自在，因为他家里眼下有人长住着，鱼竿可能是某个客人的。园内花径没有人走动的声响。只有一只看不见的鸟儿不知在哪棵树梢上蹦跳，竭力使人觉得白日不长，用悠长的音符来勘察周围的寂静，但它从寂静中得到整齐划一的反响，一种使人倍感寂静和静止的反冲，仿佛它本来力图使得更快消逝的那瞬间反倒被它永远凝滞了。天空变得凝固了，阳光直射下来，十分逼人，使人直想躲开它的关切；池水睡着了，一些昆虫不停地惊扰它的睡眠，睡梦中大概浮现一圈圈漩涡，看来睡得很不安稳，而我见到软木浮子时立即心烦意乱起来，因为浮子好像被飞速拖往倒映在水中的那片广阔而宁静的天空；这时，浮子几乎垂直飘在水面，看上去随时会沉入水中，我不由得自问是否有责任去通知斯万小姐鱼已上钩，一时间也顾不得是渴望还是害怕结识这位小姐了；突然只听得我父亲和外祖父在叫我，他们已经走上通往田野的小路上坡，惊异我没有跟上他们，于是我不得不赶上前去。我发觉小路上到处都充满着山楂花嗡嗡作响的香味。篱笆活像一排小教堂隐没在丛丛簇簇的花卉中形成一座临时祭坛；在繁花下的地面上排列着一方格一方格耀目的金光，如同阳光透过一片彩画玻璃窗；繁花的芳香甜蜜蜜，只限在祭台的范围飘溢，我仿佛处在圣母的祭台前；花团锦簇，而每一朵花则心不在焉地托着一束鲜艳夺目的雄蕊：一个个雄蕊像纤细而光芒四射的焰式建筑肋线，使教堂祭廊的梯杆增辉添彩，或使彩画玻璃窗的中梃熠熠生辉，而盛开的花蕊更有草莓花白色花瓣的肉质感。过几星期大蔷薇花也将在大太阳下爬上同一条乡间小路，穿着一色红红的短上衣，可轻风一吹就散开了，相形之下，显得太朴素，太土气了！

然而，尽管我流连在山楂花前，嗅着不见踪影而始终如一的芳香，把芳香送进茫然不知所措的脑海，让它消失又重新得到，使我自己跟上那充满青春活力的，遍地开花的节奏，使我自己适应一些出乎意料的间隔，如同某些乐曲的音程，但是山楂花在以源源不断的芳香向我无定限地提供相同的妩媚的时候，却不让我有更深的领略，正如反复演奏一百遍的曲调，硬是不让你深入曲中的奥秘之处。我转过身暂时不看山楂花，片刻后，以更新鲜的活力迎向花丛。我一直爬上通往田野的斜坡，追逐在篱笆里面一株离群的丽春花，几株懒洋洋落伍的矢车菊，它们以自己的花朵稀疏点缀着斜坡，好像一幅挂毯的沿边，田野图案稀疏有致，在整幅毯画上显得引人注目；花朵仍然稀少，间隔很大，就像那些临近村口的孤零零的房屋，却预告我那边有一望无际的田野，地上麦浪滚滚，天上云海茫茫，只要有一朵丽春花，傲然伫立在一抔肥沃的黑土上，迎风闪烁火红的光彩，我见了便心跳，有如旅行者瞥见一片洼地上一名捻缝工正在修改一条搁浅的小船，在没有看见大海前就惊呼："啊，大海！"

然后，我回身面对山楂花，就像观赏艺术杰作，以为暂停凝视之后再来看就能更好地欣赏，不过，我尽管用双手在额上筑起一道屏障，让眼睛只盯着山楂花，但花儿在我心中所唤起的情感却依然是暧昧不明的，模模糊糊的，情感怎么也明朗不起来，无法来与花朵交融。而山楂花无助于我澄清情感，我又无法求助于别的花卉来达到目的。这时，我外祖父却给予我这样一种愉快，其感受好比我们看出自己最喜爱的画家的一幅作品不同于我们所熟悉的作品，再好比有人把我们带到先前我们只见过铅笔草图的一幅油画前，再好比我们原先只听过钢琴演奏的一首乐曲，后来听到由多姿多彩的管弦乐队演奏，因为，外祖父叫唤我，指着唐松维尔的篱笆对我说：“你很爱山楂花，瞧瞧这朵带刺的、粉红的山楂花，多么好看哪！”确实是一株有刺的山楂，花是粉红色的，比白色的还好看。她也穿着节日的盛装，真正的节日盛装，只有宗教节日才算得上真正的节日，因为不像世俗的节日，随心所欲定个日子，没有专门规定的日期，也没有什么一致的节庆内容；这株有刺的山楂显得格外绚丽，因为枝杈上花团锦簇，层层叠叠，没有一处不长花，成串的花朵好似洛可可式[①]的主教权杖，盘绕着成串的丝球，山楂花“色彩斑斓”，所以，按孔布雷的审美观，是优良品位，只要看看广场商品，或加缪食品店的明码标价的等级便略知一二，粉红色的饼干比别的颜色的饼干昂贵。我自己也一样，我更偏爱涂有粉红果汁的干酪，就是说，家里人允许我把压烂的草莓糊抹在干酪上。恰巧，这些山楂花选中了这样一种食品的颜色，这样一种大节日盛装的艳丽的色彩；艳丽的颜色最引孩子们注意，似乎格外美丽，因为向他们显示出优良的品位，从而总是使孩子们觉得比别的颜色更鲜艳，更自然，而使他们心里明白鲜艳的颜色不会给他们解馋，也不会被裁缝选用。诚然，我立即觉察到了，如同观赏有刺的白色山楂花那样，甚至更为惊叹不已：花团所显现的节日欢庆之气毫不矫揉造作，没有人工的斧凿，全然是大自然自生的，其天真的程度酷似乡村女商人；她在搭迎圣祭台时把小花木装点得琳琅满目，用的尽是些色调过于鲜艳的玫瑰花形绸结和乡下气的小花卉纹织品。山楂的枝梢缀满无数淡红的小花蕾，凡是含苞待放的，就像粉红大理石杯的杯底，露出红殷殷的花心，比盛开的花朵更加表露出山楂独特的、迷人的品质，无论在何处发芽，无论在何处开花，一概都是玫瑰红色，有如在盛大的节日，人们在祭台上供上一盆盆外面裹花边的盆栽玫瑰，纤细的梢头开满含苞初绽的花朵。小花木插在篱笆里，与篱笆各异其趣，有如穿着节日盛装的姑娘硬挤在穿着便服、不准备外出的女人们中间；小花木为迎接圣母月整装待命，仿佛已经成为节庆的一部分，穿

---

①18 世纪欧洲盛行的华丽、繁琐的建筑装饰和艺术风格。

着鲜艳的玫瑰红盛装，笑容可掬，是这般的光彩夺目：这株信奉天主教的小花木真令人快乐。

通过篱笆可以看见大花园内有一条小径，两旁栽着茉莉，蝴蝶花，马鞭草，夹在其中的紫罗兰像馥郁的玫瑰敞开着鲜嫩的胸脯，又像科尔多瓦[1]古代的皮，作一条长长的绿式水管盘绕在砾石路上，扎满小孔的喷头昂首花丛上空，垂直撒开棱镜色彩的水珠团扇。突然，我站住了，动弹不得了，仿佛出现一种幻象，不仅直接映入我们的视觉，而且进入更深的感觉，以至支配我们整个身心。一个头发橙黄的少女，好像刚散步回来，手上拿着一把花铲，仰着布满粉红色斑点的脸，凝望着我们。乌黑的眼睛闪闪发亮，由于当时我不善于、后来也没有学会把一个强烈的印象归纳成客观要素，由于我不具备像人们通常讲的那种足够的“观察力”以引出她的眼睛的颜色的概念，所以在很长的时间里，每逢我想起她，那双亮晶晶的眼睛仍历历在目，可是却变成蓝晶晶的了，因为她的头发是金黄的，以至于，也许如果她没有那双乌黑的眼睛，乍一见使人震惊，那么我就不会像当时那样钟情她那双我错以为是碧蓝的眼睛了。

我凝望着她，起先我的目光不是眼睛的代言者，而是我焦虑和发呆的感官向外探望的窗口，这种目光恨不得抚摸、捕获、掠走所凝望的躯体以及灵魂；我非常害怕外祖父和父亲随时瞥见这个小姑娘，硬让我离开，叫我跑在他们前面，于是我用第二道目光，无意识的逼人的目光，竭力迫使她注意我，认识我！她把瞳孔对准前方而后斜向一边，看清我外祖父和父亲，顾盼之后的想法大概是我们滑稽可笑，因为她扭过头去，神情冷淡而倨傲，侧着身子，以免让自己的面孔落入我们的视野之内；我外祖父和父亲继续往前走，并没有瞥见她，他们超过我走在前面，于是她极目朝我的方向遥望，眼神没有特别的表情，好像没有看见我似的，但凝视中夹着一种含而不露的微笑；根据我学到的有关良好教养的概念，我只能把她那种微笑认为侮辱性的蔑视；她同时还做了一个

---

[1] 科尔多瓦，西班牙城市，相传古代以皮革业著称。

失礼的手势，当这种手势在光天化日之下对准一个自己不认识的人时，我心中的文明小词典只有一个含义，那就是蓄意傲慢。

“喂，吉尔贝特，来呀，你在干嘛？”一位穿一身白色衣裙的太太用尖利而威严的声音喊道，我从未见过这位太太，离她不远，还有一位我素不相识的先生，他穿一身人字斜纹布服装，张大瞳孔瞪视我；小姑娘顿时收住笑容，拿起花铲，头也不回地走开了，她的神情显得温顺，不可捉摸和假痴假呆。

就这样，吉尔贝特这个名字传到我的耳边，好似护符那样产生奇效，把片刻之前还只是一个不清晰的轮廓变成一个活生生的人，也许有朝一日我会重新见到她。就这样，这个名字越过茉莉花和紫罗兰传过来，就像绿色喷头喷出的水珠那样尖利，那样清新；这个名字载着洁净的空气穿越时，在经过的地方上空铺展一片虹彩，使那块地方隔绝起来，使它所指的那个姑娘的生活秘密只限于跟她一起生活和旅行的幸福的人们；穿过山楂花到达我肩头的这声呼唤表明幸福的人们与她的生活秘密亲密无间的内涵，而我感到痛心疾首，因为我无法进入她的生活秘密。

当时我们正离开，我外祖父低声说：“这个可怜的斯万，他们让他扮演什么角色呀！把他支走，好让她和她的夏吕斯单独呆在一起，那人就是他，我认得出！还有那个小姑娘，是和整个这桩丑事搅在一起的！”一时间，我产生了这样的印象：吉尔贝特的母亲对她说话时口气专横，她没有回嘴，这向我表明她不得不听命于人，并非至高无上，这样，我的痛苦减轻了一些，产生一些希望，我的恋情也减弱了。然而，很快这种恋情在我心里又升腾起来，好似一种反作用，我受辱的心硬要与吉尔贝特并驾齐驱或把她贬到同样的水平线上。我一见钟情，遗憾的是没来得及产生灵感来气气她，伤伤她，迫使她记得我。我觉得她非常美，恨不能跑回去，耸着肩膀向她大喊：“我觉得你是丑八怪！你真叫我恶心！”然而，我却越离越远了，永远带走一个小姑娘的形象：橙红色头发，皮肤上布满粉红色斑点，手上拿着一把花铲，从远处笑着向我投来假痴假呆的、没有含义的目光；我把它当作对我这样的孩子因无法违抗的自然法则而不能企及的幸福的首例，永远铭记在心。但她的名字在她和我同时听到呼唤的那块栽满山楂花的地方留下了温馨，这芳名的魅力将扩及、黏合、熏香跟它接近的一切，包括我外祖父母所万幸结识的她的祖父母，非常了不起的经纪人职业，她在巴黎住在香榭丽舍大街的那个令人叫苦不迭的地区。

“莱奥妮，”我外祖父回家劈头就说，“刚才你要是跟我们一块儿那该多好哇。你一定认不出唐松维尔了。我恨不得剪一枝粉红色的山楂花给你带来，你是那样地喜欢山楂花。”外祖父乘机向我姑妈莱奥妮说了说我们的散步，也许为了给她解闷，也许还没有完全失去希望，盼着让她出去走走。姑妈以前非常喜欢那个庄园，况且斯万还是她最后接待的客人，那时她早已闭门谢客了。正如平时斯万若来向她问候(他在我们家是斯万唯一要求见一见的人)，她便请人回话说，她累了，但下次一定请他进来，同样，这天晚上她说：“是呀，等哪天天好，我坐车一直到庄园大门口。”她说得真心诚意。她很想再见到斯万和唐松维尔，但她抱着期望就已消耗她所剩的体力了，真的实现起来恐怕要把她累垮的。有时候，好天气使她恢复一点精力，她便起来，穿好衣服，但还没有走进另一间房间就开始感到累了，于是又要求上床。在她身上开始发生的，只不过比一般人发生得早些，那就是老年人百事不劳神，像蚕蛹把自己裹在茧中，等待死亡；我们可以看到，有些寿命很长的人，到了暮年，即便当年曾是情笃意浓的恋人，即使当年曾是志同道合的莫逆之交，上了一定的年岁，就中止长途跋涉或专门外出去相会聚首了，甚至中止书信往来，认定在人世间已无话可通了。我姑妈心中必定十分清楚她不会再见到斯万，不会再步出家门；在我们看来，这种幽闭生活想必使她痛苦难熬，其实不然，她倒觉得悠然自在的，因为她的体力不断衰退，日有所感，迫使自己闭门不出；她做每件事情，每个动作，都感到疲劳，甚至痛苦，不如干脆什么事也不干，离群索居，无声无息，这样反倒觉得怡然自得，可以修身养性。

我姑妈一直没有去观赏布满粉红色山楂花的篱笆，我时时刻刻缠着父母问她还去不去，她以前是否经常去唐松维尔；我千方百计促使父母谈谈斯万小姐的父母和祖父母，因为他们在我看来就像请神那样伟大。斯万这个名字在我来说变得几乎具有神话般的色彩，每当我跟父母聊天，我总急不可待地盼望他们提及这个姓氏，我自己不敢说出口，但我引导他们谈论与吉尔贝特和她家有关的、涉及她本人的话题，那样我不至于感到离她太远；我有时突然迫使父亲说话，譬如，假装以为我外祖父的公职是我们家祖传的，或我姑妈想看的布满粉红色的山楂花的篱笆处在市镇某地界上，父亲立即纠正我的说法，好像不顾我的反对，好像他主动对我说的："不对，这份公职原先由斯万的父亲承担的，那座篱笆处在斯万的花园界内。"于是，我不得不调整一下深呼吸，斯万这个姓氏压在我心中铭记的那个部位，叫我透不过气来，每当听到它，总觉得比其他一切更充实，格外有分量，因为每次都载着我心中的无数次呼唤。这个姓氏使我感到快乐，我为自己胆敢向父母索取这种快乐而羞愧，因为这种快乐如此之大，得让他们无偿地消耗许多精力才能让我得到，因为对于他们这并不是一种快乐。所以，我转移话题，出于谨慎，也出于顾忌。不过，我赋予斯万这个名字的种种奇特的诱惑力，一旦被他们说出口来又恢复如初。当下，我突然觉得我的父母不可能不对此动心，觉得他们站到了我的立场，发现、谅解、认同我的胡思乱想，我心里好难过，好像是我使他们屈服，使他们变坏似的。

那一年，我父母比往年更早一点决定返回巴黎的日子，启程那天早晨，为了照相，他们把我的头发烫了，小心翼翼给我戴上一顶我从未戴过的帽子，给我穿上一件丝绒外套；母亲到处找我，终于在与唐松维尔接壤的小斜坡上找到了我；我正在痛哭流涕地跟山楂花告别，搂着长满尖刺的花枝，我活像悲剧中的公主，只觉得无用的衣饰是个负担，根本不感谢把我的头发烫成一鬈鬈搭在前额，此举着实令人讨厌：我把卷发纸扯下，把新帽摘掉，统统踩在脚下。母亲没有被我的眼泪感动，而看到我的帽子被踩扁，外套被糟蹋反倒失声大叫起来。我没有理会她，继续边哭边道："唷，我可怜的山楂花，不是你们想叫我伤心，逼我离开。你们，你们从来没有让我痛苦过！所以，我永远喜欢你们。"我一边擦干眼泪，一边向它们许愿，等我长大后，决不像别人那样发疯似地生活，即使在巴黎，在春暖花开的季节，我也不去串门子听那些无聊的闲话，宁愿下乡观赏首批开花的山楂。

每逢我们去梅泽格利兹那边散步，一步入田野，就再也离不开了。田野上终日清风荡漾，风儿好像通过一条无形的小径徐徐吹来，在我看来，简直是孔布雷特有的仙境。每年，我们到达的那天，为了感受一下我确实已在孔布雷，我总是登高寻找清风的行踪，它在犁沟里奔跑，我在后面追赶。在梅泽格利兹那边，在那一片高高耸起的，几法里不见沟壑的平原上，清风总围着我们飘拂。我知道斯万经常去朗市小住几天，虽然相隔好几法里，但因没有任何障碍，两处的距离相对缩短了；每当和煦的下午，我看到一阵同样的微风从极目的地平线出来，把最远处的麦梢压弯，像起伏的波浪遍及一望无际的田野，滚滚而来，暖暖呼呼，低声细语地匍匐在我脚下的红豆草和三叶草丛中，这一片把我们俩联系在一起的平原仿佛使我们更接近，仿佛把我们俩结合在一起了，我联想到这阵微风曾从她的身边吹过，风儿的低声细语是她给我传来的信息，尽管我听不懂，但它经过我身边时我拥抱了它。左边有一个村庄，叫尚皮厄（本堂神甫管它叫 Campus Pasam①）。右边可见麦田那边的圣安德烈田园教堂的两座钟楼，既精雕细刻又具乡土风味，也像麦子似的，尖头削梢，鱼鳞片状，蜂窝般的一格格一层层饰纹，黄灿灿的，颗粒状的，活像两株麦穗。

苹果树的树叶别具一格，与别的果树都不相同，人们不会认错，在开花时节，白色缎子般的宽瓣间距对称绽开，或一团团淡红的蓓蕾羞答答地悬空玉立。在梅泽格利兹那边，我第一次注意到苹果树投在阳光灿烂的土地上圆圆的树荫，同时注意到斜射的夕阳在树叶下铺上可望不可触的金色丝线，我看见父亲用手杖截断一丝丝金线，却始终未能使它们改道。

有时下午的天空挂起洁白的月亮，像一朵白云悄然出现，没有光泽，好比一个未到登场时间的女演员，穿着平日的服装，在剧场里看了

① 拉丁文：异教庄。

一会儿同伴的演出，悄然离去，不愿引起人们对她的注意。我喜欢在画上，在书中重见月亮的形象，但是这类艺术作品与如今我觉得把月亮画得很美，甚至认不出是月亮的艺术作品相比是大不相同的，至少是早年在布洛克使我的视野和思维习惯于较为精妙的和谐之前所见到的那些作品，比方说，森蒂纳①的某部小说，格莱尔②的某幅风景画，让月亮像一把银镰清晰地挂在天边，诸如此类的作品同我切身感受到的印象一样的幼稚未琢，而我外祖母的两个妹妹见我喜欢这类作品每每大为恼火。他们认为，献给孩子们的作品应当首先是让孩子们喜欢的同时培养他们的鉴赏力，等他们长大成人之后仍赞叹不已。大概她们以为审美才能也像具体的物件，只要张开眼睛就能看出，不需要等值的潜移默化，酝酿成熟。

就在梅泽格利兹那边，在蒙菇万，濒临大水塘，背靠灌木丛生的陡坡，坐落在万特伊先生的住宅。所以我们常在大路上和他的女儿交错而过，她总驾着一辆敞篷两轮轻便马车飞奔疾驰。一些年来，我们见她不再独来独往，而由一个年纪比她大的女友陪伴着，那个女人在当地名声不好，一天居然搬到蒙菇万定居了。大家都说："可怜的万特伊先生准是被温情蒙住了眼睛，才不顾别人在背后的议论，他平时为一句不得体的话而感到愤慨，竟允许女儿让那种女人寄住在家里。他还说那是个优秀的女人，心地善良，音乐素质非常好，如果得到培养，必定不同寻常。但他尽管放心，那个女人并不关心他女儿的音乐修养。"万特伊先生自己讲过这样的话；事实上，值得注意的是，一个人大凡同别人发生肉体上的关系总能引起那个人的亲属对她（他）的精神品质大加赞赏。性爱，不管受到怎样不公正的诋毁，却能迫使每个人把自身的善良和坦诚表现得淋漓尽致，使近亲挚友感到光彩夺目。佩斯皮埃大夫有一副粗嗓门儿和两根粗眉毛，尽可以随便扮演坏蛋的角色，反正他的模样根本不像坏蛋，所以丝毫无损于他作为脾气暴躁的老好人的声誉，那是不可

---

① 森蒂纳（1798—1865），法国作家。
② 格莱尔（1806 — 1875），瑞典画家，属学院派风格。

动摇的，无可指责的，他粗声粗气地说了下面这番话，把本堂神甫和大家逗得笑出了眼泪：“嗳！听说她跟女友万特伊小姐一起搞音乐。你们觉得奇怪吧。我可不知道她在搞什么。昨天万特伊老先生还对我说呢。话说回来，这姑娘，有权喜欢音乐。我可不赞成压制孩子们的艺术天分。万特伊看上去也不赞成嘛。况且他也跟他女儿的女友一起搞音乐嘛。哎，活见鬼，那个窝里尽搞音乐了。你们有什么好笑的呀？不过，那些人的音乐搞得过分了。那天我在公墓附近碰见万特伊老先生。他双腿发软，站也站不稳。”

那个时期，我们发现万特伊先生有意躲避熟人，只要瞥见熟人，他就绕道走开；我们进而发现他在几个月里变得苍老了，成日闷闷不乐，凡与他女儿的幸福没有直接关系的事，他已无力过问了，有时整天整天地在妻子的墓前徘徊，不难看出他悲痛欲绝，进而不难推测他对流言蜚语并非不了解。他是知道的，也许甚至信以为真。一个人，无论他的美德有多高尚，由于情况复杂，到头来不得不对他最为深恶痛绝的堕落生活安之若素，因为恶习以特定的现象作伪装进入他的生活并使他痛苦而认不清其真实面目，比如某天晚上，听到一些稀奇古怪的话，看到某个不可理解的姿态，而这些又偏偏发生在他有千万条理由应予喜爱的人身上。然而，对于像万特伊这样的男子来说，没有比错以为只有波希米亚人才对逆境听天由命的人在逆来顺受时更为痛苦的了！恶习是自然天性在孩子的身上引发产生的，有时只要掺和父亲和母亲的情操就行，如同掺和孩子眼睛的颜色，而每当恶习需要给自己保留不可缺乏的场所和安全时，波希米亚人所遇到的境况就出现了。万特伊先生说不定对他女儿的行为有所了解，但这并不因此而减弱他对女儿的宠爱。实际行为是进入不了我们信仰的活动领域的，实际行动不能产生信仰，也不能毁灭信仰，却能连续不断地否认信仰，尽管削弱不了信仰，哪怕一连串不幸或疾病接连不断地降临某个人家，也不会使这家人怀疑上帝的仁慈或医生的才能。但是，当万特伊以世俗的观点，以他们的声望的角度来审视他的女儿和他自己时，当他竭力把自己和女儿列入受到普遍尊敬的人们之中时，他所得出的社会评价同孔布雷对他最敌视的居民可能做出的评价完全一致，他发现自己和女儿一起沦为人所不齿的末流，因此近来他的举止变得谦卑，对谁都是恭恭敬敬的，好似从低下之处仰望凌驾于他的人们（尽管这些人过去比他低下得多），而且他的举止中还有一种力图高攀附势的倾向，这是一切潦倒之辈必有的一种几乎机械性的结果。一天，我们正同斯万在孔布雷的一条街上散步，万特伊先生从另一条街出来，猛地跟我们打了个照面儿，躲闪不及了，斯万便跟他聊了许久：斯万具有上流社会人士那种引以为自豪的仁慈，在消融一切道德偏见的同时，从他人忍辱含垢的情况下找出某个理由向他表示好意；这种宽厚的表示，斯万觉得对施与者比对被施与者更为可贵，因为施与者的自尊心得到极大的满足；他迄今从未同万特伊先生说过话，却在与我们分手前居然问万特伊先生是否可以让他的女儿去唐松维尔演奏曲子。这样的邀请者在两年前会叫万特伊先生大为不快，如今则感激涕零，以致自认为受之有愧，不敢冒昧接受。他感到斯万对他女儿的这番好意本身表明是一种非常体面的和令人快乐的支持，他想也许最好不要加以利用，不如心领其好意，永远铭记。

“多么出色的人哪？”斯万向我们道别时连声叹道，热情的仰慕之意就像聪明漂亮的良家女子对公爵夫人的魅力敬佩至极，不管公爵夫人有多丑多老。“多么出色的人哪！可叹他的婚姻非常不美满，可悲呀！”

那时，即便最诚恳的人言谈中也免不了搀入虚情假意，跟某人谈话时闭口不谈对他的看法，等他一走，就说三道四；我的父母也对万特伊先生议论过斯万的婚姻，以原则和门当户对的规矩为名义深表惋惜，言下之意，蒙茹万的主人的婚事倒没有不当之处；他们跟他一起列举原则和规矩，以示同属忠厚人。万特伊先生没有让女儿去斯万家。倒是斯万先生感到遗憾。每次跟万特伊先生分手后，斯万便记起近来他一直想向万特伊打听一个人的消息，此人也姓万特伊，好像是他的一个亲戚。那次见面后，他下决心不再忘记他对万特伊先生说的话，问他究竟什么时候让女儿去唐松维尔。

由于在梅泽格利兹那边散步是我们在孔布雷周围散步的两条路线

中较短的一路，又由于路程短，我们只在天气靠不住的日子才去那边，所以梅泽格利兹那边往往是多雨的气候，我们始终不远离鲁森维尔森林的边缘，那里枝叶扶疏，必要时可以去躲雨。

太阳常常躲到一大片云彩的后面，而云彩又常常使太阳椭圆形的脸蛋儿变形，同时云彩的四边被阳光染得黄灿灿的。田野虽无耀目的光辉，却是光亮的，一切生气似乎都悬在半空，鲁森维尔小村庄好似镶在天边的一片浮雕，鳞次栉比的白色屋脊雕刻得那样的精细完美，令人目不暇接。一阵轻风惊起一只乌鸦，它飞到远处又落下，跟踪望去，白蒙蒙的天空下远处的森林显得蓝幽幽的，如同旧式房子里装点窗间墙的单彩画的那种蓝色。

有时候，眼镜店玻璃橱窗里的晴雨表曾警告我们的那场雨终于淅淅沥沥地下起来，雨点像成群飞翔的候鸟，密集成行地从天而降。雨帘密集，在淋漓中井然有序，每滴雨水各守其位，引着后面的雨滴紧紧跟上；一群燕子离去之后，天色更加灰暗了。我们便躲进树林。骤雨过后，还有些雨滴有气无力地姗姗而来。我们走出避雨处，因为水滴在叶丛中嬉戏，而地上几乎已经干了，树上却还有不少水珠在叶脉间玩耍，悬在叶尖休息，迎着阳光闪烁，突然从梢头高高地滑落，滴到我们的鼻子上。

我们也常常乱纷纷地跑到圣安德烈田园教堂的门廊下同圣徒和主教的石雕塑像一起躲雨。这座教堂的法国风味太浓了！大门上方的圣徒，国王和骑士，每人手上拿着一朵百合花，他们参加婚礼或葬典的神态表现得惟妙惟肖，跟弗朗索瓦丝所能想象的一模一样。雕刻家还刻画了亚里士多德和维吉尔作品中某些故事的场景，其笔法与弗朗索瓦丝通常在厨房谈论圣路易的说法如出一辙，就像她本人认识圣路易似的，一般来说，她把我外祖父母同圣路易相比较，好让他们感到羞愧，因为他们不如圣路易“公正不偏”。看来，中世纪的艺术家和中世纪的农家女（一直活到19世纪）对古代或基督教历史的观念，显然很不准确，但又非常纯朴，他们的观念不是来自书本，而是直接来自古老的，未间断的口头相传，虽然走样了，面目全非了，但生动活泼。在圣安德烈田园教堂哥特式的雕塑群像中另有一位潜在的和被预示的人物，我认出他就是加缪家的小伙计，年轻的泰奥多尔。况且，弗朗索瓦丝认定他是同乡和同辈，所以当我姑妈莱奥妮病重时，弗朗索瓦丝一人无法帮她在床上翻身，抱不动她坐到扶手椅里，她便叫泰奥多尔来帮忙，而不让厨房女帮工上楼来在我姑妈前面显"丑美"。不过，这个小伙子，尽管平时把他看作是个十足的坏蛋并不冤枉他，但内心却充满圣安德烈田园教堂浮雕群像的灵性，特别充满恭敬的情感，弗朗索瓦丝认为对"可怜的病人"，对"她可怜的女主人"就该有这样的情感，他把我姑妈的头扶到枕头上时脸部的表情既天真又热忱，浮雕上的小天使们就是这种表情，他们手持蜡烛热切地围在虚弱的圣母身边，仿佛灰秃秃的石雕面容如同冬天的树木，只不过是一场冬眠，一种储备，随时会焕发新的生命，在像泰奥多尔那样无数百姓的脸上重新焕发生气，神情既恭敬又狡猾，像熟透的苹果那样红扑扑的。一位女圣徒，已经不再像小天使们攀附在石头上了，而是从门廊的群像中脱颖而出，单独伫立在一座石柱上，身材比人还高大，双脚踩在一张石凳上以免沾着潮湿的土地，她的面颊丰满，乳房坚挺，鼓起胸前的衣衫，宛如装在麻袋里的一大串成熟的果实，她的前额狭小，鼻子不高但淘气，眼窝深陷，神态强健，冷漠，勇敢，活像本乡本土的农家女。这种相像给雕像注入一种我原先未曾探求的柔情；经常有个别农家女也像我们一样前来躲雨，她们的容貌印证了雕像确实惟妙惟肖，正如石雕近旁的墙上伸出的枝叶，仿佛专门让自然物与之对比，供人判断艺术作品的真实性。在我们的前方，鲁森维尔遥遥可望，不管它是福地还是恶土，我都从未进去过；有时我们这边的雨已停，可鲁森维尔那边继续受着暴雨的惩罚，正如《圣经》中讲的那个村庄居民住房遭到鞭似的急雨抽打，有时则受到仁慈的上帝的宽恕，让重新露面的太阳把流水般的金光参差错落地射向村舍，如同祭台圣器上折射的光芒长短不一。

有时候天气糟糕透了，我们不得不赶紧回家或索性不出家门。田野处处昏沉沉，湿漾漾，远远望去好似茫茫大海，几栋孤零零的房舍悬挂在黑暗和雨水浸沉的山坡上，宛如一叶叶收帆的扁舟静止地漂浮在茫茫夜海中泛着亮光。不过，大雨，让它下吧，雷雨，让它来吧，无关紧要！夏天，坏天气不过是一时的坏脾气发作，表面的恶劣，遮不住潜在的、固有的好天气；与冬天不稳定的、稀薄的晴朗大不相同，夏天的晴朗却是植根于大地的，孵化出繁枝茂叶，雨水尽管如注，损害不了枝叶蓬勃的生机；整个夏天，晴朗的天气把它紫色或白色的绸旗插遍村镇的大街小巷，任其在房舍和花园的墙头招展。我坐在小客厅里看书，等着吃晚饭，听到雨水从花园里的栗树上滴落，但我知道骤雨不过使树叶更加青翠欲滴；一棵棵栗树就像夏天的抵押品，整夜呆着经受雨淋，以便确保晴朗的天气持续不断；雨尽管下，明天，唐松维尔白色栅栏上空的心形树叶照样扶疏叠翠，婆娑起伏；我目睹佩尚街的那棵杨树向暴风雨苦苦哀求和无望地点头哈腰，并不感到忧伤；我耳闻花园尽头的丁香在滚滚的响雷震撼下无力地呻吟，并不感到惆怅。

如果一清早天气就不好，我的父母便放弃散步，我就出不了门。但是我后来习惯于自个儿去梅泽格利兹酒乡那边散步；那年秋天，我们来孔布雷继承我姑妈莱奥妮的遗产，因为她终于死了；她的死既使那些认为她的导致虚弱的疗法是致命的人得意洋洋，也使那些认为她患的不是假象疾病而是器质性疾病的人沾沾自喜，而那些怀疑她害器质性疾病的人直到她咽气了才认输；她的死只引起一个人巨大的悲痛，而此人偏偏是个孤僻的人。在我姑妈病危的最后15天里，弗朗索瓦丝时时刻刻守护在她身旁，和衣打个盹，不让任何人帮助照料，直到姑妈下葬，才跟她分手。原来我姑妈对弗朗索瓦丝恶口毒舌，疑神疑鬼，常发脾气，弄得她提心吊胆，我们一直以为她对我姑妈怀恨在心，现在我们才明白，她对我姑妈诚惶诚恐是出于崇敬和爱戴。我姑妈是她真正的主宰，她承受着无法预料的决定，难以识破的诡计，容易心软，感情用事，现在她的女王，她的神秘莫测而至高无上的女君主不在人世了。与姑妈相比，我们是微不足道的。过了很久很久，我来孔布雷度假，才开始在弗朗索瓦丝眼里享有我姑妈的威望。这年秋天，我父母忙于填表格办手续，忙于跟公证人和佃农们商谈，没有空闲外出，况且即使有空，天公往往又不作美，所以通常让我自个儿去梅泽格利兹那边散步；为了防雨，他们让我披上格子花呢长巾，我很乐意把它披在双肩，尤其因为我感到这种苏格兰格子花呢会引起弗朗索瓦丝气愤，我们很难让她明白衣服的颜色同服丧毫不相干，况且我们对姑妈的死所抱的那种悲伤也使她不快，因为我们没有大办丧宴，因为我们说话不像她那样用一种特殊的声调，更有甚者，我有时还低声歌唱。我相信，如果在某本书里，这种根据《罗兰之歌》和圣安德烈田园教堂门廊群雕图所得出的服丧观，我也会像弗朗索瓦丝一样很有好感。然而，一旦弗朗索瓦丝在我身边，我便像魔鬼附身似的想让她发火，我抓住任何一点借口向她指出，我怀念姑妈，因为她是个心地善良的女人，尽管她有可笑之处，但根本不是因为她是我的姑妈；即使她是我的姑妈，但倘若我觉得她可恶，那么她的死不会引起我任何悲哀！此话如果出现在某本书里，连我也会觉得荒谬透顶。

倘若弗朗索瓦丝像诗人那样对忧伤、对家庭的回忆充满流动的模糊思绪，因无从对答我的种种论点而表示歉意，说一声："我说不清、道不明，"那么我对这种供认就扬扬自得，我的反讽而直率的见识决不亚于佩斯皮埃；但倘若她多说一句："她毕竟是亲戚嘛，对亲戚总应尊重的嘛，"那么我就会耸耸肩膀，自言自语道："我的心肠太软了，竟跟语无伦次的大字不识的人费舌。"就这样，我采用褊狭的观点来判断弗朗索瓦丝，扮演那些自以为想问题不偏不倚的人的角色，极端鄙视人们在生活中把肉麻当有趣的场景。

这年秋天，我的散步尤其惬意，因为我往往在长时间阅读一本书之后才出去散步的。整整一上午我呆在客厅里读书，累了便拿起格子花呢长巾往肩上一披出门而去；我的躯体被迫长时间静止不动，充满了积累起来的活力和速率，需要把它们向四面八方消耗掉，如同撒出一只陀螺任其转悠。房屋的外墙，唐松维尔的篱笆，鲁森维尔林子的树木，蒙茹万背后的灌木丛，都受到过我的雨伞和手杖的抽打，听到过我欢乐的喊叫；这些喊叫只是某些模糊的有感而发，兴奋之余还没有在光明中找到栖息之地，不愿等候又缓慢又困难的澄清，宁可寻找一条较易宣泄兴奋的捷径。我们有感而发的所谓表露多半只是我们的情感排遣，而这种排遣是以某些模糊的形式表现出来的，所以我们并不了解这种内心的感受究竟是什么。当我试图清理我在梅泽格利兹那边有哪些收获，有哪些因意外的景致或引发灵感非有不可的东西而得到的小小发现，我不由想起这年秋天的一次散步，我走到护卫蒙菇万的那座布满灌木丛的山坡附近，突然首次强烈意识到我们的印象和印象的习惯表达是不协调的。我兴高采烈地与风雨搏斗了一个小时以后，来到蒙菇万池塘边上，面对万特伊先生的园丁存放园艺工具的瓦顶小屋，但见太阳刚刚重新露头，它的万道金光经过骤雨洗涤又在天边焕然一新地炫耀，辉映在树上，小屋的墙上，湿漉漉的瓦屋顶和屋脊上，一只母鸡在屋脊上漫步。呼啦啦的风横向吹来，吹得生长在墙缝里的野草匍匐露根，吹得母鸡的羽毛根根竖起，露出绒毛，像轻飘飘无活力的东西，任凭风势胡乱摆布。太阳使得池塘反射景物，瓦屋顶映在池中好似一块粉红的大理石花纹，过去我还从未注意到。我看见水上和墙面泛起的苍白的微笑与天边的微笑遥相辉映，不禁欣喜若狂，挥动已经收好的雨伞，连连高喊：“咿喔，咿喔，咿喔，咿喔。”但同时，我感到我的责任是不应限于这些叫人捉摸不透的咿喔声，应当努力弄清楚我为何欣喜若狂。

当下有个农民经过，他的神色已经不大高兴，我手舞足蹈，差一点没把雨伞打在他脸上，他的情绪就更不痛快了，冷冰冰不理睬我的寒暄：“天气真好，是吧，走一走舒服极了。”多亏他我才明白，同样的激情不是按预定的次序同时在所有的人身上发生的。后来，每当我看书的时间稍长，就怀着深情想起父母并作出最明智、最能博得他们欢心的决定，他们往往在同一时刻获悉我已忘却的一桩小过失，就在我奔向他们去亲吻的那个时刻，他们则对我声色俱厉。

有时候，独处使我激奋不已时又平添一种我一时难以清晰辨别的激奋，那是性欲引起的：我渴望在我面前突然出现一个农家女，好让我抱入怀里。随着性欲而来的快感是突然勃发的，我还来不及在诸多迥然不同的思绪中找出萌生快感的缘由，便感觉出这种快感是各种思绪给予我的快感的一种升华。对这时我脑海里浮现的一切，对瓦屋顶在水中的粉红色倒影，对墙缝中的野草，对我久已想去的鲁森维尔村庄，对鲁森维尔林中的树木，对鲁森维尔教堂的钟楼，我又给它们增添了一层价值，因为我以为是它们引发我产生新的激奋，所以这种新的激奋使我觉得它们更加富于情感，而且似乎只想赶快把我抛入它们的怀抱，如同一股强劲的、隐秘的顺风鼓满我的帆向前航行。然而，这种要女性出现的欲望对我来说给大自然的魅力增添了某种更加令人兴奋的东西，反之，大自然的魅力也拓展了女性过于局限的魅力。我仿佛觉得树木的美依然是女性的美，天边的景致，鲁森维尔的村落，我这年所读过的书，都有各自的灵魂，这种灵魂是由村姑的亲吻传递给我的；我的想象一经触及我的肉欲便恢复了活力，使我的肉欲渗透我的想象的各个范围，于是我的性欲就无边无际了。在大自然怀抱里想入非非的时刻常常出现这种情况：习惯的作用力中断了，我们对事物的抽象概念被撇在一边，我们打心眼儿里相信我们所处的地方具有独特性，有个人独自地生活，所以我的欲望所呼唤的马路天使不是女性这一种一般类别的某个样品，而是这块土地必然的、自然的产物。因为，在这样的时刻，我身外的一切，大地呀，生灵呀，在我的心目中比在成年人的心目中更为可贵，更为重要，富于更为真实的生命。大地和生灵，在我是紧密结合在一起的。我想望梅泽格利兹或鲁森维尔的某个农家女，想望巴尔贝克的某个渔家女，就像我想望梅泽格利兹和巴尔贝克一样。如果我随意改变她们的生存环境，她们可能给予我的快感会显得不大真实，我也不会再相信这种快感。如果在巴黎结识一个巴尔贝克的渔家女或一个梅泽格利兹的农家女，那就像得到我在海滩上未曾见过的贝壳，得到我在树林中未曾发现的蕨草，那就像从当地妇女给予我的快乐中剔除其生活的环境给予我的快乐，而我想象中的女性是在环境衬托之下的。要是在鲁森维尔林间漫步遇不到可拥抱的农家女，那就等于没有认识隐藏的珍宝，没有认识深藏的美女。我想象中那个身披枝叶的村姑，对我来说，就像当地的一棵植物，只是比其他植物的地位高级一些罢了，她的结构使我更贴近地领略当地悠久的风味。我之所以轻易相信这种快感，相信村姑为使我得到快感而对我的抚摸，也是别具一格的，相信别的姑娘不可能像她那样让我领略快感，因为当时我脱离乳臭还要很长时间，还没有把占有不同女人所领略的快感加以抽象，还没有把这种快感归纳为一种一般概念：把不同的女人看作可以交换的工具，以求得到始终相同的快感。当时的快感甚至还不是作为接近女人所追求的目标，作为预先感到心慌意乱的动机，而单独地、分离地、标新立异地在我的思想中存在。一想到它的存在心里就产生快乐，我们不如把这种快乐称作村姑的魅力，因为我们没有想到自身，只想摆脱个人圈子。这种暗暗被期待的、被隐藏的、内在的快乐只在一定的时刻达到极点，那就是我们身旁的村姑用温柔的眼光看我们，亲吻我们的同时引起另外的快乐，这时的快乐在我们看来特别像一种感激的冲动，感激我们的女伴真挚的好意，感激她对我们深情的偏爱，我们把她的好意和偏爱视为她给予我们的恩惠和幸福。

唉！我徒然恳求鲁森维尔的城堡主塔，徒然恳求它给我弄个小姑娘来，我把它当作倾吐最初性欲的唯一知己；当时，我在孔布雷家中最高层，在那间充满蓝蝴蝶花芳香的小书房里，只见到塔楼中段半开的窗玻璃，我活像探险的旅行家或自寻短见的绝望者，未能克服做出壮举前的犹豫，终于动摇退却了，于是我在内心另找出路，却又觉得山重水复疑无路，直到发现一只蜗牛行迹般的自然踪迹蜿蜒在黑醋栗树枝叶下，枝叶低垂，拂到我的脸上。现在恳求它还是徒劳无益的。我徒然凝视广阔的田野，与之眉来眼去，想从中勾引出个村姑来。我可以一直走到圣安德烈田园教堂的门廊，但从来只有在外祖父的陪同下才有把握遇见农家女，可在这种情况下又无法跟她交谈。我茫然盯视远处的一棵树的树干，盼着村姑从树后突然出现，向我走来；我仔细观察的天边始终不见人影；夜幕降临，我无望地把注意力集中到这片贫瘠的土壤，这块枯竭的土地，仿佛硬要从中吸出可能隐匿的妙人儿。我扫兴之至，怒不可遏地敲打鲁森维尔林中的树木，从这些树木间不会走出活生生的人来了，这些树木简直变成了某幅全景图画上的树木了；我不能甘心在搂抱我望眼欲穿的村姑之前回家，但我无可奈何只得返回孔布雷，不得不暗自承认在回家的路上意外撞见村姑的可能性越来越小了。况且，即使她在半路上出现，我敢跟她搭话吗？她不把我当作疯子才怪呢，于是我不再相信我在这几次散步中形成的欲念会得到别人的共鸣，是实现不了的；我不再相信这些欲念在我的身外还有什么真实性。我只觉得这欲念是我气质的产物，纯属主观的，力不从心的，虚幻的。这些欲念与大自然，与现实毫不相干，于是它们的存在便失去了一切魅力，一切意义，只成为我生活中的一种因袭的框架，好比坐在火车厢长凳上的旅客为消磨时间而读小说，车厢成了一部虚构小说的框架。

也许几年后我在蒙菇万产生了同样的印象，当时的印象还很模糊，很久以后我才恍然悟出那是施虐狂的见解。人们在下文中将会看到，出于其他种种原因，这个印象的回忆对我的一生起着重要的作用。这一天，天气非常热，我的父母要出门一整天，对我讲，我随便多晚回家都行；我一直走到蒙菇万的池塘边，我喜欢观看池中瓦屋顶的倒影，我爬到俯瞰万特伊先生那栋房子的山坡上，以前有一天我父亲来看望他时我就在这里等候的，我躺在山坡灌木丛的阴凉处，居然睡着了。等我醒来时，天几乎黑了，我想爬起来，但就在这时，我看见了万特伊小姐(按我的眼力还能认出她，因为我在孔布雷不常见到她，只在她还是个孩子时见过，后来她开始长成少女了)，她大概刚从外面回来，就在我面前，离我才几厘米远，在那间她父亲接待过我父亲的屋子里，现在她用来作她的小客厅了。窗户半掩半启着，屋里已经掌灯，她的一举一动我看得清清楚楚，可她看不见我，但我离开时若碰响灌木，她会听见咯啦咯啦响，那她一定以为我有意躲在那里窥伺她哩。

她穿着一身孝服，因为她父亲刚去世不久。我们没有去看她，我母亲不乐意，出于一种美德，叫做廉耻心吧，只有这种美德才限制她的善行；但我母亲内心着实是同情她的，我母亲对万特伊凄惨的晚年记忆犹新，全部余生都消耗在女儿身上，先是照料孩子，又当母亲又当佣人，后来又陷入女儿给她造成的痛苦之中；我母亲还记得老人在风烛残年时愁眉苦脸的情状；她知道他早已永远放弃把自己最后几年的作品全部誊清，虽然只是一位老钢琴教师，一位乡村旧式管风琴演奏者的几首微薄之作，我们想象得出这些作品本身没有什么价值，但我们并不鄙视，因为这些作品对他来说至关重要；在他为女儿做出全部牺牲之前，它们曾是他生活的依据，尽管其中大部分甚至没有笔录下来，只保存在他的脑海里，有一部分记录在零散的活页纸片上，字迹难以辨认，恐怕要失传了；我母亲还想到万特伊先生万般无奈忍痛放弃另一件事，即放弃对女儿获得清白的、受人尊重的幸福前程的希望；当她回顾我的姑姨们从前的这位钢琴教师所爱的心如刀割的痛苦时，她不禁悲从中来，想到万特伊小姐的悲苦，不寒而栗，万特伊小姐一定格外苦不堪言，因为她的悲苦夹杂着悔恨：几乎是她害死了她的父亲。“可怜的万特伊先生，”我母亲说，“他为女儿活，也为女儿死，可没有得到报答。现在人都死了，他还能得到报答？以什么形式报答：能报答他的也只有他的女儿呀。”

在万特伊小姐的客厅里的壁炉架上，放着她父亲的一幅小遗像；当大路上传来辚辚车声，她迅速去把父亲的遗像捧过来，然后倒卧在长沙发上，伸手把一张小桌子又拉到身边，再把遗像放在桌上，正如从前万特伊先生有兴致为我父母演奏钢琴时把曲谱放到自己的身旁，不一会儿她的女友进来了。万特伊小姐向她打了招呼，但没有起身，双手仍枕在脑后，只是把身子往沙发的里边挪了挪，好像为女友挪出个座位。但她很快便觉得这么做似乎是强迫女友做出姿态，也许人家讨厌这种姿态呢。她想女友也许更喜欢坐到离她远远的椅子上，顿时觉得自己不得体，高尚的心灵警觉起来，于是又恢复原来躺靠的样子占了整张沙发；她闭上眼睛，打起哈欠，表示她这么躺着只是想睡觉，没有别的目的。尽管她对女伴的亲密显得蛮横和统摄，但我依然看得出她带有父亲阿谀的、迟疑的举止，那种突然顾忌重重的神态。很快她站起身来，装着想关窗户，但又关不上。

“让窗开着吧，我热，”她的女友说。

“开着多叫人难受哇，别人会瞧见咱们的，”万特伊小姐回答。

她想必猜到女友意识到她这么说是为了激发出一些她心里爱听的答话，但出于谨慎她要让女友主动说出来。所以她的眼神，尽管我无法看清，一定显出深得我姨婆赏识的表情，当下她急忙补充道：

“我说瞧见咱们，我的意思是说瞧见咱俩一起看书，这多叫人难受，想到无论干什么微不足道的事总有眼睛盯着咱们瞧，别扭死了。”

出于本能的宽厚和无意的礼貌，她没有把预先想好的话说出口，尽管她断定这些话为圆满实现自己的欲望是必不可少的。时时刻刻在她内心深处，羞怯的、哀求的处女心态总在央求和劝退粗野而得胜的大兵的无赖。

“是呀，很有可能，在这个时辰，在这个人来人往的乡村，有人盯咱们的梢，”她的女友挖苦道，“不过，那又怎么样？”她认为在好心重提此话的同时应该使个调皮的、亲切的眼色，好比背诵一篇肯定博得万特伊小姐欢心的文章，故意拿腔拿调，装得玩世不恭，她加添道：“谁想瞧咱们就让他瞧呗，求之不得呢。”

万特伊小姐打个寒噤，站起身来。她那审慎而敏感的心里不知道该本能地说出哪些话才适合她的肉欲所需要的宣泄。她竭力寻求她真实的良心所能提供的最极端的东西，找到淫荡姑娘才说得出口的言语，她多么想淫荡一番，但她以为是淫荡姑娘由衷说出来的话，到了她的嘴里却显得很不真实。她下定决心说出的寥寥数语显得很不自然，她腼腆的习惯终于挫败了她一时的放肆，语无伦次地说道：“你不冷吧，你太热吧，你不想一个人呆着看看书吗？”

“我觉得小姐今晚春情大发，”她终于迸出这么一句，大概是重复以前从她女友口中听来的一声，赶紧躲开，于是两人跳跳蹦蹦追逐起来，宽大的衣袖像翅膀似的飞舞，她们格格地笑着，喳喳叫着，活像两只调情的小鸟。后来万特伊小姐终于倒躺在长沙发上，她的女友随即全身扑盖了她。女友故意背向放着已故钢琴教师肖像的小桌子。万特伊小姐心里明白，她若不把女友的注意力引到遗像上来，女友是会视而不见的，于是装出刚刚发现遗像似的，对女友说：

“喂，我父亲的肖像在瞧着咱们呢，不知道是谁又把它放在这儿了，我说过多少遍，这儿不是放遗像的地方。”

我记得万特伊先生当年对我父亲谈到乐谱时也说过类似的话。这幅遗像平时大概是她们用来作仪式性亵渎的对象，因为她的女友所回答的话看来就如礼拜仪式上的应和：

“随它搁着吧，反正他不再跟咱们捣乱了。你以为老猢狲看见你这个样子，看见窗户开着，会一把眼泪一把鼻涕来替你遮羞吗？”

万特伊小姐答道："行了！行了！"这稍带责备的回答证明她天性敦厚，倒并不是因为女友用这种方式议论她父亲而引起她气愤（显而易见，在这样的时刻她总习惯性地把某种情感埋藏在心底，究竟出于什么奇怪的逻辑呢），而是因为她的回答就像是一次刹车，在她女友竭力给予她快乐时，为了不显得自私，她要适可而止。再说，对亵渎言行采取这种笑眯眯的节制态度，采取这种嗲声奶气的假惺惺的责怪，也许对于她坦率而善良的天性来说，显得特别地可耻，是一种外表虚情假意的卑鄙行为，而她偏偏乐于精通此道。然而她无法抗拒快乐的诱惑，有人对她情笃意浓嘛，尽管此人对一个无法自卫的死者毫不留情；她跳将起来，坐到女友的腿上，纯洁地把前额伸向女友讨个亲吻，只有亲生女儿才会这么做：她喜滋滋地感到她们俩横下心下毒手，一起去扒万特伊先生的坟，盗取他父亲的爱。女友双手捧住她的头，深深在她前额吻了一下，吻得温顺有加，既然如今万特伊小姐已成孤儿，那更容易对她表示情意笃深，在她苦不堪言的生活中平添一些排解忧愁的乐趣。

"你知道我恨不得怎样对待这个老丑八怪吗？"她拿起遗像问道。

她凑到万特伊小姐耳边悄声说些我听不见的话。

"哼，谅你不敢。"

"我不敢往这上面吐唾沫？往这玩艺儿上？"女友故意恶狠狠地说。

下面的谈话我没有听到，因为万特伊小姐过来把玻璃窗和护窗板全关上了，只见她神色疲倦，呆笨，忙乱，痴滞，忧伤，但我总算明白了万特伊生前为女儿吃尽苦头，死后却得到了如此的报答。

不过我一直在想，即使万特伊先生亲眼目睹刚才的情景，他未必丧失对他女儿好心肠的信念，也许在这一点上他不见得完全是错的。诚然，在万特伊小姐的习性中，外露的劣迹是那样的无以复加，以至人们很难相信她会坏到如此彻底的程度，简直与施虐狂者一模一样了。一个姑娘让她的女友朝生前只为她而活着的父亲遗像吐唾沫，这在巴黎林荫大道的剧院舞台上出现比在真正的乡间住宅的灯光下出现更令人相信；在生活中唯有施虐狂才为情节剧提供美学依据。在现实生活中，除了施虐狂的病例外，某个姑娘也会像万特伊小姐那样对亡父的怀念和遗愿狠心不管不顾，但不会把这种不孝特意简化为一种象征性的行为，而且还是那样的粗俗，那样的幼稚；她的行为之所以大逆不道，是因为掩人耳目，自欺欺人，干了坏事自己不认账。然而，透过表面现象，在万特伊小姐的内心，至少开始时，不一定纯粹是邪恶。像她那样的施虐狂者是制造邪恶的艺术家，而彻头彻尾的坏蛋是成不了这样的艺术家的，因为对坏蛋来说，邪恶不是外在的东西，而似乎是自然天性，与其本人不可分离；至于美德，悼亡，孝心，坏蛋根本不信这一套，既然没有信仰崇拜，那么也不会觉得亵渎的事有什么乐趣了。万特伊小姐这类施虐狂者都是些纯粹多愁善感的人，天生遵守贞操的人，甚至认为肉体的快感也是大逆不道的，是坏人的特权。有施虐狂的人们，当他们放纵自己享受片刻的肉欲之欢，那也是竭力使自己和使同谋钻进坏人的皮囊之内，以求产生一时的幻觉，以为自己逃出谨慎而温柔的灵魂，陷入人欲横流的世界。我理解，万特伊小姐多么希望如此，同时心里很明白她要实现这个愿望又是多么地不可能。当她想显得与父亲判若鸿沟时，她偏偏使我想起老钢琴教师：父女俩的思想方法，谈吐方式如出一辙。她所亵渎的东西大大超过那张照片，而她用来取乐的东西则是横在乐趣和她之间的东西，妨碍她直接享受乐趣的东西，正是她那张酷似父亲的脸蛋儿，正是她父亲作为传家宝传给她的那双原是祖母的蓝眼睛，正是她那和蔼可亲的举止；这些在万特伊小姐的恶习和她的本性之间横隔着一套漂亮而空洞的词句，横隔着与她的恶习不相适应的心态，妨碍着她认识恶习同她通常所奉行的许许多多礼仪规范有着天壤之别。并不是作恶使她想得到快感，使她觉得开心，倒是觉得快感在捣鬼。由于每次纵情求欢时，她所得到的快感往往伴随着坏思想，而平时在她遵守贞操的心灵里则没有这些坏思想，她最终悟出快感包含着恶魔般的东西，到头来干脆把快感和作恶等同起来了。也许万特伊小姐觉得她的女友本质不坏，女友对她说那些大逆不道的话时是言不由衷的。至少她乐意亲吻女友的脸，那张脸上的微笑，眼神也许是装出来的，其邪恶的、下流的表情决不是善良和受苦的人所有的，而是与残忍而贪欢的人的表情相似。她可能产生一闪而过的想法，她正在假戏真做，跟一个不近人情的同谋鬼混，而那个娘儿们确实对她的亡父存有野蛮刻毒的情感。但也许她做梦也想不到恶是一片稀世罕见的、异乎寻常的、异乡情调的土地，移居进去倒蛮悠然自得的，因为她看不清在她身上和在大家身上存在着那种对别人造成的痛苦置若罔闻，这种冷漠，姑且叫冷漠吧，叫别的名目也无妨，毕竟是残忍的表现形式，可怕而永久的形式。

三　在盖芒特那边

如果说去梅泽格利兹那边颇为简单，那么去盖芒特那边就是另一码事了，因为散步的路程很长，我们要对天气有把握才行。每当好像遇到一连几个大晴天，每当弗朗索瓦丝绝望地看到老天爷没有给“可怜的庄稼”下过一滴雨而只见飘荡在平静的蔚蓝色天边几朵稀疏的白云，她便大发抱怨，嚷道：“瞧瞧那朵白云简直是活脱脱的鲨鱼，把尖嘴伸出海面玩耍，像不像哪？唉，它们该好好替可怜的庄稼汉想想哪，叫老天爷下雨呢！等到麦子长起来，又滴沥嗒啦下不完的雨，没有一处不是雨濛濛水淋淋，就像泡在海里似的”；每当我父亲从园丁和晴雨表得到相同的晴天预报，他才在吃晚饭时宣布：“明天要是天气还这么好，咱们去盖芒特那边。”第二天一吃完午饭就从花园小门出去，进入佩尚街，街道狭窄，形成一个锐角，到处长着狗尾草，草丛中成天有两三只黄蜂在采集标本，街面和街名一样稀奇古怪，似乎让人感到街道怪模怪样的特点和怪僻生硬的个性全由街名衍生的；今日的孔布雷镇上已经找不到这条街了，从前的那条路上盖起了学校。然而，正如维奥莱-勒迪克[①]的建筑弟子们以为在文艺复兴时期的祭廊里和在17世纪的祭坛下能重新找到罗曼风格的唱诗班的遗迹，进而把整个建筑恢复到12世纪的状态，我在遐思畅想中不放过新建筑的每块石头，在这里重新开凿，“按原样修复”佩尚街。再说，修复佩尚街所需的资料比古建筑修缮家一般所掌握的要精确得多，因为我的记忆所保存的图像也许是目前还留存我儿时的孔布雷最后的图像了，而且注定不久将消失；正因为我儿时的孔布雷在消失之前把动人心弦的图像刻画在我的脑海，如果可以打个比方，把一幅模糊了的肖像同原先根据这幅肖像铸成的辉煌的人头像相比，我外祖母总喜欢送给我人头像的复制品，正如根据《最后的晚餐》原作刻制的版画和贞提尔·贝里尼[②]那幅《圣马可广场上的游行》的油画保留了达·芬奇的壁画杰作和圣马可广场的门楼如今正不复存在的原貌。

我们从鸟街——古老的弗莱谢鸟街客栈经过，17 世纪蒙邦西埃公爵夫人、盖芒特公爵夫人、蒙莫朗西公爵夫人家的轿车不时驶入客栈的大院，她们屈尊来孔布雷是为了解决同佃农的争端，为了接受佃农的赠品。我们走到林荫道，圣伊莱尔教堂的钟楼出现在路树间。我真想成天坐到那儿边看书边听钟声，因为天气是那样的晴朗，环境是那样的幽静，每当钟声鸣响，仿佛钟声非但没有打破白天的安宁，而且排除了白天的杂质，钟声像个悠闲自得的人，虽无精打采却细心守时，每到规定的时刻来榨一榨饱满的寂静，把炎热缓慢而且自己积蓄起来的金色汁液一滴一滴地榨出来。

盖芒特那边最最迷人之处是维沃纳河，几乎总是靠近你身旁流淌。离家 10 分钟后，便第一次过河，从一座叫“老桥”的步行桥过去。我们抵达孔布雷的第二天，是复活节，从教堂听完布教道出来，如果晴和日丽，我便直奔桥边，尽管盛大节日的早晨忙乱不堪，一些贵重富丽的用品使那些乱放着的日常器皿显得更加肮脏，我依然驻足凝望；河水在蓝天的辉映下缓缓流淌，两岸黑油油的土地还是裸露的，只有一群早到的布谷鸟和一些早开的报春花相伴相随，不过各处偶尔已有一株紫堇翘起蓝色的小嘴，任凭饱含香汁的角形花囊把花茎压得弯弯的。“老桥”通向一条纤道，这地方每到夏天，一棵核桃树枝叶茂盛，浓荫如盖，树下有位戴草帽的渔夫扎了根似的坐着。在孔布雷，我知道马蹄铁匠或食品杂货店的伙计在教堂侍卫的号衣或歌诗班的白色法衣的化装下隐藏着怎样的个性，可唯有那位渔夫是何许人，我始终没有弄清他的身份。他没准认识我的父母亲，因为我们经过时，他总抬一抬头上的草帽；我很想问问他的大名，但总有人对我做手势不让我出声，以免惊动河里的鱼。我们走入纤道，离水面的岸坡有好几法尺高；对面的河岸较低，是一片广阔的草地，一直延伸到村子和更远处的火车站。草地上到处有昔

---

① 维奥莱-勒迪克（1814—1879），法国建筑师，古建筑修缮家，建筑理论家。

② 贞提尔 · 贝里尼（约 1429—1507），意大利文艺复兴时期威尼斯画派的代表人物，代表作有《圣马可广场上的游行》。

日孔布雷伯爵家族的城堡残迹，半埋在草中：中世纪维沃纳河是孔布雷伯爵领地抵御盖芒特的领主们和马丁维尔的神甫们进攻的天堑。草场上较为突出的残迹也无非是几处箭楼的残垣断壁，很不显眼，还有几处雉堞，从前弓弩手投射石块的地方，哨兵在那里监视诺夫蓬、克莱尔丰泰纳、马丁维尔旱地、巴约豁免地，总之监视盖芒特领主所有的附属地，当年孔布雷正好被夹在当中，如今所有的属地早已夷为草地，被教会学校的孩子们所占领，他们来到那里学习功课或做课间游戏；往事几乎已经埋葬入土，残迹像纳凉的闲人躺在河边，但使我浮想联翩，使我对如今的小镇孔布雷的名字赋予一座大不相同的城池的含义，它那半埋在黄花毛茛下的不可思议的昔日风貌抓住了我的思绪。黄花毛茛遍地皆是，选择这块地方生长是为了在草地纵情游戏，有的影只形单，有的成双成对，有的成群结队，黄得像蛋黄，灿灿发亮，由于根本不能让我品尝，只能让我获得观赏的快乐，我须聚精会神欣赏其金黄的外貌，直至这种快乐强到足以产生不计较实用价值的美感；我在年纪很小时就是这样做的，我从纤道上向黄花毛茛伸出双臂，还不会完整地拼读它们美丽的名字，就觉得同法国童话中的王子们的名字一样美丽动听，它们也许是好几百年前从亚洲迁来的，但是已在村中定居落户，满意这块不富的地域，喜欢这里的太阳和河岸，忠实地眺望不起眼的小车站，依然像我们某些古朴的画中所展示的那样，以民间简朴的风格保存着东方富有诗意的光辉。

我饶有兴致地观看顽童们把长颈大肚玻璃瓶放入维沃纳河中用来抓小鱼，一只只瓶子盛满河水，又被河水封闭住，既是四侧透明得像凝固的清水似的“容器”，可是“被容纳”在一个由流动的晶体所构成的更大的容器中，给人的清凉感比在餐桌上的清凉形象更沁人心脾、更有吸引力，瓶子的清凉形象是飘悠的，但始终处在流动的水和凝固玻璃之间，以至我们的手无法在水中捉住清凉的形象，而我们的嘴上颚也无法从凝固的玻璃获得清凉的滋味。我打算以后来时带些钓竿，再从食品篮里扯下一点面包，搓成一个个小面团，扔到维沃纳河里，那样就仿佛造成一种过饱和现象，因为河水顿时在面包团团周围凝聚成一个个椭圆形小球，上面爬满了营养不足的蝌蚪，原先它们想必分散在河水里，不见踪影，几乎与水化为一体，晶莹剔透。

很快，维沃纳河的水流被水生植物阻塞了。起初，河面上长着一些孤零的植物，比如有那么一株睡莲，水流从它身上穿过，弄得它可怜兮兮的，很少有安宁；它像一艘机动渡船，从这岸被冲到那岸，再从那岸被冲到这岸，无穷尽地往返于两岸之间。睡莲的柄被推向河岸时，由张开到变长到拔丝直至张力的极限，到达岸边水流又把它往回推，绿色的莲柄又合拢起来，水流把可怜的植物推回到它的出发点(姑且这么称呼吧)，但没让它呆上一秒钟，又把它推回去，如此反反复复地操纵它。我一次又一次地走过，总看见那睡莲处在同样的处境，使人想起某些神经衰弱患者，比如我外祖父就把我姑妈莱奥妮算在其内，他们一年一年、一成不变地给我们表演古怪的习性，每次他们都自以为一改前习，其实始终如故，他们被不舒服和躁狂症卷进齿轮，拼命挣扎，也难以脱身，无用的挣扎只能加强齿轮的运行，加速他们不可避免地以死亡而告终。那株睡莲如出一辙，也像那些不幸的病人，他无止无休复犯的古怪的痛苦引起坦丁的好奇心，此公让痛苦不堪的病人亲自讲述病症和病因，倘若大步离开的维吉尔不催促他尽快跟上，他还会没完没了地听病人诉苦，这不，我也得快步跟上，我父母早已走远了。

但是，较远处，水流转缓，穿过一座庄园，主人向公众开放他的园圃，他热恋于水生园艺，把维沃纳河水灌注的一个个小池塘搞成名副其实的莲园，一片片睡莲争芳斗艳。这地方两岸树木扶疏，浓荫如盖，影入河底，把水面映得墨绿，但有时，下午暴雨过后几度黄昏格外恬静，归途中我看见河水蓝晶晶的，浅蓝中隐着紫色，好似景泰蓝，颇有日本风格。水面上这里那里露出红似草莓的睡莲，猩红的花蕊，雪白的花瓣边缘。远处的莲花比较稠密，不那么光亮，不那么光滑，多细粒，多皱褶，但凑巧被水冲在一起，簇成一团团花卷，看上去好像随波漂流似的，别有一番情趣，很像一次游乐盛会之后，满目萧索的园中那些散开的花环上的苔蔷薇。远处另有一角，好像专门留给普通品种生长的，那里白色和粉红色的香花草素雅醒目，恰似佣人精心擦洗过的瓷器，再往远处，一朵朵鲜花簇拥在一起形成一片飘浮的花坛，着实壮观，仿佛花园中的蝴蝶花像真蝴蝶张开蓝闪闪的、冰晶晶的翅膀成群地落在这片水上花坛透明的斜面上；其实也可以说是天上花坛，因为它为鲜花提供了一片颜色比鲜花更宝贵更动人的地盘；下午在睡莲的衬托下像万花筒般地闪烁着喜悦的光芒，是那种亲切的、无声的、变幻的喜悦，黄昏时分，像远方的港口笼罩在夕阳的霞晖和梦幻里，不断变化着，以便在色彩较为固定的花冠周围，与更深邃更飘忽更神秘的光阴始终保持和谐，与无限的光阴始终保持和谐，不管是下午还是黄昏，它仿佛把这些鲜花都化作了满天的彩霞。

维沃纳河流出这座大花园后，又奔流起来。有多少回我看到划桨者扔下桨不管，仰面朝天躺在小船中，任凭小船随波漂流，只能见到上面的天空在慢慢移动，脸上露出预感到幸福和平安的表情，每每我想等我将来自由自在地生活时也模仿他的做法。

我们在河边蓝蝴蝶花丛中坐下。假日的天空，一片悠闲的云彩久久飘荡。有时一条闷得发慌的鲤鱼跳出水面，焦急地吸上一口水。这是吃下午点心的时候。回家前我们在草地上坐好长时间，吃点水果、面包和巧克力，听得到圣伊莱尔教堂的钟声水平地传来，虽然变弱了，但还是浑厚的，铿锵的，那钟声从远处悠悠穿过空间，却没有同空气混合，一道道声波相继留下一条条有声的棱纹，掠过遍地鲜花时带着振动的共鸣落到我们的脚边。

有时候，我们在林木环绕的支流岸边发现一栋所谓的别墅，孤零零与世隔绝地隐蔽在偏僻的地方，只同墙脚下的河流相依为命。一位年轻妇女伫立窗口，凝望着系在门外的小船，再往远处什么也看不清，她出神的面孔和华贵的面纱表明她不是本地人，用老百姓的话来说，她大概是“葬身”此地的，是来享受带有苦涩的快乐的，因此隐居此地，她的名字，尤其她想忘怀的那个男人的名字就无人知晓了。她漫不经心地抬起头，听见河岸边树后过路人的声音，在瞥见过路人的面孔前，她便可以肯定他们从不认识也永远不会认识那位对她不忠的人，在他们过去的岁月中没有留下任何她那位负心人的印记，在他们未来的岁月中也没有机会得到他的印记。人们感到她弃绝尘世是有意离开可能瞥见她心上人的地方，来到从未见过他的人们中间。有一次我在散步的归途中仔细看了看她，她知道在那条路上是见不到他的，于是无可奈何地脱下自己那双华而不实的长手套。

我们在盖芒特那边散步从未能走到维沃纳河的源头，尽管是我经常想到的，对我来说源头是一种抽象的想象的存在，以至若有对我说源头就位于本省某个离孔布雷多少多少公里的地方，我会大惊失色的，就像某一天我得知地球上确有一处地方在古代曾是地狱的入口处。同样，我们也从未能走到盖芒特的终点，尽管我非常想去那里。我知道那里是领主盖芒特公爵和公爵夫人的府邸，我知道他们是些实实在在的、现在还活着的人物，但每次想到他们，我要么把他们想象成壁毯上的人物，比如我们教堂那幅《以斯帖[①]受冕》壁毯中的盖芒特伯爵夫人，要么把他们想象成色调变幻的人物，比如教堂彩画玻璃上的“坏蛋吉尔贝”，我取圣水时，他看上去是甘蓝绿的，等我们坐到椅子上，他却变成青梅蓝了，要么把他们想象成全然捉摸不定的人物，比如盖芒特家族祖先热内维埃芙·德·布拉邦的形象，那是幻灯映照的形象，曾掠过我房内的窗帘或天花板，总之，他们始终裹着墨洛温王朝时代神秘的外衣，像沐浴在夕阳里那样，沉浸在“芒特”这个音节所释放出的橘黄的光辉中。但是，尽管如此，在我的心目中，他们作为公爵和公爵夫人，是真有其人的，虽说稀奇古怪的，反之，他们作为公爵的外表极度地膨胀开来，变得神乎其神了，除了把公爵和公爵夫人这个盖芒特的爵号包容在内，还包容“盖芒特那边”所有的一切：明媚的阳光，维沃纳河的水道，水面的睡莲，两岸的大街以及许许多多晴朗的下午。我知道他们不仅拥有盖芒特公爵和公爵夫人的封号，而且从14世纪起，他们征服孔布雷的领主的企图一直没有得逞，于是与之联姻，获得孔布雷伯爵的封号，从而成为孔布雷最早的公民，也是唯一不住在孔布雷的孔布雷公民。作为孔布雷伯爵，他们的姓氏和身份中拥有孔布雷的字样，想必同时也在他

---

① 《圣经》中的犹太女王。

们身上切实注入那种孔布雷特有的离奇而虔诚的悲哀；作为孔布雷市镇的地产业主，他们却没有一所私宅，只好呆在屋外，呆在街上，呆在天地之间，就像那个坏蛋吉尔贝，当我去加缪的铺子买盐时抬头望去，只见到圣伊勒教堂半圆形后殿新彩画玻璃上的吉尔贝的背影，黑糊糊的，面目全非了。

有时也有这样的情况，朝盖芒特那边，我不时经过几处湿漉漉的围栏，几簇深暗色的花朵伸出栏外。我每每停下脚步，以为悟出一个可贵的概念，因为我觉得眼前出现的河网地带的一段正如一位我心爱的作家所描绘的那个样子，自从读了这段描述以来我非常想亲眼目睹一番。当我听佩斯皮埃大夫跟我们讲盖芒特古堡大花园里花丛和美丽的河水，我边听边想那位作家笔下的河曲地带，边想那片虚构的纵横交错着淙淙水流的土地，想着想着，盖芒特在我的脑海里面貌换新颜，同那片虚构的土地等同起来了。我幻想着德·盖芒特夫人约我去玩，一见钟情，喜欢上我了，整日里她让我陪着她钓鳟鱼。傍晚，她牵着我的手，漫步经过她的仆从们的小花园，沿着低矮的院墙，给我指点垂挂墙头的紫色和红色的花朵，告诉我各种花卉的名称。她让我说出我正在构思的诗篇的主题。这些幻想提醒了我，既然我想有朝一日成为作家，那么是时候了，现在就得知道我打算写些什么。然而，一旦我自问写些什么，竭力想找到一个包含某些无穷的哲学意味的主题，我的脑子须停止运转了，聚精会神之后却只见一片空白，由此我想到自己缺乏天才或也许某种脑病妨碍才华的萌发。有时我指望父亲帮我巧加安排。他神通广大，深得当政者的宠信，居然能让我们违法乱纪，而弗朗索瓦丝教我把那些法规看作像生死法则那样不可抗拒；他居然能让我们把“磨刷墙面”的工程推迟一年，我们家是整个街区唯一推迟执行这项规定的；他居然取得部长的特许，让萨兹拉夫人那个想进河泊森林部的儿子提前两个月通过中学毕业会考，他的名字列入姓氏以 A 开头的考生名单而不是位于姓氏以 S 开始的考生名单。假使我得了重病，假使我遭到强盗绑架，我深信绝顶聪明的父亲有通天的本事，以势不可当的介绍信感动上帝，使得我的重病或绑架转危为安，不过虚惊一场罢了，我将泰然自若地等待必将出现的逢凶化吉的时刻，释绑或痊愈的时刻；也许，缺乏才华，即在我寻找自己未来的作品主题时脑子里出现的那个黑洞，同样只是不可靠的幻觉，经我父亲出面干预，幻觉就会消除，因为我父亲一定会同政府和上帝商妥，让我成为当代首席作家。可是有的时候，我的父亲很不耐烦，见我落在后面老是跟不上他们，当下我的现时生活似乎不再是我父亲人为创造的产物，不再是他可以随意改变的了，相反，我倒觉得我的现时生活被纳入不是为我安排的现实之中，那是无法违抗的现实，在这种现实的中心我孤独无援，除了赤裸裸的现实，其实一切烟消云散。于是我觉得自己的存在与其他人相比毫无二致，我像别人一样也会衰老，也会死亡，我在他们中间不过是个没有写作天资的人而已。因此，我灰心丧气，永远摈弃文学，尽管布洛克对我鼓励有加。我对自己思想的这种内在的、直接的空虚感胜过人们对我的一切溢美之词，正如一个恶人听到大家夸奖他所做的好事，反倒良心发现，感到内疚了。

一天，母亲对我说："佩斯皮埃大夫 4 年前为德 · 盖芒特夫人精心治过病，她大概会来孔布雷参加他女儿的婚礼；既然你总提起德 · 盖芒特夫人，你就可以在婚礼上瞥见她啦。"再说正是从佩斯皮埃大夫那里我最常听到谈论德 · 盖芒特夫人，大夫甚至给我们看过一期画报，上面登着德 · 盖芒特夫人在德 · 莱翁亲王夫人家举办的化装舞会上穿的服装拍摄的照片。

在举行婚礼弥撒的时候，教堂侍卫挪动了一下身子，使我突然看见坐在一间偏祭殿里的一位贵夫人，她一头金发，大鼻子，炯炯有神的蓝眼睛，胸前打着一朵丝领结花，淡紫色的，平滑，簇新，发亮，鼻子的下侧有一粒小疱。因为在她那张似乎因为热而通红的脸上，我认出同人家给我看的肖像有些相似之处，尽管是模糊的和不易察觉的，还因为我在她脸上注意到的特征，如果我把它陈述出来，恰好是佩斯皮埃大夫在我面前描绘德 · 盖芒特夫人时所用的措辞：大鼻子，蓝眼睛，所以我心里琢磨，这位贵妇人很像德 · 盖芒特夫人；而她听弥撒又恰好坐在坏蛋吉尔贝的偏祭殿，祭台处平放的墓碑像蜜蜂房那样发黄和松散，碑安放着古时德 · 布拉邦伯爵们的遗骸，我记得听人说过，这个偏祭殿专供德·盖芒特家族成员来孔布雷参加宗教仪式时使用的；那天正是德·盖芒特夫人该来的日子，在这个偏祭殿里看来只能有一个女人与德·盖芒特夫人的肖像相似，那便是她本人喽。我大失所望。之所以失望，因为我从未注意到先前每当想起德·盖芒特夫人时，我总是联想到挂毯或彩画玻璃上的形象，把她想象成另一个世纪的人，与当今在世的人们根本不同的。我万没想到她会像萨兹拉夫人那样有一张红通通的脸，打一个淡紫色的领结；她那鹅蛋形的面颊不由使我想起我在家中见到的人们，顿时疑团油然而生，尽管很快就消除了，我一时怀疑这位贵夫人从生殖起源和全身分子结构上来说也许实体上并不是德·盖芒特公爵夫人，她的躯体全然不知人家授予她的姓氏，而属某种类型的女性比如说医生和商人的妻子。“对啦，仅此而已，德·盖芒特夫人不过如此！”这是从她的脸部表情反映出来的，我从她全神贯注而受惊心虚的神情仔细观察之后所看到的形象同我幻想中无数次出现的同名的德·盖芒特夫人形象毫无关系，因为她不是我随意想象出来的那些形象，而是片刻之前在教堂里第一次跳入我眼帘的，其性质截然不同，是不可能任意着色的，不像那些随便让橘黄色调浸润的有声形象，她是实实在在的活人，她身上的一切，直至鼻子下侧正在发炎的小疱，都证明她隶属于生命法则，正如神话剧演到高潮的时候，仙女的连衫裙起了一个皱纹，仙女的小手指颤动一下，都暴露出活生生的女演员的世俗存在，我们看在眼里，心中却将信将疑，没准只是灯光在我们眼前投下的幻影哩。

但同时，高大的鼻子，炯炯的目光使这个形象刻在我的视野，也许因为它们首先触及到我的视野，留下第一道刻痕，我还没来得及说想在我面前出现的这个女人可能就是德·盖芒特夫人，你试图给这个形象，这个崭新的、不可改变的形象定下意念：“这是德·盖芒特夫人”，但还不能把这个意念和形象合为一体运转，有如中间隔开的两个圆盘，转不到一块。这位经常出现在我想象中的德·盖芒特夫人，如今我亲眼看见她确确实实在我的想象之外存在，比我们想象力有更大的威力，我的想象力在与它所期待的如此不同的现实碰撞时，开始瘫痪了，后来才反应过来，对我说：“盖芒特家族自查理大帝起就英名盖世，对他们的附庸们握有生杀之权；德 · 盖芒特公爵夫人是热内维埃芙 · 德 · 布拉邦的后裔。她不认识也不乐意认识这里的任何人。”

啊，人类的目光享有多么奇妙的独立性哪，一道道目光像一根根松松的、长长的、可延伸的绳子系在人们的脸上，可以离得远远地独自扫视！当德 · 盖芒特夫人端坐在安葬她祖先的偏祭殿里，她的目光则到处转悠，沿着一根根支柱，落到我的身上，好似一束阳光在正堂里游移，不过当我接受一束阳光的抚摸时，我觉得它是有意识的。至于德 · 盖芒特夫人嘛，由于她呆着不动，好比一个母亲坐视不管她的孩子们放肆淘气，同她不认识的人大胆招呼，胡搅蛮缠，因此我不可能知道她是赞成还是反对自己的目光在心灵无所事事时如此这般随便转悠。

我觉得至关重要的是在她离开之前把她看个够，因为我记得几年来一直把一睹她的芳容作为最高的想望，相见之后我的眼睛死死盯住她，好像每道目光都能切实地记住她高大的鼻子，通红的面颊以及所有其他特征，把这一切作为有关她容貌的可贵、真实、特殊的资料贮存在我的记忆库中。当下一切与之有关的联想都使我觉得这张脸是美的，也许出于保存我们内心最美好的部分的本能，这种总不肯接受失望的意愿，既然她和我心目中的德 · 盖芒特公爵夫人是一个人，我须把她置于芸芸众生之外，尽管在最初单纯的一瞥之下曾一度把她混同芸芸众生，所以当听到我身边有议论：“她比萨兹拉夫人、比万特伊小姐都好看。”我非常生气，仿佛她们不能与她相比似的。我的目光凝视着她的金头发，她的蓝眼睛，她的颈部装饰品，排除着可能使我想起别的容貌的种种特征，而对这张有意画得不完整的素描，我不禁喊出声来：“她多么美呀！何等的高贵气魄！我面前的这位热内维埃芙 · 德 · 布拉邦的后裔准是盖芒特家族的一位了不起的成员！”我凝望她的面容的注意力是如此集中，简直把周围人都排除了，今天回想那次仪式，记不起其他参加婚礼的人的样子，只记得她和那个教堂侍卫，因为我问侍卫那位贵夫人是不是德 · 盖芒特夫人时，他作了肯定的回答。但是她，我记得清清楚楚，尤其大家列队进入圣器室时的情景仍历历在目：那天风雨交加，天气炎热，时现时隐的太阳不时照亮圣器室，德 · 盖芒特夫人处在孔布雷的老百姓中间，连大家的姓氏她都不知道，然而众人的低微把她的高贵烘托得格外鲜明，以致她对他们产生一种由衷的仁慈之心，再说她也希望通过优雅和朴实的举止来赢得他们更多的崇敬。所以，她不能像一般人那样，见到认识的人时，目光中有意包含着某种确切的意义，而只能让她漫不经心的思绪不断在她前方化作蓝光，她无法控制荧荧光波从她的眼里源源释放出来，但她很不愿意这束光波在所照之处随时可能使被触及的平民百姓们感到局促不安，可能表露出对平民百姓的蔑视。我还记得，在淡紫色的、柔软光滑的、蓬蓬松松的领结上方，她的眼睛流露出一丝受惊的神情，这神情她不敢决定针对什么，而让大家都有享用的份额，除此之外，她还流露出一丝羞怯的微笑，女王似的向她的臣民们表示希望得到谅解和她的爱民之心。这微笑落到我的身上，我目不转睛地望着她。联想到在做弥撒时她那转悠到我身上的目光，蓝得像透过"坏蛋吉尔贝"那幅彩画的玻璃窗射进来的阳光，我心里思量："没准儿她注意到我了。"我自信讨她喜欢了，认为她离开教堂后还会想我的，回到盖芒特，晚上也许还会为我而抑郁不欢哩。于是我马上爱上了她，因为对一个女人一见钟情，有时只需她轻蔑地瞧瞧我们，如同我认为斯万小姐的那种蔑视的神情，我们便认为她永远不可能属于我们，也有时，只需她好意地瞧瞧我们，如同德·盖芒特夫人瞧人的样子，我们便认为她可能永远属于我们。德·盖芒特夫人的眼睛闪着青莲色的亮光，好似一朵无法采摘的长春花，尽管如此，她却把它奉献给我了。太阳，尽管受到乌云的威胁，却竭尽全力把光芒投射到广场和圣器室，给地上铺着的喜事红地毯平添一种天竺葵红的质感；德·盖芒特夫人微笑着走在地毯上，她的礼服给羊毛地毯平添一层粉红色的绒毛，一层光亮的表皮，这种亲切的、庄重而温和的气氛充满着豪华而欢乐的场面，具有《罗恩格林》①某些片段的特征，也有卡帕契奥②某些油画的特征，

①《罗恩格林》，瓦格纳的一部乐剧作，于1846—1847年完成。抒写德国中世纪的一个故事：神秘的骑士拯救危难中的爱尔莎公主。

②卡帕契奥（1460—1525），意大利威尼斯画派的画家。

而且还使人们懂得波德莱尔如何可以用美味这个修饰语来形容小号的乐声。

从那天起，每当我去盖芒特那边散步，我都为自己没有文学天赋从而不得不放弃当一个大名鼎鼎的作家而感到痛心疾首！每当我独向一隅冥思遐想，我憾恨的心情使我痛苦难熬，为了不受憾恨的折磨，干脆采取抑制痛苦的办法，我的脑子完全停止考虑诗歌和小说，以及富有诗意的前程，因为我缺乏天才，无从指望。于是，在我放弃一切文学专注之后，突然之间，眼前的一处屋顶，一抹石头反照的阳光，一条小路上的气息，使我无牵无挂地驻足留步，一种特别的快乐油然而生，但同时，这一切又仿佛隐藏着某种我的肉眼看不见的东西，在吸引我去摄取，而我竭尽全力却无法发现。由于我觉得这种东西蕴藏在它们的内部，我呆着，一动不动地观察，呼吸，力图用我的思想钻到它们的形象或气息的里面去。即使我不得不赶上外祖父，继续往前走，我也竭力闭上眼睛回味刚才见到的东西；我专心致志地、准确无误地回忆屋顶的曲线，石头的色调，尽管我不明白什么原因，我总觉得这些东西饱满得要裂开似的，随时准备冲破盖子，让我看个明白。诚然，并非这类印象能使我重新产生有朝一日争当作家和诗人的希望，因为这些印象始终同某个没有思考价值的个别物体相联系而与任何抽象的真谛无关。但它们至少给予我一种未经思考的快乐，一种文思四溢的幻觉，从而为我排遣烦恼和无能感，因为我每次挖空心思为一部文学巨著寻找哲学主题时，都感到困惑苦恼和力不从心。然而，这些有关形状、香味或色彩的印象迫使我意识到有责任努力发现隐藏其中的东西，这个责任太艰巨了，我赶紧为自己寻找借口，以便逃避费力和免受劳累。幸亏我的父母喊我了，我觉得眼下缺少必要的安宁，不便继续作有效的探究，最好回到家里之前不去想它，省得事先无效地伤神。于是我就不再管那个外有形状或外裹香味而内里不知何物的东西了，我心里非常笃定，因为我把它带回家去，这东西受到形象外衣的保护，我觉得它是活脱脱的东西，就像家里人让我去钓鱼的日子，我把钓到的鱼放进篮子上面铺盖一层青草，以保新鲜。可是一回家就想别的事情了，这样阳光反射的石头，屋顶，钟声，树叶的气息，以及各种各样的形象积淀在我的脑海中，就像在我房间里堆积了我散步时采回的各种野花或人家送给我的东西，而隐藏在种种形象之下的真谛，我虽然猜到几分，但缺乏足够的毅力去挖掘，久而久之就泯灭了。然而有一次，我们的散步大大超过了平时散步的时间，我们非常高兴在归途上遇见驾车飞驶而来的佩斯皮埃先生，时近黄昏，大夫认出我们之后，请我们上车同归，我当时就得到类似的印象，但没有轻易放过，而是稍加探究了一番。他们让我上车坐在车夫的身旁，马车风驰电掣，因为大夫在回孔布雷之前要在马丁维尔旱地停留，去看望一个病人，大家商定我们在病人家门前等他。在一条小路的拐弯处，我突然感到一种特殊的喜悦，与其他任何快感不同的喜悦，因为我瞥见了马丁维尔教堂的一对钟楼，在夕阳西照下，随着马车在蜿蜒曲折的道路上奔驰，那对钟楼好像在迁移，以致与之相隔一座山丘和一片谷地的、位于远处地势较高的平川上的维厄维克教堂钟楼，仿佛变成近邻了。

在观察到、注意到钟楼尖顶的形状，钟楼轮廓的移动，钟楼表面的夕阳反光的时候，我感觉到自己吃不透所得到的印象，总觉得在这种移动和反光的背后似乎蕴藏着和隐藏着某些东西。

这对钟楼看来离得很远，我们根本不像接近它们的样子，片刻之后，我们却突然停在马丁维尔教堂门前，令我大为惊讶。我不知道看见天际出现钟楼时为什么会感到喜悦，要深究其原因在我是非常困难的；我一心想在脑海中贮存那些在阳光沐浴下移动的轮廓，眼下不去想它。假如我深究其原因，那对钟楼很可能永远湮没在那么多的树木、屋顶、香味、声音之中了，我之所以从纷繁的万物中特别注意那对钟楼，正因为钟楼使我获得这种朦胧的喜悦，这种我始终不加深究的喜悦。在等候大夫的时候，我跳下马车，跟双亲聊天。后来我们重新上路，我还是坐原来的位置，回过头再看看那对钟楼，过了一会儿在拐弯处，又最后看见一次。车夫好像无心交谈，勉强回答我的问话，由于缺少对话者，我不得不自问自答，不得已把钟楼拿来回味一番。立即，钟楼的轮廓及沐浴着阳光的表面，像一种外壳似的爆裂了，显露出其中隐藏的一点东西，我发见之下顿时产生片刻前对我来说还不存在的想法，以问话的形式在脑中形成，刚才初见钟楼时的喜悦感膨胀起来，我简直心醉神驰，无法想其他的事情了。当时我们已经远离马丁维尔，我回过头去，又一次瞥见那对钟楼，可这次变成黑影了，因为太阳已经落山。道路的拐弯处不时挡住我的视线，后来那对钟楼最后一次出现在地平线上，而后完全从我的视线消失了。

我心里并不认为隐藏在马丁维尔钟楼背后的东西势必相当于一句漂亮的话语之类的东西，因为我感到的喜悦是以词语的形式出现的，我向大夫要了一支铅笔和一些纸，不顾马车的颠簸，写下一小段文字，以平息我心中的激荡和宣泄我胸中的热情；这段文字的原稿我后来居然找到了，只作了一些小小的修改，现转抄如下：

“马丁维尔的一双钟楼影只形单地耸立在平原上，仿佛被遗弃在茫茫田野里，却傲然刺向天空。很快，我们看到三座钟楼：一座后来的钟楼，维厄维克钟楼，转身一变，来到马丁维尔的那对钟楼的面前，与之会合。时间一分分地过去，我们在飞奔疾驶，三座钟楼却始终远远地屹立在我们面前，宛如三只巨鸟，纹丝不动地栖影平川，阳光下特别显眼。后来维厄维克的钟楼闪开了，拉大了距离，只剩下马丁维尔的钟楼在落日的余晖的照耀下依然清晰可辨，甚至离得这么远，我还看得见夕阳在钟楼尖顶的坡面上嬉戏和微笑。为靠近钟楼我们已费时许久，我心想要到达钟楼还得不少时间，突然，马车拐弯后，我们一下子来到钟楼的脚下，到得如此突然，若不及时刹车，没准儿迎面撞到教堂门廓上了。我们继续上路，离开马丁维尔已经有一会儿了，村庄陪我们走了几秒钟就消失了，地平线上唯有马丁维尔的那对钟楼和维厄维克的钟楼目送我们飞奔疾驰，抖动着夕阳残照的顶尖向我道别。有时维厄维克的钟楼隐去，让马丁维尔的那对钟楼再目送我们一程，但是，当我们已经接近孔布雷时，太阳落山了，我最后一次遥望它们，但见它们像三朵花，被画在田野底线之上的天边。它们使我想起一则传说中的三位姑娘，被遗弃在夜幕笼罩的僻壤；当我们驾车飞奔远去时，我看到她们在怯生生地探路，但见她们雍容华贵的剪影踉跄歪斜了几下之后，互相紧挨在一起，一个藏在另一个背后，在夕晖残照的天边只留下一个迷人而屈从的黑影，最后消失在苍茫的夜色之中。”

后来我从未再想过这一页文字，但当时，我坐在大夫的马车夫的身旁，那个角落他通常放置家禽笼子，笼里装着他在马丁维尔市场上买来的家禽，我就在那儿写完了上面那段文字，心里高兴极了，感到这页文字使我完全摆脱了那些钟楼的纠缠，把隐藏其后的东西抖落了出来，我痛快得像只母鸡，仿佛刚下完一个蛋扯开嗓子唱了起来。

每当作这样的散步，我整日里遐想快活的事情，诸如盼望成为盖芒特公爵夫人的朋友，垂钓鳟鱼，乘小船游维沃纳河；我只顾图快活，在那样的时刻，对生活别无他求，只要天天下午都这般快乐就行了。然而在归途中，我瞥见左边一座农庄与另外两座毗邻的农庄离开甚远，从那儿去孔布雷，只好抄一条两旁排着橡树的林荫道便可进城，林荫道沿牧场的一边，牧场隔成小块，分属那三户农庄，各条界线上种着间距整齐的苹果树，在夕阳的照射下，地上的树荫很像日本风格的图案，见此景色，我突然怦然心动，因为我知道过半小时便到家了；每逢去盖芒特那边的日子晚饭开得很晚，我刚吃完浓汤就被打发去睡觉，母亲就像有客人在场似的离不开餐桌，不能上楼到我床边道晚安了。我心惊肉跳地进入这个凄凉的境地与我欢天喜地地进入刚才的那个境界真有天壤之别，片刻之前天空某处还飘荡着一长条粉红的云彩，突然间被一条青色的或黑色的长线隔断了。一只鸟儿在红霞中飞翔，一直飞到红霞的尽头，几乎接近乌云之后，消失在黑色的云层里。我刚才萦怀种种企望：去盖芒特，旅行，得到幸福，可现在我完全没有这些企望了，以致觉得即使企望实现了，我也不会有任何乐趣的。我多么愿意抛开这一切，只求在母亲的怀抱哭上一整夜！我不寒而栗，惴惴不安地盯视母亲的面孔，她今晚去我的卧房，那情景我已经想象出来了，恨不得一死了之。这种心态一直持续到第二天早晨，当晨光像园丁架梯似的沿着长满旱金莲的墙同旱金莲一起爬到窗口，我下床赶到花园，不再操心傍晚又会出现同母亲分手的时候。这样，我在盖芒特那边学会了识别我身上在某些时期相继出现的心态，不同的心态甚至在每一天里各占一段时间，一种心态驱散另一种心态，像周期发烧那样准时；不同心态衔尾相接，互不相干，彼此缺乏沟通的手段，以致我在一种心态下不能理解甚至不能想象在另一种心态下我所企望或所担心或所完成的事情。

因此，梅泽格利兹那边和盖芒特那边对我来说始终是同许多生活小事相关联的，在我们并行不悖的各种生活中，这些小事往往发生在那种最富有波折、最富有插曲的生活中，就是我想说的精神生活中。想必这种精神生活在我们身上不知不觉地演进着；为我们改变了生活意义和面貌的真理，为我们开辟了新道路的真理，我们其实早就开始发现了，不过没有意识到罢了，而对我们来说真理只从我们看清它们的那一天，那一分钟算起。当初在草地上嬉戏的花朵，在太阳下流过的河水，一切环绕真谛显现的景色，至今当人们重温那些真谛时，依然保留其无意识的或不引人注目的风貌；诚然，这些景色当年被一个微不足道的过客、一个想入非非的孩子久久静观时，大自然的那一角，大花园的那一隅未必想得到多亏了他，它们那些昙花一现的特色才得以流传至今，有如一位国王多亏了某个回忆录作者才得以流芳百世；沿着篱笆的山楂花芬芳（尽管很快被大蔷薇花的芬芳接替），花间砾石小路上没有回音的脚步声，河水泛起向一株水草冲击而后很快破裂的水泡，因使我兴奋不已而牢记在心，历经那么多年至今难以忘怀，而周围的道路已经消失，走过那些道路的人们已经去世，对走过那些道路的人的回忆也随之泯灭了。这小片留存至今的景色有时从天地万物中突出地单独显露出来，像爱琴海中一座百花盛开的小岛浮现在我的脑海，漂流不定，我说不清它来自什么国家，来自什么时代，或许干脆来自什么梦境。然而，我想到梅泽格利兹那边和盖芒特那边势有必然，尤其把它们当作我精神土壤的深层矿床和我至今赖以立足的坚实地盘。这是因为当我踏遍那两个地方的时候，我相信那里的人与物，因为那里所认识的人与物是我至今唯一依然信以为真的，唯一依然满心喜欢的。也许创作的诚意在我身上已经枯竭，也许现实只在记忆中形成，如今我首次看到别人指点的花总觉得不是真花。梅泽格利兹那边的丁香花，山楂花，矢车菊，丽春花，苹果树，盖芒特那边浮游着蝌蚪的河流，河上的睡莲和金盏花，在我的心目中，永远是我所喜爱生活其间的地域风貌，在那里我首先要求能够垂钓，划船，观看哥特式堡垒的废墟，像在圣安德烈田园那样能在麦田里找到一座像大麦垛似的金光闪烁的、有乡土气息的、永垂不朽的教堂；矢车菊，山楂花，苹果树，如今我旅行时偶尔在田野里看见，立即与我的心灵沟通，因为它们早已处在我心灵的深处，与我的往事同处在一个层面上。然而因为各处有各处的天地，所以每当我想再看一看盖芒特那边时，如果有人领我到一条河边，河里的睡莲同维沃纳河一样美丽甚至更加美丽，我的愿望也不会得到满足；同样，傍晚回家，每当忧虑在我心头油然而生时(尽管后来这种忧虑移入爱情之中，可能永远与爱情形影不离了)，我也不会指望有一位比我母亲更美丽更聪明的母亲来向我道晚安。不，为了我能高高兴兴地、安安稳稳地入睡，我需要的是我的母亲，是她向我俯来的面孔，尽管眼睛下方有个什么缺陷，我不在乎，同样喜欢，而不是什么别的女人，任何情妇都不能使我安息，因为即使我们信赖她们也还存有戒心，我们永远得不到她们的心，而我在接受母亲的吻时却得到了母亲的心，完完整整的心，没有任何不可告人的想法，对我没有丝毫杂念；同样，我想重见的是我所熟悉的盖芒特那边，那座同另外两座毗邻的农庄相隔甚远的农庄，位于橡树夹行的林荫道口，还有那些牧场，草地上呈现斑斓山苹果树枝叶阴影，太阳照得草地像池塘似的映着反光；就是这片景色有时夜间进入我的梦境，其独特的个性以近乎神奇的力量紧紧扣住我的心弦，但等我醒来却再也无法复得了。梅泽格利兹那边和盖芒特那边之所以在我心上永远不可分离地留下各不相同的印象，只是因为它们同时让我受到切身体验，以致使我将来面对许多的失望，甚至许多的过失。因为，经常我想重见一个人时，觉察不出这仅仅因为此人使我想起山楂花篱笆；我觉得只要有旅行的欲望便会相信，也使人相信可以重获温情。也因为如此，它们给我留下的印象才与我新近获得的印象相沟通，不仅依然明显存在着，同时还增加了基础，增添了厚度，比别的印象更多了一围幅度。它们也为昔日的印象平添一种魅力，一种只有我能领略的意蕴，每当夏日黄昏，晴和的天空突然像猛兽似的发出雷鸣，人人抱怨雷雨，我便想起梅泽格利兹那边独自透过哗啦啦的雨声，心醉神迷地嗅着不见踪影而经久不散的丁香花的芳香。

我经常通宵达旦地遐想在孔布雷度过的时间，遐想我那些不眠的忧伤的夜晚，遐想晚些时候由一杯茶的滋味儿（在孔布雷人们称之为“香味”）所引起的形象逼真的往事，通过回忆套回忆，遐想我离开这座小城许多年后听说的有关斯万在我出生前的一段爱情，其细节是不可能精确无误的，因为有时候我们对几个世纪前的古人的生平比对我们最友好的朋友的生平更容易得到精确的细节，所以精确无误似乎是不可能的，正像人们从一座城市向另一座城市对话，只要不知道通过哪种途径扭转这种不可能性，看来是不可能进行的。所有这些接踵而至的回忆，比如一杯茶的香味引起的回忆，有些则是我从别人那里听来的回忆，它们之间即使不算裂痕乃至真正的断层，至少也有诸如某些岩石、某些大理石的花纹或杂色斑驳，从中可以看出不同的起源，不同的年代，不同的“构成”。

黎明来临，我初醒时短暂的迷离早已消散。我知道确实在哪间卧室里，因为我在黎明前的黑暗里已经把围绕我的这间卧室照原样设想过了，或只凭回忆决定方位，或借助于我放在窗帘下的一盏小灯的微光辨方向，我按建筑师和装潢工对窗和门的原始布局完整地设想一遍，配上各式家具，让镜子各得其位，把衣柜放在它通常的位置。然而熹微的晨光，不再是炉火余辉映在窗帷铜杆上的反光（曾被我误认为曙光），在黑暗中划出第一道白线，好似用粉笔划出的改正的白线，顿时，被我错位放入门框里的窗户，连同窗帘一起脱离门框，为了给窗户让出地方，原先被我的记忆乱放在那里的书桌赶紧跑开，推着壁炉向前，拨开与过道分界共有的墙壁；一个小院子占据了片刻前还是厕所所在的地方，我在黑暗中重建的住所，被窗帘上端透进的那道苍白的曙光驱赶得仓皇逃窜，最后落入我醒来时恍惚瞥见的许多住所的旋涡中。

四　斯万的爱情

要加入韦迪兰家那个“小核心”，“小集团”，“小圈子”，只需一个条件，但也是必备的条件：必须默默地恪守一种信条，其信条之一是要默认，那年受韦迪兰夫人保护的年轻钢琴家一举“击败”普朗泰和鲁宾斯坦[①]，说他“演奏瓦格纳身手不凡，别想跟他比试”；还要默认，科塔尔大夫的诊断比波坦[②]高明。“新成员”若不信韦迪兰夫妇的话，即没有他们家常客参加的晚会必定像阴雨那样令人厌倦，那么立即一律被开除。由于在这方面女人比男人更不乐意放弃对整个上流社会的好奇心，更乐意亲身体察其他沙龙的乐趣，由于韦迪兰夫妇感觉到这种审视意识和无聊浅薄可能蔓延，从而危害小殿堂的正统教文，他们不得不逐步抛弃女性“信徒”。

除了科塔尔大夫年轻的妻子外，那一年他们几乎只接纳一个半上流社会[③]的女人，德·克雷西太太，韦迪兰夫人却称呼她小名，奥黛特，并宣称她是“小宝贝”，还有钢琴家的婶婶，她大概是穿针引线的吧；尽管韦迪兰夫人本人道行高卓，却出身于体面的资产阶级家庭；她本家非常有钱，却门第低微，所以她有意渐渐与之断绝一切关系；那两个女人对上流社会一无所知，头脑简单，很容易相信别人说什么德·萨冈公主和德·盖芒特公爵夫人为了请人吃晚饭不得不出钱雇佣客人，接受这两位夫人的邀请真是活受罪，连旧时的看门人和轻佻的女人都不屑理睬。

韦迪兰夫妇不发邀请，但晚餐桌上总摆着客人的“专用餐具”。至于晚会，也不搞什么节目单。年轻的钢琴家，只在“兴头儿上”才演奏，因为这里不强迫任何人，正如韦迪兰先生所说：“一切为了朋友，友情至上！”倘若钢琴家想演奏《女武神》的飞驰进行曲或《特里斯坦与伊索尔德》[④]的前奏曲，那韦迪兰夫人是要抗议的，并非她不喜欢这类乐曲，正相反，是因为这类乐曲使她产生的印象太强烈了。“怎么，您偏要我犯偏头痛吗？你们知道得很清楚，每次他弹这玩意儿，总是那样，我知道会有什么结果！明天准起不了床，那么只得跟大家再见了！”他不演奏时，大家便聊天，其中某个朋友，通常是当时最受他们宠爱的画家，“脱口而出一句粗话，弄得大家捧腹大笑”（韦迪兰先生语），韦迪兰夫人尤其捧腹不止，她平时就爱跟人家学着说使她兴奋的形象语汇，有一天她前仰后合，居然笑得掉了下巴，在场的科塔尔大夫（当时还是初出茅庐的小伙子）帮她合上了。

黑礼服是不允许穿的，否则“伙伴”之间太见外了，并且以示区别“讨嫌之辈”，对这类人平时像瘟疫似的躲避，只邀请他们参加重大的晚会，而他们极少举办大型晚会，偶尔举办也是为了使画家开心或使音乐家扬名。大部分时间，他们情愿凑在一起猜字谜，穿便服共用夜宵。这是知己们之间的事，不让任何外人插足“小核心”。

随着“伙伴们”在韦迪兰夫人的生活中占有越来越重要的地位，讨嫌之辈，被弃之流，纷纷远离他们，不时有人借故说脱不开身，有的因母亲，有的因职业，有的因身体欠佳或因去乡间别墅。当科塔尔大夫离开餐桌认为有必要返回某个未脱离危险的病人身旁时，韦迪兰夫人对他说：“谁知道呢？没准儿您今晚不去打扰他反而对他更有好处；没有您他准能睡个好觉；明天一早您去看望，他已经康复了。”12 月乍到，她就开始担心信徒们圣诞节和元旦“甩掉”他们。钢琴家的婶婶要求他到她母亲家吃团圆饭。

“您以为你们元旦不跟她吃团圆饭，她就会死呀，您的母亲，乡巴佬！”韦迪兰夫人厉声喊道。复活节前一周她又惴惴不安起来。

“大夫，您，一位学者，很有才气的人，耶稣受难日您也像往常一样来这儿吧？”她在他们认识的第一年就对科塔尔这么说，口气之肯定

① 普朗泰（1839—1934），法国著名钢琴家；鲁宾斯坦（1829—1894），俄国著名钢琴家。

② 波坦（1825—1901），法国著名医生，法国医学科学院委员，率先采用测量血压和计算红白血球技术。

③ 多为交际花之类构成。

④ 瓦格纳的作品，《女武神》是《尼伯龙根的指环》乐剧三部曲的第一部；《特里斯坦与伊索尔德》（1859）也是乐剧。

好像是不成问题的。但她心里却害怕听到答复，因为如果他不来的话，她很可能形影相吊。

“耶稣受难日我会来的……来向您告别，我们将去奥弗涅过复活节。”

“去奥弗涅？想叫跳蚤和虱子把您吃掉哇，您将受益不浅哪！”

她沉默片刻后接着说：

“您起码早说一声吧，我们也可组织一下，舒舒服服地一起旅行嘛。”

同样，如果某个“男信徒”有个朋友或某“女常客”有个相好的，就有可能“甩掉”他们，韦迪兰夫妇并不惊慌失措，不怕女人有情夫，只要把他带来他们家，只要不因谈情说爱而不管他们就行，这时他们会说：“好吧，把您的男朋友带来吧。”于是把他聘来试用，看看他可能否对韦迪兰夫人无话不谈，看看他是否可能被纳入“小圈子”。如果不行，那就把忠心的介绍人叫到一边吩咐一番，并帮他跟他的男友或情妇闹翻。在相反的情况下，“新成员”也就变得赤胆忠心了。就在那一年，那位半上流社会的女子向韦迪兰先生讲起她结识了一位风流倜傥的男子，斯万先生，暗示斯万先生很乐意成为他们的客人；韦迪兰先生立即把此项申请转告韦迪兰夫人。他一向等到妻子发表意见之后才谈他的见解，他的特殊作用是用调动一切聪明才智使妻子的愿望以及信徒们的愿望付诸实施。

“喏，德·克雷西太太有点事儿求你。她想把一个朋友介绍给你，是斯万先生。你说行吗？”

“哎唷，怎么可以拒绝这么可爱的小宝贝的要求呢？不用您开口，不必征求意见，我对您说了您是个小宝贝。”

“您乐意就好，”奥黛特用故作风雅的语气回答，“你知道我不是fishing for compliments①。”

“好吧，把您的朋友带来吧，既然他讨人喜欢。”

---

①英语：沽名钓誉。

当然“小核心”与斯万时常出入的社交界毫不相干，纯上流社会的人士会觉得像他那样在社交界占有特殊地位的人委实不必让人向韦迪兰夫妇引荐。但斯万太眷恋女人了，自从结识几乎所有的贵族女士并觉得她们不新奇以来，他便不再看重圣日耳曼区签发给他的归化证书，虽然几乎相当于贵族头衔，这类证书酷似某种失去价值的汇票、信用证，但可使他在外省的某个小角落或巴黎的某个无名的地方闯出一条路子，去那种地方追求他认为漂亮的乡绅的女儿或书记官的女儿。当年性欲或性爱使他产生虚荣情感，使他想在他喜欢的陌生女人面前出风头，使不太显赫的斯万姓氏披上一层漂亮的光彩，而现在日子平平，没有虚荣心了，但以前确是出于虚荣心才混迹社交界，寻欢作乐，浪费才智，用他的艺术学识替贵夫人购买绘画和装饰府邸出谋划策。那时他特别喜欢在地位低微的陌生女人面前炫耀。正如一个才子不怕在另一个才子面前露怯，一个风雅的男子不怕达官显贵不识其风雅，只怕乡巴佬不赏识。自古以来人们大量散布的自作聪明的主意和虚荣的谎言四分之三是用来对付地位低下的人的，尽管这种人逐渐减少了。斯万对一位公爵夫人不拘礼节和随随便便，却在一个女仆面前道貌岸然，生怕被人看轻了。

他不像许多人那样，因同某个名门望族拴在一起的社会地位产生义务上的惰性或顺从感，主动放弃上流社会以外的实现生活给他们带来的乐趣，至死不越出他们的天地，满足于封闭式的消遣，通常是平庸的娱乐，无聊得令人难以忍受，但一旦习惯，也就乐在其中了。斯万，他不肯费神发掘跟他一起打发时间的女人身上的优点，而千方百计跟他一眼看中的漂亮女人一起消磨时光。通常这类女人的美貌是颇为俗气的，因为他无意之间寻求的外观美与他偏爱的大师们所雕塑或绘制的女性美是完全相对立的。表情的深沉和忧郁使他的感官凝结，相反，健康、丰满和红润的肉体足以唤醒他的感官。

如果在旅途中他遇到一家人，似乎不主动打招呼更为得体，但注意到其中一个女人有某种从未见过的魅力，那么要他保持“矜持”态度，掩饰由她激起的情欲，用一种不同的乐趣来取代跟她结识可能产生的乐趣，比如写信给一个旧时的情妇要她前来相聚，在他看来如同卑怯地摈弃生活，如同愚蠢地放弃新的幸福，既然如此，不如不要外出观光，呆在巴黎家里眺望景色好了。他不把自己禁闭在他的关系门户里，而把房子随时挪到有讨他喜欢的女人的地方重新建造，好比那种可拆卸的帐篷，探险家们可以随身携带。对不利获取新欢的那些不可转运或不可交换的东西，他一概弃之如敝屣，哪怕在别人眼里非常值得羡慕的。曾多次发生这样的事情：他获得了某位公爵夫人的信任，由于多年的感情积累公爵夫人一直想跟他亲热苦于没有机会，而他突然心血来潮，给公爵夫人发出一份泄露内情的电报，让她立即回电把他推荐给某个领地的管家，因为他注意到那里的乡村姑娘，就像饥饿不堪的人用一颗钻石换取一块面包。事后，他觉得蛮有趣的，他身上确有某种野性，尽管也有许多难得的风雅之处。再者，他属于这类才子，他们游手好闲，并认为唯其如此，才能得到与艺术或学习给予的那种情趣，这是他们对无所事事的自我安慰和借口，他们总认为“生活”包含着比小说更有趣更浪漫的情境。至少他是这么对社交界最贴心的朋友们说的，并且轻而易举地使他们信以为真，尤其德·夏吕斯男爵，斯万自鸣得意地用亲身经历的富有刺激的艳遇故事来逗弄他，说什么在火车上遇到一个女人，把她带回家后才发现她是某个君主的妹妹，当时欧洲所有的政治命脉都受这位君主控制，所以斯万处在非常舒服的地位，对欧洲政治了如指掌；还说什么由于种种复杂的情况，最后取决于教皇选举的结果才决定他是否成为某个厨娘的情人。

斯万同一大帮星光灿烂的贵族寡妇，将军，科学院院士有特殊的联系，他厚着脸皮死乞白赖地求他们穿针引线。不仅如此，他还不时给所有的朋友写信，字里行间请求他们推荐或引见，其手法之高明好似外交家，更由于艳事一桩接一桩而借口各不相同，尽管破绽百出，非但手段始终如一，其相同的目的也昭然若揭。许多年之后我经常打听他，由于在其他许多方面他的性格跟我相像，我开始对他产生兴趣，当时他写信给我外祖父（当时他还没有当外祖父，因为在我出生的时期斯万才开始那桩难分难舍的恋情，从而不再寻花问柳），外公认出信封上的笔迹，高声说道："嗨，原来是斯万有求上门来，我可要留神哪！"抑或由于不信任，抑或出于有意把东西送给不想要的人那种潜意识作恶的心理，我外祖父偏不肯满足最容易满足的央求，比如斯万恳求他们把他介绍给一位姑娘，明明这姑娘每星期天来家里吃晚饭，而他们在斯万每次谈起时，装作与她不见面了，而实际上每星期都在发愁邀请谁来跟她一起吃晚饭，往往找不到任何合适人，却硬是不向那个渴望跟她在一起的人打招呼。

有时外祖父母的朋友，如某家夫妇抱怨好久未在这里见到斯万了，也许出于激将的意图，满意地宣称他们觉得斯万非常富于魅力，简直跟他形影不离了。外祖父不忍扫他们的兴致，一边瞧着外祖母，一边嘴里哼唧：

这是什么奥秘？
我真是莫名其妙。

或者：

瞬息即逝的幻觉……

或者：

对这类事儿呀，
最好不闻不问。

几个月后，如果外祖父见到斯万的新朋友问道："喂，斯万呢，您还经常见他吗？""请不要在我面前提他的名字了，"对方拉长着脸回答，"我原以为你们亲密无间哩……"斯万曾在我外祖母的表兄弟家当过几个月的常客，几乎天天在他们家吃晚饭。突然他不露面了，连招呼也不打一声。人家以为他生病了，我外祖母的表姐妹正准备派人打听他的消息，不料在配膳室发现他写的一封信，厨娘不小心把信夹在账本里了。他在信中告诉厨娘他即将离开巴黎，不能再来了。那女人是他的情妇，决裂时，他认为只需跟她一个人打招呼就行了。

如果相反他当时的情妇是个场面上的人物或至少不会因为出身太低微或地位太特别而妨碍他把她带到社交界，那么他会是回头客，但只在特定的活动范围，或由她采取行动，或由他带着她去。经常听见有人说："今晚别指望斯万啦，你们知道今天是他那位美国女人在歌剧院演出的日子。"他把美国女人带到一些特别封闭的沙龙，那些是他常去的地方，每周有固定的晚餐，还有牌局；每天晚上，他把红棕色的短发梳成微波状，相映之下，那绿眼睛的光芒显得温柔一些，然后他挑选一朵花别在上衣饰孔，出去找情妇一起到同类的这个或那个女人家吃晚饭；想到他即将重逢那些对着他唯唯诺诺的时髦人物会在他心爱的女人面前对他大加赞扬，大献殷勤，他重新对已厌倦的社交生活入迷了；社交生活，自从同他的爱情熔为一炉，似乎增添了某种闪闪烁烁的火焰，显得格外明亮和温暖，使他感到十分难得和美不胜收。

斯万见到一张面孔或一个身段有时会本能地、情不自禁地感到美不胜收而想入非非，每次私情或每次调情大凡都是这类非分之想的结果，但与之相反，一天在剧场从前的一个朋友给他介绍了奥黛特·德·克雷西，去前曾跟他提起过，说这个女人极其可爱，也许会搞出点名堂来，但提醒他说这个女人实际上不好对付，所以把她介绍给他是成全好事；初次见面，斯万觉得她不难看，但属于那种他不感兴趣的美貌，引不起他任何情欲，甚至使他不由自主地产生厌恶，这种女人大有人在，谁都拿得出几个，虽然各不相同，但与我们的感官所渴求的那种类型正相反。奥黛特的剪影太显露，皮肤太纤细，颧颊太突出，脸蛋太瘦长，斯万喜欢不起来。她的眼睛是好看的，但太大，占的地方太多，压得面孔疲倦不堪，看上去脸色总是不好的或似乎情绪不佳。那次剧场相识之后过了一些时候，她给他写信，请求观赏他的收藏，一饱眼福，"她，虽然无知却对美好的东西颇有兴趣"；她说在他"府上"见他似乎能更好地了解他，她设想他家一定"非常舒适，清茶淡香，满室图书"，但她发现他住在如此寒碜的街区，不禁大惊失色，毫不含糊地说：“他住的街区太不 smart[①] 了，而他自己却时髦至极。”他后来让她去了，在离开时，她向他表示很高兴深入他的住所，但为自己待的时间如此之短而感到遗憾，谈到他时她的语气好像他比她认识的其他人更为重要似的，似乎他们两人之间已经建立了某种浪漫的关系，他听后哑然失笑。但是斯万已接近不惑之年，这种年纪的人满足于钟情，心里喜欢才钟情，很少要求回报了，已经不像青春期那样，两颗心接近的目的必定导致做爱，但对他来说如一旦出现两人心心相印，还有萌发爱情的因素，因为这类思绪犹存，盘根错节。从前我们渴望过占有所爱的女人的心，后来感到女人心上有你就足以使你对她眷恋不舍。这样，步入他的年龄段时，由于我们从爱情中主要寻求主观的快乐，所以追求女性美的成分在爱情中占了最大的比例，爱情——纯生理的性爱——萌发之前即使没有性欲也会油然而生。在生命的这个阶段，我们已被爱神之箭射中多次；由于我们被震撼过的心是被动的，爱情对我们来说不再沿着自身的规律演进，尽管不为人知和无法抵御。于是我们借助记忆和提示帮它越出自身的轨道。当认出爱情的某种征兆时，我们立即回忆起其他的征兆，好似把爱情之歌全部铭刻在心上，可谓烂熟于心，不需要哪个女人提示我们开始怎么唱，当美貌引起我们赞赏时，我们便接着往下唱。比如爱情之歌唱到一半，正当两颗心互相接近，说什么一方只是为另一方而生存，我们对这首乐曲相当熟悉，马上接着对歌，上前迎接等待我们的搭档。

奥黛特·德·克雷西又去看望斯万，接着拜访越来越频繁；而斯万对她的每次来访似乎总感到失望，每次分手总会忘记这张脸的一些特征，觉得她的脸部既不太富有表情，也不太呆板，尽管是年轻的。当她对着他说话的时候，他惋惜她的美貌不属于那些使他一见钟情的类型。况且应当指出奥黛特因为额大颧高，在前额和面颊连成一片的平面上覆盖着当时流行的“刘海儿”，加上发下衬着“假发卷”，发绺蓬松，直披及双耳，她的脸显得格外瘦削和凸出；至于她的体态，虽然极其匀

---

① 英语：时髦。

称，却很难看出连贯性（因为当时的时装式样关系，尽管她属于巴黎穿着最讲究的女人）；胸衣太凸出，好像高耸在一个假的腹部之上，胸脯之下突然收缩呈尖形，紧下面悬着满张的球形双层裙，使她看上去好像由几个不同的零部件装合而成的；绉领，边饰，开衫，互不搭界，按自身的图案花色布料质地各持一隅，有章有法地与结扣、花边绉泡、垂线黑毛边紧密相连或沿裙撑垂落而下，但与活生生的人毫不合体，衣饰的设计要么太贴身，要么太离身，结果穿戴者要么耸肩缩颈，要么身段消失。

奥黛特走后，斯万想想好笑，她担心到下次允许她再来要等多么长的时间哪；她那焦急、羞怯的神态历历在目，她用这种神态央求他别让她等得太久了；那种盯视他的目光表露着诚惶诚恐的央求，加上她那配着黑丝绒带的白草帽沿一束纸蝴蝶花的映衬使她显得十分动人。她说："您呢，您不去我家喝茶吗？"他推托正在著书，写一部有关弗美尔·德·经尔夫特[1]的论著，其实中辍多年了。"我知道自己人微言轻，跟你们这些大学问家相比一无长处。"她回答说，"我是井底之蛙。不过我渴望学习，渴望求知，渴望有人传授。啃书本，一头钻进纸堆里，该多有趣呀！"她得意洋洋的神态就像风雅女士表示乐意干脏活不怕弄脏手，比如下厨房"亲自动手和面"。"您一定会取笑我的，这个画家（她指的是弗美尔）妨碍您去看我，从来没听说过；他还活着吗？在巴黎看得到他的画吗？为了能够想象您喜欢的东西，得猜一猜这个勤奋的大脑里装的是什么，看得出这个大脑多么勤于思考，我对自己说，喏，这就是他正在思考的事情。为您著书立说添砖加瓦是多么令人神往的事啊！"他表示歉意，推托害怕结交新友，用他的风流话来说，害怕再次自讨苦吃。"您害怕友情？多滑稽呀，我却一心寻找友情，为得到友情我不惜牺牲生命。"她的声音那么自然，那么肯定，使他大为感动，"您大概吃过某个女人的苦头吧。所以您认为其他的女人都跟她一样。她不理解您吧；您是个与众不同的人。我一开始就喜欢您不同凡响的气

---

① 弗美尔（1632—1675），荷兰著名画家。

质，我感觉出您跟大家不一样。”——“您与众不同嘛，”他回答道，“我很清楚女人家的事，您一定十分忙碌，很少有空吧。”——“我从来无事可做！我一向是自由的，对您我总有空奉陪的。白天或黑夜随便什么时候，只要您觉得方便，想见我就派人来找，我一定高高兴兴地随叫随到。您会这样做吗？请相信我的好意，我要把您介绍给韦迪兰夫人，我每天晚上去她家。想想看，咱们在那里见面，想到您的光临部分是为了我呀，那该多好哇！”

当他单独一人时，像这样回忆他们的谈话，像这样想念她，他才把她的形象同其他许多女人的形象交织在富有浪漫色彩的遐想中；然而如果因某个偶然的情况（或者甚至不需要这样偶然情况，某个迄今一直潜伏的心态突然显现，表明不曾影响过他）奥黛特·德·克雷西的形象碰巧融化他的全部遐想，如果这种遐想与对她的回忆已不可分离，那么她不完美的体态就无关紧要了，这时她的体态就会引起斯万的欲望，因为已经成为他喜爱的体态，多少变成符合他的欲望的体态了，从此只有它才能给他带来快活或苦恼了。

我外祖父恰好认识韦迪兰一家，韦迪兰夫妇现时的朋友们谁都不知道这件事。但他早已与他称之为“小韦迪兰”的人失去一切联系，并且把韦迪兰大致划入放荡不羁的人和社会渣滓之列，尽管他仍旧腰缠万贯。一天，外祖父收到斯万的来信，请求是否可以帮他同韦迪兰夫妇取得联系。“留神哪！留神哪！”他喊道，“毫不奇怪，斯万准会陷进去脱不了身的。绝妙的去处！首先，我满足不了他的要求，因为我已不再与那位先生来往。再说可能与女色之事有关，我可不插手这种事情。好嘛，斯万若跟小韦迪兰夫妇混在一起，咱们有好戏看了。”

收到我外祖父否定的答复之后，只好由奥黛特自己把斯万带到韦迪兰夫妇家去了。

斯万初次登门的那天，韦迪兰夫妇晚餐桌上的客人有科塔尔大夫及太太，年轻钢琴家和他的婶婶，当时正得宠的那位画家，出席晚会的还有其他几个信徒。

科塔尔大夫从来把握不住用哪种口气回答问题，看不清对方是在开玩笑还是当真的。以防万一，他的脸上总带着笑容，一种有条件的和暂时的笑容，随时作巧妙的应变，即使别人的话有取笑的意思，也可免遭头脑简单之责。但面对相反的意图，他便不敢明显露出微笑了，脸上总漾着犹豫不决的表情，使人一眼看出他想提又不敢提的问题："您的话当真？"在大街上乃至在日常生活中他对自己的言谈举止也不比在沙龙里更有把握；对行人，对车辆，对发生的事情，他一概嘲弄似的笑嘻嘻，不让人家看出他的举止有任何不当之处；万一他的举止不合时宜，也能证明他早已知道，而之所以如此，只是开开玩笑罢了。

然而对他的觉得可以坦率提问的一切事情，大夫不会错过机会来竭力缩小疑问的范围和补充他的知识。

就这样他一直遵循有远见的母亲在他离开外省时的谆谆嘱咐，从来不放过陌生的成语或专有名词，总要查考一番，弄个水落石出。

说到成语，他不厌其详地打听，觉得有些成语可能包含更为确切的意思，哪怕对那些最常用的成语也不放过，总想弄清其确切含义，诸如"魔鬼之美"（女性青春美），"蓝色的血"（贵族出身），"轿杠上的生活"（放荡不羁的生活），"拉伯雷的时刻"（捉襟见肘的时刻），"风雅之王"（风度翩翩），"给空白证件"（授以全权），"被逼成哑巴"（哑口无言）等等，并且想知道在哪些特定的情况下他可以在讲话中使用。成语使用不上时，他就用从别人那里学来的双关语和谐音词。至于专有名词，每当别人在他跟前提到新的人名，他只用疑问的语气简单重复一下，心想这足以获得进一步的解释而不必做出求人的样子。

他完全缺乏批评意识，尽管他自以为对什么都能说长道短；文雅的客气话很有讲究，施恩者说起来好像欠了对方的情似的，又希望对方不要信以为真，而这对科塔尔大夫却是白费劲，他完全按字面的意义理解别人的话。不管韦迪兰夫人对他怎么盲目地抱着好感，最后也恼火了，虽然仍觉得他非常机灵：那天请他进包厢听萨拉·贝尔哈特[①]演唱，特别客气地说："您惠临邀请实在太好了，大夫，何况我相信您经常听萨

---

① 萨拉·贝尔哈特（1844—1923），法国著名的女演员，主演过"茶花女"等。

拉·贝尔哈特的戏，不过咱们似乎离舞台太近了一点。”科塔尔大夫进包厢时脸上挂着笑容，随时准备根据权威人士对这场戏的价值的意见，把笑容放开或收敛，他答道：“确实离得太近了，而且人们对萨拉·贝尔哈特开始厌倦了。但您向我表示了要我来的愿望。对我来说，您的愿望便是命令。我太乐意向您报效这一点大驾之劳了。为了讨您喜欢，有什么事不能做呢？您是如此地仁慈！”接着又说：“萨拉·贝尔哈特，真是金嗓子，是不是？人家的文章常说她把舞台都烫坏了①。这个成语很奇怪，是不是？”他等着赞扬，可是没人答理，讨了个没趣。

“喂，听着，”韦迪兰夫人事后对丈夫说，“我看咱们对待大夫的方法不对头，不必那么谦虚，把送给他的东西的价值故意压低。他是学者，没有实际生活的经验，自己根本不识货，咱们说什么他学说什么。”韦迪兰先生答道：“我早看出来了，一直没敢跟你说就是了。”次年元旦，韦迪兰先生不再给科塔尔大夫送价值 3 000 法郎却偏说小意思的红宝石了，而用 300 法郎买了一颗假宝石，并且暗示这是稀世珍宝。

韦迪兰夫人当众宣布斯万先生晚上要来，“斯万？”大夫惊叫起来，口气近乎粗暴的，此公一向自以为料事如神，然而每每有一点微不足道的新闻，他比谁都大惊小怪。看到没人答理，他惶惶如坐针毡，不禁吼了起来：“斯万？斯万是谁？”——“就是奥黛特跟咱们提起过的那个朋友嘛。”韦迪兰夫人这么一说，他平静下来，用缓和的语气说：“喃，好，好，那好嘛。”至于画家，他很高兴斯万给引进韦迪兰夫人的家门，因为他猜想斯万已迷上奥黛特，很想促成好事。“在下最乐意做大媒，”他俯在科塔尔大夫的耳边悄声说，“我已经拉成功许多对喽，甚至把女人跟女人双双配对！”

奥黛特刚对韦迪兰夫妇说过斯万非常“潇洒”，他们倒担心他是个“讨厌的家伙”。结果恰恰相反，斯万给他们的印象好极了，他们哪里晓得，他经常出入上流社会正是博得他们好印象的一个间接原因。斯万比那些从未涉足社交界的人，哪怕是聪敏过人的，确实略胜一筹，稍有

---

①转意：演出充满激情。

社交场阅历的人都有这种优势，即对社交界不再抱有急切的愿望或臆想的恐惧，对社交界有个全面的看法，并不认为有什么了不起。出入社交界的人士和蔼可亲，既摆了时髦风气，又不必担心过分献殷勤，来去自便，举止落落大方，温文尔雅，举手投足恰如其分，得体如愿，而身体的其余部分也不会做出不慎和笨拙的动作。当别人介绍一位陌生的年轻人时，就高雅地伸出手去；当别人介绍一位大使时，就不卑不亢地躬一躬身，这种社交界人士体操般的基本动作已经变成斯万社交举态的组成部分，而他自己却毫无察觉，所以斯万面对韦迪兰夫妇及其朋友们这类地位比他低下的人，他本能地表现出殷勤，主动上前亲近，而在他们眼里，一个“讨嫌家伙”是不会如此的。他只对科塔尔大夫表现出片刻的冷淡：在彼此还没有交谈之前，大夫就向他挤了挤眼，送去一个暧昧的微笑(科塔尔管这种脸部表情叫“来者不拒”)。斯万以为大夫多半在某个寻欢作乐场所见过他，尽管他本人很少去那种地方，从不沉湎于花天酒地之中。斯万觉得这种暗示俗不可耐，尤其奥黛特在场，她会对他产生不好的看法，于是摆起冷冰冰的样子。但当他得知身旁的一位女士便是科塔尔太太时，便想道，一位如此年轻的丈夫不至于当着自己妻子的面跟别人暗示那种类型的娱乐，于是不再认为大夫那种会心的神情包含他所担心的那层意思了。当下画家邀请斯万偕同奥黛特一起去参观他的画室；斯万觉得他很亲切。“也许您比我更受他的欢迎，”韦迪兰夫人用假装生气的口吻说道，“他会给您看科塔尔的肖像(那是她向画家订的)。好好记住，比什‘先生’，”她朝着画家提醒道，她管画家叫“先生”，是一种固定的戏称，“要把他们的眼画得好看，把眼角画得细腻又逗人。您记清楚，我主要想得到他的微笑，我请您画的正是他的微笑。”她觉得自己的话妙趣横生，故意提高嗓门重复一遍，好让更多的客人听见，甚至以此提供借口，好让一些客人凑到她跟前，斯万希望认识所有在场的人，包括韦迪兰夫妇的一些老朋友萨尼埃特，此人具有广博的文献档案知识，家产万贯，出身名门望族，却因生性腼腆，朴实无华，心地善良而得不到应有的尊敬。他说话时嘴里含着什么东西似的，但这种含糊并不使人讨厌，因为别人不觉得这是一种语言缺陷，倒是一种内心优点，表明他仍保留着一颗未泯的童心。所有的辅音他都发不好，说明任何生硬的话他都不会说。斯万请韦迪兰夫人把他介绍给萨尼埃特，夫人听后却把他们的地位颠倒了，以致韦迪兰夫人回答时特别强调两者的差别："斯万先生，请您赏脸，允许我向您介绍我们的朋友萨尼埃特先生"，但斯万的话激起了萨尼埃特强烈的好感，韦迪兰夫妇从未向斯万透露过他会有这种好感，因为他们有点讨厌萨尼埃特，不主动给他介绍朋友。与此相反，当斯万心想应当马上请求认识钢琴家的姑妈时，韦迪兰夫妇感动得不得了。姑妈同往常一样，身穿黑色套裙，她认为女人穿黑色无论什么场合都得体，没有比黑色更高雅的了；她的脸色出奇地红润，好像刚吃过饭。她恭恭敬敬地向斯万欠身施礼，但随即庄重地挺起身子。由于没有受过教育，生怕出现语法错误，她故意吐音含糊，心想万一说错了，也可蒙混过去，人家无法确切辨认差错，所以她讲话含糊其词，发出一连串听不清的沙哑声，偶而吐出几个有把握的词，也是稀稀拉拉冒出来的。斯万以为在跟韦迪兰先生谈话时不妨取笑她一下，不料韦迪兰先生大为不快。

"这是个善良的女人，"他答道，"我同意您的看法，她算不上才貌惊人，但我肯定，您若单独跟她交谈，准会跟她谈得来。"——"我毫不怀疑，"斯万赶紧退让补充道，"我的意思是说她算不上'出类拔萃'，"他特别强调这个形容词，"总之，那还是句恭维话。"——"喏，还有呢，"韦迪兰先生说，"还有让您吃惊的呢，她写一手好文章。您从没听过她的内侄弹琴吧？妙不可言哪，是不是，大夫？要不要我请她弹点什么，斯万先生？"——"那将不胜荣幸……"斯万刚开口，就把话打住了，他发现大夫脸上露出嘲弄的神情。确实，大夫没忘记，讲话夸大其词，故作庄重，已经过时了，所以一听到有人一本正经地使用某个庄严的字眼，比如刚才"荣幸"一词，他便觉得用这种字眼的人未免迂腐。更何况这个庄严的词碰巧用在他称之为陈词滥调的句中，因此不管该词多么常见，大夫仍猜想斯万刚开始说的那句话必然滑稽可笑，于是含讥带讽地接上话茬，用了一句他认为对方想要讲的俗套话，殊不知人家压根儿不曾想到。

“荣幸属于法兰西！”他调皮地喊道，高举双臂，做了个夸张的姿态。

韦迪兰先生忍不住笑了起来。

“那几个好人在笑什么呢？看来你们那个小角落挺有趣的嘛，”韦迪兰夫人喊道，接着像孩子撒娇似的抱怨，“你们以为我孤独一人呆在这里受罪是寻开心哪！”

韦迪兰夫人坐在一把上蜡的瑞典式杉木高椅上，这是一位瑞典小提琴家赠送的，虽然看上去像只板凳，与她那些古色古香的家具颇不协调，她还是把它保留下来，她特意把信徒们不时按习惯送给她的礼物放在显眼的地方，好让送礼的人来时看了高兴。为此，她竭力说服人家只送些鲜花和糖果就行，因为这些东西放不多久的，但怎么说也没用，人家照送不误，礼物各式各样，有的还是重复的，这样她家里堆满了脚炉，靠垫，挂钟，屏风，温度计，瓷瓶，又冗繁又不协调。

她坐在上面，居高临下，兴致勃勃地参与信徒们的谈话，拿他们的“油腔滑调”开心，但自从上次笑脱下巴臼以后，她再不敢哈哈大笑了，而代之以一种约定俗成的手势模仿，表示她笑出眼泪了，这样既不费力又无危险。只要哪位常客提到某个讨嫌家伙或原是常客后就打成讨嫌家伙迸出一句俏皮话，她就会发一个轻声的尖叫，紧紧闭上开始蒙白内障的鸟儿眼，突然用双手把脸捂住，严严实实，让人什么也看不见，仿佛面前出现了什么猥亵的场面或为了躲避什么致命的打击，她装作竭力克制，憋着不笑出声来，不然纵情大笑就会昏死过去；韦迪兰先生看在眼里，心中着实难过，因为他一向认为自己和妻子一样招人喜欢，可是真正开怀大笑，就喘不上气来，缺乏妻子吟吟不停地假笑那种高招，相形之下，深感望尘莫及，甘拜下风，就这样，韦迪兰夫人被信徒们的乐观弄得飘飘然，被友好情谊、说别人坏话和唯唯诺诺弄得醉醺醺，她栖息在那把高椅上，活像吃了一只在热酒里泡过的饼子，浑身舒服，不由得抽噎起来。

韦迪兰先生请斯万先生允许他抽烟斗（“这儿都是朋友，熟不拘礼。”），然后请年轻的艺术家开始演奏。

“算了，算了，别难为他了，他不是来这里受折磨的，”韦迪兰夫人大声说道，“谁想折磨他，我可不答应啰。”

“这怎么叫难为他呢？”韦迪兰先生说，“斯万先生也许没听过咱们发现的那首F大调奏鸣曲吧，他可以给我们弹一弹用这首奏鸣曲改编的钢琴曲。”

“得了，得了，别弹我那首奏鸣曲啦！”韦迪兰夫人叫喊起来，“我可不想再像上次那样失声痛哭，得了鼻炎，外加面部神经痛；谢谢了，我可不愿意再遭罪，你们的好意领了，我领情，反正卧床一周不是你们哪。”

这番小小的表演，每当钢琴家要演奏时，她总把它献给朋友们，好像每次都很新鲜，以显示“老板娘”如何富有独特的魅力和对音乐何等的敏感。在她近旁的人于是招呼在远处抽烟或玩牌的人，让他们往跟前靠近，示意有重大事件，就像处在国会辩论的重大时刻，喊道：“听着，听着。”第二天，他们还为没有到场的人惋惜，说什么头天那场小戏比平时更引人入胜。

“好吧！就这么说定了，”韦迪兰先生说，“只让他弹行板吧。”

“只弹行板！你说得倒轻巧！”韦迪兰夫人叫喊起来，“最要我的命的，正是这段行板。这个东家，他真了不得！简直等于说，听《第九》只选尾声，或者听《名歌手》[①]只选序曲嘛。”

然而，科塔尔大夫倒怂恿韦迪兰夫人让钢琴家演奏，并非认为音乐在她身上引起的激动是装出来的，因为他确认她有某些神经衰弱症状。但他和许多医生一样都有这种习惯：每当社交活动的成败显得更为重要，而活动的主角又是他们的病人时，他们便立即缓和疾病的严重性，嘱咐病人忘掉消化不良或感冒，并说这是当务之急。

“这回您不会闹病，放心吧，”他一边对她说，一边向她递眼色，“况且，真的闹病，我会照料您的嘛。”

---

①《第九》系指贝多芬《第九交响曲》；《名歌手》系指瓦格纳歌剧《纽伦堡的名歌手》。

“真的吗？”韦迪兰夫人答道，面对这般的厚爱，感到盛情难却，只得退让了。或许还因为，老说自己会闹病，有时连自己也忘记这是个谎话，一种病态心理。然而，病人为了少发病不得不明哲保身，但久而久之，他们便厌倦了，于是他们宁愿让自己相信，他们可以不受损害地做他们喜欢做而常常有害健康的事情，只要把自己托付给一个有能耐的人料理，而自己不用费任何力气，凭能人一句话或一颗药就使他们康复。

奥黛特走到钢琴旁边一张绒绣长沙发前坐了下来。

“您瞧，这是我的小地盘。”她对韦迪兰夫人说。

韦迪兰夫人看见斯万坐在一把椅子上，便请他起来：

“您坐在那里不舒适吧，坐到奥黛特身边去；奥黛特，您说是不是？让点地方给斯万先生坐，行吗？”

“多么漂亮的博韦绒绣！”斯万竭力献殷勤，说着便坐了下来。

“嗨！您欣赏我的长沙发，真叫我高兴，”韦迪兰夫人回答，“赶早告诉您，您若想在别处看到有这么漂亮的沙发，那赶紧打消这个念头。这种款式后来再也没有生产了。那些小椅子也都是稀世珍品。您一会儿好好看一看。每件青铜雕刻都有特性，同座椅上的图案相匹配；您知道，您要是愿意观赏，定能一饱眼福，准保您快活好一会儿。喏，就拿椅沿的细条镶边来说吧，红底上的葡萄多好看哪，图案讲的是‘熊与葡萄’的故事。画得不俗吧？您认为画得怎么样？我认为他们画得活灵活现。这葡萄挺馋人的，是吧？我丈夫硬说我不喜欢吃水果，因为我比他吃得少。其实不然，我比你们诸公都贪，不过我用不着放进嘴里，光用眼睛就可享用了。你们笑什么？问问大夫嘛，他会告诉你们，这些葡萄给我催泻。有人用枫丹白露的白葡萄酒治疗，我则用博韦的绒绣来治疗。斯万先生，您离开以前一定要摸一摸那些椅背上面的青铜雕刻。现在就摸一摸，是不是又细又光？不，张开双手，好好摸一摸。”

“得了，韦迪兰夫人又要摸青铜雕刻了，咱们今晚别想听音乐了。”画家说道。

“您住嘴，坏家伙。实际上，”她边说边转向斯万，“世上有些东西远不如摸青铜更有肉感，但就是不让我们女人享受。谁的皮肉能跟它相比呀！想当年韦迪兰先生对我的醋劲儿还挺大，真叫我受不了……得了，你别打岔，你总说不出口你从没吃过醋吧……”

“我什么也没说呀。瞧瞧，大夫，我请您作证，我什么也没说吧？”

斯万出于礼貌，轻轻抚摸青铜雕刻，不敢马上放开。

“得了，您以后再用手玩赏这些东西吧，现在该用您的耳朵玩赏了，我想您会喜欢的；就请这位年轻人承担这项任务吧。”

钢琴家演奏完毕，斯万即刻对他比对在场的其他人更为亲热。其原因如下：

一年前，在一次晚会上，他听到一首钢琴和小提琴协奏的乐曲。最初，他只品出从乐器散发的质地良好的音响。当他突然听到在小提琴尖细、持久、密致、主导的线状音响下，钢琴部浑厚的块状声奋力升起，形式多变而又不可分割，平滑流畅而又互相撞击，宛如月光下荡漾的淡紫色水波，以降半音的节奏，显得富有魅力，他已经感到极大的快乐。然后在某一瞬间，他还未能分辨清楚其轮廓，未能给予所获得的快感以恰当的名目，突然入迷似地竭力捕捉那个乐句或和声——他自己也不明白是什么——，它稍纵即逝，却已经大大打开了他的心扉，有如玫瑰的芬芳在晚间的湿润的空气中飘荡，使我们不禁张大鼻孔。也许正因为他不知道这是什么乐曲，才产生如此模糊的印象，然而这种印象也许只属于纯音乐性的，无广延的，别具匠心的印象，与别的印象格格不入的。这类瞬间的印象可以说是 sine materia①。这时我们听到的音符已经按其高度和时值逐渐在我们眼前覆盖大小不等的面积，描绘出飞舞的线条，使我们产生开阔、纤细、平稳、多变的感觉。但我们这些感觉还没来得及确定，音符便消失了，后继的音符乃至同时出现的音符又使我们产生另外的感觉，把原先的感觉淹没了。这种印象将继续流入和渗入不时浮现的乐旨，然而刚刚出现的乐旨还没让人认清就立即沉没和消灭

---

①拉丁文：非物质的。

了；它们以特殊的快感为我们所知，而我们却不能加以描绘、记忆、认定；它们是难以形容的，除非记忆，如同工人致力于在川流中筑造持久的基座那样，为我们复制倏忽不见的乐句，使我们能够把它们与后继的乐句加以比较和区分。因此，斯万享受到的美感刚刚终止，他的记忆立刻为他把这些乐句暂时扼要地记录下来，但在他回顾记录时，乐曲继续向前，结果当相同的印象突然再度出现时，它已经不再是难以把握的了。斯万想象得出乐句的音域，乐句与乐句之间匀称的组合，乐句的谱写线图，乐句的表现时值；他眼前出现的不再是纯粹的音乐，而是图画、建筑、思维，并且能使他回想得起来。此时他已经清晰地分辨得出某个乐句从回荡的乐波中脱颖而出，浮现了若干片刻。这个乐句顿时使他获得特殊的快感，而这在听见它以前是难以想像的，而且感到其他的乐句都不能引起他有类似的快感，于是他对这个乐句产生了从未有过的爱情。

这个乐句以徐缓的节奏引导他由近及远，一直走向崇高的、难以理解而清晰可感的幸福。突然，乐句到达某个附点，斯万刚准备紧随不舍，它却在稍稍休止之后猛地改变方向，以一种新的旋律，以更为快速而又纤细、凄凉、缠绵、温柔的旋律，卷着他奔向陌生的前景。之后，乐句消失了。斯万热切希望它第三次再现。它果然再次出现，不过并没有使他更明白其中的涵义，甚至在他身上引发的快感不如原先那么深厚。但是，他回到家里，感到需要它，如同生活中某人偶然瞥见一个过路的女人，感到这个女人在他心目中树立了新颖的美的形象，而且切身体察出它具有更大的价值，可他却不知道能否再次见到那个使他已经钟情的、连名字也叫不出来的女人。

这种对一个乐句的热爱顿时使斯万好像觉得有可能在某种程度上恢复青春。好久以来他已放弃追求生活中的某个理想，而把生活局限于追求日常的满足，他认为这种状况到死也不会改变，虽然没有这么明确对自己说过；更何况，由于感觉不到自己的精神世界里还有崇高的思想，所以不再相信天下存在这样的思想，虽然也不能完全予以否定。因此，他习惯于躲藏在无关宏旨的思想中，从不探究事物的实质。同样，他不思索该不该去社交界，相反，确信如果接受邀请就应当前往，假如事后不去拜会，也该留下自己的名片；他在与人交谈时也一样，竭力不对事物发表自己内心的见解，仅仅提供一些本身具有一定价值但使自己不必表态的细节。他可以十分精确地说出一份菜谱或一位画家的生卒日期及其作品名表。尽管如此，他有时还是不由自主地对某个作品、对某种人生观发表一番见解，但话语中往往含讥带讽，好像他并不完全赞同自己所说的话。然而，某些病病歪歪的人到了一个新地方，接受一种新的摄生法，有时出现一种莫名其妙的身体器质性变化，他们突然好像病痛大为减轻，以致开始想往从来不敢想往的事情：在生命的暮年开始一种完全不同的生活；斯万同他们似乎相像，每每回忆起他听过的那个乐句，每每请人演奏某些奏鸣曲，试图从中找到那个乐句，他发现自己身上也有某种生机，这种以前不再相信的现实显现之后，他内心重新产生欲望甚至力量，要为新的现实奉献自己的生命，仿佛音乐对他干涸的、痛苦的心田进行专门治疗起了作用。但斯万未能了解到他听到的那部作品出自谁的高手，也搞不到这部作品，于是把它置之脑后了。他虽在那个星期遇见几位那天也参加晚会的人，讯问过他们，但其中好几位要么演奏完才到，要么演奏前就走了；有几位演奏时在场，但到别的客厅聊天去了；有那么几位留下听的，但不比闲聊的人多听进什么。至于东道主，他们只知道这是一部新作品，是他们聘来的艺术家们主动演奏的，但他们又到外地巡回演出去了，斯万未能打听到更多的情况。他有不少音乐界的朋友，可他只能回忆起那个乐句激发的那种独特而又无法言传的乐趣，只能看到乐句在他眼前勾画的图案，却不能把它哼给他们听。后来，他就不再去想它了。

然而，这晚在韦迪兰夫人家，年轻的钢琴家刚开始弹了几分钟，斯万忽然在跨两节拍的长高音之后，看见他喜爱的那个飘逸的、芬芳的乐句突破拖长的、紧密的音响向他徐徐接近，仿佛从掩盖神秘的孵育的音幕中脱颖而出，他认出来了，就是那个隐秘的、低回的、时断时续的乐句。它是那样天成独特，其魅力那样不同凡响，任何其他魅力都替代不了；对斯万来说，有如在一家朋友的客厅遇见一个女人，原来在街上见过的，曾令他仰慕不已，绝望地以为永生永世也见不到了。最后，那个指示性的、勤于出现的乐句，在涓涓河水散发的清香中远去了，把呤呤微笑的映象留在斯万的脸上。现在可以打听他不知其名的作品了，人家告诉他这是万特伊的《钢琴小提琴奏鸣曲》中的平板，他记了下来，以后可以在家里随时重温，设法领会它的语言，探索它的奥秘。

因此，钢琴家刚刚弹完，斯万便上前向他致谢，那种热乎劲儿使得韦迪兰夫人乐不可支。

“多么迷人哪，是吧，”她对斯万说，“这小家伙，他对这个奏鸣曲理解得很透彻，是不是？真没想到钢琴竟能达到如此的境界。我敢说，那里面什么都有了，唯独不见钢琴！我每次重听都会入神，总以为在听一个乐队演奏。甚至比乐队更美妙，更完整。”

年轻的钢琴家鞠了一躬，笑嘻嘻，好像说俏皮话，一板一眼地回答：

“您过奖了。”

韦迪兰夫人对丈夫说：“喂，给他来杯橘子水吧，他劳苦功高哇！”这时斯万向奥黛特讲述他如何爱上那个小乐句。“喂，奥黛特，看上去他在跟您说甜言蜜语哇，”韦迪兰夫人在稍远的地方问道，奥黛特回答：“对了，是甜言蜜语。”斯万觉得她的直爽美不可言。不过，斯万还想打听万特伊的情况，如有关他的作品，创作这首奏鸣曲的生活时代，当时写这个乐句想表达的意思等等，这都是斯万特别想弄明白的。

当斯万说万特伊的奏鸣曲实在太美了，韦迪兰夫人叫道，“没错儿，很美，我相信您的话！可咱们不该承认不知道万特伊的奏鸣曲，咱们没有权利不知道”；画家接着说：“是啊，这是一部非常伟大的杰作，是不是？这么说吧，决不是那种‘昂贵’而‘公开’的东西，是不是？但对艺术家却有极大的感染力”；所有在场的人都在高谈阔论，行家似的欣赏这位音乐家，但他们好像从未提过斯万提出的问题，因为谁也回答不了。

甚至当斯万对他心爱的乐句发表一两点个人的见解时，韦迪兰夫人竟说：

“嘀，真有意思，我还从没注意到哩；告诉您说吧，我不喜欢吹毛求疵，不喜欢插手鸡毛蒜皮的事儿；这里谁也不肯浪费时间去钻牛角尖，这不是咱们家的门风”；科塔尔大夫一边怡然自得地、不胜仰慕地望着她，一边兢兢业业地、满腔热忱地听着她一连串脱口而出的成语。科塔尔夫妇像某些平民出身的人，颇谙世故，对音乐避免发表意见或假装欣赏，尽管回家后两口子相互承认对音乐不比对“比什先生”的画懂得更多。公众认识大自然的妩媚、秀丽、形态，往往只通过耳濡目染那些老一套的艺术获得，而有独创性的艺术家先从摈弃老一套开始迈步，科塔尔夫妇在这一点上正是公众的形象，他们在万特伊的奏鸣曲中和在“比什先生”的肖像画中，都找不到他们所认为的音乐的和谐与绘画的优美。他们以为钢琴家弹奏鸣曲只是胡乱地在钢琴上击出一些音符，同他们熟悉的形式毫不相干，而画家只不过随心所欲地把颜色涂在画布上。在这类画中，他们若认出一种造型，便觉得它笨重和俗气，也就是说，缺乏学院画派的美，即便在大街上，他们也用这种美感观察行人，进而觉得它不真实，仿佛比什先生不知道肩是怎么长的，也不知道女人不长淡紫色头发。

信徒们散开了，韦迪兰夫人对万特伊的奏鸣曲讲完最后一句评语，大夫感到这是个好时机，像初学游泳的人选择旁边没有太多人注意他的时机跳下水学游泳，突然果断地叫道：

“嗨，他可称得上 di primo cartello[①] 的音乐家！”

斯万只打听到万特伊的这首奏鸣曲最近才问世，虽说在一些激进流派中引起了强烈的反响，但广大公众根本不知道。

“我倒认识一个叫万特伊的人。”斯万说道，他想起我外祖母姐妹们的钢琴教师。

“没准儿是他。”韦迪兰夫人喊道。

“嗳，不会吧，”斯万笑着回答，“要是您看过他一眼，就不会提

---

①意大利语：第一流。多指歌唱家、音乐家。

这样的问题了。”

“那么谁提问题谁解决吧，是吗?”大夫说，

“可能是我们家的一个亲戚，”斯万接着说。“说来也够不光彩的，一个天才竟会是一个老糊涂虫的堂表兄。如果是这样，我情愿受委屈也硬要老糊涂虫把我介绍给奏鸣曲的作者：跟老糊涂虫来往叫人难受哇，肯定非常不愉快。”

画家知道万特伊当时病得很厉害，波坦大夫担心治不好他了。

“什么!”韦迪兰夫人嚷道，“竟有人找波坦治病。”

“嗨，韦迪兰夫人，”科塔尔装腔作势地说，“不要忘记您在说我的一个同行，我该说，他是我的一个师长。”

画家早听说万特伊快要神经错乱了。他还肯定地说这从奏鸣曲的某些段落觉察得出来。斯万倒不觉得这种看法不合逻辑，但为之不安；因为一部音乐作品并不包含任何逻辑关系，言语错乱表明人的精神错乱，但从一首奏鸣曲识别出精神错乱在他看来仍然颇为神秘，如同母狗狂躁不安，牡马疯疯癫癫，尽管确实可以观察得出来。

“得了，别跟我提您的师长啦，您比他高明十倍，”韦迪兰夫人回答科塔尔大夫，其口气就像勇于坚持己见，敢于顶撞不同意见的人，“您至少不会治死人吧!”

“可是，夫人，他是科学院院士呀，”大夫含讥带讽地反驳道，“有的病人就是喜欢死在科学王子的手里……说上一声：‘是波坦在给我治病’，多么潇洒哪!”

“嗬，多么潇洒?”韦迪兰夫人说，“这么说现如今生病也有潇洒的?没听说过……您别逗我啦!”她突然双手捂着脸嚷嚷起来，“我真糊涂，正儿八经辩论，没想到您耍弄我。”

至于韦迪兰先生，他觉得为这么点儿小事放声大笑未免伤神，不如抽一口烟斗聊以自慰，心里却着实悲哀，在讨人喜欢方面与妻子相比实感自愧不如。

“您知道我们很喜欢您的朋友，”韦迪兰夫人在奥黛特道晚安时对她说，“他爽直，可爱，您的朋友都像他这样的话，尽管带来好啦。”

韦迪兰先生则指出斯万不赏识钢琴家的姑妈。

“此公有点不习惯，”韦迪兰夫人答道，“你总不能让人家第一回来就像科塔尔那样具备咱们家的门风吧，科塔尔加入咱们这个小圈子有好几年了。第一回不算数嘛，接个头，摸摸底罢了。好吧，奥黛特，商妥了，明天他跟我们一起去沙特莱剧院。您去接他一下怎么样？”

“不，他不要。”

“那就随你们便吧。但愿他不会临时变卦。”

出乎韦迪兰夫人的意料，他从不变卦。不管他们上哪儿，他都奉陪，甚至有时到不常去的郊外餐馆，因为还不是时令，更常去剧院，因为韦迪兰夫人喜欢看戏；有一天韦迪兰夫人在家里对斯万说，假如首场演出或盛会的晚上搞到一张特别通行证就好了，甘必大葬礼那天就因为那玩意儿弄得他们十分尴尬，斯万从来不提显赫的关系，只提身价不太高的熟人，否则他觉得有什么隐私见不得人似的，未免不正派；在诸多的关系中，他只习惯于在圣日耳曼区谈论他与政界的交往，这次破例地说：

“我承办这件事吧，等《达尼谢夫》[1]再次上演，你们准能拿到特别通行证；明天我正好和巴黎警察局长都去爱丽舍宫赴午宴。”

“怎么，在爱丽舍宫？”科塔尔大夫惊叹道，声如雷鸣。

“是的，在格雷维先生那里。”斯万答道，对刚才那句话产生的反响有点不好意思。

画家对大夫开玩笑说：

“您这是怎么啦？”

通常，大夫每逢听到什么解释，总说：“啃，好，好，那好嘛”，不动声色。但这一次，斯万最后几句话非但没有像往常那样让他平静下来，反而使他惊诧不已：一个跟他一起吃晚饭的人，既无官职又无名气，居然跟国家元首交往。

---

①《达尼谢夫》是皮埃尔·德·科凡-克鲁科夫斯基的剧作，1876 年首次上演；后经小仲马的修改，于 1884 年再度搬上舞台。

“怎么回事？格雷维先生？您认识格雷维先生？”他问斯万，其惊讶和怀疑的神情好似一个保安警察讯问要求会见共和国总统的陌生人，在明白“何许人氏”之后，正如报纸所说的那样，满口答应那个可怜的疯子，说他马上受到接见，但却把他带到拘留所的特别诊疗室。

“我跟他有点认识，我们有些共同的朋友(他不敢说其中就有威尔士亲王)，再说，他很好客，不过我敢说那里的饭菜没多大意思，简单得很，桌席上从不超过8个人。”斯万答道，他竭力抹去与共和国总统交往的光彩，免得使对方看起来太耀眼。

科塔尔对斯万的话立即信以为真，同意对格雷维先生邀请的价值作这样的估计：这种事很少有人追求，是极其普通的。从此，他对斯万或别的什么人出入爱丽舍宫不再感到惊异，甚至有点同情他们，那种午宴连客人都感到无聊。

“嘀，好，好，那好嘛。”他连声说好，口气活像海关人员，刚才还满腹狐疑，经你这么一解释就在你的签证上盖章，没让你打开行李就放行了。

“是嘛，您说的没错，那种午宴不会有多大意思，您去赴宴，难能可贵呀，”韦迪兰夫人说，在她看来，共和国总统是个最要不得的讨嫌家伙，因为他支配着诱惑人和强制人的手段，倘若用来对付她的信徒们，那就很可能使他们变卦。“听说他聋得像只罐，用手指头抓饭吃。”

“就是嘛，去那种地方，您不会玩得痛快的，”大夫说，口气里有一丝怜悯；突然想起8个客人的数目，便急切地问道：“莫非是隐秘的便宴？”那种热切的劲头，与其说出于逛马路闲人的好奇，不如说是语言学家的勤奋。

不过，共和国总统的威望在他心中最终仍战胜了斯万的谦卑和韦迪兰夫人的敌意，每逢晚餐，科塔尔都关切地问：“今晚咱们见得到斯万先生吗？他跟格雷维先生有私交。这就是人们通常称呼的 gentleman[①]

① 英语：绅士、君子。

吧？”他甚至不惜送给斯万一张牙科展览会的请帖。

“您可以带人进去，但不可以带狗。请您见谅，我对您说这话，因为我的一些朋友事先不知道，结果后悔不已。”

至于韦迪兰先生，他注意到了妻子发现斯万先前闭口不谈有权势的朋友之后产生的不良印象。如果没有安排外出活动，那么斯万就到韦迪兰夫妇家与小核心聚会，但只在晚上来，尽管奥黛特苦苦央求，执意不肯跟他们一起吃饭。

“要是您乐意的话，我可以单独陪您吃晚饭嘛。”她对他说。

“那韦迪兰夫人呢？”

“咳，那很简单嘛。我只要推说我的套裙没按时准备好，或说我的马车来晚了。总有办法对付的嘛。”

“真难为您了。”

不过斯万心里盘算，如果他让奥黛特知道，他之所以只在晚饭后会见她，是因为他还有比跟她在一起更大的乐趣，那么她对他的兴趣不出多久就会变成厌腻了。另外，他心爱的小女工又鲜艳又丰满，活像一朵玫瑰花，其美貌在他看来远远胜过奥黛特，所以更乐意在黄昏时分跟小女工在一起，反正晚些时候总能见着奥黛特。出于相同的理由，他从不答应奥黛特来他家接他一起去韦迪兰夫妇家。小女工总在他家附近的一个街角恭候，他的马车夫雷米知道那个地方；小女工上车坐在斯万身旁，倒在他怀里，一直呆到车到韦迪兰家门口才让她下车。他一进屋，韦迪兰夫人就指着他早上让人送来的玫瑰花说：“我可责怪您呀。”然后指指奥黛特身边的空位，钢琴家专为他们俩演奏万特伊的那个小乐句，它仿佛成了他们的爱情之曲，国歌似的，每次必有。他从小提琴震音的持续部分开始，接连几个小节只有震音，占满最显著的地位，然后仿佛突然离去，有如彼得·德·霍赫[1]的室内画，一扇半开着的门由于门框狭窄使背景深远，加上远处使用另一种颜色，居间的光线显得格外柔和；小乐句此时出现了，婆娑起舞，像田园曲，居间而入，这段插曲

---

① 彼得·德·霍赫(1629—1683？)，荷兰画家，擅长表现室内光线效果。

属于另一个世界。它一波三折，永不磨灭地向前飘荡，所到之处带着难以形容的微笑一路撒下其高雅的情怀，可斯万这时反倒觉得它的魔力消失了。它仿佛认识到幸福的虚妄性，而这种幸福的道路正是它自己指引的。它在轻盈的优美中达到了至善至终的境地，好像一旦超脱，就会后悔不迭似的。但这对他已无关紧要了，他不大注重这个乐句的本身，即不大重视这个乐句所能表达的东西，因为音乐家在作曲的时候根本不知道他和奥黛特的存在，也不大重视它对今后几个世纪的听众可能意味着什么，而更为重视它是他爱情的一种印证，一种纪念品，足以使韦迪兰夫妇，使年轻的钢琴家同时想起奥黛特，想起他，把他们连结在一起；甚至于当奥黛特心血来潮时想请一位艺术家完整地演奏一遍万特伊的奏鸣曲，他却打消了这个计划，所以对这首奏鸣曲他仍旧只知道这一段。“咱们干吗需要其余部分？”奥黛特附和着说，“这是咱俩的段落。”当那个乐句似近在身旁又似远在天边的时候，他甚至忍痛想到，乐句明明飘向他们而来却不认识他们，尽管它本身有一种含义，一种内在的和固定的美，但不为他们所知，他为此几乎感到遗憾，有如对待心爱的女子送的首饰或写的书信，我们埋怨宝石的水色和语言的词汇，因为它们不仅仅是一次短暂的私情和一个特定的人物的精髓所构成的。

斯万经常因为跟那个小女工厮缠时间太长，刚到韦迪兰家听完钢琴家弹一遍那个小乐句，就发现奥黛特回家的时间快到了。他总把她送到她的小公馆门口，即在凯旋门后面的拉佩鲁兹街。也许为了这一点，为了不独占她的深情厚爱，他才牺牲早点见到她并跟她一起到达韦迪兰家的乐趣，这在他并不那么需要，他更需要实施他们一起离开的权利，对此她是领情的，他也十分重视，因为这样做，他认为没有人会注意到她，没有人在他们之间插一杠，也没有人在他离开她之后，妨碍她跟他心心相印。

就这样，她总坐斯万的车回家；一天晚上，她刚下车，他对她说明天见的时候，她匆匆在屋前的小花园里采下最后一朵菊花，赶在他离开前送给了他。回家的路上，他一直把菊花贴在嘴边，几天之后，花枯萎了，他把它珍藏在写字柜里。

但他从不踏进她的家门。只在下午，他曾两次去参加对她来说是至关重要的活动："喝茶"。这里短短的街道又偏僻又空荡，两旁小住宅栉比鳞次，偶尔有几家昏暗的小店打破街景的单调，成为昔日声名狼藉的街区的历史见证和可鄙的遗迹；花园里和树枝上的残雪，冬季的不修边幅，近在咫尺的自然景色，这一切使他进门时所感到的温暖、所见到的鲜花增添了一层神秘的色彩。

住宅底层高于街面，左边是奥黛特的卧室，后窗开向一条平行的小街；一道笔直的楼梯通向客厅和小客厅，两旁的墙漆成深色，墙上垂挂着东方的织物，土耳其的念珠，以及一盏用丝绳系着的日本大灯笼（为了不剥夺客人享受西方文明最新的安逸，这盏灯点煤气）。两间客厅的前面有一个狭窄的门厅，墙壁上装饰着方格图案，酷似花园的格子架，但呈金黄色，靠墙摆着有一面墙长的长方形箱子，里面暖房似的栽着一排盛开的大菊花，那个时期颇为罕见，尽管与后来园艺家培植的菊花相差甚远。斯万虽说不满自去年风行的菊花热，但这次却不然，这些昙花一现的星辰在灰暗的天色下闪烁，放射出充满芬芳的亮光，使半明半暗的屋子映现一道道玫瑰色、橘黄色、白色的斑纹，他觉得十分悦目。奥黛特穿着粉红色丝袍接待他，她的脖颈和双臂全是裸露的。她让斯万在她近旁坐下，那是个神秘的僻角，凹陷的墙里，客厅有多处这样的僻角，前面有东西挡着，或插在中国花盆的套盆里的大棕榈树，或挂满照片、丝带和扇子的屏风。她对他说："您这样子不舒服，等一等，我来给您调整一下。"一边吟吟笑着，炫耀自己特殊的发明，一边在斯万的脑后和脚下塞了几个日本绸料垫子，还揉揉打打，似乎毫不吝惜这些珍贵的东西，根本不考虑它们的价值。仆人一次又一次进来加灯，一盏盏灯几乎全装在中国瓷瓶里，摆在各处的家具上，俨然摆在祭台上，单独地或成对地亮着，使得冬日这个傍晚近乎黑夜的暮色重现夕阳的景象，只是显得更长久更绚烂更合人情——也许会使伫立街头的某个恋人对着橱窗里时隐时现的神秘景象沉思遐想——，她用眼角严厉地监视仆人，看他是否把各盏灯放在规定的位置上。她以为只要有一盏灯放在不该放的地方，客厅的整体效果就会遭到破坏，她那幅摆在罩着长毛绒斜画架上的肖像就会显得线条不明。因此，她焦躁不安地注视着这个粗笨的仆人的动作，厉声斥责他，当他走过一对花缸时挨得太近了，这对花缸她规定亲自揩拭，生怕别人弄坏，这时她赶紧走近看看花缸是否被仆人擦坏。她觉得她的中国小摆设的形状件件“别有一番情趣”，兰花也是如此，卡特来兰花更是如此，还有菊花，她最喜欢这两种花，因为它们具有很大的优点：不大像花，倒像丝绸、像锦缎。“这一朵就像从我披风衬里剪来的。”她一边对斯万说话，一边指着一朵兰花，不免流露出敬意：这朵花太“别致”了，大自然给予她的这位高雅的、意想不到的姐妹虽说在生物的等级上与她相去甚远，但超凡脱俗，比许多女人都更高贵，以至在她的客厅里占有一席之地。她逐一指给他看饰在大瓷花瓶上或绣布帷幕上伸出火舌的奇兽怪物，一束兰花的花瓣，一头嵌着红宝石眼珠的镶银单峰驼以及与它并排摆在壁炉上的一只玉石蛤蟆；她装模作样，一会儿害怕奇兽怪物的凶相，一会儿调笑它们的滑稽相，一会儿因花卉的妖艳而难以为情，一会儿情不自禁地去亲吻单峰驼和蛤蟆，昵称它们“宝贝儿”。这种种装腔作势与她某些真实的虔诚适成鲜明的对照，她对拉盖圣母的虔诚尤为明显：她住在尼斯的时候，她对拉盖圣母的朝拜曾使她起死回生，病愈康复，所以她身上总佩戴这位圣母的金质像章，相信它法力无边。奥黛特给斯万准备“他的”茶，问他：“加柠檬还是加奶油？”当他回答：“奶油”，她便笑着说：“一层云彩！”当他觉得茶的味道可口，她又说：“您瞧我知道您喜欢什么吧。”的确，斯万和她一样，也觉得这茶恰似什么珍品，爱情极其需要通过某些乐趣找到一种为自己辩护的理由，一种为自己延长寿命的保证，相反，爱情不存在了，乐趣也就不成其为乐趣，必将随爱情而终结，以至他7点钟离开她回家换夜礼服时，一路上在马车里喜形于色，回味着这天下午得到的欢快，心里重复着说：“能这样在一位年轻女子家里品尝如此难得的好茶，实为乐事呀。”一小时之后，他接到奥黛特的一张便条，当即认出了笔迹，这种矫饰的英国式刚劲笔法虽然使得不成体的字显得整齐划一，但在一个不怎么偏袒的人看来，也许意味着思想混乱，教养不够，缺少诚意，缺乏意志。原来斯万把烟盒忘在奥黛特家里了。

"为什么您不把心也忘在这里呢？那样的话，我就不让您收回去了。"

他对她的第二次访问或许更为重要。那天去她家的路上，跟每次要见面时一样，事先把她想象一番；为了觉得她的脸长得好看，他必须只限于回想她红润鲜嫩的颧颊，而通常她的脸颊发黄，萎靡不振，有时还出现小红点，这使他很伤心，似乎证明理想难以达到，幸福平庸无奇。他给她带去她想看的一幅版画。她有点不舒服；她会见他时，穿着淡紫色的中国绉纱晨衣，胸脯披着一块刺绣华丽的布料，好似一件披风。她站在他身旁，散开的头发沿着脸颊垂下，为了俯身看版画不至于劳累，弓起一条腿，颇有点跳舞的姿势，她低头端详，眼睛张得大大的，这双眼睛在不兴奋的时候显得那样的怠倦和阴郁；斯万惊异她的脸很像西斯廷小教堂①一幅壁画中叶忒罗的女儿西坡拉②。斯万历来有种癖好，喜欢在大师们的画中不仅发现我们周围现实的一般特征，而且发现与之相反最缺乏共性的东西，即我们所熟悉的面孔的个别特征，比如他在安东尼奥·里佐③雕刻的洛雷丹诺④总督胸像上看到他的马车夫雷米那高高的颧骨和歪歪的眉毛，像得简直令人叫绝；在基兰达约⑤的一幅油画中发现了德·帕朗西先生的鼻子；在丁托列托⑥的一幅肖像画中发现了迪·布尔邦大夫那布满连鬓须的肥胖的脸颊，那中间凹陷的鼻子，那慑人的眼神，那鼓胀的眼皮。或许他素来对自己只限于社交应酬和漫话闲谈怀着内疚，所以当他发现那些伟大的艺术家也如此兴致勃勃地观察这类现象并把类似的面孔画进他们的作品，使作品富有真实感和生命力，增添时代气息，于是他感到心安理得，仿佛得到大师们的宽恕了；或许他沾染上流社会的轻浮习气，需要到古代作品中寻找暗示，来表明现今的

---

① 罗马梵蒂冈宫内的小教堂，以壁画著称。

② 这幅壁画出自波堤切利的手笔，内容是：摩西逃往米甸，与祭司叶忒罗的女儿西坡拉结婚（参见《圣经》出埃及记第二章）。

③ 里佐（1471—1532），意大利雕塑家。

④ 洛雷丹诺这个古代威尼斯世家曾几度出任威尼斯总督，但这尊铜像的人物从未出任过总督，作者所查的资料有误。

⑤ 基兰达约（1449—1494），意大利文艺复兴时期佛罗伦萨画派的画家，此处指《老汉与孩子的肖像》。

⑥ 丁托列托（1518—1594）意大利文艺复兴后期威尼斯画派的画家。

人物古已有之，表明现今的人物是古人的返老还童。或许与之相反，他保留着足够的艺术家气质，每当他瞥见这些个性特征脱颖而出，与并不表现现时某个原型的古老画像相似，但更具有普遍意义时，他感到别有情趣。不管怎样，也许因为他一段时间以来得到的感受极其丰富，虽然大多来自他对音乐的爱好，进而他对绘画的兴趣也充实多了，恰逢他发现奥黛特和桑德罗 · 狄 · 马里亚诺①笔下的西坡拉相像，趣味就更浓了，而且在他身上产生持久的效应；现在人们更乐意波堤切利这个通俗的名字称呼马里亚诺，自从他的外号与其使人想起他的作品，不如使人想起对他的作品所流传的庸俗谬论。现在他观察奥黛特的相貌，不再根据她双颊的质地好坏以及他的双唇吻她的面颊时所能得到的肉感柔性，假如他敢吻她的话，而是把它当作一缕缕纤细秀丽的线条，用他的目光逐条进行剖析，追寻线条的弧度，从颈项晃动的节奏到头发披散的波动到眼皮低垂的曲度，好似为她勾勒了一幅肖像，她的形象特征变得清晰明朗了。

他凝视她，壁画的一个片段在她的脸盘和身躯呈现，此后不论在奥黛特身旁还是仅仅思念她，他都竭力想象那个片段；他重视佛罗伦萨的这幅杰作，只因它见之于她的身上，唯其如此，这种相似赋予她一种美，使她更为珍贵。斯万责怪自己先前看轻连伟大的桑德罗都可能为之倾心的人的价值，但又暗自庆幸，看到奥黛特时产生的快感终于在他自己的美学修养中找到了依据。他思忖，把对奥黛特的思念和对幸福的梦想联系在一起，在他，不再像先前那样觉得这是万不得已的办法了，既然他满足了他最精细的艺术趣味。他忘记了奥黛特并不因此而变成符合他欲望的女人，因为他的欲望恰恰总与他的审美情趣南辕北辙。“佛罗伦萨作品”这个词帮了斯万一个大忙。它像一个头衔，使他把奥黛特的形象带入梦想的境界，先前她是进不去的，现在堂堂正正地占据其间。他曾经从纯肉体的角度看待这个女人，对她的面孔，她的躯体，她

---

①桑德罗 · 狄 · 马里亚诺又称波堤切利(1445—1510)，意大利文艺复兴时期的画家。

全部的美一再产生怀疑，他的爱情也随之衰退了；可现在，他把爱情建立在一种可靠的美学内涵基础上，疑团烟消云散，爱情被肯定下来；且不提，亲吻和占有一个受过损伤的肉体是习以为常的，平淡无奇的，然而这个肉体一旦像博物馆的珍藏品那样受到爱慕时，那么他便觉得亲吻和占有是神奇非凡的，美不可言的。

几个月来除了与奥黛特相见外别无所事，开始感到懊悔，但又一想，一件用特异材料铸成、趣味无穷的杰作有着无可估量的价值，多花些时间合乎情理；他观看这件罕见的样品时，有时像艺术家那样谦恭、无私和超俗，有时却又像收藏家那样骄傲、自私和贪心。

他把叶忒罗的女儿这幅画的复制品当作奥黛特的相片放在自己的书桌上。他欣赏那双大眼睛，欣赏那文雅的面孔，尽管皮肤隐约有些缺陷，也欣赏那沿着怠倦的双颊垂下的绝妙的发卷；他把以美学方式体会到的美放在一个活生生的女人身上，再把这种美化为生理优点，进而喜滋滋地把这些优点集中在一个可能被他占有的女人身上。当我们观赏一幅杰作时，往往对它朦胧的好感油然而生，现在他既然知道了叶忒罗的女儿那幅画有血有肉的原型，朦胧的好感变成一种欲望，用来弥补奥黛特的肉体从未使他激起过的那种欲望。每当他久久凝望波堤切利的画，便想起他自己的波堤切利，觉得自己的画中人更美，于是他把西坡拉的画片拿到身边，仿佛把奥黛特紧紧搂在怀里。

然而，他想方设法预防奥黛特产生厌倦，有时也预防自己产生厌倦；他感到自己从奥黛特极其方便地同他见面以来，她好像对他没有多少话可说了，由于他俩呆在一起的举止有些平淡无奇、单调无味，似乎永远固定下来了，他担心长此以往最终会毁掉他那个浪漫的希望：她终将有一天向他吐露灼热的爱情，只是这种希望使他爱上她并仍然爱着她。为了改变一下奥黛特过分僵滞的精神状态，也由于害怕自己因此而腻烦，他突然给她写了一封信，让人在晚饭前送到，信里充满假装的失望和佯作的愤慨。他知道她会惊慌失措，立即给他回信，他希望她由于害怕失去他而内心挛缩时迸发出迄今从未对他说过的话语；果然，他正以这种方式得到了那些她还未给他写过的饱含温情的信，其中有一封是她中午从“金屋饭店”让人送来的(那天为赈济木尔西亚水灾难民举办了巴黎——木尔西亚节)，信是这样开头的：“我的朋友，此刻我的手颤抖不已，几乎握不住笔了”，他把这封信和枯萎的菊花一起珍藏在同一个抽屉里。有时，她没有空给他写信，那么当他一跨进韦迪兰家，她便快步迎上前对他说：“我有话对您讲。”于是他好奇地从她的脸上，从她的话中察看迄今一直向他隐瞒的东西。

只要他走近韦迪兰家，每每瞥见百叶窗一向敞开的大窗户灯火辉煌，便不由想起即将见到那位在金色的光芒下喜笑颜开的可爱的人儿，心里不由泛起缕缕柔情。有时灯光把客人们细长的黑色身影清楚地映照在窗帘上，好像半透明的灯罩上映现的错落有致的小版画，其余部分的皱褶则亮光光的。他竭力从中辨认奥黛特的剪影。然后他一跨进屋便兴奋得两眼闪闪发亮，不能自已，以至韦迪兰先生对画家说：“我看这下热乎起来了。”在斯万眼里，有奥黛特在场确实给这份人家增添了他在任何别的人家未遇到过的东西：某个感觉器官，某种神经网络，它们分布在各个房间，时时激荡着他的心房。

这样，这个“小圈子”的社会机构，由于活动简单，自然而然地使斯万和奥黛特每天相见，使他装作不在乎见她，甚至不想见她，即便如此，他也不会冒什么大风险，因为不管他白天给她写些什么，晚上定能见到她，并且把她送回家。

然而有一次，他想到每晚都得带着她一起回家，觉得乏味了，便带着那个年轻女工去了布洛涅森林，推迟去韦迪兰家的时间，所以很晚才到，而奥黛特以为他不会再来就先走了。斯万见她不在客厅，心头一阵难过；他不寒而栗，第一次掂量对乐趣的失落感，因为迄今为止他一直自信这种乐趣可招之即来，其实对其他的乐趣都一样，这种自信使我们看轻甚至全然不见乐趣的重要性。

“你注意到他发现奥黛特不在时的那副神情吗？”韦迪兰先生对妻子说，“我看可以说他被迷上了！”

“他的那副神情？”科塔尔大夫粗声问道，他刚看完一个病人，回来接妻子，不知道大家在说谁。

“怎么，您没有在门口碰见斯万家族的佼佼者……”

“没有哇，斯万来过了吗？”

“咳，只呆了一会儿。今天斯万非常激动，非常烦躁，您明白吧，奥黛特先走了。”

“您是说她跟他要好得不得了，她让他看出恋人之时辰已到了。”大夫说，战战兢兢地试验这些短语的含义。

“不对，绝对没有那种事情，咱们私下说说，我认为她大错特错，她为人就像个大傻瓜，简直就是大傻瓜。”

“得，得，得，”韦迪兰先生说，“你知道什么，怎么没有那种事情？咱们又没去亲眼见过，是不是？”

“若有那种事情，她会对我说的，”韦迪兰夫人傲慢地反驳道，“我告诉你们，她有什么事不论大小都对我说！眼下她身边没有男人，我对她说她该跟他睡觉。她却说做不到，说她着实迷上了他，可他跟她总那么畏畏缩缩，弄得她怪不好意思的；她还说她不以那种方式爱他，说他是个理想的人物，害怕糟蹋自己对他的感情，到底怎么回事，谁知道呢？反正她绝对需要这号人。”

“很抱歉，我不同意你的说法，”韦迪兰先生说，“我觉得这位先生不地道，他装腔作势。”

韦迪兰夫人顿时不作声，摆出一副木然的神情，好像变成一尊雕像，这种假脸谱使她可以让别人以为她根本没有听见“装腔作势”这个不可容忍的字眼，否则这似乎意味着人家可以在他们夫妇跟前“装腔作势”，进而意味着“高出他们一头”。

“总而言之，即使没有那种事情，我也不认为这位先生会把她看作守贞节的女人，”韦迪兰先生含讥带讽地说道，“不过，咱们不好说什么，既然他好像觉得她挺聪明。不知你那天晚上是否听见他对奥黛特滔滔不绝地大谈万特伊的奏鸣曲；我打心里喜欢奥黛特，但要跟她讲美学理论，非得甘愿当大傻瓜不可。”

“得了，别说奥黛特的坏话，”韦迪兰夫人说，学着孩子娇滴滴的样子，“她挺可爱的。”

“那并不妨碍她可爱；咱们不是说她的坏话，咱们只是说她既不守贞节，又不聪明。其实呀，”他对画家说，“何必对她是否守贞节那么认真呢？也许守了贞节反倒不怎么可爱了，谁知道呢？”

斯万在楼道上被总管叫住，刚才他进屋时，总管不在；奥黛特在一小时前曾托他转告斯万，如果见到的话，她在回家前很可能去普雷沃斯特咖啡厅喝杯巧克力。斯万马上去普雷沃斯特的咖啡厅，可马车每往前进一步都被别的马车或穿街的行人挡住，他恨不得把这些可恶的障碍推倒，要不是警察的盘问笔录比让行人通过更耽误时间的话。他计算着他正消耗的时间，把每分钟多算几秒，不至于过分满打满算，以便确信及早赶到和见到奥黛特的机会实际上比他想象的要大一些。一时间，好像发烧的病人一觉醒来，意识到与自己难分难解的乱梦是何等荒诞，斯万突然发现自从在韦迪兰家听说奥黛特已经离开以来，自己脑子里的思想稀奇古怪，心底里的痛苦前所未有，此刻才仿佛大梦初醒，洞若观火。怎么？如此烦躁不安仅仅因为他明天才见得到奥黛特，而一个小时之前在去韦迪兰家的路上这正是他所盼望的呀！他不得不确认载着他去普雷沃斯特咖啡厅的还是原来的那辆马车，而他却不是原来的那个人了，他不再独自一人，有个新人跟他在一起，附在他身上，和他融为一体，也许摆脱不掉了，他将不得不像对待主人或疾病那样小心翼翼地与之周旋。然而，自从他感到有个新人如此这般附在他身上的那一刹那起，他便觉得生活更有趣味了。他几乎没有想到这次在普雷沃斯特咖啡厅的会面即使得以实现，也不过跟往常一样平淡无奇，因为这种等待打乱了先前的心态，使他的思想、记忆出现空白，以致心绪久久不宁。正如每天晚上，只要跟奥黛特在一起，每当偷偷向她多变的脸瞥上一眼，立即把视线移开，生怕让她看出情欲的流露，不再相信他无私心，此时无暇想她了，因为忙于找借口，以便不马上离开她，摆出满不在乎的样子核实第二天在韦迪兰家与她重逢，也就是说，暂时延长和再忍受一天这个可望而不可及的女人给他带来的失望和折磨：他靠近她却不能拥抱她。

她根本不在普雷沃斯特咖啡厅，他决意找遍林荫大道所有的咖啡馆。为了赢得时间，他去一些咖啡厅，同时打发他的车夫雷米(里佐画笔下的洛雷丹诺总督)到另一些咖啡厅，如果他自己一无所获，就到他指定的地方去等雷米。马车不见回来，斯万想象着即将来到的时刻，或者雷米回来说："那位女士在那儿，"或者雷米回来说："那位女士没去任何一家咖啡厅。"就这样他眼看着这个夜晚行将结果，不过在结束前尚有一种抉择，要么坚持与奥黛特相见，从而消除他的焦虑，要么被迫放弃今晚找到她，甘心不见一面就回家。

马车夫回来了，但斯万在车夫停车时并没问他："找到那位女士没有？"而是说："明天得提醒我订购劈柴，我想家里的劈柴快烧完了。"也许他心里在想，假如雷米在某家咖啡馆看到奥黛特还在等他，那么这个倒霉的夜晚的结尾就消失了，他便开始看到幸运的夜晚的结尾即将出现，他犯不着匆匆忙忙追获一种已被捕获并得到妥善保管的幸福，它再也溜不掉了。不过这也由于惯性力的缘故：他内心缺乏灵活性，就像有些人的躯体不灵活，当他们躲避撞击，或闪避火苗烧着衣服，或采取紧急行动，总那么慢条斯理的，最初一秒钟保持在先前的位置上不动声色，仿佛要找个支撑点，找个突破力。如果车夫打断他的话，对他说："那位女士在那儿。"他或许会回答："喲，好，是的，我让你跑了一趟，瞧，我本来并不想这样的。"随即继续谈订购劈柴，以便掩饰内心的激动，使自己有时间消除不安和转入幸福。

可马车夫回来对他说哪儿都找不着她，并以老仆的身份提出自己的意见：

"我认为先生只好回家了。"

每当雷米对他的回话无能为力时，斯万很容易装出满不在乎的样子，这次雷米竭力劝他放弃希望和寻找，他沉不住气了，高喊道：

"那不成，我们必须找到女士；这非常要紧呀。她也许正为一件事大伤脑筋，如果见不到我，她会觉得委屈的。"

"我看不出女士怎么会觉得委屈，"雷米答道，"既然她没等先生就走了，说什么去普雷沃斯特咖啡厅，可她又不在那儿。"

况且各处的灯火都开始熄灭了。林荫大道的树荫下，越来越稀少的行人在神秘的黑暗里难以辨认。不时有个女人的身影凑近他，在他耳边悄悄说话，求他把她带回去，把斯万吓了一跳。他惶惶不安地同这些模糊的身影擦肩而过，仿佛在黑暗的王国，在鬼魂群中寻找欧律狄刻。[①]

在产生爱情的一切方式中，在传播可恶的痛苦的一切媒介中，最最有效的莫过于不时掠过我们的激荡之风。在这样的时刻，我们乐于与之相处的人将是我们迷恋的人，命运就这样定下来了。甚至在这之前此人没有必要比别人多少更讨我们喜欢。所需要的是，我们对此人的喜爱必须是排他性的。这个条件的实现在于，此人不在我们跟前时，对其吸引力所给予我们的乐趣的追求突然在我们身上代之以一种焦急的需求，即以其本人为对象的需求，一种荒诞的需求，社会的法律不能满足又难以纠正的需求，即占有此人这种疯狂而痛苦的需求。

斯万让车夫把他送往最后几家没有打烊的餐厅；这是他经过冷静思考后为获得幸福所做的唯一假设；现在他不再掩饰他的烦躁，不再掩饰他对这次会面的极大重视，于是向车夫许诺一笔赏金如果获得成功的话，好像使车夫抱有成功的希望加上他自己原有的希望就能在林荫大道的某家餐厅找到奥黛特似的，即使她早已回家睡觉了。他一直赶到金屋餐馆，两次进入托尔托尼，都没有找着；他又去英格兰咖啡馆，出来时神色惊慌，大步走向在意大利大道角上等候他的马车，突然跟迎面走来的人撞了个满怀： 正是奥黛特；她后来解释道，因为在普雷沃斯特咖啡馆没有找到座位，便去金屋餐馆吃夜宵了，她坐在一个凹角里，所以没有被他看见；她正去找自己的马车。

她大吃一惊，万万没有料到会遇见斯万。而他呢，他跑遍巴黎城，并非因为他认为可能找到她，而因为放弃寻找他于心不忍。今晚的这份快乐他在理智上一直认为是不可实现的，而现在却实实在在地呈现在他的面前；他没有预见到这种可能性，因而没有为获得这份快乐出力，快乐是来自外部的；他用不着伤脑筋来为自己提供这种快乐： 快乐自动

---

① 希腊神话： 欧律狄刻是歌手俄耳甫斯的妻子，被毒蛇咬伤致死。为了找回妻子，俄耳甫斯亲身进入冥界，用音乐感动冥界女王，把妻子领回。

冒了出来，自动投向他的怀抱，这一现实光彩夺目，驱散了他所惧怕的梦幻般的孤独；于是他不假思索地把自己对幸福的幻想建立于、依托于这个现实之上。有如一个旅行者在风和日丽的日子来到地中海岸边，不肯说出他刚离开的地方，不肯回顾那些地方，任凭永远闪烁着蔚蓝色的海水所反射的光芒把自己照得眼花缭乱。

他随她登上她的马车，叫自己的马车跟在后面。

她手里拿着一束卡特来兰花，斯万透过她的花边方头巾，看见她头发上也有这种兰花，别在一个天鹅毛的羽饰上。她在小披风下穿着一件黑丝绒的袍子，一边下摆斜角张开着，露出一大块三角形白罗缎衬裙，在袒胸的上衣口边露出一块衬布，也是白罗缎的，胸衣上也插着几朵卡特来兰花。她还没有完全从斯万引起的惊吓中恢复过来，这时拉车的马遇到一个障碍向一边躲闪。他们俩被猛烈摇晃了一下，她发出一声惊叫，心突突直跳，气也喘不上来了。

“不要紧的，”他对她说，“别害怕。”

他搂住她的肩头，用自己的身子支撑着她，让她坐稳，然后又对她说：

“千万别说话，只要用手势回答我就行，以免更喘不过气来。您胸衣上的花刚才被震歪了，我来把它们扶正，您不见怪吧？我担心花会掉下来，我把它们插一插牢。”

她不常见男人对她这般客气，微笑着说：

“不，说哪儿去了，我不会介意的。”

奥黛特的回答反倒使他慌张，也许他刚才找到这个借口时假装真心诚意，也许已经开始相信自己确实真心诚意，他喊道：

“噢，不，千万别说话，您会喘不过气来的，您满可以用手势回答，我能明白您的意思。果真您不见怪？瞧，您身上有一点儿……我想是洒落的花粉吧；您允许我用手把它擦掉吗，我不会使劲擦的：下手不太重吧？也许把您弄痒痒了？因为我不想用力碰您的丝绒套裙，免得把它弄皱了。但您看，真的必须把这些花插插牢，否则会掉下来的；就这样，把它们往里插一插……请说实话，我真的不叫人讨厌吗？我闻一闻，看看它们香不香，不叫您讨厌吧？我从来没有闻过，可以闻吗？说实话。”

她莞尔一笑，微微耸了耸肩膀，好像在说：“您真傻，您明明看得出我很乐意。”

他伸出另一只手，上下轻轻抚摸奥黛特的脸颊；她凝视着他，神情颓丧而严肃，好似佛罗伦萨大师画中的女人，他早已觉得她与她们相像；她和她们一样，有一双又长又细的眼睛，眼珠在眼眶的边上晶莹发亮，好似两滴眼泪，随时可能脱落下来。她微歪着颈项，看上去酷似异教画和宗教画中所画的女人。这大概是她通常的姿态，她心里明白这种姿态此时此刻最为适宜，所以她非常注意保持这种姿态，似乎需要全身的力气来支撑脸部的方位，好像有一种看不见的力量把她向着斯万拉过去。在她不由自主地让自己的脸倒向斯万的双唇之前，斯万用双手把她的脸捧住，保持一定的距离。他想让他的思想有时间跟上，认出长期以来所怀的梦想，看一看梦想变成现实，有如请一位母亲来分享她心爱的孩子的好成绩。斯万盯视尚未被他占有甚至尚未被他亲吻的奥黛特的脸，也许想最后看一眼，就像启程的人在离开前把眼光投到再也见不到的景色。

那天晚上，他以整一整卡特来兰花开始，以占有她告终，但在她面前总是羞羞答答的，或许怕惹她生气，或许怕显露出撒过谎，或许缺乏勇气提出比这次更高的要求（他满可以再提出来，因为第一次没有使奥黛特恼怒），在这之后的日子里，他依旧用同样的借口。如果她胸衣上口别着卡特来兰花，他就说：“今晚倒霉，卡特来兰花不需要整理，不像那天晚上歪歪扭扭的，不过我觉得这一朵不太正。我可以闻一闻是不是特别香哪？”或者，如果她没有戴花：“哎，今晚没戴卡特来兰花，我没法整治了。”从此，在一段时间，第一个晚上的程序一直延续下来，开始用手指和嘴唇轻轻触及奥黛特的胸脯，每次总这样开始抚弄她；很久以后，当整理卡特来兰花（或惯常的模拟整治）早已过时了，“整一整卡特来兰花”便成了一种暗喻，作为他们机械地用来表示肉体占有的简单词汇——其实已谈不上什么占有了——，这个暗喻长期保留在他们的言语中，以示纪念这个被遗忘的习惯。也许这种以表达“做爱”的特殊说法与其种种同义词并不完全相同。我们不管对女人感到怎样腻烦，不管认为对各种各样的女人占有何等千篇一律和何等习以为常，但与之相反这种占有会带来新的乐趣，如果我们搞的女人颇难对付——或我们认为颇难对付——以致我们不得不制造某种出乎意料的插曲来实现这种占有，如同斯万第一次整治卡特来兰花那样。那天晚上，他胆战心惊地期待着从卡特来兰花宽大的淡紫色花瓣中结出占有这个女人的果实，心想如果奥黛特被他的诡计蒙住了，那她不会知道其中的奥妙；他思忖，他已经感受到这种乐趣，也许奥黛特只有在没有辨认出以前才肯容忍，正因为如此，这种乐趣如同人间天堂的花丛中第一个人享受到的那样，迄今为止从未出现过，而正是他竭力创造的一种乐趣，有如他创造的那个专门名词所保留乐趣的痕迹，这是一种别开生面的、崭新的乐趣。

现在，每天晚上，他把她送回家时，必定进屋，而她常常穿着便袍再送他出来，一直陪到马车旁，当着车夫的面跟他吻别，说：“我才不管呢，人家能把我怎么样？”他不去韦迪兰家的那些晚上（自从他可以通过其他办法见她，有时就不去了），或他去社交场合的那些晚上，尽管越来越减少，她要求他回家前一定去她家，不管什么时间。这正是春天，一个澄清和寒冷的春天。他从晚会出来，登上他的四轮敞篷马车，把一条毯子盖在膝上，对跟他同时回家、请他跟他们走的朋友们说，他失陪了，他走的方向不同，于是车夫扬鞭策马快跑起来，心里知道去什么地方。朋友们大为惊讶，确实，斯万变样了。人们再也收不到他请求介绍女人的信了。他不再注意别的女人，避免去那些可能遇见女人的地方。在餐馆，在乡间，他的举态今非昔比，昔日的举态人人皆知，而且似乎永世不变的。激情在我们身上引发一种不同的性格，暂时代替原有的性格，从而消除用以表达性格的固定不变的标记！相反，现在一成不变的倒是，不管斯万在什么地方，反正他少不了要去会见奥黛特。把他和她隔开的路程正是他必经的路程，就像他生命中那条无法抗拒地往下滑的陡坡。实际上，他经常在社交界呆得挺晚，着实乐意直接回家，免跑这一趟远路，次日再见她好了；然而，就凭在异常的时间专程赶去她家，就凭推想道别的朋友们私下议论：“他被拴住了，准有个娘儿们迫使他不管多晚都得去一趟”，他也感到自己正在经历视爱情为生命的男子汉生活，他们为追求快感的梦想而牺牲休息和利益，这种牺牲有一种内在的魅力。他不知不觉地确信，她在等候他，她没有和别人在别处，他准能在回家前见到她；这种信念抵消了那晚奥黛特不在韦迪兰家时他所感受到的那种焦虑，这种焦虑虽说已经淡忘，但随时可能再现，而眼下焦虑得以平息，一派温馨，简直称得上幸福了。也许多亏了这种焦虑奥黛特在他眼里才显得如此重要。通常，我们对别人是非常冷淡的，以至于当我们赋予某人决定我们的苦与乐的可能性时，我们仿佛觉得他属于另一个世界，他的四周充满诗情画意，他使我们的生活豁然开阔，令人心旷神怡，而他将或近或远地与我们同在。斯万每当自问在未来的岁月里奥黛特对他来说将变成怎么样时总免不了心中惶惶。有时，在美丽而寒冷的夜晚，他坐在四轮敞篷马车上眺望明月，但见皓月在他的眼睛和空街空巷之间洒下溶溶的清辉，便想起酷似月盘的面孔，也是那样的明亮和微红；这张面孔有一天突然浮现在他脑际，从此向世界投下神秘的光芒，而他就在这种光照下观看世界。如果他在奥黛特打发佣人们去睡觉以后到达，他便不按小花园的门铃，先到底层窗临的街上，紧挨着的独家住宅的窗户都是一个模样的，全部黑糊糊的，只有她卧室的窗灯还亮着。他敲敲玻璃窗，她心中有数，答应一声，然后到另一侧的大门口等他。他见她钢琴上打开着她最喜爱的乐谱：《玫瑰圆舞曲》①或塔格里亚菲科②的《可怜的疯子》（她在遗嘱中写着，在她的葬礼上应演奏这个乐曲），但斯万却请她弹万特伊的奏鸣曲的那个乐句，虽然奥黛特弹得很差，但一部作品给我们留下的最美好的影像往往凌驾于笨拙的手指在走音的钢琴上弹走调的声响。对斯万来说，这个小乐句继续和他对奥黛特的爱情联系在一起。他明显感觉到这种爱情除他之外，别人是

---

①《玫瑰圆舞曲》，法国轻音乐作曲家奥利维埃 · 梅特拉创作并指挥。
②塔格里亚菲科（1831—1900），法国歌唱家和作曲家。

无法验证的，在外部世界找不到与之相应的东西；他还意识到奥黛特的品质说明不了他如此珍视与她做一处的时光。经常，当重视实效的理智占据斯万的身心时，他真想停止为这种假想的乐趣在精神方面和社交方面作出如此重大的牺牲。但他一旦听到那个小乐句，他的身心便为它让出必要的空间，他心灵的各种比例为此而相应地改变了；在那里，为某种享乐保留着空位，这种享乐和爱情一样，在外部世界也找不到与之相应的东西，但不像爱情那样纯属个人享乐，而作为高于具体事物之上的现实摆在斯万面前。小乐句唤醒他对某种从未感受过的魅力的渴求，但没有给他带来任何使他得到满足的确切的东西。因此，小乐句在斯万心灵中抹去了对物质利益的关切，抹去了人人共有的、有人情味的考虑，留出空缺和空白，他可以自由地在那里填写上奥黛特的名字。再说，奥黛特的情爱可能有所欠缺和令人失望的地方，小乐句也会以其神秘的要素加以补充，加以掺和。看到斯万谛听这个乐句的人都会以为他正在吸一种麻醉剂，很像他将要试用香水的那种乐趣，很像他将要进入一个不属于我们世界的那种乐趣：对我们来说，这个世界是无形的，因为我们的眼睛看不见；这个世界是无意义的，因为我们的智力鞭长莫及，我们只有通过一种感官才能到达这个世界。斯万的眼睛和头脑都被枯燥无味的生活永远打上了擦不掉的痕迹，尽管他具有绘画爱好者的敏锐的眼睛，尽管他具有世俗观察家精明的头脑，因此对他来说，感受到自己变成与人类不同的生物，失去了视觉，失去了逻辑能力，几乎变成一种神奇的独角兽，一种只靠听觉来感知世界的虚幻的生物，那将是绝妙的休息，神秘的再生。由于他在小乐句中寻找他的智力无法企及的意义，所以他如醉若狂地使他最深层的心灵抛开一切推理，使之进入音乐的长廊，使之通过声音的看不见的过滤。他开始意识到这个柔和的乐句深层隐藏着痛苦，也许是难以消除的隐痛，但他并不因此感到痛苦。它说爱情是脆弱的，那有什么关系，他自己的爱情却是牢固的呀！他同小乐句流露的忧郁情调玩耍，让它从他的身上掠过，好似一种亲抚，使他的幸福感更深沉和更温柔。他让奥黛特把这个乐句重弹10遍，20遍，一边要求她同时不停地亲吻他。每个亲吻引起另一个亲吻。啊！在恋爱的最初时刻，接吻自然而生！接吻一个连一个，络绎不绝，是那样的急切，计算一个小时之内交换的亲吻，好比计算5月田野里的朵朵鲜花，怎么也数不清。于是她假装停下来，说道："你搂着我让我怎么弹呢？我不能同时都干，至少要知道你想得到什么，我该弹琴还是该亲热？"他生气了，于是她哈哈大笑，接着，笑声变成亲吻，雨点般落在他的脸上。或者，她郁郁寡欢地望着他，于是斯万又看到一张配得上进入波堤切利的《摩西传》的脸盘儿，他把它放入画内，让奥黛特的颈项保持必要的倾斜；他把她置身于15世纪，用胶画颜料把她画到西斯廷小教堂的墙壁上，当下想起她此时此刻就在他身旁，坐在钢琴旁，随时让他亲吻和占有，想起她的肉体和她的活力，不由得极度兴奋起来，两眼发呆，伸出下巴，好像要吃人，他扑向波堤切利笔下的处女，捏捏她的双颊。每当他离开她后总要回过头去亲吻她，因为他忘记把她的气味和相貌的某个特征铭刻在自己的记忆里；每当他坐着四轮敞篷马车回家，内心感激奥黛特允许他每天登门拜访，他觉出这种访问不一定会给她带来多大的快乐，但可以预防他产生嫉妒，使他不至于再像那天晚上在韦迪兰家没见到她时那样痛苦不堪，可以帮助他避免类似的危机再次发作：第一次危机是极其痛苦的，大概也是唯一的一次危机了吧，从而使他度过生活中这些奇异的时光，几乎使他入迷的时光，就像他在月色下穿过巴黎的那种时光。在归途中，他发现月亮对他而言已改变方位，几乎接近地平线，连想到他的爱情也将遵循不变的自然法则，不禁自问他已卷入的这个时期是否能长期维持下去，在他的思想中这张亲爱的脸庞儿是否很快占据一个遥远而缩小的地位，从而将近失去魅力。因为，斯万自从堕入情海，觉得事物是有魅力的，有如他在少年时代那样，自以为是艺术家；然而这不再是相同的魅力了；眼下只有奥黛特才能把这种魅力赋予世上的事物。他青年时代的灵感早已被无聊的生活驱散了，而现在似乎在他身上重新产生，但无一不打上某个特殊人物的影像和印记；现在他自个儿在家中数小时独对自己正在康复的心灵，感到一种高尚的乐趣，他渐渐变回他自己，但属于另一个心灵了。

他只在晚上去她家，因此对她白天的时间安排一无所知，并不比对她的过去了解得更多些，他甚至对她最起码的情况都不甚了了，有起码的了解才能促使我们想象我们不知道的事情，进而产生进一步了解的欲望。所以他根本不顾问她可能干些什么，她以前过的是怎样的生活。几年前他还不认识她的时候，别人跟他谈起过一个女人，如果没记错的话，大概就是她，说她是妓女，由情人供养的女人，总之是那些他很少与之打交道的女人，至今他还认为这类女人的性格顽固不化，根本反常，正是某些小说家长期以来用想象赋予她们那种性格，有时他想起来仅付之一笑。他思忖，要准确判断一个人，往往只需把世人的毁誉倒过来理解就行了；奥黛特的性格跟上述那种反常的性格正相反，她善良，天真，热爱理想，几乎不会说假话，就拿那天的事来说吧，他想单独跟她吃晚饭，便请她给韦迪兰夫妇写信说不舒服了，第二天韦迪兰夫人问她是否好些了，但见她面红耳赤，结巴着说不清楚，不由自主地流露出撒谎给她造成的抑郁和痛苦，在回答头天怎么不舒服时她编造了许多细节，那哀求的目光和悲伤的声调，仿佛在恳求饶恕她说的话是假的。

难得有几天，她下午到他家来打断他的冥思遐想或最近重新捡起来的弗美尔研究。有人来向他通报说德·克雷西太太在小客厅里，他便去见她，当他打开门，奥黛特瞥见他时，她那玫瑰红的脸上立即泛起一抹微笑，连嘴巴的形状，眼睛的神态，面颊的曲线都变样了。这种微笑，只要他独自一人时，立即浮现在他眼前，就是头一天她脸上的那个微笑，就是某次她接待他时的那个微笑，就是那次在车上他问她替她整一整卡特来兰花她会不会见怪时，她那个作为回答的微笑；由于他对奥黛特其他时间的生活一无所知，他觉得她的生活背景是平淡的，没有色彩的，好似华托[1]的习作画，淡黄色的纸上，在各个方位，朝不同的方向，到处用三色铅笔画着数不清的微笑。在斯万看来，她的生活到处是空白，尽管他的理智告诉他不会如此，因为他想象不出来；然而，有时，某个朋友窥见这种生活的一角，由于猜到他们在热恋，不便贸然说三道四，只谈及她那些无足轻重的事，比如向他描绘奥黛特的剪影，说

① 华托(1684—1721)，法国画家。

什么那天早上瞥见奥黛特在阿巴蒂西街上行走，穿着一件配有鼬鼠皮的“披风”，戴着一顶“伦勃朗式”的帽子，胸衣上别着一束紫罗兰。这个简单的速写使得斯万大惊失色，因为这使他突然发现奥黛特的生活不完全属于他；他要知道她换上这身他未见过的打扮究竟想取悦于谁；他下决心要问她那天她去哪儿，仿佛在他情妇的整个毫无色彩的生活中——几乎是不存在的，因为他看不出来——除了对他频频微笑之外，只有一件事要紧：她戴着伦勃朗式的帽子、胸衣上别着一束紫罗兰时所进行的活动。

斯万除了请她弹弹万特伊那个乐句而不要弹《玫瑰圆舞曲》，从不力争让她演奏他所喜欢的曲子，也不试图纠正她在音乐上和文学上的拙劣趣味。他清楚地看出她并不聪明。当她对他说她多么想听他讲一讲大诗人，他想象着她立即可以听到类似博雷利子爵[①]写的那些英雄和浪漫的小诗，甚至更为动人的诗。至于弗美尔，她问他这位画家是否吃过女人的苦头，是否有过女人赋予他灵感，当斯万向她承认对此毫无所知后，她便对这位画家不感兴趣了。她常说：“我完全相信，诗如果真实，诗人如果心口如一，那自然，诗比任何东西都美喽。可往往他们那种人最最唯利是图。我对此略知一二，我以前有个女友，爱上一个所谓的诗人。他在诗里只谈爱情哪，天空哪，星星哪。咳！她可上大当了！他挥霍了她30万法郎。”如果斯万力求给她指点什么是艺术美，应该如何欣赏诗歌或绘画，不到一会儿她便听不进去了，说道：“是吧……我没想到原来是这么回事。”他感到她大失所望，以致宁愿撒谎，对她说这一切都无关紧要，只是些鸡毛蒜皮，他没来得及往深处讲，还有别的东西哩。可她急切地问道：“别的东西？什么呢？……说说嘛。”他不说了，明知这与她期望的东西相比微不足道，全然不同，既不耸人听闻又不动人心弦；他害怕她一旦对艺术失望了，那么同时对爱情也就失望了。

事实上，她觉得斯万在智力上比她原先设想的要低些。“你总那么

---

① 博雷利(1837—1906)，法国沙龙诗人。

不动声色，我猜不透你。”但她赞叹斯万对金钱满不在乎，对谁都和蔼可亲，体贴入微。确实常常有这样的事情，一个比斯万伟大的人物，比如一个学者，一个艺术家，当他被周围的人赏识的时候，他的智力优势在他们情感中树立了感性，结果他们并不崇拜他的思想，因为他们根本不明白他的思想，但尊重他善良的品质。同样，奥黛特对斯万的尊敬是对他在上流社会的地位的尊敬，但她并不希望他想方设法把她引入上流社会。或许她感到他不可能成功，甚至害怕他只要谈起她，就会把她所忌惮的事情泄露出来。不管怎么说，她叫他允诺矢口不提她的名字。她对他说，她不愿去上流社会，其理由是她曾与一位女友吵翻了，那个女人为了报复，事后说了她的坏话。斯万反驳道：“不是人人都认识你的女友的呀。”——“难说呀，传起来快得很呐，人言可畏。”一方面，斯万不明白是怎么回事，另一方面他知道“人言可畏”，“一句谗言传千里”这些话一般被视为至理名言；适用这些话的实例大概是有的。奥黛特的实例属于这一类吗？他心里琢磨着这件事，但时间不长，因为像他父亲一样，一旦面对难题，他的智力就迟钝了。再说，这个使奥黛特如此害怕的上流社会也许不会引起她多么大的兴趣，因为与她熟悉的社会相去太远，以致她无法清晰地想象上流社会究竟是怎么样的。然而，尽管她在某些方面仍然非常纯朴(例如她的一位女友是个歇业的小裁缝，她几乎每天爬又陡又暗又臭的楼梯去看她)，她却追求气派，不过与上流社会人士有关气派的概念不可同日而语。对于上流社会人士来说，气派是为数不多的几个人的放射物，一直放射到相当远的地方——如果与他们亲密相处的中心保持距离，其力量就或多或少地减弱了——，放射到他们的朋友或朋友的朋友们的圈子里，这些人的名字都是列入专册的。上流社会人士对这份人名录烂熟于心，对这方面的内容无不通晓，从中萃取某种情趣，某种涵养；拿斯万为例，每当读到报载参加宴会的名单，他不需要依据自己的社交知识，便能立即说出这次宴会的气派程度，就像一个有文学修养的人，只要简单读一下某句话，就能准确地鉴赏作者的文学才具。然而，奥黛特属于不具备这种基本概念的那一类，他们为数极多，分布在社会各阶层，不管上流社会人士对他们有什么看法，他们想象的完全是另一种气派，根据所属社会阶层的不同风貌迥异，其特点是——不管是奥黛特所梦寐以求的也罢，科塔尔太太为之折服的也罢——直接为所有的人所理解。另一种气派，即上流社会人士的气派，说实话，也是可以理解的，但需要一段时间。奥黛特谈起某人时说：

“他从来只去那些有气派的地方。”

如果斯万问她此话怎讲，她就带几分轻蔑的口气回答：

“有气派的地方，哎唷，像你这个岁数的人还要教你什么叫有气派的地方，让我怎么对你说呢？比方说，星期天早晨去皇后大街，5点钟去湖边，星期四去伊甸剧院，星期五去跑马场舞会……”

“什么舞会？”

“在巴黎举行的舞会呗，我是说，有气派的舞会。对了，埃班热，那个干场外证券交易的，知道吧？是的，你应当知道，他是巴黎一大红人了，这个大个儿金发年轻人时髦得不得了，上衣饰孔总别着一朵花，穿着后背打折的淡色短大衣；每逢首场演出，他总拖着那个老妖精去看。嗬，那天晚上，他举办了一场舞会，全巴黎有气派的人都去了。我多么想去呀！可进场要出示请帖，我可搞不到哇。其实，不去也罢了，没劲儿，挤死人了，去了啥也看不见。至多可以夸口去过埃班热的舞会。你知道，我，不图这份虚荣！况且，你尽管相信，一百个说参加过那场舞会的人当中准保有一半在撒谎……不过，我好奇怪，像你这么‘拔尖’的人竟没有去参加。”

斯万根本不打算改变她对气派的概念，心想他自己的概念未必真切精当，同样愚不可及，这无关大体呀，所以他觉得教给他的情妇毫无益处，以致几个月后她对他常去的那些人家的兴趣只限于通过他们搞到赛马或首场演出的门票。她希望保持如此有用处的交往，不过自从在街上碰见维尔帕里济侯爵夫人，看到她穿着一件黑羊毛套裙，戴着一顶系带的帽子，便觉得那些人未必气派了。

“嗨，她看上去像个引座女招待，像个看门的老婆子，亲爱的，侯爵夫人原来如此！我不是什么侯爵夫人，但让我像那副打扮上街，给多少钱也不干！”

她不明白斯万怎么住在奥尔良河滨大道，她觉得那幢住宅与他不相称，就是不敢对他直说罢了。

诚然，她自诩爱好“古玩”，流露出喜悦和精明的神色，说什么她最喜欢整日里“购买小摆设”，收集“旧货”，搜寻“古代”的玩意儿。虽然她对白天干些什么“不作任何汇报”，也从不回答这方面的问题，执意认为这是关系荣誉的事情，简直像在履行家规，但有一次她向斯万谈起一位女友邀请她作客，说女友家的一切都是“那个时代”的。斯万问她哪个时代的，她又说不上来。然而经过慎重思考之后，回答说是“中世纪”的。她这么说是因为那里墙上有细木护板。不久以后，她又对他谈起这位女友，语气迟疑，神形狡黠，特意说道：“她家的餐厅……是……18 世纪的！”比如你提起某个人，头天跟他一起吃晚饭却从未听说过他的大名，而晚宴的东道主似乎把他看作遐迩闻名的人物，于是你希望对话者肯定那个人姓甚名谁。不过，她觉得那个餐厅很难看，光秃秃的，好像房子还没有盖完，女人们呆在里面也显得难看，这种款式永远时髦不起来。后来，第三次，她旧事重提，还给斯万出示设计这个餐厅的人的地址，说什么她等将来有了钱，很想把他请来，看一看能不能给她也设计一番，当然不要她女友家那种款式，而是她自己想望的款式：高高的餐具柜，文艺复兴式的家具，布卢瓦古堡里的那种壁炉，只可惜她的小住宅空间有限，装不下这些东西。就在这一天，她在斯万面前随口说出她对他在奥尔良河滨大道的住宅的看法；他曾批评奥黛特的女友不搞路易十六款式而搞仿古款式，据他说，虽然路易十六款式模仿不像，但可能富于魅力的，这时她便说：“你总不能让她像你这样生活在断腿的家具和磨损的地毯中间吧。”在她身上，良家妇女对体面的重视压倒了轻佻女子对艺术的猎奇。

有些人喜欢购买小摆设，喜爱诗歌，鄙视小算盘儿，渴望荣誉和爱情，她一概把他们视作超凡的精英。人们不必当真有这些爱好，只要宣布有这些爱好就行。一次晚餐上，有个男人向她承认他喜欢去老铺子里闲逛，不惜摸旧货弄脏手指，说他永远不会被这个商业化的时代所赏识，因为他不操心自己的利益，正因为如此，他仍留恋着上个时代，她回家时说道："这个人可爱可敬哪，一个敏感的人，我真没料到！"从而突然对他产生极大的情谊。与此相反，像斯万那样确有这些爱好而缄默不语的人，却遭到她的冷淡。大概她也不得不承认斯万不重金钱，但她又带着生气的神色加添道："他呀，那可不是一码事"；确实，激发她想象力的，不是无私的实际行为，而是无私的语汇词藻。

他意识到自己往往不能实现她的向往，只好力求让她乐于跟他在一起，尽量不触犯她在一切事物上所持的庸俗看法和拙劣趣味，反而给以爱护，就像对待一切来自她的东西那样，甚至为之着迷，因为这个女人的本质就是通过这些特征向他显示出来的，使他一目了然。每当要去观看《托帕茨皇后》[①]，她便喜形于色，或者，每当担心错过花展或仅仅喝茶的时间，她的目光便变得严肃，不安和倔强：她常去"王家街茶室"喝茶，吃酥饼和吐司，深信为使一个女人风雅的名声得以认可，必须坚持不懈地到那里去；斯万在这样的时刻总是心荡神驰，正如我们面对淳朴活泼的孩子或呼之欲出的逼真的肖像那样，他简直认为情妇的心灵显露在脸蛋儿上，不由自主地上前用嘴唇亲吻起来。"嘿！她要我领她去看花展，小奥黛特，她想出出风头，好嘛，就带她去吧，照办就是了。"斯万的眼力有点不好，在家工作时不得不戴上眼镜，但外出应酬时只戴单片眼镜，不至于太变相。她第一次见他戴单片眼镜时，喜不自胜地说："我觉得男人戴上它，没得说，好气派哟！这样你真帅！像个真正的绅士。就只缺个爵位了。"最后这句话略带几分遗憾。他喜欢奥黛特这个样子，正如他若喜欢上一个布列塔尼女人，也会高高兴兴看她戴着卷边布帽，听她说相信鬼魂。迄今为止，斯万像许多男子那样，对艺术的爱好和对姿色的爱好是并行不悖的，虽然在满足前者和后者时存在着奇怪的不协调，却能在一个比一个粗俗的娘们陪同下享受一幅比一幅精美的艺术作品，却能带上年轻的女仆到围着栅栏的楼下包厢去听他

---

①系法国作曲家维克多·马塞（1822—1884）的喜歌剧作品，于 1856 年首场公演。

想听的颓废戏剧或去看印象派画展，确信有教养的上流社会的女子未必明白更多，而却不肯乖乖地默不作声。但自从他爱上奥黛特，事情大不一样了，同她成为莫逆之交，与她心心相印，这在他是甜蜜无比的，所以他努力去喜欢她所喜爱的东西，无论模仿她的习惯还是接受她的主张，他都乐此不疲；更有甚者，她的习惯和主张丝毫不植根于她自己的智力，只不过使他想起她的爱情，而他正因为她的爱情才偏爱她的习惯和主张。他之所以重看《塞尔日 · 帕尼纳》[①]，他之所以再找机会去听奥利维埃 · 梅特拉[②]指挥的音乐会，都是为了初步了解奥黛特的种种观念，对半分享她的种种爱好，对此他觉得其乐无穷。她喜爱的作品或地方具有使他接近她的魔力，与那种虽然在本质上更美却不能使他想起她的作品或地方的魔力相比，在他看来更为神秘。况且，他青年时代的精神信仰日益淡薄，不知不觉地受到上流社会人士那种怀疑主义的渗透，为此他认为(或至少长期以来这么想、这么说的)，我们各种爱好的对象本身并没有绝对的价值，一切都是时代问题，阶级问题，一切在于风尚，其中最庸俗的风尚和被视为最崇高的风尚具有相同的价值。他认为，奥黛特十分重视获得艺术展览会开幕日的入场券，这本身并不比他先前欣然应邀出席威尔士亲王的午宴更为滑稽可笑，同样，他想，她对蒙特卡洛或里基山赞不绝口未必比他对荷兰和凡尔赛啧啧称羡更没有道理，而她想象中的荷兰是难看的，她心目中的凡尔赛是阴郁的。因此，他约束自己去这些地方，心里乐滋滋地想到这是为了她，乐意只跟她一起去感觉，去喜欢。

由于围绕着奥黛特的一切根据他能见到她、跟她谈话的方式来安排，他喜欢上了韦迪兰夫妇的社交圈子。那里的饭局，音乐，游戏，化装宵夜，郊游，演戏，乃至难得为“讨嫌之辈”举办的“大型晚会”等等一切娱乐活动中都有奥黛特在场，都能见到奥黛特，都能跟奥黛特谈

---

①法国作家若日 · 奥内(1848—1918)的剧作，1882 年 1 月首场公演，是一部情趣低下的作品。

②法国轻音乐作曲家兼指挥，即上文中多次提到的《玫瑰圆舞曲》的作者。

话，韦迪兰夫妇邀请斯万不啻把奥黛特这件无价之宝送给了他，所以他觉得在这个“小核心”里比任何其他地方更快乐，于是他竭力把一些真正的长处赋予这个“小核心”，因为他想象自己从兴趣出发一辈子都会跟他们来往的。然而，他不敢想象，怕自己不敢相信，他将永远爱奥黛特，但至少假设他将永远跟韦迪兰夫妇来往（这个命题先验地不会引起他智力上多大的原则性抵触），那么他想象将来可以继续每天晚上见到奥黛特；这也许不完全等于永远爱她，但就眼下而论，他正爱着她，相信将来每天都能见到她，他也就心满意足了。“多么迷人的地方哪！”他心里叹道，“实际上这里过的才是真正的生活哩！这里的人比上流社会人士更聪明、更懂艺术哩！韦迪兰夫人虽然有点夸大其词，不免有些可笑，却真心诚意地热爱绘画、热爱音乐，她多么热衷于艺术作品，多么热心使艺术家们得到快活！她对上流社会人士的看法固然不恰当，但反过来上流社会对艺术界的看法也不见得恰当哪！也许我不太在意从谈话中得到多大的精神满足，但我跟科塔尔在一起觉得其乐无穷，尽管他常搞些不知所云的文字游戏。至于画家，当他谋求一鸣惊人时，他那种自负的劲头令人不快，不过他倒是我认识的人当中最聪明的一个。再说，我们在那里感到自由，想干什么就干什么，无拘无束，没有客套。每天在这家沙龙里人们的情绪一个比一个好！行了！将来除极少的例外，我只到那个地方去。我在那里会越来越习惯的，甚至度过一生。”

由于斯万以为他对奥黛特的爱情和在韦迪兰夫妇家领略的乐趣相辅相成，是韦迪兰夫妇固有的优良品质的反映，所以他爱情的乐趣和韦迪兰夫妇的品质同步变得越来越严肃越深沉越生死攸关。有时，韦迪兰夫人只要给他一点点照顾，他就觉得福气不浅；比如，一天晚上，奥黛特跟一个客人聊的时间长了些，他便惴惴不安起来，对她生气了，不肯主动问她是否跟他一起回家，这时韦迪兰夫人给他带来安宁和快乐，主动对奥黛特说：“奥黛特，您送斯万先生回家，是吧？”又如，夏天来临，斯万一开始就十分担忧，生怕奥黛特离开时撇下他，不清楚是否还能继续每天见到她，这时，韦迪兰夫人便邀请他们俩一起到她的乡间别墅度夏，于是斯万不知不觉地让感恩和私利渗入他的理智，影响他的思想，乃至宣称韦迪兰夫人有高贵的心灵。每逢他那些卢浮宫美术学校的老同学谈起某些高雅的或卓越的人物时，不管对谁，他一概回答：“我更喜欢韦迪兰夫妇一百倍。”而且还用他新近才有的那种一本正经的口气说：“他们是高尚的人；高尚，实际上，是世上唯一至关重要的东西，唯一出类拔萃的东西。记住，世上只有两种类别的人：高尚的人和不高尚的人；到了我这个年纪应当表态了，应当一劳永逸地决定爱慕谁和鄙视谁，应当和爱慕的人永远在一起，至死不离开，以便把和另一些人在一起浪费的时间弥补过来。好啦！”他说到这里，略微有些激动，有时我们说一件事，并非因为它真实，而是因为乐于说出来，并且听自己的声音说出来，好像出自他人之口，我们便不知不觉地有点动情，“大势已定，我选定只爱高尚的心灵，只生活在高尚的氛围中间。你问我韦迪兰夫人是否当真聪明。我向你肯定，她给我提供了证据，表明她心地高尚，心灵崇高，这样的境界，没有同样崇高的思想，决达不到，不言而喻嘛。诚然，她对艺术有精深的知识。然而这也许并不是她最可敬之处；她会做的事情虽小，却办得巧妙又高雅，她对我无微不至的关怀，举止既亲密又高尚，这一切显示出对生活有一种深刻的理解，所有的哲学论著都为之逊色。”

然而他蛮可以对自己说，他父母的一些老朋友和韦迪兰夫妇一样的单纯，他青年时代的一些朋友也一样的喜爱艺术，他的熟人中有些也一样的心地高尚，不过自从他选择了单纯，艺术和高尚，就同他们不见面了。其实那些人并不认识奥黛特，即便认识，也不会费心思促使她与他接近。

如此说来，在整个韦迪兰圈子里，恐怕没有一个信徒像斯万那么爱他们或自以为爱他们的了。然而，当韦迪兰先生说他对斯万看不顺眼时，他不仅表达了自己的想法，而且猜中了妻子的心思。或许斯万对奥黛特一往情深，忽略把他这样非常特殊的感情每天向韦迪兰夫人透露；或许他享用韦迪兰夫妇盛情接待时采用谨慎的态度，时常以他们猜不透的理由不来吃晚饭，而他们以为他是因为不愿意放弃“讨嫌之辈”的邀请；或许他们逐渐发现他在上流社会的显赫地位，尽管他小心翼翼地不让他们看出来；这一切促使他们对他十分生气。但深刻的原因还在别处。那就是他们很快发现在他身上留着一块禁区，难以进入，在那里他一如既往地默默对自己说，德·萨冈公主并不恶形恶状，科塔尔的玩笑并不滑稽逗人，更有甚者，尽管他始终殷勤亲切，从不违抗他们的信条，但他们却无法让他接受，无法让他归依，这在别人身上他们还从未遇见过。他们本来可以原谅他跟讨嫌之辈交往（其实他内心深处一千倍更喜欢韦迪兰夫妇以及他们的小核心），如果他同意树立榜样，在信徒们面前宣称与那些讨厌的家伙们断绝关系。但他们很清楚，让他发誓弃绝是不可能办到的。

奥黛特让韦迪兰夫妇邀请一位“新成员”，尽管她自己只见过他很少几次，他就是德·福什维尔伯爵，他们对他寄托很大的希望，与他们对斯万的态度相比，简直天渊之别！恰巧伯爵正是萨尼埃特的连襟，这使信徒们惊叹不已：这位老档案保管员的举止是那样的谦卑，他们一直以为他的社会地位比他们低微，万没料到他出身豪门和相当大的贵族世家。或许福什维尔是粗俗地赶时髦的，而斯万则不是；或许他远不如斯万那样把韦迪兰夫妇的圈子置于其他所有的团体之上吧。反正，他不具备斯万的那种涵养，韦迪兰夫人对他认识的人进行显然缺乏根据的批评时不随声附和。画家有时自命不凡和俗不可耐地发表长篇大论，科塔尔不时冒出几句掮客说的俏皮话，斯万由于喜欢他们两人，很容易找到借口来为他们开脱，但毕竟没有勇气为之叫好，也不会虚伪地捧场，福什维尔则不然，他智力平平不大懂画家的宏论，却听得发呆、入迷，对科塔尔的俏皮话也听得兴味盎然。不错，福什维尔第一次到韦迪兰家吃晚饭，两人的各种差异就完全显露出来了，福什维尔以他的品质脱颖而出，而斯万则更快地失宠了。

在这次晚餐上，除了常客外，还有巴黎大学的布里肖教授，他是在温泉结识韦迪兰先生和夫人的，若不是执教和研究工作繁重，极少空闲，他会乐意常来他们家的。他对人生十分好奇，过分迷恋，加上对研究对象抱有几分怀疑，比如医生不相信医学，高中教员对拉丁语教程不以为然，这使得各行各业的某些聪明人赢得思想开阔、才华出众、卓尔不群的名声。他在韦迪兰夫人家高谈哲学和历史时，总装模作样地找些当今最新的实例作对照，首先因为他认为哲学和历史不过为人生作准备罢了，还因为他自以为迄今为止只在书本上读到的东西正在这个小圈子里活生生地体现出来，其次也许还因为自己从前反复被灌输要对某些话题有所顾忌，而且不知不觉地牢记在心头，如今心想不妨跟他们放肆一下，以为这样就可以放下大学教授的派头，其实恰好相反，他正因为没有放下大学教授的派头，才那么谈吐不羁。

饭局一开始，坐在韦迪兰夫人右手的德·福什维尔对专为迎接他这位“新成员”而大力梳妆打扮的韦迪兰夫人说：“您这件白色套裙非常别致。”大夫不停地观察他，渴望知道这位姓氏带“德”[①]的人是怎么样的，一直在找机会引起他的注意，跟他进一步接触，于是乘机抓住“白色”这个词，一边低着头吃饭一边说：“布朗什？布朗什·德·卡斯蒂利亚[②]？”说完继续埋头不动，但用眼睛偷偷左顾右盼，眼神带着微笑却没有把握。斯万强迫自己跟着微笑，但笑不出来，表明他认为这种同音异义的文字游戏未免荒唐，但福什维尔则既表明他欣赏其中的妙处，又表现出恰如其分的快乐，这种坦诚豪爽使韦迪兰夫人为之倾倒。

“您说拿这样的学者怎么办？”她问福什维尔，“简直没法跟他正经地谈上两分钟。”然后她转向大夫接着说，“您在医院里也这么说笑吗？那敢情天天不会闷倦，是吧。我看应该让我申请住院了。”

“我想刚才听到大夫谈起布朗什·德·卡斯蒂利亚这个老泼妇，恕我如此直言。没有说错吧，夫人？”布里肖问韦迪兰夫人，她好似昏厥了，闭上眼睛，赶紧双手捂住面孔，却发出阵阵闷笑。“我的上帝，夫人，我可不想惊吓恭敬的灵魂，如果确有这样的灵魂在座，Sub rosa[③]……况且，我承认咱们这个雅典式的妙不可言的共和国——多么

---

①贵族姓氏前带“德”字。

②布朗什·德·卡斯蒂利亚（Blanche de Castille）（1188—1252），法国路易八世的王后，路易九世的母亲，两度摄政。法文中“白色”一词的阴性形式 blanche 与女性名 Blanche 同音同字异义，此处是文字游戏。

③拉丁文：秘密地，私下的。此处意为：咱们私下说说。

地道的雅典式哟！——可以给这位蒙昧主义的卡佩家族王后授予首任铁腕警察总监的荣誉。没错，没错，亲爱的主义，没错，”他一字一句地、铿然有声地回答韦迪兰先生表示的异议，“《圣德尼编年史》①言之凿凿，岂容置疑，咱们无法否认资料的可靠性。推行世俗化的无产者把她选为至尊的女主人再合适不过了，这位圣者②的母亲，让儿子尝够了甜酸苦辣，正如絮热和圣贝尔纳③等人所说，她把谁都骂个狗血喷头。”

“这位先生是谁？”福什维尔问韦迪兰夫人，“他气魄昂宇哇。”

“怎么，您不认识大名鼎鼎的布里肖？他可是享誉全欧洲的呀。”

“噢，原来是布雷肖，”福什维尔惊喊起来，还没听清布里肖的名字，一边圆睁双目盯视大名人一边加添道，“您得详细给我说说，跟知名人士同桌吃饭总是很有趣味的。嗬，我说，您邀请的尽是些贵客嘛。在您家是不会厌倦的。”

“嗨！您知道，”韦迪兰夫人谦虚地说，“主要是他们感到互相信任。他们想说什么就说什么，谈话像烟火似的，四处喷射。比如布里肖吧，今晚还算不上有声有色，您知道，有时在我家，他出言惊人，妙语连珠，令人顶礼膜拜；可是呀，在别人家里，他简直成了另一个人，什么风趣也没了，叫他说话非得敲打他不可，他甚至叫人讨厌了。”

“这真有意思！”福什维尔不胜惊讶地说。

像布里肖的这类风趣在斯万浪掷青年时代的小社交团里可能会被视为纯粹的蠢话，尽管这类风趣与真正的才气可以相容并存。教授的才气，既旺盛又饱满，连斯万认为才智横溢的上流社会人士中的很多人也会羡慕的。然而，上流社会人士早已把他们的好恶灌输给斯万，至少涉及社交生活方面，甚至涉及社会生活的附带部分，即实际应属于智力范

---

① 又称《法国编年史》，记述法兰西各朝国王的历史。

② 系指圣路易，即路易九世，布朗什·德·卡斯蒂利亚之子。

③ 絮热(1081—1151)，圣贝尔纳(1091—1153)，均为法国著名教士。普鲁斯特信以为他们参与撰写《圣德尼编年史》，其实布朗什·德·卡斯蒂利亚在他们死后才出生，所以他们不可能写有关她的东西。

围的谈吐，所以他不能不认为布里肖的玩笑是卖弄学问，俗不可耐，腻歪得叫人恶心。再者，斯万平日举止文雅，见了言词激烈的教授对谁说话都用大兵似的粗鲁口吻，甚为反感。最后，也许因为这个晚上看到韦迪兰夫人对由奥黛特莫名其妙地带来的福什维尔大献殷勤，才失去了他的宽容大度。奥黛特在斯万面前有点不自在，进屋时问他：

“您觉得我带来的客人怎么样？”

他认识福什维尔好久了，但首次发现他居然能讨女人的喜欢，而颇称得上美男子，便回答：“恶心！”诚然，他并不想向奥黛特表明醋意，不过他也不像往日那般高兴，所以，当布里肖讲起了布朗什·德·卡斯蒂利亚的母亲，说道：“她在嫁给亨利·不兰他日奈[1]以前跟他同居过几年，”他想诱导斯万请他接着讲下文，便问道：“是吗，斯万先生？”威武的气魄溢于言表，如同向乡巴佬训话，或给大兵打气，斯万却回答说很抱歉，他对布朗什·德·卡斯蒂利亚毫无兴趣，不过有事要请教画家，这样他打掉了布里肖的气焰，惹得女主人大为恼火。确实，画家那天下午参观了一位艺术家的画展，那位艺术家也是韦迪兰夫人的朋友，新近刚去世，斯万想通过画家(他重视画家的鉴赏力)打听那位艺术家在前几次展品那些使人叹为观止的精湛技巧外，在最后展出的作品中是否更精湛了。

“从技巧的角度来看，可谓不同凡响，但好像还称不上通常所说那种‘很高’的艺术。”斯万面带笑容说。

“很高……高到机关团体。”科塔尔插话，一边像煞有介事地举起双臂。

所有在座的人哄然大笑。

“我刚才对您说了吧，跟他在一起没法谈正经的，”韦迪兰夫人对福什维尔说，“他总在人家最意想不到的时候冷不防给你来句俏皮话。”

但她注意到只有斯万没有露出笑脸。再说，他不大高兴科塔尔让大

---

①系指英国不兰他日奈王朝的亨利二世，该王朝又称金雀花王朝。

家在福什维尔面前取笑他。而画家呢，如果他跟斯万单独在一起很可能作出有意思的回答，但现在他宁可对已故画家的技巧添枝加叶地作一番渲染，以博得席上客人的赏识。

“我走近一幅画前，”他说，“想看看用什么画的，我用鼻子嗅了嗅。哎呀呀！弄不清那上面到底是胶水，还是红宝石，还是肥皂，还是青铜，还是阳光，还是屁屁！”

“添一作一打。”大夫惊喊起来，但太晚了，谁也不明白他横插一杠子是什么意思。

“看样子不像用过什么东西，”画家接着说，“无法从中窥见诀窍，就跟《夜巡》或《摄政王后》[①]一样，不过他的功底比伦勃朗和哈尔斯更深。完美之至，不假，我向你们发誓。”

“恰似男歌唱家唱到最高音之后改用假声轻轻低唱。”画家此刻满足于嘿嘿笑着低声细语，仿佛这幅画由于太美反倒不值一提了。他咕噜着说：

“闻着味道挺好，叫你晕乎乎的，喘不过气来，浑身痒痒，但就弄不清是用什么东西画的，这简直是巫术，是诡诈，是奇迹（突然放声大笑起来），总之是不正直的！”他打住话头，严肃地昂起头，竭力使自己的声音和谐悦耳，用深沉的低音加添道：“又是如此正当！”

只有在他说“比《夜巡》的功底更深”这句冒犯的话引起了韦迪兰太太的抗议，因为她把《夜巡》和《第九》以及《萨摩色拉斯》[②]并列为宇宙间最伟大的杰作；还有在提到“用屁屁画的”时，引起福什维尔环视全桌，想看看大家对这句话的反应，然后嘴上露出假正经的，和事佬的微笑，除此之外，所有在座的客人都出神地向画家投以赞赏的目光，唯独斯万不以为然。

韦迪兰夫人看到福什维尔首次光临的饭局如此生气盎然，喜出望

---

①《夜巡》是荷兰画家伦勃朗（1606 — 1669）的代表作之一；《摄政王后》是荷兰画家哈尔斯（1580 — 1666）代表作之一。

②《第九》系指贝多芬的《第九交响曲》，《萨摩色拉斯》是古希腊的出土雕刻，全名为《萨摩色拉斯的胜利女神》，该雕像现藏于卢浮宫内。

外，等画家一说完就大声说道："他这么来劲儿真叫人高兴，"她说着转向丈夫，"喂，你怎么啦，张口结舌的样子像个大傻瓜？你早就知道他很会说话；画家先生，他好像头一回听您说话。不知道您注意到了没有，刚才您说话时，他那洗耳恭听的模样。赶明儿他会一字不差地背给我们听的。"

"不，不是瞎吹牛，"画家对自己的成功很得意，兴冲冲地说，"看样子，你们以为我吹嘘自己的感受，耍花招糊弄人；我领你们去看看，你们就会明白我是不是言过其实，我向你们担保，你们看了定比我还兴奋！"

"我们并不认为您言过其实呀，我们只是想使您顾着吃饭，让我丈夫也顾着吃饭；再给先生夹点鱼，你们瞧他的鱼都凉了。咱们不忙嘛，慢点上菜，像火烧眉毛似的，等一会儿再上色拉。"

科塔尔太太一向谦逊寡言，然而灵感一来，想出一句贴切的话时，也会不无自信地把它讲出来。她感到出语惊人时，信心便油然而生了，而且，她这样做与其说为了露脸，不如说为丈夫的前程助一臂之力。所以她不放过韦迪兰夫人方才说的色拉一词，借题发挥起来。

"不是日本色拉吧？"她转脸对奥黛特轻声说道。

她的暗示含蓄而明确，显然指小仲马新近推出就轰动一时的那个剧本，她为自己说得既适时又大胆感到喜悦，又有点难为情，如天真少女似的哑然失笑，迷人的笑声虽然很轻，却无法遏制，咯咯笑了片刻，情不自已。"这位女士是谁？她挺风趣的。"福什维尔说。

"不是日本色拉，但在座各位如果星期五一起来吃晚饭，那就给你们准备。"

"我说出来您会觉得我土头土脑的，先生，"科塔尔太太对斯万说，"我还没看过《弗朗西永》①呐，现在人人都在谈论这部出了名的戏。大夫已经看过，我甚至记得他对我说，有幸跟您一起看的，不瞒您

① 小仲马的一部喜剧，1887 年 1 月在巴黎法兰西剧院首次公演，在第一幕第二场中有人说出日本色拉的菜谱。

说，我觉得让他破费再陪我看一次不合情理。当然啰，在法兰西剧院度过一晚从来不会叫人后悔的，总演得那么有声有色，不过我们的一些朋友非常客气(科塔尔太太极少提及姓氏，只说‘我们的一些朋友’，‘我们的一个朋友’，以示‘敬意’，她的声调很不自然，摆出大人物的派头，不屑随便称名道姓)，一般都有包厢，凡有值得一看的新戏，常想着带我们去，我相信一定能观看《弗朗西永》，早一点晚一点罢了，到时候可以得出自己的看法。不过我得坦白，我觉得挺尴尬的，因为无论我去哪个沙龙，众口一词，大家都在谈论这个倒霉的日本色拉。甚至有点谈腻了，”她看出斯万对如此热门的新话题不如她想象的那么感兴趣，便加添道，“不过应当承认，有时以此为借端产生一些有趣的想法。譬如，我有一位女友，她非常特别，人长得非常漂亮，周围奉承的人也非常多，非常走红吧，她声称她叫厨子做了日本色拉，是按小仲马在戏里讲的菜谱如法炮制的。她邀请了几个女友去品尝。可惜我没有这份口福。就在后来的那个接待日，她自己对我们讲的，看来日本色拉难吃得要命，引得我们笑出了眼泪。不过您是知道的，引人发笑的关键在于叙述的方式方法。”看到斯万仍旧板着脸，便又补充一句。

她猜想也许因为斯万不喜欢《弗朗西永》，便改口道：

“再说，我可能会失望的。我不信它会比德·克雷西太太所崇拜的《塞尔日·帕尼纳》更有价值。这个戏的主题有深度，发人深省；而另一个戏则在法兰西剧院的舞台上大谈色拉菜谱！与《塞尔日·帕尼纳》不可同日而语！总之，凡是若日·奥内的手笔，都十分精彩。不知道您是否看过他的《冶金厂厂主》，比《塞尔日·帕尼纳》更叫我喜欢。”

“很对不起，”斯万面带讥讽地说，“坦率地讲，对这两部杰作，我几乎同样地不欣赏。”

“真的吗？您认为它们有什么不足之处？是定见吗？也许您觉得有点凄凄惨惨？是哪，还是我那句老话，小说和戏剧是无法讨论的。各人有各人的看法，我最喜欢的，可能是您所讨厌的。”

这时福什维尔正给斯万打招呼，科塔尔太太的话就这样被打断了。方才她在谈《弗朗西永》的时候，福什维尔向韦迪兰夫人表示他对画家小小的“演说”欣赏不已。

“这位先生出口成章，记忆力极好！”等画家一说完，他就对韦迪兰夫人说，“难得难得呀。哎呀，我希望也像他那样哪。他可以当一名出色的讲道师。这么说吧，他和布里肖，您请来这两位都是一流的人才，他们旗鼓相当，说不定在唇枪舌剑上他甚至比教授还棋高一着呢。他出言更自然，不那么咬文嚼字。尽管在说话的过程中用了些略为俗气的字眼，但这是当今的风尚，我很少见到像他这样口若悬河的，不禁使我想起当年在部队里的情景，这位先生恰巧有点像那时的一个伙伴。不管谈论什么，我一时说不上来，比方说，这只杯子吧，他可以放连珠炮似的说上几个小时；不，杯子的例子不恰当，这是我瞎编的；比如谈滑铁卢战役吧，或谈你喜欢的任何事情，他总能在谈话过程中给你提供一些意想不到的东西。不信，斯万也在那个团，他一定认识那个人”。

“您现在常与斯万先生见面吗？”韦迪兰夫人问道。

“不常见面，”德·福什维尔先生回答，为了跟奥黛特套交情，他要博得斯万的好感，便想抓住这个机会讨好他一番，谈谈斯万那些显赫的交往者，但作为上流社会人士的身分来谈，语气中带着热忱的批评，不至于使人觉得他在庆贺斯万，就像庆贺意想不到的成功那样，“是不是呀，斯万？我总见不着您。再说，怎么见得着呢？这家伙老钻在拉特雷莫伊尔家，洛姆亲王家，成天都泡在这样的人家！……”这种非难毫无根据，尤其因为一年来斯万除了登韦迪兰夫妇的家门外哪儿也没去。然而，韦迪兰夫妇只要听到不认识的人名就以斥责的沉默来应对。韦迪兰先生担心这些“讨嫌之辈”的名字在全体信徒面前毫无分寸地抛出来一定会对他的妻子产生难堪的印象，于是偷偷地瞟了她一眼，目光中充满着不安的关切。他看见韦迪兰夫人坚决不予理睬，对刚才通报的新闻无动于衷，不但作哑而且装聋，有如当一位对我们有愧的朋友在谈话中试图辩白一下，我们听了不加驳斥，也就是表示认可了，或者，有人在我们面前犯忌地提起一个忘恩负义的人的名字，我们也听之任之；韦迪兰夫人为了使她的沉默不至于被视为认可而被看作对无生命的东西不予理会的沉默，把脸一沉，顿时失去生气，铁板不动；她凸出的前额完全成了一个漂亮的头盖骨隆凸的雕塑，那斯万跟着转的拉特雷莫伊尔的名字钻不进去了，她的鼻子微微皱起，露出一弯凹形缺口，好似一个栩栩如生的仿制品。她的嘴巴微微张开，看上去正准备说话。她成了一尊失蜡铸像，一个石膏面具，一具纪念碑的模型，一座装饰工业厅的半身像；观众无疑将在这座半身像前驻足，欣赏雕刻家为了表现韦迪兰家族永恒的尊严，用以对抗拉特雷莫伊尔和洛姆家族以及世上一切讨嫌之辈的尊严，如何成功地给这尊坚硬洁白的石像注入犹如教堂般的威风。但石像终于活过来了，发话说只有不怕倒胃口的人士才上那种人家去，因为那里的女主人总是醉醺醺的，男主人目不识丁，竟把 Corridor① 说成 Collidor。

“即使给我许多钱，我也不让这种人来我家里。”韦迪兰夫人最后说，一边专横地盯着斯万。

她未必希望斯万顺从，像钢琴家的姑妈那般圣洁单纯，那样惊叫：“瞧瞧怎么搞的嘛？我惊异居然还有人肯跟他们聊天！我会受惊的，没准儿马上遭殃哩！怎么还有那样没头脑的人跟着他们后面跑呢？”但斯万至少也得像福什维尔那样回答：“当然啰！她是公爵夫人嘛，有些人就吃这一套！”这样少不了使韦迪兰夫人挺身反驳：“就让他们大捞一把嘛！”可斯万没有理会，只是笑笑，那神情仿佛在说，他根本无法认真对待这种无稽之谈。韦迪兰先生不时偷偷看一眼妻子，伤心地发现和深切地理解她此时就像宗教裁判所的法官因未能铲除异端邪说而怒不可遏，于是他设法引导斯万退却，因为在意见相反的对方看来，一方固执己见的勇气总是出于利害或由于胆怯，因此他大声招呼斯万：

“把您的想法坦率地谈出来吧，我们不会告诉他们的。”

斯万当即回答：

“根本不是什么害怕公爵夫人，如果你们说的是拉特雷莫伊尔家族的话。我敢向你们担保，大家都喜欢上她家去。我不是说她‘博学’，”他把博学一词说得滑稽可笑，因为他的言语中还保留着说风趣

---

①法文：走廊。

话的习惯的痕迹，自从爱上音乐，他的言谈发生某些变革，失去了昔日的那种习惯，有时发表意见时也情绪热烈了，“不过，非常坦率地说，她有才智，她丈夫更是个真正有学问的人。他们确有迷人之处。”

韦迪兰夫人听罢这席话，感到单凭这个不忠实的信徒，就无法实现小核心在精神上的统一，这个顽固分子居然看不出他的话使她多么伤心，她再也按捺不住一腔怒火，不由得从心底向他发出吼叫：

“您这么认为，悉听尊便，但至少别讲给我们听。”

“一切取决于您所称的才智的含义，”福什维尔也想炫示一下，“请吧，斯万，您说的才智是指什么？”

“就是嘛，”奥黛特喊叫起来，“这些大问题呀，我请他给我讲讲，他总是不肯嘛。”

“没有的事……”斯万矢口否认。

“这个小气包！”奥黛特说。

“小荷包？”①大夫问题。

“在您看来，”福什维尔又说，“才智是不是上流社会中的油嘴滑舌，像有的人那样善于钻门子？”

“把您的甜食吃完，好撤盘子，”韦迪兰夫人对萨尼埃特说，声调尖酸；萨尼埃特正陷于沉思，停下吃饭。韦迪兰夫人也许对自己的语气有点不好意思，改口道：“没关系，慢慢吃就是了，不过我这么说是为了别人，因为您不吃完，下一道菜就上不来了。”

“关于才智，有个非常奇怪的定义，”布里肖一个音节一个音节地说，“出自温和的无政府主义者费纳隆②的笔下……”

“好好听着！”韦迪兰夫人对福什维尔和大夫说，“他要给我们讲费纳隆给才智下的定义，这样的机会不常有的。”

但布里肖等着斯万先说。斯万就是不开口，他这般避而不答弄得福

---

①同音异义的文字游戏。blague 意为开玩笑，胡扯。此处奥黛特说 Cette blague！（这人说话没正经的！）意思是骂他卖关子，所以意译为“小气包”。大夫问：“Blague à tabac？”（装烟草的小荷包），分明是打岔。

②费纳隆（1651—1715），法国散文家。

什维尔无法卖弄舌战的辩才，而韦迪兰夫人则想以此让福什维尔出一番风头呐。

“自然啰，这像对待我一样，”奥黛特以赌气的口吻说，“不过我欣慰地看到我不是唯一他认为能力够不上的人。”

“韦迪兰夫人向我们指出德·拉特雷莫伊尔家的人很不值得称道，”布里肖一板一眼地说道，“这家人是不是爱赶时髦的娘儿们德·塞维尼夫人所提到的那个家族的后裔？塞维尼夫人承认非常高兴认识他们，因为这对她的农民有好处。其实德·塞维尼侯爵夫人还有另一方面的理由，对她来说恐怕更为重要，那就是她天生喜爱舞文弄墨，把抄抄写写放在首位。这不，在她定期寄给女儿的日记中，尽谈论德·拉特雷莫伊尔夫人，收集了许多有关她那些皇亲国戚的资料，她策划外交事务还挺行的呢。”

“不，我不认为是同一家族。”韦迪兰夫人脱口而出。

萨尼埃特急忙把堆满残羹的盘子递给膳食总管，之后，他又默不作声、沉思遐想起来，但后来终于打破沉默，笑呵呵地讲起他有一次跟德·拉特雷莫伊尔同桌吃饭，就在那天发现公爵竟不知乔治·桑是女人的笔名。斯万对萨尼埃特一向有好感，认为有必要就公爵的文化修养提供一些细节，证明公爵实际上不可能无知到这种地步；但他欲言又止，他明白萨尼埃特不需要他的实例，萨尼埃特明知道故事并不真实，因为是他自己临时瞎编的。这个善良的人心里非常难过，因为韦迪兰夫妇觉得他太沉闷乏味；他意识到今晚比平日更为黯然神伤，决心在晚饭结束前无论如何把大家逗乐。但看到斯万的反应与自己期待的相反，立即泄劲了，愁眉苦脸的，最后胆怯地恳求斯万不要揭底，何况驳斥已无意义了：“得了，得了；不管怎么说，即使我搞错了，也不是什么罪过吧，我是这么想的。”弄得斯万差一点想说故事是真的，而且妙不可言。大夫一直听着他们谈话，灵机一动，认为机会来了，可以说：Se non è vero，[①]

---

① 意大利谚语：Se non è vero，è ben trovato 意为：“即使不是真的，也说得活灵活现”。

但对整句的词儿吃不准，生怕说混了。

晚餐过后，福什维尔主动走近大夫。

“她原先大概姿色不错的，这位韦迪兰夫人，何况是个可以交谈的女人，对我来说，这已足矣。当然，她开始上年纪了。不过，德·克雷西太太是个可爱的女人，看上去挺聪明。嘀，妈的！一眼就看出她目光敏锐，这娘儿们！我们在谈论德·克雷西太太呢，”他转向韦迪兰先生说，见他叼着烟斗走近来，“我在想，那个女人的身段……”

“抱着她上床胜过拥抱雷电。”科塔尔急忙插话，他已等候多时，趁福什维尔喘气的时机，赶紧把这个古老的玩笑插进来，唯恐转了话题，时不再来，便一下子背出来了，过分的自如和自信是在竭力掩饰背诵时那种既冷淡又激动的情绪。这句拾人牙慧的笑话，福什维尔是知道的，明白的，觉得很有趣味。至于韦迪兰先生，他抒发快乐向来慷慨大度，新近他找到了一种表达快乐的标志，不同于他妻子所采用的，但同样简单，同样清楚。他先像通常哈哈大笑的人那样仰首耸肩，继而立即一阵咳嗽，好像笑得太猛，给烟斗的烟呛着了。他嘴角上始终叼着烟斗，反反复复地做出窒息和快活的样子。这样，他和韦迪兰夫人面对面形成一对，活像两副舞台面具，以不同的方式表现欢乐，这时韦迪兰夫人正在听画家讲故事，闭上眼睛，随即用双手捂住面孔。

韦迪兰先生明智地没有把烟斗从嘴里取下来，这不，科塔尔需要离开一会儿，便悄声说了一句新近学来的玩笑，每次他要到那个地方去，总打趣说：“我该去跟奥马尔公爵碰头了。[1]”这又引起韦迪兰先生一阵呛咳。

“瞧你，快把烟斗从嘴上拿掉吧，你这样硬忍住不笑，会憋死的。”韦迪兰夫人说，她正给大家斟饭后酒。

“您丈夫真是个充满魅力的人，他说起话来妙语连珠哇，”福什维尔对科塔尔太太说，然后转向韦迪兰夫人，“谢谢，夫人，像我这样的

---

① 奥马尔公爵（1822—1897），法国国王路易-菲力普之四子。此处意为：上厕所。

老兵从不拒绝烈性酒。”

“德·福什维尔先生觉得奥黛特很迷人。”韦迪兰先生对妻子说。

“恰巧她很想跟我们吃一次午饭。我们好好策划一下，但别让斯万知道。您知道，他有时叫人败兴。当然这不会妨碍您来吃晚饭的，我们希望经常见到您。快春暖花开了，我们将常到野外吃晚饭。到布洛涅森林举行小小的晚餐，您不会介意吧？那就好，好，您太客气了。喂，您呐，您不准备干您的行当儿吗？”她向年轻的钢琴家吆喝，特意在福什维尔这样显要的新客人面前炫耀她的才智和她对信徒们君主似的威风。

“德·福什维尔先生正在跟我说你的坏话呢。”科塔尔太太对回到客厅的大夫说。

而他，从晚饭开始一直在琢磨福什维尔的贵族身分，这时便说：

“眼下我正替一位男爵夫人治病，叫皮特比斯男爵夫人；皮特比斯家族曾参加过十字军东征，不是吗？他们在波美拉尼亚拥有一个湖，跟十个协和广场那么大。我替她治内风湿关节炎，是个可爱的女人哪。况且，她也认识韦迪兰夫人，我想。”

这些话使得福什维尔片刻后单独跟科塔尔太太在一起时更进一步对她丈夫发表好评。

“再说，他引人注目，看得出来他交游很广。天哪，当医生的，都那么见多识广！”

“我马上为斯万先生弹那首奏鸣曲的乐句。”钢琴家说。

“哎呀，天哪！不会是‘奏鸣曲蛇’①吧？”福什维尔问道，心想出语惊人。

科塔尔大夫可从来没听说过这个同音异义的文字游戏，不懂什么意思，还以为福什维尔说错了。他急忙走上前去纠正道：

“不对，不该说奏鸣曲蛇，应当说响尾蛇。”他的口气热忱而急躁，又得意扬扬。

福什维尔给他讲解了这个同音异义的文字游戏。大夫的脸涨得

---

① Serpent à sonates（奏鸣曲蛇）和 Serpent à sonnettes（响尾蛇）只相差一个音。

通红。

“您说，这挺逗的吧，大夫？”

“嗨，我早就知道了。”科塔尔回答。

于是，他们默不作声了；这时小乐句在高出两个八度的颤悠悠的小提琴震音的激荡下出现了，幽远而优美，受着一道从高处倾泻而下的水帘的护送，水帘哗啦作响，络绎不绝，有如在高山上顺着缓缓而下的、令人眩晕的瀑布俯视两百尺之下一个微小的女士身影在款款移动。斯万在心里跟这个乐句如同跟一位知己诉说自己的爱情，这位知音又像是奥黛特的一位女友，仿佛在对他说不必把福什维尔放在心上。

“咳！您来晚了”，韦迪兰夫人对一位应邀在“剔牙”时分来访的信徒说，“今晚来了‘一位’布里肖，口才呱呱叫，没有人比得上他！可惜他走了。是不是，斯万？我想您跟他是初次见面吧，”她这样是为提醒他多亏了她，才有幸认识布里肖，“我们的布里肖非常令人快乐，是吧？”

斯万彬彬有礼地哈哈腰。

“不对吗？您对他不感兴趣？”韦迪兰夫人生硬地问道。

“哪里，夫人，很感兴趣，我高兴极了。不过，以鄙人之见，他也许有点自以为是，有点过分打哈哈。有时我倒希望他说话留有余地，稍微温和些，但看得出来，他见多识广，蛮像个正直的人哪。”

大家很晚才告辞。科塔尔对妻子说的第一句评论是：

“我很少见到韦迪兰夫人像今晚这样兴高采烈。”

“这个韦迪兰夫人究竟怎样？是个不三不四的女人吗？”福什维尔在邀请画家乘他的车回家后问道。

奥黛特怅然若失地看着福什维尔离去，她不敢不跟斯万一起回家，但在车上情绪恶劣，当他问她是不是跟她进屋，她耸耸肩膀，不耐烦地说：“当然。”

客人走完后，韦迪兰夫人问丈夫：“你注意到没有，我们谈论拉特雷莫伊尔夫人时，斯万傻乎乎地笑了笑。”

她注意到斯万和福什维尔在提到这个姓氏时，好几次把表示贵族的介词省略了。她不怀疑，他们这样是为了表示他们不畏惧贵族头衔，她也想学一学他们的傲气，但拿不准用哪种语法形式来表达。所以只好听任有语病的表达方式压倒共和主义的不妥协情绪，她依然说德·拉特雷莫伊尔家族，或者干脆用缩略称呼，就像在咖啡馆音乐会的歌词和漫画的标题里采用的那样，通常把“德”省略一半，一带而过，但又立即改口说：“拉特雷莫伊尔夫人。”有时还含讥带讽地补充道：“如同斯万称呼的那样：公爵夫人。”说罢莞尔一笑，表明她只不过援引别人的用语，决不对如此幼稚可笑的名称负责。

“不瞒你说，我觉得他蠢得不能再蠢了。”

韦迪兰先生回答说：

“此公言不由衷，尽耍滑头，从来不说好也不说坏。他总想左右逢源，八面驶风。跟福什维尔多么不同哪！福什维尔至少是个直肠子，心里怎么想，嘴里就怎么说。你可以爱听也可以不爱听。不像那一位，非驴非马的。此外，奥黛特看上去非常倾向福什维尔，我看她没错。再说，斯万既然在咱们跟前装作上流社会人士的模样儿，充当公爵夫人们的卫士，那么另一位至少真有爵位的；他总归是德·福什维尔伯爵嘛。”他说最后一句话时神情微妙，好像他对伯爵领地的历史一清二楚，正在仔细估量其特殊的价值。

“听我说，”韦迪兰夫人说，“他居然攻击布里肖，那些含沙射影的话既恶毒又可笑。当然他看得出来布里肖在咱们家备受爱护，他那样做是存心跟咱们捣乱，使咱们这顿饭吃得扫兴。我觉得出来，这个老小子一出大门便会把咱们说得一无是处。”

“我对你说过的嘛，”韦迪兰先生回答，“此人一事无成，又是个小人，别人稍微有点本事他就妒忌。”

其实，他们的信徒中谁都比斯万更不怀好意；只不过他们每个人的诽谤都小心翼翼地伴随着众所周知的笑话，调配着一丝激情一缕真诚；而斯万稍有保留就被看作居心不善，只因他不屑重复陈词滥调，比如“咱们可不说别人的坏话哟”。有些别具匠心的作家，他们的言词稍为大胆些就引起反感，因为他们没有首先迎合公众的趣味，没有提供公众已经习惯的套语常谈；斯万之所以惹怒韦迪兰先生，究其原因，如出一辙。像这些作家一样，斯万不落俗套的谈吐使人认为他心怀叵测。

斯万对自己在韦迪兰家可能失宠竟毫无察觉，仍旧带着爱情的偏执，继续美化他们可笑的言行。

他只在晚上与奥黛特会面，至少绝大多数时间是如此；白天，生怕去她家会使她厌倦，心里又希望至少不停地占有她，所以时时刻刻想方设法找机会引起她的思念，但用的是使她高兴的方式。如果在花店或珠宝店橱窗前看到一株花木或一件首饰特别喜欢，他马上想到买下给奥黛特送去，想象着这些东西在她得到时产生的快乐，势必增加她对他的温情，于是差人立即送往拉佩鲁兹街，不至于拖延仿佛在她身边的感知，就像每次她收到他的礼物时那样。他尤其希望她在外出之前收到礼物，以便当她在韦迪兰家见到他时，她的感激之情促使她变得更加温存，或者，说不准哪，如果送货人相当抓紧的话，也许晚饭前她会给他发信，或者亲临他家，作一次例外的访问，专程来向他道谢。有如从前他试验过奥黛特的性格，观察她气恼时如何反应，现在他诱发她的感激之情，通过她感激的反应，寻求她内心还未向他表露的深层感情。

她经常经济拮据，每逢被人逼债，就向他求援。他乐于相助，正如乐于去做一切可能使奥黛特明确想到他爱她的事情，或者干脆使她明确想到他的影响，想到他对她大有用处。如果当初有人对他说："你的地位让她看上了"，如果现在有人对他说："为你的财产她才爱上你的"，那他不会相信，况且即使人们设想她为时髦或金钱这样有力的东西所驱才依恋于他，使他们俩连接在一起，那他也不觉得不痛快。即使他早已想到此话不假，即使他发现奥黛特爱他的基础不是出于他可能给她带来的乐趣或他身上的优点，而是出于利害，也正是这种利害关系永远阻碍她停止跟他来往哪怕她心里非常想这么做，那么他也不会因此而伤心。眼下，他大量给她送礼物，经常给她提供帮助，他可以高枕无忧，凭借这些与他的人品、与他的才智不搭界的优势讨她的欢心，而不必自己费心伤神了。这种情爱甚笃的快感，这种只为爱情而活着的快感，这种他有时怀疑其真实性的快感，一言以蔽之，他作为非物质享受的涉猎者曾为之付出过代价，这种代价使他倍感可贵，正如我们看到有些人怀疑大海的景色和波涛的澎湃是否真的那么壮观，不惜每天花100法郎租一间海滨旅馆的房间，以便观赏海景，最后确信海景是美妙的，同时也确信了他们自己超然物外的鉴赏力着实难能可贵。

有一天他正在作这类思考的时候，又想起曾有人跟他讲起奥黛特，说她是受人供养的女人，于是他再一次津津有味地对比着奥黛特和这个奇怪的人格化身：受人供养的女人，这好像居斯塔夫·莫罗[①]笔下的幻象画：由隐秘而邪恶的成分组成耀眼的混合体镶嵌着缠有珠宝的毒花；而他却看见过奥黛特的脸上曾流露出对不幸者的恻隐之心，对不平事的愤慨之色，对施恩者的感激之情，如同以前他自己的母亲、他的朋友们所表露出来的神色。这个奥黛特，她的言谈往往同他最熟悉的事情有关，诸如他的收藏，他的卧室，他的老佣人，替他经办证券的银行家，恰巧，银行家的形象提醒他，该去银行取钱了。对啦，上个月他给了奥黛特5 000法郎，如果这个月在她手头拮据的时候反倒不如上个月给得多，如果他不给她买她想要的一串钻石项链，那他不会再次听到她对他的慷慨所表示的赞扬，再次看到使他无比幸福的那种感激之情，甚至他弄不好会使她以为他对她的爱情淡薄了，既然她看到他对爱情的表示越来越不明显了。这时他恍然自问，这算不算“供养”她呢，好像供养这个概念确实可以从一些既不神秘也非反常的成分中抽象出来，它属于日常私生活的内容，好比一张1 000法郎的钞票，一张家庭常用的钞票，撕破后又粘贴好的，斯万的随身男仆为他支付当月账单和房租之后，把这张钞票塞进他旧书桌的抽屉里，他取出这张钞票再加上另外4张，一并送给奥黛特；继而他再自问，自从他认识奥黛特以来，能不能对她使用“受人供养的女人”这个字眼，先前他以为这个字眼是与她水火不相容的，因为他不曾一时一刻怀疑过奥黛特会接受任何别人的钱。他不能沿着这条思路深想下去，因为这时他的智力麻木症发作了，这是先天性的，间歇性的，上天安排的，于是智慧的光芒顿时完全熄灭了，

---

①居斯塔夫·莫罗（1826—1898），法国画家，雕刻家。

就像后来到处安装电气照明之后家里突然断电的情景。他的思想在黑暗中摸索了一会儿，他取下眼镜，擦擦镜片，揉揉眼睛，直到产生另一个迥然不同的主意时才重见光明，那就是下个月应当设法给奥黛特送去6 000法郎而不是5 000法郎，因为这样可以叫她又惊又喜。

晚上，每逢他不呆在家里等待奥黛特一起去韦迪兰家或去他们所喜欢的布洛涅，尤其圣克鲁那边的某家餐馆，他便自个儿去某个上流社会的人家吃晚饭，以前他是那里的常客。他不愿意跟他们失去联系，谁知道呢，也许有一天他们对奥黛特有用处，而且在此期间正多亏这种联系，他才成功地博得奥黛特的欢心。再说，他长期习惯于上流社会，习惯于铺张扬厉，对此他既不以为然又须臾不可离，因此，虽说他对最简朴的住宅和最豪华的公馆不分厚薄，同等看待，但他的感官对豪华的公馆太习惯了，以至于呆在简朴的住宅里颇感不舒服。他对在某幢楼4门6层左边的房间里举办舞会的小资产者和对在巴黎举行最盛大的招待舞会的巴尔马公主一视同仁，其认同的程度，连小资产者们都难以置信；然而，当他和当了父亲的男人们一起呆在女主人的卧室里时，他就没有身临舞会的感觉了，看到盥洗盆上堆放着毛巾，床铺成了衣帽间：床罩上堆满大衣和帽子，他就感到窒息了，就像如今用了20年电灯的人突然闻到煤油用尽的灯芯和冒烟的长明灯散发的气味那样。

他在外边吃晚饭的日子，总让车夫7点半备好车；他一边穿衣服一边思念奥黛特，这样他不至于感到孤单，因为对奥黛特不断的思念使他在远离她时和在她身边时同样感到那种特殊的魅力。他登上马车，感到这种思念像一头心爱的小动物与他同时跳上马车，趴在他的膝上，跟他形影不离，哪怕在餐桌也如此，当然别的客人是看不出来的。他抚摸它，用它来取暖，当感到颓丧时，他便情不自禁地微微颤抖起来，脖子发冷鼻子发紧，这在他是从未有过的，这时他总把一束耧斗菜花别在上衣的饰孔上。一段时间以来，尤其自从奥黛特把福什维尔介绍给韦迪兰夫妇之后，斯万觉得身体不适，心灰意懒，很想到乡村休息一下。但只要奥黛特呆在巴黎，他连离开一天的勇气也没有。天气暖和了；这是春天最美丽的日子。他尽管坐着车穿行这座石头城去一处隐秘的公馆，但眼前却不断呈现他在孔布雷附近的花园，那里一到下午4点钟，没等他走到芦笋园，就有梅泽格利兹田园的微风迎面扑来，在绿树棚下就可以感到周围长满勿忘草和菖兰花的池塘旁的那种清新凉爽；每当他在花园里吃晚饭的时候，餐桌四周摆着由他的花匠编织的醋栗和玫瑰。

晚饭后，如果布洛涅森林或圣克鲁那边的约会订得比较早，他便在晚饭刚结束就告辞，尤其天空可能下雨，“信徒们”会提前散去；有一次洛姆亲王夫人家晚饭开的比较晚，斯万没等上咖啡就告辞了，急着去布洛涅森林的小岛与韦迪兰夫妇聚会，洛姆亲王夫人说：

“说真的，斯万若年纪再大30岁，膀胱又有毛病，那他溜得这么快，还情有可原。不管怎么说，他太不把别人放在眼里了。”

他心想，虽然不能去孔布雷领略明媚的春色，但至少可以在天鹅岛或圣克鲁观赏一番。然而他一心只想着奥黛特，甚至不知道是否闻到了树叶的新香，是否看到了清辉的月光。他到达时，人们在花园里，餐厅的钢琴正在演奏那首奏鸣曲的乐句。即使那里没有钢琴，韦迪兰夫妇也会兴师动众叫人从房间或餐厅搬一架下来，但这不等于说斯万重新得到他们宠爱了，完全不是的。想到为某个人，甚至为某个他们不喜欢的人安排一件精巧的乐事，他们在做准备工作的时候，这种想法在他们身上培育着同情和热忱的感情，尽管是昙花一现的，偶然萌发的。有时他思忖，又是一个春夜过去了，他强迫自己去注视树木，去注视天空。但只要奥黛特在场，他就烦躁不安，再加上一段时间以来轻度发热引起身体不适，这使他失去了平静和安逸，而这两者是感受大自然所不可缺少的基础。

有天晚上，斯万应邀同韦迪兰夫妇共进晚餐，在饭桌上他顺便说起次日要和老同学们举行聚餐，奥黛特居然当着福什维尔(他现在成为韦迪兰夫妇的一名信徒)，当着画家，当着科塔尔，当着众人的面，对斯万说：

“好吧，我知道您有宴会，因此我只能在我家里见到您了，可别来得太晚了。”

斯万虽然从来没有因奥黛特对这个或那个信徒的友情而感到不愉

快，但听到她在大庭广众之间毫不怕难为情地承认他们每晚的幽会，他在她家的特殊地位，以及对他显而易见的偏爱，他心里着实舒坦。诚然，斯万常想，奥黛特根本算不上出色的女人，在他看来，显露对一个比他低微得多的人的优势并不光彩，不值得在“忠实信徒们”面前夸耀，但自从他发现对许多男人来说奥黛特是个妩媚迷人、富有性感的女人，她的肉体使他们神魂颠倒，这种魅力在斯万身上唤起一种痛苦的需要，他要完全占有她心扉的每个部位。于是他开始极其珍视晚上在她家度过的寸金难买的光阴，把她抱在膝上，让她讲述对这样或那样的事情的看法，而他自己则数说着他如今在这世上唯一让他死抓住不放的宝贝。所以，这顿晚饭之后，他把她拉到旁边，对她的感激之情溢于言表，力图通过向她表示的感激的程度使她知道她能够给予他的快乐的大小，而最大的快乐就是，当他的爱情正在绵延并在经不起风浪的时候，向他保证不让他妒火中烧。

第二天他离开宴会时，正下着倾盆大雨，他只有那辆四轮敞篷马车；一位朋友提出用轿式马车送他回家，他想既然奥黛特叫他去，这就证明她不等别人，那么，他可以安安稳稳地，满心欢喜地回家睡觉，而不必冒着雨专跑一趟。但是，假如她看到他的样子不像坚持每天毫无例外地跟她一起度过良宵，那么在他特别想跟她做一处时，她也许无意间另有安排了。

他到她家时已过了 11 点，连声道歉说没能早点来，她抱怨道确实太晚了；她还说暴风雨使她不舒服，她感到头痛，并预先告诉他只能留他半个小时，到子夜 12 点就赶他走；但过了一会儿，她感到疲劳，嚷嚷着想睡觉。

“这么说，今晚不弄卡特来兰花了？”他对她说，“我还真盼着一小朵卡特来兰花呢。”

她有点赌气和烦躁，回答说：

“不，亲爱的，今晚不弄卡特来兰花了，你看得出我不舒服嘛。”

“弄一下也许对你有好处，但我不勉强。”

她请他在走以前把灯熄灭；他走时亲自为她合上床帐。但回到家里，他突然产生一个念头：也许奥黛特今晚在等什么人，她假装疲劳，叫他熄灯只是为了让他相信她要睡觉，等他一走，她就重新点上灯，让那个人进来跟她一起过夜。他看了看钟点。他离开她差不多一个半小时了，他又出门，叫了一辆马车，把他送到离奥黛特家很近的地方停下，这条小街与她住宅后窗的那条街成直角，他有时敲敲她卧室朝这边的窗，叫她开门；他从马车上下来，周围一片僻静和黑暗，他只需走几步便可靠近她家的后墙。街上所有的窗户早已黑了，只有一家屋内灯火通明，从百叶窗透出的亮光就像被压榨过的果肉，呈金黄色的，神秘莫测；有多少个夜晚，他一踏进这条街便远远望见这道亮光，欣然自怡，仿佛得到通报："她在等你呐。"而现在看到这灯光，心如刀割，仿佛得到通报："她和她刚才恭候的人在一起。"他想知道那人是谁；他沿着墙根一直摸到窗前，然而从百叶窗斜叶片之间的缝隙什么也看不见；在这夜阑人静时，他只依稀听见有人在切切私语。

诚然，他心里难过，看到这亮光，想见窗框里面金光灿灿，一时看不见的、可憎可恶的男女在活动，听到他们在里面低声细语，这表明他走后才来的那个人还在，表明奥黛特说了假话，表明她正在跟那个人共享幸福。不过，他觉得不枉此行：刚才迫使他出门的那种痛苦由于变得明朗反倒不剧烈了，这不，奥黛特的另一重生活，那时他突然产生了怀疑，但又无可奈何，而现在他抓住她的另一重生活，它暴露在明灯亮光之下，在这间房间如茧自缠还不知怎么回事，而他，只要高兴就可以进去突然袭击，捉拿归案；或者，他去敲敲百叶窗，如同经常来得太晚时那样，至少这样一来，奥黛特会明白他已经知道底细，看见灯光，听到谈话，而他，刚才还在想象她和那个家伙嘲笑他如何上当，现在该他看着他们如何上当，如何受他的捉弄：他们以为他远在千里，而他就在窗下，正准备敲窗哩。也许，此刻他所得到近乎快乐的感受，不是怀疑和痛苦的解除，而是一种智力的乐趣。自从他堕入情网以来，他以前对事物那种孜孜以求的兴趣有所恢复，但只限于引起对奥黛特的怀念的事物，而现在嫉妒复活了他勤奋的青年时代的另一种官能，即对实情的强烈兴趣，但也只限于他与他的情妇之间的实情，这种官能只接受从她那里发出的光辉，全属个人的真相，其唯一的对象，具有无限价值和近乎超凡脱俗之美的对象，就是奥黛特的行为、交游、计划和经历。斯万在他一生的任何其他时期，向来认为个人的日常行为和琐事不足挂齿，有人向他说长道短，他总觉得平淡无奇，即便硬听下去，也只是注意力中最平庸的部分在起作用，这种时刻他会觉得自己太没出息了。然而，在恋爱的这段奇特的时期，个体竟有如此巨大的吸引力，以致唤醒了他心头对一个女人的锱铢琐事的好奇心，正如从前他对历史所产生的那种好奇心。迄今为止，他一直羞于为之的事情，如在窗前窥察，谁知道呢，也许明天会想法儿套闲人的话，或收买佣人，或在门外偷听如今在他看来，也许像辨读文本、鉴别证词、考证古迹那样，只是一些进行科学考察的方法，具有真正的学识价值，这些方法很适合寻求真相。

他正准备敲百叶窗，羞耻之心油然而生，想到奥黛特即将知道他起了疑心，走了又返回来，在街上监视。她常对他说她最厌恶猜忌的人，最厌恶盯梢窥伺的情人。他即将干的事情确实笨拙得很，她今后会厌恶他的，而在此刻，在他还没有敲百叶窗之前，也许她还爱着他，尽管她已欺骗他了。这样，为了一时的痛快而白白牺牲多少可能得以实现的幸福哪！然而弄清真相的欲望更为强烈，并且在他眼里也更为崇高。他知道，他不惜牺牲生命予以核实的真情实况就在这透出条条灯光的窗户背面可以见出，有如学者查阅珍贵的手稿，对烫金封面下蕴藏的艺术价值不会无动于衷的。斯万面对的这部手稿是独一无二的，转瞬即逝的，极其珍贵的，由无比温暖和异常美丽的透明物质构成，要弄清使他心潮澎湃的真相，在他有着无穷的乐趣。再者，他感到比他们有利——他多么需要这种感觉呀——其优势也许不在于他知道，而在于能够向他们表明他知道。他踮起脚。敲窗。他们没有听见，他又重重地敲了敲，谈话声中断了。但听得一个男人的声音，他竭力分辨这是他所认识的奥黛特的朋友中的哪一位，那人问道：

"外边是谁呀？"

他吃不准是谁的声音。他又敲了一下。窗打开了，百叶窗也打开了。现在无法后退了，既然她马上什么都明白了；为了不显得过分狼狈，过分妒忌，过分好奇，他只得装作一副漫不经心和高高兴兴的样子，大声说道：

“您不必出来啦，我从这儿经过，看见有灯光，想知道您是否好些了。”

他望了望。但见面前是两位先生出现在窗口，其中一位举着灯，于是他看清房间，一间陌生的屋子。平时每逢很晚来奥黛特家，他总凭所有一模一样的窗户中唯一有亮光的来识别奥黛特的窗户，他这回搞错了，敲了隔壁一家的窗子。他连声道歉后走开了，回到家里，称心如意，他的好奇心得到了满足，而他们的爱情则一点未受损害，长久以来他对奥黛特一直装出一副满不在乎的神情，现在并未因嫉妒而印证他是多么爱她：两个情人之间，爱得太深的一方一旦表露，就永远使得接受爱情表露的一方不必爱得太深了。

他没有跟她谈起这件不如人意的事，自己也不再瞎想了。不过，有时思想活动与对此事的回忆相遇，与它碰撞，把它埋得更深，斯万感到一阵突发的、深沉的痛苦。就像是一阵肉体的剧痛，斯万的思想无法减轻这种痛苦；然而肉体的痛苦至少还是独立于思想的，思想可以注视肉体的痛苦，察看它有所减轻，或暂时中止。而这种思想上的痛苦，只要一触动，就马上再现。即使决意不去想它，实际还是在想，痛苦犹存。跟朋友们聊天，有时忘了痛苦，但人家说的某句话可能突然使他改变脸色，正如一个伤员被一个笨手笨脚的人不小心碰到了痛处。当他离开奥黛特时，他是幸福的，内心平静，仿佛又看见她在谈论某某男人时含讥带讽的微笑和对他投以含情脉脉的微笑；她的头偏离身体的主轴沉甸甸地向他倾斜，几乎不由自主地倒向他的嘴唇，就像她第一次在马车里那样，于是他想起倒在他怀里时那无神的目光，一边怕冷似地把倾斜的头紧贴在他的肩上。

然而，嫉妒仿佛是爱情的影子，相辅相成：今晚她向他投来的微笑，此刻正在嘲弄他，而且正在充满爱情地投向另一个男人；就在今晚让他亲吻的脸，此刻正倒向另一个男人的嘴边，把曾给他的种种亲昵给了别人。斯万从她家带出的种种给他快感的回忆就像室内装饰家提交的草图、“初步设计”，提供给他去设想她跟别的男人可能做出的热烈的或痴狂的举态。因此他后悔不迭，后悔他在她身边感受到的每一个乐趣，后悔由他创造的每个亲抚并冒冒失失向她指出亲抚有多么甜蜜，后悔他在她身上发掘的每一分风韵，因为他知道，过一会儿，这一切将变成新的利器，用来折磨他本人。

这种折磨变本加厉了，当他回忆起几天前第一次在奥黛特的眼里意外地发现一种生硬的目光。那是发生在韦迪兰家晚饭结束之后。也许福什维尔觉得他的连襟萨尼埃特在韦迪兰家不受欢迎，想把他当作嘲笑的对象，损了他又在韦迪兰夫妇跟前露了脸；也许萨尼埃特刚才对他说了一句不高明的话而惹恼他了，尽管在座的人根本没有觉察，不知道此话包含什么使人不快的暗示，到底是谁毫无恶意地失口冒犯了什么人；总之，也许他一段时间以来一直寻找机会把深知他底细的人撵出这个家门，他知道事情棘手，有时候只要这样的人在场，他就觉得不自在，所以福什维尔回答萨尼埃特这句不高明的话时非常粗暴，破口辱骂，对方越恐惧越懊丧越哀求，他越加大胆，越加骂得凶，害得这个可怜虫求助韦迪兰夫人，不知是否应该继续呆下去，他没有得到答复，只好眼泪汪汪，嘟哝着告退了。奥黛特亲眼看到这个场面，她一直无动于衷，但等到萨尼埃特出去后房门重新关上，她脸上通常的表情立即下降好几个档次，一直降到下流的程度，与福什维尔不相上下：她灼灼的眸子闪着假惺惺的微笑，以示祝贺他表现的胆略，同时嘲讽深受其害的那个了；她向他投去串通伤人的一瞥，明白无误地表明：“真是致命的一击，我不会搞错吧。您瞧见他的窘相了吧？他都流眼泪了。”福什维尔的眼神与她的目光相遇，怒色顿清或收敛起他假装出来的满脸怒容，含笑回答：

“他只要识相一些，还可以来嘛；恰当的惩罚对谁都是有益的，老少咸宜嘛。”

一天斯万下午外出访友，不料那人不在家，于是转念去奥黛特家，虽然这个时辰他从未去过她家，但他知道她肯定在家，或午睡或午茶前写信，心想这个时候去看她一下满有意思的，又不至于打扰她。看门人对他说好像她在家；他按了门铃，似乎听见有声音，有人走动，但不来开门。他又急又恼，跑到住宅背后的小街，接近奥黛特卧室的窗户，但窗帘挡着他的视线，什么也看不见，他用力敲敲窗玻璃，喊叫起来；没有人来开窗。却见几个邻居探头瞧他。他走了，心想说不好刚才听错了，不是什么脚步声；但这事总叫他牵肠挂肚，没有心思考虑别的问题了。一小时之后，他又回来了。他找着她了；她对他说刚才她在家，但他按门铃的时候，她在睡觉；铃声把她惊醒了，她猜是斯万，于是赶紧出来开门，但他已经走了。她听见有人敲窗玻璃了。斯万立即从她的陈述中识别出某些真情实况，但那是说谎者在被揭穿之后故意塞进他们所编造的谎言中去的，借此聊以自慰，满以为有了这一点真相就可以把假话惟妙惟肖地说成真话。奥黛特干了不愿别人知道的事情，当然要深藏不露。但一旦面对她要欺骗的人时，她便心慌意乱了，思绪纷乱了，杜撰和推理的能力瘫痪了，脑子一片空白，但又不得不说点什么，可思想所及恰恰是她想隐瞒的事情，唯其如此，真实的事情才留存脑际。于是她截取其中一个本身并不重要的实况，心想这样毕竟好些，既然这是个经得起核实的细节，总不会比虚假的细节更危险吧。“这至少是真实的，”她暗自思忖，“总可以得分的，他尽管调查好了终将承认这是真话，总不会是真话让我露马脚吧。”她想错了，正是这个让她露了马脚，她哪里想得到这个真实的细节原来是有棱有角的，只有跟真相的真实细节连接在一起时才榫合，而她却随意取舍；不管她把这个真实的细节插进哪些杜撰的细节，总会露出多余的题材和未经填补的漏洞，从而出现破绽，显得不那么浑然一体。斯万暗自思忖：“她承认听见我先按铃后敲窗，她猜出是我，并很想见我。但她没叫人来开门，这个事实表明她的话不能自圆其说。”

然而，他没有向她点破前后矛盾之处，心想让她一股劲往下说，没准又会编出什么假话，倒给弄清真相提供一丝线索；他让她继续诉说，不打断她，带着急切又悲痛的敬意谛听她吐出的每字每句，正因为她说出的话语是遮人耳目的，他觉得她的话把那无比珍贵的，咳，无处寻觅的实情蒙上一层神圣的纱帘，依稀露出痕迹，勾出未确定的轮廓：刚才3点钟他来的时候她到底在干什么，对此他永远只能得到谎言，如同难以辨认却不可侵犯的遗迹，这个真实只存在于窝藏者的记忆中，此人静静地望着它而不懂得欣赏，但又不肯把它交出来给别人。诚然，他有时也猜想得出。奥黛特的日常行为不见得都是富有情感色彩趣味的，她跟其他男人可能发生的关系自然还没有普遍到使一切有思想的人万念俱灰，头脑发热，自寻短见，于是他懂得，这种关切，这种忧伤，在他身上的存在好似生了一场病，等到病愈康复，奥黛特的一举一动，她可能给予的亲吻，又会变得不怎么叫人伤心，如同众多其他女人的举动和亲吻。然而，斯万眼下所抱的这种折磨人的好奇心，其原因正在他自己身上，懂得这一点不是为了使他觉得把这种好奇心视为至关重要和不遗余力加以满足是什么不合情理的事情。只因斯万上了一定的年纪，他的人生哲学已经不再是青年人的人生哲学了，当时风行的哲学，斯万经常出入的那个阶层的哲学，即洛姆亲王夫人那个小集团的哲学：只有怀疑一切的人，只有从每个人的癖好中发现真实和确凿的东西的人才被公认为有才智，这种哲学曾促进斯万形成自己的人生哲学，这是一种实证哲学，几乎是医学哲学，不再外露人们所企望的目标，而力求从逝去的岁月中清理出习惯和激情的积淀，人们总以为自己身上的习惯和激情是赋有特征性的，永恒性的，所以毫不犹豫地首先关注他们所采取的生活方式是不是能迎合这些习惯和激情。斯万觉得把无视奥黛特所作所为作为他生活中的一份痛苦是明智的，正如潮湿的天气使他的湿疹更厉害了；他还觉得在他个人收支中拨出一笔可观的资金用于收集奥黛特日常行踪的情况也是明智的，否则他会感到遗憾，正如他为其他的癖好拨款，因为他知道可以从中获得乐趣，至少在他谈恋爱以前是这样的，比如从收藏和佳肴获得的乐趣。

当他向奥黛特告辞准备回家时，她请求他再呆一会儿，甚至急切地挽留他，拽住他的胳膊，在他要开门出去的时候。但他没有留意，因为在贯串交谈的大量手势、话语、枝节中我们明明接近一些遮掩真相的东西而未加注意，没有引起我们的警觉，因为我们对真相的猜测是盲目的，相反，我们对一些毫无内涵的东西倒驻足关注，这一切都是不可避免的。奥黛特一再向他重复："你呀，一向下午不来的，难得来一次，我却没见着，有多倒霉嘛。"他心里明白她对他的爱并不深，不会因为他来访未遇而产生如此强烈的遗憾，不过，她心地善良，一心想取悦于他，每当她惹他生气时，她往往也很伤心，所以他觉得她这次心里难过非常自然，因为她使他失去了共度一小时的乐趣，这种乐趣对她未必重要，但对他却十分重要。她对一件没有什么了不起的事情始终显得痛心疾首的样子使他感到惊讶。她的样子比平常更使他想起画《春》[①]的画家笔下的妇女面容。这时她垂头丧气，愁容满面，仿佛被无法承受的痛苦压得一蹶不振，酷似画中妇女们守着儿时的耶稣玩一只石榴或看着摩西向食槽里倒水时的那种表情。她的这种表情他曾见过一次，但不记得在什么时候了。但突然，他想起来了：有一次奥黛特对韦迪兰夫人撒谎，推说病了，那是她未去吃晚饭的第二天发生的，其实她跟斯万做一处了。话说回来，即使奥黛特是世间最严于律己的女人，也大可不必为一个无伤大雅的谎话而感到内疚。然而，奥黛特通常说的谎言并不那么天真无邪，而是用来掩饰她跟这样或那样的男人之间产生的叫人受不了的困境。因此，每次说谎，她都害怕得要命，感到自己理屈词穷，对谎言的效果毫无把握，因体力不支直想哭，就像一些没有睡足的孩子那样。再者，她知道她的谎言往往严重损害被骗的男方，如果谎言露出破绽，她没准反倒自投罗网了。当下，在他面前她感到自惭形秽，无地自容。即便在社交场合，由于感觉和回忆的交织，无奈说出一个无关大局的谎话，她也会产生劳累过度的不适感和干了坏事的负疚感。

她到底想对斯万说什么谎？竟如此使人沮丧，她的目光饱含痛苦，她的声音充满哀怨，仿佛在她自身的压力下支撑不住了，仿佛在请求宽恕。他灵机一动，猜想她不仅竭力对他掩盖下午那件事的真相，而且有更迫在眉睫的事，也许还没有发生的事情、即将到来的事情，而此事又可能给他披露真相。就在这个时候，他听见一声门铃。奥黛特滔滔不

---

①系前文已提到的意大利画家波堤切利；《春》是他的代表作之一，画于1478年。

绝，但她的话语只是一连串呻吟般的自责：为下午未见着斯万而遗憾，为没有给他开门而遗憾，她的遗憾变成真正的绝望了。

这时传来大门重新关上的声音和马车的响声，好像有人吃了闭门羹走开了，大概就是斯万不该谋面的那个人吧，就是被告知奥黛特不在家的那个人吧。这么说，在他通常不来的时刻，只来了这么一次，就发生那么多她不愿意他知道的事情，想到这里，不免感到气馁，甚至忧伤。但由于他热恋着奥黛特，由于他习惯一切为奥黛特着想，他对她的恻隐之心油然而生，自言自语道："可怜的宝贝！"在他离开的时候，她拿起放在桌上的好几封信，问他是否可以顺路替她投邮。他把这些信带走了，但回到家里才发现信还在他身上。于是返回原路到了邮局，从口袋掏出信，正准备扔进信箱时看了看地址。所有的信都是寄给供应商的，只有一封例外，是寄给福什维尔的。他把这封信留在手里。他暗自思忖："如果我看了里面的内容，就知道她怎样称呼他，怎样对他说话，他们之间是否有事。也许不看反倒对奥黛特不诚实，因为这是消除我怀疑的唯一办法，对她的怀疑也许是捕风捉影，不管怎么说这种怀疑并不使她痛苦呀，而信一旦寄出，那就没有任何东西能消除怀疑了。"

他离开邮局回家，把信留在身上没有寄出。他点燃一支蜡烛，把信封凑近烛光，没敢拆开。起先他什么也看不出来，但信封很薄，把信封和信里的硬卡片贴紧，由于信封是透明的，他终于看出最后几个字。那不过是一句冷冰冰的结束语。如果不是他看一封给福什维尔的信，而是福什维尔看一封给斯万的信，那么就可看到大为温柔的结尾语了！信封比卡片大得多，他用拇指轻轻推动卡片，分别把一行行的文字推到信封上没有夹层的部分，把卡片和信封摁紧，那是唯一透得出字迹的部分。

尽管如此，他仍看不大清楚。不过这已无关紧要了，因为他看懂的内容足以澄清信里说的只是一件不重要的小事，跟男女私情毫不搭界，是有关奥黛特表叔的什么事情。斯万看清楚一行的开头写道："我十分明智，"但不懂奥黛特十分明智地干了些什么，突然先前没有看清的一个词显现了，使他搞清整个句子的意思："我十分明智地开了门，是我表叔嘛。"开了门！原来刚才斯万按门铃的时候，福什维尔在里面，后来她把他打发走，这么说，他听到的是福什维尔的声音。

这样，他把信的全部内容读通了；在信的末尾她表示歉意，说对他招待不周，还说他把香烟忘在她家了；最后这句话跟斯万初期一次来访后她写的信上的那句话一模一样。但给斯万的信上她还加添道："为什么您不把心也忘在这里呢？那样的话，我就不让您收回去了。"给福什维尔的信中却根本没有这类话：没有任何暗示使人猜想他们之间会有私通。说实在的，要论上当受骗，福什维尔比他更甚，既然奥黛特给他的信中让他相信来访者是他的表叔。简言之，是他，斯万，最受她器重，为了他，她才把别人打发走。然而，如果奥黛特和福什维尔之间没有什么名堂的话，为什么不马上开门，为什么说"我十分明智地开了门，是我表叔嘛"？如果她那时不在干什么坏事，福什维尔怎么能明白她不可以开门的原因呢？斯万茫然若失，他沮丧，羞愧，但又暗中自喜，面对奥黛特毫无戒心地委托给他的这封信，感到她对他的正直寄于绝对的信任，但通过信封这个透明的窗口，他依稀看到奥黛特一点隐秘的生活，这种隐秘的事情他先前不敢企望得悉，如今未知王国的高墙打开了一道窄缝，透出了一道亮光。于是他的忌妒心大悦，仿佛这种忌妒心有一种独立的、自私的、吞噬一切的生命力，甚至不惜损害他本人。因为至此他一直保持着最初的那种温情，即不打听奥黛特日常的时间安排，也懒得动脑筋用想象去填补这片无知的空白。他并不猜忌奥黛特的全部生活，只猜忌她一天中的几个时辰、某种情况，也许是被曲解的情况，引导他猜测奥黛特可能瞒着他跟别人乱搞。他的忌妒心，好似章鱼捕食，首先伸出一只触手，然后伸出第二只，再后伸出第三只，首先抓住傍晚5点这个时辰，然后另一个时辰，再后又一个时辰。但斯万不会虚构痛苦。在他，所谓痛苦，只是来自外部的某种痛苦的回忆和延续。

然而，外部的一切都给他带来痛苦。他决意让奥黛特跟福什维尔离得远远的，带她去南方呆几天。可他又认为旅馆里所有的男人都看中她，而她也对他们动了欲念，从前他在旅行的时候总结交新人，寻找人多热闹的地方，而现在他不爱交际，躲避社交场所，好像社交团体曾伤害过他，令他非常难堪。在他眼里，任何男人都可能是奥黛特的情人，他怎么能不愤世嫉俗呢？这样，他的忌妒心比他当初对奥黛特那种富于快感的和令人喜悦的欲望更为强烈，以致他的性格变坏了，变得面目全非，在外人看来，甚至连表现性格的外貌特征都变样了。

在他偷看奥黛特给福什维尔的信之后一个月，斯万出席了韦迪兰夫妇在布洛涅森林举行的晚餐。正在散席的时候，他发现韦迪兰夫人跟好几个客人窃窃私语，看出他们在提醒钢琴家第二天出席在沙图的聚会；而他，斯万，没有受到邀请。

韦迪兰夫妇说话的声音很轻，而且含糊其辞，但画家心不在焉，大声说道：

“不需要任何灯光，让他在黑暗中演奏《月光奏鸣曲》[①]，月光溶溶，万物生辉。”

韦迪兰夫人见斯万近在眉睫，立即摆出一副神情，示意让说话的人住嘴，又要听话的人明白这不是她指使的，这个愿望却被她木然的目光冲淡了，目光中同谋会意的神色僵硬地退隐到纯朴的微笑背后，这种木然的目光屡见不鲜，比如发现别人说了一句不合时宜的蠢话：说者无意，听者有心。奥黛特突然脸上挂出一副绝望的神情，觉得生活的重负实在太艰难，只得坐以待毙，而斯万如坐针毡，急切地盼望散席离开餐馆，在回家的路上可以向她问个究竟，设法使她第二天不去沙图或让她出面把他也带去，从而在她的怀里他那心急火燎的性情得以平静下来。终于大家唤马车了。韦迪兰夫人对斯万说：

“那么，再见吧，希望不久再见面，是吗？”竭力用和蔼的目光和盈盈的微笑使他想不到她故意不对他重复平时常说的下文：“明天在沙图见，后天在我家见。”

韦迪兰先生和夫人请福什维尔坐他们的马车，斯万的马车排在后面，等他们走后让奥黛特上他的车。

“奥黛特，我们送您回家，”韦迪兰夫人说，“瞧，福什维尔先生旁边为您留着座位呢。”

---

① 系贝多芬所作的奏鸣曲，而不是指本书的人物万特伊所作的奏鸣曲。

“好的，夫人。”奥黛特回答。

“怎么，我想，由我送您回家。”斯万大声说道，直截了当地说出要说的话，因为车门开着，时间紧迫，他不能没有她就这样单独回家。

“可韦迪兰夫人让我……”

“瞧您的，您满可以自个儿回去嘛，我们让您送她的次数够多的了。”韦迪兰夫人说。

“我有件重要的事要对这位太太说。”

“好哇，那您就给她写信吧……”

“再见。”奥黛特边说边伸出手跟他告别。

他勉强微笑了一下，但样子十分狼狈。

“你瞧见斯万现在以放肆的举止对待咱俩了吧？”韦迪兰夫人回家后对丈夫说，“我以为他要一口吃掉咱们，只因我们送奥黛特回家。实在太放肆了！他把咱们看作是开幽会馆的了！我真不明白奥黛特竟受得了这份子气。他那种神气完全等于对她说：您是属于我的。我要把我的想法告诉奥黛特，希望她能明白。”

过了一会儿，她又气冲冲地加添道：

“哼，瞧他那个德行，该死的畜生！”她不自觉地学着乡下人宰牲口时的用语，也许还出于内心替自己辩护的需要：乡下人看着在自己的屠刀下垂死挣扎的、不伤人的动物时就这般谩骂，正如弗朗索瓦丝在孔布雷宰鸡，那母鸡就是不肯断气。

韦迪兰夫人的马车走后，斯万的马车也向前行进，他的车夫盯着他问是否病了或遇上什么麻烦了。

斯万干脆把车夫打发回家，宁愿走走，穿过布洛涅森林步行回家。他大声自言自语，其声调一如他迄今历数小核心的千姿百态和颂扬韦迪兰夫妇的崇高，不过有点不自然。然而，奥黛特的言谈、微笑、亲吻，他以前觉得有多甜蜜，现在却觉得有多可憎，同样，韦迪兰夫妇的沙龙，他刚才还觉得趣味盎然，散发着真正的艺术情趣，甚至某种贵族的风范，而此刻在他面前暴露得多么可笑，可恶，可耻，因为奥黛特将在那里会见另一个男人，跟另一个男人无拘无束地调情。

他想象第二天在沙图的晚会，心中不胜厌恶：“首先，亏他们想得出来去沙图！活像刚打烊的服饰用品商！这些人实在市侩气十足，与现实生活格格不入，简直像从拉比什①戏剧中走出来的。”

科塔尔夫妇大概会应邀前往，也许还有布里肖。“这些小人物相依为命，我敢说，明天要是不在沙图聚会，他们就觉得活不下去了，这种生活真是奇形怪状！”最要命的还是那个画家，喜欢“促成婚姻喜事”的，他会邀请福什维尔陪奥黛特去他的画室。他想奥黛特会打扮得花枝招展去参加乡间聚会，“因为她太庸俗了，这个可怜的小女子，她太糊涂了！！！”

他仿佛又听到韦迪兰夫人晚饭后的玩笑，不管以哪个讨嫌的家伙为取笑的靶子，他总那样乐不可支，因为他看见奥黛特在笑，跟他一起笑，几乎跟他的笑融为一体。现在他觉得他们也许把他当笑柄来引奥黛特发笑哩。“多么令人恶心的戏谑！”他叹道，嘴巴噘起一个嫌恶的表情，因噘得过高，觉得下巴直至脖子的肌肉一阵紧张，使衬衣领子都移动了，“她有一副圣像的面孔，像这样的女性怎么会从如此令人恶心的戏谑中找到笑料呢？任何鼻子略为灵通的人都会厌恶地躲避这种臭气的熏染。简直难以想象，一个好端端的人居然明白不了，当他肆意取笑一个正向他伸出手来的同类时，他已跌入永劫不复的泥淖，他们置身泥潭，喊喊喳喳，蜚短流长，恶浊不堪，我要呆在离他们万里云外的九重蓝天上，不让韦迪兰这婆娘耻笑的唾沫溅到我身上来，”他提高嗓门，昂起头挺起胸，傲气凌然，继续自言自语，“上帝给我作证，我诚心诚意想把奥黛特拉出泥淖，使她上升到较为崇高和较为纯洁的氛围中去。但人的忍耐是有限的，我的忍耐已到尽头了。”好像把奥黛特从冷嘲热讽的氛围中抢救出来这个使命由来已久，并不始于几分钟之前，好像他赋予自己这个使命并不始于他看出那些冷嘲热讽的对象也许正是他自己，而且旨在把奥黛特从他那里挖走。

---

①拉比什（1815—1888），法国剧作家，其喜剧多为讽刺第二帝国治下的小资产阶级。

他想象着钢琴家准备演奏《月光奏鸣曲》，韦迪兰夫人害怕贝多芬的音乐有损她的神经时做出的神态，不禁骂出声来："白痴，骗人精！这种货色也配热爱艺术！"她会在奥黛特面前花言巧语，替福什维尔说几句好话，正如她从前曾经替他说好话那样："您挪动一下，让德·福什维尔先生在您身边挤一挤。""暗中捣鬼！老鸨母！拉皮条的婆娘！""拉皮条的婆娘！"他也用这个名词来形容音乐，那种音乐引诱一对对男女默不作声，并肩遐想，四目对视，四手相携。此刻他觉得柏拉图、博叙埃[①]和法兰西旧时的教育对艺术持严厉态度有好处。

简言之，在韦迪兰夫妇家过的生活，以前他口口声声称之为"真正的生活"，如今在他看来是最糟最糟的生活，他们那个小核心是最差最差的圈子。他嘀咕："社交场地地道道的末流，但丁《神曲》中最糟的圈子。毫无疑问，那段令人肃然起敬的话是针对韦迪兰夫妇这样的人而发的。说到底，上流社会人士，尽管无足称道，但毕竟与这帮流氓大相径庭，他们拒不理睬这帮家伙，不肯为碰他们而弄脏自己的手指，确实表现出了深谋远虑。圣日耳曼区流行的那句 Noli me tangere[②] 是多么具有远见卓识呀！"他早已走出布洛涅森林的小径，差不多快到家了，但还没有摆脱痛苦，还没有从言不由衷的激奋中清醒过来，语调之虚假，音色之造作，使他越说越起劲，简直如醉若狂，在万籁俱寂的夜晚，慷慨激昂地大发议论："上流社会人士固然有自身的缺点，我比谁都看得清楚，但有些事情他们毕竟干不出来的。比如我曾相识的那个风雅女士，虽说远谈不上完美无缺，但在她身上毕竟还有正派之处，其手段也是正大光明的，不管发生什么事情，决不可能背叛，这些足以说明那个风雅女士和泼妇韦迪兰婆娘之间有着天壤之别。韦迪兰！名不见经传！嘀，可以说他们是那一类中最地道的，最正宗的货色！感谢上帝，现在还来得及，决不降贵纡尊，跟这帮无耻之尤、这伙渣滓同流

---

① 博叙埃（1627—1704），法国作家，宣道家。

② 拉丁文：不要碰我。参见《新约全书》的《约翰福音》第 20 章："马利亚见证之复活，耶稣说，不要摸我，因我还没有升上去见我的父……"

合污。”

话说回来，前不久他还把种种美德归于韦迪兰夫妇，即使他们当真有这些美德，但如果他们不促进和不保护他的爱情，这些美德不足以激起他那种狂热，以致为韦迪兰夫妇的大度动了感情，他的狂热如果说是受别人的传播而感染的，那只能来自奥黛特；同样，今天他认为韦迪兰夫妇缺德，但如果他们没有邀请奥黛特和福什维尔，如果他们没有撇弃他，那么他们的缺德行为不至于引起他的狂怒，不至于惹他痛斥“他们是无耻之尤”。斯万的声音可能比他的头脑更为敏锐：他的话充满对韦迪兰圈子的厌恶和对与之决裂的喜悦，如果他说的时候不是矫揉造作的，好像那些字眼经过选择专门用来发泄他的怒火，而不是用来表达他的思想。确实，他在破口大骂的时候，他的思想很可能不知不觉地被一个截然不同的对象所占领，这不，他一到家，刚关上大门，就猛敲自己的脑门，立即吩咐下人打开大门，当他再次跨出大门时，这次用很自然的声音喊道：“我想有办法让人邀请我参加明天沙图的晚餐了！”但斯万的办法不灵，因为他根本没有受到邀请：科塔尔大夫被召去外省看一个重病号，好几天没见到韦迪兰夫妇，所以未能出席沙图的晚会，次日在韦迪兰夫妇家入席就餐时问道：

“嗯，今晚咱们见不到斯万先生了吗？他有个所谓的至交在……”

“嘿，我希望不见他！”韦迪兰夫人大声说道，“上帝保佑，别让咱们再见到他了，他令人厌烦，既愚蠢又缺乏教养。”

科塔尔听了这话，表现出大吃一惊和唯命是从的双重神色，恰如面临完全出乎他意料的和明显得不可抗拒的真理；他垂下双眼，鼻子对着菜盘，既激动又畏惧，为了接上话茬，只得连声：“嗳！嗳！嗳！嗳！”仿佛在步步后退，他的嗓子因中气不足，由高到低，逐渐按下行音阶下降，直到音区的最低点。从此斯万被韦迪兰夫妇拒之门外了。

于是，原来使斯万和奥黛特会合的这家沙龙变成他们约会的障碍。她不再像他们初恋时那样对他说：“反正咱们明晚要见面的，韦迪兰家请吃夜宵，”而说：“咱们明晚不能见面，韦迪兰家请吃夜宵。”或者，韦迪兰要带她去喜歌剧院观看《克莉奥佩特拉的一夜》，斯万从奥黛特眼中看出恐惧的神情，恐怕叫她别去，曾几何时，他若见到恐惧的神情掠过情妇的脸时，他会情不自禁地吻上一吻，而现在却怒不可遏。他暗自思忖：“我看到她像鸡啄粪堆似的热衷那种糟糕的音乐，我感到的其实不是愤怒，而是悲哀，当然不为我自己悲哀，而为她悲哀；悲哀地发现她跟我接触了6个多月之后，居然没有发生足够的变化，以便自动地排除维克多·马塞[①]！尤其令人悲哀的是她竟不能明白有些晚上，一个本质略微高尚的人在别人的请求下是应当会放弃某种乐趣的。她应当会说：‘我不去。’哪怕出于投其所好，因为别人根据她的回答来判定她的精神素质，而且一锤定音，永不变更。”他先使自己相信确实仅仅为了对奥黛特的精神价值能作一个比较有利的评价，才希望那天晚上留下陪他而不去喜歌剧院，然后用同样的推理去说服奥黛特，先后的态度都是言不由衷的，对后者更甚，因为他还不由自主地想以自尊心来让她上钩。

“我向你保证，”他在她临去剧场前几分钟对她说，“虽说叫你别去，但我若是自私的人，我倒满心希望你拒绝我的要求，因为我今晚有许许多多事情要做，你要是回答我不去，我反倒作茧自缚，对如此出于我期望的回答会深感不安。但是，我的事务，我的娱乐不是高于一切的，我得为你着想。可能会有那么一天，我不得不永远离开你时，你会责备我在紧要关头没有提醒你，就是我觉得即将对你做出严厉的判断的时刻，对这种严厉的判断，爱情是抵抗不了很久的。你明白吗?《克莉奥佩特拉的一夜》（多糟的标题！）对这件事毫不相干。问题在于必须知道你是否真的是头脑最糊涂的人，最缺乏魅力的人，不能放弃一切乐趣的可鄙的人。如果你是这种人的话，那么人家怎么能爱你呢？因为你甚至还算不上一个成熟的人，一个定型的人，一个虽不完美却可臻完美的人。你是一汪未定型的水，顺着别人给你安排的斜坡往下流，你是一条没有记忆和不会思考的鱼，只要生活在玻璃水族缸里，就会每天上百

---

① 维克多·马塞(1822—1884)，法国音乐家，巴黎音乐学院教授，其多种喜歌剧乐曲深受民众欢喜，是《克莉奥佩特拉的一夜》的作者。

次地碰撞玻璃，一直以为那也是水。我并非说你的回答会立即引起我不再容你，当然不会，然而，我一旦确认你不是一个成熟的人，你毫无价值，你不会入流，那么你在我心目中就不那么迷人了，你明白吗？显然，我原想叫你别去看《克莉奥佩特拉的一夜》（你逼我弄脏嘴唇吐出这个下流的剧名），那只是说说而已，心里还是希望你去的。但我还是决定算这笔账，从你的回答引出这些后果，我认为提醒你比较正当。”

奥黛特越听越显得激动和犹豫。她虽不明白这番宏论的意思，却知道这可归入“连篇空话”之类，指责或哀求的场景之类，她对经手的男人们的这一套习惯了，不必注意话语的枝节便可得出结论：男人们要是不爱你，就不会唠唠叨叨了，而只要他们爱你，那就没有必要对他们唯唯诺诺，事过之后，他们只会更爱你。所以，她本可以若无其事地听斯万滔滔不绝地说下去，如果她没有注意到时间在消逝，只要让他再说上一阵，那么她就要“错过序幕”了，她面带温柔的，执拗的，尴尬的微笑终于对他说出这句话。

先前他多次对她说过，最使他可能中止爱她的原因，莫过于她不愿意摈弃撒谎。他对她说：“哪怕仅仅从卖弄风情角度来说，你难道不明白你若堕落为撒谎的女人会失去多少魅力？而通过一次坦白交代，你又能赎回多少过失呀！你实在没有我原先想象得那么聪明！”然而，斯万徒然地向她一一陈述她不该撒谎的理由，这些理由本可以摧毁奥黛特一整套撒谎的手段，但奥黛特并没有什么成套的手段，她只是在不想让斯万知道她所做的事情的情况下不肯对他说罢了。因此，撒谎对于她来说是一个特殊的办法，唯一决定她是否采用这一特殊办法或说出实话的依据，那要看斯万能发现她没有说真话的运气大小而定了。

体态上，她正经历着一个糟糕的阶段，她的身材变粗了，她从前那种生动而颦蹙的魅力，那种惊讶而迷惘的眼神，似乎随着青春的消逝而消逝了。恰在斯万觉得她珍贵至极的时候发现她不如从前那么漂亮了，他久久注视她，竭力重新捕捉从前在她身上发现的妩媚，但无从寻觅。然而当他明白在这个新的蛹壳下依然是奥黛特这个生灵，依然是稍纵即逝的、难以理解的、假痴假呆的心愿，这足以使他以同样的激情继续追求她。此后，他久久凝望两年前的照片，回忆起她曾是多么风姿绰约。这总算给他稍许慰藉，他为她付出多少心血呀。

韦迪兰夫妇带奥黛特去圣日耳曼，沙图，默朗，赶上好天气，常常临时建议留下过夜，第二天再回来。钢琴家惦记留在巴黎的姑妈，顾虑重重，韦迪兰夫人竭力劝他放心："她巴不得没有您，好自个儿呆上一天呢。她怎么会担心？她知道您跟我们在一起。再说一切有我担待呢。"

如果她劝不动，韦迪兰先生便亲自出马，一一询问信徒们中有谁要通知家里人，然后去找个邮电所发电报或找个使者专门为大家送信。奥黛特总是婉言谢绝，声称不用给任何人发电报，因为她早就向斯万交代清楚，当着众人的面给他发电文，等于自毁名声。有时候她一连外出好几天，韦迪兰夫妇带她去瞻仰德勒的墓地，或者根据画家的建议去贡比涅森林欣赏夕阳，然后一直到比埃尔丰古堡观光。

"想想看，她本可以跟我去观赏真正的古迹，鄙人钻研建筑达10年之久，常有名流雅士恳求去博韦或圣卢德诺指点迷津，可她却跟脑子最不开窍的粗人先后在路易-菲力浦和维奥莱-勒迪克①的糟如粪堆的玩艺儿前面忘情入迷！我觉得为此不必有艺术家的修养，即便嗅觉不特别灵的人也不会选择茅坑去消度假日，以便就近大闻特闻臭大粪。"

每逢她出发去德勒或比埃尔丰，不同意他所谓意外地陪同前往，推说这会产生可悲的后果，他便一头扎进最令人陶醉的爱情小说里，或趴在火车时刻表上，悟出办法赶去跟她相会，下午，晚上，甚至当天早上！办法？岂止找到了办法，简直获得了许可。因为时刻表乃至火车又不是为狗设置的。既然通过印发的时刻表让公众知道早上8点有一趟10点到达比埃尔丰的火车，那么去比埃尔丰就是合法的行为，无需得到奥黛特的允许；这个行为也未必是相会奥黛特，完全可以另有意图，

---

① 维奥莱-勒迪克(1814—1879)，法国著名古建筑修缮家，建筑师和建筑理论家，许多重要的宗教和民用古建筑，如圣日耳曼教堂、巴黎圣母院大教堂，都是由他主持修缮。本文中提及的比埃尔丰古堡也是他主持修缮的。

因为不认识奥黛特的人每天照样乘这趟火车，人数之多，值得生火开动火车头。

总之，他若真想去比埃尔丰，奥黛特反正阻止不了！事有凑巧，他觉得真是想去，倘若他不认识奥黛特，没准儿已经去了。好久以来他就想进一步深入了解维奥莱-勒迪克的修缮工程。再加上风和日丽，他急切渴望去贡比涅森林散散步。

真不走运，他今天唯一想去的地方，奥黛特偏不让他去。今天！如果他不顾她的禁令到那里去，他可能就在今天见到她！但是，假如她在比埃尔丰遇见无牵涉的熟人，那她会高兴地对他说："噢，您也在这儿！"甚至请那人去她和韦迪兰夫妇一起下榻的旅馆叙一叙，而相反，假如她遇见他，斯万，那她是会生气的，心想受到他的跟踪，那对他的爱情更淡薄了，也许会在见到他时气得转身就走。回家后她会对他说："好哇，我连旅行的权利都没有了！"其实说穿了，倒是他没有旅行的权利呀！

他突然想出个主意，叫他的朋友德·福雷斯泰尔侯爵带他去贡比涅和比埃尔丰，侯爵在那附近拥有一座古堡，这样他可以去那里，又不显出是为会见奥黛特。斯万把自己的计划告诉德·福雷斯泰尔，但没有向他说明意图，尽管如此，福雷斯泰尔仍喜出望外，惊异斯万15年来第一次愿意去看他的产业，他答应斯万至少陪他散步和远足好几天，既然他不愿意老呆在古堡。斯万已经想象自己同德·福雷斯泰尔先生一起在那边了。即使在那里见到奥黛特以前，即使在那里见不到奥黛特他也高兴，能踏上那块土地是多么幸福哪，正因为不知道她将在哪个确切的地方出现，在哪个时刻出现，他才觉得心里激动，到处都有她突然出现的可能：她会出现在古堡的庄园里，届时古堡在他的眼里将显得更美丽，因为正是为了她，他才去观光的；她会出现在城镇的任何一条街上，届时城镇在他看来将充满浪漫色彩，她会出现在森林的任何一条路上，届时林间道路将披上色彩深浓而柔和的夕阳所普照的红装；这类庇护所多得数也数不清，而且轮番出现，同时庇护他那幸福的、游移的、繁衍的心灵，以及变化不定的、无孔不入的希望。他会对德·福雷斯泰尔说："咱们尤其要当心别碰上奥黛特和韦迪兰夫妇；我刚听说他们恰巧也在比埃尔丰。大家在巴黎有的是时间见面，不必出了巴黎还那么形影不离。"他的朋友会感到莫名其妙，不明白为什么他一到那里就接二连三地改变主意，跑遍了贡比涅所有的旅馆餐厅，却拿不定主意在哪一家坐下，即使连韦迪兰的影子也没有；他的样子好像在追寻他声称要躲避的东西，而一旦找到，又立即避开，因为倘若他碰见韦迪兰那一小帮人，他会装模作样地闪避，暗自为见到奥黛特而高兴，况且奥黛特也见到了他，特别见到他不把她放在心上。不，她猜得出他是为了她才到那里去的。所以，当德·福雷斯泰尔来约他动身时，他却说："唉，不行啦，我今天不能去比埃尔丰，奥黛特此刻正在那儿哩。"尽管如此，他仍感到幸运，世人之中之所以只有他今日没有权利去比埃尔丰，正因为对奥黛特来说他确实同其他人不一般，是她的情人，正因为自由往来这一普遍的权利被限制在他只不过是一种奴役的方式，一种恋爱的方式，这种奴役，这种恋爱正是他无比珍惜的。显而易见，还是别冒跟她翻脸的风险为好，要有耐心，等她回来再说。他整天趴在贡比涅森林的地图上，好像那是爱情国[①]地图，身边尽是比埃尔丰古堡的照片，她可能回来的日子一到，他便又打开时刻表，计算她该乘哪趟火车，她若耽搁了，还剩下几趟车。他不出门，生怕不在家时来电报；他不睡觉，万一她乘最后一班车，出其不意地半夜来看他。恰巧他听见大门的铃声，他觉得迟迟没人去开门，便想喊醒门房，自己俯窗等奥黛特一出现就呼唤她，因为，尽管他亲自下楼十几次反复叮嘱过，他仍担心门房说他不在家。原来是个佣人回家。斯万瞧着一辆辆马车飞驶而过，这是他从前从来未加注意过的。他谛听着每辆邮政马车由远而近，驶过他家门而不停下，把不属于他的信件送到远处的什么人。他等了一整夜，完全白等，韦迪兰夫妇早就提前回来，奥黛特中午就到巴黎了；她没有想到通知他，自个儿不知干什么好，晚上便独自去看戏了，此刻她早就回家上床

---

①17 世纪法国女小说家玛德莱娜·德·斯居代里在她的小说《克莱莉》中描述一张爱情国地图，指引主人公寻找真正的爱情。

睡觉了。

这就是说她连想都没有想他。这样的时刻，她把斯万的存在都抛置脑后，反倒对她更有利，比奥黛特的全部风情更能拴住斯万的心。这样，斯万受着痛苦的煎熬，强烈的折磨使他的爱情暴露无遗，就像那次晚上，他在韦迪兰夫妇家没见着奥黛特，整整找了一夜。我小时候在孔布雷，白天还是幸福的，因为白天能把痛苦忘却，晚上重新想起来，斯万则不然。白天，他没有奥黛特的陪伴，自个儿度过；有时他心里思量，让这么漂亮的女人在巴黎独自出门未免不够谨慎，等于把一满盆珠宝放在马路中央。于是他对街上的行人一概虎视眈眈，把他们都当作小偷来憎恨。他们的面孔总体来说是丑陋的，激发不起他的想象力，诱发不起他的嫉妒。但行人的面孔让他伤脑筋，他看累了，便用手捂住眼睛，情不自禁地喊道："听从上帝的安排吧！"他像潜心研究外部世界的真实性或灵魂不灭的问题的人那样绞尽脑汁，仍百思不得其解之后，为了放松脑子，干脆听天由命了。然而，斯万对不在身边的那个女人的思念总是紧紧连着他生活中最为平凡的事情——吃饭，收信，出门，睡觉，他想到这些事情都是在她不在的情况下完成的，不免愁肠百结，有如玛格丽特·德·奥地利为美男子菲利贝尔①修建布鲁教堂，以示怀念之情，她让人在教堂各处交替刻上他们俩姓名的开头字母。有些日子，他不在家里吃午饭，而去离家相当近的一家餐馆，那里的美食从前一直得到他的赏识，而如今他去那里只是出于一个既神秘又荒唐的理由，也可称之为富于浪漫色彩的理由，那就是那家餐馆（至今依然存在）的店号与奥黛特居住的那条街的街名完全相同：拉佩鲁兹。有时她短程出门，等回巴黎后好几天才想起通知他。她不再像过去那样斟字酌句地拼凑一点真情实况来为自己掩饰，索性对他说她乘早上的火车刚回来。她的话是骗人的，至少在她是胡编乱造的，前后不一的，连记忆中到达车站的情景都不加利用；她说此话的时候，甚至懒得去想这跟她声称下火车的情景风马牛不相及。然而在斯万的脑子里则相反，这番话畅

① 美男子菲利贝尔（1480—1504），系萨瓦公爵（1497—1504）。

通无阻，刻骨铭心如不容置疑的实情，倘若有个朋友对他说，他乘的也是这趟车，但并没有见着奥黛特，斯万便认定那位朋友记错了日期或时间，因为那人的话和奥黛特的话是不一致的。奥黛特的话只在他怀疑她要说谎时他才觉得是骗人的。要使他相信她在撒谎，预先产生怀疑是个必要条件。再说有这个条件也足够了。于是奥黛特所说的一切他都觉得怀疑。哪怕听她提起一个姓氏，那必定是她的某个恋人；这种假设一旦形成，他便一连几星期都哀怨叹息，他甚至有一回去一家情报事务所去打听那个陌生人的地址，活动日程等，后来他正准备外出时，终于打听到那人原是奥黛特的叔父，并已去世 20 多年了，他这才松了一口气。

虽然通常她不允许他跟她在公共场所抛头露面，说这会遭人闲言碎语，但有时凑巧他跟她同时被邀请参加一个晚会，比如在福什维尔家，在画家那里，或某个部义办的舞会，他和她不期而遇。他跟她见面了，但不敢呆在一起，生怕显得在窥伺她跟别的男人作乐而惹恼她，他总觉得她的这种乐趣是无穷无尽的，因为他看不到终点，特别每当他孤零零地独自回来，惶惶然只身上床，就像几年之后斯万来我们在孔布雷的家时我自己切身体验的那样。有一两回，他在这样的晚会上感受到人们不禁称之为恬静的快乐，如果不是因为内心纷扰的突然消除所引起的反作用使得这种恬静的快乐受到强烈的撞击，就是因为这种快乐确实叫人心平气和，比如那次他到画家那里举办的化装舞会呆了一会儿便准备离开，撇下奥黛特不管了，那晚奥黛特化装成光彩奕奕的外国人，向身边的男人们频送秋波，笑逐颜开，而置斯万于不顾，好像预示即将领略令人销魂的快感，就在晚会上或在别处，也许再去“狂乱舞厅”，想到这里不寒而栗，这比肉体结合更引起他的嫉妒，因为他对肉体结合比较难想象；他正准备跨出画室的大门，已经到门口了，只听得有人招呼他，原来是奥黛特劈头对他说：“请您等我 5 分钟，我这就走，咱们一起回家，请您送我回家。”这几句话消除了晚会的结局对他可能引起的恐慌，反使他觉得晚会是无伤大雅的，也使他不再把奥黛特回家看成是一件难以想象的、可怕异常的事情，而是一件美妙的、熟悉的事情，就发生在他的身边，在他的车厢里，如同他日常生活的一部分；这几句话也揭去了奥黛特本人那过于炫目，过于快活的外表，揭示出她只是一时化了装，正是为了他，没有什么秘密取乐的目的，而且对这种化装她已厌烦了。

不错，是有那么一天，福什维尔也要求乘斯万的车回家，在到达奥黛特的家门时，他请求也能进去坐坐，奥黛特指着斯万回答他说："嗳，要由这位先生决定了，请问他吧。好吧，进去呆一会儿吧，可别呆久了，因为我提醒您，他喜欢跟我安安静静地谈话，不大喜欢他在时有人来上门。嘿，您如果像我那般了解他就明白了！对不对，my love[①]只有我最了解您啦？"

斯万听了她当着福什维尔的面对他说的这些亲切、偏爱的话语不胜感动，不过她若说些批评性的话，那他更感激涕零，比如她曾说过："我肯定您还没有给朋友们回答您是否出席星期天的晚宴。您不愿去，悉听尊便，但不要对人家失礼哟。"或者，"您把这篇论弗美尔的文章留在这里只是为了明天能多写一点儿吗？大懒虫！得由我督促您用心哪！"这些话证明奥黛特对他的社交应酬和艺术研究了如指掌，进而表明他们俩有着共同的生活。并且她在说这些话时，对他嫣然一笑，从微笑的深处他觉得她整个儿是属于他的。

在这样的时刻，当她给他们调橘子水时，突然像调得不好的反射镜先在墙上一个目标的周围投上荒诞不经的大影子，而后靠目标收拢，最后消融在目标里，他对奥黛特产生的种种可怕的、变幻的念头烟消云散了，最后消融在斯万眼前那迷人的躯体里。然而他忽然猜疑起来，在奥黛特家灯下度过的这个时刻也许不是她摆出道具和纸糊水果专门为他上演的一个时刻，而是奥黛特的生活中一个真实的时刻，专门为他上演的时刻是用来掩饰令人毛骨悚然又美不可言的东西，也正是他百思不得其解的东西，即是奥黛特真实生活的一个时刻，他不在场时奥黛特的生活的一个时刻；如果他不在场，她会把同一把扶手椅推给福什维尔，不

---

①英语：亲爱的。

会给他倒莫名其妙的饮料，必会给他倒这种橘子水；其实奥黛特所生活的世界并非他成天想入非非、臆造的那个可怕而神奇的世界，这样的世界也许只存在于他的想象之中，而真实的世界不会释放出任何特别令人伤心的事，它包括这张他即将趴着写字的桌子，包括这杯他将有幸品尝的饮料，包括所有那些他怀着好奇、赞赏和感激的心情静观的物件，因为这些物件在吸收他的梦幻的同时，也把他从梦幻中解脱出来，而它们自身却变得更丰富了；它们向他揭示可以把梦幻变成可触知的现实，从而引起他的智力兴趣；它们在他眼前变得鲜明突出的同时则使他的心情平静下来了。啊！假如命运允许他能同奥黛特共享一处住所，在她家就等于在他自己家，假如询问佣人午饭吃些什么，他得到的回答就是奥黛特点的菜，假如奥黛特想去布洛涅森林大道散步，他作为好丈夫责无旁贷，即使不想出门，也得陪伴她，在她觉得太热时还得帮她拿外套，晚饭后她要是想穿着便服呆在家里还得舍命陪娘子，假如他不得不老呆在她身边做她想要做的事情，那么斯万生活中的种种琐碎事情，尽管在他来说是那么的不屑一顾，却因为同时成为奥黛特生活的一部分，哪怕是最为家常的东西，比如那盏灯，那杯橘子水，那张扶手椅，蕴含着那么多的梦幻，体现着那么多的愿望而届时也会变得柔情无限，妙不可传！

然而他已充分估计到，他因此感到惋惜的，恰是失去平静和安宁，而于他的爱情会是一种不利的氛围。当奥黛特对他来说不再是一个不在身边的、想念不已的、假想出来的人物，当他对她的感情不再像那个奏鸣曲的乐句激起他心中那种神秘的纷乱，而是温情，而是感激，当他们之间的正常关系业将建立，从而结束他的痴情和忧愁，那么届时很可能奥黛特的日常活动就不会引起他的关注了，他已经有过好几次这样的猜疑，比如那天他借着日光透过信封偷读她写给福什维尔的信。他目光犀利地观察着自己的病态，好似在自己身上接种感染，以便进行研究，他思忖：一旦病态痊愈，他对奥黛特的所作所为就不感兴趣了。然而在他的病态心理中，说实在的，他却害怕病况痊愈，正如害怕死亡，因为痊愈意味着他现有的一切都将泯灭。

经过几个平静的夜晚之后，斯万的疑心平息了；他为奥黛特祝福，第二天一清早就派人把最美的首饰送往她家，因为前一天她的好意抑或激起他的感激之情，抑或激发他想见到好意再现的愿望，抑或激扬他那需要宣泄的爱情达到高潮。

可是有时候他又百般痛苦起来，他想象奥黛特是福什维尔的情妇，回忆起那次他未被邀请的沙图聚会的前夕，在离开布洛涅森林时他们俩坐进韦迪兰夫妇的双篷四轮马车，眼睁睁看着他徒然央求奥黛特乘他的马车回家，他那绝望的神情连车夫都发觉了，他不得不自行回家，孤零零的，如丧考妣，她势必指着他的背影对福什维尔说："嗯！他快气疯了！"他的目光一定和福什维尔那天把萨尼埃特从韦迪兰夫妇家赶走时的目光是相同的：灼人，嘲弄，下流，阴险。

于是斯万厌恶她了，心想："哎呀，我太傻了，我付钱替别人买快乐。她得留点神才是，别把弦绷得太紧了，我会一个子儿也不给的。不管怎么样，额外的恩惠要暂停支付！这不，就在昨天，她说想去观光拜罗伊特音乐节，我竟傻得对她说可以在拜罗伊特近郊挑选巴伐利亚国王留下的许多美丽的古堡中的一座租下，仅为我们两个人。好在她并没有喜形于色，还未予置答，但愿她拒绝接受，谢天谢地！跟她一起听两个星期的瓦格纳不免有点放荡了，她对瓦格纳的音乐就像鱼儿对苹果，根本不沾边！"他的憎恨正如他的爱情，需要表现和宣泄，他乐于尽往坏处想象，因为设想奥黛特背信弃义，他就更加厌恶她，如果这些设想一旦被证实(他竭力往这方面去想)，那他就可以找个机会来惩罚她，把满腔怒火发泄在她身上。我甚至于猜想他即将收到她的来信，向他要钱去租借拜罗伊特附近的那座古堡，但告知他不能一同前往，因为她已经答应福什维尔和韦迪兰夫妇，邀请他们一起去。嘿！他倒真想她有这份胆量！那他可以痛痛快快地回绝她，草拟报复性的回信，尽情挑选字眼，简直憋不住要念出声来了，好像他已经真的收到来信似的。

果然，第二天收到这样的来信。她在信中写道，韦迪兰夫妇及其朋友们表示希望去观看瓦格纳作品的演出，务请把钱给她寄去，她经常在他们家受到款待，所以乐于由她邀请他们一次。关于他，只字未提，不言而喻，他们在场意味着把他排除在外了。

于是隔夜他一板一眼拟好的那封可怕的回信，连他自己都不敢指望派上用场，这下他乐得派人给她送去。可叹的是，他清楚地意识到只要她乐意，她用手头的现钱或垂手可得的钱，依然可以在拜罗伊特租到房子，尽管她根本分不清巴赫和克拉皮松[①]，但不管怎么说，她的生活会更加拮据的。这一次他若不给她寄去几张一千法郎的钞票，她就无法每天晚上在古堡里安排美味佳肴，否则晚餐之后她会一时冲动(以前可能还从未发生过)倒在福什维尔的怀里。反正这次该死的旅行，他斯万是决不掏腰包的！唉！他若能阻止她就好啦！她若在出发前扭伤脚就好啦！要是能买通马车夫拐骗她就好啦！无论出什么代价都行，让车夫送她去火车站的时候拐到一个地方把她关押一些时候，奥黛特已经对斯万背信弃义48小时了，这个臭女人向福什维尔频送秋波，眼睛里充满串通一气的微笑！

可是她背信弃义的时间从来不很长久；几天之后，她那闪烁奸诈的目光逐渐失去光泽和伪装，奥黛特对福什维尔说："噢！他快气疯了。"那种可恶透顶的形象开始淡化，逐渐消失。与此同时，奥黛特的另一副面孔慢慢重新浮现，徐徐上升为光彩照人的形象，这时的奥黛特也对福什维尔微笑，但在这种微笑里只有对斯万的柔情，比如当她说："别呆久了，因为这位先生不大喜欢在他想单独呆在我身边时有客来访。嘿，您如果像我那般了解他就明白了。"还有，每当她十分欣赏斯万对她独具特色的体贴，每当她处在严重关头只信赖他而向他求教，为了表示对斯万的感谢，她的脸上也会露出这样的微笑。

对这样一个奥黛特，他扪心自问怎么能写出这样一封肆无忌惮的信呢，时至今日奥黛特仍未必相信他能干出这样的事，斯万曾以宽厚和正直赢得她的尊敬，如今这封信必定使他以崇高的、独尊的地位下降了。他在她的心目中将变得不怎么珍爱了，正因为他具有福什维尔和其他任何人不具备的品质，她才爱他的呀。也正因为这些品质，奥黛特才这么经常对他殷勤有加，而当他醋意正浓时却不把这份殷勤放在眼里，因为

① 克拉皮松(1808—1866)，法国作曲家。

殷勤不是情欲的标志，与其说是爱情，不如说就是温情，但随着他的疑心自行逐渐消除，时常外加阅读艺术作品或跟朋友交谈所带来的消遣，他的痴情变得不那么咄咄逼人地要求回报了。

在经过这场波动之后，如今奥黛特自然回归一时被斯万的醋意推开的位置，回归她觉得她妩媚动人的角度；从这个角度，他想象她温柔多情，星眸半掩，美貌夺人，不由自主地把双唇向前伸去，仿佛她就在眼前，可以让她亲吻；他对妩媚又和蔼的星眸感激涕零，好像她刚才真的对他含情脉脉似的，好像他所描绘的秋波并不是为了满足他的欲望而想象出来的。

他必定给她造成多么大的痛苦哇！诚然，他有正当的理由对她心怀不满，但如果他对她不是情深似海，他说的理由是不足以使她产生反感的。他对另一些女人就不会如此气恨难平的嘛，对那些女人他已经气消愤平了，而今她们若找上门来，他还乐于效劳哩，因为，他不再爱她们了，难道不是这样的吗？假如有朝一日他对奥黛特也是这么满不在乎，那么他将明白，只是他的嫉妒心在作怪，把她实在非常自然的欲望看得恶劣透顶，不可饶恕，她的那个想法不免有点幼稚，倒也反映她的心地不错，无非借这个难得的机会向韦迪兰夫妇还一还情，扮一扮家庭主妇的角色罢了。

他又从另一个观点，与爱情和嫉妒相反的观点来识别奥黛特，在思考时力求公允，多设想一些可能性，假设他不曾爱过她，假设在他看来她同其他女人没有什么两样，假设他不在场时奥黛特的生活并没有变样，没有暗中计算他，背叛他。

为什么认定她在那边跟福什维尔或别的什么人尝到了在他身边不曾尝到的令人陶醉的乐趣呢？难道不是他的嫉妒凭空捏造的吗？在拜罗伊特也罢，在巴黎也罢，要是福什维尔偶尔想起他，也只能把他视为在奥黛特的生活中举足轻重的人，一旦他们在她家里相遇，他不得不给斯万让位。福什维尔和她之所以不顾他的反对好不得意地在那边相聚，是因为阻挡未成而造成的，而如果他当时赞成她的计划，再说这计划是站得住脚的，那么她就会显得是遵从他旨意去的，她就会觉得是被他派去的，由他安置的，她就会回报曾多次款待她的人们时获得的乐趣，会因此对斯万感激不尽的。

如果不让她跟他反目，不告而别，如果他把这笔钱寄给她，如果他促成她这次旅行，如果他设法使她这次旅行愉快，那么她就会满心欢喜地跑来向他表示感谢，那么他会得到一周来没有得到的与她相会的快乐，那是任何东西都无法代替的。一旦斯万心无反感地想象奥黛特，一旦他从奥黛特的微笑中重新见到善意，一旦把她从别的男人那里夺回的愿望只出于爱情而不掺杂嫉妒，那么爱情又变成一种欲望：渴望得到奥黛特其人给予他的感受、把她的举目、莞尔、音调当作表演来欣赏或当作奇观来察看，渴望从中得到快乐。这种特异其趣的快乐最终在他身上产生了一种需求，对奥黛特的需求，只有她才能满足这种需求，通过她的亲临或信件；这种需求是超然物外的，艺术家型的，违反常情的，其特征几乎与斯万刚迈入崭新的生活那段时间的需求相同，那时斯万经过多年的冷漠和消沉之后突然精神充沛，才智横溢，连他自己也搞不清他的内心生活为何一下子如此丰富起来，就像一个身体纤弱的人逐渐发胖，强健起来，产生朝身强体壮方向发展的自我感觉；那时的需求同时是在超乎现实世界的氛围中形成的，那就是谛听音乐，理解音乐的需求。

就这样，他通过病魔的化学变化，在把爱情制造了嫉妒之后，又开始为奥黛特制造温情和怜悯了。她又变成迷人的、和蔼的奥黛特了。他悔恨对她无情。他渴望她来到他的身边，在这之前，他乐意先给她一些实惠，以便看到感激之情改变她的面容和塑造她的微笑。

奥黛特十拿九稳不出几天他准会来向她请求和好，跟以前一样的温存和驯服，她司空见惯了，不怕使他不高兴，甚至惹恼他一下，在她觉得合适时，还会拒绝给他最珍视的厚待。

所以，她也许并不知道，在翻脸时，他对她说不给她寄钱了，要让她吃苦头，他讲的完全是真心话。她也许更不知道，从他们私情的前途着想，为了向奥黛特表明他不是少不了她的，决裂始终是可能发生的，他决定在一段时期不去她家，他说的也是肺腑之言，此话如果不是针对她而言的话，至少是对他自己说的。

有时候一连几天她没有给他引起新的烦恼，之后，他知道下几次见面不会给他带来多大的欢乐，更可能引来忧伤，从而打破他内心的平静，于是他给她写信，说实在太忙，原先定好去看她的日子都没有空。同一时候，她也发出一封信，两人的信正好交叉，她在信里恰巧请他改动约会时间。他心里嘀咕，不由得又发生疑团，愁肠寸断。他又心慌意乱起来，再也坚守不了在心情相对平静时作出的誓言，他赶到她家里，要求以后天天去看她。即使她不先给他写信，即使她仅在回信中同意他提出短期不见面，也足以使他如坐针毡，非见她不可。因为与斯万估计的正相反，奥黛特表示同意反倒使他六神无主了。正如所有拥有某件东西的人那样，总想知道一旦失去它时会发生什么情况，他把这件东西从脑子里除去，让其他所有的东西原封不动留着。然而，除去一件东西，并不只是如此，并不是简单地少掉一部分，而是其余部分整个乱套了，变成一种新的状态，是处在旧的状态中难以预料的。

另外有些时候情况恰好相反，比如奥黛特正准备出外旅行，碰上刚发生了小口角，是他找的茬儿，他决意在她回来前不给她写信也不去见她，叫人看起来好像大吵了一场，他想从中得到好处，而她也许以为一发不可收拾了，其实这是一次分离，其中大部分时间本来不可避免地被她的旅行占了，而他只不过使得分手早一点罢了。事情刚发生，他便设想奥黛特因收不到信和见不到人而惴惴不安，伤心欲绝，这种形象平息了他的嫉妒心，使他比较容易习惯不见奥黛特。在他接受三星期分离的期间，有时候眼前横贯着这么一段时间，他竭力不去想她，但在思想深处恐怕还在美滋滋地设想如何重见返回后的奥黛特，可是他也不慌不忙地自问是否乐意让如此容易适应的节制时期延长一倍。这个节制性欲的时期还只有 3 天，以前也常有 3 天不见奥黛特的时候，但都比这次显得长，不像这么样事先考虑过。这不过是一次轻微的不快或一种肉体的不适，让意志力暂停活动，中止强制作用，但可促使他把目前的时刻视为特殊的时刻，例外的时刻，其审时度势之明使他接受快乐带来的安抚，使他放松一下意志力，直到毅力获得必要的恢复；或许还不至于这么严重，无非忘记问奥黛特一件什么事情了，比如她是否决定她想重漆马车的颜色，或她要买一些股票，她想得到普通股票呢还是特权股票（向她表示没有她照样活下去，这固然挺有意思，可是日后马车颜色要重漆或股票兑现不了，那他就吃不了兜着走啦），所以，重新相会的念头像刚撒手的橡皮筋或刚开盖的抽气机的空气，猛地从她滞留的地方远远地弹回到现时的时区和立即可能实现的范畴。

这个念头的重现没有遇到阻力，况且势不可挡，以致他在等待与奥黛特分离的两星期一日又一日地行将结束时并不觉得难熬，而等待他的车夫把车套好，送他去奥黛特家的十分钟反而非常难熬，他沉浸在火急和狂喜的心情中，为了竭力向她表示温情，一千次重温与她相聚的念头，正当他以为她还在千里之外时，她突然归来，再次回到他身边，与他心心相印。这是因为，重见奥黛特的念头不再使他感到为难，使他难以抵挡，况且竭力抵制这个念头的欲望在斯万身上已不复存在，自从他向自己证明（至少他相信如此），他可以轻而易举地抵制这个念头，现在他把分离的尝试往后推迟，不会有什么麻烦，因为只要他愿意，他肯定可以随时实行。这也因为，重见奥黛特的念头回到他心中时带着一种新意，一种诱惑力，一种感染力，平时司空见惯，被淡漠了，但一旦失去不是3天而是15天（因为弃绝的期限应按规定的期限计算），那就是重新得到磨炼而再次抬头了，况且现存的快乐总是很容易被牺牲的，而今却从中获得意想不到的幸福，叫人无法抵御。总之，重见奥黛特的念头再次浮现时被美化了，因为斯万全然不知奥黛特在得不到他的音讯的情况下可能想些什么，做些什么，以致他即将得到的，正是一个陌生的奥黛特所具有的动人的启示。

至于她，她早就认为他拒绝给钱只不过是装佯，同样，她把斯万来征求她有关重漆马车或购买证券的意见也只视为一种借口。因为她从不追思斯万在情绪骤变时所经历的各个不同阶段，按她由此形成的概念，她忽略斯万情绪骤变的始末，只相信她预先就知道的事情，即必然的，不可避免的，始终相同的结局。这种看法是不全面的，尽管或许是深刻的，如果从斯万的观点去评断，因为斯万可能觉得奥黛特根本不理解他，好比吗啡瘾君子或结核病患者，前者深信受阻的原因来自外部事件，自以为即将摆脱根深蒂固的恶习，后者深信受阻的原因是偶然的不适，自以为即将康复，两者都觉得医生不理解他们，认为医生不像他们那样重视这些所谓的偶然性，而医生则认为这些偶然的原因只不过是一些假象，很快病人会意识到这只不过是对恶习和病态的掩饰，其实当他们梦想理智地改掉恶习或恢复健康时，恶习和病情正不可救药地控制着他们。实际上，斯万的爱情已经到达这般地步，有如内科医生和医治某些病痛的最大胆的外科大夫，都怀疑消除病人的恶习或切除病人的病灶是否还合理或甚至是否有可能。

诚然，斯万对这种爱情的广延性没有直接的意识。当他企图测定爱情时，有时他发现爱情仿佛衰退了，几乎化为泡影，譬如在爱上奥黛特以前，他总觉得她富于表情的五官没有红润的面色颇为不雅，几乎有点厌恶，这种感觉有些日子又会浮现。“确有明显的进步”，他在交欢后的第二天心里思量，“实事求是地说吧，昨天在她床上我几乎没有感到任何乐趣，说也怪，我甚至觉得她难看。”当然，此话是真心的，但他的爱情远远超出了肉欲的领域。连奥黛特本人在他的爱情中都不占有重要的位置。当他的目光触及桌子上奥黛特的相片时，或当她来看望他时，他很难把有血有肉的脸或照相纸上的面容同他内心经常不断的、痛苦的慌乱加以认同。他暗自不胜惊讶：“原来是她。”好像突然有人把我们的疾病显示在我们的眼前，我们并不觉得它与我们所患的疾病有什么相似之处。“她”，他试图弄明白“她”意味着什么，因为这是一种既像爱情又像死亡的东西，而不像模糊不清的疾病：我们总是对人格的奥秘寻根究底，生怕看不清人格的真实性。斯万的爱情是一种疾病，已经大大扩散，跟他的一切习惯，一切行为，跟他的思想，他的健康，他的睡眠，他的生命，甚至跟他身后的遗愿紧密相连，已经完全与他融为一体，以致不可能切除病灶而不损害他的全身，正如外科大夫所说，他的爱情已无法动手术了。

斯万的爱情使他抛开了所有的爱好，以致他偶尔回到上流社会只是设想他的社交关系可以在奥黛特的眼里提高一点他的身价，如同一件华丽的首饰托座，她弄不清确切的价值；这种想法也许没错，如果他的社交关系没有被这种爱情弄得贬值的话；在奥黛特看来，爱情使得一切与爱情有关的事情都跌价了，因为爱情似乎宣布没有什么东西比它更珍贵的；斯万切身感受到处在奥黛特不认识的地方、不认识的人物中间时的忧伤，除此以外，他却又体会到超凡脱俗的乐趣，比如阅读或欣赏描绘有闲阶级的消遣的小说或绘画，正如在他家里，他热衷于察看家庭生活的运行，细看他自己雅致的行头和佣人们漂亮的号衣，考虑他的有价证券的合理投放，如此这般，就像他阅读最喜爱的作家之一圣西门的作品时特别注意王宫的日常运行机制，德曼特农①夫人制定的菜单，吕利②周密的吝啬和阔绰的排场。然而，抛开以前的爱好也不是绝对的，斯万之所以领略一番新的乐趣，是因为能够一时躲进他的内心还几乎没有被爱情和忧愁侵袭的那些难得的地方。就这一点而言，我姨婆管他叫“小斯万”的那种人格，虽然不同于夏尔·斯万自己更具个性的人格，却正是他现在最乐于具备的人格。一天，为庆祝巴尔马公主的生日（公主经常给他搞到一些参加盛会、节庆的票子，所以间接地讨了奥黛特的喜欢），斯万想给她送一些水果，但不太知道如何订购，于是委托他母亲的一个表妹去办理，那位姨妈很高兴为他效劳，写信向他汇报说，她没有在同一个地方采购水果；葡萄是在克拉波特水果店买的，是这家商店的名优产品；草莓是在若雷商店买的，梨是在谢韦商店买的，都是上等货呀，等等，“每样水果都是由我亲自一一检验过的。”果然如此，从公主的答谢信来看，他可以断定草莓的清香和梨的美味。但尤其“每样水果都是由我亲自一一检验过的”一语对他的痛苦是莫大的安抚，把他的意识带回到他很少涉足的领域，尽管这是属于他的领域：他是殷实又有声望的资产阶级家庭的继承人，家里人对于“好商店”的了解和善于订购商品的艺术是世代相传的，只要他愿意，随时都可用来为

---

① 德曼特农夫人（1635—1719），曾负责教育法国国王路易十四的孩子们，在王后去世后，与国王秘密结婚。

② 吕利（1632—1687），法国作曲家，深得路易十四的宠爱。

他服务。

确实，他早已忘却自己是“小斯万”太久了，当他一时间又成了“小斯万”时，不由产生一种强烈的乐趣，比平时他所感受的乐趣都更强烈，他对平日的乐趣已经厌倦了；资产者始终认为他还是“小斯万”，他们的殷勤虽然不如贵族的殷勤那么热烈，但更讨人喜欢，因为他们的殷勤至少始终伴随着敬意；亲王殿下邀请他参加什么娱乐活动的来信给他带来的快乐不如他父母的老朋友让他当证婚人或参加婚礼的邀请信，其中有些人至今一直跟他见面，比如我外祖父在上一年就邀请他参加我母亲的婚礼，还有一些人虽说没有什么个人交情，但都觉得应该对已故斯万先生之子，可敬的继承人以礼相待。

然而，他跟上流社会人士的亲密关系由来已久，从某种程度上来讲，也是他的住宅、佣人和家庭的一个组成部分。细想他跟显官贵胄们的友谊，他感到就像凝视祖传给他的肥沃土地、精刻的银器、精致的桌布那样有依有靠，安安逸逸。他心想，万一他突然病倒，他的随身男仆跑去求援的人自然是沙特尔公爵，罗伊斯亲王，卢森堡公爵和夏吕斯男爵，想到这里，他感到莫大的欣慰，正如我们家法老弗朗索瓦丝，当她确信下葬时的裹着她自己的细布床单，有标记的床单，不打补丁的床单（或缝补得很精致，显示出女工高超的手艺），有了这种她心驰神往的裹尸布形象，她便心满意足了，算不上福气，至少自尊心得到了满足。尤其斯万在他与奥黛特有关的一切行动和思想中，始终被一种未明言的意识所控制所引导，那就是他意识到他在奥黛特的眼里也许比任何人，比韦迪兰夫妇最讨厌的信徒更可珍爱，但未必更有意思常见面；当他回想起有一层人认为他是绝顶风雅的人，千方百计拉拢他，为见不到他而哀怨叹息，他便又开始相信世上存在一种更幸福的生活，几乎使他垂涎欲滴，好似卧床数月，节饮缩食的病人，从报上看到官方宴请的菜单或乘船游览西西里岛的广告。

如果说他因不去拜访上流社会人士而不得不为自己辩白的话，那么他为了去看望奥黛特而想方设法寻找借口。还得为此花钱，每到月底还得扪心自问，给她4 000法郎是否足够，去看她的次数是否太多，打扰她是否太久，因此每次去看她总要找个借口，给她送个礼物呀，带去她需要的信息呀，遇见德·夏吕斯先生呀：去她家的路上碰见夏吕斯先生，是他硬要斯万陪他一同前往。找不到借口时，他便请德·夏吕斯先生赶去她家，请他在谈话时装作突然想起有话要对斯万说，让她同意派人去叫斯万立即去她家；但多半是斯万白等，德·夏吕斯先生晚上对他说，他的办法不成功。因此，她经常外出不在家，即使留在巴黎，她也很少见他，而她先前爱他的时候，经常对他说："我总是有空的，"还说："别人有什么看法管我什么事？"如今每次他想见面，她便说不合规矩或者推托没有空。他若提出一起去参加慈善活动，观看艺术展览开幕日，欣赏她必去的戏剧首场演出，那她就说他想拿他们的私交招摇过市，把她当作小女子对待。斯万力图在任何地方不失去与她见面的可能，甚至于亲自到贝尔沙斯街小公寓套房去找我的姨外公阿道夫，他知道奥黛特认识并且非常喜欢我姨外公，所以特意请他对奥黛特施加他的影响。由于她在跟斯万谈起我姨外公时，总带着吟诗的神情："嗬！他呀，才不像你呢，他对我的友情是那样的高尚，那样的伟大，那样的殷勤，他可不会把我不当回事，让我去任何公共场合招摇过市吧，"所以斯万十分尴尬，不知道在跟我姨外公谈论奥黛特时应该定多高的调子，他首先假定奥黛特先天卓越的人品，天使般超俗的人性，无与伦比的美德的化身，概念所不能归纳的尤物。"我想跟您谈谈。您知道奥黛特是个卓尔不群的女子，令人爱慕的女性，简直是个天使。但您清楚巴黎生活是怎么回事。不是所有的人都像您和我那样清楚地了解她的。有人便认为我在扮演一个颇为可笑的角色；于是她不肯答应在外边，甚至在剧场与我会面。您是她非常信任的人，您不能在她面前替我说几句话吗？不能肯定地告诉她，叫她别发愁我打个招呼会给她造成多么大的损害吗？"

我姨外公劝斯万过些日子再见奥黛特，这样她只会更爱他，又劝奥黛特让斯万随意在任何地方跟她会面。几天之后，奥黛特对斯万说，她发现我姨外公原来跟所有的男人都是一丘之貉，大失所望：他竟强行对她非礼。斯万一气之下，要找我姨外公决斗，奥黛特劝阻了他，但事后见面时他拒绝握手。斯万这次跟我姨外公翻脸心里其实后悔不迭，他原先指望再跟阿道夫见几次面，推心置腹地谈谈，设法弄清有关奥黛特从前在尼斯那段生活的某些风言风语。而我姨外公确实常在尼斯过冬。斯万心想也许他就是在尼斯认识奥黛特的。只要有人在他面前走漏一点儿有关奥黛特某个情人的风声，也会使他大惊失色。在了解事情的真相以前，他觉得听起来可怕极了，难以置信，一旦把事情弄清，便把它们永久纳入他的伤心事之列加以承认，而且，如果有人说这些事情没有发生过，他反倒不能理解了。不过，每一件事都使他对情妇的看法作一次修改，难以抹去的修改。有一次他甚至以为奥黛特轻佻的生活作风颇为人知，而他自己则始料未及，进而他相信奥黛特在巴登和尼斯所住的好几个月中风流的名声早已在外了。他试图接近一些寻欢作乐的家伙，向他们打听一下，但那些家伙都知道他认识奥黛特，再说他也担心这反倒促使他们想起她，白给他们提供她的线索。直到此事之前，有关巴登或尼斯国际性的城市生活的任何事情，他一概觉得兴味索然，不闻不问，现在却听说奥黛特从前也许曾在这两座娱乐城市花天酒地，他始终弄不明白这是否仅仅为了满足对金钱的需求或为了满足逢场作戏的情欲，如今多亏了他，奥黛特不再为金钱发愁，但逢场作戏的事可能再度发生；他怀着无可奈何的、不分是非令他眩晕的焦虑，俯视吞没了七年任期①最初几年的无底深渊，那个年代，人们在尼斯海滨的英国人步道上过冬，在巴登的白杨树荫下度夏，他觉得这是个令人痛苦不堪而又叹为观止的深渊，如同诗人笔下所描绘的那样；他会以极大的热情来重新收集当年蓝色海岸的轶事细节，如果轶事能有助于他理解奥黛特的微笑或眼神，尽管她的微笑或眼神还是那样的正派或质朴，他的这种激情胜过审美学家，后者孜孜不倦地查阅15世纪佛罗伦萨留存的资料以求更深刻地领会波堤切利的《春》，《美丽的瓦娜》，《维纳斯的诞生》。他经常默然凝视奥黛特，浮想联翩，她却对他说："你好不愁眉苦脸哪！"曾几何时，他还想她是个好女人，跟他认识的最好的女人不

① 指麦克 · 马洪于1873年登上法国总统宝座的七年任期。

相上下，现在却想她是个给人当外室的女人；与此相反，有时候他脑子里先出现的奥黛特·德·克雷西是跟那帮吃喝玩乐的家伙、不三不四的男人厮混的女人，然后出现妩媚悦目的面容、富有人情味的人品。他思忖：“即便在尼斯大家都知道奥黛特·德·克雷西，这能说明什么呢？那些声名狼藉的事即便说得有鼻子有眼也是别人胡编乱造的。”进而他想，这种传说即便是真有其事，也是奥黛特的外部表现，她的内心其实不是一个顽固不化和存心作恶的女人；这个女人虽然有可能被勾引去干坏事，但她毕竟有着一双和善的眼睛，一颗对他人的痛苦充满恻隐的心，一个他紧紧抱在怀里尽情摆弄的温顺的身子，这个女人有朝一日可能完全置于他的占有之下，如果他能成为她不可缺少的人。她时常显得疲惫，面无表情地呆着，一扫追求隐秘之事的激奋和喜悦，而斯万对隐秘之事忧心如焚；她用双手把头发往后捋一捋，额头和面庞显得开阔多了，这时，某个富于人情味的思想，某种善良的情感陡然像一道金光从她的双眼迸发出来，正像人们在休息片刻或反躬自省一阵之后都会是那样的。顿时，她的脸豁然开朗，有如灰色的田野上空乌云密布，在夕阳西下时突然云散天开，面貌焕然一新。那时，奥黛特的内心生活，她梦寐以求的未来，斯万本可以跟她共同分担，看不出有过任何恶劣的干扰的痕迹。这样的时刻尽管越来越少见，可总是有益无害的。斯万通过回忆把这些一点一滴的事情串联起来，取消其间隔的时间，铸成一个又善良又平和的奥黛特金像，导致他后来为她作出了牺牲（我们将在这部作品的第二部分看得到），要是原来的奥黛特，就得不到他的牺牲了。但是这样的时刻很难得呀，现在连见面都少得可怜！甚至他们晚上的约会，她也等到最后一分钟才告诉他是否可以，因为反正算定他是有空的，她要等到确认没有其他人要来时才答应他。她借口她不得不等候对她来说至关重要的答复，即使她让斯万来了以后，只要有朋友让她去剧场找他们或去吃夜宵，哪怕晚会早已开始，她也喜不自胜，赶紧更换衣服。她梳妆迅速，每个动作都在催促斯万离开他，更接近一蹀脚走人的时刻；等到打扮停当，最后用紧张而闪烁的目光对着镜子仔细照一照，往嘴唇上又抹一抹口红，在前额上做个刘海儿，叫人取来饰有金色流苏的天蓝色夜礼服外套，见斯万一副愁眉苦脸相，感到十分不耐烦，按捺不住，打着手势说："我一直把你守到最后一分钟，你就这么感谢我。我以为够体贴了。下一回得考虑考虑！"有时他不惜冒着惹恼她的危险，偏要弄清她上哪儿去。甚至想与福什维尔结成联盟，也许从他那里能打听到一些情况。况且，只要他知道她跟谁共度良宵，他十有八九能从他个人的关系网中找到某个人，认识跟她外出的那个男人，哪怕是间接认识的，所以他很容易得到那个男人这样或那样的情况。每当他给某个朋友发信，请求设法弄清某某问题，他便感到松了口气，不再向自己提出得不到回答的问题，把询问之劳转嫁给别人。不过，斯万并没有因打听到某些消息而讨了便宜。知道不一定能阻止事情，但至少我们把所知道的事情掌握住，即使手中掌握不住，至少在脑中我们可以随意支配，这便给我们一种把握事情的幻觉。所以每次德·夏吕斯先生跟奥黛特在一起时他总是满怀喜悦。斯万知道德·夏吕斯和奥黛特之间不可能发生什么事情，德·夏吕斯先生之所以跟奥黛特一起出去，是出于对他的友谊，不费周折就对他讲述她所做的事情。有时她毫不含糊地对斯万说，某个晚上根本不可能跟他见面，她要外出的样子十分坚决，弄得斯万郑重其事地恳请德·夏吕斯先生抽出空来陪她出去。第二天，他不敢向德·夏吕斯多提问题，装出没有明白最初的回答，硬要他重新说一遍，听了每句答话心里更加宽慰，因为他很快获悉奥黛特整个晚上的娱乐全是无伤大雅的。"怎么，小老弟，从她家出来，你就没有直接去蜡像馆哪，我真不明白……你们先去了别的地方啰。没有？这就怪了！您不知道您叫我多么高兴，小老弟。参观完了以后，你们竟去了黑猫剧场，多么滑稽的念头，是她出的主意吧……不是？是您哪。真有意思。这个主意不坏嘛，她在那里大概碰上许多熟人吧？没有？她没有跟任何人讲话？这是很少见的。那么你们俩就这么呆着？我想象得出这个场景。您真好，小老弟，我很喜欢您。"他感到如释重负。有时跟一些与他的私事无关的人闲聊，他一般心不在焉，但偶而有些话引起他的注意，例如他听到这样的话："我昨天看见德·克雷西太太和一位我不认识的先生在一起。"这类话直捅斯万的心窝，立即凝固住，结成水垢似的硬块，积淀不化，撕裂着他的心，与此相反，如果他听到这样的话："她谁也不认识，没有跟任何人讲话。"这类话像甘露似的滋润他的心田，是那样的舒畅，顺当！但转眼之间，他又暗想，奥黛特必定觉得他十分无聊，否则她不会要他陪伴而宁愿得到那种快乐。无伤大雅的快乐虽然令他放心，却也使他痛心，仿佛他被出卖了。

即使他无法知道她去哪儿，只要奥黛特允许他当她不在家时在她家里恭候她，一直等到她回来，也就心满意足了，这样就可平息如焚的焦虑，获得奥黛特的会见，呆在她身旁所感受到的温存感是唯一的特效药，尽管这种药用久了反而加重病情，但至少暂时能止痛，而在镇痛的时刻里夹杂着某种魅力，某种魔法的力量使他觉得等候的时刻别有一番情趣。然而她不同意，他只得回家；在回家的路上，他强迫自己拟订各种各样的计划，不去想奥黛特，在宽衣时甚至脑海里浮现喜悦的思绪；等到上床熄灯时心中已充满希望，第二天去观看某件杰出的艺术品；但一旦准备睡觉，停止控制自己，而且因为习惯成自然，他已经意识不到这种自我控制了，他便立即感到浑身一阵战栗，情不自禁地呜咽起来。他甚至不想知道为什么，擦干眼泪，自我解嘲地对自己说："妙极了，我变成精神病患者了。"然后他不能不怀着极大的厌倦想到第二天还得重新设法打听奥黛特干了些什么，设法利用影响与她见面。迫不得已去做无休止、无变化、无结果的活动对他来说实在苦不堪言，以至一天他发现腹部长了一个肿块，竟喜出望外，心想也许是个致命的肿瘤，那样他就什么也不用操心了，这种疾病即将控制他，捉弄他，直到指日可待的末日。那个时期，他确实有时想死，虽然没有明确自认，那是因为，与其说逃避心如刀割的痛苦，不如说摆脱单调无味的钻牛角似的追求。

然而他衷心希望活到不再爱她的时候，到那时她便没有任何理由向他说谎了，他便可以从她那儿获悉他去看望她的那个下午她是否在跟福什维尔睡觉。经常一连几天，因为怀疑她跟其他人相好，分散了精力，不去管这个与福什维尔有关的问题，几乎觉得无所谓了，有如同一病情的新症状，似乎暂时使我们摆脱了旧症状。甚至有些日子他不为任何怀疑所烦扰。他自认为病愈了。但第二天早晨睡醒时，他又感到老地方的老毛病发作，而在前一天的白天他觉得这种病痛已被众多不同的印象激流冲淡了。原来病痛的部位没有转移。更有甚者，正是这个部位的剧烈疼痛把斯万搞醒的。

有关这些如此重要的事情，奥黛特不向他提供任何情况，虽然他阅世颇深，知道无非是些寻欢作乐之事，但他每日为之牵肠挂肚，久而久之，他的想象力不管用了，脑子空转起来了；于是他用手指揉一揉眼皮，就像擦一擦夹鼻眼镜的镜片，然后完全停止思想。不过在这个未知王国里时而浮现一些事情，奥黛特把这些不时再现的事情依稀同对远方的亲戚或昔日的女友的某种义务联系起来，因为他们是在她不能见时唯一经常提到的人，所以斯万觉得他们组成了奥黛特固定的、必需的生活格局。由于注意到她不时对他说："我和女友去跑马场的日子"的语气，当他感到不舒服时，心想："大概奥黛特愿意来我家的，"他便突然想起这恰是那个日子，他思量："哎！不行哪！不必请她来了，我该早想到哇，今天是她和女友去跑马场的日子。咱们还是指望可能实现的事情吧，别枉费心机提议不可能被接受的、肯定遭拒绝的事情。"奥黛特肩负去跑马场的这个义务，斯万顺从地接受之余，不仅觉得是不可阻止的，而且该义务标明的必要性似乎使得与之直接或间接有关的一切事情都变得可以接受，名正言顺。每当在大街上奥黛特因接受一个行人的致意而引起斯万的嫉妒，她在回答斯万提出的问题时把陌生人同她经常跟他谈起的两三项重要义务中的一项联系起来，比如她说："这位先生常在邀我去跑马场的女友的包厢里。"这个解释便消除了斯万的怀疑，他确实认为女友除邀请奥黛特以外还邀请其他客人去她的跑马场包厢是不可避免的，但他从未想过或想象不出来他们是怎样的客人。嗬！他多么想认识她的女友，逛跑马场的女人，多么希望她带着他和奥黛特一起去跑马场哪！他多么愿意用他所有的交往者来换任何一个常见奥黛特的人，即使是个修指甲的或女售货员！他愿为她们花费胜过比王后还要多的钱。她们体现了奥黛特的生活，难道不正是她们为镇定他的痛苦向他提供唯一有效的止痛剂吗？他将多么高兴跑到那些小民百姓家成天呆着：奥黛特跟他们保持着联系，别有用心也罢，真心诚意也罢，他都不管！他多么心甘情愿定居在那种肮脏不堪而令人眼红的民房的六楼，因为奥黛特不管他到哪里去，他很乐意假装成歇业的裁缝小女子的情人而长住在那里，这样他几乎每天可以接待奥黛特的来访！在这些平民区，生活虽然是简朴的，低下的，但又是甜蜜的，宁静的，幸福的，他真愿意永远在那里生活！

有时还发生这样的事情，她同斯万相遇之后，又见另一个男人走近她，而斯万不认识那个男人，但见奥黛特脸上的苦样儿就像他那天去看望她正赶上福什维尔也在她家时的样子。不过这种情况很少发生，因为不管她有多少事情要做，不管多么担心外人有什么想法，她总能有办法会见斯万，所以她现在的姿态多半是镇定自信的，与当初刚认识他时形成鲜明的对比，也许是胆怯情绪的无意识报复或自然的反抗吧，是啊，当初在他身边也好，不在他身边也好，她都感到诚惶诚恐，给他写信开头是这样写的："我的朋友，我的手颤抖得厉害，连字也快写不了了。"那时她至少是这么声称的，这种激动总有一点点是真诚的，以便用来夸大其词。那个时候，她喜欢斯万哪。我们颤抖，从来是要么为自己，要么为心爱的人。当我们的幸福不再受别人控制时，我们就能泰然自若，从容不迫，遇事不惊！现在她跟他说话，给他写信，不再玩弄字眼儿，从前她千方百计制造他是属于她的那种幻觉，创造机会说声"我的"，"我的亲人"，比如，在谈到他时，便说："您是我的宝贝，咱们友谊的芬芳，我永志不忘。"跟他谈论前途，甚至谈论死亡，仿佛他们俩是同舟共济的。那个时期，不管他说什么，她一概赞叹不已，说什么："您，您总是与众不同。"知道斯万发迹的人们寻思："不客气地说，他算不得漂亮，但他气派，瞧他的头发，他的单片眼镜，他的微笑！"而奥黛特望着他有点秃顶的长脑袋，也许更渴望知道他是怎么的一个人，倒并不急于成为他的情妇，便说："我要能知道这个脑袋想些什么该多好哇！"如今，不管斯万说什么，她答话的语气时而气恼，时而纵容："嗨！这么说你总要跟别人不一样喽！"她望着他那由于操心而变得有点衰老的面孔，便说："嘿！这个脑袋想的事情，我若能让它改一改，让它合乎情理，那该多好哇！"现在的人都这样，读一下音乐会的节目单便道破一部交响乐作品的主旨，看一眼孩子的长相就知道他父母是什么人，他们评论斯万：“不客气地说，他确实不算难看，但他可笑得很，瞧他的头发，他的单片眼镜，他的微笑！”他们就凭这种本事，时隔数月便想象出一条看不见摸不着的分界线：一边是情人的尊容，一边是王八的嘴脸。

斯万始终相信他希望得到的东西，尽管奥黛特对他的态度使他满腹狐疑，但他仍抓住机会急切地向她说：

“如果你想要，你就能得到。”

他力图向她表明，安慰他，引导他，促使他工作，这是一项崇高的使命，除她之外，其他许多女人巴不得承担这项使命，但要是掌握在她们手里，对他来说，只能是对他的自由不知趣的、令人难堪的侵犯。他暗想：“倘若她不是多少有点爱我，她就不会希望改变我。为了改变我，她得更加经常见我吧。”因此，他把她对他的责怪看成是关切的印证，或许是爱情的印证；而她现在很少责怪他，以致他不得不把她不许他干这干那看成是责怪。一天，她向他表示她不喜欢他的马车夫，说他挑拨斯万反对她，总之，车夫对斯万的命令执行不力，对她不够恭敬。她觉出他希望从她嘴里说出：“别再让他送你到我家来啦”，就像渴望得到一个亲吻。当时她的情绪很好，便让他如愿以偿，他深为感动。当天晚上，他跟德·夏吕斯先生聊天，能跟他坦率地谈论奥黛特感到莫大的愉快，即使跟不认识奥黛特的人谈话，也句句不离与她有关的事情；他对德·夏吕斯先生说：

“我还是认为她爱着我；她对我体贴入微，对我所想的事情并不无动于衷。”

如果他乘车去奥黛特家，让搭车的朋友半路下车，别人问他：“喂，搭车的不就是洛雷当吗？”那么他会喜忧参半地回答：

“哎呀，才不呢！对你说吧，我去拉佩鲁兹街就不会让洛雷当搭车。奥黛特不喜欢我带洛雷当，她认为他跟我在一起不好哇；有什么办法呢，女人家嘛，别惹她不高兴嘛！所以嘛，我只好带上雷米喽！要不然我会惹麻烦的！”

奥黛特现在对待他的态度变得漠不关心，漫不经心，急躁易怒，斯万当然为之痛苦；但他并不了解自己的痛苦；奥黛特对他冷淡是逐渐发展的，与日俱增的，只有把她今天的样子同她当初的样子加以对比，他才能测出所发生变化的深度。而这个变化正是他内心深处最隐秘的伤口，日夜使他痛苦难熬，他一旦感到他的思想快接近伤口，便赶紧把它引开，以免过分痛苦。他只能空泛地安慰自己："有一个时期奥黛特爱我更深些。"但他总想不起哪个时期。他尽量不去看工作室里的一个五斗柜，出出进进绕着弯避开它，因为柜子的一个抽屉里存放着他第一次送她回家的那个晚上她给他的菊花，以及她写给他的信，其中写道："您若把心也留下，我就不让您取回了，""无论白天或夜里什么时候，只要您需要我，给我打个招呼，我便舍命奉陪。"同样，在他身上也有一处地方，他从来不让他的思想接近，迫不得已，就推出一大段绕弯子的大道理，以便避开那块地方，这块地方便是对幸福日子的回忆。

然而有个晚上，他去上流社交场时，他这个小心谨慎的预防措施却被挫败了。

那是德·圣特韦尔特侯爵夫人家那一年举行的最后一次音乐晚会，她所邀请的艺术家后来为她主持的义演音乐会效犬马之劳。斯万本想逐夜逐场都参加，但始终下不了决心，最后一场，他打算去看看，正在更衣时，德·夏吕斯男爵来访，主动提出愿意陪他去侯爵夫人家，如果他的陪伴会有助于减轻一点他的烦闷，消除一点他的忧愁。不料斯万回答道：

"请您不用怀疑，我非常高兴跟您结伴。但最令我高兴的还是您能帮我去看望奥黛特。您知道，您能对她施加极好的影响。我想她今晚在去她从前的女裁缝家以前不会出门，再说由您陪她去，她一定会很高兴的。总之，在这之前，她肯定在家，您肯定找得到她。请尽量让她开心，也请跟她讲讲道理。如果您能为明天安排一些使她高兴的活，并且咱们三人一起参加，那就再好不过了……同时也请探一下口气，看看今年夏天她想干点什么，比如说咱们三人一起渡海旅行哪，诸如此类吧，我也说不好。至于今晚嘛，我不打算理她了；不过她若要我去，或您若找到诀窍儿，那您就派人到德·圣特韦尔特夫人家给我捎个信，子夜之后送到我家去。谢谢您为我所做的一切，您知道我有多么喜欢您。”

男爵答应斯万在把他送到圣特韦尔特府邸门口以后就按他的意愿去拜访奥黛特，斯万到达侯爵夫人家，想到有德·夏吕斯先生在拉佩鲁兹街陪伴奥黛特，心里也就踏实了，但对一切与奥黛特无关的事情，尤其对上流社交场上的事情一概漠不关心，还夹着几分伤感，这种心态倒给不再成为我们追求的目标的东西平添了魅力，因为它以本来的面目出现在我们眼前。他刚下马车，迎面呈现的便是女主人们在隆重的日子里执意献给宾客的、她们所虚构的家庭生活概貌的第一景，在这样的日子，她们想方设法保持服装和背景的原样，而巴尔扎克笔下的“老虎们[①]”的继承者，制服笔挺的侍者，通常跟主人外出的贴身随从，他们一个个头戴礼帽，脚蹬长靴，站在府邸门外的大街上或马厩前，活像排列在花圃门口的花匠，斯万见了很高兴。

他一直保持着那个特殊的爱好：在活生生的人和美术馆里的肖像画之间寻找相似之处，不过这种爱好现在表现得更经常、更广泛了；他如今已经完全脱离上流社会的生活，所以社交生活好似一幅幅画面呈现在他眼前。从前他经常出入社交界时，总在前厅脱下外套，穿着燕尾服进入客厅，从不注意前厅里的事情，在那里停留的片刻间，脑子里要么还想着他刚离开的聚会，要么想着他即将被引进的盛会，今天他第一次留意一群衣着华丽的高级侍者乱纷纷地呆着无事可做，东倒西歪地在长凳上或衣柜上打盹，他这位姗姗来迟的客人突然驾到，一下子把他们惊醒了，他们煞有介事地挺直猎兔狗般敏捷的身躯，纷纷迎上来把他围住。

其中一个满脸凶相的侍从长得颇像文艺复兴时期某些描绘执行酷

---

①法国王政复辟时期，对年轻跟车侍从的称谓。他们专司开门关门，行车时，站在马车座位后面跟班。

刑的刽子手，他板着脸上前来为斯万宽衣接物。但他锋利如钢的眼神却被纱手套的柔软缓和了，走近斯万时，似乎对斯万其人不屑一顾，而对他的礼帽则格外看重。他小心翼翼接过帽子，动作之准确使人感到认真周到，举动之雅致叫人感动。然后他把帽子递给一个下手，这个新来的下手很腼腆，焦躁的目光左顾右盼，流露出内心的胆怯，恰似一头刚被擒拿囚禁的野兽，惴惴不安。

几步之外，一个身穿号衣的彪形大汉站着出神，他一动不动，好似塑像，无所事事，很像曼坦那[①]的几幅画面最喧腾的作品中那个纯粹做点缀的武士，他倚着盾牌出神，而他周围的其他人则正在冲锋陷阵，奋力厮杀；侍从大汉另站一旁，不理会围着斯万献殷勤的同伴们，似乎下定决心不介入这场接待，只用他那凶狠的蓝眼睛茫然旁观，仿佛眼前正在屠杀圣婴或给圣雅克施极刑。他似乎又像属于那个已经消亡的家族，或者说这个家族也许只存在于圣泽诺教堂的屏风上和埃雷米塔尼教堂的壁画上，斯万曾走近仔细瞧过，画上的人至今还在沉思，可见这个家族是大师[②]的巴杜亚人模特儿或丢勒笔下的撒王逊人同一尊古代雕像相结合的产物。侍从大汉棕红色头发天生卷曲，却抹上美发油硬让它贴在一起，前额的那几绺梳成像希腊塑像上的样子，雄浑有力，正是曼图阿城的画家所不断潜心研究的；希腊塑像虽说在创作上只表现人，但至少善于从人的简单外形提炼出丰富多彩的蕴含，仿佛在摹仿整个生物界，比如发型吧，无论把头发编成光滑的发盘或尖角的发卷，还是把发辫盘绕三圈编成花冠形状，看上去可以既像一团水藻，又像一个鸽子窝，又像一簇风信子花，还可以像一团长蛇盘缠。

其他侍从也都是身材魁梧的，他们伫立在宏伟壮观的台阶石级上，大理石般纹丝不动，好似装饰品，把台阶装点得像公爵府邸的台阶，人称“巨人台阶”，昂然步入其间的斯万想起奥黛特从未在这种地方登台

---

① 曼坦那(1431—1506)，意大利文艺复兴时期巴杜亚派画家。北部意大利的重要人文主义者，推崇并学习古代罗马雕塑的造型。

② 即曼坦那，因为他为曼图阿城的冈查加大公的宫殿作过大量的壁画。

入室，不由得黯然神伤。哇！恰恰相反，假如他能够攀登黑洞洞的、臭烘烘的，易摔跤的楼梯去“六楼”的歇业裁缝小女子家，那他有多高兴哪，他心甘情愿在奥黛特去她家时付钱到那里度过良宵，出的价可以超过歌剧院一周的包厢租钱，甚至于其他日子要付钱也行，只要能跟经常与奥黛特见面的人谈论奥黛特，跟他们一起生活，因为他们在他不在场时经常见到奥黛特，所以他觉得他们身上藏有他情妇的生活中某种更为真实、更为难得、更为神秘的东西。在歇业女裁缝家的那个臭不可闻却令人羡慕的楼梯里，由于没有另外专供佣人、送货者进出的楼梯，所以每天晚上可以看到各家门前的擦鞋垫上放着一个脏的空奶罐，而在斯万此刻拾级而上的华丽而可鄙的楼梯上，左右两旁，上下不同的高度，无论厢房的窗户还是套房的门口，只要墙壁有凹处的地方，准站着人，或是门房，或是管家，或是账房，分别代表各自主管的府内业务部门向宾客致意，这些忠厚的人每周也有一部分时间在自己的产业里过着颇为独立的生活，他们像小业主那样在自己家吃晚饭，也许有朝一日去为有钱的医生或企业家服务哩；他们专心致志地遵守着注意事项，在让他们穿上辉煌的号衣前，上面是叮嘱再三的，由于难得有机会穿一身号衣，所以觉得有点不大自在，他们守在门前的拱廊下，显得光彩夺目，又有点平民敦厚的神情，好像神龛里的圣像；一个高大的门卫，打扮得像教堂卫士，在每位客人走过时用手杖敲打一下地板。一个脸色苍白，用缎带把头发扎在后脑勺的侍从，既像戈雅[①]笔下虔诚的教徒，也像公证文书誊写人，一直跟着斯万登上楼梯的顶端；斯万走到一张办公桌前，像公证人端坐在登记簿前的几个当差站起身来，把斯万的大名登记下来。然后斯万穿过一间小门厅，这间屋和某些府邸相同，主人专门用来摆设单独的一件艺术品，并用这件艺术品为小门厅命名，特意让前厅空荡荡，不摆任何其他东西；厅门口站着一个年轻的侍从，活像本韦努多·切利尼[②]雕刻的一尊珍贵的哨兵塑像，他的身子微微前倾，从红色的高衬领

---

① 戈雅(1746—1828)，西班牙画家。

② 切利尼(1500—1571)，意大利雕塑家，金饰匠。

中伸出一张更红的脸盘儿，像喷出一团团炽热的、羞怯的、虔诚的火焰，他用强烈、警觉和狂热的目光紧盯着乐声飘荡的客厅前的奥比松挂毯：他好像军人，富有战士的沉着或超然物外的信念，表现着警惕，体现着期待，追思着混战；他好像瞭望手，从城堡的主塔窥伺着敌人的出现；他好像天使，在教堂的钟楼上等候着最后的审判时刻。斯万只差迈入举行音乐会的大厅了，一个身挂钥匙串链的守门官一边向他鞠躬，一边给他开门，仿佛把城门的钥匙交给了他。然而，就在此刻他想到，如果奥黛特事先允许的话，他已经在那栋房子里了，回想起擦鞋垫上的空奶罐，胸口一阵揪紧。

挂毯的另一边，仆人的场面让位于宾客的场面，斯万很快觉得男宾都很丑。男性相貌之丑陋，他早已熟知，可是自从男性的五官被独立地从线条角度仅用审美关系加以调配，男相的丑陋给了他新的感受，在他的心目中，男性的相貌不再是实用性的符号了，从前他凭着这些符号来识别男人，区别对待：有些人可以高高兴兴继续往来，有些人则要回避以免麻烦，有些人则要以礼相待，等等。斯万挤在众人中间，发现任何东西都具备一定的个性，甚至单片眼镜也不例外，许多人都戴单片眼镜，这在以前对斯万来说最多不过说明他们戴单片眼镜罢了，可现在不再是大家共有的习惯，而是各具特征了。也许因为他只把在入口处交谈的德·弗罗贝维尔将军和德·布雷奥泰侯爵看作是一幅画上的两个人物，而他们过去很长时间一直是斯万很有用的朋友，曾介绍他参入赛马俱乐部，还在几次决斗中给他帮过忙；将军有刀疤的脸上露出得意扬扬的神色，但是俗不可耐，单片眼镜夹在眼皮中间就像横着一块弹片，遮住一只眼睛，活像希腊神话中的独眼巨人，在斯万看来好比脸上挂着一块极可怕的伤疤，受过这样大的伤固然光荣，但拿来炫耀未免有失体面；至于德·布雷奥泰先生，为了显示盛装的气派，他戴着珠灰色手套，高领黑礼服，系着白色领带，替换下平日的夹鼻眼镜（斯万平时也戴夹鼻眼镜），戴上单片眼镜，他进入上流社交场所，凭借单片眼镜，仿佛借助显微镜把极小的眼睛贴近镜片来研究近代史，眼睛里充满亲切殷勤的神色，不时露出微笑，对天花板的高度，对晚会的壮观场面，对节目的安排，对清凉饮料的质量表示满意。

“喂，是您哪，好久好久没见您了，”将军对斯万说，当他注意到斯万愁容满面，便断定对方是生了一场大病才远离社交界的，于是补充道：“您的气色很好嘛，真的！”与此同时，德·布雷奥泰先生正向一位经常出入社交界的小说家发问：“怎么，您来这儿能干些什么，亲爱的？”小说家刚把单片眼镜夹入眼窝，仿佛这是他用来进行心理探究和无情剖析的唯一的器官，他神气十足，故弄玄虚地回答：

“我在观察哩，”他故意把小舌音发得很重。

德·布雷奥泰侯爵的单片眼镜很小很小，又没有镜边，嵌在那里，像一块多余的软骨，说不清能派什么用场，质地倒十分精良，但每每把侯爵的眼睛嵌得生疼，不停地抽搐，这便给侯爵的脸上增添几分温柔哀怨的神情，使得女人们判定他能为爱情而肝胆俱裂。德·圣康代先生的单片眼镜镶着一个奇大无比的环，好似土星，成了脸庞的重心，使整个面孔随时围绕这个重心而调正，微微翕动的红鼻子和含讥带讽的厚嘴唇竭力做出各种怪样，以便配合眼睛射出的智慧光芒，连镜片都被照得闪闪发亮，让下流的时髦女郎见了动心，梦想从他那里得到献媚和淫逸；而德·帕朗西先生扛着鼓包眼睛的鲤鱼大脑袋，戴着他的单片眼镜，缓缓地在人群中晃来晃去，不时抬起上颚，仿佛在寻找去向，其模样就像他戴的单片眼镜仅仅是鱼缸上任意的一小块玻璃，也许纯粹是象征性的，用来代表整个鱼缸，用来窥其一斑为知全貌，这使斯万不禁想起他十分欣赏的乔托[1]为帕多瓦的一所教堂所画的《七恶与七德》中的“不义”，其身旁绿叶葱葱的树枝象征着隐蔽他的洞穴的森林。

斯万在德·圣特韦尔特夫人的恳求下，到前面去欣赏一位长笛演奏

---

[1] 乔托（1267—1337），意大利文艺复兴时期的画家，他突破了拜占庭美术定型化的束缚，创作了许多具有生活气息的宗教画，如《逃亡埃及》，《犹大之吻》，《七恶与七德》等。这些都是以基督的故事为题材的壁画，《七恶与七德》的画面上有14张面孔，代表基督所说的七恶与七德，“不义”便是七恶之一。

家吹奏的《俄耳甫斯》，[①]他找一角落坐下，不幸得很，视野之中，只见得两位并排而坐的中年妇人，一位是德·康布勒梅尔侯爵夫人，另一位是德·弗朗克托子爵夫人，她们是表姐妹，每次晚会总挎着手提包，后面拖着女儿们，像在火车站互相找人，直到用扇子或手绢指着两个紧挨的位置才安静下来；德·康布勒梅尔夫人不善交际，有德·弗朗克托夫人作伴尤为高兴，因为后者交游广阔，况且德·弗朗克托夫人当着风采不凡的熟人们的面陪一位默默无闻的夫人回忆共同的少年往事觉得别有风雅，独出心裁。斯万带着忧郁的嘲弄冷眼瞧看她们，这时长笛乐曲过后，她们正欣赏钢琴间奏曲（李斯特的《弗朗索瓦与鸟儿对话》），随着演奏家令人眩晕的弹奏，德·弗朗克托夫人心里惶惶，慌乱的眼睛望着钢琴家的手指在琴键上灵活地跳动，仿佛那是一连串的空中杂技，可能从空中80公尺的高处摔下来，她不时向邻座投去惊疑的目光，好像在说："真是难以置信，想不到一个人竟有这等本领。"而德·康布勒梅尔夫人正在显示受过良好的音乐教育，她摇头晃脑地打着拍子，脑袋像节拍器的摆，从一个肩头晃到另一个肩头，摆动的幅度很大，速度很快，她的目光迷迷濛濛，似乎内心的痛苦已不在话下，不必去管它了，好像在说："那有什么办法呢！"同时不断地用钻石扣把上衣的舌状对襟扣紧，还不时伸手把头发上的黑葡萄串珠扶正，但并不中断加快晃动。在德·弗朗克托夫人身旁，靠前一点的地方坐着德·加拉东侯爵夫人，她全神贯注地想着她最乐意想的事情，那便是她和盖芒特家族有姻亲关系，沾着这点光，她的沙龙和她本人大为增色，但也有几分羞愧，盖芒特家族中最显赫的人物对她颇为冷淡，也许因为她讨人嫌，或因为她为人不善，或因为她出身低微，也许根本没有理由。当她处在不认识的人的身旁，比如此刻在德·弗朗克托夫人身旁，她便苦不堪言，因为她和盖芒特家族的姻亲关系不能以明显的词句标榜出来，有如拜占庭式教堂镶嵌画上把圣人说的话直行书刻在圣像的左右，字样上下摞在一起，令人难辨。此刻她想起表妹德·洛姆亲王夫人，已经结婚6年，

---

① 德国歌剧作曲家格鲁克（1714—1787）的作品。

却从未邀请过她，也未看望过她。想到这里不由得怒火中烧，但也感到骄傲，因为每逢有人惊异在德 · 洛姆亲王夫人家见不着她时，她便解释道那是为了避免在那里遇见玛蒂尔德公主①，万一见面，那她的极端正统派的家庭是绝对饶不了她的，她一个劲儿地这么说，久而久之，连她自己也相信她不去表妹家正是出于这个原因。其实她记得她曾好几次问德 · 洛姆夫人怎么才能与她会面，不过得到什么答复已记不大清了，只是常嘀咕："总不该由我迈出第一步吧，我比她大 20 岁呢。"以此来冲淡和忘掉这个令人羞辱的回忆。凭借心里念叨的这些话所产生的效力，她骄傲地把肩膀向后高耸，简直脱离胸部，几乎与脑袋取齐，使人想起餐桌上插在骄傲的野鸡上的带着羽毛的鸡头。不是说她天生就是矮胖的、结实的、男性化的或皮球体型的女性，而是由于多年受辱反倒使她挺起身子，就像长在悬崖边危险处的树木，为了保持平衡，不得不往后延伸。为了安慰自己不能同盖芒特家族的其他成员完全平起平坐，她不得不时时提醒自己，她之所以很少见他们，是由于不可通融的原则性和自豪感，久而久之，这种想法终于塑造了她的体态，赋予她一种仪容，竟使良家妇女把她的仪容看成是名门世家的特征，有时也使俱乐部常客们的昏花老眼泛起一股性欲。如果把德 · 加拉东夫人的谈话加以分析，找出每个词出现的或大或小的频率，以便发现密码的关键，那么我们就会发现没有任何词组，哪怕最常用的，能比下列词组出现得更频繁："在盖芒特堂弟们家"，"在盖芒特姑妈家"，"埃尔泽阿尔 · 德 · 盖芒特的健康"，"盖芒特表妹的浴缸"。每逢有人向她说起某个名流，她总说，她本人不认识他，但在盖芒特姑妈家碰见过上千次，她答话的语气十分冷淡，声音十分低沉，不言而喻，她本人之所以与他不相识，那是因为她恪守不可动摇的原则，而这些原则成了她双肩后拱的依托，有如体操教练为了帮助你扩展胸部让你展开双肩靠在架

① 玛蒂尔德公主(1870—1904)，热罗姆 · 波拿巴亲王的女儿。因查理-路易 · 波拿巴(未来的拿破仑三世)被俘，解除了婚约。后来定居巴黎，广交朋友，她家的沙龙是第二帝国时期最著名的文学、艺术家常去的地方。

梯上。

大家万万没有想到，德·洛姆亲王夫人恰恰在这时来到德·圣特韦尔特夫人的沙龙。她屈尊造访而不想在客厅中炫耀门第，所以侧着身子进入大厅，其实既不用拨开人群，也不用叫人让道；她特意站在客厅的尽头，好像适得其所似的，有如一位国王在剧院门前排队，直到当局得知他微服出访；为了不张扬她的光临，为了不招引众人的目光，她低垂双目，只瞧地毯的图案和自己的裙子，她站在她所不认识的德·康布勒梅尔旁边，因为那是最不起眼的地方，但她很清楚，一旦德·圣特韦尔特夫人瞥见她，一声欢呼便会把她从那里请出来。她盯着身旁那个音乐迷的摹拟动作，但没有仿效。倒不是因为德·洛姆亲王夫人破天荒来德·圣特韦尔特夫人家呆上5分钟就不乐意尽可能显得和蔼可亲，使自己的彬彬礼仪给主人倍增光辉。而是她天生厌恶她所称的“夸诞”，执意表明她“不该”做出与她生活圈子的“风度”不相称的举动，然而这些举动仍使她感动，对身旁的音乐迷的摹仿精神抱有好感，因为最自信的人每到一处新的场合，哪怕较下等的场合，也会怯场的。于是她寻思，这首乐曲与她迄今所听到的音乐或许不属一个范畴，是否有必要为之手舞足蹈，但不表示一下，是否证明听不懂作品和对女主人不敬，结果她只好用“妥协”的办法来表达矛盾的感情：时而她一边冷眼旁观那位如醉若狂的音乐迷，一边提一提肩带或正一正金发上镶满钻石的小珊瑚球或粉红色珐琅小球，这些首饰使她的发型显得又简朴又漂亮，时而她用扇子打一会儿拍子，但不按音乐的节拍打，以显示独树一帜。钢琴家弹完李斯特的作品，继而奏起肖邦的一个序曲，这时德·康布勒梅尔夫人向德·弗朗克托夫人投去一个温情的微笑，显示出行家的满意和对往日经历的暗示。她在青年时代学会欣赏肖邦的曲子，喜爱婉转曲折、冗长的乐句，那样的自由，那样的柔曼，那样的容易感受，乐句开始时意在寻觅，总想逸出最初的方向，远离人们早先希望它们的切点所能达到的地方，在奇妙的僻壤游荡之后，更为坚定地返回来叩击你的心房，这返回的路程是事先精确布置好的，就像击打水晶物时的振荡声使你连声叫绝。

德·康布勒梅尔夫人家住外省，交游不广，很少参加舞会，醉心于在离群索居的庄园里把想象中的一对对舞伴的舞步或放慢或加快，再把他们像扯花瓣似地拆散，然后暂时离开想象中的舞会，去湖边倾听松涛的轰鸣，突然发现一个瘦长的年轻人向她走来，他的嗓子颇为悦耳，但唱歌的声音很古怪而且走调，双手还戴着白手套，着实跟女人们梦中见到的世间情人大相径庭。但如今这种音乐的美已经过时，失去了鲜艳的色调。近几年由于行家们不再重视，它失去了荣光和魅力，即使鉴赏力差的人也觉得趣味索然，平淡无奇。德·康布勒梅尔夫人朝身后偷偷看了一眼。她知道她年轻的儿媳藐视肖邦，听到肖邦的乐曲就头痛，不过她对婆家倒是必恭必敬，虽然有关精神方面的事情她持有独到的见解，因为她知识渊博，甚至懂得和声学和希腊文。儿媳是瓦格纳迷，此刻正跟一伙与她年纪相仿的人呆在较远的地方，德·康布勒梅尔夫人没有儿媳的监督，便纵情接受音乐给予的美妙印象。德·洛姆亲王夫人也是感慨万端。她虽然没有音乐天赋，却15年前就跟圣日耳曼区的一位天才钢琴女教师学过音乐，女教师晚年生活贫困，不得不在70岁高龄重操旧业，给她从前的女学生的女儿和孙女儿们教课。如今她不在人世了。但她操琴的技法，以及由此而产生的美妙的乐声却不时在她学生们的手指下重现，甚至在那些后来变成平庸之辈的人的手指下重现，尽管他们早已抛弃音乐，几乎不再打开钢琴了。所以德·洛姆亲王夫人在深知底细的情况下，摇头晃脑，恰如其分地欣赏着钢琴的演奏技法，她对这首序曲早已烂熟于心了。起头乐句的结尾自然而然地从她的嘴里哼了出来。她喃喃自语："总那么美妙。"她把"美"字拖得很长，吐出满腔的温情，好像一朵美丽的花掠过她的嘴唇，那么富于浪漫情趣，与之相协调，她的目光本能地泛起一层感伤和朦胧。然而，德·加拉东夫人此刻正犯嘀咕，为难得有机会碰见德·洛姆亲王夫人而感到扫兴，因为她希望在亲王夫人跟她打招呼时不予理睬，以示教训。她哪里知道她的表妹就在现场。德·弗朗克托夫人把头部挪了一下，使她发现亲王夫人。她立即急匆匆地拨开人群奔向亲王夫人，但又想保持高傲和冷淡的神态，仿佛提醒大家她不想跟那种在家里使她可能面对面碰上玛蒂尔德公主的人打交道，再说她们不是“同代人”，她不应该主动迎上前去，不过又想缓和高傲和持重的神态，用几句话来为自己开脱并迫使亲王夫人开口说话；所以德·加拉东夫人一到表妹跟前便板着脸，好不情愿地直僵僵伸出一只手问道：“你丈夫好吗？”语调之忧虑，仿佛亲王得了什么重病。亲王夫人发出一阵她特有的笑声，以便示意众人她在嘲笑某人，同时为了显得更美，因为一笑之下，脸部的线条都集中到活灵灵的嘴巴和灼灼然的眼光周围，她答道：

“嗬，好极了！”

她仍笑个不停。然而，德·加拉东夫人挺直身子，脸色更加冷峭，依旧为亲王的健康忧心忡忡，对表妹说：

“奥丽娅娜(听到这声叫，德·洛姆夫人以惊异和取笑的神情瞧着某个无形的第三者，她好像执意让他作证她从未允许过德·加拉东夫人直呼她的名字)，我非常希望你明天去我家小坐片刻，听一听莫扎特的一首配有单簧管的五重奏乐曲。我想听听你的见解。”

她似乎不是发出一个邀请，而是要求帮个忙，她需要亲王夫人对莫扎特五重奏乐曲的意见，好像是对新厨娘发明的一道新菜，她很重视倾听美食家的意见，以便对新厨娘的才干作评价。

“我知道这首五重奏，可以马上告诉你……我喜欢！”

“哎，我丈夫的身体不好嘛，他的肝……他会很高兴见到你的。”德·加拉东夫人接着说，企图以爱德的名分迫使亲王夫人出席她的晚会。

亲王夫人不喜欢对人说她不愿去他们家。她每天写信对脱不开身表示歉意，说什么婆婆大人突然驾到，什么小叔子发出邀请，什么歌剧院非去不可，什么郊游推不掉，等等，其实她压根儿不想去参加某人家的晚会。她就这样使许多人感到高兴，让他们以为她跟他们是有交往的，是乐意去他们家的，只因王府诸事缠身，不合时宜，用王府大事与他们的晚会相提并论，使他们受宠若惊。再者，亲王夫人毕竟属于盖芒特家族那个才智横溢的小集团，脑子灵活，谈吐不俗，情操规范，实有梅里美以往的风范，最后体现在梅拉克和阿莱维[1]的戏剧中，她甚至把这种风范运用到社会关系，移植到待人接物，使礼仪产生积极、实在的效果，更加实事求是。她决不喋喋不休向女主人表示她多么愿意参加她的晚会，她觉得陈述一些具体琐事来说明她是否有可能参加晚会更为有礼。于是她对德 · 加拉东夫人说：

“听我对你说，明晚我得去一个女友家，她约请我好长时间了。如果她带我们去看戏，那我再怎么想去你家也是不可能的，但如果我们只在她家坐坐，那么可以早点向她告辞，因为我知道她只邀请了我们。”

“喂，你看见你的朋友斯万了吗？”

“没有哇，夏尔这个宝贝也在呀，我可不知道，得设法让他注意我。”

“真奇怪，他居然到圣特韦尔特大娘家来，”德 · 加拉东夫人说，“嗨，我知道他是个聪明人，”言外之意他是个耍花招的，她又说道，“不过这并不妨碍一个犹太人进入两位主教的妹妹和嫂嫂的家门。”

“说句丢丑的话，我并不感到反感。”德 · 洛姆亲王夫人说。

“我知道他是改教的，连他父母和祖父母也是改教的。但听人说改教的人比别人更依恋原来的宗教，这是不是真的？”

“我对此一窍不通。”

钢琴家准备演奏两首肖邦的乐曲，在弹完那首序曲后，立即开始一首波洛涅兹舞曲。自从德 · 加拉东夫人告诉她表妹斯万也在场，即使肖邦复活了，亲自跑来演奏其全部作品，德 · 洛姆亲王夫人也不会注意听的。人类分成两部分，一部分人对不认识的人感到好奇，另一部分人只对认识的人感兴趣，亲王夫人属于后一种人。她像圣日耳曼区许多妇女一样，无论在什么地方，只要有她那个圈子的人在场，即使没有特别的事情要说，也倾其全部注意力而不顾其他的人。从这时候起，亲王夫人一心希望斯万注意到她，就像一只小白鼠，驯养人时而伸过去一块糖，

---

① 梅拉克(1831—1897)，法国戏剧家，和阿莱维(1877—1937) 合作写出许多有名的喜歌剧脚本，风靡于第二帝国鼎盛时期。

时而又把糖收回，她顾盼生神，脸上充满会心的征象，却同对肖邦的波洛涅兹舞曲的感受力毫无关系，她一个劲儿地望着斯万所在的方向，如果斯万换方位，她也随之平行地移动她那被磁化的微笑。

“奥丽娅娜，请别生气，”德·加拉东夫人接着说，她这个人为了图一时的快活来满足自己阴暗的心理，总是情不自禁说些令人不舒服的话，宁愿牺牲自己在社交界的锦绣前程，牺牲有朝一日被众星捧月的可能，“有人断定像斯万先生这种人咱们是不可以请到家里来的，真的吗？”

“这个嘛，……你应该知道得很清楚，”德·洛姆亲王夫人答道，“既然你邀请过他不下50次，他却从未去过府上。”

亲王夫人离开受了凌辱的表姐时又发出一阵哈哈大笑，引起谛听音乐的客人们的不满，但也引起了德·圣特韦尔特夫人的注意，女主人出于礼貌一直呆在钢琴家身旁，这时才瞥见亲王夫人。德·圣特韦尔特夫人喜出望外，她还以为德·洛姆亲王夫人此刻还在盖芒特照料生病的公公呢。

“啊，亲王夫人，您怎么来了？”

“是的，我呆在一个角落里，听到美妙的东西。”

“怎么，您已经来了好一会儿了？”

“是的，好大一会儿了，不过又好像一小会儿，只因未见到您才觉得时间过得慢。”

德·圣特韦尔特夫人要把自己的扶手椅让给亲王夫人，但亲王夫人推辞道：

“不必客气！为什么要让给我？我在哪儿不都一样嘛！”

为了更好地表现贵妇人的不拘礼节，她有意看中了一张没有靠背的小凳子，说道：

“瞧，这张软垫凳子对我正合适。这有利于我身板儿挺直。哦，我的上帝！我大声嚷嚷，要挨嘘了。”

这时钢琴家加快速度，情绪激动，音乐高昂，一个仆人端着一托盘清凉饮料请客人们饮用，弄得茶匙丁当作响，德·圣特韦尔特夫人挥手让他走开，每周的晚会都这样，但他却总看不见她的手势，有个新婚的夫人，听说少妇不应当露出腻烦的神色，为遵从教诲，脸上挂着喜悦的微笑，目光追寻着女主人，以便对她举办如此盛大的聚会还想到了她表示感激，然而，她尽管比德·弗朗克托夫人沉着得多，但聆听乐曲时也不无忧虑，她倒不为钢琴家提心吊胆，而是为钢琴家不寒而栗，因为每到最强的演奏乐段，琴架上的蜡烛火光瑟瑟跳动，即使烧不着灯罩，至少也在红木琴架上留下蜡斑。最后她实在忍不住了，便径直登上琴台的两个台阶，快步向前撤走烛台托盘。她的双手刚碰到托盘，恰好是乐曲的最后一个和弦，曲子告终，钢琴家起立。不管怎么说，这位少妇大胆的主动行为，她和钢琴家短暂的一男一女同时在台上出现，给众人普遍留下良好的印象。

“您注意到那位女子的举动了，亲王夫人？”德·弗罗贝维尔将军问德·洛姆亲王夫人，他是在德·圣特韦尔特夫人刚离开就过来跟亲王夫人打招呼的，他接着问道：“真有意思，她莫非是个艺术家？”

“不，是德·康布勒梅尔夫人的小儿媳，”亲王夫人脱口而出，接着赶紧补充道：“我这是现趸现卖，其实她是什么人，我一无所知，只听到背后的人说她们是德·圣特韦尔特夫人乡间别墅的邻居，但我不相信有人了解她们。多半是‘乡巴佬’吧！再说，我不知道您跟这里社交场的头面人物是否交游广阔，反正所有这些非凡人物的姓氏我从未听说过。您认为他们除参加德·圣特韦尔特夫人的晚会之外怎么打发日子呢？她只好靠雇音乐家、租椅子和买冷饮来招徕客人。您得承认这些‘租来的客人’挺像样子的。难道她真有勇气每周把这些跑龙套的租到家里来吗？真是难为她了！”

“唷，不过康布勒梅尔，这倒是个古老又真正的姓氏。”将军说道。

“说它古老，我看确实不假，”亲王夫人冷冷地说，“但读起来反正不上口。”她把上口一词说得特别重，好似加上了引号，这又是盖芒特圈子的人说话特有的做作的小例证。

“您认为这名字不上口？但她美得可以入画呀，”将军说，一边目不转睛地瞧着年轻的德·康布勒梅尔夫人，“您不这样认为吗，亲王夫人？”

“她太爱出风头，我觉得她作为一个年轻妇女，叫人无法喜欢，因为我认为她不是我的同龄人。”亲王夫人答道，最后一句话是加拉东家和盖芒特家的人共同的常用语。

亲王夫人见德·弗罗贝维尔先生仍盯视德·康布勒梅尔夫人，便加添道：“叫人无法喜欢，是对她丈夫而言！可惜我不认识她，要不然定把她介绍给您，看您都迷上她了，”她的话一半是损年轻的妇人，一半是讨好将军，其实，真要是认识，她根本不会介绍的，“我得跟您道晚安，因为有个女友过生日，我说去向她祝贺，”她说话的口气既朴实又真切，言外之意，她去参加的社交集会简直是个无聊的仪式，可又不得不去，因为她的光临会使集会蓬荜增辉，“况且我要在那里与巴赞会合，他趁我来这里时，去探望他的朋友，您一定认识他朋友家的人，他们家的姓氏和一座桥的名称相同，叫伊埃纳。”

“这个姓氏首先代表胜利，亲王夫人，”将军说，“有什么办法，谁叫我是老兵呢？”说着取下单片眼镜擦拭，活像给伤口换纱布，这时亲王夫人本能地扭过头去，将军接着说，“这种帝国时期的贵族自然另当别论，但话说回来，不失为好种，不管怎么说那些人是驰骋疆场的英雄。”

“我对英雄一向敬重之至，”亲王夫人说，口气略带讥讽，“我之所以没有跟巴赞一起去那位德·伊埃纳亲王夫人家，根本不是因为对他们不敬，而仅仅因为我不认识他们。巴赞认识他们，喜欢他们！嗨，不，他们之间并不是您所能想象的那样，没有什么勾勾搭搭的事情，我没有什么可反对的，退一步说，即使有那种事情，我反对有何用哪！”她说到这里语气变得忧伤起来，谁都知道巴赞·德·洛姆亲王娶了妩媚可爱的表妹，从第二天起就不停地对她不忠，“总之，没有那种事情，他虽然认识他们了，他是沾光的，我觉得这是极大的好事。先不说别的，光是他对我说起他们家的房子，……想想看，他们家所有的家具全是‘帝国’款式的。”

“那当然啰，亲王夫人，是他们的祖父母传下来的嘛。”

“没错，这我知道，尽管如此，还是难看的。我非常理解有的人家没有好看的东西，但至少不应该摆出不伦不类的东西。有什么办法呢？我不知道还有比这种恶形恶状的款式更矫饰更俗气的东西了，五斗柜上雕饰的天鹅头大得像浴缸。”

“不过我想他们还是有漂亮的东西的，他们大概还保存着那张非常出名的镶嵌桌子，在上面签字画押的条约叫……”

“嗬，没错，他们是有一些有历史意义的好东西，但不见得漂亮哪……简直恶形恶状！我也有这类东西嘛，是巴赞从蒙泰斯鸠[①]家族传下来的。不过，那些艺术品藏在盖芒特家的顶楼上，谁也瞧不见。话又得说回来，这不是问题的关键，问题是我不认识他们，假如我认识他们，那我会迫不及待地跟着巴赞去他们家，去看望他们，即使他们周围摆着狮身人面像，琳琅满目的铜器！我从小受的家教就让我懂得上不认识的人家去是不礼貌的，”亲王夫人说话的语调变得哆声哆气，她接着说：“这不，我遵从家教呀。请设想一下，那些正直的人们看到一个陌生女人进门会是怎样的情景呢？他们会对我冷若冰霜的！”

在这个假设之后，她做了个娇态，使得勉强的微笑显得更美，同时让盯视将军的蓝色目光蒙上一层迷惘而温柔的神色。

“哎！亲王夫人，您其实很明白，他们会觉得喜从天降的……”

“不会的，为什么会呢？”她怒气冲冲地插问，或许为了不肯显示她明明知道这是因为她是法兰西最高贵的夫人之一，或许因为很高兴听到将军说这样的话，“为什么会呢？您怎么知道的呢？他们也许会觉得大煞风景哪。我说不好，反正依我的想法，跟认识的人打交道我已经烦透了，如果硬要我跟不相识的人打交道，哪怕是‘英雄豪杰’我也会发疯的。况且，除了像您这样的老朋友，交往已久而不使人扫兴，我不知道英雄气概在社交场上有什么实际用处。设宴请客已经叫我好不腻烦，如果还硬要伸出手臂邀请斯巴达克入席，那就……要命了，我决不会招

① 蒙泰斯鸠（1645—1725），法国元帅。

呼费森谢特里克斯请他充当第14位客人[①]。请他参加盛大的晚会，我倒觉得是可以的，但我又不组织……。”

“嗬，亲王夫人，你真不愧为盖芒特家族成员。您活脱脱体现出盖芒特家族的风趣！”

“人们总说盖芒特家族的风趣，我始终不明白为什么。这么说，您认识盖芒特家族别的什么风趣的人喽。”她边说边哈哈大笑起来，兴高采烈，唾沫四溅，五官七窍齐动员，互相配合起来抒发兴奋，眼睛炯炯发光，充满着喜悦的光芒，只有赞美她的才智或美貌的话语才能使她的眼光灼灼然喜形于色，包括亲王夫人自我得意时说的话在内，“喂，瞧斯万好像在跟您的那位康布勒梅尔打招呼哩，喏，那儿，他就在圣特韦尔特大娘身旁，您瞧不见吗？您可以请他把您介绍给她呀。快一点，不然他要离开了。”

“您注意到了没有，他的气色糟糕透了？”将军说。

“我亲爱的夏尔！哈，他终于过来了，我差一点以为他不愿意跟我见面了呢！”

斯万非常喜欢洛姆亲王夫人，见到她就想起盖芒特，与孔布雷毗邻的那块土地，他非常热爱那片土地，只因不舍得离开奥黛特，他没有再回去过。他善于运用半是艺术半是风流的语言形式来取悦亲王夫人，当他重新涉足久违的环境，那自然而然会重温旧事，另外也想为自己抒发一番思乡之情。

“啊哈！”他像在舞台上道白，面对德·圣特韦尔特夫人说话，其实是讲给德·洛姆亲王夫人听的，“多么可爱的亲王夫人哪，瞧见了吧，她特地从盖芒特赶来听李斯特的《圣法兰西斯与鸟儿对话》，她像只美丽的山雀，只来得及捡几个小李子和小山楂插在头上就来了，瞧，那上面还有几滴露水几点白霜哩，冻得公爵夫人直哆嗦。漂亮极了，亲

---

① 费森谢特里克斯（公元前72—46年），抵抗恺撒大军的高卢人领袖，失败后被押往罗马，在狱中被害身亡。
13这个数字在西方是不祥的征兆，宴请时，如入席的人数正好是13人，必定要拉一个凑数，故称第14位客人。

爱的亲王夫人。”

“是吗？怎么亲王夫人是特地从盖芒特赶来的？太叫人受宠若惊了！而我却不知道，太不好意思了，”德·圣特韦尔特夫人天真地叫道，她听不大明白斯万风趣的话，认真细看亲王夫人的头饰之后说，“真的呀，这是模仿……怎么说呢，这不是栗子，但又不是……嗨，反正是绝妙的主意！不过，亲王夫人怎么会知道晚会的节目呢？音乐家们对我也没有通报哇。”

斯万在他惯常用风流的语言形式交谈的女人面前，时常说些妙语，连上流社会的许多人都不懂，他不屑向德·圣特韦尔特夫人解释他说的尽是些隐喻。至于亲王夫人，她听罢开怀大笑，因为她那个圈子非常赏识斯万的风趣，也因为每次听到他的恭维，都觉得他妙语连珠，叫她捧腹不止。

“嗳，我太高兴了，夏尔，我的山楂小果子让您喜欢，那真太好了。为什么您跟那个康布勒梅尔女人打招呼呢？莫非她也是您乡间别墅的邻居？”

德·圣特韦尔特夫人见亲王夫人乐意跟斯万交谈便走开了。

“您自己不也是嘛，亲王夫人。”

“我才不呢，他们那号人到处有别墅！不过我很想处在他们的位置！”

“他们不是康布勒梅尔人，而是她的亲戚；她娘家姓勒格朗丹，常去孔布雷。我不清楚您是否知道您自己是德·孔布雷女伯爵，教区委员会还欠您一笔债务呢？”

“我不知道教区委员会欠我什么，但我知道本堂神甫每年敲我100法郎，以后不想再借给他了。不管怎么说，康布勒梅尔这个姓氏很怪，结尾倒蛮干脆，可是太秃！”她笑着说。

“开头也不高明哪。”斯万答道。

“确实，秃头秃尾，这叫双秃！……”

“准是某个很讲体面的人在盛怒之下没敢把第一个词说完就了事啦。”

“既然无法吐出第二个词，也该把第一个词说完整，一了百了呀。得了，咱们在穷开玩笑，大发雅兴。对了，亲爱的夏尔，怎么老见不到您呀，真叫人扫兴，”她改口说，语气十分温存，“我多么喜欢跟您聊天哪。想想看，我简直无法让那个白痴弗罗贝维尔明白康布勒梅尔的姓氏使人惊奇。得承认生活是件艰难可怕的事情。只有见到您时我才不感到厌倦。”

大概这不是真话。但斯万和亲王夫人判断小事情的方式方法却是一致的，结果他们的表达方式乃至说话发音都极其相似，要不然就是这种相似导致他们意见一致。这种相似并不引人注意，因为他们俩的嗓音截然不同。但如果我们能通过想象把传送斯万话语的音质去掉，把遮盖话语从嘴中吐出的小胡子拔掉，那么我们便发现他的语句、转调跟盖芒特圈子的人相比，如出一辙。然而在大事情上，斯万和亲王夫人的想法毫无共同之处。不过，自从斯万成天愁眉苦脸以来，总觉得心里惶惶，随时要放声大哭似的，十分渴望诉说苦楚，如同一个杀人犯渴求讲述自己的罪行。听到亲王夫人说生活是件艰难可怕的事情，他顿时感到柔情无限，就像跟他谈起奥黛特。

“咳，是的，生活是件艰难可怕的事情。咱们确实应当时常见面，亲爱的朋友。跟您在一起有好处，您不怎么嘻嘻哈哈。可以一起度过愉快的夜晚。”

“说的是嘛，那您为什么不去盖芒特呢，您去了，我婆婆会高兴得不得了的。人说盖芒特的风景难看，但我对您说吧，我喜欢那块地方，我讨厌所谓‘风景如画’的地方。”

“那确实是极好的地方，”斯万答道，“但眼下对我来说，几乎太美、太富有生气了，那是幸福的人所呆的地方。也许因为我在那里住过，所以熟悉那里的一草一木。当微风从平地而起，吹皱麦田，掀起层层麦浪，我便觉得有人要来，我将收到消息；还有河边的那些房子……我会非常伤心的！”

“喂，亲爱的夏尔，帮我留神着，可恶的朗皮永婆娘瞧见我啦，挡住我吧，再讲讲她家究竟发生什么事啦，我搞混了，她是给女儿找了老公还是给情夫找了老婆，我闹不清，也许把两者撮合一起了吧！……还有，我记起来了，她是被亲王丈夫休掉的……快，您装作跟我说话的样子，可别让这个贝雷妮丝①把我拉去吃晚饭。再说，我得走了。听我说，亲爱的夏尔，我总算见到您了，请跟我走吧，我带您去德·巴尔马公主家，她一定会喜出望外的，巴赞也将在她家与我会合。要不是梅梅给我们带点您的消息，真是的……想想看，我简直见不到您了！”

斯万谢绝了，他已通知德·夏吕斯先生，离开德·圣特韦尔特夫人家就直接回家，他不愿因去德·巴尔马公主家而可能错过他一直期待的由仆人送到晚会上来的便条，或者送到他家看门人处的便条。当晚德·洛姆夫人对丈夫说："可怜的斯万，他倒还是那样和蔼可亲，可看上去很不走运。您将亲眼看到，因为他答应就在这两天来咱们家吃晚饭。一个像他这般聪明的男人为那号女人受苦，我觉得实在荒唐，那个女人根本不值得关照，听说她愚蠢得很哪。"她说此话，因为她保持着未落情网的人的明智，认为一个有才气的人只应为值得为之受苦的人而受苦，好比有人为霍乱细菌那样渺小的东西而甘愿得霍乱病，岂非怪事一桩呢！

斯万早已想走，正当他即将脱身之际，德·弗罗贝维尔将军过来请他介绍认识德·康布勒梅尔夫人，斯万不得不返回客厅去找她。

“喂，斯万，我宁愿当这个女人的丈夫，也不愿让野人给宰了，您说对吗？”

“让野人给宰了”，这几个字刺痛了斯万的心，他即刻觉得需要继续跟将军谈下去。他说：

“是啊，许许多多有美好前程的人都遭到了这样的下场，比如，您知道的，航海家拉佩鲁兹的骨灰就是由迪蒙·德·乌维尔带回国的……”斯万心里一阵高兴，好像他讲的是奥黛特，但立刻神色沮丧地

---

①犹太希律王族公主，罗马帝国征服耶路撒冷后，狄度皇帝热恋上比他大20岁的贝雷妮丝，把她带回罗马，但受到罗马公众的强烈反对，不得不放弃娶她。高乃依和拉辛均有同名戏剧。

补充道，“拉佩鲁兹是个有义气的人，我十分欣赏他刚强的性格。”

“嗨，那还用说，拉佩鲁兹是个家喻户晓的名字，”将军说，“有条街就是以他的姓氏命名的。”

“您认识什么人住在拉佩鲁兹街吗？”斯万问道，顿时兴奋起来。

“我只认识德·尚利沃，忠厚的舒斯皮埃尔的姐妹。前不久她给我们举办了一个喜剧晚会，挺有意思。她的沙龙有朝一日会办得十分雅致，您瞧着吧！”

“嗬，她住在拉佩鲁兹呀。那里令人惬意，是条挺美的街道，不过太凄凉了。”

“不，您好久没去那里了吧！现在不凄凉了，整个街区开始大兴土木哇。”

斯万终于把德·弗罗贝维尔先生介绍给德·康布勒梅尔少夫人，她由于第一次听说将军的大名，露出惊喜交加的微笑，这是她对人们从未在她面前提起过的人的微笑，因为她不认识婆家的朋友们，无论把她领到谁跟前，她都以为是婆家的朋友，心想她要表现出涵养，装作她新婚之后经常听说对方的大名，她伸出手，但神色迟疑，这正好证明她在克服早先学会的持重，从而显露出本能的热情。所以她的公婆到处说她是个天使，而她也还一直以为公婆是法兰西最显赫的达官贵人，况且公婆尤其想显出，选中她当儿媳，是看中了她的人品，而不是因为她拥有巨大的家产。

“看得出您有音乐家的天性，夫人。”将军对她说，无意地讽喻刚才的蜡台托盘事件。

音乐又响起来了，斯万知道，这个新节目结束以前他是无法脱身的。被困在这些人中间，他感到痛苦，他们的愚蠢和可笑深深地刺激着他，更何况他们对他的爱情全然不知，即便知道，也不会感兴趣，只会拿他的爱情来取笑，如同笑话一桩儿戏，或者惋惜他干出这等傻事，他们使斯万看清爱情只是为他而存在的主观现象，外界根本不承认他的爱情的现实存在；他尤其痛苦的是，这个地方奥黛特永远来不了，任何人，任何物对她都没有缘分，她根本不能涉足，而他则要继续流放下去，忍无可忍，连乐器的声音都使他真想大叫起来。

突然间，奥黛特仿佛进入大厅，她的出现叫他心胆俱裂，情不自禁地用手捂住心口，原来小提琴上升到了高音阶，琴声持续徘徊，仿佛在等候，然后又在等待中持续，好像瞥见了等待的对象迎面走来，不由得欣喜若狂，所以拼命设法持续到它的到达，在自己消失前接待它，竭尽最后的余力为它打开一条道路，让它过去，好比我们双手撑着一扇大门，不然门就自动关闭了。斯万还没来得及明白过来，没来得及对自己说："这就是万特伊那首奏鸣曲的小乐句，别听了吧！"往事的回忆一下子全部在他心中苏醒了，想当初奥黛特对他多么迷恋，他一直把那段时光成功地埋在心灵深处看不见的地方，此刻受到突然迸发的一道爱情的光芒的欺骗，以为爱情的时光即将返回，于是所有的回忆拍打着翅膀从斯万的心底飞了出来，向他纵情高唱早已忘却的幸福之歌，根本不怜悯他现时的不幸。

过去他常说"我幸福的时日"，"我被人爱慕的时日"，那时他不觉得太难过，因为他脑海里留存往事的片断并不包含任何实在的内容，无非是些抽象的说法，而这次重新找到的却是在失去的幸福中所积淀的特殊而易逝的精髓；昔日的一切重新浮现在眼前：他把雪白、卷曲的花瓣贴在嘴唇上，那是奥黛特抛进他马车里的菊花；印有凸起的"金屋"字样地址的信纸，上面写道："我正用颤抖不已的手给您写信"，那是奥黛特的来信；"过不了太久您就会跟我联络的，是吗？"那是双眉紧蹙的奥黛特恳切的哀求；他仿佛又闻到理发师给他做"刷子头"时烫发钳散发的气味，同时洛雷当给他去找那个小女工，那年春天经常下暴雨，月色下他坐在自己的四轮敞篷马车回家冷得瑟瑟发抖：心理的习惯，季节的印象，皮肤的反应构成一张严密的大网，随着一个个星期的推移，终于把他整个身子都罩上了。那时，他尝到了一味求爱的人们所享受的欢乐，满足了自己的肉欲。他满以为可以永远如此，而不必领略其中的苦楚；现在他不能每时每刻知道奥黛特在干什么，不能到处并且永远占有她，他陷入了无边无际的苦恼，好像头上一直笼罩着一轮模糊的光晕，引起他极大的恐惧，相比之下，奥黛特的魅力已是微不足道了！唉！她曾大声说过："我随时都可以见您，我什么时候都有空的！"斯万连她的声调都记忆犹新，可现在她却永远不再有空了！那时她对他的生活充满兴趣和好奇，热切渴望得到他的宠爱，进而闯入他的生活，他反倒害怕给予宠爱，生怕受到打扰，引起麻烦；当初为了请他一起去韦迪兰家，她不得不苦苦哀求；最初相识时，他只允许她每月去他家一次，而她，为了要他让步，不得不一遍遍地重复她多么渴望每天见面，因为天天见面的习惯会给她带来无穷的乐趣，他虽然勉为其难地接受了，但觉得那是一种麻烦，枯燥乏味，后来她对天天见面的习惯厌恶起来，干脆抛弃了，而对他来说却变成一种无法遏止的和痛苦不堪的需求了。他记得早在第三次见面时，她一再问道："为什么您不让我经常来看望您呢？"他殷勤地笑着回答："怕日后给自己造成痛苦。"他不知道当初说的是否出于真情。反正现在，今非昔比，她有时还从饭店或旅馆给他写信，用的仍是印有商号的信笺，但这些信像火一样灼烧着他。"这是从武耶蒙旅馆写的吗？她去那儿干什么？跟谁同在？发生了什么事情？"他想起意大利人大街的煤气路灯一盏盏熄灭，绝望之余，竟在影影绰绰的人流中找到了她，那个夜晚对他几乎是神奇的，确实属于一个神秘的世界，可所有的大门已经关闭，他永远无法再进去了；那天夜里，他根本用不着思考他去找她，跟她在一起会不会使她不快，当时他是那样的自信，她最大的快活莫过于见到他并跟他一起回家。斯万呆呆地面对回忆中的这段幸福，瞥见一个不幸的人，引起他的恻隐，一时未认出那人是谁，但终于把头低了下去，以免别人看见满眶的热泪。此人便是他自己。

等他明白过来，他的恻隐之心也打消了，但嫉妒她曾经爱过的另一个自己，他嫉妒他时常念叨的"她也许迷恋的"那些人们，虽然并不过分痛苦，因为过去只有空泛的爱的概念，而没有爱情，如今他把这种概念换成充满爱情的菊花花瓣和"金屋"字样笺头的信纸。他的痛苦已到了五脏俱焚的地步，他用手扶住前额，让单片眼镜垂吊下来，擦一擦镜片。倘若他此刻看得到自己的模样，他大概会把自己的眼镜纳入他刚才一一对比过的眼镜系列中，他摘下的单片眼镜好似一个纠缠不清的念头，他用手绢擦去蒙着水汽的镜片好比擦掉粘在镜片上的烦恼。

小提琴演奏的时候，如果看不见乐器，就不能把听到的声音和乐器的形象联系起来，而乐器的形象是会改变乐器的音色的，所有小提琴声中有着跟某些次女低音一样的声音，使人产生错觉，好像有个女歌唱家加入了演出。但举目望去，只见一些像中国珠宝盒一般精致的琴身，尽管如此，有时还会产生错觉，以为听见令人失望的汽笛声；有时又仿佛听见被囚的精灵在中了魔法的宝盒中挣扎，弄得宝盒不停地颤动，好像被淹在圣水缸里的魔鬼发出的声音；有时甚至像个超然物外的纯洁的生灵在空中游荡，传递着隐秘的启示。

好像乐师们并不想直接奏出那个小乐句，而在举行仪式，迎接小乐句的降临，奏出必要的咒语把奇迹呼唤出来，并延长一点显现的时间，斯万心想，如此这般，只能在紫外线的世界里才能见到它了，但他还是在接近它，突然间他一时两眼漆黑，这个巨大的变化反倒使他爽快了许多，他感觉到小乐句出场了，宛如一位女神，成了他爱情的保护神和知情人，为了当着众人面走到他跟前，好把他拉到一边跟他交谈，便把自己乔装打扮一番，披上声音的外衣，飘然而至。她如一缕清香，轻柔、舒展，喃喃细语，向他倾吐衷肠，他聆听每一个字，惋惜她的话语飘逝得这么快，不由自主地用嘴唇去亲吻她那和谐的、正在消逝的躯体。他不再感到被流放和孤独无援，因为小乐句对着他而来，向他悄声诉说奥黛特。他不再像过去那样觉得小乐句不认识他和奥黛特了。既然她那么多次目睹他们的欢乐！不错，她确实告诫过他这种欢乐是靠不住的。甚至就在那时，他已经从小乐句的微笑中，从小乐句清澈的、大彻大悟的声调中猜出痛苦的端倪，而今天他从中发现的却是近乎快乐的认命的风韵。过去他谛听小乐句诉说悲怆时，没有切肤之痛，只见小乐句像一条曲折而湍急的激流，微笑着把悲怆卷走，如今这种悲怆竟成了他自己的悲怆，而且他并不希望从中解脱，小乐句似乎还像过去诉说他的幸福那样，对他说："这有什么关系？这算不了什么哇。"斯万的心中第一次涌现对万特伊的同情和友爱，心想这位未曾相识的、卓尔不群的兄长一定饱尝艰辛，他是怎样度过一生的呢？他从何等的痛苦中汲取了无穷无尽的创造力，这种神一般的力量呢？当小乐句告诉斯万，他的痛苦是虚妄的，他听到这句箴言感到温暖，而在片刻之前他还觉得此话难以容忍，尤其当他觉得那些不关心别人死活的人脸上流露出这种表情，似乎把他的爱情视为毫无意义的胡思乱想。而小乐句则相反，不管她对种种心态短暂的出现持何种见解，总会有所发现，不像对他人漠不关心的人们，只看到不如实际生活那样严肃的东西，相反，她看到了高于实际生活的东西，只有这种东西才值得表现。这东西便是内心伤感的魅力，而小乐句试图模仿和再创造的，正是这种魅力，甚至企图再现这种魅力的精髓：除了有切身体验的人之外，任何人都以为这种魅力是不能言传的，没有意义的，而小乐句却抓住了精髓，并把它显现了出来。因此，只要多少有点音乐鉴赏力的听众都能认出这种魅力的价值和领略其神奇的妙趣，然而他们一旦回到现实生活，每次看到身边发生特殊的爱情，便又认不出小乐句的那种魅力了。无疑，小乐句编制魅力的形式是无法演绎为推理的。但是，一年多来，至少在一段时间内他迷恋上音乐，这种迷恋向他揭示他自己内心深处的宝藏，斯万把乐旨视为真正的意念，来自另一个世界、另一种秩序的意念，这些意念被蒙在黑暗中，不为人们所知，不为智力所理解，但彼此迥然有别，各有不同的价值和意义。自从那次在韦迪兰家晚会上请求再弹一遍小乐句以来，他一直想搞清楚小乐句怎么会像一股馨香和一次搂抱那样迷惑他，那样裹挟他，他意识到，由于组成小乐句的 5 个音符的间距很小和其中两个音符又不断地重复，他才仿佛觉察到这种不见踪影的、怕冷的姑娘似的曼妙；其实他知道，他这番推理并不针对小乐句本身，而早在认识韦迪兰夫妇之前，在第一次听到那首奏鸣曲的晚会上，由于懒得动脑筋，只对简单的时值进行了一番思考，从而取代了对他感知的那个奇妙的实体的探索。他知道，对钢琴乐曲的回忆，其本身就歪曲了从音乐中联想到的事物的布局，展现在音乐家面前的天地不光是七音符的平庸的键盘，而是无限宽广的键盘，还几乎完全不为人所知，只不过零零星星地露出几个温柔、热情、勇敢和安谧的琴键，而其他亿万个琴键却被一层层厚厚的、尚未探索过的黑暗间隔了，它们彼此有天壤之别，这些别有洞天的琴键已经被少数几个伟大的艺术家发现了，他们帮助了我们，在我们心灵深处唤醒与他们所发现的主题相应的东西，向我们指出在我们的心灵里蕴蓄着多么丰富多彩的宝藏，而我们却一无所知，竟以为我们的灵魂是一片空白和虚无，被未经探索的、令人望而生畏的黑暗占领着哩。万特伊便是这样一位有所发现的音乐家。他那个小乐句，尽管为我们的理性设置了一层朦胧的外表，但我们能体会它充实而明确的内涵，而且小乐句还赋予其内涵一种新鲜而独特的力量，使人听后，把她和凭智力获得的思想一并平等地保存在心中。斯万每每想起小乐句，便仿佛想起爱情和幸福，他马上能体会到其中的特殊含义，有如一想起《克莱芙王妃》和《勒内》[①]这两个标题，他便知道它们的特殊含义。即使他不想小乐句，她也潜伏在他的心灵中，跟那些不可替代的概念，诸如光线、声音、立体感、肉欲等处在同等地位，正是有了这些丰富的宝藏，我们的内心世界才得以多彩多姿。一旦我们命赴黄泉，这些财富也许会失去，也许会自行消失。但只要我们活着，我们就不能不认识它们，正如对某个实在的物体，我们不能不认识它，比如屋子里掌了灯，屋里的一切虽然变了样，对黑暗的回忆已不存在，但我们不能怀疑灯光的存在。从而，万特伊的乐句，如同《特里斯坦》[②]的主题，再现了我们心灵的某种感受，歌颂我们生命的存亡，体现了人世的某些方面，使人感慨系之。小乐句的命运连接着我们心灵的未来和现实，成为我们心灵诸多最特殊、最明丽的光彩中的一种。也许虚无才是真实的，我们的一切梦幻并不存在，然而我们意识到，与我们的梦幻相关联而存在的乐句和概念必将也是不存在的。我们终将去世，但我们有这些神奇的俘虏做人质，它们将在我们失去生机之后继续存在下去。有了它们，死亡就不那么痛苦了，不那么丢人了，也许不那么必定了。

---

①《克莱芙王妃》是法国17世纪女作家拉法耶特夫人的代表作，被誉为法国第一部心理小说杰作；《勒内》则是法国19世纪夏多布里昂的浪漫主义代表作。

②全名《特里斯坦和伊索尔德》，系指瓦格纳于1859年完成的乐剧，该剧描写了命定的毁灭，黑夜，阴暗和死亡。

斯万没有想错，奏鸣曲的那个乐句确实存在着。诚然，从这个立场来看，她是具有人性的，但她属于超然物外的神灵世界，虽然我们从未见过这些神灵，然而，如果有某个求索者进入这个肉眼看不见的世界，捕捉一个神灵，把它从神奇的世界带到人间，让它在我们尘世的上空闪耀片刻的光芒，那么我们将欣喜万分，感激不尽。这正是万特伊以他的小乐句所做的事情。斯万觉得，作曲家只用乐器把它揭示出来，使它清晰可辨，把它描绘成画面，其手笔是那样轻柔，那样审慎，那样细腻，那样稳健，以致音响随时变幻，其画面有时变得朦朦胧胧，以表现一片幽影，有时继而勾勒出一个奔放的轮廓，重新生气勃勃起来。斯万相信那个乐句确实存在，他没有搞错，有证为凭： 假如万特伊没有足够的力量去发现和表现乐句的形状，而竭力凭他的臆想随便添上几笔来掩饰他视觉的缺陷或技法的欠缺，那么，任何有点小聪明的音乐爱好者都会发现他作假骗人了。

乐句消失了。斯万知道，它将在最后的乐章的末尾再度出现，中间隔着很长一段乐曲，韦迪兰夫人请的钢琴家总把这一段跳过去。其实这一段含有美妙的乐思，斯万第一次听时并没有辨认出来，现在才觉察到，好像这些妙处在斯万记忆的衣帽间从遮掩其独特风采的外装脱颖而出了。斯万谛听组成乐句的每个分散的主题，有如三段论法中前提演绎出必然的结论，他看到了乐句是如何产生的。他思忖：“啊，万特伊或许也具备拉瓦锡和安培那样的勇气和天才！他勇于试验，从而发现一种未知力量的神秘的规律，驾驭着无形的、永远看不见又可信赖的大车，穿过未经勘探的地域，驶向唯一可能到达的目标！”最后的乐章开始时，斯万听出钢琴和小提琴的对话，是多么美妙的对话呀，这种对话虽然不用人间的词语，却也远非人们所想象的那样让幻想占上风，正好相反，把幻想摈弃了，从未见过如此坚定地需要使用口头语言，问题从未提得如此贴切，回答也从未作得如此明晰。起先，钢琴孤独地发出哀怨，宛如一只被伴侣遗弃的鸟儿；小提琴听到后，立即好似从邻近的树上应和。仿佛是世界初创期间，大地上还只有它们俩，或更确切地说，仿佛是根据创世主的逻辑所创造的，把其余一切都排除在外了，这里是永远只有它们俩的世界：奏鸣曲的世界。钢琴接着又为那个无形迹的、呻吟着的生灵亲切地倾诉哀怨，可那生灵是一只鸟儿吗？是小乐句尚未形成的灵魂吗？还是一个仙女呢？它的呼唤来得如此突然，小提琴手不得不急忙架起琴弓仓促相迎。多么神奇的鸟儿！小提琴手多半想诱惑它，驯服它，捉住它。但它捷足先登，已经进入小提琴手的心灵，召唤而来的小乐句使他着了魔的身体像通灵者那样颤抖起来。斯万知道小乐句又要向他倾诉了。他一时竟成了两个人，等待即将面临小乐句的时刻，不禁唏嘘起来，有如我们每当读到一首美丽的诗或听到一则令人伤心的消息，也会像斯万那样泣不成声，那并不是当时我们很孤独，而是当我们把这首诗或这则消息告诉朋友们时，在他们身上看到了我们像旁人那样可能触动他们，获得同情心。小乐句果然重新出现，但这一回高悬在空中一动不动似的，只停留了片刻，便消逝了。所以斯万死死盯住它滞留的这一瞬间。它留下的身影好似一只没有破灭的小泡，闪着虹光。又酷似一道新虹，在降落中光泽黯淡下来，而后又升腾起来，在最后消失前大放一下前所未有的异彩：迄今它只显露两种色彩，此刻却闪烁着棱镜般折射出的五光十色，形成一条条绚丽多彩的琴弦，弹出悦耳的曲调。斯万不敢动弹，他很希望别人也像他那样安安静静，好像稍有动静就会破坏这一神奇的幻景，而这奇妙的幻景又是如此脆弱，随时会化为泡影。说真的，谁也没想说话。唯一的缺席者，也许是个死者（斯万不知道万特伊是否还活在世上），他那妙不可言的话语在主持仪式的人们头顶上空回荡，足以吸引在场300人的注意力，在这个乐台上召唤魂兮归来，从而把乐台化为最高尚的祭台，以致可以举行神圣的仪式。因此，当乐句终于消失，只剩下袅袅余音飘荡在随后而至的旋律中，但没等奏鸣曲结束，傻得出名的德·蒙特里安岱伯爵夫人便凑到斯万面前悄声吐露自己的感受，斯万一上来非常恼火，但后来不由自主地笑了笑，也许因为伯爵夫人不知所云，他却从她的话中发现某种深刻的含义。伯爵夫人对演奏者的高超技巧惊叹不已，朝斯万高声说道："真奇妙呀，我从未见过如此神奇的……"她顾忌自己的说法太绝对，改口道，"最神奇的当然是用来招魂的灵动桌喽……除此以外，还没见过如此神奇的！”

这次晚会以后，斯万明白奥黛特昔日对他的感情永远不会恢复，他对幸福的希望也不会实现了。有些日子，她偶尔对他殷勤和温柔，多少表示一点关切，他把这一点点表面的、虚假的回心转意一一记下，既感动又怀疑，充满绝望的欣悦，比如有些人照料患绝症濒于死亡的病人，把什么现象都看得十分珍贵：“昨天，他自己结了账，还指出我们做的账目中的一个错误，他高高兴兴地吃了一个鸡蛋，要是消化得好，明天咱们试着让他吃排骨”，尽管他们很清楚，这些现象对于一个弥留之际的人来说已经毫无意义了。斯万几乎确信，如果他现在远离奥黛特而生活，她最终会在他心目中变得淡漠的，以致他会高兴看到奥黛特永远离开巴黎；届时他会有勇气留下，却没有勇气先离开。

他早先也常有这种想法。现在他已恢复对弗美尔的研究，他需要再去一趟海牙，德累斯顿，不伦瑞克，至少住上几天吧。他深信，毛里茨博物馆在哥德斯密特拍卖行收购的那幅被认为是尼科拉斯·马斯[1]的作品《狄安娜的梳妆》实际上是弗美尔的手笔。他想实地研究这幅画来加强他的信念。然而，在奥黛特在巴黎甚至不在巴黎的时候离开巴黎谈何容易，在他，如此狠心的计划，只不过想想而已，他之所以心里不断地盘算，因为他知道永远下不了决心去实现：乍到新地方，我们不习惯，原有的感觉不会淡薄，反倒会时时回首，痛苦不堪。有时睡梦中旅行的意愿再度萌生，一时忘记旅行是不可能的，居然旅行在梦中实现了。有一天，他梦见他外出一年，他站在车厢门口，俯身对着站在月台上哭着向他道别的年轻人，斯万竭力说服他一起乘车出发。列车晃动，他在惶惶不安中惊醒，想起自己并没有出远门，将在当晚、第二天，几乎每天与奥黛特见面。虽然梦境仍使他激动不已，但他庆幸自己生逢其时，条件特别优越，可以独立自主，因此能够呆在奥黛特身边，并且获准不时去看望她；他一一回顾所具备的优势：其一，他的地位，即他的财富：奥黛特经常急需用钱，以致不可能跟他决裂，听说，她甚至

---

① 尼科拉斯·马斯（1632—1693），荷兰画家。

私下盘算嫁给他哩；其二，他与德·夏吕斯先生的友谊：说白了，这种交情从未使他得到奥黛特的多大好处，但夏吕斯是他俩共同的朋友，她对这位朋友又非常尊敬，想到她耳闻这位朋友对斯万的溢美之词，心中美滋滋的；最后，他的聪明才智：他运用全身解数每日巧加安排，使得奥黛特觉得他的在场虽说不上十分快意，却至少是必不可少的；总之，他心想，如果他没有这一切优势，他将是个什么样子，进而再想，如果他像许许多多人那样贫穷，低微，一无所有，不得不接受任何活计，或者依赖父母，依靠妻子，那么他早已被迫离开奥黛特，于是他对自己说："人们总是生在福中不知福。但人们也决不像自己想象的那么不幸。"他心里盘算，这种生活已经维持了好几年，他所能期望的也就是继续维持下去，哪怕牺牲他的研究，牺牲他的娱乐，牺牲他的朋友们，乃至牺牲他的一生来换取每天等待一次不能给他带来任何幸福的约会，他自问，这是不是自己欺骗自己，凡有利于他的私情和阻止与其决裂的事情会不会损害他的前程，令人想望的事情是不是远走高飞：不会就是他庆幸只在梦中所发生的事情吧；他一转念，觉得还是人们生在祸中不知祸，但人们也决不像自己想象的那么幸福。

有时他切盼奥黛特毫无痛苦地死于一起事故，因为她从早到晚都野在外头，在大街上，在大路上。而每当她安然无恙地回来，他不由得赞叹人体之灵活之健壮，总能战胜和排除周围的一切危难，化险为夷（自从斯万萌生这个隐秘的愿望，他觉得危难多得数不胜数），因此才使人们可以每天几乎不受惩罚地欺骗撒谎，寻欢作乐。斯万很喜欢贝里尼所画的穆罕默德二世的肖像，他觉得很能理解穆罕默德二世的心境，出于对一个后妃的痴情，用匕首把她刺死，根据为他作传的威尼斯人天真的说法，这是为了恢复精神自由。然后，斯万为只想到自己而悔恨，他觉得自己受到万般痛苦一点不值得怜悯，因为他对奥黛特的生命是那样地不珍惜。

既然永远无法跟她分离，如果继续留在她身边，至少他的痛苦终将平息，不过也许爱情便随之熄灭了。既然她不愿永远离开巴黎，那他就希望她永不离开他。起码，他知道奥黛特每年离开巴黎最长的时间在八九月份，想到她的远离，心中便为未来的时日提前感到辛酸，好在他还有好几个月空闲时间来加以消融，届时的日子和现在完全一样，在他充满忧伤的心中流逝，虽然透明而寒冷，却没有引发太剧烈的痛苦。然而，斯万内心这条未来的暗流，这条无色而自由的长河，只要奥黛特说一句话就把它斩断，就像一块冰把它截住，使它不能流动，使它整个儿凝冻起来；斯万突然觉得自己心脏的四壁凝结成厚厚的、坚不可破的硬块，堵得快停止跳动了：原来奥黛特用假惺惺微笑的目光盯着他说：“福什维尔将在圣灵降临节有一次绝妙的旅行。他将去埃及，”斯万立即明白她的言外之意：“我将在圣灵降临节跟福什维尔一起去埃及。”果然，几天后，斯万问她：“喂，记得吧，你对我谈起过福什维尔的旅行，这么说，你要跟他一起去喽，”她飘飘然回答：“对呀，亲爱的，我们 19 日起程，会给你寄一张金字塔图片的。”当时他真想弄清楚她是不是福什维尔的情妇，要当面问个究竟。他知道奥黛特迷信，有些假誓言她是不肯许下的，再说，迄今为止他一直强忍着不敢问，生怕激怒她，惹她讨厌，现在既然失去了得到她的爱情的一切希望，这种担心也就不存在了。

一天，他收到一封匿名信，告诉他奥黛特的情人多得数不清，顺笔列举了几位，其中有福什维尔，德·布雷奥泰先生和画家，她还是一些女人的同性姘妇，而且经常出入妓院。他痛苦万分地想到，他的朋友中居然有人给他写这样的信，因为从某些细节来看，写信人对斯万的私生活十分了解。他寻思谁能干出这等事。但他从来没有怀疑过别人背地里干的事情，也没有怀疑过别人除了与言论有明显联系的行为。德·夏吕斯，德·洛姆亲王，德·奥桑先生，这些人士中没有一个在他面前赞成过匿名信，他们所说的一切无不表示对匿名信的谴责，他想弄清楚是不是在他们表面性格的背后隐藏着一个不为人知的地域，在那里产生这个卑鄙的行径，但他看不出有什么理由可以把这种下流的勾当同他们当中任何一个人的秉性相联系。德·夏吕斯先生的秉性有点不正常，但根本上是善良和敦厚的；德·洛姆先生的秉性有点冷漠，但健全和正直。至于德·奥桑先生，斯万还没有见过有谁像他那样，即使在最狼狈的情况下，会前来安慰，话语之真挚，举止之审慎之正当，实属罕见。所以，当听人说德·奥桑先生在跟一个有钱的女人的私情中扮演不正当的角色，斯万无法理解，每次想起德·奥桑先生，他总强迫自己排除德·奥桑先生的丑名声，因为这和他无数次亲眼目睹的正派行为是水火不相容的。一时间斯万觉得脑子变得糊涂了，于是想一想别的事，以便理出一点头绪。然后他鼓起勇气再回到原先的思考上来。既然无法怀疑任何人，他便不得不怀疑所有的人了。不管怎么说，德·夏吕斯心地善良，是喜欢他的。但此人有神经病，也许明天得知斯万病了，他会痛哭流涕，而今天，或出于嫉妒，或出于气愤，忽然心血来潮，硬要伤害。骨子里，这等人是最恶劣不过的。德·洛姆亲王当然远不如德·夏吕斯先生那样喜欢他。但正因为如此，他不会对斯万动辄迁怒，再说，此公秉性冷漠，既做不出惊天动地之举，也不会干出卑鄙龌龊之事；斯万后悔自己一辈子尽依附于这种人了。进而他又想，阻止人们伤害他人，是善心，他其实只能对跟自己秉性相近的人打包票，比如就心地善良而论，德·夏吕斯先生是算得上的。造成斯万这样的伤害，单单这个念头就会使德·夏吕斯先生怒不可遏。然而，像德·洛姆亲王这样一个冷漠的人，不近人情的人，怎么预料他在不同本质的动机驱使下会干出什么事情来呢？心地善良，这至关重要，德·夏吕斯先生的心地是好的。德·奥桑先生的心地也不坏，他同斯万的关系虽说不怎么亲密，但却是坦诚的，他们兴趣相投，对一切事情想法一致，很谈得来，心平气和的，不像德·夏吕斯那样好激动，动不动意气用事，可能干好事也可能干坏事。斯万总觉得，如果有谁理解他，体贴爱护他，那便是德·奥桑先生。是的，但怎么解释他过的不光彩的生活呢？斯万懊悔先前没有想到这一层，还时常开玩笑说他只在流氓团体里才强烈感受到同情心和敬意。现在他心想，这并非没有道理，人们识别他人，向来都是依据他人的行为。只有行为才有意义，我们说的，想的，都不足为据。夏吕斯和德·洛姆可能有这样或那样的缺点，但他们是正派人，奥桑也许没有什么缺点，但他不正派。他可能再次干了坏事。之后，斯万竟怀疑起雷米来了，说真的，他至多唆使别人写匿名信，但斯万一时觉得这条思路对头。首先，洛雷当有怨恨奥黛特的理由。其次，我们的仆人所处的地位比我们低下，把我们的财产假想为万贯家财，把我们的缺点假想为恶习，怎么不叫人设想他们必然干出我们上等人士干不出的事情呢？另外，他也怀疑我的外祖父。每次斯万请他帮忙，他不是总不答应吗？再次，我外祖父凭他的资产阶级思想，还以为这么做是为斯万好哩。斯万还怀疑贝戈特，怀疑画家，怀疑韦迪兰夫妇，怀疑之余，他再一次赞赏上流社会人士不肯跟艺术界的人打交道是多么的明智，在艺术圈子里这等事很可能发生、甚至有人会承认，推说是成功的玩笑；然而他转念又想起那些像吉卜赛人一样生活的艺术家一些光明磊落的行为，不由得把他们与贵族阶级相比较，贵族们手头拮据，偏要讲排场摆阔，花天酒地，所以经常想出搞钱的权宜之计，简直等于欺诈。总而言之，这封匿名信证明他周围有一个干得出这等卑鄙行为的人，但这种卑鄙行为究竟隐藏在何等人的心底，为他人所勘探不出，在热心的人和冷漠的人、艺术家和资产者、老爷和仆役之间相比，他很难说前者比后者更为可能。应当采用什么标准来识别人呢？说到底，他认识的人当中没有一个不可能干出无耻的勾当。是否应该跟所有的熟人都断绝来往？他的脑子糊涂起来了，他一而再、再而三用手拍打脑门，用手绢擦擦单片眼镜，考虑到一些跟他不相上下的人照样与德·夏吕斯先生、德·洛姆亲王等人来往，他对自己说，这意味着，即使他们不可能干出无耻勾当，至少每个人不得不屈从于自己的生存环境，与也许有可能干出无耻勾当的人交往。于是他继续跟所有被他怀疑过的朋友握手，不过态度谨慎，尽管是纯粹摆样子的，却暗示曾经千方百计把他置于绝境的含义。

至于匿名信的内容本身，斯万并不担忧，因为对奥黛特的指控没有一项站得住的，连一点影子都没有。他像许多人一样，懒得动脑筋，缺乏想象力。他很清楚，人们的生活处处都可对比，但涉及每个个别的人的生活，他便以已知的部分去想象未知的部分，前者与后者是一致的，他认为这是一条普遍真理。同样，他借助于别人对他说的话去想象别人未说的话。每当奥黛特在他身旁，一旦谈起别人有了不诚实的行为或不正当的情感，她总严加痛斥，依据的原则与斯万父母所教诲的完全相同，斯万耳熟能详，并且恪守不爽；况且她平时弄弄花，喝喝茶，还关心斯万的研究工作哩。所以，斯万把奥黛特的这些习惯延伸到她的生活的其余部分，每当他想再现奥黛特远离他的情景；倘若有人描绘奥黛特的情形就像在他身边那样，或确切地说像长期在他身边那样，但跟另外的一个男人在一起，那么他会很痛苦的，因为这种形象在他看来像真有其事。然而说她去鸨母家，跟一些女人狂欢淫乱，说她过着下流人荒淫无耻的生活，那是疯子的胡言乱语，在他看来，想象中的一朵朵菊花，一杯接一杯的红茶，一次又一次贤德的义愤，谢天谢地，不给这一派胡言任何空子可钻！不过，他有时暗示奥黛特有人不怀好意向他叙说她的所作所为，言语之间，恰当运用他偶尔听来的某个无关紧要但真实的细节，好像他说漏了嘴才吐出一星半点，对奥黛特的生活可以全盘托出，只是眼下秘而不宣罢了，他引导奥黛特猜想他对一些情况了如指掌，其实他什么也不知道，甚至连猜想也没猜想到，可见他之所以如此经常恳求奥黛特不要篡改事实，只是为了让奥黛特如实说出她所干的一切罢了，不管她有意的还是无意的。正如他对奥黛特所说的，他喜欢坦诚，但他喜欢的方式就像是拉皮条的，能够及时掌握情妇的生活情况。所以，他所谓的喜欢坦诚，并非没有私心，未必使他变得高尚多少。他所珍视的事实，是指奥黛特向他承认的事实；他自己，为了获取这一事实，不惜求助于谎言，而他又不断地向奥黛特把谎言描绘成使任何人都会堕落的罪魁。总之，他说谎并不少于奥黛特，因为他比奥黛特更加不幸，进而更加自私。至于奥黛特，当她听到斯万给她如此讲述她所干的一些事情，她总以怀疑的样子凝视他，偶然面有愠色，竭力不露出卑躬屈节和为自己的行为害羞的神情。

有一天，那是在他心情平静的时间最长的时期，嫉妒心一直没有发作，他决定接受德·洛姆亲王夫人的邀请，晚上陪她去看戏。他想知道上演剧目，便打开报纸，一眼看见标题：泰奥多尔·巴里埃尔的《大理石姑娘们》[1]，惊讶不已，好似当头挨了一棒，不由得后退一步，把

① 《大理石姑娘们》于 1853 年公演，一举成功。该剧再现了高等妓女的生活。作者泰奥多尔·巴里埃尔从此蜚声剧坛。

头扭开。“大理石”一词以前经常出现在他眼前，但从不放在心上，过目而忘，现在它出现在崭新的位置，好比被舞台脚灯强烈照射，突然变得赫然醒目，使他立即回忆起奥黛特从前给他讲过的故事，那是有关奥黛特陪同韦迪兰夫人参观工业展览馆的事情，在那次参观的过程中，韦迪兰夫人对奥黛特说：“你要留神哪，我会把你融化掉的，你又不是大理石做的。”奥黛特断定那不过是开句玩笑，斯万当时也根本没有在意。那时他对她比现在要信任得多了。而匿名信讲的恰好是这一类情爱。他不敢抬眼看报，把这一页掀了过去，避而不见《大理石姑娘们》这几个字，开始机械地浏览各省新闻。报载芒什省遇到暴风雨，列举第厄普、卡布尔、伯兹伐尔受灾情况。他又吓了一跳，倒退一步。

原来，伯兹伐尔这个地名使他想起同一地区的另一个地名，伯兹维尔，这好比是个连词符，又使他想起一个地名，叫布雷奥泰，这个地名他常在地图上看到，但他第一次注意到这与他的朋友德·布雷奥泰先生的名字一模一样，据匿名信所称，德·布雷奥泰先生也是奥黛特的情人。不管怎么说，对德·布雷奥泰先生的指责并非不可信，但对韦迪兰夫人的非难，是完全不足为训的。奥黛特固然时不时说谎，但不能由此得出结论，她从未说过真话，就拿她同韦迪兰夫人交谈的那几句话来说吧，是她主动向斯万讲出来的，尽管他意识到这些玩笑既无益处又很危险，不过由于缺乏生活经验和对恶癖的无知，有些女人说出这样的话也正表明她们是无辜的，比如拿奥黛特来说吧，对另一个女人产生狂热的恋情，她跟别的女人相比，还差一大截呢。相反，在叙述时无意间一时引起斯万的猜疑，她便加以否认，气恼之色倒是与他情妇的情趣和气质相一致的，而他很熟悉情妇的情趣和气质。然而就在此刻，斯万忽然得到吃醋者特有的一个启发，好比诗人还需一个韵脚时或学者还需一项观察时忽然得到一个主意或一条规律，力量顿时倍增，他第一次想起奥黛特早在两年前对他说的一句话：“啃，韦迪兰夫人眼下心中只有我一个人，我是她的心肝宝贝，她吻我，要我陪她买东西，要我对她以‘你’相称。”当时八辈子也想不到这句话跟奥黛特对他掩饰恶疾恶癖而说的混账话会有关联，他以为这证明她们俩是至友，还对她们之间打得火热表示欢迎呢。现在回忆起韦迪兰夫人这种绵绵柔情突然使他联想到她那恶俗的话语。前后的回忆在他脑子里掺杂在一起，他无法把它们分离：柔情使得戏言具有某种严肃和重要的成分，反过来，戏言又使柔情失去了清白。他去了奥黛特的家。离她远远地坐下。不敢亲吻她，不知道一个亲吻在她或在他身上重新激起会是温情还是怒气。他沉默了，眼巴巴望着他们的爱情消亡。忽然，他下定了决心。

“奥黛特，”他对她说，“亲爱的，我知道我很令人讨厌，但我必须问你一些事情。你还记得我曾对你和韦迪兰夫人之间的关系产生过想法吗？告诉我，是不是真有其事，跟她或跟别的女人。”

她边皱缩嘴巴边摇摇头，这个示意动作人们常常用来回答这样的问题：“您来不来观看骑马游行？您来看阅兵吗？”说明不去或不感兴趣。这种摇头通常用于否定未来的事情，正因为如此，当用于否定过去的事情时，便夹杂几分犹豫了。况且它只示现私事的原因，说不上什么斥责，更谈不上什么道德禁忌。斯万看到奥黛特给他做了否认的示意。心中明白没准是真有其事了。

“我对你说过了嘛，你知道得很清楚嘛。”她补充道，脸色既生气又狼狈。

“是的，我知道，但你坦然吗？别对我说：‘你知道得很清楚嘛’，对我说：‘我从未跟任何女人干过那种事情’。”

她像背书似的背了一遍，含讥带讽，好像想把他打发掉算了。

“你能不能对着你的拉盖圣母像发誓？”

斯万知道奥黛特不敢对这块圣母牌立伪誓。

“喔唷，你叫我多难堪嘛，”她嚷起来，闪躲一边，仿佛逃避他提的问题的困扰，“你有完没完哪？你今天怎么啦？你难道下狠心让我恨你咒你吗？这不，我正想跟你和好如初呐，你就这么谢我！”

但是他死抓住不放，有如外科医生等待使手术中断的痉挛过去，然后继续开刀。

“你以为我会怨恨你呀，你大错特错了，奥黛特，决不会的，”他和气地说，语气很有说服力，但虚情假意，“我从来只跟你说我知道的事情，我知道的比我说的要多得多。只要涉及别人向我揭发你的事情，唯有你坦白，才能减轻我对你的憎恨。我生你的气，不是因为你干了那档子事，我什么都能原谅你，既然我爱你，但我恼恨你虚假，荒唐透顶的虚假，促使你死不承认我一清二楚的事情。我明知某件事情是假的，你却偏偏当面撒谎，发誓说是真的，你怎么能要我继续爱你呢？奥黛特，这个时刻对咱们俩都是个折磨。你若愿意，一秒钟内便可结束，你就永远解脱了。对着你的圣牌告诉我，你干没干过那种事情。”

“我也说不好哇，我嘛，”她气冲冲地嚷道，“也许很久以前，连我自己都不明白干了些什么，也许有过那么两三回吧。”

斯万曾经预想过各种可能性。而现实是与可能性毫无关联的东西，正如我们挨了一刀，这与我们头顶上空的片片浮云毫无关联，因为“两三回”这几个字在他心上深深打了个叉。真是怪事呀，“两三回”这几个字，只是这几个字，在空中响了一下，离我们身子远远的，却能撕碎我们的心，好像真的撞击了我们的心，能使我们像服毒一样病倒。斯万无意识地想起在德·圣特韦尔特夫人家听到的那句话：“除了招魂的灵动桌，我再也没见过如此神奇的。”他现在所感受到的痛苦与他预先想象的大不相像。不仅因为他在对奥黛特怀疑最烈的时刻也很少想象她坏到如此地步，还因为，即使他想象到了，也是模模糊糊的，游移不定的，没有“也许有过那么两三回吧”这句话所散发的特别令人毛骨悚然的东西，也没有人们第一次得病时的那种特别的严峻感，这种感觉同他所有其他感觉截然不同。然而，奥黛特虽然给他带来所有这些痛苦，却并没有失去他的爱，恰恰相反，他觉得她更珍贵了，仿佛随着痛苦的增加更珍惜她了，唯独这个女人身上才有的镇痛剂和解毒剂的价值也越来越大了。他想更加关心这个女人，好比突然发现她身上的疾病更加严重了。他希望她对他说的“有过那么两三回”可恶的事情不会再重犯。为此，他必须关心她。人们常说，向一个朋友揭发他情妇的过失，只会使他更亲近她，因为他不肯相信；他若相信人们所说的过失，就会更亲近她！斯万心里思量：怎样才能保护她呢？他也许可能使她预防某个女人，但对付不了成百上千的女人哪；当那个晚上在韦迪兰夫妇家没有找到奥黛特，他一时动了欲念，想去占有另一个女人，但那是办不到的，现在想起来，他当时像着了魔似的。新的痛苦像成群结伙的匪帮入侵斯万的心灵，幸亏在承受痛苦的心灵深处古风尚存，还存在和善的天性和埋头耕耘的气质，有如受伤器官的细胞很快能够重建被损害的组织，有如瘫痪肢体的肌肉还会恢复活动。正是他心灵中的这些古风犹存的居民们，这些土生土长的居民们，一时间把斯万的全部精力投入这项默默无闻的恢复工作，使正在康复的人，使刚动完手术的人产生安泰的幻觉。这次与平常相比，精疲力竭之后出现的松弛，与其说出现于脑子，不如说出现于心境。生活中曾一度存在的东西全都可能在脑际重现，好比一个垂死的动物被貌似终止的抽搐再次惊动，斯万的心境稍为平静了一下之后，又被那份痛苦打上个叉，更是雪上加霜。他回想起那些月洒清辉的夜晚，他躺在四轮敞篷马车上，驶向拉佩鲁兹街，色迷迷遐想着自己当恋人的激情，哪里知道这种激情必然会产生的恶果。但所有这些想法都只一闪而过，只是把手捂住心脏缓一口气的工夫，他便以强颜欢笑来掩饰内心的痛苦。于是他重新开始提出问题。因为他的嫉妒心觉得他受的苦还不够，还要叫他忍受更沉重的创伤，此刻活像不共戴天的死敌猛力向他袭击，让他尝一尝他从未经受过的最残忍的痛苦。他的嫉妒心像个恶神似的教唆他，把他推向灭亡。如果说刚开始时他没有受到极刑般的痛苦，那么过错不在他，只在奥黛特。

“亲爱的，”斯万对她说，“完事了，是不是跟一个我认识的女人？”

他笑了笑，接着说：

“你要我怎么办呢？没有关系嘛，但你不肯告诉我那个女人的名字，这太遗憾了。我若想象得出那个女人，那就不必再费心思了。我这么说是为你着想哪，你说出来，我就不再烦扰你了。想象所发生的事情是多么叫人感到安慰啊！不能想象的事情才叫人心里不痛快呢。你刚才已经很听话了，我不想使你厌烦。我衷心感谢你为我所做的一切好事。没事了。不过还有一个小问题：‘事情发生有多少时间了？’”

“哎呀，夏尔，你想把我逼死呀！那是八辈子的事了。我从来没有再去想它了，好像你偏要逼我重新起那种念头哩。你这是不怀好意，糊里糊涂干蠢事，不会有好结果的。”她答道。

“咳！我无非想知道那种事是不是在我认识你以后发生的，这很自然嘛，是不是在这儿发生的？你就不能告诉我是哪个晚上，好让我回想那个晚上我干些什么嘛；你心里很明白，奥黛特，我的宝贝，你不可能想不起跟谁干的嘛。”

“我说不清嘛，我想那是在布洛涅森林，晚上你去岛上找我来着。对了，你先在德·洛姆亲王夫人家吃的晚饭，”她说道，很高兴能提供一个确切的细节，以证明她诚实，“邻桌有个女人，我好久好久没见面了。她对我说：‘走，咱们到小岩石背去观赏湖上月光。’开始，我打个哈欠，回答说：‘不，我累了，在这里挺好嘛。’她硬说那边的月光好得不能再好了。我反驳她说：‘别胡扯！’我知道她想干什么来着。”

奥黛特几乎是笑着讲这番话的，或许因为她觉得这非常自然，或许因为她以为这样可以缓和事态，或许为了不显得难为情。但看到斯万的脸色，她便改变了口气：

“你是个坏蛋。拿折磨我来取乐，拿逼我说谎话来取乐，好让我不得安生。”

斯万觉得这第二次打击比第一次更不堪其苦。他做梦也没料到这居然是最近的事情，在他眼皮底下瞒了过去，他竟毫无察觉；这件事不是发生在他所不知的过去，而是在他记忆犹新的那些晚上，即他与奥黛特一起度过的晚上；这些他如数家珍的夜晚现在回过头去一看却隐藏着欺骗和劣迹；这些夜的中间一下子裂开一道大口子，就是布洛涅湖岛上的那个时刻。奥黛特并不聪明，但具有天性的魅力。她边追述边摹拟那个场景时是多么地直截了当，斯万听得直喘气，幻入其境：奥黛特打哈欠，岩石嶙峋，如此种种，历历在目。他听清了她的那句回话：“别胡扯！”可惜说得轻松愉快！他感到她今晚再也不会说什么了，此刻甭想等待得到任何新情况，于是对她说：“可怜的宝贝儿，请原谅，我觉得使你为难了，事情过去了，我不再想它了。”

然而她看得出斯万的眼睛依然凝视着他所不知道的事情，凝视着他们过去的那段爱情，尽管在他的记忆中变得单调和平淡了，因为已经模糊了，而现在却被撕裂成一道伤口：事情发生在月光下的布洛涅湖岛上，在他离开德·洛姆亲王夫人的晚宴之后，为时一分钟。可是他已非常习惯寻找生活的乐趣，欣赏生活中所发现的奇事，一方面痛心疾首，认为再也无法长此忍受下去，一方面又劝解自己：“生活真是千奇百怪，有许多意想不到的妙事；总之，恶癖的蔓延比人们预料的要广泛得多。这不，一个我所信任的女人，外表是那样的纯朴，那样的正派，即使轻佻些，看上去她的情趣还是十分正常的，健全的：我根据一份靠不住的揭发，盘问了她，她向我承认的虽然极少，却已经大大超过了我所能猜想的程度。”然而他并不满足于这些超脱功利的评论。他试图准确地评价她向他讲的事情的价值，以便弄清他是否应该得出结论：那种事情她是经常干的，并且还可能再干。他一再琢磨她的那些话：“我知道她想干什么来着，”“有过那么两三回吧，”“别胡扯！”但这些话在斯万的记忆里反复出现时并不是没有武装的，每句话都像一把刀子，给他刺上新的伤口。在很长一段时间里，好像病人不由自主地时刻想翻身，但动一动就痛得要命，他心里重复着这两句话：“我在这里挺好嘛，”“别胡扯！”但他痛苦得心如刀割，不得不就此打住。他一直看得很轻、看得很开的行为现在竟在他的心目中变得十分严重，就像得了致命的疾病，他为此惊叹不已。他认识不少女人，本可以请她们监视奥黛特。但怎么能指望她们为他设身处地着想呢，她们也会停留在他自己一贯的立场上，她们和他的观点是一致的，这种观点长期以来一直指导着他的色情生活，她们会对他说：“你的醋坛子打翻了吧，想剥夺别人行乐吗？”他以前热恋奥黛特，从中得到的只是高雅的乐趣，如今不知哪块活门突然落下，把他推入新的地狱怪圈，他看不出怎样才能摆脱。可怜的奥黛特！他并不怨恨她。并非全是她的过错。人家不是说她几乎还是个孩子时就被生身母亲卖给一个有钱的英国人吗？阿尔弗雷德·德·维尼的《诗人日记》中有几句话，从前读的时候满不在乎如今品出其中包含多么辛酸的道理：“当我们迷恋上一个女人的时候，应当想一想：她周围的人是怎么样的？她的经历是怎样的？生活的幸福全系于此也。”斯万惊异自己脑子里铿然有声的简单句子：“别胡扯！”“我知道她想干什么来着”，竟会使他如此痛苦。不过他明白，他所谓的简单句子实际上全是武器，在听奥黛特讲述时使他阵阵疼痛的东西，随时可能再次袭击他。因为他再次感受到的正是那种痛苦。现在他徒然知道底细，随着时间的消逝，就算渐渐忘却了，宽恕了，也还是徒然，因为只要他一想起这几句话，原先的痛苦便重新袭上心头，使他回到奥黛特招供以前的情状：耳目不灵，过分信任；他强烈的嫉妒心总把自己置于不知底细的人的地位，让自己经受奥黛特的招供引起的打击，以至于好几个月之后，这件旧事仍使他恍然大悟，震惊失色。他赞叹他的记忆那种鬼斧神工的再创造力。只有等到这台发生器的发生能力随着机龄老化而逐渐衰退，他才可指望他的痛苦有所平息。然而每当奥黛特某句使他痛苦的话的力量有所减弱时，斯万的脑子一直不大注意的话，一句几乎是新的话便来接替，并全力向他袭击。对他来说，回忆他在德·洛姆亲王夫人家吃晚饭的那个夜晚是痛苦的，可那只是他苦恼的核心。他的苦恼从这个核心杂乱地辐射到前前后后所有的时日。不管他想触及奥黛特哪一段往事，他总对韦迪兰夫妇经常去布洛涅湖岛吃晚饭的那一整个季节耿耿于怀，悲从中来。这痛苦如此之深，以至于由嫉妒引起的好奇心渐渐给冲淡了，因为他担心在满足好奇心的同时会给自己招来新的折磨。他意识到奥黛特在与他相遇以前的那一整段生活，他还从未下工夫思考过，不是他朦胧所见的抽象时期，而是一些特殊的年月，充满着实实在在的插曲。在了解这些年月时，他真害怕这段无色的、流动的、可忍受的过去突然变成一个可触知的、污秽的实体，具有一副人模鬼样的嘴脸。所以他继续竭力不去设想那段时期，并非懒于思考，而是害怕受苦。他希望有朝一日听到布洛涅湖岛的名称、德·洛姆亲王夫人的名字时终将不再为往事而揪心，届时他将不再冒失地刺激奥黛特，逼她提供新的话头儿，提供各个地点的名称和不同场合的情况，那样会使他刚刚稍为平息的苦恼以另一种形式重现。

然而，斯万所不知道的事情，时下所害怕知道的事情，往往则由奥黛特本人自发地、无意地向他泄露；果然，奥黛特的恶癖在她的实际生活和她在斯万想象中的生活之间找了一条鸿沟，斯万曾经以为，至今仍经常以为他情妇的生活相对来说还是无邪的，这条鸿沟的宽度奥黛特并不知道，因为一个无行的人是不愿意别人怀疑其恶癖的，在别人面前总装出一身清白的样子，不可能明白恶癖的滋长是他自己感觉不到的，会慢慢地使他远离正常的生活方式。在他们姘居时，奥黛特心中记得她对斯万所隐瞒的行为，但久而久之，另外一些行为受到以前的行为的传染，把以前的行为折射出来，而不至于与在她心灵中受到培育的那个特殊的部位显得不协调；但假如把这些行为向斯万讲述，那就等于把产生这些行为的氛围给泄露了，斯万会大惊失色的。一天，他试图在不使奥黛特难堪的情况下盘问她是否去过拉皮条的女人家。说真的，他深信不会有这样的事情，读了匿名信，脑子里闪过这种假设，但只是机械的反映，根本没有信以为真，不过实际上积淀下来了；这种积淀虽是纯世俗的，毕竟令人生疑，很不痛快，于是为了解脱，斯万希望奥黛特把这种积淀扫除得一干二净。“嗨！没有的事嘛！但我也不是没有为此被纠缠过，”她得意地说，微笑中流露出虚假，竟意识不到这可能让斯万看出破绽，“昨天还来了个拉皮条的女人，在外面等了两个多小时，说什么我开多高的价都行。听说是个大使叫她来的，还说什么：‘您要是不把她带来，我就自杀。’我让人回绝说我不在家，最后我亲自出去叫她滚蛋。我真希望你亲眼看见我是怎么接待她的，我的贴身女佣在隔壁屋里听得清清楚楚，她说我扯着嗓门儿大喊大叫，是呀，我说：‘我对您说过我不愿意嘛！那是个不高明的主意，我不乐意。我认为我有自由决定我想做什么，没错吧！假如我需要钱，那么我就……’我吩咐门房以后不许那个女人进屋，叫他转告我去乡下了。嗬，我多么希望你当时藏在什么地方监听哪。我想你听了会高兴的，亲爱的。你瞧，你的小奥黛特，她还是有优点的嘛，尽管人家说她有多么多么坏。”

此外，她之所以向斯万承认某些错误，是因为她猜想他早已发现了，而对斯万来说，这些坦白非但没有消除旧有的怀疑，反而成了新怀疑的起点。因为她的坦白和他的怀疑很难完全相对应。奥黛特徒然从她的交代中抽去全部主要部分，在次要的部分中总有一些东西超出斯万原先的想象，而正是这些新的东西使他难以忍受，使他得以改变嫉妒方程式的项。她的这些坦白，他永志不忘。他的心灵把它们像尸体那样装载起来，移放开来，埋葬起来。结果，尸体腐烂，心灵中毒。

有一次，她讲起福什维尔在巴黎举办木尔西亚灾民救济日那天去她家拜访。“怎么，你那时已经认识他了？噢，对啦，没错。”他问后立即改口，以免显得不知底细。但他不由自主地惊惶不安起来，因为他想起在巴黎举办木尔西亚灾民救济日那天他收到奥黛特的一封信，此信他一直珍藏着，信上说她也许跟福什维尔去金屋餐厅吃午饭。她发誓没有那回事。“不过，金屋餐厅倒让我想起什么，我知道那是假话，”他这么说是为了吓唬她。“不错，那天晚上你去普雷沃斯特咖啡馆找我，当时我对你说我刚从金屋餐厅出来，其实我并没有去那儿。”她看他那样子以为他知道底细了，便果断地作出回答，果断中与其说包含厚颜无耻，心有余悸，不如说害怕惹怒斯万，起先碍于面子她想隐瞒，后来想干脆挑明算了，以示她也能直言不讳。就这样，奥黛特像刽子手似的干得利索有力，但又不像刽子手那样手下无情，因为她意识不到她给斯万造成的伤害；他居然咯咯笑出声来，也许为了掩饰羞辱和窘态吧，很可能的。“我真的没去金屋餐厅，当时我刚从福什维尔家出来。我确实去了普雷沃斯特咖啡馆，这不是瞎说的，福什维尔在那儿遇见我，要我去他家观赏版画。但另外有个人来看他。我对你说我刚从金屋餐厅出来，因为我害怕说真话会叫你烦心嘛。你瞧，我这是为你着想嘛。就算我当时错了，至少我现在对你直说了。如果在巴黎举办木尔西亚灾民救济日那天我确实跟他一起吃午饭，那么这事瞒你会有什么好处呢？何况当时咱俩还不大熟嘛，是吧，亲爱的。”他无奈地向她微微一笑，这种突然的示弱表明她那些令人难以忍受的话语已把他折腾得筋疲力尽。就这样，甚至在那些因为太幸福而不敢回顾的月份，在那些她爱慕他的月份，她已经对他扯谎了！她对他瞎说从金屋餐厅出来的那天晚上正是他们第一次“抚弄卡特来兰花”的夜晚，与此相同，还有多少个夜晚也窝藏着斯万未曾猜想到的谎言哪。他记得有一天她对他说：“我只要向韦迪兰夫人推托我的套裙没有熨好，我的马车来晚了，不就得了。总有办法对付的。”那么很可能对他也是这样的吧，有许多次她悄悄对他说过类似的话，解释如何迟到，说明改变约会时间的理由，这些话必定遮盖着她跟另一个男人要干什么勾当，而当时他根本没有料想到，她大概也会对另一个男人说：“我只要对斯万推托我的套裙没有熨好，我的马车来晚了，不就得了，总有办法对付的。”如今，无论是斯万最甜蜜的回忆，还是奥黛特以前对他说的最纯朴的话，即他曾当作福音书来相信的话；无论是她向他讲述的日常活动，还是她最常去的地方：她那个女裁缝家里、布洛涅森林大道、跑马场，他都觉得处处隐藏着谎言，哪怕最详细的日常活动节目都可作弊，都有空当，足以掩盖某些活动；他觉得谎言就像一股可能存在的暗流到处渗透，使得他心中留存的最珍贵的东西也变得丑恶不堪：他那些最美好的良宵是在拉佩鲁兹街度过的，奥黛特不得不在跟他约定的时间内守在家里，另找别的时间外出；听到关于金屋餐厅的事作了坦白，他感到丑恶的暗流已经遍地漫溢了，好比丧尽天良的禽兽在把尼尼微[①]毁灭时一石一砖地把它的过去化为乌有。现在每逢他回忆起金屋餐厅这个令人痛苦的店名，他便觉得不堪回首，这不再像新近在德·圣特韦尔特夫人家的晚会上这个店名使他想起早已失去的幸福，而是让他回顾刚刚得知的不幸。后来，金屋餐厅的店名如同布洛涅湖岛的地名，慢慢不再使他苦恼了。因为，我们所认为的爱情和猜忌并不是单一的、持续的、不可分的激情。爱情由无数相继的性爱组成，猜忌则是各种不同的怀疑和醋意的相加，两者虽然瞬息即逝，却由于无数次不间断的出现，给人以生生不息的印象和协调一致的幻觉。斯万的爱情之所以生生不已，他的猜忌之所以执著不移，是因为无

---

① 尼尼微，西亚古城。位于底格里斯河上游东岸今伊拉克摩苏尔附近，是古亚述帝国的都城和文化中心。公元前 612 年被巴比伦和米底联军攻陷时，化为废墟，包括一座巨大的图书馆。

数次性欲、无数个怀疑的不断消亡、有始无终，而这些性欲和怀疑皆以奥黛特为对象。倘若他长期与她分离，那些消亡的性欲和怀疑可能会被其他的性欲和怀疑所代替。而奥黛特在他身边势必在他心中继续交替播种性爱和猜疑。

有些晚上，她突然一下子又对斯万亲热起来，但生硬地提醒他赶紧抓住时机，否则几年也甭想见到她如此热乎；必须立刻返回她家“抚弄卡特来兰花”，她所谓对斯万产生的这种性欲来得那么突然，那么奇怪，那么急切，接着她对他发情似的亲抚又是那么外露，那么异常，以致这种突如其来的、颇不真实的性爱如同扯谎和使坏一样使斯万叫苦不迭。有一天晚上就是这样的，奥黛特命令他跟她回家，一到家便对他一边亲吻一边说些亲昵的话，热烈的情形与平日的冷淡形成鲜明的对照；斯万突然好像听见有人的声音，便站起来，四处寻找，却没有发现任何踪影，但已没有勇气再去贴近她，这时奥黛特怒不可遏，摔碎一个花瓶，冲着斯万说：“跟你啥事也干不成！”而斯万则满腹狐疑，说不定她藏着什么人，故意让他妒火中烧，或让他欲火难熬。

有时斯万亲自去妓院，希望打听到奥黛特的情况，但又不敢指名道姓。老鸨对他说：“我有个妞儿，保管您喜欢。”他跟可怜的姑娘瞎聊了一个小时，抑郁不欢，啥事也没干，弄得姑娘莫名惊诧。有一天，一个年轻妩媚的姑娘对他说：“但愿我找到一个男朋友，那样我就不会再跟别的男人啦，他尽管可以放心。”——“真的吗？你认为一个女人一旦被男人的爱情所打动就可能永远忠于他吗？”斯万焦虑地问道。——“当然喽，不过这要看各人的性格。”斯万不由自主地对妓女说了一些可能取悦于德·洛姆亲王夫人的话。他笑着对那个想找男朋友的姑娘说：“你把眼睛描成蓝色，和腰带的颜色一样，这太好了。”——“您真好，您的衬衣袖口也是蓝色的。”——“在这么个地方，咱们谈吐高雅，这太好了！我不打扰你吧？你也许有事要做？”——“不，我有的是时间。您要是打扰我的话，我会直说的。正相反，我非常喜欢听您说话。”——“那我很高兴。”他转身对刚进屋的老鸨说，“您瞧，我们谈得可亲切了呀，是吧？”——“就是嘛，我心里正是这么想的。她们多么文静哪！瞧瞧！这年头有人到我这里来是为了聊天。亲王那天就是这么说的，他说在这儿比在他夫人那儿舒心。听说时下在上流社会她们全是一路货色，真丢人现眼哪？你们谈吧，我走了，不然就不知趣啦。”她让斯万单独和眼圈描蓝的姑娘呆在一起。但他很快就起身告辞了，他对这个姑娘不感兴趣，因为她不认识奥黛特。

画家得了一场病，过后，科塔尔大夫劝他作一次海上旅行；韦迪兰的好几个忠实信徒说要陪他去，韦迪兰夫妇下不了决心单独留在巴黎，便租下一条游艇，后来干脆买了下来，这样，奥黛特就经常出海旅行了。每当她走了一些日子，斯万便感到开始疏远她了，但好像精神上的距离和肉体上的距离成正比似的，一旦他得知奥黛特回来了，便呆不住了，非得去看她不可。有一次他们以为只出航一个月，不料，或许他们受到沿途景物的诱惑，流连忘返，或许韦迪兰先生为了讨太太的欢心早已暗中作了安排，只在路途上逐渐通知信徒们，他们从阿尔及尔到突尼斯，再到意大利，希腊，君士坦丁堡，直到小亚细亚。旅行持续将近一年之久。斯万泰然自若，心境安宁，几乎称心如意了。虽然韦迪兰夫人竭力劝阻钢琴家和科塔尔大夫，说钢琴家的姑妈和大夫的病人们根本不需要他们，况且让科塔尔太太回巴黎不管怎么说是不谨慎的，因为韦迪兰先生肯定巴黎正在闹革命，但她最终不得不在君士坦丁堡把他们放走了。画家继续跟他们旅行。而在三位旅行家回巴黎不久的一天，斯万要去卢森堡公园那边办事，见到一辆驶往那儿的公共马车，便跳了上去，恰好坐在科塔尔太太对面；她正在对朋友们作每周的“巡访”，衣冠楚楚，帽上插着羽毛，身穿丝绸套裙，抄着手笼，挎着晴雨伞，提着名片夹，戴着浆洗得雪白的手套。每周一次她总这身穿戴，每当天气晴朗，她便徒步挨家拜访住在同一区的朋友们，但去别的区时，她就乘中转的公共马车。见面最初片刻，她那作为女人天生的盛情还没能打破小市民生硬的态度，况且吃不准该不该对斯万谈起韦迪兰夫妇，但很快她便谈吐自然了，声调缓慢、憨直、轻柔。不时被震耳的辚辚车声淹没；至于她筛选过的话语，则是她这天爬楼梯拜访 25 家时听来的或自己说过的。她说道：

“先生，不用问，像您这样入时的人，一定去密里通看过马沙尔[①]画的那幅轰动巴黎的肖像喽。请问有何高见？您属于赞扬派阵营还是指责派阵营？所有的沙龙都在谈论马沙尔的这幅肖像画，谁要是不发表意见，就算不上高雅，称不上完美，赶不上时尚。”

斯万回答没有看过那幅肖像画，科塔尔太太担心逼他这么承认而损伤他，赶紧说：

“嗨！好极了，至少您坦率承认了，您并不因为没有看过马沙尔的肖像画而感到有失颜面。我觉得您这样倒也不同凡响。我呢，看是看过了，可大家议论纷纷，看法不一，有些人认为过于雕琢，过于渲染，可我倒觉得十分理想。当然这幅画上的女人同咱们的朋友比什笔下的蓝色和黄色的女人不一样。我得坦率向您承认，比什的画我看不懂，您会觉得我入流吧，但我怎么想就怎么说。我的上帝，我承认他给我丈夫画的那幅肖像有长处，不像他平常画的那么怪模怪样，但他非得要给我丈夫画上蓝胡子。好个马沙尔，哇！巧了，我这就去一个朋友家，跟您同路我十分高兴，她丈夫答应她了，如果他入选法兰西科学院，他便叫马沙尔画一幅肖像，顺便说一下，她丈夫是我丈夫的一位同行。当然，这是一个美好的梦想！我另一个朋友，她偏说更喜欢勒卢瓦[②]的作品。我只不过是个可怜的外行人，勒卢瓦也许更有学问吧。但我觉得一幅肖像的首要优点，尤其当它值一万法郎，就是逼真嘛，酷似得叫人看了赏心悦目。”

科塔尔太太这番高谈阔论可谓气派贯穿，这气派来自帽子上高高翘立的羽饰，名片夹上姓名起首字母组成的图案，手套上留有洗染店用墨水印的号码，以及不便对斯万谈论韦迪兰夫妇的窘态，但眼看离她下车的波拿巴街还很远，便费尽心机想出别的话题。她说：

“先生，我们和韦迪兰夫人一起旅行的时候，您必定耳朵发热吧。

---

① 儒尔-路易·马沙尔（1839—1900），法国画家，1863年开始举办画展，擅长肖像画。

② 让-巴帕蒂斯特-奥居斯特·勒卢瓦（1809—1902），法国学院派画家，擅长历史和宗教人物肖像画。

我们一路上尽念叨您来着。”

斯万很奇怪，他一直以为在韦迪兰夫妇跟前他的名字是从来没有提起的。

“再说，”科塔尔太太补充道，“有德·克雷西太太在嘛，不需要多讲了。奥黛特无论在什么地方，不用多久，她必定会念叨您。别以为说您坏话呀。怎么！您不相信？”她问道，看到斯万做了一个怀疑的手势。

她深信自己出于一片真诚，况且她说此话并没有半点恶意，只用来表示联络朋友的情谊，所以激动地径直往下讲：

“她是多么爱慕您哪！嘿，在她面前可不得随便议论您，否则准挨一顿臭骂！她呀，无论谈论什么，比如说，看到一幅画吧，她便说：‘哎，要是他在就好了，他会告诉你们这是真品还是赝品。在这方面他是无与伦比的。’不管什么时候她都在问：‘此刻他会干什么呢？他要肯下点工夫多好哇！说来可叹，一个有天赋的汉子，可懒得出奇。（您不见怪吧？）我知道他现在干什么，他在想念我们呢，在猜测我们到什么地方了。’有一次韦迪兰先生问她：‘您怎么知道他现在干什么？您离他有800里远哪。’她答道：‘女友的眼睛没有看不见的东西。’我觉得她这句话说得妙极了。我向您发誓，我说此话不是为了奉承您，您的女友可是个不可多得的至友。另外，我还要告诉您，如果您不知道这一点，那只有您自己不知道了。韦迪兰夫人最后一天还对我说（您知道，快分手的那几天，我们谈得更投机）：‘我不是说奥黛特不喜欢我们，但我们无论对她说什么，比起斯万先生来，那就没有分量了。’唷，我的上帝，瞧，车夫叫我下车了，跟您聊得忘了站，差点儿错过波拿巴街……劳驾您告诉我，我帽子上的羽饰正不正？”

科塔尔太太从手笼里抽出戴着白手套的手，伸向斯万，她手上除了一张联运车票外，溢出一股高等生活的气派，掺杂着洗染店的气味，在车厢里飘荡。斯万心中顿时充满柔情，对她，也对韦迪兰夫人，几乎也对奥黛特，因为他对奥黛特的感情不再夹杂痛苦，也不再夹杂爱情，他从车厢外的平台上以柔情脉脉的目光望着科塔尔太太气昂昂地进入波拿巴街，头上的羽饰高高翘起，一手提着裙子，一手挎着晴雨伞和名片夹，还故意让名片夹上印着姓名起首字母组成的图案朝外露着，同时让手笼在她身前左右悬晃。

科塔尔太太是比她丈夫更高明的治疗专家，为了抵消斯万对奥黛特的病态情感，她给他注入了其他一些正常情感，即感激和友好的情感，在斯万的心目中让奥黛特更富有人情味，更与其他女人相近，因为其他女人也能使他产生感激和友好的情感，促使他终将以平静的心情去爱奥黛特；一天晚上，从画家举办的晚会出来，奥黛特带着他陪福什维尔一起喝橘子水，他依稀预感到他可以这样高兴地生活下去。

从前，他往往因想到有朝一日会不再爱奥黛特而不寒而栗，于是暗下决心始终保持警惕，一旦觉察爱情开始离开自己，便死死抓住它，留住它。如今，他的爱情淡漠了，与此同时，守住爱情的愿望也淡漠了。因为人是不可变的，就是说不可变成另一个人，同时又要维持已经不复存在的那个人的情感。斯万曾经怀疑过一些男人可能是奥黛特的情人，现在有时在报纸上瞥见其中一个男人的名字，嫉妒之心还会油然而生。但已远远不是妒火中烧了，这无非向他表明他还没有完全摆脱那段痛苦不堪的时光，也可说那段纵情欢乐的时光，还向他表明在这段未走完的路上偶然也许还能从远处悄悄瞥见良辰美景，此时嫉妒心反倒唤起他一种可喜的兴奋感，有如最后一只蚊子提醒离开威尼斯返回巴黎的闷闷不乐的巴黎人： 意大利和夏天已经为期不远了。然而更多的时候，每当他回顾一生中这段已经了结的、非常特殊的岁月，总想驻足滞留，至少在可能的情况下对它有一个清晰的透视，但他发现为时已晚了；他真想再看一眼刚与他分离的爱情，好似留恋即将消失的景色；但是一个人很难变成两个人，很难恢复已经泯灭的感情的真实图景，很快他的脑子模糊了，什么也看不见了，什么也不想看了，于是摘下夹鼻眼镜，擦一擦镜片；他对自己说最好休息一下，过一会儿也不迟嘛，就像对景色不感兴趣的旅客，睡意蒙眬，没精打采地缩在车厢的角落里，拉下帽子盖住眼睛大睡起来，他感到火车正越来越快地带他离开他生活了很久的地方，而他曾默默许愿过决不会不辞而别的。甚而至于，当斯万偶尔在身边发现了证据，肯定福什维尔曾是奥黛特的情人，他也不会感到任何痛苦了，他发现如今爱情已远离了，所遗憾的是，爱情永远离开他的时候没有跟他打招呼，就像进了法国国界才醒来的旅客错过了告别的时间。他第一次吻奥黛特之前，曾试图把他长久以来对奥黛特的印象铭刻在记忆中，以免日后回忆第一次接吻可能改变原有的形象，同样，他希望在她还活着的时候，能够向她告别，至少在思想上向她告别，因为正是这个奥黛特勾起他的爱情，燃起他的妒火，引起他的痛苦，而现在永远见不着了。

他错了。他还将见她一次，那是几个星期之后的事情。发生在他熟睡的时候，在梦乡的苍茫暮色中。他正在散步，跟他在一起的有韦迪兰夫人，科塔尔大夫，一个他认不出身份的戴土耳其帽的年轻人，画家，奥黛特，拿破仑三世，以及我的外祖父，他们沿着海边一条小路漫步，那条路俯瞰大海，有时悬崖峭壁，有时蜿蜒在几尺高的岸边，因此他们不断上坡下坡，向上攀登的看不见往下奔跑的，白日的残晖渐渐暗淡，黑色的夜幕好像马上要笼罩大地了。海浪拍岸，浪花不时溅到岸上，斯万感到脸上溅到冰冷的海水。奥黛特叫他把水擦掉，他做不到，为此在她面前感到尴尬，再说他还穿着睡衣哩。他希望在暮色迷茫中别人没有注意到，但韦迪兰夫人以惊讶的目光盯视他好久好久，而他突然发现韦迪兰夫人的面孔变形了，鼻子拉得长长的，嘴上长出粗长的小胡子。他转过身去看奥黛特，只见她面颊苍白，脸上长出小红疙瘩，面容清瘦，眼圈发青，然而她依旧用含情脉脉的眼睛望着他，那柔情似水的眼睛仿佛就要往他身上洒下一串串泪珠，他感到自己对她充满了爱，恨不得马上把她带走。突然，奥黛特转过手腕，看了看小手表，说了声：“我该走了。”便以同样的方式向大家告别，也不把斯万叫到一边，也不对他说晚上或哪天在什么地方再见面。他没有敢问她，他真想跟她一起走，但不得不满脸堆笑回答韦迪兰夫人的问题，连头也没转向奥黛特，他的心怦怦乱跳，恨起奥黛特来了，刚才还那么喜欢她的眼睛，现在恨不得把它们挖掉，恨不得把她憔悴的面颊敲烂。他继续跟韦迪兰夫人上坡，就是说一步步远离朝相反方向下坡的奥黛特。她走后，对他来说，每过一秒就像过了许多小时。画家提醒斯万，在奥黛特走后不一会儿，拿破仑三世就溜走了。他加添道："他们准是商量好的，说不定就在坡下相会，因顾及颜面，不好意思一起向我们告别。她是拿破仑三世的情妇。"陌生的年轻人失声痛哭起来，斯万赶紧上前相劝。"不管怎么样，她还是对的，"他一边劝说，一边帮他擦眼泪，给他摘下土耳其帽，让他不感到拘束，"那个男人我给她说起不下十次了。为什么还要难过呢？正是那个男人能理解她呀。"斯万就这样劝说自己，因为他开始没有辨认出来的年轻人便是他自己，就像某些小说家那样，他把自己的人格分在两个人身上，一个正在做梦，另一个就是眼前戴土耳其帽的年轻人。

至于拿破仑三世，其实是福什维尔；斯万把一些印象含混地串在一起，把男爵平日的面貌稍加改变，加上交叉在胸前的荣誉勋章的绶带，便给他起了拿破仑三世这个外号；事实上，梦中出现的那个人物所再现的、让他回想起来的，正是福什维尔。斯万在睡梦中由于脑子里的形象是不完整的，变幻不定的，所以得出错误的推断，况且一时间还产生旺盛的创造能力，以致像某些低等生物通过简单的分裂进行繁衍；他把发热的手掌当成握着别人的手心；他尚未意识到的情感和印象，好似剧中情节突变，随着剧情逻辑的发展，把一个必不可少的人物带入他的梦境来接受他的爱情或把他惊醒。忽然，天地一片漆黑，警报声阵阵鸣响，居民们从一些烈火熊熊的房屋逃出，奔跑着从他跟前过去；斯万听到汹涌的海浪声，他的心房也像波涛似的在胸膛里慌乱地咆哮。突然，他的心扑通扑通跳得更厉害了，他感到一种说不出的痛苦和恶心，但见一个满身烧伤的农夫边跑边对他嚷道："您去问问夏吕斯吧，今晚奥黛特和她的伙伴就在他家过夜，她常跟他在一起，对他什么都说。是他们放的火呀。"其实，是斯万的贴身仆人把他叫醒了，对他说：

"先生，8 点钟了，理发师来过了，我叫他过一个小时再来。"

仆人的这几句话，透过斯万睡梦的溟濛，到达他的意识时，已经变样了，有如一束阳光一旦射入水底就偏斜，呈现出一轮太阳，同样，片刻前的铃声在他梦境的深渊变成警报声，随之派生出火灾的插曲。然而，他眼前的景色顷刻化为齑粉，他睁开眼睛，最后一次听到大海远去的涛声。他摸了摸面颊，是干的。但他清楚记得水凉的感觉和水盐的味道。他下床穿好衣服。他派人把理发师一清早叫来，因为听说康布勒梅尔夫人，即先前的勒格朗丹小姐要去孔布雷小住几日，他便在头一天写信给我外祖父，说他下午去孔布雷。他回忆起勒格朗丹小姐妩媚娇嫩的脸庞，还有乡间妩媚悦目的景色，两者交织在一起，对他产生了吸引力，使他下决心离开巴黎数日。由于种种偶然的机会，我们遇见某些人，但这与我们喜欢上他们的时间并不相符，有时等偶然的机会过后，我们才开始喜欢，有时则在我们不再喜欢之后，偶然的机会再次出现，然而回过头去想一想，在我们的一生当中，一个注定在晚些时候博得我们喜欢的人，其最初几次出现总具有预告、先兆的意义。斯万以这种方式回顾第一次在剧场遇见奥黛特时她的形象，那个晚上，他根本没有想到以后会再见到她，现在又这样回想起在德·圣特韦尔特夫人的晚会上把德·弗罗贝维尔将军介绍给德·康布勒梅尔夫人的情景。我们一生中饶有趣味的事太多了，在同一情况下，一个尚未形成的幸福就在我们备尝痛苦的时候绽露端倪，这并不稀奇。此事若不在德·圣特韦尔特府上发生，斯万说不准也会在别处遇上。谁知道那天晚上若在别处他会发生什么喜事或悲剧而过后又被他认为是不可避免的？然而，他认为不可避免的事情倒是实实在在发生了，他几乎把那次下决心去参加德·圣特韦尔特夫人的晚会看成天意所驱了，因为他虽然精神上喜欢欣赏生命丰富多彩的创造，却难以长时间潜心思索难题，比如思索什么是最值得想望的东西，所以他认为，那天晚上切身感受的痛苦和那始料未及而已经萌芽的快乐，虽说两者难以平分秋色，却已经建立了必然的联系。

起床一小时后，他吩咐理发师怎样理发才不至于使他在火车上被弄乱，指点过后他又想起刚才的梦，又看到奥黛特苍白的面容，瘦弱的面颊，疲惫的神色，低垂的眼皮，仿佛历历在目，因为他对奥黛特一往情深，执著追求，久而久之，竟把奥黛特给他的第一个印象遗忘了，他早已不再注意自从他们最初相爱以来，每当入睡时，他的记忆都要寻找私情给他留下的确切感受。所以，自从他不再感到不幸，他的道德修养也随之一落千丈，心中不断涌出粗话，终于不由自主地吼道：“真想不到，我浪费了几年光阴，巴不得去死，为的是把我最崇高的爱情献给一个我不喜欢的女人，献给一个跟我不是同一类型的女人！”

五　盖芒特夫妇的晚宴

公爵夫人在她姨妈家的晚宴上没有跟我谈起她的丈夫，我又听到有关离异的传闻，所以暗自怀疑公爵是否出席晚宴。但我很快心中有底了，因为我在门厅看见德·盖芒特先生从伫候的听差群中钻出来，亲自帮我脱外套，他专候在门口等我到来，众听差莫名其妙，很想弄清为何发生如此翻天覆地的变化，因为他们迄今为止几乎一直把我作为细木工的儿子来对待，就是说比他们的主子对我更为亲切，但认为我不可能在公爵府上受到接待。

“德·盖芒特夫人一定高兴得不得了，”他以能言善辩的口吻对我说，“请允许我帮您脱掉旧衣烂衫(他觉得说常言俗语既随和又诙谐)。尽管您早已使舍下蓬荜生辉了，我妻子还是有点担心您变卦。从早上起我和她就开始念叨：‘您瞧吧，他不会来的。’我必须承认德·盖芒特夫人比我看得准。您不是随便请得到的人，我真以为您会临阵逃脱哩。”

听说公爵是个非常差劲的丈夫，甚至粗暴至极，所以听到他口口声声说“德·盖芒特夫人”这几个字，大家便对他感激不尽，就像感激坏人手下留情；他言必称德·盖芒特夫人看起来就像给公爵夫人头上伸展庇护的翅膀，以便使公爵夫人跟他合为一体。他边说边亲热地拉住我的手，自告奋勇给我领路，把我引进客厅。如同农民嘴里说出的俗语残留着地方传统，保留着历史事件的痕迹，听起来悦耳动人，尽管说话的人也许并不知道其来历，同样，德·盖芒特夫人在整个晚会上对我表示的礼仪令我陶醉，让我目睹残存的世代习俗，尤其是17世纪的习俗。古代人在我们看来好像离我们久远得无涯无际。我们不敢超越古人公开说的话对其深层的意图妄加揣测；每当我们体会到荷马史诗中某个英雄的情感或汉尼拔[①]在戛纳战役中诱敌深入而后出其不意地包围那种巧妙的佯败战术，每当我们发现诸如此类情景，我们便惊讶不已；我们想象离开我们如此久远的史诗诗人和大军将领们好似在动物园看见的动物。甚至在路易十四宫廷的大人物身上，我们从他们写给地位低下、对他们毫无用处的人物的书信中发现谦恭的表示，这些书信叫我们感到格外惊异，因为它们突然向我们揭示在这些达官显贵的心目中存在一大堆他们从来没有直接阐明的信条，而正是这些信条制约着他们，其中最令他们相信的是：应当彬彬有礼地假装某些情感，应当一丝不苟地运用友谊的某些功能。

遥想古代，追溯缘由，也许能使我们懂得即使是伟大的作家也会觉得像欧希安②这类故弄玄虚的平庸诗人的作品具有神工鬼斧之美。我们不胜惊异，古代的吟游诗人竟有现代的思想，更令人拍案叫绝的是，在我们称为一首古老的盖耳人民歌中竟发现即使在当代诗歌中也算得上妙不可言的构思。一个有才气的译家只要对其或多或少忠实地译出的古代作品添枝加叶，签上一个同时代人的姓氏，单独加以发表，添加的部分只需有趣就行，这样他即刻为他所创造的诗人大增光彩，令人倾倒，这个诗人也就流芳百世了。这样的译者如果把这本书作为他的原作发表出来，那么只能是一本平庸无奇的书。而作为一部译著，那便是杰作的译文。往事没有消逝，就地留存着哪。不仅仅一场战争开始数月后从容通过的法律仍可以有效地对战争起作用，不仅仅一起真相不明的罪行发生 15 年后法官仍可以找出澄清罪行真相的材料，就连很多很多世纪以后，在遥远的地区研究地点、居民风俗习惯的学者还能发现比基督教早得多的传说，发现在希罗多德③时代未被赏识的、甚至已被遗忘的传说；这种传说通过一处岩石的名称，通过一地宗教的仪式，作为一种密度很大的、古得无法追忆的、固定性很强的积淀，留存在现时的氛围中。也还有一种积淀，不怎么古老，那便是宫廷生活的积淀，即使不是留存在德·盖芒特先生通常庸俗的举止中，至少是留存在指导其举止的

① 汉尼拔（公元前 247—183），迦太基统帅，公元前 218 年春，率 6 万大军远征意大利。在法国南部戛纳一战获胜。

② 欧希安，相传三世纪苏格兰高地的英雄诗人。

③ 希罗多德（公元前 484？— 425？），公元前 5 世纪希腊历史学家，有历史之父的美名。

思想里。我把这种积淀当作一种古色古香的东西品了一番，过了好一会儿才去客厅与他会合。因为我没有直接去客厅。

离开门厅时，我对德·盖芒特先生说我很想看一看他收藏的埃尔斯蒂尔的画。“悉听尊便，埃尔斯蒂尔是您的朋友吗？非常抱歉，我事先不知道您对他如此感兴趣。我跟他有一面之交，是个挺和气的人，我们祖辈称之为忠厚的人，早知如此，我就请他赏光来舍下参加便宴了。他若陪您出席晚会，必定感到荣幸之至。”公爵越想显得具有旧制度[1]下的风度越发装不像，等他不想显露的时候，倒颇有古风。在问我是否愿意让他亲自陪我去看收藏之后，他便领我前往，在每道门前风度翩翩地谦让，请我走在前头，每当他为我引路不得不走在我前面时，总要表示歉意，这一幕小小的场面从古一直延续至今，已由许多代盖芒特家族成员向许多代客人演出过，从圣西门的书里就开始有记载：盖芒特的家族一位旧室成员在府邸接待圣西门时，温良恭俭让，俨然大贵族礼贤下士的派头。入室之后，我对公爵说最好让我独自在他的藏画前呆一会儿，他轻手轻脚退出时对我说随时可以去客厅找他。

只是一旦单独面对这么多埃尔斯蒂尔的画，我就把晚宴的时间完全忘了；像在巴尔贝克那样，我再次面临神秘的绘画世界色彩斑驳的残迹，这仅仅是这位伟大的画家独具只眼的看法的投影，是他的言语根本表达不出来的。墙上挂满了画，凡是他的画，色调一致，整齐划一，如同幻灯亮闪闪的图片：幻灯好比艺术家的头脑，只要不识其人，就无法猜测其中的奇特之处，就是说幻灯仅仅罩着灯泡是不行的，还要插上着色绘制的玻璃图片。这些画中有几幅在上流人士看来最荒诞无稽了，我倒觉得比别的更有情趣，因为它们再现了视觉的幻象，这向我们表明，如果我们运用推理能力，就无法认同所画的对象。多少次我们坐在车里进入一条街道，开始几公尺是看不清街有多长的，可是车灯强烈照射我们眼前的一堵墙面，就使我们产生街深如井的幻觉！由此可见，表现我们在刹那间使我们产生最初幻觉的东西，不应通过象征主义的技

---

① 系指法国 1789 年前的王朝。

巧，而应通过对原始印象的真实回顾，这不是很合乎逻辑的吗？实际上，绘画对象的表体和容积独立于它的名称，当我们认出客体时，才把名称强加给它。埃尔斯蒂尔试图把已知的东西从他刚得到的感受中剔除出去，他经常致力于打破推理的综合，即我们通常所称的对事物的看法。

讨厌这些"不堪入目的东西"的人们惊异埃尔斯蒂尔钦佩夏尔丹、贝罗诺[①]等许许多多，他们，上流社会人士，所喜欢的画家，他们不懂得埃尔斯蒂尔在现实面前也跟夏尔丹或贝罗诺等人那样一丝不苟，尽心尽力，但带着他特有的情趣从事某些探索，因此，每当他放下自己的创作，他便欣赏这些画家在他之前所做的同类的尝试，在他的作品之前所得的残存的成果，上流社会人士思想上对埃尔斯蒂尔的作品缺乏时间透视，然而正是这种时间透视法使他们喜爱夏尔丹的画，或至少看着不感到别扭。然而，他们之中的长者可能觉得，随着时间的流逝，他们曾一度认为一幅安格尔的杰作和一幅马奈的不堪入目的东西（他们曾以为永远不屑一顾，例如他的《奥兰毕亚》）之间那种不可逾越的鸿沟逐渐缩小，以致后来认为两者异曲同工，简直成了孪生姐妹。画家不套用任何教科书，因为他们不屑拘泥于一般，总是站在前人从未有过的经验面前以自己的面貌呈现于世。

再次看到埃尔斯蒂尔两幅画同一位先生的画，我非常激动，这两幅画还是比较现实主义的，用了先前的手法：一幅是这位先生身穿燕尾服呆在他家客厅里，另一幅是他穿短上衣戴大礼帽呆在水边，参加民间节庆，显得优哉游哉，很明显，在埃尔斯蒂尔心目中这位先生不仅仅是一般的模特儿，而且是他的朋友，也许还是他的靠山，是他所喜欢的人，就像从前卡尔帕奇奥[②]把他喜欢的威尼斯达官显贵惟妙惟肖地画入他的画里。同样，贝多芬乐意把他喜爱的罗多尔夫大公的姓氏写在一部得意之作的开头。画上的水边节庆叫人赏心悦目。河流，妇女的长裙，

---

① 夏尔丹（1699—1779），法国画家；贝罗诺（1715—1783），法国画家。
② 卡尔帕奇奥（1460—1525），意大利威尼斯派画家。

小船的白帆，似花团锦簇，交相辉映，埃尔斯蒂尔在方方正正的画面上勾勒出一派明媚的午后景象，翩翩起舞的妇女中有一位由于炎热和喘息暂停片刻，她的长裙也很好看，光彩照人，同样，停泊的船帆，小港的水面，木制的浮桥，树叶，天空，一切都光彩夺目。有如我在巴尔贝克看到的一幅画，画中的医院在湛蓝的苍穹下美如大教堂，似乎比理论家埃尔斯蒂尔所主张的更为大胆，比情趣高雅、迷恋中世纪的埃尔斯蒂尔所称道的更有气魄，他曾称叹："不拘一格的医院顶得上辉煌显赫的门楼，超过一切杰作，使哥特式黯然失色。"同样，他的另一些话也在我耳边萦回："有点猥琐的女子，在好猎奇的游荡者眼里是不屑一顾的，被排除在富有诗意的画面之外，尽管大自然把她包括在自己的怀抱一并呈现在他眼前，其实这位女子是美丽的，她的长裙像船帆一样得到阳光的恩泽，事物不分贵贱，普通的长裙和好看的船帆是同一映像的两面镜子。全部价值都在画家的眼光里。"画家善于在时光的流动中捕捉这个明亮的瞬息，使它永久固定下来，在此瞬间这位女子太热了，暂停跳舞，她身旁的那棵树投下一圈阴影，远处片片白帆仿佛在黄金熔化的河流上滑行。正是因为这个瞬间以千斤之力使我们有重负之感，这幅永久固定的画面才给人最短暂的印象，我们看得出女子即将回去，船只即将离开，树影即将移位，夜晚即将降临，没有不散的宴席，生命逐渐消逝，充满流光溢彩的无数瞬间一去不再复返，我还在埃尔斯蒂尔早期以神话为题材的几幅水彩画中看出瞬息的另外风貌，这几幅画也挂在这间客厅里。上流社会的"先锋派"到此手法便"止步"了，不肯走得更远了。诚然，这不是埃尔斯蒂尔的佳作，但主题的推敲是直抒胸臆的，摈弃了冷漠的态度。举例来说吧，诗神们被描绘得像属于化石类的人种，其实在神话时代，夜间三三两两沿着山间小路行进是常有的事。有时一个诗人，尽管在动物学家看来也是具有特殊个性的人种，但具有某种无性别特征，和一个诗神一起散步，就像在大自然中不同种类但友好相处的生物结伴同行。从其中的一幅水彩画中我们看到一个诗人在翻山越岭、长途跋涉之后筋疲力尽了，与他萍水相逢的半人半马的神怪，对他的劳顿动了恻隐之心，把他驮在背上，送他回家。在另外几幅水彩画中，神话的场面以及传奇英雄们所占的位置极小，几乎是不起眼的，广阔的风景从群山之巅到大海之滨真实准确地显现出来，时分的变化简直以分秒计算，那是由于确切显现了夕阳西照的光度、阴影飞逝的速度。从而画家在捕获瞬息的同时突出一个带有寓言标记的历史生活场面，把它描绘出来，用确指过去时的绘画语言讲述故事。

我在观赏埃尔斯蒂尔的画时，宾客到达的门铃声不绝于耳，给我平添温馨的气氛。但门铃中止之后很长时间的寂静终于把我从冥想中唤醒，就像林多尔的音乐奏完之后的寂静反倒把霸尔多洛①惊醒了。我担心别人把我忘了，人家已经就席用餐，于是我急忙去客厅。在埃尔斯蒂尔画藏室门口，我发现一个伫候的仆人样子很像西班牙大臣，不知道是因为他上了年纪还是脸上扑了粉，反正他对我毕恭毕敬，对待一位国王也不过如此。我察觉他哪怕再等上一个小时也不在乎，我这才惶恐起来，想到自己拖延了晚宴的时间，再说我还许诺过 11 点到达德·夏吕斯先生家哩。

长得像西班牙大臣的听差，我在路上遇见过，当时他刚受了守门人的欺侮，此时我问起他的未婚妻，他喜形于色，说这不，明天他和未婚妻出门游玩，可以一整天跟她呆在一起，他连声赞颂公爵夫人的仁慈；他领着我去客厅，我暗自害怕德·盖芒特先生会发脾气。相反，他和颜悦色地迎接我，显而易见，喜悦之色多半出于礼貌，是矫揉造作的，但也是真心实意的，因为我的拖延害得他饥肠辘辘，同时他意识到满屋子的客人们也等得不耐烦了。确实，后来我得知他们等了我将近三刻钟。德·盖芒特公爵大概心想再让大家受罪 2 分钟无碍大局，既然出于礼貌晚宴已经推迟那么久了，就成全到底算了，于是他没有马上下令入席，竭力让我相信我没有迟到，大家不是因为我的缘故而等候的。所以他问我觉得埃尔斯蒂尔的画怎么样，仿佛还有一小时才开宴，仿佛还有一些

---

① 霸尔多洛，博马舍《塞维勒的理发师》和《费加罗的婚姻》中的人物。阿勒玛维华伯爵装扮成音乐师，化名林多尔，当着打盹儿的霸尔多洛，对罗丝娜唱情歌。

宾客没有到达。但同时，立即在公爵夫人的配合下，不失分秒地把我介绍给客人们，不因自己的辘辘饥肠而露出声色。我这才发现我周围的情景非同一般，就像把帕西发尔①突然引入一群如花似玉的姑娘们中间，而我迄今为止，只在斯旺太太的沙龙作过实习，无论在孔布雷还是在巴黎，我习惯于母亲家对我采取保护的方式或板着面孔的豪门女子们的守护，她们把我当小孩子对待。我周围花一般的女子们个个袒胸露臂，身上的肉宛如金合欢花弯曲的枝杈上向两边绽开的花朵或玫瑰花宽大的花瓣，她们一边向我问好一边用温柔的眼光长驱直入地凝视我，好像只因怕难为情她们才没有径直过来拥抱我。很多女人的生活作风还是正派的嘛，很多女人，并不是所有的女人，我母亲对轻佻女子深恶痛绝，但德行高卓的女子不会使人产生反感。在盖芒特夫妇的圈子里，行为不轨的事情尽管明显可见，但德行高超的女友们却矢口否认，这与他们所保持的关系相比，无关大体。大家装作根本不知道女主人的玉体谁都可以随便摆弄，只要“沙龙”经久不衰就行了。

公爵跟他的客人们十分随便，许久以来他已没有什么要对他们说也没有什么要向他们打听的了，但对我却十分拘礼，因为像我这类卓越的人，他见得不多，所以使他肃然起敬，有点像资产阶级出身的大臣对路易十四宫廷大贵族的那种敬意，他显然认为我不认识他的客人们无关大局，即便对他们不是如此，至少对我是如此；因为他的缘故，我注视着我给大家的印象，而他却只注意他们给我的印象。

一开始就发生一场小小的双重复杂情节。我刚进入客厅，德·盖芒特先生竟没让我有时间去向公爵夫人问候，就把我直接领去见一位相当矮小的夫人，好像要使她意想不到地高兴一下，似乎在对她说：“您瞧，我把您的朋友生擒活捉来了。”然而，我被公爵推到这位夫人面前之前，她就不断朝我微笑，那双温柔乌黑的大眼睛不住地盯着我，就像

---

①帕西发尔，相传是法国中部城市特鲁瓦的基督徒，传奇式的英雄，作为传奇故事的主人公广为流传。瓦格纳晚年曾为之创作一部乐剧，名为《帕西发尔》。

我们望着一个也许认不出我们的老熟人那样。这就是我当时的处境，我怎么也想不起她是谁，我一边向前一边把头扭向别处，以免直面其人，等待介绍使我摆脱窘态。这其间，夫人照旧单方面对我频频微笑。她似乎急于收敛微笑，等我惊呼："啊！夫人，是您哪！我们又见面了，妈妈会多么高兴哪！"我也迫不及待想知道她的姓氏，好让她看出我是在深知底细的情况下向她问候的，好让她像 G 大调那样的没完没了的微笑得以收敛。但是德 · 盖芒特先生太差劲了，至少我认为如此，我好像听他只介绍了我的姓名，我却始终不知道这位夫人是何许人也，她本人也没有想到自我介绍，因为我们的关系是如此亲密，在她看来是不言自明的，尽管我仍被蒙在鼓里。这不，我一到她身边，她不是跟我握手，而是亲热地抓住我的手，说话的口气就像我对她脑子里萦绕的美好回忆了如指掌。她对我说阿尔贝今晚未能来一定非常遗憾，我猜阿尔贝是她的儿子。我暗自回想老同学中谁叫阿尔贝，只找到一个叫布洛克的，莫非在我眼前的是布洛克夫人，即布洛克的母亲，但转念一想，不可能，因为她已经去世好多年了。我怎么也猜不出在脑子里转悠的我和她共同经历的往事。即使望着她那煤玉似的半透明的眼珠也猜不透，因为温柔乌黑的大眼睛只充满着微笑，如同一面黑玻璃窗，即使在灿烂的阳光照射下，你也看不清窗后面的景物。她问我，我的父亲是否忙得不可开交，我是否愿意同阿尔贝一起去看戏，我的身体是否好一些了；由于我脑子里一片糊涂，我的回答颠三倒四，只有一句话清晰可辨，那就是：今晚我不太舒服，于是她亲自给我搬动一把椅子，百般关照，我父母的其他朋友对我从未有过这般关注。最后公爵给我揭开谜底："她觉得您惹人疼爱"，他在我耳边悄悄说道，听起来好像我对这句话并不陌生。确实，德 · 维尔帕里济夫人对我们，即当着我母亲和我的面，说过这样的话，那是在我们和德 · 卢森堡公主初次见面的时候。于是我明白了，眼前的夫人根本不是德 · 卢森堡夫人，但从她对我使用的语言来看，我识别出她属于哪个种类了。她是公主殿下。她根本不认识我，跟我的家庭也毫无交往，但由于出身最高贵的家族，拥有最巨大的家产（她本人是巴尔马亲王的女儿，嫁给一位亲王表兄），为了感激造物主，她想对众人，哪怕最寒伧的人或出身最低微的人，表明她不轻视任何人。说真的，我早该从她的微笑中猜到这一点，因为我亲眼见过德·卢森堡公主在海滩上买了一些黑麦小面包，给我外祖母分享，就像给动物园的母鹿喂食。不过，这只是我被介绍认识的第二位纯血统公主，没有一下子识别出皇亲国戚待人亲切的一般特征，实在情有可原。况且，他们自己煞费苦心让我注意不要对这种亲切的表示寄予太大的希望，比如德·盖芒特夫人在喜歌剧院还对我频频招手问候，可是一到了大街上，看见我向她打招呼，她便火冒三丈，正如有些人一旦施舍一个金路易，便认为永远在情理上说得过去了。至于德·夏吕斯先生，他的喜怒冷热的起伏就更为突出。总之，我结识了另一种类型的皇亲国戚，下面将谈到，比如一些王后，她们俨然扮着王后的角色，但说起话来与她们的同属平时的模样不一样，倒像萨杜[①]作品中的王后。

德·盖芒特先生之所以那么急于给我作介绍，因为在晚会上若有公主殿下不认识的人，那是不能容忍的，一秒钟都不能拖延。圣卢曾经这般迫不及待地叫人介绍给我外祖母。公爵和公爵夫人认为跟德·巴尔马公主讲话时只用第三人称是义不容辞的，而其他义务，诸如仁慈、贞洁、怜悯和公正倒经常被忽视，至少被他们俩其中一个所忽视，他们认为不可更改宫廷生活残存的所谓上流社会的礼仪，这种礼仪原来并不是浅薄的东西，但一旦被非宫廷人士套用，就本末倒置了，表面的东西反倒变成主要的和深奥的东西了。

由于我平生从未去过巴尔马，尽管自幼年每次放复活节假总想去看看，所以认识巴尔马公主是非同小可的事，我知道她拥有这座与众不同的城市最美丽的宫殿，尽管城市里一切都是清一色的，与外界隔离，四面城墙光滑，周匝而围，城名的音节紧凑但太软绵绵，给人造成的气氛就像意大利小城的广场上无风的夏日傍晚那样令人窒息，自从认识巴尔马公主，我心中凭空想象的东西一下子被巴尔马实实在在存在的东西替

---

① 萨杜(1831—1908)，法国戏剧家，以历史剧著称，讲究场面阔绰，人物多为虚构，夸张。

代了，好像我亲临该城的一部分并且呆着不动了；这好比乔尔乔涅[①]的画：在城市旅行分不清东南西北时总算对这座陌生的城市开始摸到了方位。我好似生产综合油脂的花粉商，几年来一直把成千上万株紫堇炼成的花粉涂抹在德·巴尔马公主的姓氏上，然而我一旦亲眼见到公主，我的想法第二次发生变化，先前我一直深信她至少是个桑塞维利纳夫人[②]式的人物，不过我的思想第二次反复，说实话，只是在几个月之后完成的，就是说，我把原材料经过化学处理，重新配方搅拌，把紫堇所有的油脂全去掉，即把公主姓氏含斯丹达尔式的芳香全去掉，代之以穿一身黑服、忙于行善的小女子形象，她的和善如此谦逊，人们立刻明白这种和善源于她多么高贵的公主殿下出身。此外，她和其他贵夫人尽管有所不同，但基本相似，她根本不像斯丹达尔笔下的贵夫人，正如在巴黎的欧洲区有条街道叫巴尔马街，与周围的街道相比，根本配不上巴尔马的美名，好像使人觉得法布利斯不是死在巴尔马修道院，倒像死在圣拉扎尔火车站大厅似的。

她的和善出自两个原因。其中之一，即一般性的原因，是这位君主的女儿所接受的教育，她的母亲不仅和全欧的王族沾亲联姻，而且比任何一个在位公主都富有，这与巴尔马亲王府形成对比；她从女儿幼年开始就灌输福音主义的箴言，既高贵又谦逊，这在当时是很时髦的；现在女儿脸上的每一根线条，双肩的曲线，两臂的动作仿佛都在重复母亲的教诲："你要牢记，上帝让你降生在御座的台阶上，你可不应鄙视比你低下的人们，你出身的高贵和家产的富有是神明赐予的，感谢上帝！相反，要对小民们和善。你的先辈们从647年开始便是德·克莱夫和德·朱利埃亲王；上帝大慈大悲，让你拥有苏伊士运河公司几乎所有的股份和相当于埃德蒙·德·罗特希尔德和王家荷兰公司[③]的资产的三倍；你

① 乔尔乔涅(1477—1510)，意大利文艺复兴时期威尼斯画派画家，作品有《圣母子》，《卧着的维纳斯》，《暴风雨》等。

② 桑塞维利纳夫人和下面的法布利斯都是斯丹达尔《巴尔马修道院》中的主人公。

③ 埃德蒙·德·罗特希尔德(1845—1934)，罗特希尔德银行董事，法国东部铁路董事长；王家荷兰公司是法国一家石油公司。

的直属家系已由家系学家确定，追溯到公元63年；你有两个大姨当上皇后。所以，你在谈话时永远不要露出记得得天独厚的家世的神色，并非因为天赋特权有如过眼烟云（人们无法改变名门望族古老的历史，并且人们总是需要石油的嘛），而因为没有必要打招牌来说明你比别人出身高贵和你的投资是一流的，既然大家都知道了。要乐意帮助别人。由于上苍对你特别恩宠，你就要向那些比你低下的人们提供你力所能及的帮助，但同时又不失身份，比如说提供金钱的救助，甚至医疗护理，当然决不能邀请他们参加你的晚会，这对他们没有好处，只能削弱你的威望，从而使你乐善好施的行为失去效应。”

因此，即使在不能行善的时候，公主也竭力表现出或确切地说，用所有无声的表情使人相信她并不自以为比呆在她周围的人们优越。她对每个人都彬彬有礼，和蔼可亲，就像教养好的人士对待下级那样，主动帮助，热情周到；她把自己的椅子推了一推，让出更多的地方，她还帮我拿手套，这些无微不至的照料，傲慢的资产阶级女子是不屑亲自动手的，而至尊的王后公主们却乐此不疲，除此之外，旧时的仆人们出于职业习惯的本能也这么做。

巴尔马公主向我表示友善的另一个原因比较特殊，但决非出于对我有什么神秘的好感。这第二个原因我暂且无暇深究。这不，公爵好像急于结束介绍，把我拉向另一位如花似玉的女士。听到她的姓氏，我便对她说我曾经去过她的古堡，离巴尔贝克不远。“嗨！早知道如此我会很高兴请您赏光的，”她压低声音对我说，好像这样显得更谦虚些，但语气真诚，充满惋惜，好比失去了获得特别荣幸的机会，她带着讨好的目光补充道：“我希望还有弥补的机会。我应当说更使您感兴趣的，恐怕还是我姨妈布朗卡的古堡；是由芒萨尔①设计建造的，那是外省的明珠哇。”不仅她很高兴请我参观她的古堡，而且她的姨妈也会高兴请我光临，这位夫人一再向我保证，显然她认为，时下土地逐渐落入不懂生活的金融家手里，显达贵胄应当保持领主好客的高尚传统，哪怕空口说说

---

① 弗郎索瓦·芒萨尔（1598—1661），法国著名建筑师。

也好。还因为像她那样地位的人总想方设法说些博得对方欢心的事情，尽可能提高自己在对方眼里的身价，认为如此讨好对方，如此给客人面子，必定宾客如云。希望别人对自己产生愉快的印象，说实话，这在资产者阶层中也时有所见。资产阶级中这种讨人喜欢的倾向是作为个人素质表现出来的，以弥补某种缺点；这种现象在最可靠的男朋友中并不多见，但至少在最和蔼可亲的女伴们中间却屡见不鲜。不管怎么说，这种倾向在资产者中间毕竟还是个别现象。相反，对贵族阶级的大部分来说，这种性格特征已不再是个体性质的了；由于从小所受的教育，由于保持身价高贵的思想，不必担心受委屈，没有竞争对手，只要彬彬有礼就能使人高兴，所以乐于成全，总之，这种性格特征成了整个阶级的一般特性。即使有些人由于与之格格不入的个人缺点而心中不想这么做，他们的谈吐或举止也带有无意识这么做的痕迹。

“这是一位非常善良的女人，”德·盖芒特先生对我说，他指的是巴尔马公主，“她比谁都善于当好‘贵夫人’。”

正当我被介绍给女士们的时候，有位先生朝我指指点点，此公便是阿尼巴尔·德·布雷奥泰-孔萨尔维侯爵。他晚到了，没来得及打听宾客的情况，等看见我进入客厅，发现我并不属于公爵夫人的圈子，便认为我必定有什么非常特殊的衔头才得以高攀，于是把单片眼镜架在贴紧眉毛的拱孔上，以为单片眼镜能帮他进一步看清我，识别我是何许人。知道德·盖芒特夫人这块宝贵的采地集中了真正优秀的女士，是名副其实的“沙龙”，就是说，不时给她圈子里的人们增光添彩，比如发现一种新药，或出示一个杰作。圣日耳曼区的人们至今想起来还不免惊心动魄，公爵夫人在款待英国国王和王后时竟敢邀请德塔耶[1]先生。具有圣日耳曼区精神的女士们因为没有被邀请一直耿耿于怀，她们多么希望接近那位怪才呀。德·库瓦泽埃夫人硬说宾客中有里博先生，但那是奥丽娅娜别出心裁，想让人相信她在设法使丈夫出任大使。更有甚者，还搞

---

① 德塔耶(1848—1912)，法国画家，擅长画军事题材，画面场景多为英武壮观。

出过丑闻哩，德·盖芒特先生的风流不亚于德·萨克森元帅[①]，他竟亲自跑进法兰西喜剧院演员休息室，邀请雷申贝尔小姐前去给国王朗诵诗歌，这事就发生在晚会上，是盛大晚会编年史上空前的现象。德·布雷奥泰先生回忆起这么多意外的情况，再说当时他完全赞赏，而且他本人每次都是陪衬，就像德·盖芒特公爵夫人那样，但在男性宾客中他算得上沙龙的一根台柱，此时他心里琢磨着我究竟是谁，眼前的视野似乎十分开阔，值得探究一番。一时间维多尔的名字在他的脑际浮现，但转而念及，我作为管风琴演奏者未免太年轻了，而且维多尔先生太不引人注目，不可能在这样的场面"被接纳"。于是他觉得我更像瑞典公使馆新上任的专员，有人跟他谈起过；他正准备向我打听奥斯卡国王的近况，因为他多次受到奥斯卡国王的接待；但公爵在介绍时把我的名字告诉了他；德·布雷奥泰先生觉得我的名字非常陌生，于是不再怀疑我在这种场合出现定是什么名流了。奥丽娅娜显然把我当作名流，她精通把知名人士吸引到她的沙龙里来的艺术，当然掌握百分之一的比例，否则就会使名流掉价儿了。因此，德·布雷奥泰先生开始舔嘴唇，扇鼻翼，嗅美食，他知道不仅肯定大饱口福，而且因为我的出席，晚会必定饶有生趣，并将为他第二天跟德·沙特尔公爵共进午餐时提供妙趣横生的话题。他还没有拿定主意，正猜测是不是我新近研制出抗癌的血清或正在排练法兰西剧院下一次上演的戏，但他毕竟是大知识分子，"游记"的爱好者，不停地在我面前表示敬意，显示聪明；他那经过单片眼镜过滤的眼光笑眯眯的，使人觉得，要么他在凭空设想一个有识之士：那样的人会更看得起他，如果他能使人产生错觉，因为在他，布雷奥泰-孔萨尔维伯爵心目中，思想天赋同出身天赋一样令人肃然起敬，要么出于表达愉快之情的需要和困难，不知道用怎样的语言跟我说话，总之，他好像处在陌生土地的一个"当地人"面前，他的木筏刚靠岸，希望从"当地人"那儿获得好处，一方面好奇地望着他们的服装，不断向他们

① 德·萨克森元帅，即莫里斯·德·萨克森伯爵（1696—1750），曾任波兰等国国王，1711 年登上法兰西国王宝座；在战场上屡建战功，具有军事天才，是个出色的战略家，但私生活失于检点，人们多有微词。

表示友好，仿效他们大声喊叫，一方面千方百计以一些彩色玻璃小饰物换取鸵鸟蛋和辛香作料。我尽可能投桃报李，让他高兴。之后，我同德·沙特莱罗公爵握手，这位公爵我已在德·维尔帕里济夫人家见过，他对我说德·维尔帕里济夫人是个十分机灵调皮的女人。他长得活脱儿是盖芒特家族的人，金黄色的头发，鹰钩鼻子，面颊的皮肤粗糙，布满斑点，这一切活脱像16和17世纪留下的家族成员肖像。然而，因为我不再喜欢公爵夫人，盖芒特的形象在一个年轻人身上活脱脱地再现对我已失去吸引力。我望着德·沙特莱罗公爵的钩形鼻子，就像看到我很早就研究过的画家的签名那样感到索然无味。然后，我向德·富瓦亲王问候，可怜我的手指骨，从他的手里抽出时，已是疼痛难熬，我等于把手伸进老虎钳子，这是日耳曼式的握手，伴随着德·法芬汉姆亲王含讥带讽或好好先生的微笑，他是诺布瓦先生的朋友，他们这个阶层有专门取绰号的癖好，大家管德·法芬汉姆叫冯亲王，他自己也用“冯亲王”署名，或给亲朋好友写信时，简单签个“冯”字。这个缩略由于复合姓氏太长而迫不得已，尚可理解，但把伊莎贝尔时而叫做莉莉，时而叫做贝贝特，就像有的国家叫什么“基金”的人多得不得了，为何如此，叫人费解。有人解释道，一些人为了节省时间，提到“孟德斯鸠”时只说个“鸠”字，但大凡这些人都是无所事事的浅薄之辈。更令人费解的是，有人管表兄费迪南叫迪南，把名字少说一个字能占多少便宜。不过别以为盖芒特夫妇给人取名时只在音节上做文章。比如德·蒙佩鲁伯爵夫人和德·韦吕德子爵夫人两姐妹，她俩都胖得臃肿不堪，却一辈子只听到人家叫她们“小姑娘”和“小妞”，她们听了也很受用，从不生气，别人听了也不发笑，多年来叫惯了。德·盖芒特夫人十分喜欢德·蒙佩鲁夫人，倘若得知她得了重病，会眼泪汪汪地问她的妹妹：“人家告诉我说‘小姑娘’身体很不好哇。”德·莱克兰平时总把头发梳成往两边分开，垂下来完全盖没耳朵，人们一向管她叫“饿婆儿”。有时候提起某人的妻子时，就在丈夫的姓或名后面加个“阿”。比如圣日耳曼区那个最吝啬最卑劣最无情的家伙名叫拉法埃尔，他的爱妻也是个铁石心肠的妙人儿，总以拉法埃尔阿署名；以上只是数不胜数的通例中的几个简单例子，下文如有机会，不妨再举几例。

然后我请公爵把我介绍给德·阿格里让特亲王，“怎么，您不认识大好人格里格里。”德·盖芒特先生嚷道，接着他便向德·阿格里让特先生报了我的姓。这位亲王的姓氏经常出现在弗朗索瓦丝的言谈中，在我一直好似透明的玻璃制品，我仿佛看见海边一座古城玫瑰红的房屋在夕阳金色光芒的照射下和紫罗兰色的大海交相辉映，我毫不怀疑，这座城市的亲王倘若奇迹般地路过巴黎，他浑身上下必定也像西西里岛上的阳光那样灿烂夺目，闪烁着英名盖世的光辉，肯定是至高至圣的君主。但一见之下，不过如此，简直像个冒失鬼，他转动着身子向我问候，随便得近乎放肆，还自以为潇洒得很，他这模样和他的姓氏如此不相关联，就像他拥有一件艺术品而未沾到任何光彩，也许从未瞧上一眼哩。德·阿格里让特亲王丝毫没有亲王的派头，就像平民阿格里让特，甚至使人想象他的姓氏虽然看上去完全跟他不沾边，跟他本人毫无联系，却很具有吸引力，把别人身上可能有的朦胧的诗意吸引到他自己身上，进而把他裹挟在悦耳动听的音节里。这种情形如能发生，那再好不过了，因为盖芒特夫妇的这个亲戚身上连一星半点魅力都没有。他是世上唯一活着的德·阿格里让特亲王，同时或许是迄今最不像德·阿格里让特亲王的亲王。再说，他这么活着挺称心如意的，有如一位银行家很高兴拥有一座矿的许多股份，而不屑顾问这座矿是否也有像伊凡霍矿和普里姆罗兹矿这样漂亮的名字，或干脆叫一号矿也行。言归正传，这样逐一介绍虽然讲起来很长但实际上从我进入客厅起到介绍结束，只不过持续了很短的时间，德·盖芒特夫人用近乎央求的口气对我说：“我肯定巴赞把您这样转着介绍让您受累了，我们希望您结识我们的朋友，但我们更希望不让您受累，那样您就会常来了。”于是公爵做了一个相当笨拙的、过分认真的动作，示意大家可以入席了，这是他一个小时前就想做的，让我观赏埃尔斯蒂尔的画给延迟了。

应当补充一下，有一位宾客未到，德·格鲁希先生，他的妻子出身盖芒特家族，自个儿先来了，她丈夫将直接从猪场而来，他一整天都在猪场。德·格鲁希先生是第一帝国时期那位德·格鲁希的后代，相传滑铁卢拿破仑失败的主要原因是，战役开始时德·格鲁希不在场，这虽属好事者以讹传讹，但说明他确实出身名门，尽管某些迷恋贵族身份的人不以为然。譬如，德·盖芒特亲王，尽管许多年之后他本人也不怎么挑剔了，却还是经常对外甥女儿们说："可怜的德·盖芒特夫人（即德·盖芒特夫人，德·格鲁希夫人的母亲）实在太不幸了，办理孙子们的婚事一向不顺利！"——"但是，舅舅，大姨妈嫁给了德·格鲁希先生哪！"——"他算得了什么丈夫！不过，听说他的弟弟弗朗索瓦追求你们的小姨妈，这样才使得姐妹俩幸免当老处女。"

入席令一下，餐厅的门一下子全部打开，门扣松开的声响同时震荡大厅；膳食总管活像司仪，向巴尔马公主鞠了一躬，面向大家宣布："夫人请入席"，语气相当于宣告："夫人快仙逝了"，但没有引起众人任何伤心之感，因为接下来气氛活跃，就像在鲁滨逊岛度夏日，一对对夫妇鱼贯步入餐厅，分散后各人进入自己的位置，听差们在后面给他们推椅子；最后只剩德·盖芒特夫人，她走近我，让我陪她入席，而不让我产生任何畏惧感，她的动作灵活，优雅，具有女猎手特有的敏捷，当她发现我站错了位置，把左右搞混了，便绕我转了半圈，动作之精确，恰好让我的手臂很自然地伸入她的手臂，整个动作过程的节奏既明快又高雅。我乐得亦步亦趋，悠然自得，反正盖芒特夫妇并不在意一个真正的学者是否比一个愚昧无知的人更为怯场；随后，餐厅另一边的门接连打开，热腾腾的浓汤送上来了，仿佛晚宴是在经过巧妙布置的木偶剧场举行的，直到我这个姗姗来迟的年轻客人出现，在主人的示意下，所有的牙齿才启动。

公爵的示意虽说不果断，至少不像君主那般威严，但这一大片人却像被拨动的时钟那样灵巧、驯服和讲究。他的手势不坚决并不妨碍我观察随后出现的场面。我觉得他之所以踌躇和为难，是因为担心让我看出大家等我到场才开宴，等我的时间太长了，同样德·盖芒特夫人也在为我担心，她怕让我看的画太多把我累着了，让我一连串认识那么多人把我弄得挺不自在的。其结果，公爵的手势虽缺乏气魄，却导致真正的庄严气势，使人觉得他对自己的豪华阔绰满不在乎，而对一个本身无足轻重的客人反倒礼仪周全，为的是给他保全面子。

这不是说德·盖芒特先生在某些方面并非极其平常，甚至并非不像腰缠万贯的人那样荒唐可笑，他虽不是暴发户，但并非没有暴发户的傲慢。然而就像一个官员或教士受到他们赖以支撑的法国政府和天主教教会的推动，他们平庸的才能得以无限期地发挥，宛如大海中的一个波浪，后面总有力量把它往前推进，德·盖芒特先生同样也受到另一种力量的推动，那便是最地道的贵族礼节。这种礼节排除了许多人。德·盖芒特夫人不接待德·康布勒梅尔夫人或德·福什维尔先生。然而一旦有人，比如我吧，看上去可以纳入盖芒特的圈子，这种礼节就显露出热情豪爽、真诚待客的丰富内涵，这座宝藏比那些保留至今的古老的客厅、完美的家具更为辉煌。

德·盖芒特先生想要讨某人喜欢的时候，他很善于利用时机和地点，比如这一天他让人套上马车在晚宴前单独带我出去转一圈。跟他接触后，你切身体会到他的行为方式很像当时的一些回忆录中所记述的那样，具有路易十四的风格，尤其当他笑着不亢不卑地、和善地回答求他办事的人。不过在上述两种情况下，应当理解为这种礼节并没有超越这个词所包含的内容。

据圣西门说，路易十四时代迷恋贵族身份的人们责备国王对礼节不太在乎，以致把他视为低等的国王，与菲力普·德·瓦卢瓦、查理五世等相比要渺小得多，实际上，路易十四叫人制定过训令，非常详细地指示纯血统的亲王和大使们对怎样的君主他们才应当谦让。在有些情况下，遇到无法达成谅解的时候，宁愿同意让路易十四的儿子，太子殿下，在户外，露天接待某个外国君主，以便避免在步入古堡时因谁走在前面而发生争执；德国选侯在宴请德·谢夫勒兹的时候，因为不肯作出谦让，假装生病，躺着跟公爵一起用餐，从而解决了困难。公爵夫人竭力避开为选侯殿下当替手的场合，但深得国王喜爱的大弟殿下遵照国王的吩咐找了个借口让其表兄拾级而上，来到床边，迫使公爵递上衬衣。然而一旦涉及深层情感，即内心深处的事情，哪怕像礼节这样不可改变的本分也完全改变了。这位王弟死后才几个小时，尽管他是路易十四最喜爱的人之一，用德·蒙福公爵的话来说，他还“尸骨未寒”，国王便唱起歌剧的曲调来了，惊异德·勃艮第公爵夫人为何满脸愁容，为何按捺不住内心的痛苦，还想立即恢复欢乐的气氛，竟下令德·勃艮第公爵开设牌局，让廷臣们放心玩牌。然而，不仅在德·盖芒特先生集中的社交活动中，而且在他最无意识的言谈中，在他的忧虑中，在他的时间安排中，我们都能发现同样的对比：盖芒特夫妇不比其他世人更容易感伤，甚至可以说他们真正的同情心是极少的；相反地，我们每天在《高卢报》的社会新闻栏中总看得到他们的姓氏，因为葬礼多得出奇，而他们若不把自己的大名列入参加葬礼的名单，那就会觉得有罪的。有如旅行家看得到近乎色诺芬或圣保罗当年见到的布满土的房子、露台，同样在德·盖芒特先生的举止中，我又看到路易十四治下宫廷生活中特有的那种离经叛道的倾向经过两个多世纪之后在这个吃软不吃硬的人身上、在这个唯小义不顾大局的人身上完整地保留下来，不过，这种倾向在情感和道德方面所引起的良心上的不安已经转到纯形式的问题上去了。

巴尔马公主向我表示友善的另一个原因比较特殊。那是她有先入之见，深信在盖芒特家见到的一切，无论是事还是人，都胜过她家所有的一切。其实无论到谁家去，她好像都是如此，比如对最简单的菜、对最平常的花，她不只赞不绝口，还请求允许第二天派她的厨师长来取菜谱或派她的园丁长来看花品，厨师长和园丁长都是高薪人物，拥有自己的马车，尤其在专业上都是自命不凡的，暗自觉得非常丢脸来打听一道没有什么了不起的菜或来取一种康乃馨的样品，其实这种花在公主家早就有了，相比之下，人家的东西差劲多了，在美观上，在“花纹”的“多色”上，在栽种面积上，都不如公主家的。然而就公主而言，如果说她在别人家对锱铢细物大惊小怪是装出来的，做给别人看的，表明她并没有门第和财富的优越感，只是古训所不容许的，母亲所不显露的，上帝所不宽恕的，那么相反地她在德·盖芒特公爵夫人府上的感受却是真挚的，她把德·盖芒特夫人的沙龙视为得天独厚的地方，涉及其间倍感天外有天，欣喜不已。不过一般来说，这也不足以说明这种心态，因为盖芒特夫妇与贵族社会毕竟保持相当的距离，他们更为风雅可贵，更是凤毛麟角。乍一见面，他们给我的印象正好相反，我觉得他们很平常，和一般的男女没有两样，那是因为对他们已先入为主，如在巴尔贝克，如在佛罗伦萨，如在巴尔马，我以姓氏来判断他们。当然，在他们的客厅里，所有的女士，尽管我曾经把她们想象成萨克森小雕像那样，她们毕竟更像绝大部分的女人。如同巴尔贝克或佛罗伦萨那样，盖芒特家族的人使我的想象成为泡影，因为他们毕竟更像他们的同类，而不像他们的姓氏，之后，尽管程度上有一点点不同，他们还是具备某些特色，使你领会到他们与众不同。就拿他们的相貌来说吧，他们的肤色呈特殊的玫瑰红，所谓特殊，则有时近乎紫罗兰色，他们的头发细软如丝，金黄发亮，甚至男子的头发也是如此，一绺绺金黄色柔软的头发既像墙头苔藓又像猫科动物的皮毛，亮光光的，和某种智慧的闪光很吻合，因为当人们提起盖芒特家族的肤色和头发，必定涉及盖芒特家族精神，如同莫特马尔家族精神，他们还保留着路易十四时代以前就有的一种更为纯粹的社会品质，加上他们自己大肆宣扬，便更遐迩闻名了，这一切使得盖芒特家族的人一眼就被认出来，无论把他们混编在贵族社会的哪个地方，即使是最高雅的去处，因此，盖芒特家族的人很容易识别，很容易跟踪，好像露头矿脉，金栗色的脉络标出碧玉和缟玛瑙的分布，或更确切地说，好像玛瑙侧面上乱而有序的纹络似柔曼的光线一般起伏有致，明晰可见。

盖芒特家族的成员，至少配得上这个姓氏的成品，不仅具有皮肤、头发、透明的目光等方面的出众的品质，而且在握手之前那种站立、走步、致意、凝视的方式也别具一格，光从握手便可看出他们和别的阶层的人士大不相同，好似燕子飞翔或恰似玫瑰摇曳，当他们看着我们做同样的动作时，虽然不露声色，但他们会怎么想呢？尽管他们和蔼可亲，我们却不禁寻思：他们难道无权设想："这些人毕竟和我们出自不同的人种，而我们，无愧为大地之骄子。"后来，我明白盖芒特夫妇确实以为我是另一个人种，但激起了他们的羡慕，因为我具备连我自己也不知道的价值，而他们自称非常看重。再后来，我察觉这种宗教信仰式的声明多半是言不由衷的，在他们心目中蔑视或惊异总同赞赏和羡慕共存。

盖芒特家族成员肉体固有的柔韧性是双重的：其中一种随时随地在起作用，例如一个盖芒特男性成员如果要向一位夫人致意，他立即变换体型，变成不稳定平衡，其动作是不对称的，显得使劲弥补不均衡，比如一条腿有点拖沓，也许故意的，也许因为打猎时磕破了，牵动上身，硬赶上另一条腿；又比如，单片眼镜夹入眼眶时一根眉毛上扬引起肩部偏斜，另一肩便拱起，与偏斜的一肩保持平衡，同时一绺顶发下垂，以示致意；另一种柔韧性，有如画面上贝壳或船只周围的波浪、气流、尾涡的形状，可以说用单线条勾勒的一种固定流向，鹰钩鼻的顶端深深向内弯曲，位于凸出的蓝眼睛之下和薄得不能再薄的嘴唇之上（盖芒特女性成员从嘴里出来的声音是沙哑的），这使人想起精通古希腊文化的家系学食客们诚心诚意地把这个家族确定为源于 16 世纪传奇性的世家，该家族无疑是古老的，但还不至于像他们硬说的那样，什么最早的祖先是神鸟变的，仙女神话般地孕育了后代。

盖芒特家族成员在精神上同在肉体上一样也与众不同。吉尔贝亲王除外，他是“玛丽 · 吉尔贝”的丈夫，满脑子陈旧的思想，比如他们夫妻乘车散步，他让妻子坐在左边，因为她的血统不如他高贵，尽管妻子也是王室出身；但他毕竟是个例外，他不在的时候，经常是全家族的笑柄，也是各种新编故事的对象；盖芒特夫妇一方面生活在贵族阶级的纯而又纯的“上层”，一方面则装作对贵族身份毫不在乎。说实在的，公爵夫人由于作为盖芒特成员太地道了，久而久之，在某种程度上变得不太摆架子了，比较平易近人了，她的理论是把才智放到君临一切的高度，政治上竟是社会主义的，以致人们不禁怀疑在她的府邸隐藏着一个神灵，专门负责维持贵族生活，神灵从不露面，但显然时而潜伏在门厅，时而潜伏在客厅，时而潜伏在盥洗室，始终提醒着这位对爵位不以为然的女人的仆人们要尊称她为“公爵夫人”，也提醒她本人，时钟敲响 8 点时得去表姐家赴宴，并为此穿上袒胸露臂的夜礼服，尽管她只希望留在家里阅读，尽管她根本不尊重他人。

这个家族神灵还一直向德 · 盖芒特夫人通报公爵夫人们的境况，至少像她那样最富有的亿万富翁的境况，并且向她建议把她本可以用来阅读有趣的东西的时间牺牲在那些令人厌倦的茶会、宴会、晚会上，就像对待雨水那样：虽然雨水令人讨厌，但又是不可缺少的，还建议公爵夫人接受邀请时对邀请她的公爵夫人们冷嘲热讽，大肆攻击，而不必深究她应邀的理由。德·盖芒特夫人府上的总管对这位只相信才智的女人一口一声“公爵夫人”并没有使她不舒服，这虽说偶然，但并未使她感到蹊跷。她从来没有想到让总管只简单称呼她“夫人”。人们不妨把好意推至极端，猜想她可能心不在焉，实际只听到“夫人”，其他附加部分没有听进去。不过，如果说她装聋，那么她并不作哑。譬如，每当她要丈夫办什么事，便对总管说：“请提醒公爵先生……”

另外，家族神灵还有别的任务，比如敦促他们讲处世之道。诚然，盖芒特家族成员中有的才智横溢，有的德行高卓，通常两者并不兼得。然而，前者讲起处世之道往往比后者更加头头是道，甚至有个成员，弄虚作假，赌博作弊，可他比谁都风趣，向一切新鲜的和正确的思想开放，就像德·维尔帕里济侯爵夫人那样，适逢其会，家族神灵便通过老夫人之口大讲处世之道。在一些相似的时刻，人们突然发现盖芒特夫妇说话的口气几乎变得和侯爵夫人的腔调那样老气横秋，那样好好先生，只是因为他们有较大的魅力，所以听起来比较令人感动，比如他们谈到一个女仆时说：“看得出来她的本质是好的，这个姑娘非同一般，像个大家闺秀，她肯定可以走正道。”在这样的时刻，家族神灵觉得此话说得语重心长。但有时候，公爵夫人脸上出现她的元帅祖父脸上的那种神态，那种表情，一种难以觉察的抽搐，如同巴尔卡家挂的迦太基神灵——蛇精——的抽搐，我曾在早晨散步经过时好几次吓得心扑通扑通地跳，当时还不认识德·盖芒特夫人，我总觉得蛇精从小乳品商店的深处盯着我瞧。神灵介入的时机恰逢热点，不仅盖芒特夫妇不能无动于衷，而且他们家的对手库瓦泽埃夫妇也不能无动于衷；盖芒特夫妇就是从德·盖芒特亲王的外祖母库瓦泽埃夫人那里得知亲王的偏见很深，言必称出身门第，好像身份血统是唯一重要的东西。库瓦泽埃夫妇不仅不像盖芒特夫妇把才智捧到那么高的程度，而且对才智的观念也不尽相同。对于一个盖芒特家族成员来说，哪怕他是糊涂虫，所谓聪明才智，意味着说话不留情面，能讲刻毒话，出口伤人，也就是能够谈论绘画、音乐、建筑的时候跟你针锋相对争个高低，能够讲英语。库瓦泽埃夫妇对才智不大以为然，只要你不属于他们的圈子，才智横溢的含义和“可能杀害父母”相去不远了。在他们的心目中，才智好比“撬门铁棒”之类的东西，一些你完全不认识的人硬凭这根“撬门铁棒”撬开最受人尊重的沙龙大门。 众所周知，库瓦泽埃夫妇每逢接待“这号人”之后总是后悔不迭。对于不属于上流社会的聪明人，哪怕他们最微不足道的论点，库瓦泽埃夫妇也一概不予信任。一天有人曾说：“斯万比帕拉梅德年轻嘛。”——“那是他对您说的，既然他对您这么说，请相信他是别有用心的。”德 · 加拉东夫人答道。更有甚者，当有人提到盖芒特夫妇接待两位风韵卓异的外国女士时说，先跨进门的那位年纪较大一些，“她是年龄较大的吗？”德 · 加拉东夫人问道，她的意思并不是正面说这类女子好像看不出年龄的差别，而是好像一旦去掉她们的户籍和宗教身份以及一定的传统习惯，她们就看不出年轻不年轻了，好比一个篓里的几只小猫，只有兽医才识别得出来。在某种程度上，库瓦泽埃夫妇比盖芒特夫妇更加维护贵族身份的贞洁，但那是因为他们思想狭隘和心地不善。在盖芒特夫妇的心目中，王室成员家族以及几个像科涅、特雷莫伊尔等家族以下的人都无关紧要，微不足道，他们对待昔日住在盖芒特周围的家族成员之所以蛮横无理，恰恰因为他们不重视二流勋业，而库瓦泽埃夫妇却对他们非常关注，并不在乎次等勋业。然而，外省的某些女士虽说出身不大高贵，但嫁得不俗，她们富有，漂亮，博得公爵夫人们的喜爱，她们被带到巴黎便成了极好的、别致的进口货，因为巴黎人不知道她们的“爹娘”。尽管为数甚微，但偶尔这类女士通过巴尔马公主的渠道或依据她们自身可爱之处，受到盖芒特家族某些成员的接待。但库瓦泽埃夫妇对这等女流之辈向来义愤填膺。他们在堂姐妹家遇见五六个这样的女人，其父母是他们的双亲在佩什地区不愿与之交往的，于是那种会见成为他们怒火中烧的理由和一个劲儿瞎嚷嚷的题材。譬如，只要妩媚动人的 G 伯爵夫人踏进盖芒特夫妇的家门，德 · 维尔邦夫人的脸色立刻变样，酷似准备诗朗诵：

假如只剩一个人，我就是这条汉子！[1]

尽管她不知道这句诗是谁写的。这位库瓦泽埃家族成员几乎每星期一只离 G 伯爵夫人几步的地方大嚼长形夹奶油的小蛋糕，却无法让她靠近。于是德·维尔邦夫人暗地里承认她不能理解她的盖芒特表姐为何接待一个在沙托丹连二等贵族都算不上的女人。“我的表姐与人交往这般挑剔实在犯不着，明摆着把谁都不放在眼里嘛。”德·维尔邦作出了结论，说着脸上换了另一种表情，浮现出绝望时的讥笑，如果配上一句小谜语似的诗，倒蛮不错，自然伯爵夫人更加莫名其妙了：

感谢上帝！我的苦难超越了我的希望。[2]

尽管如此，我们不妨提前说一下后来发生的事情，这句诗下面一句最后与“希望”押韵的词是“坚持”，德·维尔邦夫人“坚持”开导 G 夫人说，入时并非完全无益。在 G 夫人眼里，德·维尔邦夫人德高望重，这尽管纯属子虚乌有，但她深信不疑，这不，G 夫人的女儿虽是当时舞会上最漂亮最富有的小姐，已到结婚年龄，但人们十分惊异所有的公爵都不要她。那是因为她的母亲对曾在沙托丹的德·格雷内尔街所受到的凌辱记忆犹新，一心一意希望把女儿嫁给一位姓维尔邦的儿子。

盖芒特和库瓦泽埃两大家族只有在一个问题上不谋而合，就是对人保持距离那种极其丰富多彩的艺术。盖芒特家族所有成员的举止完全一样。譬如，只要是真正盖芒特家族的人，每当有人把你介绍给他们的时候，个个都像主持仪式似的，他们向你伸出手的模样是那么隆重，简直就像为你授任骑士[3]，某个盖芒特家族成员，哪怕只有 20 岁，却已

---

①雨果《惩罚集》中的《最后的誓言》最后一句诗。
②拉辛《安德洛玛克》第五幕第五场中俄瑞斯忒讲的话。
③此处指比男爵低一级的贵族。

步上前辈的后尘，从介绍人嘴里听到你的姓氏，便向你投下一道目光，一般是蓝色的，总像钢铁那般冰冷，仿佛要一直钻到你心窝的最深处，却完全拿不定主意向你问好。况且这正是盖芒特家族成员想达到的，他们每个人都自认为是一流的心理学家。此外，他们认为通过这种审视，可以促使致意显得更亲切，并恰如其分地分配到你头上。这一切是在与你保持一定的距离下进行的，这距离如果用于击剑交锋显得太小，如果用于两人握手又显得太大，后者使对方血液仿佛突然凝住，而前者使对方与自己窝在一起，施展不开，因此，盖芒特家族成员在对你的灵魂和信誉最深层的隐秘之处迅速审视完毕之后，断定你今后配得上与他打交道，他那只直挺挺伸给你的手臂酷似单人击剑时伸向你的花式剑，此时手与人之间的距离那么远以致他点头时很难识别他是向你致意还是向他的手致意。某些盖芒特家族成员由于没有计量感或不得不连续重复很多次，每次遇见你就得重复一遍这种仪式，他们的动作显得格外夸张。由于他们无需进行心理预测，“家族神灵”早已使他们具有先见之明，而且他们清楚记得所得到的结果，所以握手之前那种目光逼人的凝视只能被解释为他们的目光具有自动控制能力，或他们认为天生具备目光慑服力。库瓦泽埃家族的外貌有所不同，他们怎么也学不像这种探测性的致意，结果弄巧成拙，搞得不是傲慢呆板，就是随随便便。相反，极少数盖芒特家族女性成员的致意方式好像还是从库瓦泽埃家族学来的。确实，每当有人把你介绍给她们中间的一个时，但见那女士深深向你一鞠躬，从而一下子跟你接近了，鞠躬的度数大约 45 度，头部，胸部，腹部(很高的)直至作为枢轴的腰带，全部向你靠近，但腰部保持不动。她的上身笔直地向你抛过来，又立即笔直地弹回去，一来一往的时间长短几乎是一样的。反弹抵消了起先你以为抛给你的东西，你以为赢得的地盘其实并没有得到，好比在决斗场上，最初的位置原封未动。重新保持距离等于抹去亲热，这种带有库瓦泽埃印记的姿态无非证明第一个动作所表现的主动亲近只不过是一瞬间的装假，此种情景在库瓦泽埃和盖芒特女士们给别人的信中同样有所表现，至少跟她们最初认识的日子里是如此。从信的“主体”所包含的句子来看，好像是写给一位朋友的，但你千万别吹嘘自己当上了贵夫人的朋友，因为信的开头是“先生”，而结尾也是“先生，请接受我崇高的敬意”。因此，这种冷淡的开头和冷冰冰的结尾改变了信中的含义，但在双重的冷漠之间，如果是回复你的慰问信，尽可以展现一幅幅最令人感动的图景，诸如盖芒特女士失去姐妹的悲痛，她们之间亲密的姐妹之情，她即将去度假的胜地的优点，她从可爱的小孩子身上所找到的慰藉，这一切只不过是像从一般通信集中抽出的一封，你和通信者之间的亲密程度就像你阅读小普林尼或德·西米亚纳夫人[1]书信时所感觉的差不多。

不错，某些盖芒特女士一开始给你写信就称呼“我亲爱的朋友”，“我的朋友”，她们在盖芒特女性成员中并不总是最单纯的，更恰当地说，她们只生活在王室中间，外加“轻浮”，所以目中无人，她们确信自己所做的一切必然使人高兴，由于腐败，她们习惯向别人提供任何满足而不讲价钱。哪怕是路易十三时代的高祖母，只要她是本家的，一个盖芒特少年在谈起德·盖芒特侯爵夫人时便管她叫“亚当婶婶”，盖芒特家族人口众多，即使举行简单的礼仪，比如礼节性介绍，也五花八门。家族的每个分支，只要稍为讲究一点的，就有自己的礼仪，然后父传子，代代相传，如同补药配方和做果酱的特殊方法。就拿圣卢的握手来说吧，当他听到通报你的名字，便不由自主地向你伸手，但眼睛不朝你看，也不附加致意动作。由于某种特殊的原因(相当少见的)，哪个倒霉的平民百姓被介绍给圣卢分支的家属，面对如此突然又简便的问候和明显的漫不经心，都竭力想知道男性或女性盖芒特会怎样说他。此后，你这个被介绍的人十分吃惊地得知男的盖芒特或女的盖芒特认为应当专门给介绍人写信表示见到你有多么地高兴，并非常希望再次与你见面。德·菲埃布瓦侯爵复杂而快速的蹦跳也和圣卢机械的手势一样特别，德·夏吕斯先生认为滑稽可笑，与之相反，德·盖芒特亲王的步子

① 小普林尼(公元前约61—约113)，古罗马作家。今有《书信集》10卷300余篇。德·西米亚纳(1674—1737)是德·塞维尼夫人的外甥女儿，1733年发表她给塞维尼夫人的书信，后收入塞维尼夫人的《书简集》。

却是稳重的，有节奏的。不过，由于盖芒特家族这个芭蕾舞团太庞大，不可能在这里描绘他们丰富多彩的舞谱。

再看一看库瓦泽埃一家对德·盖芒特公爵夫人为何反感，他们本可以怜悯公爵夫人，因为她当姑娘时不怎么有钱。只可惜向来存在某种烟雾，sui generis[①]，掩盖着众人的耳目，使库瓦泽埃的家产不为外人所知，哪怕巨大的家产也瞒得住。库瓦泽埃家族一个极其富有的闺秀嫁给一户巨商富贾，然而这对年轻夫妇在巴黎始终没有自己的住所，总是“下榻”男方的父母家，整年住在外省，生活圈子里的人都是清一色的平庸之辈。正当负债累累的圣卢仍保留着连栋西埃尔也赞叹不已的车马时，一个腰缠万贯的库瓦泽埃则从来只乘有轨电车。相反，早在很多年以前，奥丽娅娜·德·盖芒特小姐虽不富裕，却大肆炫耀行头，别人以为她的服装超过库瓦泽埃全体女士的服装总和。奥丽娅娜谈吐放肆，更使她的穿着和发式引人注目。她竟敢当着俄国大公说：“喂，殿下，听说您要叫人暗杀托尔斯泰？”那次晚宴根本没有邀请库瓦泽埃家族的人，再说他们对托尔斯泰所知甚少。他们对希腊作者所知也不多，比如德·加拉东公爵老夫人(德·加拉东亲王夫人的婆婆，当时还很年轻)5年中只有幸接待奥丽娅娜一次拜访，有人问她为什么奥丽娅娜老不来，她答道：“听说她在社交场合背诵亚里士多德的诗(其实她想说阿里斯托芬)。这在我家是不允许的！”

可以想象德·盖芒特小姐谈起托尔斯泰时如何“出语惊人”，虽然库瓦泽埃家族听说后愤愤不平，却令盖芒特家族上下拍案叫绝；不仅亲近盖芒特家族的人叫好，连疏远盖芒特家族的人也赞叹不已。德·阿让库尔伯爵老夫人，娘家姓塞纳波，接待各方人士，因为她是女才子，尽管她的儿子是个十足冒充高雅的家伙，她却在一些文人墨客面前赞扬别人，她说：“奥丽娅娜·德·盖芒特聪明灵巧，足智多谋，多才多艺，她画的水彩画赶得上大画家，写的诗如同出自大诗人的手笔，至于家庭出身，你们知道，是最最高贵的，她的祖母就是德·蒙庞西埃小姐，她

---

①拉丁文：世代相传的。

是第18代奥丽娅娜·德·盖芒特，没有一次错配婚姻，属于法国最纯粹最古老的血统。”因此，德·阿让库尔夫人所接待的那些假文人、那些半吊子知识分子把他们个人从来无缘相识的奥丽娅娜·德·盖芒特想象成比巴德鲁尔-布杜尔公主[1]更了不起、更不寻常，为此他时刻准备为她赴汤蹈火，当他们听说一位如此高贵的女士把托尔斯泰推崇得至高无上时，便觉得自己心目中更加热爱托尔斯泰，更加愿意抵抗沙皇制度。这些自由主义思想有可能在他们的脑子里自行削弱，他们也可能会怀疑自由主义思想的威力，不再敢承认自己有自由主义思想，现在突然德·盖芒特小姐，一个无疑是高贵的、可靠的姑娘，来给予他们帮助，尽管她的头发直平平地盖在额上，这是库瓦泽埃家的姑娘绝对不同意干的。一些或好或坏的事实就这样使某些人在我们的心目中引起好感，建立威信。譬如，库瓦泽埃家族的成员在街上表示友好的礼节，其本身是一种很不雅观、不大亲切的招呼，但人们知道这是一种高贵的问候方式，以致大家各自收敛起微笑和热脸，不得不模仿他们那种冷冰冰的体操式的动作。然而盖芒特家族成员，一般来说，尤其奥丽娅娜，比谁都了解这些礼节，假如她们在车里瞥见你，便毫不犹豫地挥手向你亲切致意；假如在客厅里，不顾在场的库瓦泽埃家族成员那种尴尬的、僵硬的问候，照例行一行妩媚动人的屈膝礼，蓝眼睛充满微笑，向你伸出同窗好友似的手，使你一下子进入慷慨好客的氛围：人们天生喜爱又不得不摈弃的东西，比如欢迎，真实友情的表露，自发性，等等，其实质内容已经变得有点空洞和枯燥了，经盖芒特家族调整一番，才变得充实多姿。有些人本来天生喜欢蹩脚的音乐，喜欢轻柔易懂的曲调，甚至非常平庸的，但以同样的方式通过适当的调整，经过交响乐的熏陶，最终改变了本能的偏爱。一旦达到这个境界，她们便有理由为理查德·斯特劳斯[2]

---

① 《一千零一夜》中苏丹的女儿，有倾国倾城之容貌。

② 理查德·斯特劳斯（1864—1949），德国作曲家，曾把奥斯卡·王尔德的独幕剧《莎乐美》（1893）改编为乐剧《莎乐美》（1905）。

乐队奇妙的演奏风格赞不绝口，因为她们看出这位音乐家也像奥柏[1]那样宽宏大量，接纳最平凡的乐旨，她们所喜爱的东西突然在如此崇高的权威作品中得到认同不禁大喜过望，于是这些女士们喜形于色，在听《莎乐美》时竟手舞足蹈起来，原先不允许她们喜欢《王冠上的钻石》的理由已不复存在，所以内心加倍感激。

德·盖芒特小姐对大公的斥责不管是否真实，反正从一家传到另一家，人们借传播的机会大讲奥丽娅娜在晚宴上漂亮的打扮如何出尽风头。但如果说豪华(这恰恰是库瓦泽埃望尘莫及的)不是出自财富，而是出自挥霍，那么挥霍比财富持续的时间更长，假如在财富的支撑下进行挥霍，因为财富使挥霍变得肆无忌惮。由于不仅有奥丽娅娜，而且还有德·维尔帕里济夫人曾公开标榜的下列原则：贵族身份算不了什么，门第之见荒唐可笑，财富并不使人幸福，唯有才智、品性、本领至关重要；为此，库瓦泽埃家族本可以指望奥丽娅娜按照她从侯爵夫人那里受到的教育嫁给某个不属上流社会的男人：一个艺术家，一个惯犯，一个瘪三，一个胡思乱想的家伙；这样她便彻底“误入歧途”：库瓦泽埃家族管这些人叫“误入歧途的人”。他们现在更可以指望了，因为德·维尔帕里济夫人此刻正经历社交危机，我曾在她家遇见的为数稀少的显赫人物眼下一个也不去看望她，为此她对冷落她的社会切齿痛恨。即使她谈到还常见面的外甥德·盖芒特亲王，也不免要冷嘲热讽一番，因为他迷恋自己的出身。然而当涉及给奥丽娅娜找丈夫时，姨母和外甥女所标榜的行为准则便行不通了，就得听从神秘的“家族神灵”了。这时的德·维尔帕里济夫人和奥丽娅娜必然地把文采和品性撇到一边，只讲究进款的证券和血统家系了，就像晚些时候侯爵夫人谢世入殓停放在孔布雷教堂里，吊丧者只限盖芒特家族成员，人人必到，除了在公爵桂冠下大幅黑帷幔上标明姓氏缩略的“盖”之外，每个人都以自己的名字出现，决不含糊；同样，家族神灵指导着善于思考的、好非难

[1] 奥柏(1782—1821)，法国音乐家，曾任巴黎音乐学院院长，作有歌剧50部，《王冠上的钻石》(1841)便是其中之一。

人的福音主义者德·维尔帕里济夫人毫不含糊地为奥丽娅娜选择了出身最好家境最富的男子，即圣日耳曼区最显赫的人物，德·盖芒特公爵的长子德·洛姆亲王。举行婚礼那天整整两小时，德·维尔帕里济夫人在家接待所有她一向瞧不起的人，甚至和邀请来的几个资产者亲朋好友一起嘲笑他们，不过德·洛姆亲王第二年就下令跟那几个资产者“割断联系”了。最使库瓦泽埃家族不堪忍受的，就是德·洛姆亲王夫人结婚之后立即重新开始宣传那些行为准则，认为才智和本领是人类社会唯一的优势。在这方面，顺便说一下，圣卢坚持自己的观点，他当时和拉歇尔同居，跟拉歇尔的朋友们来往，很想娶拉歇尔为妻，他的观点尽管受到家庭的恶劣影响，但比起盖芒特小姐们来，虚假的部分要少一些，小姐们虽然鼓吹才智，几乎不允许别人怀疑人人平等，但实际上，即使她们鼓吹截然相反的行为准则，其结果是相同的，即嫁给腰缠万贯的公爵。与此相反，圣卢则按照他的理论行事，结果闹得别人说他误入歧途。诚然，从道德观念上看，拉歇尔确实不令人满意。但也不一定，即使女人的品行不好，如果她是女公爵或拥有好几百万的家产，那德·马桑特夫人未必不赞成圣卢的这桩婚事。

言归正传，德·洛姆夫人不久因公公去世，当上德·盖芒特公爵夫人，这给库瓦泽埃家族又增添了一份不幸，年轻的亲王夫人仍旧嘴上理论一大套，可从不用来指导她的行为，因此，这种哲学，如果称得上哲学的话，丝毫不损害盖芒特沙龙的贵族风雅。大概德·盖芒特夫人不肯接待的女子个个都以为这是因为她们不够聪明，比如有个美国女富翁根本没有藏书，只有一册旧版小书，即帕尼[①]诗集，因为帕尼“入时”，诗集总打开着放在小客厅的一个家具上，每当德·盖芒特公爵夫人跨进歌剧院，她便以贪婪的目光凝望公爵夫人，以示她是多么重视精神素质。德·盖芒特公爵夫人在以聪明择人时大概也是真诚的。她一般提到某个女人时总说，听人讲她很“漂亮”，提到某个男人时总说，听人讲他绝顶聪明，她确实以为接待他们的理由只是“漂亮”或“聪明”，

① 德·帕尼子爵(1753—1814)，法国诗人，擅长颂扬女性的优美。

而家族神灵并不横加干涉，不过深藏在盖芒特家族成员判断领域的暗门入口处站岗放哨，一旦发现盖芒特家族成员认为聪明的男人和漂亮的女人不具备现时的或未来的社交价值，立即出来挡驾。比如有的男子虽然是公认的学者，但呆得像本词典，或相反，智力平常得像个掮客，又如有的女人虽然漂亮，但举止令人讨厌，或说话太多。至于没有地位的人，多么讨厌哪，定是些冒充高雅的人。德·布雷奥泰先生的古堡与盖芒特古堡毗邻，他只跟殿下们来往，不过根本不把殿下们放在眼里，只求隐居在博物馆里。所以当有人把德·布雷奥泰先生说成是冒充高雅的人时，德·盖芒特夫人恼火了。“冒充高雅，得了吧！您疯了吧，可怜的朋友，正好相反，他最恨才华出众的人，根本无法给他介绍认识什么人。甚至在我家里！如果邀请他时有新人在场，他必定抱怨个没完。”

甚至在实践中，盖芒特家族和库瓦泽埃家族对待才智的态度也并非没有区别。从积极方面看，两大家族之间的这种区别已经产生相当可观的成果。德·盖芒特公爵夫人披上神秘的色彩之后，成了众多的诗人奇思妙想的对象，她举办了我们已经谈过的聚会，英国国王在聚会上乐不可支，感到比任何地方都受用，因为她竟心血来潮，除了邀请我们已列举的人物外，还请来了音乐家加斯东·勒梅尔和剧作家格朗穆然[①]，这种胆量是所有库瓦泽埃家族成员望尘莫及的。不过，理智产生的消极作用尤为显著。随着希望得到德·盖芒特夫人邀请的人的身份越高，聪明和漂亮的系数就越下降，一直降到零，如果被邀的是王室的主要头头；与此相反，从皇亲国戚的身份越往下降，系数就越往上升。譬如，在德·巴尔马公主府上，公主殿下接待许多人，因为她从小就认识他们，或因为他们跟某个公爵夫人有联姻关系或是某个君主的贴身随员，尽管他们丑陋不堪，讨厌透顶或愚蠢至极；然而，对一个库瓦泽埃家族成员来讲，“德·巴尔马公主喜欢的”，“与德·阿帕容公爵夫人是同母异父

---

① 加斯东·勒梅尔(1854—1928)，法国作曲家；夏尔·格朗穆然(1850—1930)，法国爱国诗人，剧作家。

的姐妹”，“每年在西班牙女王身边度过3个月”，这些理由足以邀请那些人上门了，而德·盖芒特夫人10年来在巴尔马公主家虽然彬彬有礼地接受他们的致意，却从不让他们跨进她家的门槛，认为沙龙的社交意义有如客厅的摆设：如果在客厅里把自己摆得难看的家具摆得满满当当的，以示阔气，那么客厅就毫无美感了。一间这样的客厅恰似一部烦冗的著作，烦琐冗长的句子无非炫耀知识、虚美、文笔。德·盖芒特夫人想得很对，一间“沙龙”的质量好比一本书，好比一栋房，其基石是去粗取精的东西。

德·盖芒特公爵夫人多年来对巴尔马公主的许多女友只限于得体地打个招呼，或回敬明信片，却从来不邀请她们上门，也不应邀去她们的聚会，为此她们悄悄向公主殿下告状，于是公主在德·盖芒特先生独自来看她的时候，向他提起此事。狡猾的爵爷，对公爵夫人他是个坏丈夫，因为他有不少情妇，但涉及自家沙龙良好的声誉，却与妻子死抱一团，因为奥丽娅娜的智慧是沙龙主要的吸引力，他答道：“我妻子认识她们吗？喔，对啦，应该认识的。但我要对公主说实话：奥丽娅娜压根儿不喜欢跟女士们交谈。她周围有一群智慧超群的人士，而我，不像她丈夫，倒像她第一贴身仆人。除了少数聪明风趣的女士外，一般的女人叫她讨厌。举例说吧，夫人，您殿下聪慧绝顶，不会对我说德·苏夫雷侯爵夫人很风趣吧。当然，我很明白，公主接待她是出于仁慈。再说公主跟她很熟嘛。您殿下说奥丽娅娜见过她，可能的，但次数极少，我可以肯定。我还要对公主说，这里边也有我的过错。我妻子劳累得很，她太好客了，假如我不能阻挡，那么来访的人会没完没了的。直到昨天晚上，她还发烧来着呢，因此没有去德·波旁公爵夫人家，心里直害怕得罪了公爵夫人。我只得龇牙咧嘴，不许套车。夫人，您知道，我实在不想对奥丽娅娜说，您跟我谈起德·苏夫雷夫人。奥丽娅娜对您殿下爱慕心切，会立刻邀请德·苏夫雷夫人上门，那样又得增加一次接待，还迫使我们跟她的妹妹来往，不过她妹妹的丈夫我倒是很熟的。如果公主允许，我想什么也不对奥丽娅娜说。这样咱们可以免去她许多劳累和烦心。我向您保证德·苏夫雷夫人不会有所失落的。她的去处多着呐，最有头面的地方都有她的足迹。我们不搞什么小型便宴。德·苏夫雷夫人会厌烦死的。”巴尔马公主天真地相信德·盖芒特公爵不会把她的要求转告公爵夫人，遗憾未能得到德·苏夫雷夫人期望的邀请，但对自己是这间如此难以进入的沙龙的常客更加庆幸。不过得到这种满足也不是没有麻烦的。比如每逢巴尔马公主邀请德·盖芒特夫人，她总得绞尽脑汁避开邀请可能引起公爵夫人不快的人物，以便使她下次再来。

平日，巴尔马公主保持老习惯，晚饭早早吃完，总有几个宾客留下，她的沙龙是开放的，除对常客开放外，一般对法国和外国的大贵族都开放。接待是这样进行的：公主走出餐厅，坐到一张大圆桌前的长沙发上，跟吃完晚饭留下的两位最显要的女士聊天，或浏览画报，或打打纸牌(按德国宫廷的一种习惯摆弄纸牌)，或独玩牌阵，或有个杰出人物作真正的或假设的对手。9点钟光景，大客厅的门不断双扇打开又关上，再打开再关上，宾客们一个个进来，他们为服从公主的活动时间，匆匆在家吃晚饭，在外面吃晚饭的人，不喝咖啡，说一声去去就回来，确实打算“从一个门进又从另一个门出”。而公主专心致志打牌或谈话，对刚进门的女士们好像没看见，直等到她们走近她身旁时，她才落落大方地起身，和善地微笑着迎接女士们。女宾客们向站着的公主殿下行屈膝礼，几乎屈膝下跪了，以便使她们的嘴唇和公主的手处在同一水平线上，这叫行吻手礼，可公主的手往往垂得很低。但她每次似乎对她非常熟悉的礼节感到惊讶，立即谦让着扶起下跪的女宾，姿态之优美之温柔举世无双，然后在女宾的脸上吻吻。有人说，优美和温柔是以女宾的卑躬屈膝为条件的。可能的吧，看来在平均主义的社会里礼节将消失，并非像人们想象的那样因为缺乏教育，而是因为一部分人对假想有效的威望失去了恭谦，另一部分人则失去了和蔼：笑容可掬、动之以情的人往往以为得到和蔼时受益无穷，而对建立在平等基础上的社会，这种和蔼一钱不值，就像一切只具有信用价值的东西那样。但礼节在新社会也不一定会消失，只是我们有时太相信时下的世道是唯一可行的。有见地的人们认为共和国不可能搞好外交和同盟，农民阶级不会容忍教政分离。总之，在一个平均主义的社会里礼节不会比铁路的成就和飞机的军事用途产生更大的奇迹。再说，即使礼节消失了，也根本说明不了必将大难临头。话说回来，一个社会如果真的越来越民主，难道不会暗中越来越等级森严吗？这很有可能嘛。教皇们自从失去国家和军事以来，政治权力大大增强了；教会对一个17世纪笃信宗教的人比对一个20世纪无神论者所产生的影响小得多了，所以假如巴尔马公主是一国的君主，那么我很可能谈到她时好比谈起共和国总统，就是说无可奉告。

公主扶起叩见的女宾并还吻礼之后，便坐下重新玩她的打通关，如果新来拜访的是个头面的宾客，那么她就请客人坐扶手椅，聊上一会儿。

每当客厅的人太多，维持秩序的宫中女官便腾地方，领着常客们到与客厅毗邻的大厅去观赏琳琅满目的肖像和有关波旁家族的珍品。公主的常客们乐得扮演导游的角色，说些有趣的事情，而年轻人却没有耐心听介绍，晋见活着的公主殿下比静观已故女君主的珍贵纪念品更有趣，必要时还可请宫中女官或伴女把自己介绍给公主殿下。他们一心想结识大人物，一心想捞到邀请，甚至经过多年来访却对这个珍贵的帝国遗物博物馆一无所知，只是依稀记得大厅摆着仙人掌和巨大的棕榈，装点得非常漂亮，很像巴黎动植物园里的培植棕榈的温室。

德·盖芒特夫人大概为苦炼修行吧，有时晚上来公主家作礼节性拜访，公主一直把她留在身边，同时跟公爵说笑。每逢公爵夫人来吃晚饭，公主精心挑选她的常客，饭后立即叫人关门，生怕选择不当的客人会使挑剔的公爵夫人不快活。那样的晚上，倘若未通知到的常客贸然登门，宫门看守便回答：“公主殿下今晚不见客”，客人只好离去。不过公主的许多朋友预先知道那样的日子他们得不到邀请。那是特别的聚会，圈子很小，许多想进入圈子的人都投靠无门。被排斥的人几乎肯定叫得出被选中的人的名字，他们怒气冲冲地议论：“明摆的嘛，奥丽娅娜·德·盖芒特每次出动必带上她参谋部的全班人马。”凭借这班人马，巴尔马公主用一道护城墙似的把公爵夫人保护起来，免得她见到不受她宠爱的人物。然而，巴尔马公主对公爵夫人所偏爱的好几个朋友，对她杰出的“参谋部”中好几个成员很难友好相待，因为他们对她不太友好。不过，客人们觉得在德·盖芒特夫人的社交场比在她的社交场更为痛快，对此巴尔马公主心服口服。她不得不承认亲眼见到大家在拼命争夺公爵夫人的“时日”，甚至经常在公爵夫人家遇见三四个王妃，她们只需留下名片就算邀请公爵夫人了。她怎么也记不住奥丽娅娜的辞令，怎么也模仿不像奥丽娅娜的长裙，怎么也做不出供茶点时食用的总那么好的草莓馅饼，所以有时候她情愿一整天单独呆在家里，由一个宫中女官和一位外国使团的参赞陪伴。例如像斯万从前所做的那样，有的人每天总要到公爵夫人家泡上两个小时，而两年之中只拜访一次巴尔马公主，所以公主很不乐意向斯万那样的人物“献殷勤”，请上门来吃晚饭，即使为讨奥丽娅娜喜欢。总之，邀请公爵夫人总叫巴尔马公主不知所措，她委实提心吊胆，生怕公爵夫人对什么都看不上眼。与此相反，出于同样的原因，每逢巴尔马公主来德·盖芒特夫人家吃晚饭，她心中有数，一切将很得体，饭菜可口，只担心一点，那就是不善于察言观色，不善于取悦于人，不善于领会思想，不善于掌握人心。从这一点来看，我的出现引起她的注意和兴趣，有如餐桌上出现一种新颖的水果摆设，她吃不准是餐桌的装饰还是我的出现更具有魅力，往往这种魅力正是奥丽娅娜招待成功的秘诀，所以，尽管满腹狐疑，她却毅然决定请我出席她下一次的晚宴。这完全可以证明巴尔马公主为什么对公爵夫人家那般着迷，这里确实存在既危险又令人兴奋的、独一无二的东西，公主投入其间，心情害怕、紧张、快活，好似海边的“冲浪浴”，游泳向导们指出危险区，只是因为大家不会游泳，公主出浴，感到振奋，高兴，觉得变年轻了，人们称这种东西为盖芒特家族精神。按公爵夫人的说法，所谓盖芒特家族精神就像化圆为方的问题那样根本是不存在的实体，只有她奥丽娅娜这个盖芒特家族成员才有这种精神，尽管如此，盖芒特家族精神就像图尔的熟肉酱或兰斯的饼干那样遐迩闻名。当然，一种智慧的特色不能像头发的颜色或肤色那样清一色地得以传播，公爵夫人的某些至友，虽与她没有血缘关系，却具有她的精神，而某些盖芒特家族成员反倒没有她的精神，他们对不论什么精神都格格不入。大凡具有盖芒特家族精神而与公爵夫人不沾亲的人们都有一个特征，即他们是杰出的人物，有天分干好一种职业，无论艺术、外交、议会的雄辩术、军事都干得很出色，他们偏爱小圈子生活。也许这种偏爱可以解释为冒充风雅，或因为缺乏独特性，缺乏独创性，缺乏意志，缺乏体魄，缺乏机会。

他们当中的某些人（应该承认是些例外），如果说盖芒特沙龙成为他们生涯的绊脚石，那是违背他们心愿的。譬如一个医生，一个画家和一个前程似锦的外交家，他们未能取得成功，尽管他们比许多同行更适合自己的职业，更具才华，因为他们跟盖芒特夫妇太亲密了，结果医生和画家被视为社交场上的人物，外交家被当作反动分子，这就使他们三人得不到同辈的承认。大学遴选团成员穿的古袍和戴的直筒无边高帽迄今，至少不久以前，还不光徒具形式，不尽然是思想狭隘、宗派森严的残存物。在德莱福斯事件前的年代里，头戴金流苏直筒无边高帽的“教授们”好似头戴犹太人圆锥形无边帽的大教士，满脑子装着法利赛[①]人的教义。迪·布尔邦骨子里是个艺术家，他幸免于难，因为他不喜欢社交界。科塔尔经常与韦迪兰夫妇来往，但韦迪兰夫人是他的病家；再者，他俗不可耐，无人嫉妒；最后，他在家里只接待大学人士，在聚餐时身上还有苯酚味儿。然而在强人如林的团体里，最纯真的正直和最崇高的道德思想往往要付出代价，导致故步自封，偏见极深，而在比较宽容、比较自由、比较松散的组织里就不那么严格和强硬了，比如，身穿镶着白鼬皮饰带的大红缎袍的教授如同守在公爵宫殿中的威尼斯总督（即公爵）那般德行高卓，那般恪守崇高的原则，同时对一切外人也那般毫不容情，酷似另一位公爵，杰出而可怕的公爵，即德·圣西门先生。所谓外人，指的是社交场上的医生，举止不同一般，关系也不同一般。为了卖好，我们这里所说的那个可怜的医生竭力使他的同行们明白不是他不让他们见德·盖芒特公爵夫人，从而指责他瞧不起他们（社交

---

①法利赛人系古代犹太教的一个派别成员，以严格遵守成文法律见称，《圣经》中称他们是言行不一的伪善者。

人士的念头多么古怪！），他希望打消他们的想法，于是举行混合晚宴，把医疗成分和社交成分混合在一起。他不知道这样做等于为他的失败签字画押，或更确切地说，他在晚宴上听到了失败的消息：十人会议①（人数比十个多一些）要补充一个缺额，结果仍旧是一个比较循规蹈矩的医生（尽管比较平庸）的名字从决定命运的投票箱中脱颖而出，对他来说，“否决”声响彻古老的医学院，听起来显得那样的庄严，那样的可笑，那样的可怕，酷似莫里哀死于舞台时发出的“juro”②声，就这样，那位画家也被永远贴上社交人士的标签，是呀，搞艺术的人士总能给自己弄个艺术家的美名嘛；就这样，那位外交家由于外部关系太多，而被视为反动派。

但这样的事情毕竟为数极少。一些出类拔萃的人物组成了盖芒特沙龙的核心，他们同属一个类型，个个心甘情愿（或至少他们以为如此）摈弃一切与盖芒特家族精神不相容的东西，摈弃一切与盖芒特家族礼节不相容的东西，摈弃一切哪怕有一点儿集中领导的“团体”，因为盖芒特家族难以形容的魄力与这种“团体”水火不相容。

从前公爵夫人沙龙的一位常客曾获得美术展览会的金质奖章，另一位是律士协商会的书记，曾在众议院红极一时，还有一位在出国担任商务代表时曾巧妙地为法国利益服务，了解他们的人本可以把20年来没干大事的人们视为失败者。但这些“有案可查者”毕竟为数不多，当事者最不乐意提起他们，何况按照盖芒特家族精神，这些旧时的职衔已毫无价值：盖芒特的风趣不就在于把卓越的部长们比喻为刮脸师傅或为学监或干脆为商店小伙计吗？他们说什么有的部长煞有介事，有的部长好玩弄双关语，报纸对他们大唱赞歌，可是德·盖芒特夫人当着他们的面打呵欠，而且如果有个家庭主妇冒冒失失地对她说这个或那个部长是邻居，公爵夫人立刻显出不耐烦的神色。辞掉外交官或退出军队的朋友

① 十人会议是18世纪以前威尼斯共和国联邦贵族寡头政治的最高权力机关。这里暗喻权力很大的大学遴选团成员会议。

② 拉丁文：发誓。莫里哀在演出《没病找病》时突然一阵抽搐，咯血不止，他吐出最后一个台词是：“juro”（发誓）。

们，不再竞选议员的朋友们，认为他们作出了最好的选择：他们每天上门跟高贵的朋友公爵夫人共进午餐和交谈，跟着她一起去一些公主殿下的府邸，尽管他们并不赏识那些公主们，至少他们是这么说的，尽管在欢快的气氛中他们仍然怅然若失，有鉴于此，所谓担任第一流国务活动家其本身不足以被推荐给公爵夫人这个判断似乎有点说不通。

不过应当承认盖芒特夫妇家社交生活之正派、言谈之巧妙尽管名过其实，却是确确实实的。对德·盖芒特夫人的某些宠儿来说任何官方的衔头都没有她家那么大的吸引力，连最有权势的部长们也无法把他们吸引到自己家中去。如果说在她的沙龙里许许多多气概不凡的智慧永远被埋葬以及许许多多高尚的努力付诸东流，那么这里培育出了社交生活的奇花异草。诚然，一些有才气的人，以斯万来举例吧，自认为比有作为的人高明，他们一向瞧不起有作为的人，因为公爵夫人看得高于一切的东西，不是智慧本身，而是用她的话来说，智慧的高级形式，智慧之凤毛麟角的东西、之妙不可言的东西，即把才干用口头表达出来的风趣，即精神。从前在韦迪兰夫妇家，每当斯万认为布里肖迂腐和埃尔斯蒂尔粗野，尽管前者知识渊博和后者天资非凡，这都是盖芒特精神在他身上潜移默化的结果，使他把他们作这样的归类。他从不敢把他们两人介绍给公爵夫人，预计到公爵夫人对布里肖的长篇大论和埃尔斯蒂尔的“无稽之谈”会有怎样的反应，盖芒特家族精神把自命不凡的、冗长的言谈，无论是正经的还是开玩笑的，一概视为最不能容忍的愚蠢。

至于有血有肉的盖芒特夫妇，他们贯彻盖芒特家族精神则不怎么彻底，一般来说，在文学社团里大家说话的方式相同，表达的方式相同，因而思想的方式也相同，当然在社交场所独创的见解不会更多，模仿也不会遭到阻止。不过模仿是有条件的，不仅要排除任何一点独创性，而且让人一听就识别出你是在模仿，并听得出你模仿什么。然而，有些盖芒特成员像库瓦泽埃家族一样完全缺乏这种音乐感。

说到模仿，在做模仿的练习时，有另一种说法，叫“进行模仿”，在盖芒特夫妇家的意思是“进行滑稽化模仿”，德·盖芒特夫人模仿得出神入化也枉然，库瓦泽埃家族成员很难接受，弄不明白这里是一群男女还是一群兔子，因为他们从来挑不出公爵夫人夸张性模仿的缺陷或口音。当她“模仿”德·利摩日公爵时，库瓦泽埃夫人反对说：“噢！不对，他不是这么说话的嘛，昨天晚上我还跟他在贝贝特家一起吃晚饭来着，他跟我聊了整整一晚上，他说话的样子不是这样的。”而稍有教养的盖芒特家族成员却一致惊呼：“奥丽娅娜多么会引人发笑哇！她模仿德·利摩日公爵时最有趣，连模样也像！就像听他本人说话。奥丽娅娜，再学一学利摩日！”至于那些非常了不起的盖芒特家族成员，他们看到公爵夫人模仿德·利摩日公爵，也一致赞叹道：“嗬！可以说您把握住他了”或“你把握住他了”，但仅此说说而已，前者由于受公爵夫人的熏陶，潜移默化了，用德·盖芒特夫人的话来说，他们怎么也离不开盖芒特精神了，此话确实不假，他们已经差不多能够仿效她的表达方式，她的判断方式，按斯万的说法，像公爵夫人那样“编派”，甚至谈话中自然而然流露出库瓦泽埃家族认为非常像奥丽娅娜风趣的东西，即他们称之为盖芒特家族精神的东西。由于盖芒特家族其他成员不仅是她的亲戚，而且是她的崇拜者，奥丽娅娜便不时去看望他们，而对她家的其他成员非常冷落，以蔑视来报复她当姑娘时受到家里的恶语中伤；她去看望他们时，一般由公爵陪同，她跟公爵外出，总在天气好的季节。每次这样的出访总是一件大事。比如德·埃皮纳亲王夫人得知公爵夫妇来访心跳加快了，她一般在底层的大客厅接待客人，当她瞥见远处的公爵夫人，就像望见无甚大碍的火灾最初的火光，或出乎意料的入侵的侦察队，她侧身款款穿过院子，但见公爵夫人戴着一顶漂亮的帽子，撑着热气腾腾的阳伞。“喂，奥丽娅娜，”她喊道，好似发出一声“立正”，谨慎地通告屋内的女宾们，好让她们抓紧时间井然有秩地出来迎接，或让她们不慌不忙地退出大小客厅。一半在场的客人不敢留下，纷纷起身告辞。“这就走哇，为什么？请再坐一会儿，不必客气嘛，”亲王夫人潇洒自如地说，落落大方俨然是个贵夫人，但声音变得不自然了。“你们可能有话要谈。”——“真的吗，您急于走吗？那好吧，改日我去您家。”女主人这样回答起身告辞的女宾们，她也乐于见她们离开。公爵和公爵夫人彬彬有礼地跟在场的人们打招呼，尽管见面多年，却不了解他们，只是谨慎问候一下了事。所以每当刚离开亲王夫人，公爵便和蔼地讯问客人们的情况，好像对这些人的本质很感兴趣，而他不接待他们是因为命运的捉弄或因为会引起奥丽娅娜神经过敏：与女士们交往频繁对她的神经很不利。“那位戴玫瑰红帽子的少夫人是谁呀？”——“瞧您问的，我的堂兄，您经常见到她的嘛，她就是德·图尔子爵夫人，娘家姓拉马泽尔。”——“您注意到了吧，她长得很漂亮，样子很聪明；如果上嘴唇没有缺陷，一定非常妩媚动人。德·图尔子爵倘若健在，不会感到无聊的。奥丽娅娜，您知道她的眉毛和她的头发的长相使我想起谁吗？您的表兄，埃德维日·德·利涅。”德·盖芒特公爵夫人一听到谈论另一女人的美貌便没精打采了，无意接话茬。她可没有丈夫那份雅兴，本指望使丈夫明白他之所以不接待一些人，是因为他自以为比妻子“严肃”。但公爵突然大声说道：“刚才您提到拉马泽尔的姓氏。我记起来了，我当议员时，听他做过一次非常精彩的演讲……”——“他就是您刚才见到的那个少妇的舅舅。”——“嗬！好大的才干！”……公爵刚才看到德·埃格尔蒙子爵夫人，知道德·盖芒特夫人很讨厌她，但她却呆在德·埃皮纳亲王夫人家不走，而且自甘降为侍女（准备回去痛打自己的侍女来消气），尽管感到羞愧和忧伤，还是硬着头皮呆着不走，公爵夫妇驾到时，她替他们宽大衣，竭力讨好做点什么事，知趣地退到另一间客厅，“不，请别走，亲爱的，”公爵对她说，“别为我们端茶，咱们安静地聊一会儿，我们很随便，不拘客套。再说，”他转身对德·埃皮纳夫人加添道，“我们只呆一刻钟，”不再理睬埃格尔蒙，子爵夫人脸涨得通红，低声下气，但仍抱着奢望，所以竭力巴结。公爵把这一刻钟完全用来陈述公爵夫人一周来所说的话，连她自己也不一定重复得出来，但他做得很巧妙，总把她引导到曾发生向他们挑战的事情上，让她不知不觉地把说过的话再说一遍。

德·埃皮纳亲王夫人喜欢她的表姐妹，知道她专爱听恭维话，连声赞赏她的帽子，她的阳伞，她的风趣。“她的穿戴嘛，您尽管赞赏好啦，”公爵故意用粗暴的口气说道，但露出一丝狡黠的微笑，使人不把他的恼火当真，“不过看在上帝的份上，可别赞赏她的风趣，我宁愿不要这么俏皮的妻子。您大概是指她对我的兄弟帕拉梅德用了一个很糟糕的双关语吧，”他明明知道亲王夫人和家族的其他成员还没听说这个双关语，便借机兴冲冲夸耀一下妻子。“首先，对一个我承认有时谈吐不俗的人来说，用了那么糟糕的双关语，我觉得很不相称，尤其用在我的兄弟身上，他可是很敏感的哟，如果闹得我们兄弟翻脸，那太不值得了！”

“我们没听说呀！奥丽娅娜的一个双关语？一定妙不可言。快，说一说！”

“不说，不说，”公爵还在赌气似的，尽管已是满面笑容，“您没听说，我才高兴呢。只是我很爱我的兄弟。”

“听我说，巴赞，”公爵夫人觉得反驳丈夫的时机已到，“我不懂您为什么说那句话会使帕拉梅德生气，您知道的，根本不会的嘛，再说那个玩笑也不得罪人呐。您好像说我的话不怀好意，其实我只不过回敬一下别人不知趣的想法，您却把事情看得严重得不得了。我不明白您是什么意思。”

“得了，你们把我们搞得越来越糊涂了，究竟说了什么？”

“嗨！当然不是什么了不起的事！”德·盖芒特先生大声说道：“您大概听说我兄弟想把他妻子的古堡布雷泽送给他的姐妹马桑特吧。”

“是的，但我们听说她不想要，她不喜欢古堡所处的地区，那里的气候对她不合适。”

“对喽，恰恰有人把这些话对我妻子讲了，还说什么我兄弟之所以把那座古堡送给我们的姐妹，不是让她高兴，而是戏弄她。那人还说，夏吕斯专爱戏弄人。您知道，布雷泽古堡是王家遗产，价值好几百万，从前是国王的领地，那里有法国最美丽的森林。有许多人巴不得人家这样戏弄他们哩。奥丽娅娜听说夏吕斯赠送一座那么漂亮的古堡反倒落得个‘爱戏弄者’的名声，情不自禁地脱口而出，我承认她的话是无意识的，没有恶意，因为来得快如闪电：‘爱戏弄的，爱戏弄的……这么说是高傲的爱戏弄者喽！’您明白了吧，”公爵又气呼呼补充道，同时环视在座的人，以便判断妻子的风趣所产生的效应，由于相当怀疑德·埃皮纳夫人对古代史的了解，所以解释道，“您瞧，联想到罗马国王高傲的塔凯①，很荒唐嘛，这个文字游戏很糟糕，与奥丽娅娜不相配。我呀，我比妻子谨慎，虽然才气不如她，但考虑后果，如果弄得不巧把话传给我兄弟，那就麻烦了。尤其因为帕拉梅德非常高傲，也非常挑剔，又非常爱说长道短，不过撇开古堡问题不谈，应当承认‘高傲的爱戏弄者’对他蛮合适。夫人的语词妙就妙在即使屈尊用了平庸的双关语，风趣依旧不俗，而且把人们描绘得惟妙惟肖。”

就这样，这次凭借“高傲的爱戏弄者”，下次用另一个妙语，公爵和公爵夫人每次访问他们的家属，每次更换谈话的内容，因而每次引起的激动在风趣的女人和她的经理人走后延续很长时间。留下来参加聚会的幸运儿们对奥丽娅娜说过的话津津乐道。“您没听说‘高傲的爱戏弄者’吧？”德·埃皮纳亲王夫人问道。“听说了，”德·巴夫诺侯爵夫人害羞地说，“德·萨西纳-拉罗什福科亲王夫人对我讲过了，前后的说法不完全一样罢了。不过听她在我表姐妹面前亲口讲的更有意思，”她加添道，好像说“当着发明者听讲”更有意思。随后，亲王夫人对姗姗来迟的女宾说：“我们在谈论奥丽娅娜最近的妙语，她刚来过这儿。”

“怎么，奥丽娅娜来过这儿？”女宾为未能早来1小时深感遗憾。

“对啦，您早来一会儿就好了……”德·埃皮纳亲王夫人回答，她的话没有责备的意思，但要愚笨的女宾明白所受的损失有多大。活该她没见着新世界的诞生或错过卡瓦洛夫人②最后一场演出。“您觉得奥丽娅娜最近的妙语怎么样？我承认非常欣赏‘高傲的爱戏弄者’。”于是“妙语”第二天又被拿出来炒一遍，而且专门为此请了几个亲朋好友吃午饭，然后整整一星期添油加醋反复炒卖。亲王夫人甚至就在那个星期

---

①高傲的塔凯（Tarquin Le Superbe）是罗马第7个也是最后一个国王（公元前534—前509），名声不好，塔凯和爱戏弄者（taquin）音近似，此处是用同音异义词进行文字游戏奥丽娅娜说出这个双关语，显示了她的历史知识。

②卡瓦洛夫人（玛丽-卡罗琳娜·米奥兰）（1825—1897），法国女歌唱家。首次上演古诺多部歌剧：《浮士德》（1859），《米蕾耶》（1864），《罗密欧与朱丽叶》（1867）等，蜚声歌坛达35年之久。

对巴尔马公主进行一年一度的拜访，乘机讯问公主殿下是否知道那个妙语，于是从头到尾又讲一遍。“嗬！‘高傲的爱戏弄者’，”巴尔马公主学着说，睁着眼睛大加赞赏，她恳求作进一步的解释，德·埃皮纳亲王夫人求之不得。“我承认非常喜欢‘高傲的爱戏弄者’这个‘编派’。”亲王夫人得出结论。实际上，“编派”一说与这个双关语风马牛不相及，但德·埃皮纳亲王夫人自以为掌握了盖芒特家族精神，从奥丽娅娜那里借用“被编派、编派”等语词，不加区别地到处运用。然而，巴尔马公主虽然不怎么喜欢德·埃皮纳亲王夫人，觉得她长得丑陋，知道她吝啬，又听信库瓦泽埃一家的说法，认为她为人不善，但暗自承认她确实听德·盖芒特夫人亲自说过“编派”一词，而且她自个儿还不会运用。她依稀觉得“编派”一说确实道出“高傲的爱戏弄者”的魅力，但并没有忘记对这位又丑陋又吝啬的夫人的反感，不过她情不自禁地对一个完全掌握盖芒特家族精神的女人萌生赞美之情，几乎想邀请德·埃皮纳亲王夫人上歌剧院。只是想到应当先征求一下德·盖芒特夫人的意见才没说出口。至于德·埃皮纳夫人，她完全不同于库瓦泽埃一家人，对奥丽娅娜百般讨好，爱慕之至，但嫉妒她交游广阔，并对公爵夫人经常当着众人的面取笑她的吝啬怀恨在心；她回家后对人说，巴尔马公主费了九牛二虎之力才明白“高傲的爱戏弄者”，可见奥丽娅娜把这么个蠢女人纳入她的至友圈子实在是冒充高雅到家了。“我从不随便跟巴尔马公主来往”，她对邀来吃晚饭的朋友们说，“德·埃皮纳先生不会允许我那么做的，因为她尽干伤风败俗的事”，暗指巴尔马公主某些放荡的事，其实纯属猜测。“即使我丈夫不那么严厉，我也不能哪。我不知道奥丽娅娜怎么搞的，老跟她见面。我嘛，我一年只去她家一次，而且好不容易才坚持到访问结束。”至于库瓦泽埃家族的部分成员，他们在德·盖芒特夫人来访时，跑到维克蒂尼埃纳家去了，公爵夫人的来访一般使他们退避三舍，因为他们受不了对奥丽娅娜的“繁文缛节”。大讲“高傲的爱戏弄者”那天只留下一位库瓦泽埃家族成员。此公不完全明白那个玩笑，但也猜到一半，因为他毕竟是受过教育的。于是库瓦泽埃一家到处传播奥丽娅娜管帕拉梅德舅舅叫“高傲的塔凯”，不过他们认为这个称谓对他恰到好处。“但是为什么没完没了地谈论奥丽娅娜呢?对于一个王后也不过如此。说到底，奥丽娅娜是什么东西？我并不是说盖芒特家族的家世不悠久，但库瓦泽埃家族一点也不比他们差呀，无论在名声方面，在资历方面，还是在联姻方面，毫不逊色。不应当忘记在金线锦缎营[①]，当英国国王向法兰西斯一世问在场的贵族中谁最高贵，法国国王回答：‘陛下，首推库瓦泽埃。’”再说，即使库瓦泽埃一家全部留下，他们对聚会时的谈话也颇为无动于衷，但对经常出现的小事故却有完全不同的态度。例如，一个库瓦泽埃家族的女性成员如果发现她举行的招待会上椅子不够坐，或跟一个未认出的女宾谈话时搞错了姓氏，或一个佣人对她说了一句可笑的话，这位库瓦泽埃女士便懊恼透顶，脸涨得通红，急得直发抖，对发生意外事故悔恨不迭。每当奥丽娅娜要来，她便以焦虑和急切的讯问口气问新来的男宾：“您认识她吗?”生怕一个不认识奥丽娅娜的人在场会给奥丽娅娜留下不好的印象。而德·盖芒特夫人则乘机把种种小事故编成故事，弄得盖芒特一家人捧腹大笑，以至于反倒羡慕人家缺少椅子，故意或听凭仆人做蠢事，邀请谁也不认识的客人上门，有如人们庆幸大作家被男人疏远、被女人出卖，这样他所受到的凌辱和痛苦即使激发不了他的天才，至少可以作为他创作的素材。

盖芒特公爵夫人把革新精神引进上流社交生活，根据准确的本能使革新精神适合现时的需要，同时做得很有艺术性，否则，在那样的场合，如果纯理性地执行僵硬的条条，那就会产生极坏的效果，如同有人想在爱情上或在政治上获得成功，在自己的生活中生搬硬套比西·德·昂布瓦兹[②]的劣迹，但库瓦泽埃家族成员却没有这个本领，因为他们缺乏革新精神。如果他们举办家庭晚宴或为某个亲王设宴，那么增添一个风趣的人，甚至他们儿子的朋友，在他们看来是反常的，可能产生最坏

① 金线锦缎是位于加来海峡吉纳和阿德尔之间的平原的名称。1500 年法兰西斯一世和英国国王亨利八世在金线锦缎营会晤，企图缔结同盟反对查理五世。

② 比西·德·昂布瓦兹(1549—1579)，曾任昂茹王室最高官员，因追逐女性和决斗而得冒险家的坏名声。

的效果。一位库瓦泽埃女士的父亲曾经是皇帝的大臣，她要为马蒂尔德公主举办一次日场聚会，居然根据几何学头脑①的推断，她只邀请波拿巴王朝的拥护者。然而她几乎不认识波拿巴主义者。她所交往的风雅女子和谦谦君子一律被严厉地排除在外，因为按库瓦泽埃家族的逻辑，由于这些人的观点或与正统派的联系，他们可能使皇室公主殿下讨厌。然而公主殿下本人经常在家中接待圣日耳曼区的精英们，颇为惊异地发现在德·库瓦泽埃夫人家只遇见一个有名的吃白食女人，帝国时期某个省长的寡妇，还有邮局局长的寡妇以及几个公开忠于拿破仑三世的人，一个个既愚蠢又讨嫌。马蒂尔德公主对那些不幸的丑八怪并没有冷眼相待，照旧容光焕发，恩泽不减，虽然如此，德·盖芒特公爵夫人，她，却避免邀请那些丑八怪，等到她款待公主时，她对波拿巴主义可不搞先天的推理，而把所有的名媛淑女、有识之士、名流雅士都邀请来，济济一堂，她凭着嗅觉、触觉、感觉请来的人物都会叫公主喜欢，甚至她自家王室的成员也不例外，甚至德·奥马尔公爵②也没有漏掉。当公主告辞时，扶起向她行屈膝礼和吻手礼的德·盖芒特夫人，吻了吻她的双颊，这是从心底向公爵夫人确认她度过了一个非常美好的日子，出席了一个非常成功的聚会。巴尔马公主虽然也像库瓦泽埃一样在社交方面没有革新的本领，但跟库瓦泽埃家族有很大的不同：德·盖芒特公爵夫人连续不断地做出惊人之举使库瓦泽埃家族产生反感，而她却对此赞叹不止。由于巴尔马公主的文化修养非常落后，她的惊叹更是有增无减。德·盖芒特夫人的文化修养也不像她自己想象的那么高超。但只要她比巴尔马公主高明一点，就足以使公主惊叹，就像每一代批评家只需把上一代批评家确认的真理颠倒过来就行，比如只需指出福楼拜这个资产者的敌人，他首先自己就是个资产者，或瓦格纳的音乐中有许多意大利的东西，这就足以打开巴尔马公主的新视野，让她目不暇接，疲于

①几何学头脑，法国思想家帕斯卡尔《思想录》中的术语，即精确严格的精神。

②德·奥马尔公爵曾是马蒂尔德公主及其皇室的政敌。

奔命，好比让一个在暴风雨中游泳的人看到出奇而模糊的地平线。更有甚者，她对奥丽娅娜的逆理悖论也惊叹不已，不仅有关艺术作品，而且连她们认识的人乃至社交活动在内。巴尔马公主分不清盖芒特家族的真正精神和这种精神的基本表现形式，这大概是她感到惊讶的原因之一，公主每当听到德·盖芒特夫人评论别人总不免感到吃惊，这使得她相信某些人，尤其某些盖芒特家族成员有极高的智慧，但随后听到公爵夫人笑着对她说那些人不过都是笨蛋，她便又惊讶得老大不好意思起来。另外还有一个原因，我当时读的书比认识的人多，熟悉文学胜过上流社会，自以为公爵夫人过着上流社交生活，无所事事和思想贫乏使她投入真正的社交活动，就像在艺术上搞不了创作就从事批评一样，她的观点摇摆不定，她的思想太枯竭了，可她却偏偏爱争辩，这种不健康的渴望导致她寻求任何有一点儿新鲜感的诡论，竟公然支持只图解气的舆论，说什么匹契尼的《伊菲姬尼在甸利德》胜过格鲁克的《伊菲姬尼在甸利德》[①]，必要的话甚至主张普拉东的《费德尔》胜过真正的《费德尔》[②]。

有一天，谈到一个聪明的、有教养的、风趣的女人嫁给一个很少露面的、不见经传的、畏首畏尾的笨男人，德·盖芒特夫人灵机一动，想出一招，不仅诋毁妻子，而且“揭露”丈夫，从而得到精神上极大的满足。譬如以康布勒梅尔夫妇为例，倘若她生活在他们那个圈子，她就会宣布，德·康布勒梅尔夫人愚不可及，相反，让爱饶舌的妻子弄得闷声不响的丈夫倒挺有趣，是被埋没的、令人愉快的男人，比妻子强一千倍，此人正是侯爵，公爵夫人说了这番话后感到一阵沁人心脾的舒坦，

---

①格鲁克(1714—1787)，德国歌剧作曲家，长期从事歌剧创作和改革，主张歌剧必须有深刻的内容，音乐与戏剧必须统一，表现要力求自然、纯朴，并创造了标题性序曲，但遭到墨守那不勒斯乐派陈规的普契尼(1728—1800，意大利作曲家)的反对。他们根据同一个脚本同时创作了不同风格的歌剧，剧名同为《伊菲姬尼在甸利德》，最后格鲁克取得全面的胜利。

②1677年1月1日拉辛的悲剧《费德尔》问世，2天以后普拉东(1644—1698)上演他自己的《费德尔》，在朋友们的支持下几乎压倒拉辛的杰作，但他的胜利只是昙花一现。

有如批评家在人们对《艾那尼》赞赏长达70年后，承认喜欢《钟情的狮子》[①]胜过《艾那尼》。出于同一种病态的猎奇需要，如果说她自幼就惋惜一个规矩的女人，一个圣女嫁给一个混蛋，那么德·盖芒特夫人有一天突然悟出混蛋丈夫虽然轻浮，心地却极好，要不是妻子冷酷无情所迫，不至于那么言行轻率。我知道多少世纪以来不仅仅对不同的作品，而且对某一部作品人们可以通过批评把久已光明灿烂的东西重新投入黑暗的深渊，而让似乎被永远打入冷宫的东西重见天日。我不止一次看到贝里尼、温特尔哈特尔[②]、耶稣会的建筑师、王政复辟时期的一个高级木器细木工被抬出来取代天才，据说天才疲倦了，其实只是因为游手好闲的知识分子对天才厌倦了，恰如神经衰弱患者总是疲倦的、多变的。我在圣伯夫的作品中时而看到批评家占上风，时而看到诗人占上风；缪塞的诗，除几个微不足道的剧本外，被人瞧不起，但他的小说却备受赞扬。某些评论作者错误地把《撒谎者》的某个大段独白置于《熙德》或《波里厄克特》[③]最著名的场景之上，仅仅因为那段独白像一张古地图一样描绘出当时巴黎的布局，他们的偏爱即使不是因为美的描绘至少因为有文献价值，这还说得过去，但一味搞过分的考证，那就不合理了。德·盖芒特夫人认为《冒失鬼》[④]中的一句诗顶得上莫里哀的全部作品，甚至觉得瓦格纳的《特里斯坦与伊索尔德》令人厌倦，只有乐剧中打猎时“美丽的号角声”还值得一听。这种反常的情趣有助于我懂得德·盖芒特夫人对别人产生反常的看法，她断言自己家族圈子里的一个男人虽然一向被公认为心地善良而木头木脑，但实际上是个极端自私的魔鬼，比人们想象的要狡猾得多；她还断言另一个以慷慨大度出名的

① 《钟情的狮子》（1866）是弗朗索瓦·蓬萨（1814—1867）的剧作，蓬萨以反对浪漫主义，尤其以反对雨果著称；《艾那尼》（1830）是雨果浪漫主义戏剧的代表作。

② 温特尔哈特尔（1805—1873），德国画家，1834年旅居巴黎，是第二帝国的宫廷画师。

③ 《熙德》（1636）和《波里厄克特》（1643）是高乃依（1606—1684）的代表作，而《撒谎者》则是他的次要作品，但在第二幕第五场有一段描绘巴黎变迁的对话。

④ 《冒失鬼》（1655）是莫里哀的前期作品。

人其实是吝啬的化身；她甚至断言一个好母亲并不珍惜自己的孩子们，一个被视为堕落的女人则具有最高尚的情操。德·盖芒特夫人的才智和敏感性，由于被庸庸碌碌的社交生活所磨耗，大大衰退了，以致对她来说厌倦不能很快代替迷恋，哪怕她还会重新感到被巧思所吸引：她时而追寻巧思，时而摈弃巧思；如果一个心上人跟她交往过于频繁，她为了在心上人身上得到始终如一的魅力，则在自己心目中寻找她不可能给他指明的方向，于是恼羞成怒，并以为这是她的崇拜者造成的，其实因为人们为寻找快乐而寻找快乐时无力达到快乐的一种反应。因此，公爵夫人变化无常的判断殃及所有的人，连她的丈夫也不例外。不过，只有她丈夫从来没有爱过她，而她在丈夫身上始终感觉到钢铁般的性格，对她的任性行事不闻不问，对她的美貌不屑一顾，他脾气暴躁，具有不屈不挠的意志，唯他的意愿是从，惟其如此，神经质的人们得到安静。另外，德·盖芒特先生坚持追逐同一类型的女性美，在他经常更换的情妇身上寻找这类女性，一旦离开她们，便不把她们放在眼里，而他只有一个永久性的女合伙人，虽然经常被她的唠叨多嘴弄得很恼火，但他知道在众人眼里她是贵族之中最美丽最贤德最聪明最有教养的，德·盖芒特先生娶这么个女人做妻子，感到非常幸福，她不仅掩盖丈夫所有乱七八糟的事情，而且善于招待，把他们的沙龙办成圣日耳曼区第一流的水平。这是别人的看法，他自己也同意，虽然经常对妻子感到恼火，但也为她感到骄傲。他既吝啬又奢华，妻子想为慈善为佣人们花点钱，他一毛不拔，但他要求她穿戴最豪华的服装首饰，乘坐最阔绰的套车。再者，他坚持突出妻子的才气。每次德·盖芒特夫人把她家某个朋友的优点和缺点出其不意地加以颠倒，创造出一个崭新的、意味无穷的悖论，她便迫不及待在能够欣赏悖论的人们面前试验一下，让他们品味品味悖论的心理独创性和见识见识精雕细刻的敌意。这些新的见解通常未必比旧的见解包含更多的真理，经常适得其反，但恰恰是这些新见解的任意性和意外性显示出才气，听起来动人心弦，所以值得发表。不过被公爵夫人的心理学所光顾的不幸者一般多为亲朋好友，她却希望，传播她的发现的人们完全不知道那个不幸者已失宠了；德·盖芒特夫人作为易动情感的、温存忠实的、无与伦比的朋友闻名遐迩，所以很难先发制人；她最多在强迫之下出面干预，接过搭档的话予以平息，表面上反驳一下，等搭档承担诱发的责任时，她予以默认，这个搭档的角色正是德·盖芒特先生扮演的，而且扮演得非常出色。

至于社交活动，这又使德·盖芒特夫人通过随意夸张得到另一种乐趣，她对社交活动发表的出人意料的高见经常让巴尔马公主惊叹不已，回味无穷。不过，公爵夫人获得这种乐趣与其说借助于文学批评，不如说根据政治生活和议会轶事，我试图弄明白这是怎样的乐趣。德·盖芒特夫人通过接二连三互相矛盾的告示不断颠倒她圈子的人物价值已不足以使她开心了，她还通过指导自己社交行为的方式，通过阐述任何社交决策的方式，试图领略人为的激情和服从人为的义务，正是这种人为的激情和义务刺激着议会代表们的中枢神经，充斥着政客们的头脑。我们知道，当一位部长向众议院解释他认为按某一行为路线做得很成功时，通情达理的人觉得理所当然，但第二天在报上读到会议的报道，这个通情达理的人却突然觉得如坐针毡，开始怀疑部长是否正确，仿佛又看见部长在讲话的时候会场吵闹不堪，他的讲话不断被指责声打断，比如一个议员连连高喊："这非常严重"，此公的姓氏和头衔很长，他边喊边叫，有力地做动作，在动作完全中止时，"这非常严重"所占的位置不如一首亚历山大诗中的半句诗句。再举例来说，从前德·盖芒特公爵，即洛姆亲王，在当众议院议员时，尽管事情只涉及梅泽格利兹选区，为了向选民们表示他们所选举的议员不是无生气的或默不作声的，有时人们在巴黎的报纸上读到这样的报道：

"德·盖芒特-布永先生，即洛姆亲王，喊道：'这件事是严重的！'"（"说得好！说得妙！"会场中央和右边几个座位发出喊叫，极左边爆发热烈的掌声。）

那个通情达理的读者对贤明的部长还保留一丝忠诚，但他的心被反驳部长的新演说家开头的几句话打动了，怦怦跳个不停：

"这位先生，我猜，还是政府成员吧，他的话令我震惊，令人瞠目结舌！（半圆梯形会场的右边发出强烈的反响）我说得不夸张吧……"

（暴风雨般的掌声；几个议员急忙涌向部长座席；负责邮电的国务副部长坐在席位上点头表示肯定。）

这阵“暴风雨般的掌声”清除了那个通情达理的读者最后的抵制，他觉得一种本身毫无意义的行事方式对众议院来说简直是一种侮辱，是不近人情的；必要时，辩论某个法律行为那是正常的，例如，要求富人比穷人付更多的钱，或澄清一件极不公道的事，或要和平不要战争等等，但他认为如果法律行为违背某些原则，尽管他没有想到，人们心目中也没有铭记，而只靠议员绝大多数的压力，靠议员们狂呼乱喊来赢得人心，那他将认为是可耻的。

此外，应当承认我借用政治家的精明来说明盖芒特圈子以及下文中别的团体，这种精明只是把某种精妙的解释加以倒错，人们经常把这种精妙的解释用固定的说法表达出来，叫做“领会字里行间的含义”。如果在议会代表中因精明被倒错而出现荒唐事，如果公众因缺乏这种精明而被搞糊涂了：公众按照字面来理解一切，比如一个高级官员应“他自己的要求”被解除其职务，报上说：“他不是被撤职的，既然他自己请求离职。”在这种情况下，公众便不怀疑是撤职了，有如当听说俄国人采取战略行动避开日本人而主动撤退到更坚固的据点以备进攻时，公众便不怀疑是失败了；当听说一个省份向德意志帝国皇帝要求独立，皇帝同意该省享有宗教自主权，公众便不怀疑要求被拒绝了。再以众议院会议为例，当会议开幕时，议员们的情况可能和后来读到会议报道的那个通情达理的人相同。他们得知罢工的工人们派代表去见一位部长，也许会天真地寻思：“哎，他们互相说了些什么呢？希望一切得到了妥善的安排”，就在这时那位部长登上讲坛，会场鸦雀无声，这寂静正为人为的激情作准备。部长劈头第一句话就说：“我不需要对众议院说明我接见了工人代表团是出于崇高的政府责任感，尽管我行使的权力可以让我不接见他们”，此话一出，语惊四座，议员们唯独没有这么想过，这出乎他们的常情。但正因为发生戏剧性的变化，他得到了热烈的掌声，几分钟之后才得以继续发言，当部长回到座位上，他受到同事们热烈的祝贺。这位部长有一天竟忘记邀请反对他的市议会主席参加一次重大的官方聚会，人们同样为之激动不已，并宣称不管发生什么情况，他的行为都表明他是真正的国务活动家。

德·盖芒特先生在担任议员的那个时期经常跟同事们一起上前祝贺那位部长，引起库瓦泽埃家族极大的愤慨。我后来听说，甚至他在众议院相当走红的时候和在他可能当上部长或大使的时候，每当有朋友上门来请他帮忙，他一点也不摆政治大人物的架子，非常朴实，与当公爵的德·盖芒特相比判若两人。不过如果说贵族身份没有什么了不起，说他把同事们视为同等的人，那根本不是他的想法。他研究政治形势，假装认真对待政治形势，其实根本不当回事，对他来说，他始终是德·盖芒特先生，政治形势使他担任重要的职务，但他本人并未因此而官气十足：这往往使其他人难以接近。因此，他的高傲不仅未使他炫示随和的举止受到影响，而且没有影响他直截了当地行事。

回过头再来看德·盖芒特夫人像政客们作出的那些哗众取宠的决定也同样使盖芒特家族、库瓦泽埃家族、圣日耳曼区的其他家族困惑不解，使得巴尔马公主张皇失措，她出人意料的决定往往使人对其原则感到吃惊，特别因为事先毫无准备。比如希腊新任公使举办一次化装舞会，人人都在选择服装，可大家寻思公爵夫人会穿什么服饰。有的认为她将打扮得像德·勃艮第公爵夫人，有的则以为她可能化装成黛丽娅芭尔公主[①]，还有的以为她可能化装成普西谢[②]。最后，库瓦泽埃家族的一个女性成员问道："奥丽娅娜，你怎样穿戴？"回答简单得出人意料："不穿不戴！"这句话流传甚广，表明奥丽娅娜对希腊新公使所持的真正的社交立场，也表明她对新公使所持的态度，就是说她的这种见解人们理应预想到的，即一位公爵夫人"不应该"参加这个新公使的化装舞会。"我看不出有什么必要去希腊公使家，我又不认识他，又不是希腊女人，我为什么要去那儿？与我毫不相干嘛，"公爵夫人说道。

---

① 《一千零一夜》的一个女主人公。

② 古罗马作家、哲学家阿普列乌斯（约123—约180）代表作《变形记》的女主人公，绝代佳人。

“可是大家都去呀，听说很有意思的，”德·加拉东夫人大声道。

“呆在自己家的炉火旁也很有意思嘛。”德·盖芒特夫人回答。

库瓦泽埃家族成员为之瞠目结舌，而盖芒特家族成员虽然不学奥丽娅娜的样，却称赞道：“当然不是所有的人都能像奥丽娅娜那样打破常规的。但从某种角度来看我不能说她错了，她无非想表明我们对那些外国人过分卑躬屈膝了，而我们对他们的来历不总是很清楚的。”

自然啰，德·盖芒特夫人知道不管她采取这样或那样的态度总不免引起议论，她自己则始终兴致勃勃，无论出席人们不敢指望她光临的聚会，还是呆在家里或跟丈夫一起去剧院；至于参加“大家都去”的晚会，或者当人们认为她将以历史性的冠冕形发式使最美丽的钻石黯然失色时，她却不佩戴任何首饰，素装而至，人们错以为她穿的不是礼服呢。她相信德雷福斯无罪，却属于反德雷福斯派，如同她只热衷于观念，却在社交场中度过一生；尽管她是反德雷福斯派的，她的言行却在德·利涅亲王夫人举办的晚会上引起轰动：首先，梅西埃将军[1]进屋时女士们全体起立，唯独奥丽娅娜坐着不动，其次，当一个民族主义演说家开始做报告，她却站起来，公然叫她的人离开，以示她认为社交场上不谈政治；最后，在耶稣受难日的一次音乐会上，尽管她信奉伏尔泰哲学，但她中途退场了，因为她认为把耶稣基督搬上舞台是不适当的，她的行动引起全体观众的注视。众所周知，即使对上流社会最高贵的女士们来说，每年聚会季节开始的时日至关重要，譬如德·阿蒙库尔侯爵夫人，她有心理躁狂症，需要说话，但又缺乏敏感性，往往说到后来就不知轻重了，她竟对前来哀悼她父亲德·蒙莫朗西先生去世的人说：“现在发生这样的不幸格外令人忧伤，这不，梳妆台上放着的几百张请柬只好受冷落了。”就在这个时节，人们纷纷邀请德·盖芒特夫人赴宴，争先恐后，生怕她已经被约了，但她一概拒绝了，其理由是热衷于上流社交生活的人做梦也想不到的：她即将出发海上旅行，说什么对挪威的峡湾很感兴趣，要去看看。上流社会的人们惊得发呆，不想追随公爵夫

① 奥居斯特·梅西埃（1833—1921）在德雷福斯被捕（1894）时正任国防部长。

人，但从她的行为中领悟到一种康德式的宽慰：在康德的著作中，人们读了决定论最严密的论证之后，发现在必然王国之上存在着自由王国。一切出乎人们意料的想象对思想都有刺激，甚至对那些不善于利用想象的人们也是如此。想象乘蒸汽轮船航行和在 season① 不出远门的时节使用蒸汽轮船出航相比实在判若云泥。而在库瓦泽埃一家人看来，自愿放弃百次午宴或晚宴，放弃比平时多一倍的“茶会”，放弃比平时多两倍的晚会，放弃歌剧院最精彩的星期一演出和法兰西剧院星期二演出，而去游览挪威的峡湾，这比《海底两万里》②更令人难以解释，不过，连他们也承认这确实逍遥自在，其乐无穷。所以每天不仅听得到有人问：“您知道奥丽娅娜最近的妙语吗？”而且还听得到：“您知道最近的奥丽娅娜吗？”“最近的奥丽娅娜”如同奥丽娅娜最近的“妙语”派生出“这正是奥丽娅娜的作风”，“这正是奥丽娅娜式的作风”，“这纯粹是奥丽娅娜的作风”，这些很快成为人们热门的话题。所谓“最近的奥丽娅娜”，是这样的意思：举她以某爱国团体的名义给第十任红衣主教的回信为例来说吧，顺便提一下，德·盖芒特先生通常谈起这位红衣主教，即德·马孔主教，总称他“德·马斯孔主教”，因为公爵觉得这么称呼能体现法兰西古风；大家猜想她的信怎么写法，想出个开头：“阁下”或“大人”，剩下就不知如何措词了；出乎大家的意料，奥丽娅娜的信开头称呼“红衣主教先生”，采用了旧时学院式的称呼，或直接称呼“我的表兄”，这是教会的头头们之间的用语，盖芒特家族和君主们一样请求上帝允许他们加入“神圣和高尚的卫队”。为了使人们谈论“最近的奥丽娅娜”，只需她露一露面就行，比如一次由全巴黎的头面人物出席的演出，上演一出极好的剧本，人们到向她发出邀请的巴尔马公主的包厢，到德·盖芒特公主的包厢或别的什么人的包厢寻找德·盖芒特夫人，结果发现她单独一人坐在正厅前座，穿着一身黑服，戴着一顶小小的帽子，她是在启幕时到达的。“一出值得一听的戏，在这里

①英文：季节。此处指“社交季节”。
②儒尔·凡尔纳的科学幻想小说。

听得更清楚。”她的解释引起库瓦泽埃一家大为哗然，却赢得盖芒特家族和巴尔马公主的赞叹，后者突然发现从开场听戏的“门道”更新颖，更别致，更聪明，比参加盛大的晚宴和在某个晚会露面之后再来听最后一幕要强多了。以上种种令人惊奇的门道，巴尔马公主了如指掌，她知道如果向德·盖芒特夫人提出文学或社交之类的问题，准可以吃惊一下，以至于在公爵夫人家的晚宴上公主殿下谈论任何问题时的心情好比冲上“浪尖”的游泳者，既惴惴不安又兴高采烈。

德·盖芒特公爵夫人的沙龙与另两三家几乎同等为圣日耳曼区之冠的沙龙有着不同之处，正如莱布尼茨所说，每个单子在反映整个宇宙的同时又给宇宙增添某种特殊的东西[①]，其中最不讨人喜欢的不同之处在于通常总有一两位窈窕淑女以美貌著称出席聚会，她们在场，好似其他沙龙中挂出出人意料的油画，突出表明公爵夫人的丈夫是个女性美的热烈的鉴赏家。这些美貌的女子都有点相似，因为公爵喜欢身材修长的女子，既雍容大雅又从容不迫，介于米罗的维纳斯和萨摩色拉斯的胜利女神之间，她们的头发多半金黄色，少数褐色，偶尔红棕色，比如最近的这位女士，即参加今天晚宴的德·阿帕雄侯爵夫人，公爵曾如痴如狂地爱过她，迫使她在很长的时间里经常给他发电报，甚至一天达10封之多(这颇使公爵夫人恼怒)；每当他去盖芒特，便用信鸽跟她通信，总之，他在很长的时间里简直没有她就活不下去，一年冬天他不得不在巴尔马过冬，每星期他要回巴黎一次，赶两天的路程专门来看她。

通常这些姿貌出众的女士曾经是他的情妇而现在已经不是了，德·阿帕雄夫人便是一例，或正在结束私情。也许公爵夫人对她们很有威望，也许她们希望进入公爵夫人的沙龙，尽管她们都有自己很有贵族气派的圈子，不过皆属二流，这比她们的美貌和公爵的慷慨更促使她们向公爵的情欲让步。况且公爵夫人并不绝对反对她们钻进她家，她知道多一个同盟多一份力量，借以获得许多她垂涎的东西；只要德·盖芒特先生不和另一个女人相爱，他就无情地拒绝妻子提出的任何要求。因此可

---

① 参见莱布尼茨(1646—1716)的《单子论》。

以这么解释，她们只有跟公爵的私情发展很深时才在公爵夫人家受到接待，首先因为公爵每次开始一次重大的爱情，总以为只是一次短暂的艳史，既然如此，把对象立即请到他妻子的沙龙，他认为未免过分了。在第一次接吻时，他经常很少作出贡献，因为要么遭到拒绝，而自以为唾手可得，要么相反，到手全不费工夫。在爱情上，感激，竭力讨好对方，往往使人付出的东西超过许下的心愿。但意外的情况又往往阻碍这种奉献得以实现。首先，凡回报德·盖芒特先生求爱的女人，有时甚至还没有依顺的女人，便一个个被他严加管束。他不再允许她们见任何人，他跟她们寸步不离，负责她们孩子们的教育，不时为孩子们增添一个兄弟或姐妹，事过之后，从相貌跟他惊人的近似可以做出上述判断。如果私情之初向德·盖芒特夫人作了公爵始料不及的介绍，从而在情妇的思想中起了作用，那么私情本身也会改变情妇的观点：在新情妇的心目中，公爵不仅仅是巴黎最风雅的女人的丈夫，而且是她所爱慕的男子汉，也是经常给她提供奢侈的手段和培养她豪华的情趣的男子：他颠倒了追求高雅和利害原先的秩序；有时针对德·盖芒特夫人的种种嫉妒反倒激怒公爵的情妇们。但这种情况极少发生；再者，介绍见面的日子终于到来时，往往公爵夫人主动设法接待公爵的情妇，通常公爵夫人对公爵相当冷漠，公爵的行为像普通人的行为那样，受先前的行为所驱动，但最初的动机已经不存在了，就在这个时候公爵夫人希望和渴望会见公爵的情妇，以便找到一个宝贵的同盟者来对付叫人受不了的丈夫。德·盖芒特先生对妻子并非称不上“相敬如宾”，除偶尔在家里公爵夫人喋喋不休时他才出口伤人，或更多的时候以沉默压倒对方。因此对他们不了解的人常常搞错。有时在秋天，除了观看多维尔赛马，沐温泉浴，去盖芒特打猎，公爵夫妇在巴黎度过的几周中，由于公爵夫人喜欢有音乐歌舞的咖啡馆，公爵常常陪她去一坐就是一个夜晚。观众一眼就注意到楼下一个无遮双人包座上穿 smoking[①] 的赫耳枯勒斯（借用

---

①Smoking jacket 英文原意是吸烟服（吸烟时套在外面的），Smoking 一词 1888 年引入法国，意思变成“男子无尾晚礼服”，而英国人则说：dinner jacket。

smoking 一词是因为在法国一切多少带有英国色彩的东西都用英文，而在英国反倒不用这种称呼)，他戴着单片眼镜，露出粗大漂亮的手，无名指上戴着闪闪亮的蓝宝石，食指和中指夹着粗大的雪茄，不时抽上一口，目光几乎总是盯着舞台，偶尔朝正厅后排望一眼，尽管不认识任何人，眼神却温和，持重，客气，亲切。每当公爵觉得一段歌曲滑稽或不太得体，他便转过脸朝妻子笑笑，以示理解和宽容，跟她一起分享新歌使他产生的无邪的快乐。观众们可能以为世上再也没有比他更好的丈夫，没有比公爵夫人更令人羡慕的了，而实际上公爵一生的兴趣全不在她身上，他不爱这个女人，并不断地欺骗她；当公爵夫人感到疲倦了，观众们看见德·盖芒特先生站起来，亲自给妻子套上大衣，整理大大小小的项链，不至于使项链夹进衬里，亲自给她引路，直到出口始终关怀备至，既殷勤又恭敬，而她反倒显得上流社会女子冷冰冰的样子，好像受到的礼遇只不过是一般的社交礼节，有时甚至露出含讥带讽的苦相，好像看破一切的女子，对任何事情不再抱幻想了。然而，拨开这些表面现象，可以看出公爵的礼貌近似把高度的义务变成表面文章，这在相当久以前就开始了，但一直延续到现今，尚在世的知情人都清楚，公爵夫人的日子并不好过。德·盖芒特先生只在获得新欢时才重新变得慷慨大度和有人情味，新情妇多半可得到公爵夫人的容忍，在对丈夫的新欢逆来顺受时，她方始重新使自己有可能对下属慷慨施与，对穷人解囊施舍，她自己才不会囊中羞涩，后来还买了一辆豪华的新车。通常德·盖芒特夫人对百依百顺的人很快就恼火的，对公爵的情妇们也不例外。很快公爵夫人对她们就腻烦了。正在这个时候，公爵与德·阿帕雄夫人的私情行将结束，另一个情妇正在露头。

德·盖芒特先生对女人喜新厌旧的爱情早晚会显露出来，而正在消亡的爱情却遗留在她们身上，好似美丽的大理石雕像，爱情使得公爵变成半个艺术家，在他的心目中大理石雕像始终是美的，因为他向来喜欢，所以对大理石雕像的线条很敏感，见到就动情，他的情妇们在公爵夫人的客厅里就像一尊尊线条不一的雕像，虎视眈眈，争风吃醋，最后又在友好平安的气氛中和睦相处；这种祥和是爱情的结晶，德·盖芒特先生从中发现他的情妇们身上存在着任何人都有的美德，但只在获得快感时才觉察得到，至于说以前的情妇成为“极好的同伴”，“会为我们赴汤蹈火”，不过是口头禅，好比说医生或父亲不再是医生或父亲，而是朋友。但情妇在德·盖芒特先生开始抛弃她的最初阶段一般都叫苦不迭，吵吵闹闹，提出苛刻的要求，显得有失检点，刁钻促狭。公爵便嫌恶起她来了。这时德·盖芒特夫人有理由指出某个叫她恼火的人的缺点，无论是真的还是假的，一股脑儿端出来。德·盖芒特夫人由于以善良著称，所以收到被她丈夫遗弃的情妇打来的电话投诉，书信投诉，一把眼泪一把鼻涕地哭诉，她从不叫苦。她先跟丈夫，后跟几个至友，把这些哭诉当成笑料。德·盖芒特夫人自认为由于对不幸的女人表示同情，便有权利挖苦她，甚至当着不幸的女人的面，尽管后者说只要公爵和公爵夫人觉得好笑那就笑吧，于是她毫无拘束地与丈夫交换会心的讽刺目光。

言归正传，巴尔马公主在晚宴入座时突然想起她希望邀请德·欧迪库尔夫人去歌剧院，很想知道这是否会使德·盖芒特夫人不愉快，设法试探她一下，就在这时，德·格鲁希先生进来了，他乘的火车因为脱轨中断了一个小时。他连声道歉。他的妻子若是库瓦泽埃家族成员，那会羞得无地自容的。但德·格鲁希夫人不是“无足轻重”的盖芒特家族成员。当丈夫对迟到道歉时，她插进来说：

“我说呀，即使小事上也是一脉相承的，连迟到也是你们家的传统。”

“请入座吧，格鲁希，不要不好意思，”公爵说，“随着年岁的增长，我不得不承认滑铁卢有好处，因为它使波旁王朝得以复辟，进而又使波旁家族不得人心。我看您是真正的宁录[1]。”

“这不，我带回一些漂亮的猎物，我可以叫人赶明儿给公爵夫人送上一打山鸡。”

---

①参见《圣经》的《创世记》第十章，宁录是古实的儿子，“他为世上英雄之首，他在耶和华面前是个英勇的猎户”。也是巴别的国王。

德·盖芒特夫人两眼一转，生出一个念头。她坚持不让德·格鲁希先生费神送山鸡。她招呼我在离开展出埃尔斯蒂尔绘画的大厅时见到的那个刚订婚的听差，对他说道：

“布兰，你快去伯爵先生家，把他的山鸡马上取回来，嗯，格鲁希，您不介意我这么不客气吧？因为一打山鸡，巴赞和我，我们俩一下子吃不了哇。”

“那么后天开始吃也不晚嘛，”格鲁希先生说。

“不，我更乐意明天就吃上，”公爵夫人坚持道。

布兰的脸变得刷白，他跟未婚妻的约会就这么给吹了。这足以给公爵夫人解闷儿的，但她偏偏要带点人情味，对布兰说：

“我知道今天轮到你外出，不过你跟惹日换一下就行了嘛，他原定明天出去，后天留下。”

可是第二天布兰的未婚妻没有空。他出去不出去无所谓。布兰刚离开餐厅，大家竞相恭维公爵夫人对下人厚道。

“我对待他们只是像我希望他们对待我那样。”

“正是这样，他们真福气，在您家找到了好差使。”

“不见得好得不得了。但窃以为他们非常喜欢我。这一个嘛，有点不听话，因为他恋爱了，他觉得应该摆出郁郁寡欢的样子。”

等到布兰回来以后，德·格鲁希先生说：

“确实他脸上没有笑容。对他们这种人应该仁慈，但不可太仁慈。”

“我承认我有点过分，明天一整天他都可以去取您的山鸡，让他呆在这儿无事可干，白吃他那份饭。”

“许多人想得到他这份差使呢，”德·格鲁希先生说，“人是贪得无厌的。”

“奥丽娅娜，”巴尔马公主说，“不久前我接待您的堂姐妹德·欧迪库尔的来访，显而易见，她是个智慧超群的女人，盖芒特家族成员嘛，不需多说，但听说她讲别人的坏话……”

公爵故意用惊愕的目光久久望着妻子。德·盖芒特夫人噗嗤笑出声来。公主很快觉察到了。

“怎么……你们不同意我的意见吗？”她不安地问道。

“夫人心地太好了，居然理会巴赞的面部表情。喂，巴赞，别做怪样，不要对咱们的亲戚含沙射影。”

“他觉得她太坏吗？”公主激动地问道。

“喔，完全不是，”公爵夫人否认道，“我不知道谁对殿下说过她爱说别人坏话。正好相反，她是个大好人，从不说别人坏话，也从不伤害任何人。”

“喔唷，”德·巴尔马夫人松了一口气，“我也没有发现过那种事情。但我知道，要做到一点坏心眼也没有常常是很困难的，尤其对一个那么有才气的人……”

“嗨！她的才气比坏心更少。”

“才气更少？……”公主惊愕地问道。

“得了，奥丽娅娜，”公爵唉声叹气地插话，左顾右盼的眼神则是自鸣得意的，“您没听见公主对您说她是个智慧超群的女人哪。”

“难道她不是吗？”

“她至少是胖得超群吧。”

“别听他的，夫人，他答非所问呐。是的，她愚笨得像一只，嗯，鹅，”德·盖芒特夫人的声音强劲，嘶哑，当公爵不注意保持古风时，她往往竭力表现得比公爵更为古风犹存，但同她丈夫那种老气横秋的样子截然不同，事实上比她丈夫乖巧得多，她吐字发音几乎像农家女，有一种既涩又美的乡土味儿。“但她是世界上最好的女人。再说我不知道在这种情况下是否可以说愚笨。我想从来没见过像她这样的人物，如果照医生的判断，这近乎病态，她属于‘傻子’、‘白痴’、‘笨伯’一类，就像音乐戏剧或像《阿莱城的姑娘》[1]里的人物。我心里总在想，

---

①《阿莱城的姑娘》是根据都德《磨坊书简》（1862）中同名故事改编的剧本，由著名音乐家比才配乐上演(1872)。剧中主人公的兄弟是个头脑简单的人，绰号为“傻子”。

她来这儿的话，万一脑子清醒不过来，怪叫人害怕的。”公主对这一串的语词惊叹不已，特别对最后一句定论佩服得五体投地，终于答腔道：“她也像德·埃皮纳夫人那样给我谈起您关于高傲的塔凯的妙语。真是妙不可言。”

德·盖芒特先生向我解释了这个妙语。我真想对他说他的兄弟虽然扬言不认识我却在等我今晚11点会面。但由于我没有问过罗贝尔是否可以提及这次约会，又由于德·夏吕斯先生几乎跟我说死的约定和他对公爵夫人说的话相矛盾，所以我决定不提为妙。

“高傲的塔凯一语不错，”德·盖芒特先生说，“但德·欧迪库尔夫人大概没有向您转述奥丽娅娜那天跟她讲的一个更漂亮的妙语吧？那是在回答一次午宴邀请时说的。”

“嘀，没听过，快说说！”

“得了，巴赞，甭说了，首先，那句话荒唐得很，说出来叫公主见笑，会以为我比我的笨蛋堂姐妹更笨蛋的。其次，我不知道为什么我说是我的堂姐妹。她只是巴赞的堂姐妹。不过嘛，总算跟我沾亲带故吧。”

“哇！”德·巴尔马公主惊喊，脑海里竟掠过她可能觉得德·盖芒特夫人是笨蛋的念头，立即慌乱地加以抵制：任何东西都不能动摇公爵夫人在她心目中崇高的地位。

“况且，我们已经吊销了她智力上的长处，而那句话又有点否定她情感上的长处，我觉得不适当。”

“否定！不适当！她多么会说话呀！”公爵假装讽刺，其实让人欣赏公爵夫人。

“得了，巴赞，别取笑您的妻子啦。”

“应当向您公主殿下承认，”公爵接着说，“奥丽娅娜的这个堂姐妹确实超群，善良，肥胖，怎么说都可以，但就是算不上，我怎么说呢……慷慨。”

“是的，我知道，她非常吝啬，”公主插话。

“我不敢用这个词，不过您说得恰如其分。这从她的家庭开支看得出来，尤其伙食开支，她家的饭菜极好，但很有节制。”

“甚至导致相当滑稽的场面，”德·布雷奥泰先生插进来说，“譬如说，亲爱的巴赞，我去欧迪库尔呆了一天，正等着你们去，您和奥丽娅娜。他们正在准备大摆宴席的时候，下午一个听差送来一份电报，说你们不来了。”

“我不感到大惊小怪，”公爵夫人说，她不仅难请，而且喜欢别人知道她难请。

“你们的堂姐妹读了电报，很难过，但即刻，连电文还没放下，便想到不应当为我这么个无足轻重的爵爷做出没有必要的开支，于是把听差唤回来大声说道：‘告诉厨房领班师傅，把烧鸡撤掉。’晚上我听见她问膳食总管：‘喂，昨晚剩下的牛肉呢？你们吃了？’”

“不管怎么说，应当承认可爱的人儿无懈可击，”公爵说，自以为用这个词儿颇有旧政体时代的风度，“我不知道还有比她家吃得更好的了。”

“量太少，”公爵夫人打断道。

“有益健康嘛，对像我这样的普通乡巴佬，很不错了，”公爵接着说，“只是没吃饱。”

“哈！若是减肥，少吃点当然有保健作用。再说，量少姑且不说，味道也不怎么样，”德·盖芒特夫人加添道，她不怎么喜欢人们把最好的饭菜这一称号封给别人家，总认为她家的饭菜是巴黎最好的。“我那位堂姐妹很像难产的作家，每15年才写出一个独幕剧或一首十四行诗。这就是人们所称的小杰作，首饰似的小玩意儿，总之，我最最讨厌这类东西。泽娜伊德家的菜肴并不差，但如果不那么精打细算，会稍为好一些。有些东西她的厨师做得不错，但有些东西却做得很糟糕。我在她家和在其他地方一样，从未吃好过，不过她家的饭菜不像别的地方那么使我难受，因为人的胃实际上对数量的承受力低于对质量的承受力。”

“总而言之，”公爵作出结论，“泽娜伊德坚持请奥丽娅娜去吃午饭，可我妻子不大愿意出门，便谢绝了，因为她听说人家让她排场很大地赶去只不过享受一顿便饭，未免不地道，而且想打听请了哪些客人，却始终没有搞清楚。泽娜伊德则一味坚持，吹嘘午餐有好吃的：‘来吧，来吧，你将尝到一种栗子泥，我只说这一道菜，其余嘛，还有鸡肉一口酥，够吃七小口。’奥丽娅娜大声补充道：‘七小口。可是我们至少有八口人吃饭。’”

巴尔马公主过了一会儿才恍然大悟，禁不住哈哈大笑起来，笑声如同响雷滚动。“嘀！有八口人吃饭，说得妙！编派得多么巧妙呀！”她费了好大的劲才记起德·埃皮纳夫人借用过的语词，而且这一次用得比较恰当。

“奥丽娅娜，公主说得非常漂亮，她说‘编派巧妙’。”

“喔，朋友，用得着您告诉我呀，我知道公主风趣过人，”德·盖芒特夫人回答，出自公主殿下之口的妙语实际上是对她的机智的夸奖，她很容易领会。“夫人欣赏我浅薄的编派，我感到很光彩。再说，我不记得说过此话了。如果是我说的，那也是恭维我的堂姐妹，因为她说吃七小口，但那天吃饭的，我敢说超过了十二口。”

这时候，德·阿帕雄伯爵夫人，就是在开宴前对我说她的婶婶非常乐意让我参观诺曼底古堡的那位夫人，隔着德·阿格里让特亲王的脑袋对我说，她最愿意接待我的地方是在科多尔省，因为她的老家位于该省的公爵桥畔。

“古堡的档案会引起您的兴趣的。里面有17、18、19世纪所有最杰出的人物之间极其有趣的通信。我在那里度过了美妙的时光，仿佛生活在过去。”她说得十分肯定，德·盖芒特夫人预先告诉过我，伯爵夫人在文学上非常之强。

“她拥有德·博尼埃①先生所有的手稿，”巴尔马公主在讲德·欧迪库尔夫人，接着说她的事，试图抬高跟她关系密切的人们的身价。

“她大概在梦中见过博尼埃吧，我想她根本不认识他。”公爵夫

① 博尼埃（1825—1901），法国戏剧家，法兰西科学院院士，他的剧作《罗兰的女儿》是四幕韵文历史剧，于1875年搬上舞台。

人说。

“尤其有趣的是这些通信包括各国人士的信件，”德·阿帕雄伯爵夫人继续说她的收藏，她与欧洲各主要大公乃至君主都有亲属关系，谈及此事，好不春风得意。

“您认识的，奥丽娅娜，”德·盖芒特先生有意说，“您记得那次晚宴吧，坐在您旁边的先生就是德·博尼埃。”

“是呀，巴赞，”公爵夫人打断他的话头儿，“你想说我认识德·博尼埃，那当然喽，他甚至多次来看我呢，但我始终下不了决心邀请他，否则我不得不每次叫人使用甲醛消毒。至于那次晚宴嘛，我记得太清楚了，根本不在泽娜伊德家，她这一辈子从未见过博尼埃，谁要对她提起《罗兰的女儿》，她定以为是一位波拿巴公主[1]，即希腊国王之子的未婚妻哩；不，那是在奥地利使馆举行的晚宴。风流倜傥的霍约大使以为把我安排在那位臭烘烘的科学院院士身旁会讨我喜欢哩。我觉得邻座倒像个宪兵。晚宴自始至终我不得不尽可能堵住鼻子不呼吸，直到吃格律耶尔干奶酪才敢松气。”

德·盖芒特先生见到他的秘密目的已经达到，偷偷环视公爵夫人这席话在客人们脸上所产生的效应。

“不管怎么说，我觉得通信有一种特殊的魅力。”擅长文学的夫人仍醉心于她古堡中珍藏的书信，不顾德·阿格里让特亲王干预的脸色，继续侃侃而谈。

“您是否发现一个作家的书信往往比他的作品高明？那个写《萨朗宝》的作者叫什么来着？”

我很想不予回答，以便中止交谈书信，但觉得那样会得罪德·阿格里让特亲王，他好像非常了解《萨朗宝》的作者，纯粹出于礼貌才让我来回答，尽管心里痒痒得难受。

“福楼拜。”我终于说出口，但亲王表示赞同的头部动作使我回话

---

① 系指玛丽·波拿巴（1882—1962），罗兰·波拿巴亲王的女儿，1907 年嫁给希腊王子。

的声音变得很模糊，以致问话的女士没太听清我说的是保尔·贝尔还是福贝尔[1]，显得十分满意。她接着说：

“总而言之，他的书信比他的著作有趣得多，高明得多！况且他的书信说得明明白白，从人们叙述他著书所遇到的重重困难来看，他不是一个真正的作家，不是一个有天赋的人。”

“你们在谈书信哪，我认为甘必大的书信很精彩。”公爵夫人插进来说，以示她敢于对一个无产者和一个激进派感兴趣。德·布雷奥泰先生领会这种大胆所包含的全部幽默，用略有醉意的眼睛亲切地扫视一下四座，然后擦一擦他的单片眼镜。

“我的上帝，《罗兰的女儿》叫人厌烦死了，”德·盖芒特先生得意地说道，他对自己深感腻烦的作品所表现的优越感扬扬自得，也许有suave mari magno[2]之感，就是那种在丰盛的晚宴上想起海上遇难那种可怕的夜晚之感，“不过里面有几句漂亮的诗，颇有爱国情感。”

我婉转地表示我根本不欣赏德·博尼埃先生。

“喔！您有什么要责怪他呢？”公爵好奇地问我，他一向认为谁说某个男人不好，便一定怀有个人怨恨，谁说某个女人的好话，便一定开始喜欢上她了。

“我看您对他怀恨在心。他对您怎么了？讲给我听听！讲吧！否则你们之间一定有什么不可告人的事情，既然您贬低了他。《罗兰的女儿》太冗长，但颇有味道。”

“对于一个如此气味的作者来说，‘味道’一说倒恰如其分，”德·盖芒特夫人挖苦道，“如果这个可怜的小伙子跟他一起呆过，嫌恶他并不足为怪嘛！”

“尽管如此，我得向夫人承认，”公爵面对德·巴尔马公主接着说，“撇开《罗兰的女儿》不谈，在文学上，甚至在音乐上，我纯粹是老古板，没有什么老古董我不喜欢的。您也许不信我的话，晚上，我妻

---

①保尔·贝尔(1833—1886)，法国生理学家和政治家；福贝尔(960—1028)，沙特尔的主教，有关封建社会的《通信集》的作者。

②拉丁文：隔岸观火。

子往钢琴旁一坐，我便请她弹一首奥柏、布瓦尔迪欧乃至贝多芬的老曲子！这才是我所喜欢的。相反，一听到瓦格纳，我便打瞌睡。”

“您错了，”公爵夫人说，“瓦格纳的乐曲虽然冗长得叫人难以忍受，但他是天才。《罗恩格林》是一部杰作。甚至在《特里斯坦与伊索尔德》里也不时有稀奇的篇章。至于《幽灵船》中织网女工的合唱，那是千古绝唱哪。”

“对不对？巴巴尔，”德·盖芒特先生朝着德·布雷奥泰先生说，“咱们特别喜欢：

亲朋好友纷纷来相会，
大家聚集在这可爱的逗留地。[①]

“妙不可言。《弗拉·迪阿沃洛》，《魔笛》，《山区木屋》，《费加罗的婚礼》，《皇冠的钻石》，这才是音乐呢！文学上也是这样。比如我喜欢巴尔扎克，《苏城舞会》，《巴黎的莫希干人》[②]。”

“嗬，亲爱的，如果您想挑动有关巴尔扎克的论战，那咱们就没个完了，还是改日等梅梅在的时候再谈吧。他呀，对巴尔扎克熟悉极了，谁也比不上。”

公爵被妻子打断话头，非常恼火，默默瞪了她好一会儿。其间，德·阿帕雄夫人和巴尔马公主继续高谈悲剧诗及其他，我听不太清楚，只听见德·阿帕雄夫人说：“嗨，夫人怎么想都可以，反正我认为他给我们展现了丑陋的世界，因为他不善于区分丑与美，或确切地说，因为他那讨厌的虚荣心使他自以为所说的一切都是美的，我赞成殿下您的看法，在这首诗中，有些东西十分可笑，难以理解，缺乏情趣，令人费

① 引自埃罗德（1791—1833）的喜歌剧《教士牧场》（1830）第一幕的双重唱。

②《巴黎的莫希干人》（1854）是大仲马的作品；在这之前，所列举的音乐作品秩序混乱，正常秩序是：莫扎特的《魔笛》和《费加罗的婚礼》，奥柏的《弗拉·迪阿沃洛》和《皇冠的钻石》，阿道夫·亚当（1803—1856）的《山区木屋》（1834）。

解，念起来费劲极了，简直像用俄文或中文写的，因为显而易见，一点法文的味儿也没有，不过硬着头皮啃下来，反倒得益匪浅：想象力丰富极了！”这番话的开头我没有听见，但后来我终于不仅明白她所谓的不善于区分丑与美的诗人原来是维克多·雨果，而且还明白她所谓比俄文或中文更难懂的诗篇原来是：

当孩子露面时，团聚的全家人
鼓掌欢呼……①

这是诗人早期的一首诗，也许更接近德·乌利埃夫人而不像写《历代传说》的维克多·雨果本人了。我一点不觉得德·阿帕雄夫人可笑，她是在座女性中的佼佼者，其余的人太讲究实际了，太平常了，我坐在她们中间感到非常失望，而她的眼睛充满机智，花边便帽下露出圆圆的，长长的卷发，这种垂在脸部两侧的卷发，德·雷缪扎夫人、德·布罗格利夫人、德·圣奥莱尔夫人都曾留过，她们在引人入胜的书信中恰到好处地旁征博引索福克勒斯，席勒和《论模仿》②，但她们被浪漫派首批诗歌吓得惊慌失措和疲惫不堪，有如我外祖母读到斯泰法纳·马拉梅最后的诗句的感受。

“德·阿帕雄夫人非常喜欢诗歌，”德·巴尔马公主对德·盖芒特夫人说，因为德·阿帕雄夫人如此热情地侃侃而谈给她留下深刻的印象。

“不对，其实她对诗歌一窍不通，”德·盖芒特夫人低声答道，她看准此时德·阿帕雄夫人正在回答德·博特雷伊将军的异议，专心致志于自己的答辩，顾不上听公爵夫人的低声议论。“她自从被抛弃之后变得文绉绉的。我得向您殿下说说，到头来受罪的却是我，因为每次巴赞

① 参见雨果《秋叶集》（1831）第 19 首的开头两句诗，作于 1830 年，时年 28 岁，其抒情的、牧歌的风格近似德·乌利埃夫人（1637—1694）的田园诗。
② 系指高乃依的《论模仿基督》，这是一本宗教诗歌的韵文译著。

不去看望她，她就跑来向我哼哼唧唧，几乎每天如此。她叫巴赞腻烦，总不是我的过错吧，我毕竟不能强迫巴赞去她家吧，尽管我很想让巴赞对她稍为忠实些，因为这样我可以少见她几次。她把巴赞烦死了，实在不怎么样。她人倒不坏，可就是烦人，烦得出乎您的想象。她天天缠得我头痛得不得了，害得我每天吃一片匹拉米洞止痛药。这一切只是因为巴赞图一时快乐跟她乱搞欺骗了我。再加上他的一个跟班迷上一个小婊子，我若不请那个姑娘离开一会儿生意兴隆的人行道来跟我喝茶，她便赌气找麻烦！咳！生活真难哪！”公爵夫人颓丧地得出结论。德·阿帕雄夫人尤其叫德·盖芒特先生受不了，因为他近来成了另一个女人的情人，我听说是德·叙日勒迪克侯爵夫人。

恰巧德·盖芒特先生的随身跟班正在上菜。我想他还在忧伤，心烦意乱，因为我注意到他在给德·沙特莱罗先生上菜时动作慌乱，不合规矩，好几次碰到公爵的胳膊肘子。年轻的公爵对脸红的跟班没有丝毫的怒气，相反，用亮晶晶的蓝眼睛笑眯眯地望着他。在我看来，客人的和颜悦色表明了宽厚。但他执著的微笑又使我觉得他对这个佣人的伤心失望感到幸灾乐祸。

“喂，亲爱的，您对维克多·雨果的高见并不是什么新发现，知道吧，”德·盖芒特公爵夫人看到德·阿帕雄夫人不安地转过脸来便冲着对她说，“别指望给这个新手大肆宣扬。大家都知道维克多·雨果有才具。令人生厌的是晚年的维克多·雨果，比如《历代传说》，我记不清题目了。但从《秋叶集》、《黄昏之歌》则看出他像个诗人，真正的诗人。《静观集》也不错，”公爵夫人侃侃而谈，交谈者不敢辩驳，其原因就不必说了，“里面有一些漂亮的东西。但是我承认对《黄昏之歌》之后的东西就不愿领教了。况且，在维克多·雨果美丽的诗篇中，人们常常发现某种意境，甚至有某种深邃的意境。”

公爵夫人带着准确的情感，用铿锵的音调，把惆怅的思绪平稳地表达出来，同时她那迷人的目光望着前方，若有所思，慢慢开始背诵：“请听：

痛苦是一种果实，上帝不会让这种苦果生长
在过于娇嫩而承担不住重负的枝头上。①

再请听：

死者留存短促……
唉，他们在我们心中化为齑粉
比在棺材中化为灰尘还要迅速！”②

公爵夫人大彻大悟的微笑把忧伤的嘴巴勾勒得曲折有致，优雅动人，她用美丽明亮的眼睛若有所思地凝视着德·阿帕雄夫人。我开始熟悉她的眼睛，熟悉她的声音，是那样的缓慢而沉重，那样的富有刺激而饶有趣味。在她的眼睛和声音里，我强烈感到回归孔布雷的大自然。诚然，她的声音有时故意流露出粗犷的乡土气，但这种不自然的流露包含着许多东西：盖芒特家族的一个分支完全植根于外省，这个分支留在原籍时间最长，最具胆识，也最粗野最好斗；再说，真正高贵的人和风雅的人都知道高贵不是凭摇唇鼓舌得来的，贵族更乐意跟农民亲善而不大情愿跟资产者打交道；德·盖芒特夫人王后般的地位允许她比较轻易地表露自身的种种特色，揭去层层面纱。听说她所讨厌的姐妹们跟她的声音相同，但没有她那样聪明，而且几乎都市侩式地出嫁了，我们借用这个副词，系指与默默无闻的贵族成亲，这些贵族深居外省或巴黎圣日耳曼区某个不显眼的地方；她的姐妹们虽然也有她的嗓音，但尽量把它压低，使它变得和婉，同样，我们当中极少有人胆敢表现她那种独创性，也不敢不把她列为最受人颂扬的典范之林。是的，奥丽娅娜太聪明了，太富有了，尤其太时髦了，她的姐妹们与她相比不可同日而语，她像洛姆亲王夫人那样，对威尔士亲王呼来喝去，她懂得她那不协和的嗓

①引自《静观集》中的《童年》(1835年1月)。
②引自《秋叶集》中的《致一位旅客》(1829年7月6日)。

音是一种魅力，在上流社会的圈子里她大胆地把她的噪音弄得很有特色很有成效，有如在戏剧界像蕾雅娜或雅娜·格拉尼埃[①]的演员（尽管这两位艺术家的价值和才具无法相比较），把她们的噪音弄得优美动听，别具一格，也许蕾雅娜和格拉尼埃的姐妹们因名不见经传而把她们的噪音当作一种缺陷竭力加以掩饰哩。

德·盖芒特夫人有种种理由发挥其乡土特色，连她最喜欢的作家梅里美、梅雅克和阿莱维[②]也被列为她发挥长处的依据，因为这些作家尊重“自然”，喜爱散文体裁，而她则通过散文达到诗的境界和获得纯社交风趣，从而在我眼前重现一幅幅乡村景色。况且，公爵夫人除运用这些影响之外，还讲究语言的艺术性，她特别善于选择具有语言特色的词语，说起来朗朗上口，最有法兰西岛人或香槟人的味道，因为她只采用古代法国作家所运用的纯正的词汇，否则她就完全停留在她表姐妹马桑特的水平了。当人们对东拼西凑的、杂七杂八的现代语言厌倦时，聆听德·盖芒特夫人的谈话是莫大的享受，尽管明知她往往言之无物，甚至跟她单独相处时也几乎有相同的感觉，她往往控制语流的节奏，清晰明快，让人得到宛如谛听一首古老的歌时的感受。望着听着德·盖芒特夫人，我被她的双眼俘虏了，置身于永久的、宁静的午后旷野，仰望法兰西岛或香槟的天空，蓝湛湛的、斜弯弯的、穹形的倾斜度就像圣卢家的大厅。

总之，德·盖芒特夫人由于受到多方面的熏陶，她的谈吐包含三种方式：其一，最古老的法国贵族方式；其二，晚了很多时间之后才出现的德·布罗格利公爵夫人在七月王朝时欣赏和批评维克多·雨果的那种方式；其三，对梅里美和梅雅克的文字强烈赞赏的方式。我喜欢第一种熏陶胜过第二种，因为它更有助于补偿我远道而来圣日耳曼区所感到的失望：圣日耳曼区与我的想象相去甚远，不过我还是喜欢第二种

---

①蕾雅娜是加布丽埃尔·雷茹（1856—1920）的艺名，法国著名的艺术家，喜剧和悲剧都演得很好；雅娜·格拉尼埃（1852—1939），法国演员，深得威尔士亲王的喜爱。

②梅雅克（1831—1897），法国剧作家；阿莱维（1834—1908），法国剧作家。

熏陶胜过第三种。然而，每当德·盖芒特夫人几乎无意地表现出盖芒特的气质时，她对帕伊龙[①]的崇拜，对小仲马的偏爱则是有意的和审慎的。由于她的情趣和我的情趣背道而驰，所以，当她对我谈论圣日耳曼区时，她给我的思想提供文学素材，当她对我谈论文学时，我只感到圣日耳曼区的人愚不可及。

德·阿帕雄夫人听了德·盖芒特夫人背诵的诗激动不已，脱口而出：

这些爱情的圣物也有它的灰尘！[②]

然后对德·盖芒特先生说："先生，应当由您把这句诗写在我的扇子上。"

"可怜的女人，我真替她伤心！"德·巴尔马公主对德·盖芒特夫人说。

"不必如此，夫人太心软了，她罪有应得。"

"可是……请原谅对您直说……她真心诚意爱他呀！"

"根本不是那回事，她不懂得爱，她以为爱他，就像此刻她背了一句缪塞的诗却以为引用维克多·雨果。其实，"公爵夫人用伤感的口吻加添道，"我比谁都容易被真情实感所打动。可是您听我举个例子。昨天，她对巴赞大闹了一场，殿下您也许以为因为巴赞喜欢上别的女人，因为巴赞不爱她了，完全不是，而是因为巴赞不愿意把她的几个儿子推荐给赛马总会！夫人还认为她是个钟情的女人吗？不！我甚至还可以对您说，"德·盖芒特夫人明确地补充道，"她是个少见的没有心肝的女人！"

然而，德·盖芒特先生听到妻子"无准备地"谈论维克多·雨果，并随口引出诗人的几句诗，眼中流露出得意的神采。公爵夫人尽管经常

---

①帕伊龙（1834—1899），法兰西学院院士，曾写过多部充满风趣的喜剧。

②引自缪塞的《十月之夜》（1837）。

使他恼火，但在这样的时刻，他为妻子感到自豪。“奥丽娅娜真神！她什么都能讲出个门道，她什么都读。她没有预想到今晚会谈论维克多·雨果。不管别人跟她谈什么，她总应付裕如，能对付最有学问的人。这位年轻人大概被制服了吧。”

“咱们改变一下话题吧，”德·盖芒特夫人很敏感，赶紧插话，对着我说，“您大概觉得我很不入时吧，我知道如今人们把喜爱诗的意境，即有思想的诗，看作一种健全的偏爱。”——“不入时？”德·巴尔马公主惊疑地问道，她被这种意想不到的新奇说法弄得有点莫名其妙，尽管她知道德·盖芒特公爵夫人谈话总不断给她预备妙不可言的刺激，令她一时喘不过气来，这种震惊虽使她劳累，但有益健康，使她本能地联想到必须洗一洗脚而后赶紧“尾随跟上”。

“我的看法不同，奥丽娅娜，”德·布里萨克夫人说，“我并不责怪维克多·雨果有思想，正相反，却责怪他在不近人情的事情中寻找意境。实际上他使我们经常接触文学中的丑陋。生活中丑陋的东西够多的了。为什么不让我们至少在阅读时忘却丑陋呢？我们在生活中躲避不及的难堪的场面反倒吸引维克多·雨果。”

“维克多·雨果总不像左拉那样现实主义吧？”德·巴尔马公主问道。

左拉的名字没有牵动德·博特雷伊先生的脸部神经。将军反德雷福斯派的思想根深蒂固，不肯轻易表露。他对人们谈及此事所保持的宽厚的沉默使未入门的人们大为感动，其厚道之意有如神甫对你避而不谈宗教义务，有如金融家竭力不对他所领导的事务指手画脚，有如大力士显得温文尔雅，不对你大打出手。

“我知道您是瑞里安·德·拉格拉维埃尔海军上将[①]的亲戚。”德·瓦朗邦夫人以狡黠的神情对我说，她是德·巴尔马公主的宫中女官，是心地善良而知识狭隘的女人，由大公的母亲以前为巴尔马公主物

---

① 拉格拉维埃尔（1812—1892），法国海军上将，《东西两半球杂志》的撰稿人，发表过几部海军史的专著，1888 年被选为法兰西学院院士。

色的。在此以前她一直没有跟我说话，此后尽管德·巴尔马公主予以告诫，尽管我一再加以否认，我仍无法打消她的念头，其实我和那位法兰西学院院士海军上将毫无关系，我根本不认识他。德·巴尔马公主的宫中女官固执地认为我是瑞里安·德·拉格拉维埃尔海军上将的侄子，其本身就是庸俗可笑的。不过她犯的阴差阳错却非常典型，上流社会为我们建立了“秘密档案”，围绕我们的姓氏产生许许多多有意无意的、似是而非的、大小不等的错误。我记得盖芒特家族的一位朋友为了表示热切希望认识我，便说我很熟悉他的表姐妹德·绍斯格罗夫人：“她待人好极了，她非常喜欢您。”我立即认真地坚持说他搞错了，我并不认识德·绍斯格罗夫人，但无济于事。“那您认识她的姐妹，一码事嘛。她在苏格兰遇见过您。”我从未去过苏格兰，但毫无办法让交谈者明白我的诚实。原来德·绍斯格罗夫人自己说认识我，开始她准是搞混了，尔后真心诚意信以为真，这不，她只要瞥见我，就来跟我握手。由于我交往的圈子正好是她的圈子，我的谦逊便毫无意义了。说我和绍斯格罗家的人亲密无间纯粹是个误会，但从社交的角度来看，这相当于承认我的社会地位，如果像我这样的年轻人也谈得上有什么社会地位的话。盖芒特家的朋友不管对我说什么有关我的不实之词，都不会贬低我也不会抬高我(从上流社会的角度来看)，他尽可以继续对我怎么想就怎么想，与我无碍。总之，对于不搞假惺惺的把戏的人来说，因始终保持本色而产生的烦闷倒得到一时的排解，好像我们登上戏台，当别人把我们搞错了，以为我们和一个我们不认识的女士有私情，说什么我们在一次我们根本没有进行的旅行中被注意了，认了出来。好事者以讹传讹的事情多得很，她一生中所犯的差错只不过小巫见大巫；尽管我竭力否认，德·巴尔马公主的糊涂女官一味固执己见，硬认为我是那个讨厌的瑞里安·德·拉格拉维埃尔海军上将的亲戚。“她不大开窍儿，”公爵对我说，“况且她一喝酒就糊涂，我看她让巴许酒弄得醉醺醺了。”实际上德·瓦朗邦夫人喝的光是水，但公爵喜欢加进他偏爱的说法。

“夫人，左拉不是现实主义者呀！他是个诗人！”德·盖芒特夫人说，她吸取近年来她读到批评论著的观点，结合她个人的天赋，有感而发。德·巴尔马公主听了跳起来，差一点翻倒，这天晚上沉浸在风雅的气氛中，一直愉快地处在激动的状态，她认为这种气氛特别有益于她的身心健康，悖论此起彼伏，使她应接不暇，关于左拉的特大悖论更使她瞠目结舌。她好像透不过气似的，断断续续地说：

“左拉，是个诗人！”

“是呀，”公爵夫人看到自己的话使人惊奇得说不出话来非常高兴，笑着说，“请殿下注意左拉把触及的一切都夸大了。您会对我说他只夸大了那些……带来幸福的东西！但他太言过其实了，他是了不起的混蛋！他是排粪便的荷马！他没有多少大写的字可写，只好写写康布罗纳的誓言之类。”①

公主虽然开始感到非常疲乏，但她仍旧兴致勃勃，自我感觉从来没有这么好过。德·盖芒特夫人举办的这类绝妙的晚宴饶有风趣，使人振奋，哪怕以唯一使她得意的事情，即舒布鲁恩②小住，来交换，巴尔马公主也不干。

“左拉用大写的 C 写作，”德·阿帕雄夫人大声说。

“确切地说是用大写的 M，③我想，亲爱的，”德·盖芒特夫人反驳道，她与丈夫偷偷交换了一个快活的眼色，意思好像是：“她蠢极了！”之后，转向我说，“对啦，巧得很，”她凝望我的目光是微笑的，温柔的，因为作为十全十美的女主人，她决意要对使我特别感兴趣的艺术家显露一下她的知识，同时必要时给我机会让我也卖弄一下，她轻轻摇着羽毛扇重复道，“对啦，”此刻她清醒地意识到她正在履行殷勤接待的义务，为了不怠慢任何人，再次示意手下人给我添一次拌有奶油调

---

①康布罗纳(1770—1842)，法国将军，跟随拿破仑从平民升为贵族和将军，在滑铁卢战役中指挥禁卫军最后一个方队，他的誓言是：“禁卫队宁死不投降”，雨果在《悲惨世界》中借用了他的誓言。此处，德·盖芒特夫人的意思是左拉只写平民，很少触及大写的贵族姓氏，要写，也只写平民出身的康布罗纳将军。

②舒布鲁恩古堡位于离维也纳不远的地方，是当时的夏日行宫。

③上面提到的康布罗纳是以字母 C 开头，德·阿帕雄夫人联想到左拉爱写男女之情，便说“用大写的 C”写作：字母 C 是难以启口的器官的开头字母，而字母 M 则是粗鲁的骂人话，即粪便一词的开头字母。

味汁的芦笋，她说，“对啦，我想，说来凑巧，左拉写过一篇关于埃尔斯蒂尔的论文，①您刚才去看了这位画家的几幅画，那些是我在他的画中所喜欢的。”实际上，她讨厌埃尔斯蒂尔的画，但觉得她家收藏的一切皆无与伦比。我问德·盖芒特先生是否知道那幅在民间场面中戴大礼帽的先生的名字，因为我认出盖芒特夫妇收藏的一幅挂在近旁的堂皇肖像，两者是同一位先生，而且几乎是同一时期的作品，那时埃尔斯蒂尔的个性还没有完全形成，有一点模仿马奈的风格。“我的上帝，”他答道，“我知道此人不是无名小卒，不是无所作为的人，但我和人名是对头。他的名字就在我嘴边，叫什么先生来着……管它呢，记不起来了。斯万能告诉你，是他怂恿德·盖芒特夫人买下那些作品的，夫人耳朵软得很，生怕拒绝了会得罪人；咱们私下说说，没准斯万给我搞的是蹩脚货。我能告诉您，画上的那位先生对埃尔斯蒂尔先生来说是一位使他扬名的艺术资助者，经常向他订画，使他摆脱困境。出于感恩——如果称得上感恩的话，这是见仁见智的事——他把这位先生画入那个场面，节日打扮的模样，有点滑稽。他也许是个很有学问的权威，但显然不懂在什么情况下才戴大礼帽。那位先生戴着大礼帽，处在一大群不戴帽子的姑娘中间，颇有外省小公证人酒后兴致浓厚的情景。您怎么啦，好像对这些画完全着迷了。早知如此，我就事先打听一番来回答您的问题了。不过没有必要花那么多心思来钻研埃尔斯蒂尔先生的画，又不是安格尔的《泉》或保尔·德拉罗什的《埃杜阿的孩子们》②。那幅画的可贵之处在于笔触细腻，有趣，巴黎风光，仅此而已。不需要什么学问就看得出来。我非常清楚那只是些诙谐作品，但我觉得比较粗糙。斯万竟敢要我们买下《一束芦笋》③还在这儿挂了几天哩。画中只有芦笋，一束就像您正在吃的芦笋。我坚决不肯咽下埃尔斯蒂尔先生的芦笋。他要价300法郎。一束芦笋，300法郎。至多值20法郎，还必须在

---

① 左拉于1867年发表一篇关于埃杜阿·马奈的论文。

② 安格尔的《泉》作于1856年；保尔·德拉罗什（1797—1856），法国画家，擅长历史题材的绘画，《埃杜阿的孩子们》于1831年美术展览会首次展出。

③ 马奈于1880年完成的一幅画，题为《芦笋》。

时鲜上市的时候！我觉得画得呆板。而且一旦他在这类呆板的东西旁边加上人物，总有一种下等人的味道，凄凄惨惨的，令我很不舒服。我惊异像您这样的睿智，这样的才气，竟喜欢这样的东西。”

“我不知道您为什么这么说，巴赞，”公爵夫人说，她不喜欢别人对她室内的藏画说三道四，“我对埃尔斯蒂尔的画远不是毫无区别地一概赞赏。有可取的，也有不可取的。但并不是没有才气。应当承认我买下的那几幅画美不胜收，十分难得。”

“奥丽娅娜，在这类画中我百倍地更喜欢咱们在水彩画展览馆看到的那幅维贝尔先生的小习作。

拿在手里，您会觉得分量很轻，但画中的每根线条都充满灵气：一个瘦骨嶙峋的传教师邋遢地站在一个逗弄小狗的青皮白脸的高级教士面前，既细腻又深刻，简直是一首小诗。”

“我想您认识埃尔斯蒂尔先生吧，”公爵夫人对我说，“这个人很和气。”

“他很聪明，”公爵说，“他谈话时很有头脑，可他的画俗不可耐，真奇怪。”

“他岂止聪明，简直才智横溢，”公爵夫人说，神情狡黠，行家里手似的讲得津津有味。

“他没有画您的肖像吗，奥丽娅娜？”巴尔马公主问道。

“画了，画了个红脸蛋儿，”德·盖芒特夫人回答，“这幅肖像肯定不会使他的名字流芳百世。画得恶形恶状，巴赞都想把它毁掉。”

这句话，德·盖芒特夫人经常挂在嘴边。但有时候她对肖像的评价却是另一个样子：“我不喜欢他的画，但从前他曾给我画过一幅很美的肖像。”通常第一种评价针对向公爵夫人谈论她的画像的人所说，第二种用来对那些闭口不谈她的肖像或她想让知道的人说的。第一种说法出于卖俏，第二种说法因为虚荣。

“把您的肖像画得恶形恶状！那么肯定不是一幅肖像，而是一种虚构的假象；我操笔作画的本领不高，不过我觉得，要是我给您画肖像，只要如实画下来，便是一幅杰作。”德·巴尔马公主天真地说。

“他瞧我很可能像我瞧自己，就是说不带好感。”德·盖芒特夫人说，她的眼神既忧伤又谦和又温存，她觉得这种眼神最能使她显得与埃尔斯蒂尔笔下的她截然不同。

“那幅肖像大概颇得德·加拉东夫人欢心，”公爵说。

“因为她对绘画一窍不通？”德·巴尔马公主问道，她知道德·盖芒特夫人非常瞧不起她的表姐妹，“不过她这个人倒蛮好的，不是吗？”公爵做出莫名惊诧的样子。

“瞧你，巴赞，您看不出公主在笑话您哪（其实公主做梦也没想到）。她跟您一样清楚，加拉东这娘们儿是个*老泼妇*，”公爵夫人说，通常她只限于运用古雅的词汇，这次她的用词味道特别浓，她的语汇也很有味道，就像庞皮伊[①]美不可言的书中所提供的菜谱，但在现实中那样的食品越来越稀少了，庞皮伊所谓的美食，肉冻，黄油，果汁，丸子都是纯真的，不含任何掺杂的东西，甚至盐也得用布列塔尼的田盐；从德·盖芒特夫人的口音和用词可以感觉得出她的言谈植根于盖芒特。从而，她跟侄子圣卢有天渊之别，而圣卢深受新思潮新语汇的影响；当人们为康德的思想所困扰、对波德莱尔念念不忘的时候，是很难写出亨利四世时代精美的法语文章的，所以公爵夫人的言语之纯粹实属一种制约的征象，说明她的才智和感觉向一切新鲜事物封闭。德·盖芒特夫人的精神之所以使我感兴趣恰恰在于它所排斥的那部分（也正是我自己思想所组成的内容）以及为之所保留的一切，有如矫健的身躯包含着迷人的活力，任何使人衰竭的思考，任何精神的烦恼或神经的紊乱都不能损害。她形成的思想大大早于我，对我来说就像海边一群姑娘的步态所给予我的感受。德·盖芒特夫人出于殷勤而温顺和随和，出于对才华的尊重，她对我施展出孔布雷附近泼辣的贵族小姑娘的活力和魅力，幼时，她骑马，把猫打得动弹不了，挖掉家兔的眼睛，但同时她一直是贞淑又美丽的姑娘，始终风姿绰约，如果早生几年，很可能成为萨冈亲王最显

---

①马尔特·阿拉尔的笔名，右翼报纸《法兰西行动》撰稿人，著有《法国名菜：地方烹调》颇得普鲁斯特赏识。

著的情妇。不过她无法弄明白我在她身上寻找的东西：盖芒特姓氏的魅力（我找到了一点儿）和盖芒特家族残存的外省气质。我们的交往建立在误解的基础上，这显而易见，因为我对她的敬意不是针对她自以为相当高贵的女性，而是导向某种平庸而无意流露的魅力的女性。这是非常自然的误解，在一个好幻想的年轻人和一位上流社会的贵妇之间始终存在的误解，但这种误解深深困扰着年轻人，只要他认识不到想象能力的性质和容忍不下对人生所体验的必然的失望，如同在舞台在旅行在爱情上所体验的那样，那他就无法摆脱困扰。

德·盖芒特先生讲了埃尔斯蒂尔笔下的芦笋和在伴有金融家调味汁[1]的子鸡之后端上桌的芦笋，然后宣称，绿芦笋长在透风的地方，正如署名埃·德·克莱蒙-托内尔那位杰出的作者有趣地指出的那样，"不像它们的姐妹那样硬得叫人吃惊"，可以伴熟鸡蛋吃，德·布雷奥泰反驳道："有人喜欢的必有人不喜欢，反之亦然。在中国的广州，人家敬你的菜肴没有比臭雪鹀蛋更精致的美味了。"德·布雷奥泰先生写过一篇关于摩门教徒的论文，发表在《东西两半球杂志》上，他只跟最显赫的贵族阶层的人士交往，而且只限于在才智方面小有名气的人士。以至于只要他在某位女士家经常露面，人们便承认那位女士的沙龙别致。他声称厌恶交际场所，分别向各位公爵夫人保证他出于对其才智和美貌的仰慕才上门。所有的公爵夫人对他的话都深信不疑。每次他陷于绝望，无可奈何去德·巴尔马公主的府上参加盛大的晚会，便把他交往的公爵夫人们统统召去给公主打气，这样也可以只呆在至交的小圈子里。为了使人们忘却他好社交而留下知识分子的好名声，他执行盖芒特家族精神的某些准则，在舞会季节带着一些风雅的女士进行长途科学旅行，所以在没有找到职位以前便开始遍游世界，他极其固执地不想谋求职位，不让别人替他介绍。他对冒充高雅的人的憎恨出自他自己的冒充高雅，但让天真的人们，即所有上流社会的人们，相信他不冒充高雅。

"巴巴尔无所不晓！"德·盖芒特夫人大声说，"我觉得有的地区

---

① 即用小牛胸腺、蘑菇等做成的调味汁。

挺好，可以确信乳品商卖给你的确实是臭鸡蛋，所谓彗星发现年的鸡蛋。我记得有一回把涂黄油的细长面包块泡在里面。我得告诉你们这发生在玛德莱娜姨妈(德·维尔帕里济夫人)家，她家常吃发臭的东西，包括臭鸡蛋(看到德·阿帕雄夫人发急了)：别急呀，菲莉，您其实跟我一样心里很明白。鸡蛋是孵过小鸡的。我不知道他们凭什么道理喜欢那种鸡蛋。炒鸡蛋吃在嘴里满口鸡毛，至少菜单上没有标明带毛鸡蛋。您好在前天没有去，有一道菜是带碳酸味的菱鲆！不像家常菜，倒像为传染病患者准备的。说真的，诺普瓦精神可嘉，竟要了第二份！”

“我想她首次招待布洛希先生那天您也在场，”德·盖芒特先生对我说，也许为使一个犹太人姓名念起来更有外国味，他不把布洛希的“希”念成“克”，就像把德语Boch(德国人)念作“博希”，“那位布洛希先生大讲某位诗人如何了不起，叫什么我记不起来了。沙特莱罗拼命捅他的胫骨，可布洛希先生不明白为什么，还以为我的侄子故意用膝盖碰碰紧靠他坐的年轻妇女(说到这里德·盖芒特先生的脸微微有点红)。”他意识不到随口列举“了不起”的诗人会使我们的姨妈生气的。总之，心直口快的玛德莱娜姨妈立即反驳他：“喂，先生，那么您把德·博叙埃[①]先生放在什么位置上呢？”德·盖芒特先生以为给名人姓氏加上“先生”和表示贵族的词“德”，就是保持古风，他接着说，“这下可把他弄苦了。”

“布洛希先生怎么回答？”德·盖芒特夫人漫不经心地问道，她一时失去独创性，便学丈夫用德语发音。

“嗨！我向你们肯定，布洛希先生赶紧转身，溜之大吉。”

“没错，我记得很清楚，那天确实见到您了，”德·盖芒特夫人用强调的语气对我说，好像她以为这样的回忆一定使我非常得意，“在我姨妈家总是非常有趣的。在最近一次我恰好遇见您的晚会上，我真想问

---

① 博叙埃(1627—1704)，法国作家，宣道者，曾任王太子的太傅，他的宣道备受国王路易十四的赞赏。

您那位经过咱们身旁的老先生是不是弗朗索瓦·科佩[①]，您一定认识所有的名人。”她的话流露出对我在诗坛的交往真诚的羡慕，同时对我表达友善，以便让一个精通文学的年轻人在她的客人们眼里更加突出。我却肯定地告诉公爵夫人在德·维尔帕里济夫人举行的晚会上我没有见到任何著名的人物，“怎么！”德·盖芒特夫人大声道，轻率的语气表明她对文人的尊敬和对上流社会的轻蔑比她所说的，也许比她所想的要表面得多，“怎么！那天晚会上没有大作家！您让我吃惊，很有些了不起的巨匠嘛！”

那天发生了一件小事，虽然微不足道，却使我清楚地记得那个晚会。德·维尔帕里济夫人把布洛希介绍给阿尔丰斯·德·罗特希尔德夫人，但我的同伴没有听清，以为面前是个老英国疯婆子，便只用单音节词回答半老徐娘的啰唆问话，之后，德·维尔帕里济夫人向别人介绍时，却清清楚楚地说：“阿尔丰斯·德·罗特希尔德男爵夫人。”布洛希顿时热血沸腾，动脉里奔流着百万财富和名士风流的意念，这些意念又小心谨慎地分流到全身的血管，好像一阵心悸或一次脑充血，情不自禁地在和蔼的老夫人面前惊呼：“我要是早知道就好了！”这一声愚蠢的惊呼弄得他一星期没有睡好觉。布洛希这句话本身没有什么意义，但我每每回想起来，觉得这倒能证明生活中有时在突发的感情冲动下，人们把内心深处的话说出来。

“我以为德·维尔帕里济夫人不大有……道德，”德·巴尔马公主说，她看出大家不常去公爵夫人的姨妈家，而且从公爵夫人刚才所说的话来看，可以随便对她说三道四。她看到德·盖芒特夫人不赞成的样子，便加添道：“不过在那么高的层次，才智使一切都不在话下了。”

“您对我姨妈的看法和大家通常的想法一样，”公爵夫人说，“不过，这种想法是非常不符合实际的。梅梅昨天还这么对我说呢。”她脸红了，我不知道她想起了什么，她的眼睛突然湿润了。我猜想

① 弗朗索瓦·科佩(1842—1908)，法国诗人，1884 年当选法兰西学院院士。普鲁斯特不喜欢科佩的作品。

德·夏吕斯先生曾求她不要邀请我，就像他请罗贝尔叫我不要去她家。尽管我不理解她为何脸红，但我觉得，和公爵刚才谈起他兄弟时脸红不可能是出于同样的原因。“我可怜的姨妈！她这辈子将保持旧政体遗老的名声，她素以绝妙的才气和放荡不羁著称，哪个有头脑的人都不如她那样因循守旧那样一本正经那样平庸无聊；她将被视为艺术的保护人，这就是说她曾是一个大画家的情妇，但画家始终未能让她明白图画是怎么回事；至于在生活方面，她远不是个堕落的女人，而是结婚的料儿，天生过夫妻生活的，尽管连个恶棍丈夫都保不住，她要么不搞私情，搞起来认真得要命，就像是合法婚姻似的，还那么容易激动那么容易发火那么死心眼儿。请注意，死心塌地的，不乏其人，总之，情人比丈夫更难安抚。”

“不过，奥丽娅娜，就拿您刚提起的小叔帕拉梅德来说吧，没有哪个主妇能指望像可怜的德·夏吕斯夫人那样得到哀悼。”

“嘀！”公爵夫人反驳道，“请殿下允许我不完全同意您的看法。不是所有的人都乐意以同样的方式被哀悼的，每人有自己的偏爱。”

“不管怎么说，自从妻子死后他对她顶礼膜拜。确实有时人们为死者做的事为生者却不做。”

“首先比如，”德·盖芒特夫人说，她迷惘的口吻和戏弄的意图形成明显的反差，“人们参加死人的葬礼，却从来没有为活人举行葬礼的。”德·盖芒特先生用狡黠的神情瞧了瞧德·布雷奥泰先生，好像想促使他为公爵夫人的风趣发笑。德·盖芒特夫人接着说：“不过，我坦率承认我希望我所爱的男人哀悼我的方式不是小叔采取的方式。”

公爵的脸色变得阴沉起来。他不喜欢妻子乱说别人，尤其乱说德·夏吕斯先生。他用傲慢的语调说：“您太苛求了吧。他的哀悼感动了大家。”但是公爵夫人向来不怕顶撞丈夫，其大胆的程度不亚于驯兽者或跟疯子一起生活的人，不怕惹疯子发火。

“嘀，嘀，我又没有说不令人感动，有什么办法，他每天去公墓向亡妻叙述他请了多少人吃午饭，他确实悲痛欲绝，但就像哀悼一个表姐妹，一个祖母，一个亲姐妹。而不像一个丈夫的哀伤。不过他们倒像一对圣徒，那种哀伤显得有点特别。”德·盖芒特先生对妻子不知趣的饶舌很恼火，目不转睛地瞪视她，一副凶相。“这不是有意说梅梅的坏话，附带说一下，他今晚没空，不能来，”公爵夫人接着说，“我承认他人品很好，长得俊美，温存体贴，具备一般男人所没有的心肠。梅梅他呀，有一副女人心肠。”

“你胡说些什么呀，”德·盖芒特先生生气地打断她的话，“梅梅没有一点儿女人气，谁都不如他雄劲。”

“我可没对您说他有一丝一毫的女人气呀。至少把我说的话听清楚，”公爵夫人接着说，“这位仁兄，只要以为别人旁敲侧击他的兄弟，就……”她转向德·巴尔马公主加添道。

“好极了，听起来叫人倍感亲切。没有比两兄弟相爱更美好的了，”德·巴尔马公主说，“许多平民百姓都有这种手足情，因为王侯门第靠血统相传，而百姓人家靠精神依托。”

“既然咱们谈起您的家族，奥丽娅娜，”公主接着说，“我昨天见到您的侄子圣卢，我猜他想请您帮个忙。”德·盖芒特公爵立即紧锁浓眉。每当他不乐意帮忙，他也不想让妻子管闲事，因为到头来是一码事，反之，公爵夫人托别人帮忙，人情也记在夫妻共同的账本上，如同丈夫单独请别人帮忙那样。

“为什么他自己不向我提出？”公爵夫人说，“昨天他在这儿呆了两个小时，上帝知道他是多么使人厌倦。如果他像许多上流人士那样知趣而装糊涂，那么他或许还不至于蠢得叫人生厌。可他一脑袋杂乱无章的知识真叫人受不了。他的思想太开放了，向所有他不懂的东西开放。他跟您谈起摩洛哥了吧！太可怕了。”

“由于拉谢尔的关系，他不能返回摩洛哥了。”德·富瓦亲王说。

“但他们俩已断绝关系了。”德·布雷奥泰先生插话。

“不见得吧，两天前我还在罗贝尔的单身公寓遇见她，他们俩不像吵翻的样子，我向您肯定。”德·富瓦亲王反驳道，他乐于传播各种闲言闲语，人言可畏呀，这可能使罗贝尔的婚姻流产，而他的私情实际上已结束，只为间歇的言归于好所迷惑罢了。

“拉谢尔曾谈起过您，一天早晨我偶尔在香榭丽舍大街遇见她，确实像您所说，她是个没有头脑的女人，用您的话说，一个轻佻女郎，类似‘茶花女’，当然这是比喻的讲法。”冯亲王向我讲了一番话，他竭力摆出内行的样子，好像对法国文学和巴黎人的精明很熟悉。

“正是有关摩洛哥的事……”公主赶紧抓住话题大声说道。

“他想为摩洛哥干些什么？”德·盖芒特公爵声色俱厉地问道，“奥丽娅娜在这方面帮不了任何的忙，他明明知道的。”

“他自以为运筹帷幄，”德·盖芒特夫人接着话茬儿说，“再说，他夸大其词，用了不得的词来形容芝麻大的事，尽管如此，写起信来满纸墨水污迹。那天他说他吃到了卓越的土豆，还说他终于租下了卓越的楼下包厢。”

“他还讲拉丁文，”公爵加码说。

“怎么，拉丁文？”公主问道。

“我发誓！请夫人问奥丽娅娜是不是我夸张了。”

“确实的，夫人，那天他一口气说出了一句完整的话：‘我找不到比这样的例句更令人感动的：Sic transit gloria mundi’[①]；我向殿下说的这句拉丁文是经过到处讯问和请教了一些语言学家后重新拼凑起来的，当时罗贝尔突然说出口，含含糊糊，听不清话中夹着拉丁文，他的样子活像《没病找病》[②]中的人物！他的话用来说奥地利皇后之死[③]倒挺合适！”

“可怜的女人！”公主大声说，“那是个多么了不起的女性哪！”

“是的，”公爵夫人说，“有点疯疯癫癫，有点精神失常，不过非常的善良，是个温柔和蔼的疯女人，我始终不明白她为什么不装一口假牙，她的那个假牙，一说话就往下掉，她不得不停止讲话，否则有吞下去的危险。”

---

①拉丁文：世上的荣耀浮云似的消失了。

②莫里哀的剧作，发表于1673年。

③奥地利皇后伊丽莎白·德·维特尔巴赫于1898年9月在日内瓦被一个意大利无政府主义者暗杀。

“拉谢尔曾向我谈起过您，她对我说小圣卢非常喜欢您，甚至超过喜爱她，”冯亲王一边对我说，一边狼吞虎咽，他的脸色通红，连续不断的笑使牙齿全部显露出来。

“那么她该嫉妒我，憎恨我啦，”我回答。

“根本没那回事，她对我说了您许多好处。德·富瓦亲王的情妇也许会嫉妒，如果他喜欢您超过喜欢她。您不明白吗？那么一会儿跟我走吧，我向您详细说明。”

“不行哪，我 11 点要去德·夏吕斯先生家。”

“巧了，他昨天让人请我今晚来吃饭，但不要晚于 11 点 1 刻。如果您一定要去他家，那么至少陪我到法兰西剧院，届时您已经到近郊了。”亲王大概以为“近郊”的意思等于“附近”或许“中心”。

但他英俊的大红脸上那双睁得大大的眼睛叫我害怕，我拒绝了，推说有个朋友要来接我。这样回答我觉得并不使人难堪。然而亲王得出的印象大概不相同，因为他从此不再跟我说话了。

“对啦，我得去探望一下那不勒斯王后[①]，她大概伤心极了！”德·巴尔马公主说，或模模糊糊传到我耳里。因为我身旁有人说话，她的话就有些听不清了，冯亲王悄声对我说话，他怕声音大了被德·富瓦先生听见。

“不会吧，”公爵夫人回答，“我想她根本不伤心。”

“根本不伤心？您总这么言过其实，奥丽娅娜，”德·盖芒特先生说，他重新扮演抵挡海浪的悬崖，迫使拍击海岸的浪花越蹿越高。

“我说的是实话，巴赞比我更清楚，”公爵夫人说，“但他认为在您面前要留有余地，生怕我得罪您。”

“那倒不用担心，请讲吧，”德·巴尔马公主大声说，她倒担心由于她在场别人话到嘴边留三分，从而有损于德·盖芒特公爵夫人非常有趣的星期三晚会，这么有趣的聚会对瑞典王后来说还是个禁果，她还没

---

① 玛丽-索非-阿梅莉·德·维特尔巴赫，被暗杀的奥地利皇后的姐妹。也是德·巴尔马公主的亲戚。

有权利品尝哩。

“正是巴赞自己哭丧着脸问她：‘王后在服丧哪，是哪位仙逝了？陛下一定很悲伤吧。’王后回答说：‘不，不是什么大丧事，只是小丧事，小小的丧事，我的姐妹去世了。’事实上，她喜出望外，巴赞知道得很清楚，她就在当天邀请我们参加一次聚会，还送给我两粒珍珠。我真希望她每天失去一个姐妹！她对姐妹的死根本不哭，大笑都来不及哩。她心里想的很可能像罗贝尔说的那样，‘浮云似的消失了’，谁知道呢。”她谦虚地补充一句，尽管心里一清二楚。

德·盖芒特夫人只是想显示一下才智，其实毫无根据，因为那不勒斯王后像遭到同样惨死的德·阿朗松公爵夫人[1]一样心地善良，对失去的亲人真心实意地哀痛。德·盖芒特夫人对这些高贵的巴伐利亚姐妹，即她的表姐妹们，非常熟悉，不会不知道的。

“他不想返回摩洛哥，”德·巴尔马公主再次把话题引向罗贝尔，既然德·盖芒特夫人无意间说出罗贝尔，又给了她一次机会，她便赶紧抓住，“我想您认识德·蒙塞弗耶将军。”

“不大认识，”公爵夫人回答，其实她与这位军官过从甚密。公主说出圣卢想要干什么。

“我的上帝，如果我见到他的话……有可能遇见他的话，”公爵夫人说，装出不拒绝的样子，人们一旦有求于她，她便显出她与德·蒙塞弗耶将军的关系已经疏远了。这种不明确的表态，公爵还觉得不够，他接着妻子的话说：

“您明知道您见不着他，奥丽娅娜，再说您已经求过他两件事，他一件也没办，我妻子好揽事情，”公爵的火气越来越大，迫使公主收回她的要求，而又不使人怀疑公爵夫人乐意助人，让德·巴尔马公主把这事推到他头上，责怪他脾气不好，他接着说：“罗贝尔尽可以对蒙塞弗耶提出要求。只是他不知道想干什么，于是要我们干预，因为他知道再也没有比这种方式更能把事情搞得一团糟。奥丽娅娜已经向蒙塞弗耶

---

①那不勒斯王后的另一位姐妹嫁给奥尔良亲王，即德·阿朗松公爵。

提出过多的要求。现在再提要求，只会遭到他拒绝。”

“喔，既然这样，那最好公爵夫人什么也别求他了。”德·巴尔马夫人说。

“自然喽。”公爵作出结论。

“可怜的将军，他在选举中又被击败了。”德·巴尔马公主转换话题说。

“咳，没有关系，才第七次失败嘛，”公爵说，由于他自己已退出政坛，对别人遭到选举失败颇为幸灾乐祸，“不过他聊以自慰的是他妻子又要为他生孩子啦。”

“怎么，可怜的德·蒙塞弗耶夫人又怀孕啦？”公主大声说。

“没错，”公爵夫人答道，“这是可怜的将军永远立于不败之地的区域。”

此后这样的晚宴我不断受到邀请，哪怕只有几个宾客，我原先就想象宾客们一定像圣教堂的传教士。果然，他们如同最早的基督教徒聚集在一起，不仅分享美味可口的饮食，还是一种圣餐式的聚会；所以几次晚宴之后我便认识东道主们所有的朋友，他们在介绍我时表现出明显的好感，仿佛我是他们一向宠爱的人物，以致没有一个朋友在举办舞会时不把我的姓名列入邀请的名单，否则以为会冒犯公爵和公爵夫人；同时，我一边喝着盖芒特家地窖珍藏的易其姆白葡萄酒，一边品尝用独特的制法烹调的雪鹀：公爵根据不同的烹调法所确定和谨慎修改的制法。不过，对于已经不止一次入席神秘之餐的人来说，领圣体的仪式可以免去。德·盖芒特先生和夫人的朋友们经常吃过晚饭后再来看望他们，用斯万太太的话来说，“剔牙”的时候不请自来，冬天在灯火通明的大客厅里喝一杯椴花茶，夏天在长方形的花园一角摸黑吃一杯橘子水。盖芒特夫妇晚饭后在花园里从来只喝橘子水。这几乎是一种规矩。喝别的清凉饮料简直就像违背了传统，有如圣日耳曼区的盛大交际会，倘若上演喜剧或演奏音乐便不成其为盛大交际会了。人们必须被认为是专程来拜访德·盖芒特亲王夫人的，哪怕多达500人。人们很羡慕我的影响力，因为我可以不喝橘子水，专门让人为我准备一长颈大肚瓶煮熟的樱桃汁或梨汁。为此，我与德·阿格里让特亲王闹得很不愉快，他很像那些缺乏想象力而并非贪婪的人，他们对你喝的东西惊奇不已，请你允许他们尝一尝。以至于每次德·阿格里让特都瓜分我的定量，弄得我好扫兴。因为这类果汁容易坏，所以每次准备的量有限。一种水果一旦煮后变成饮料，其颜色便复归开花季节的花色，叫人百看不厌。果汁或红得像春天果园的花朵或像果树下掠过的无色而清凉的微风，一滴一滴的品尝和观赏，沁人心脾，而德·阿格里让特先生经常妨碍我得到满足。尽管增添了这些糖煮水果，传统的橘子水如同椴花茶，经久不衰。饮料尽管平常，人际的思想交流却不平常。大概正因为如此，德·盖芒特先生和夫人的朋友们毕竟与我原先想象的那样，谈吐不俗，比他们令人失望的外表给人的印象好些。许多老年人来到公爵夫人家，在接受始终不变的饮料的同时，接受颇为冷淡的招待。然而，他们来这里不是冒充高雅，因为他们自己的社会地位高得不能再高了，也不是出于喜爱奢华，他们也许喜欢奢华，但他们可以在随便什么较差的交际场合都可享受豪华，相形之下，某位大富翁银行家的漂亮妻子不惜工本为西班牙国王举办了两天令人着迷的打猎活动。他们却拒不参加打猎，出来随便走走，看看德·盖芒特夫人是否在家。他们甚至没有把握在这里能找到知音或志趣相投的人：德·盖芒特夫人有时高谈阔论，谈及德雷福斯事件，谈及共和国，谈及反宗教法规，甚至悄声谈论来访者，议论他们的短处和枯燥的谈吐，而客人们装作没有听见。他们之所以保持他们的习惯，大概因为他们受过上流社会高雅的美食教育，对社会大宴席的美味佳肴了如指掌，因为符合他们自己的胃口，令人放心，滋味又好，没有混合没有掺杂，他们对家庭菜肴和社交界菜肴的来历知道得一清二楚，所以他们的口味始终“高雅”。晚宴后我又被介绍给一些宾客，事有凑巧，德·巴尔马公主谈起的那位德·蒙塞弗耶将军也在场，连德·盖芒特夫人都不知道他今晚也来了，尽管他是公爵夫人沙龙的常客。将军听到报我的名字，面对我欠身致意，好像我是国防最高委员会的主席。我原先以为公爵夫人几乎拒绝向德·蒙塞弗耶先生推荐她的侄子，仅仅由于本性不乐于助人，而公爵在精神上，要不然在感情上，是妻子的同谋。后来当我听到德·巴尔马公主脱口而出的几句话，得知罗贝尔的岗位很危险，为谨慎起见，让他换个岗位，我这才明白盖芒特夫妇的冷漠是有罪过的。当德·巴尔马公主怯生生地建议由她本人出面向将军求情而公爵夫人竭力加以劝阻，我对德·盖芒特夫人恶毒的真面目非常气愤。

“嗨，夫人，”公爵夫人大声说，“蒙塞弗耶对新政府没有任何威信和权力。那不就竹篮打水一场空嘛。”

“我想他听得见咱们说话。”公主悄声说，请公爵夫人把说话声放低点。

“殿下不用担心，他聋得厉害呢。”公爵夫人没有放低声音，将军完全听得清楚。

“因为我认为德·圣卢先生处的地方不安全。”公主说。

“那有什么办法，”公爵夫人反驳道，“他的处境跟大家一样，不同的是他主动要求去摩洛哥的。再说，那里不危险，如果真有危险，您想我会不管吗？我本想在晚宴时对圣约瑟夫谈及此事。他的影响力更大，神通广大呢！但您瞧见了吧，他提前走了。况且跟他比较好开口，而对德·蒙塞弗耶将军难以启齿，他自己就有三个儿子在摩洛哥，而且不想要求调动他们，所以他会反对的。既然殿下坚持，我跟圣约瑟夫谈谈，如果见到他的话，或跟博特雷伊谈谈。但要是见不到他们，您也别太可怜罗贝尔。那天人家给我们讲了那边的情况。我想他呆在那儿比哪儿都强。”

“多么好看的花呀，我从来没见过这么好看的花儿，只有您，奥丽娅娜，养得出这样的奇花异草！”德·巴尔马公主生怕德·蒙塞弗耶将军听见公爵夫人说话，赶紧转换话题。我从这些奇花异草中认出埃尔斯蒂尔当着我的面画的一种草木。

“我很高兴您喜欢，这些花草确实令人赏心悦目，瞧瞧围绕花茎的淡紫色茸毛；不过，就像有些长得非常标致和穿着非常考究的女人们那样，它们的名称很难听，香味也不好。尽管如此，我仍十分喜欢。但它们快凋谢了，这倒有点叫人伤心。”

“不过这些花是盆栽的，不是剪插的。”公主说。

“确实不是，”公爵夫人笑着答道，“但这是一码事，因为这些是雌花。这种花木的雌蕊和雄蕊不长在同一根茎上。有如人们养的一条母狗，我的花儿也需要丈夫。否则不能养育后代！”

“多么奇妙呀。自然界居然也……”

“是啊，有些昆虫以成全婚姻为己任，好像受全权为君主选美似的，否则未婚夫妇永远做不到一处。所以我对您说大实话，我嘱咐下人把花木放到窗台最远的地方，时而放在阴面，时而放在阳面，希望招引不可缺少的昆虫。但这完全靠碰运气。您想吧，它非得要赶巧来看见这类品种并知道有另一种性别的品种，而且要肯光临寒舍牵线搭桥。如果它不来光顾，我想我的花木永远是贞洁的少女了，我承认，花蕊如果更袒露一些会更叫我喜欢。请看，院子里这棵美丽的树也是同样的情景，不繁衍后代就将死去，而这种品种在我们这些地区很少见。它的婚姻牵线人则是风，但院墙太高了。”

“确实太高了，”德·布雷奥泰先生说，“您应当叫人把院墙打矮几公分，那就行了。搞交配要懂得门道。比如，公爵夫人，您刚才请我们吃的可口的冰淇淋里有香子兰的香味，这种香味来自叫香子兰的花木。香子兰开花时既有雌蕊也有雄蕊，但在雌蕊和雄蕊之间隔着一层硬硬的屏蔽，阻碍着它们交配。所以香子兰永远结不出果实，直到有一天，留尼汪岛一位年轻的黑人，名叫阿尔比尤斯，顺便说一下，他的名字对一个黑人来说颇为滑稽，因为阿尔比尤斯的意思是白人，他突然灵机一动，用一枚小针把屏蔽挑开，把分开的雌蕊和雄蕊结合在一起了。”

“巴尔马，您真了不起，什么都知道。”公爵夫人大声说道。

“您也一样，奥丽娅娜，您告诉我一些我意想不到的事情。”公主说。

“我对您说，殿下，是斯万教我学到许多植物学的东西。有时候，我们不乐意去某个茶会或看日场演出，便去乡间，他给我指点花木异乎寻常的交配，那比人与人的结合有趣多了，而且花木结婚不需要办酒席也不需要进教堂。我们从来没有时间走得很远。如果像现在有了汽车，那就更美了。可惜在这期间他自己结婚了，他的婚姻比花木的婚姻更令人惊讶，把什么事都搅得不可收拾。哎，夫人，生活是件令人头痛的事情，人们把时间花在做出叫你厌烦的事情，这不，碰巧认识某个人可以陪你去观赏有趣的雌蕊和雄蕊的交配，他偏偏自己非结婚不可，这个斯万。要么放弃考察植物学的散步，要么不得不与一个不光彩的女人交往，两弊取其轻，我选择了前者。况且，不用走得那么远。听说，就在我小小的花园里，在光天化日之下，发生比布洛涅森林夜间更不体面的事情！只是不那么引人注目，因为花与花的交配很简单，比如看得到一串橘黄色的细液往下滴，或一只满身灰尘的苍蝇飞来擦脚或洗澡，然后钻进花朵里去。这样，交配就完成了！”

“瞧，这个摆花的五斗橱也很华丽，是帝国款式的，我想。”公主说，她对达尔文及其后继者的著作不熟悉，很难理解公爵夫人所开玩笑的含义。

“是吧，很美。我很高兴夫人喜欢，”公爵夫人答道，“这件家具确实漂亮。对您直说吧，我一向喜欢帝国款式，甚至在这种款式还时行的年代。记得在盖芒特的时候，我被婆婆羞辱过，因为我说要把顶楼存放的帝国款式的漂亮家具统统搬下来，那些家具是巴赞从蒙泰斯鸠家族继承的，我把它们摆在我住的古堡侧翼。”

德·盖芒特先生微微一笑。他一定记得事情并非如此。德·洛姆亲王夫人笑话婆婆情趣不高雅，在亲王热恋她的那一小段时期内已司空见惯，后来亲王对妻子的爱恋淡漠了，但对母亲的才智不高依然有几分轻蔑，不过没有因轻蔑而失去拳拳之心和对长辈的敬重。

“伊埃纳夫妇家也有一把韦奇伍德[①]镶嵌的扶手椅，很漂亮，但我更喜欢我的那把，”公爵夫人说，她摆出不偏不倚的样子，好像两把椅子中没有一把是属于她的，“不过，我承认他们家确实有些美妙的东西是我所没有的。”

---

①韦奇伍德（1730—1795），英国陶瓷工艺家，达尔文的外祖父。

德 · 巴尔马公主没有做声儿。

“真的，殿下不知道他们的收藏吧。喃，一定请跟我去饱一下眼福。那是巴黎的奇观之一，活像个博物馆。”

她的建议实属典型的盖芒特式放肆，因为在德 · 巴尔马公主眼里伊埃纳夫妇是窃取者，他们的儿子至今跟她一样拥有德 · 瓜斯塔拉公爵的封号[①]；德 · 盖芒特夫人越讲越起劲，她实在太喜欢发表她独特的见解，一时顾不上对德 · 巴尔马公主恭敬了，她边说边朝其他宾客投以开心和微笑的目光。客人们勉强地跟着笑，他们既诚惶诚恐又暗中赞叹，喜不自胜地想着他们是奥丽娅娜“最新妙语”的见证人，可以拿去传播，“现趸现卖”。他们其实既惊讶又不惊讶，因为他们知道公爵夫人有本事把库瓦泽埃家族的种种偏见视为敝屣，善于把生活搞得更有趣更愉快。这些年把德 · 奥马尔公爵和玛蒂尔德公主聚在一起的难道不正是她吗？德 · 奥马尔公爵曾给玛蒂尔德公主的亲兄弟写过一封著名的信，其中写道：“在我的家族中所有的男子都是好样的，所有的女子都是贞洁的。”然而，亲王们在保持好样子的同时却好像忘记了自己是谁，德 · 奥马尔公爵和玛蒂尔德公主在德 · 盖芒特夫人家相遇，互相产生极大的好感，以致后来互相串门了，这种不念旧恶的能力胜似路易十八：他竟任命投票赞成处死他兄弟的富歇为部长。德 · 盖芒特夫人还精心策划让缪拉公主和那不勒斯王后和好。但眼下，德 · 巴尔马公主还显得十分尴尬，就像荷兰和比利时王冠继承人德 · 奥朗日亲王和德 · 布拉邦公爵要被人介绍给另一位德 · 奥朗日亲王：德 · 马伊-内尔和另一位德 · 布拉邦公爵：德 · 夏吕斯先生。

言归正传，德 · 盖芒特公爵夫人对帝国款式的喜爱是经过斯万和德 · 夏吕斯先生(尽管他执意不肯跟伊埃纳夫妇来往)呕心沥血培养出来的，她大声说道：

“夫人，说心里话，我说不准您会觉得帝国款式美到什么程度。反

---

① 拿破仑在把巴尔马公爵领地并入瓜斯塔拉后，封他的妹妹葆利娜为德 · 瓜斯塔拉女公爵。

正我承认它始终引起我强烈的感受。在伊埃纳夫妇家，嗬，简直叫你眼花缭乱，如堕梦幻。那种感受，怎么对您说呢，就像回到出征埃及的时候，使人追溯古代，整个房屋弥漫这种气氛：带翼狮身女怪匍匐在扶手椅的脚上，蛇缠绕枝形大烛台，一个很大的缪斯向你伸出一个小小的火炬，原来是烧开水的壶或装点你的壁炉和你的挂钟，还有各种庞贝风格的灯，还有船形的床，好像是在尼罗河上发现的，随时都可能看见摩西冒出来似的，还有一辆辆四马二轮战车沿着一个个床头柜奔驰……”

“帝国款式的家具叫人坐立不安。”德·巴尔马公主试着说。

“不会的，”德·盖芒特夫人答道，她笑着坚持说，“我喜欢正襟危坐在铺着石榴红丝绒或绿色绸缎的桃花心木椅子上。我喜欢那种将领坐的不舒服的象牙椅，在大客厅的中央交叉架着束棒，堆着王冠。我向您保证在伊埃纳夫妇家人们一刻也想不到坐立的姿势，光欣赏画在墙上的巨幅放荡胜利女神的壁画都来不及哩。我丈夫似乎觉得我是个极坏的王权主义者，但我决不墨守成规，您是知道的；我向您保证在他们那些人家里咱们会慢慢喜欢所有的N分子[①]，喜欢所有的蜜蜂图案的纹章。我的上帝，在王朝时代，咱们很久没有获得荣耀了，而那些战士缴获那么多王冠，他们甚至用来装点椅子的扶手，我觉得这有点气派！殿下想必明白了。”

“我的上帝，您想得倒好，”公主说，“不过我觉得不那么容易吧。”

“哎，夫人放心，一切会很顺利的。他们全是些好人，不是糊涂虫嘛。我们曾把德·谢夫勒兹夫人都带去了，”公爵夫人接着说，她知道所举例子的分量，“她喜出望外。伊埃纳公子甚至非常惹人喜欢……”她接着说，“我要说的不大得体，可他那个房间，尤其他那张床，真叫人想在上面睡觉，当然不是跟他睡。还有更不得体的话，我曾经有一次见到他病了躺在那张床上。在他身边的床沿上雕着一条长长的卧着的美人鱼，妩媚可爱，鱼尾巴是珍珠质的，手上还有荷花饰。我向您保

① 即拿破仑分子。

证，”德·盖芒特夫人放慢语速，加重语气，漂亮的嘴唇一撅一撅，字字铿锵有力，她那双玉笋似的手极有表现力，温柔而深沉的目光一直凝视着公主，接着说，“再加上旁边的棕叶饰和金冠，真是动人心弦，完全就像居斯塔夫·莫罗[1]在《年轻人和死神》中所画的，殿下一定知道那幅杰作吧。”

德·巴尔马公主连画家的名字都不知道，却频频点头，笑容可掬，以示她对那幅画的赞赏。但她强化的面部表情却代替不了眼中茫然的神色，每当我们不知道别人跟我们所谈的事情，我们的眼睛就会显得茫然。

“公子很英俊，是吗？”她问道。

“不，他的模样像个貘。他的眼睛在采光方面有点像奥棠丝王后。但他可能以为男子汉显示出这种模样未免有点可笑，于是脸上抹了许多油，双颊亮光光的，颇像马穆鲁克骑兵。看得出来，每天早晨大概有人给他脸上抹油。”德·盖芒特夫人回答，然后把话题转回年轻公爵的卧床，“斯万大为震惊，他发现那美人鱼和居斯塔夫·莫罗的《死神》极为相像。况且，”她加快语速，更加一本正经，以便更引人发笑，“没有什么值得大惊小怪的，年轻人只得了感冒，身体好着呢。”

“听说他冒充高雅，是吗？”德·布雷奥泰先生不怀好意地问道，脸涨得通红，等待着确切的回答，好像提出这样的问题：“人家对我说他的右手只有4个指头，真的吗？”

“喔，喔，我的上帝，不，不，”德·盖芒特夫人答道，宽厚温和地笑了笑，“也许从外表上看有那么一点点冒充高雅的样子，因为他非常年轻嘛，但我不相信他实际上是那种人，因为他聪明，”她补充强调说，好像她认为冒充高雅和聪明水火不相容。“他很精明，我看他也很滑稽，”她又笑着说，摆出鉴赏者和行家的样子，好像判断某个人滑稽需要显露乐呵呵的神态，或好像她此刻回想起德·瓜斯塔拉公爵的俏皮话。“再说，他没有被认可，冒充高雅无从谈起。”她接着说，但没有

---

①居斯塔夫·莫罗（1826—1898），法国画家。

考虑到她这么说对德·巴尔马公主并不是鼓励。

“我不知道称呼她伊埃纳夫人的德·盖芒特亲王会怎么想，如果他听说我去了她家。”

“那又怎样，”公爵夫人大声答道，情绪非常激动，“您知道，我们让予吉尔贝(现在想起后悔不迭)一整套游戏厅帝国款式家具，从鸠鸠那里传下来的，华丽得不得了！我觉得没有什么地方比他家摆设那些东西更合适了。那一套东西太美了，半是伊特鲁亚的，半是埃及的……”

“埃及的?”公主问道，她对伊特鲁亚的东西不甚了了。

“我的上帝，两者兼而有之，斯万做的鉴定，是他对我说的，您知道，我的知识贫乏极了。不过实际上，夫人，帝国式的埃及和真正的埃及毫无共同之处，帝国的罗马人和真正的罗马人，帝国的伊特鲁亚和真正的伊特鲁亚毫无共同之处……”

“真的呀！”公主说。

“可不嘛，就像在安娜·德·穆希或亲爱的布里戈德的母亲她们青年时代，明明在第二帝国治下，却偏偏管一种服装叫路易十五款式。刚才巴赞跟您谈起贝多芬。那天有人给我们演奏了一首他的乐曲，很好听，但有点不大生动，因为里面有一个俄国主题。贝多芬居然认为那是俄国主题，想起来令人感动。同样，中国画家曾以为可以模仿贝里尼。甚至在同一个国家里，每当有人以新奇独特的方式来看待事物，总有五分之四的人压根儿不赞成他的看法。他们至少要用40年的时间才弄得明白。”

“40年！”公主大惊失色地喊道。

“是呀，”公爵夫人接着说，她越来越多地套用我的话，因为我曾在她面前发表过类似的见解，不过她的语音铿锵，就像书写中的“斜体字”那样引人注目，“这好比目前还不存在的人种中的第一个单独的个人，由他来繁衍这个人种，他具备人类迄今为止还不具备的感官。我无法援引自己的话，因为我总喜欢一切有趣的表现手法，刚开始不管有多新奇，我都喜欢。总之，那天我陪大公夫人去卢浮宫参观，我们从马奈的《奥兰毕亚》前面经过。现在谁也不感到惊异了，可当时我一眼看出它有安格尔的风格！天知道我为什么要为那幅画辩护，再说我不全喜欢，而且肯定有模仿别人的东西。它也许不大应该在卢浮宫展出。”

“大公夫人身体好吗？”德·巴尔马公主问道，她对沙皇的姨母比对马奈的模特儿要熟悉得多。

“很好，我们还谈起您呐。”公爵夫人答道，她继续她的思想往下说，“其实，正如我的表兄弟帕拉梅德所说，实际上咱们在自己和其他每个人之间竖着一垛语言不通的墙。此外，我承认没有人像吉尔贝那样真实。如果您有兴致去伊埃纳夫妇家，那么您根本不用顾虑这个可怜的人对您的行为有什么想法，他是个又无邪又可爱的人儿，不过满脑子装着另一个世界的思想。我觉得跟我的马夫、我的马匹比跟他更接近更有血缘关系，他这个人始终叫人联想到菲力普三世和路易六世时代，食古不化。请想一想，他在乡间散步，遇到农民们便憨厚地用手杖叫他们让路，说道：‘走开，乡下佬！’我十分惊异他竟问我是否听到古代哥特式坟墓的死者卧像对我说话。墓石上尽管是我远亲的像，但它使我害怕，我只有一个想法，那就是让墓石像呆在它的中世纪。除此之外，我承认他没有伤害过任何人。”

“我刚跟她一起在维尔帕里济夫人家吃过晚饭。”将军说，但脸上没有笑容，也没有理睬公爵夫人的玩笑。

“德·诺布瓦先生在那里吗？”冯亲王问道，他始终惦记着精神科学院。

“是的，”将军答道，“他甚至谈起你们的皇帝呐。”

“听说威廉皇帝很聪明，但他不喜欢埃尔斯蒂尔的画。我这么说并没有反对他的意思，”公爵夫人说，“相反，我同意他的看法。尽管埃尔斯蒂尔给我画过一幅很美的肖像！嗨，您没见过？不像我，但很奇特。在我摆模特儿姿势的时候，他非常有趣。他把我当成一个老太婆。模仿哈尔斯的《医院的女理事》。借用我侄子偏爱的说法，我想您知道这幅了不起的作品喽。”公爵夫人转向我，轻轻拍打一下她的黑羽毛扇。她已不再正襟危坐，而把头部高贵地往后仰，虽然依旧不失贵夫人的风度，却有点要贵夫人的威风了。我说以前去过阿姆斯特丹和海牙，但因为时间有限，也为了集中精力看一个地方，所以没有去哈勒姆。

“啊！海牙的博物馆真美呀！”德·盖芒特先生赞叹道。我对他说他大概在海牙博物馆欣赏了弗美尔的《代尔夫特的景色》。但公爵不求甚解，又很骄傲。所以，每当跟他谈起某博物馆或某沙龙的某幅画，他总说记不起来了，说什么“该看的，我已看了！”回答时的神情还那么自负。

“怎么，您去荷兰旅行却没有去哈勒姆？”公爵夫人大声问道，“即使您只有一刻钟，冲着哈尔斯的作品也得去看一看，饱一下眼福嘛。我要说，如果哈尔斯的画在露天展出，坐在行进中的有轨电车顶层的人一定会把眼睛张得大大的。”这话我听起来很刺耳，因为她不懂艺术印象在我们脑子里是怎样形成的，她好像以为我们的眼睛在这种情况下只是一部简单的录像机，拍下快镜照片就行了。

德·盖芒特先生很高兴他妻子能跟我侃侃而谈使我感兴趣的主题，他瞧着妻子遐迩闻名的容貌，听着妻子高谈阔论弗朗斯·哈尔斯，心想：“什么都难不倒她。我年轻的客人心里在想他眼前是位地地道道的先朝贵夫人，当今找不出第二个。”我瞧着他们两位，心想他们和德·盖芒特的姓氏毫不相称，从前我想象他们过着不可思议的生活，现在看来，他们同男女众生没有什么两样，只是比他们同一辈人稍为落伍了，但他们俩也是参差错落的，就像圣日耳曼区许许多多夫妻那样；有的妻子有本领停留在黄金时代，而丈夫则不幸坠入过去的青春期；有的妻子始终遵循路易十五时代的风尚，而丈夫则讲究路易-菲力普时代的排场。德·盖芒特夫人和其他女人没有什么两样，一开始我对这个结论感到失望，而后产生反作用，再加上好酒助兴，顿时豁然贯通。对我们来说，在姓氏的谱系里某个叫唐璜·德·奥地利的、某个叫伊莎贝尔·德·埃斯特的[1]，和伟大的历史人物很少有什么联系，好比梅泽格利兹

[1] 唐璜·德·奥地利（1547—1578），查理五世的私生子，荷兰总督；伊莎贝尔·德·埃斯特（1474—1539），即德·曼图阿侯爵夫人，意大利文艺复兴时期重要人物，她是著名的文艺资助者，在她周围聚集一大批诗人，哲学家，建筑家，画家。

那边和盖芒特那边那样互不相干。伊莎贝尔·德·埃斯特实际上大概是个小小的公主，好似在路易十四治下那些在宫廷中得不到特殊地位的公主们。但她使我们感到具备一种独一无二的气质，因此她是无与伦比的，我们只能把她与路易十四相比才觉得她不怎么伟大，以致跟路易十四共用夜宵才使我们产生某些兴趣，而在伊莎贝尔身上我们适逢神奇的巧遇，仿佛亲眼目睹一位小说的女主人公。然而，在研究伊莎贝尔·德·埃斯特的同时，在耐心地把她从仙境移植到历史的境界，我们发现她的生活和思想丝毫没有她的姓氏所赋有的神奇色彩，失望之余，我们非常感谢这位公主让曼坦那①作画，从而使我们知道她相识的人几乎相当于被拉夫内斯特尔②先生“踩在脚底下的人物”（弗朗索瓦丝语），也是一直被我们所鄙视的人物。在攀登了德·盖芒特姓氏难以攀登的山顶之后，从活生生的公爵夫人的思想谷壁下来，一路上我发现一些众所周知的姓氏，诸如维克多·雨果，弗朗斯·哈尔斯，咳，可叹，还有维贝尔，其惊奇的程度不亚于一个考察旅行家：他考虑到地理的遥远和奇花异草命名的古怪，于是想象在中美洲或北非洲蛮荒的山谷中风俗习惯一定很奇特，但在穿过大芦荟丛林或芒齐涅拉树林之后，却发现居民们正在阅读《墨罗佩》或《阿尔济尔》③，有时甚至发现罗马剧院废墟和献给维纳斯的华表。德·盖芒特夫人降贵纡尊谈论她永远弄不明白的文化，并非出于利害，也非因为有什么野心，她的文化修养和我所知的有教养的良家妇女相比是那么遥远，那么格格不入，那么高超，那么值得称赞，她博学多才犹如政治家或医生，连腓尼基的古董都了如指掌，这种特性由于没有使用价值而叫人可怜。

“我本可以给您看一幅非常美的画，”德·盖芒特夫人和气地对我说，她指的是一幅哈尔斯的画，“有些人认为美得无与伦比，是一位德国表兄弟遗赠给我的。只可惜它‘像封地似的封在’古堡里了，您不懂

---

①曼坦那(1431—1506)，意大利文艺复兴时期巴杜亚派画家。

②拉夫内斯特尔(1837—1919)，法国诗人，小说家，艺术评论家。

③伏尔泰的两部悲剧，分别写于1743年和1736年。

这个熟语吧？我也不懂，”她喜欢取笑旧时的习俗，以显示她是新派，其实她无意地留恋着旧习俗，“我很高兴您观赏了那些埃尔斯蒂尔的作品，但我承认如果有幸让您看一看那幅‘像封地似的封着’的哈尔斯杰作，我会更加高兴。”

“我知道那幅画，”冯亲王说，“那是德·黑斯大公的肖像。”

“巧得很，他的兄弟娶了我的姐妹，”德·盖芒特先生说，“况且，他的母亲是奥丽娅娜母亲的表姐妹。”

“谈起埃尔斯蒂尔先生，”冯亲王补充道，“请允许我说一句，对他的作品我一无所知，谈不出什么看法，但我认为皇帝对他的仇视不可当真被认为冲着他。皇帝是绝顶聪明的。”

“是的，我和他一起出席过两次晚宴，一次在我姨母萨冈家，另一次在我姑妈拉德兹维尔家，我恐怕要说我觉得他奇特。我不认为他质朴！他也有叫人好笑的地方，但有点‘怪’，”她着重强调这个词儿，“好比绿色的石竹，就是说有某种令我惊奇和使我不快的东西，有某种可显露可不显露而他非要露一手的东西。我的话没有使你感到刺耳吧？”

“皇帝的才智前无古人，”冯亲王接着说，“他热衷于艺术；他对艺术作品的鉴赏几乎一贯正确，从不出半点差错；如果有什么美的东西，他一眼就看出来，然后疾恶如仇。他若仇视什么东西，那毫无疑问，他要得到它，因为那是好东西。”大家笑了。

“您的这番话叫我放心了。”公爵夫人说。

“我很自然地把皇帝和我们在柏林的一位老考古学者相比较，”冯亲王接着说，他说考古学者一词时把词中〔k〕音念成〔ʃ〕音，而这个词他一有机会就反复使用，“老考古学者每到一处亚述古迹便痛哭流涕。但如果是一件现代赝品，不是真正的古物，他便不哭泣。于是，每当人们想知道一件考古得来的物件是否真正的古物，就送去给老考古学者看。如果他失声痛哭，那就把古物买下来送到博物馆展览。如果他眼睛里没有泪水，那就把物件还给商人或指控他经营假冒物品。言归正传，每次我去波茨坦吃晚饭，皇帝都要跟我谈起一些艺术品，他说：

‘亲王，您应当去看一看那件作品，才气横溢呀，’凡是那种作品，我都一一记下，但从不去看，而每当我听到他把某个展览臭骂一通，只要有可能，我便马上去看。”

“诺布瓦是不是反对英法接近？”德·盖芒特先生问道。

“这对你们有什么好处？”冯亲王答道，样子又生气又恼火，他不能容忍英国人，“他们笨得不能再笨了。我很清楚他们帮助你们虽不在军事方面。但从他们的将军笨得出奇可对他们作出评价。我的一位朋友最近跟博塔聊天，您知道那位布尔人首领吧。首领对我朋友说：‘一支这样的军队，真令人心寒。我倒蛮喜欢英国人的，但请想一想，我只是个农民，而我却在所有的战役中把他们打得屁滚尿流。在最后一次战役中要对付20倍于我的敌人，我陷入困境，不得不投降，但在投降的过程中我仍设法俘虏了他们2 000人！这了不起呀，因为我只是个农民的首领，一旦那些笨蛋跟一支真正的欧洲军队较量，其结果可以设想，真为他们胆战心惊！’此外，您只要看一看他们的国王，您跟我一样了解他，却在英国被视为伟大的人物。”

我没有用心听这些故事，这类事情德·诺布瓦先生经常跟我父亲谈起，于我热衷的冥思遐想毫无补益，再说，即使能为我的冥思遐想提供素材，也得要非常刺激的，促使我的内心生活在这些社交的时刻生机勃然，让我忘却我的皮肤，忘却梳得很好的头发，忘却衬衫的前胸，领略我在生活中领略不到的快乐。

“咳，我不同意您的意见，”德·盖芒特夫人说，她觉得这位德国王子缺乏涵养，“我觉得埃杜阿国王很可爱，非常爽直，比人们想象的要敏锐得多。而王后，甚至到现在，依然是我认识的世界之尤物。”

“但是，公爵夫人，”冯亲王生气地说，他没有察觉他不讨人喜欢，“如果威尔士亲王是爽直的人，那么就不会有俱乐部排挤他了，就不会有人不跟他握手了。王后美貌出众，无比温柔，但知识极其狭隘。总之，这一对皇家夫妇令人反感，他们完全靠臣民供养，让犹太金融巨头替他支付各种开销，作为交换，他任命他们当男爵。比如德·保加利亚亲王……”

“他是我们的表兄弟，”公爵夫人说，“他很有才气。”

“也是我的表兄弟，”冯亲王说，“但我们并不因此认为他是个正直的人。不，你们应该跟我们接近，这是皇帝最大的愿望，他希望这种接近出自内心；他说，我要的是握一握手，而不是举一举礼帽！那样你们将是不可战胜的。这比德·诺布瓦主张的英法接近要实惠得多。”

“您认识德·诺布瓦先生吧，”公爵夫人问我，生怕把我撇在一边插不上嘴。我记得德·诺布瓦先生曾说我好像想吻他的手，我想他大概把这种胡言讲给德·盖芒特夫人听了，总之，他对她只会说我的坏话，尽管他跟我父亲是至交，他却不肯放过我，出我的洋相，说我的所作所为不像上流社会人士。冯亲王会说他厌恶德·诺布瓦先生，并让他感觉出这种厌恶，他的样子让人看出他有意成为大使中伤的对象，而大使的恶语中伤只不过是骗人的、出于利害的报复。我回答德·盖芒特夫人说，我很遗憾，我认为德·诺布瓦先生不喜欢我。“您误会了，”她反驳我说，“他非常喜欢您。您可以问问巴赞，别人夸我心肠太好，他可不是对什么人都心软的。巴赞会告诉您，我们从来没有听到诺布瓦谈起别人像提起您那样有好感。他前不久想请部长为您谋个好差使。因为听说您身体欠佳，不会接受，这才没有好意思向您父亲表达他的好意，他是非常敬重您父亲的。”德·诺布瓦先生是我最不指望得到斡旋的人。事实上，他好嘲弄人，甚至相当不怀好意，像我这样的人曾被他装成圣路易道貌岸然的外表迷惑过，被他的甜言蜜语、柔声细语动过心，一旦得知诽谤来自说话动听的人时，便深信此人口蜜腹剑，心怀叵测。他恶言中伤别人是司空见惯的，但这不妨碍他得到别人的好感，也不妨碍他奉承他喜欢的人，更不妨碍他乐于显得热心为别人效劳。

“他欣赏您，我不感到惊奇，”德·盖芒特夫人说，“因为他很聪明。我完全理解，”她后面一句话是对其他人说的，暗示一项我不知道的婚姻计划，“他觉得我的姨妈当新娘根本不行，连当他的老情妇都不大有意思了。况且我猜，很久以来她连情妇都不是了。如果我猜得不错，她只跟上帝发生关系了。她比你们想象的更为虔诚，诺布瓦可以像雨果诗中的博兹那样说：

哦，我的天主，跟我睡觉的那个女人，
早已离开我的床铺到你的床上去了！[①]

“说真的，我可怜的姨妈很像那些先锋派艺术家，一辈子谩骂艺术院，到头来他们自己成立了小小的文艺协会，她也像那些还俗的人，退出众人的宗教之后又建立个人的宗教。那样还不如不还俗，或不如不姘居。不过，谁知道呢，”公爵夫人加添道，神态迷惘，“也许预料会守寡吧。没有比不能公开的守寡更凄惨的事了。”

“嘿！假如德·维尔帕里济夫人变成德·诺布瓦夫人，我想我们的表兄弟吉尔贝会气得大病一场的。”德·圣约瑟夫将军说。

“德·盖芒特亲王风流倜傥，但他的确非常讲究出身和门第的问题，”德·巴尔马公主说，“我在他的乡间别墅呆过两天，不巧亲王病了。我由瘦夫人陪同(这是德·于诺尔斯坦夫人的绰号，因为她长得肥胖)。亲王到台阶下来迎接我，向我伸出手臂，装作没有看见瘦夫人。我们拾级而上，到达客厅的进口处，闪避着让我先进屋，这时他才说：‘嗨，您好呀，德·于诺尔斯坦夫人’（自从跟她分手后他一直这么称呼她)，装作才见到瘦夫人，以示他下台阶去迎接的不是她。”

“我一点也不感到奇怪。不用对您说，”公爵说，他自以为非常的新派，比谁都轻视出身，甚至自称共和派，“我跟我的表兄弟没有什么共同的思想。夫人料想得到我和他几乎在任何问题上都泾渭分明。但我要说，如果我的姨妈嫁给诺布瓦，那我生平第一次同意吉尔贝的意见。身为弗洛里蒙·德·吉兹的女儿，搞上这样一门婚事，叫人笑掉大牙，还有什么好说的呢？”最后几个词，公爵在一般情况下放在句子的中央，这里显得画蛇添足。但他实在非讲出来不可，只好放在句末，没有别的地方可安插了。这对他来说，简直像格律学。他补充道：“不过，请注意，诺布瓦家族全是正直的绅士，出身名门，家世悠久。”

“听着，巴赞，不必学吉尔贝的腔调讥笑吉尔贝。”德·盖芒特夫

---

① 引自雨果《历代传说》中的《熟睡的博兹》一诗。

人说，她认为，出身的“名贵”就像酒的名贵，对德·盖芒特亲王和公爵来说，恰恰在于家世悠久。但她不像表兄弟那样直言不讳，又比丈夫精明，在闲谈时决不否认德·盖芒特家族的精神，嘴上却说对门第不在乎，除非以自己的行为光宗耀祖。

“你们跟他是远房亲戚吧？”德·圣约瑟夫将军问道，“我觉得诺布瓦好像娶了一位拉罗什富科的千金。”

“不是那门子事儿。她属拉罗什富科公爵们的旁系，我的外祖母则是德·杜多维尔公爵们的直系，也是埃杜阿·科科的亲祖母，埃杜阿是全家族最明智的人，”公爵答道，他对明智的看法有点肤浅，“这两个分支自路易十四以来没有联姻，所以远了点。”

“是的，这很有意思，我还不知道哩。”将军说。

“再说，”德·盖芒特公爵接着说，“他的母亲，我想，是德·蒙莫朗西公爵的姐妹，先嫁给拉图尔·德·奥弗涅的一位公子。但由于他们这些蒙莫朗西不是正宗的蒙莫朗西，他们这些拉图尔·德·奥弗涅也只是沾上一点边儿，我看不出这会给他增添多大的身份。他说，最为重要的，他是圣特拉耶[①]的后裔，而我们始终是沿着直系下来的……”

在孔布雷有一条圣特拉耶街，我从来没有想起过。它连接布列塔尼街和鸟街。圣特拉耶这位贞德的战友娶了盖芒特家的一位千金，使得孔布雷伯爵领地划入他家，他的纹章把圣伊莱尔教堂的彩画玻璃下端的盖芒特纹章纵横四等分。我仿佛又看见黑乎乎的砂岩台阶，又听见呼唤德·盖芒特姓氏的声音，今晚我在东道主家出席晚宴也听到呼唤这个姓氏，但其中的含义已有天渊之别。德·盖芒特公爵夫人的姓氏对我来说是一个集体名词，它不仅是历史上所有冠以这个姓氏的妇女的总和，而且在我短促的青春时期从唯一的德·盖芒特公爵夫人身上看到许许多多不同妇女的重叠，每个公爵夫人等到下一个站稳之后便消失了。词语的意义在几个世纪中没有多大变化，而对于我们来说姓氏的意义在几年当中则有很大的变化。我们的记忆不够广大，我们的胸怀不够博大，我

---

① 圣特拉耶死于 1461 年，曾与贞德并肩作战，1451 年成为法国元帅。

们不可能忠贞不矢。在我们现时的思想里没有足够的位置同时接纳活人和死人。我们不得不在先前的基础上构思，在挖掘的过程中偶尔有所发现，比如发掘圣特拉耶这样的姓氏。我觉得没有必要作详细解释，甚至在早些时候，当德·盖芒特先生问我："你不认识我们那个马屁精吧？"我支支吾吾，不置可否。也许他早知道我认识那个家伙，只是涵养好，没有坚持问罢了。这时，德·盖芒特夫人打断我的沉思。

"我觉得尽谈这些叫人受不了。不过，请听我说，在我家不总是这般乏味的。我希望您很快再光临晚宴，作为补偿，咱们不会再摆家谱了。"公爵夫人悄声对我说，她无法理解我可能在她家找到的那种魅力，也无法理解我谦逊得只要面对一本充满不时兴的植物的蜡叶标本集就会满心欢喜。

德·盖芒特夫人以为使我失望的东西，相反，恰恰是在我对整个晚会大失所望之余最后产生兴趣的东西，因为公爵和将军如数家珍似地谈论系谱。我怎么觉察不到他们有悠久的家谱呢？参加晚宴的每个客人都有一种神秘的姓氏，先前我只听说过这些怪里怪气的姓氏，按照我熟悉的人的体态和才智凭空想象他们体态的大小和才智的高低，而他们每个人给我的印象极为平庸，有如《哈姆莱特》狂热的读者刚到丹麦的埃尔纳尔港无一不觉得平淡无奇。他们的姓氏包含着地域和历史，映照在乔林和哥特式钟楼之上，在某种程度上，塑造了他们的面貌、精神和成见，但地域和历史只对姓氏的起因有作用，也许可以促使人们思考，但对想象毫无作用。

这些旧时的成见使德·盖芒特先生和夫人的朋友们一下子失去了他们的诗意。诚然，贵族们所具有的观念使他们成为文人，成为语言的词源学家，不是语词的词源学家，而是姓氏的词源学家，这些观念，我们实事求是地讲，就是说在我们的思想里，没有给大贵族们增添什么魅力，还不如资产者呐，因为资产阶级多半名不见经传，比如同样拿平庸之辈来说吧，一个虔信者比一个自由思想者更能回答你有关礼拜仪式所提出的问题，与之相反，一个反教权的考古学者对所在教区教堂的了解往往胜过本堂神甫。他们也许比我更知道德·吉兹公爵夫人就是克莱夫、奥尔良和波西安公主，但他们在知道这些姓氏之前就认识德·吉兹公爵夫人的容貌了，在他们眼里，姓氏只是公爵夫人的镜子。在我，先入为主的却是仙女，即使她即将消亡；在他们，则是良家女子。

在资产阶级家庭，有时我们看到，如果妹妹比姐姐先结婚，就会引起嫉妒。在贵族社会，尤其在德·库瓦泽埃家族，德·盖芒特家族也不相上下，这是有损贵族高贵的事情，那种降贵纡尊的情形简直是孩子气的，我通过书本先领教了，对我来说这是唯一有吸引力的。塔尔芒·德·雷奥[1]在谈到罗昂时就像讲德·盖芒特夫妇，他显然很得意地写道，德·盖梅内先生对他兄弟喊道："你可以进屋来嘛，又不是卢浮宫！"在提起德·罗昂骑士时说："他，至少还是个亲王！"因为他是德·克莱蒙公爵的私生子。在这样的谈话中，唯一使我感到难过的事情是发现那些涉及卢森堡的继承者、风流倜傥的大公荒诞的事情竟在这个沙龙里也像在圣卢的同伙们中间那样被认为是可信的。显然，这就像一场瘟病，也许只流行两年，但使大家都传染上了。我看出，德·卢森堡亲王夫人本人表面为侄子辩护，实际上提供攻击侄子的炮弹。"您不该为他辩护，"德·盖芒特先生说，他跟圣卢如出一口，"听听咱们亲戚们的意见，大家对他的看法是一致的，众口一词说他对佣人们不好，其实佣人们最了解我们啦。德·卢森堡夫人把她的小黑人送给侄子。小黑人却哭着跑回来说：'大公打我，我不做流氓，大公坏，了不得呀。'我有意这么说，因为他是奥丽娅娜的表兄弟。"

我说不好在这次晚会上听到多少次表兄弟和表姐妹的称谓。一方面，德·盖芒特先生几乎每次提起一个姓氏，便大声说："嗬，那是奥丽娅娜的一个表兄弟！"兴奋的样子有如在森林中迷路的人发现一块指示牌，在牌上两个相反的箭头之间读到一个数目很小的公里数（一个箭头指向贝尔韦德尔·卡泽米尔-佩里埃，一个箭头指向格朗韦纳尔十字路），终于明白他又回到正道上了。另一方面，这些表兄弟和表姐妹的称谓，运用时别有意图（在这里是例外），比如晚宴之后来访的土耳其大

---

①塔尔芒·德·雷奥（1619—1692），法国回忆录作者。

使夫人就是一例。她具有兼收并蓄的才智，怀着扬名社交界的野心，轻而易举地熟读了十万人大撤退①的故事或鸟的性变态。她对德国最新出版的著作了如指掌，根本抓不住她在这方面的差错，无论谈论政治经济学、精神病学、各种形式的手淫，还是谈论伊壁鸠鲁哲学，她都应付裕如。不过听这个女人讲话很危险，因为她总引导你颠倒黑白，她让你相信一生清白的女子原是轻浮放荡的，让你提防某位先生，其实他是个完全的正人君子，她编派的故事就像一本书上黑字白纸写着的，并非那些故事可靠，相反，因为叫人难以置信。

当时，她还刚刚在上流社会露面。一连几星期她频频拜访像德·盖芒特公爵夫人那样显赫的贵妇人，但一般被生拉硬扯地留在与盖芒特夫妇不来往的人家，在最高贵的家族的眼里，那些人家属于微贱的分支。她希望具有百分之百的上流社会的样子，列举很少在社交场合露面的大贵族姓氏，说他们是她的朋友。德·盖芒特先生立即以为是那些常来他家吃晚饭的人，为回到熟人们中间而兴高采烈，随声附和喊道："嗬，那是奥丽娅娜的一个表兄嘛！我跟他熟极了。他住在瓦诺街。他母亲的娘家姓德·于泽。"

大使夫人不得不承认"另一个例子取自更小的动物。"②她竭力把自己的朋友们和德·盖芒特先生的朋友们联系起来，同时旁敲侧击点破他："我十分清楚您想说的是谁。但不对，不是他们，是他们的远房亲戚。"可怜的女大使的回话顿时使谈话偃旗息鼓。德·盖芒特非常失望地说："噢，那么，我就不知道您想说谁了。"大使夫人无言以驳，因为即使她认识有关的"表兄弟们"，十有八九不见得是亲戚。再者，说下去，又会引起德·盖芒特先生喊出"嗬，那是奥丽娅娜的一个表姐妹"，这几乎成了德·盖芒特先生的口头禅，其用处就像拉丁诗人笔下的某些简便的修饰语，因为它们给六音步的诗句提供扬抑抑格或扬扬

---

① 色诺芬于公元前401年率希腊军数万人助居鲁士二世争夺波斯王位，后来遭到失败。十万大军不得不撤退回国。

② 引自拉封丹寓言第二卷，是《狮子和老鼠》和《鸽子和蚂蚁》之间过渡性诗句。

格。在我看来，那句脱口而出的“嗬，那是奥丽娅娜的一个表姐妹”至少适用于德·盖芒特亲王夫人，再自然不过了，因为她是公爵夫人的近亲。女大使好像不喜欢德·盖芒特亲王夫人。她悄声对我说：“她糊涂极了，长得也不好看。徒有虚名罢了。再说，”她加添道，深思的样子夹杂着厌恶和果断，“我对她极其反感。”有时，亲戚的关系延伸得很远，对于那些找不到共同祖先的人，除非至少追溯到路易十五时代，德·盖芒特夫人义不容辞称她们为“我的姨妈”，同样，每每阴差阳错，一个亿万富翁的女儿嫁给某个亲王，而亲王的高祖父像德·盖芒特夫人的高祖父那样娶了卢瓦的姑娘，比如，美国姑娘第一次踏进盖芒特府邸拜访，尽管受到不冷不热的接待或被严格审查，却高高兴兴向德·盖芒特夫人喊一声“姨妈”，德·盖芒特夫人慈祥地微微一笑，不加阻止。至于德·盖芒特先生和德·博塞弗耶先生的“出身”，我并不在乎，但从他们就这个问题的谈话中，我只寻找富有诗意的享受。他们没有意识到这一点，他们给我提供的享受就像农夫谈论庄稼或海员谈论潮汐给我带来的愉快，他们离自己谈及的事情太近，不可能从中得到美的享受，而我则是旁观者，感到美不胜收。

有时候，一件特殊的事件，一个日期，比一个家族更使人回忆起一个姓氏。听到德·盖芒特先生忆及德·布雷奥泰的母亲娘家舒瓦瑟耶，其祖母娘家姓吕桑日，我仿佛看见在盖着单排珍珠扣衬套的两只水晶球里装有血淋淋的迹物：德·普拉斯兰夫人的心和德·贝里的心[1]；有些女人的姓氏听起来令人销魂，比如泰利安夫人和德·萨布朗夫人，我仿佛看见她们一头如水如云的长发。

有时候，我仿佛看见的不单单是普通的迹骨。德·盖芒特先生比妻子更熟悉他们祖先的情况，他的回忆为他的谈话披上一层美丽的轻纱，使人隐约看见一座古老的住宅，宅内已无真正的艺术杰作，但挂满真实的肖像，大而无当，但总体很有气势。德·阿格里让特亲王询问为什么冯亲王在谈到德·奥马尔公爵时管他叫“我的舅舅”，德·盖芒特先生

---

① 分别于 1847 年和 1820 年遭暗杀。

答道："因为他母亲的兄弟，德·乌康贝尔公爵娶了路易-菲力普的一个女儿。"于是我仿佛看见一系列遗骸箱，酷似卡帕契奥或芒林[①]所画的那样，第一个箱上画的是亲王夫人出现在她的兄弟德·奥尔良公爵结婚典礼上，她只穿一身散步套裙以示她的愤慨，因为她亲眼看到去为她跟德·西拉居兹亲王谈婚事的使者们被排斥在外；最后一个箱上画的是她刚生下一个小男孩，即德·乌康贝尔公爵（就是刚跟我一起吃晚饭的那个亲王的亲舅舅），背景是凭空想象的古堡，其贵族气派不亚于某些家族。他们也一样，经过一代人之后，看到不止一个历史人物与他们有牵涉；同这个例子紧密相关的回忆涉及拜罗伊特总督和另一位有点怪僻的亲王夫人（德·奥尔良公爵的姐妹），听说她很喜欢丈夫的古堡名称，接着又使人想起巴伐利亚国王，最后联想到冯亲王，正是他掌握着古堡的地址，他刚才让德·盖芒特公爵按这个地址给他写信，正是他继承了这座古堡，每当瓦格纳作品会演的季节，他把古堡租给德·波拉尼亚克亲王，此公也是一位可爱的"怪人"。当德·盖芒特先生为了解释他如何成为德·阿帕雄夫人的亲戚，不得不通过三至五代祖宗的连接和联姻悠远地追溯到玛丽-路易丝或柯尔贝尔，同样在任何情况下，从土地所有主的姓氏和女人的名字中只能偶尔隐约地、曲折地、有限地看到重大历史事件的影响，比如路易-菲力普和玛丽-阿梅利的孙女在选择名字时，他们已经不是国王和王后了，只是作为祖父母，为她留下一处遗产罢了。由于其他的原因，我们在巴尔扎克作品词典中看到最出名的人物是根据《人间喜剧》的地位来决定的，拿破仑所占的地位比拉斯蒂涅次要得多，而且只让拿破仑跟德·桑西涅小姐们说话[②]。有鉴于此，贵族阶级这座沉重的建筑只开极少的窗户，让很少的光线进入，根本腾飞不起来，也像罗曼风格的建筑那样具有厚实而封闭的坚固性，把全部历史关闭起来，禁锢起来，埋藏起来。

---

① 系指卡帕契奥所作的《圣女于絮尔的传说》和芒林所作的《圣女于絮尔的遗骸盒》。

② 参见巴尔扎克《一桩无头公案》，在伊埃纳战役前夕，拿破仑会见德·桑西涅的小姐们。

就这样，我的记忆空间逐渐被姓氏填满，互相有关联的姓氏井然有序地排列组合起来，一个套一个，越联越多，形成一张张关系网，如同一幅幅业已完成的美术作品，没有一笔是孤立的，每一方都接纳其他各方的生存依据，同时加强其自身的生存依据。

德·卢森堡先生的姓氏又被提出之后，土耳其大使夫人便讲起故事来，她说，一个年轻妇人的祖父靠做面粉面条发了大财，他邀请德·卢森堡先生吃午饭，后者谢绝了，在回复的信封上写着：德·××× 磨坊主先生收，老人立即回信反唇相讥："我对您不能来感到格外遗憾，我亲爱的朋友，我本可以私下里享有您，因为我们举行的是小范围的饭局，只有磨坊主，他的儿子和您。"这个故事对我来说不仅可憎，因为我知道我亲爱的朋友德·纳索在给他妻子的祖父写信时恶形恶状地称他为"磨坊主"，而他明明知道他将继承其遗产，而且信一开头叫人看了就显得荒唐，把磨坊主的称谓放在那么明显的部位就像拉封丹的寓言标题。但是在圣日耳曼区，无聊的事层出不穷，往往恶意又为之雪上加霜，其实人人都觉得那是"过河拆桥"，大家义无反顾地宣称那位祖父了不起，他比孙女婿更为风趣。德·沙特莱罗公爵想利用这个故事来讲我早已在咖啡馆听说的故事："大家已经上床睡觉，"他刚要讲德·卢森堡先生的要求，德·盖芒特先生立即当着妻子的面站起来，公爵夫人打断德·沙特莱罗公爵的话，提出异议："不，那件事太荒唐了，还不至于闹到那种地步吧。"我暗自深信有关德·卢森堡先生的传言一概是不实之词，每每我在当事者或见证人面前听到的却是断然的否认。不过我说不好德·盖芒特夫人的否认是出于维护事实而考虑的呢还是由于自尊心的缘故。不管怎样，为了满足自尊心，不惜说起别人的坏话来，她笑着加添道："不过，我也受过小小的凌辱：他曾邀请我吃下午点心，想让我认识德·卢森堡大公夫人，结果他高雅地请他妻子来作陪，这才动手写信去请大公夫人。我向他表示遗憾，至于'德·卢森堡大公夫人，告诉她，如果她想来看我，每星期四下午 5 点以后我在家恭候。'我甚至还受过第二次凌辱。我到了卢森堡，打电话让他跟我通话。对方回答殿下去吃午饭了，或殿下刚吃完午饭，2 个小时过去了，他就是不来接电话，于是我想了另外一着儿：‘请您叫德 · 纳索伯爵来跟我通话！’他的自尊心受到损伤，却立刻跑来听电话。”公爵夫人的叙述引起了哄堂大笑，又使人想起另外类似的故事，也就是说全部胡编的，对此我深信不疑，因为我没有见过谁比卢森堡-纳索更聪明更善良更敏锐，直率地讲，更卓尔不群。后来的事情表明我是对的。不过我得承认，德 · 盖芒特夫人在“恶口毒舌”中也说了一番恳切的话。她说：

“他不总是这副样子的。在失去理智以前，就是说像书中描写的那样在自以为成为国王以前，他并不糊涂，在他订婚初期甚至谈吐得体，讲起他的婚约就像得到出乎意外的幸福，他对德 · 奥内桑舅舅说：‘简直像一则童话，我必须乘一辆神马车进入卢森堡。’你们知道，卢森堡不够大呀，他舅舅回答说：‘一辆神马车，我怕你进不来。我劝你还是乘一辆山羊拉的车吧。’纳索听后非但没有生气，反而抢先讲给我们听，然后自己哈哈大笑起来。”

“奥内桑非常风趣，他很像母亲，他母亲的娘家姓蒙热。可怜的奥内桑，他现在身体很糟，”公爵说道。

蒙热这个姓氏一经说出，那些没完没了的、乏味的恶语中伤就中止了，功效不小哇。德 · 盖芒特先生果然解释道，德 · 奥内桑先生的曾外婆是玛丽 · 德 · 卡斯蒂耶-蒙热的亲姐妹，玛丽嫁给了蒂莫莱翁 · 德 · 洛林，因此也是奥丽娅娜的姨妈。就这样，谈话又回到了家谱，但愚蠢的土耳其大使夫人在我耳边悄悄说：“您看上去好像对德 · 盖芒特公爵的家谱很熟悉，不过请留神，”我问她为什么，她解释道：“您是个明白人，不用我多说，这个人哪，你可以毫无危险地把女儿交给她，但不可把儿子托付给他。”然而，事实正好相反，如果说世上还有男人热烈而专一地喜欢女人的话，那便是德 · 盖芒特公爵。大使夫人天真地相信与事实不符的传言，以讹传讹，这说明她生活的范围，除此她便无法活动似的。她接着说：“他的兄弟梅梅，尽管由于其他的原因（梅梅不跟她打招呼），我对他很反感，但他为公爵的生活作风真心地感到难过。还有，他们的姨妈维尔帕里济。嗬，我可喜欢她呢！那是个神圣的女子，真正像从前的贵夫人。她不仅仅德行高卓，而且谨慎持重。她还称呼诺布瓦大使‘阁下’，每天接见他，顺便说一句，她对土耳其留着美好的印象。”

我没有理睬大使夫人，以便听清系谱的来龙去脉。这些系谱不全重要。交谈中甚至提到一起出乎意料的联姻，德·盖芒特先生对我说那是一桩门不当户不对的婚事，但不乏魅力：在七月王朝治下，一位德·盖芒特公爵和一位德·弗桑萨克公爵与一位杰出的航海家的两个秀色可餐的女儿结婚，这样造就的两个公爵夫人具有意想不到的动人之处，异国情调的良家闺秀那种风姿，路易-菲力普时代的印度风韵。另外，比如在路易十四治下，一个姓诺布瓦的娶了德·莫特马尔公爵的女儿，显赫的爵位和我觉得黯然失色的姓氏形成的反差，在离那个时代很远的今天，仍十分鲜明，使我联想起在座的德·诺布瓦，但莫特马尔爵位光彩深深注入了诺布瓦的姓氏。在这样的情况下，名不见经传的姓氏从联姻中得到好处，不仅如此，显赫的姓氏在这种新的面貌下却慢慢失去了光辉，越来越黯淡，这一点引起我极大的注意，就像在许多五光十色的肖像画中偶尔出现一幅黑白肖像，显得格外引人注目。我觉得所有的贵族姓氏都具有流动性，其中一些与我以为远隔天涯的姓氏结合在一起，这种新的变幻，总怪不得我无知吧；它们在我的脑际经常对不上号，再说，今非昔比，过去带爵位的姓氏比较容易对上号，比如一个封号总跟一片土地联系在一起，封号和土地一起从一家转到另一家，以至存在于封建时代美丽的建筑物中。举个例子，在德·内穆尔公爵或德·舍勒兹公爵的封地，我可以发现一连串与之有关联的姓氏，诸如一个姓吉兹的，一个德·萨瓦亲王，一个姓奥尔良的，一个姓吕伊纳的，好像他们一起隐居在某个隐修教士贝尔纳的收容所里。有时好几家一起竞争同一个贝壳图纹，比如荷兰的王族和德·马伊-内斯尔家族争夺奥朗日公国；德·夏吕斯男爵和比利时王族争夺布拉邦公爵领地；还有其他许多人在争夺德·那不勒斯亲王、德·巴尔马公爵、德·勒日欧公爵的封号。有时候情况正好相反，刻着贝壳图纹的封地很久没有人住，房地产主人去世好久好久了，我从来没有想过某个古堡的名称在不很久远的时代竟是一家之姓氏。正如德·盖芒特先生在回答德·蒙塞弗耶先生所提的问题时所说的："不，我的表姐妹是个狂热的保皇分子，她是德·费泰纳侯爵的女儿，侯爵在朱安党人的战争中起过某些作用。"费泰纳这个姓氏从我小住巴尔贝克之后在我心目中一直是古堡的名称，我做梦也未曾想到它居然会是一个家姓，我惊讶的程度不亚于在幻梦剧中看到墙角塔和台阶活动起来，变成一个个活人。从这个角度看问题，人们可以说，历史，哪怕只是家系史，确能使古老石头复活。在巴黎上流社会中曾有一些人也起过很大的作用，因他们的风雅或因他们的风趣而非常走红，他们也像德·盖芒特公爵或德·拉特雷莫伊尔公爵那样出身豪门望族。可是他们今天被遗忘了，因为他们没有后代，他们的姓氏久不为人所传，听起来好像无声望的，充其量是个物件的名称，即使是某个古堡或偏远乡村的名称，我们也想不到去把它同人的姓氏联系起来。将来的某一天，去勃艮第腹地的旅行者在名叫夏吕斯的小村庄停下来参观教堂，如果观光客不太好学或行色匆匆，没有细看墓碑，那么他根本不知道村名夏吕斯曾经是一个人的姓氏，而且还是与最显赫的姓氏并驾齐驱的。想到这里，我提醒自己应该告辞了，我听德·盖芒特先生讲家谱时，时间越来越接近我和他兄弟的约会。我心里继续在想，谁知道呢，如果有一天盖芒特也仅仅是一个地方名称，那么只有偶尔在孔布雷驻足的考古学家有耐心一边观赏彩画玻璃上的魔鬼吉贝尔，一边聆听泰奥多尔的继承人的演讲或阅读本堂神甫写的观光指南。然而，只要一个伟大的姓氏没有泯灭，它便维护着冠以这个姓氏的人的光荣；从某种意义上讲这大概是这些家族的声誉为什么会引起我的兴趣：我从当今的一代逐代追溯上去，一直到 14 世纪，可以找到德·夏吕斯先生、德·阿格里让特亲王、德·巴尔马公主所有直系尊亲属的回忆录和通信，尽管过去像黑夜那样难以识透：我们摸不透一个资产阶级家庭的起源，而在一个姓氏的光辉的反射下我们则清晰地看到诸如盖芒特夫妇这样的人家某些神经过敏的特征的起源和持续性，某些恶习的起源和持续性，某些放荡行为的起源和持续性。从病理学观点来看先辈们同他们今天的后裔几乎一模一样，他们世世代代都使与他们通信的人既趋炎附势又诚惶诚恐，无论帕拉蒂娜公主和德·莫特维尔夫人的前辈还是德·利涅亲王的后辈，一概如此。

况且，我对历史的好奇心不如对美学的趣味那么强烈。姓氏一经通报便脱离公爵夫人的宾客的肉体，尽管他们叫德·阿格里让特亲王或德·西斯特里亚亲王，那也无济于事，他们的皮囊和不聪明或一般性聪明的言行使他们变成普普通通的人，以致我踩着门厅前的擦鞋垫时，不像如我想象的那样到达邸宅的门口，而好像到了姓氏的美妙世界。比如德·阿格里让特亲王，自从我听说他母亲娘家姓达马斯，是德·莫代纳公爵的外孙女，他在我心目中就像一个不稳定的化学分子，尽管面貌和言谈使人认不出他是谁，但很快同达马斯和莫代纳结合了，而达马斯和莫代纳仅仅是封号，这是一种非常富有魅力的结合。每个姓氏一旦被我意想不到的另一个姓氏的亲合吸力而移动位置，离开它在我脑子所占据的固定的地方(那地方通常是没有光泽的)，去会合莫特马特家族、斯蒂阿家族或波旁家族，与这些家族一起描绘出雅致动人、光彩变幻的一条条分支。甚至盖芒特这个姓氏也从各种泯灭的优秀姓氏中吸取新的决心，纯粹富有诗意的决心，从而使泯灭的姓氏再度光彩夺目，这仅仅是我听到的一个例子。在每个分支茎部高傲地隆起的部分充其量可以看到像亨利四世的父亲那样圣贤的国王或德·龙格维尔公爵夫人那样卓异的公主。不过，那些面孔同晚宴上宾客的面孔根本不一样，在我眼里，它们没有蒙上世俗尘埃，也没有沾染社交场的平庸习气，它们保持着美丽的形象和闪色的光泽，与它们的姓氏同质；这些姓氏按有规律的间隔和各自不同的颜色从盖芒特这棵系谱树分离出来，并且不以不透明的异质涂料干扰系谱树芽，一粒粒树芽晶莹剔透，错落有致，五彩缤纷，好似画有耶西的古老彩画玻璃上的耶稣家谱：耶稣的祖先们一个个排列在玻璃系谱树的两侧。

已有好几次我想告辞，除了因为人微言轻，对聚会无关紧要，更主要的原因是有我在场不免使人感到拘束，因为这次聚会属于久已存在我心目中的那些妙不可言的聚会。至少我这个门外汉一经离开，客人们便可以无拘无束地形成秘密小聚会。他们可以宣泄他们来聚会时那些心照不宣的秘密，因为他们来这里显然不是为了谈论弗朗斯·哈尔斯或吝啬贪财，也不是为像有钱人那样聚会恳谈。大家说些鸡毛蒜皮的事情，或许因为有我在场，所以我感到内疚，眼看所有这些秀色可餐的妇人由于我在场而被隔开着，她们不能在这最可贵的沙龙尽情享受圣日耳曼区的神秘生活。不过，尽管我时刻准备离开，德·盖芒特先生和夫人却不断表现出牺牲精神，再三挽留我。更为奇怪的是好几位夫人满身珠光宝气，喜形于色，殷勤和蔼，来了以后，由于我的过错，只是参加一次极平常的聚会，与圣日耳曼区其他地方举办的聚会没有本质上的区别，有如我们在巴尔贝克感觉不出与我们习惯看到的城市有什么区别，好几位这样的夫人没有受到她们理应受到的接待，但没有感到失望，相反，热切感谢德·盖芒特夫人举办这次美妙的晚会，好像平时我不在的时候没有发生别的什么事情似的。

难道所有的女士梳妆打扮来到她们不准良家妇女插足的沙龙真的就为了这么一顿晚饭？为了像今天这样的晚宴？我不在场时也是这样的吗？我一时起了疑心，但这太荒唐了。简单的常识使我打消了这个猜疑。再说，如果我认可这种猜疑，那么早在孔布雷已经开始名声一落再落的盖芒特姓氏还剩下什么呢？

更有甚者，这些如花似玉的女子很容易为某个人所满足或乐意满足某个人，其容易的程度令人瞠目，因为，在整个晚会期间我没有跟她们搭上两三句话，而且说得前言不搭后语，我脸上一阵阵发红，其中不止一个女子在离开客厅前，执意过来向我道别，一边用美丽温柔的眼睛盯视我，一边整理胸脯上的兰花环饰，说她们非常高兴认识我，向我表达想“安排点什么”的愿望，暗示邀请吃晚饭，不过先得跟德·盖芒特夫人“定个日子”。这些有闭月羞花之貌的夫人没有一个抢在德·巴尔马公主之前离开。她们不应该先于公主殿下离开。还有一个理由也是我始料不及的，那就是公爵夫人利用公主在场可以千方百计把我留住。德·巴尔马公主一经站起身，大家才如释重负。所有的夫人都到公主跟前行屈膝礼，公主把他们一一扶起，给每个人一个吻，仿佛满足她们请求的祝福，终于允许她们领回外套和手下人。之后，有人在大门口高声背诵一串法国历史上伟大的姓氏。德·巴尔马公主不许德·盖芒特夫人下去送她到门厅，生怕她着凉，公爵乘势说："奥丽娅娜，既然夫人有这个意思，就免了吧。想想医生对您说的话。"

"我看出德·巴尔马公主非常高兴跟您一起用晚餐。"我很熟悉这个客套语。公爵穿过客厅来到我跟前说这句话，感激之情和自信之意溢于言表，好像他交给我一份证书或送给我一些花式糕点。我感到那一刻他心花怒放，一时间喜形于色，温情脉脉，在他，这种关怀体贴直到生命的最后一刻都要履行的，有如光彩又轻便的职务，人们哪怕变得迟钝了，也不肯放弃。

正当我起身准备离开的时候，公主的女官返回客厅，她忘记取走公爵夫人送给德·巴尔马公主的康乃馨，即盖芒特家族培植的那种美丽的康乃馨。宫中女官的脸涨得红红的，看得出她被催得很急：公主尽管对大家和颜悦色，却忍不住对随从的糊涂发火了。所以女官拿着康乃馨行色匆匆，但仍保持高兴和淘气的样子，经过我面前时，大声对我说："公主觉得我动作太慢，她催着赶快离开，却又要把康乃馨带走。天哪！我又不是一只小鸟，不能同时做好几件事情哪！"

唉！无独有偶，除不可抢在公主殿下之前起身外，还有一个规矩，使我不能马上离开，那就是分手前多余的热情场面，库瓦泽埃一家从不搞这一套，但盖芒特夫妇，无论在腰缠万贯时或在半破产的处境，都善于让朋友们兴高采烈；那种多余的热情不仅表现在物质，而且像我经常与罗贝尔·德·圣卢所体验的那样，还表现在可亲可爱的言语和举止上，一整套美丽动听的话语，寄托着丰富的真情实感。但由于真情实感在无所事事的社交场上没有用处，有时便自然流露，寻找瞬间的宣泄，一种慌乱的感情抒发，在德·盖芒特夫人身上则使人信以为是一片至诚。况且她怀有友情的时候通常任其流露，因为她觉得置身于男友或女友的社交圈子里有一种令人陶醉的东西，与性欲毫无关系，而类似于音乐赋予某些人的那种感受。她有时从套裙上衣摘下一朵花或一个圆形颈饰，送给某个人，她希望跟他一起度过良宵，同时伤感地领悟到延长晚会只能导致无谓的闲聊，最多不过是强颜欢笑，一时的豪兴；无谓的闲聊好似乍暖还寒，令人疲倦和忧伤。至少男女不应该太轻信诺言，没有比这些女人信口开河许下的诺言更令人陶醉的了，她们因为一时强烈感受到温情，体贴入微地把男友捧为一般人达不到的高贵的化身，一个风流倜傥又温柔敦厚的凤毛麟角，她们把话讲绝了，时间一过，就没有可说的了。她们的温情是在兴奋之下产生的，兴奋一过，温情就不复存在了；她们绝顶聪明，猜得到你想听到的一切，并且乐于对你说出来，与此同时，这不妨碍她们几天以后抓住你的笑柄，跟另一个上门拜访的男人拿你的笑柄取乐，她们边说边笑边欣赏短而又短的《和谐的片刻》①。

到了门厅，我便叫一个听差给我取雪靴，那是为预防下雪而穿的，先前飘洒了一些雪花，很快化为污泥；我没有意识到雪靴不雅致，等到发现众人轻蔑的微笑才觉得不好意思，当我看见德·巴尔马公主还没有出门并瞧见我在穿美国的橡胶鞋，我更感到无地自容了。公主朝我走过来，大声说："嗬！多么好的主意呀，非常实用嘛！这才是聪明人哩。"她转身对女官说："太太，咱们也该买这样的靴子，"听差们从讥笑转为尊重，客人们也纷纷围上来打听我在什么地方买到这样的好东西。公主说："有了这样的靴子，就什么也不用担心了，即使再下雪，即使走再远的路，也不用担心了，时令变化无常哪！"

"嗨！这个嘛，公主殿下尽管放心好了，"宫中女官狡黠地插话，"不会再下雪了。"

"您怎么知道，太太？"好心的巴尔马公主声色俱厉地问道，唯独女官的愚蠢才让她生气。

"我可以向公主殿下保证不会再下雪了，绝对不可能再下雪了。"

"为什么？"

"不会再下雪了，因为有人采取了必要的措施：撒盐了。"

头脑简单的女官没有察觉公主在生气和众人在笑她，非但没有住嘴，还笑容可掬地对我说："再说有什么要紧呢？反正先生不怕风浪。龙生龙，凤生凤嘛。"她根本不顾我一再否认我是瑞里安·德·拉格拉

---

① 系指舒伯特 1828 年创作的 6 首钢琴短曲。

维埃尔的后代。

德·盖芒特先生送走德·巴尔马公主之后，过来接过我的外套，对我说："我来帮您穿外果皮。"他用这个词儿竟不带微笑，因为类似这种俗得不能再俗的语词由于盖芒特夫妇装模作样的平易近人而变得具有贵族色彩了。

六　失而复得的时间(Ⅰ)

我再次不等到达德·盖芒特亲王夫人的家门就下车，却又想起前一天我试图写作时的那种疲惫和烦恼：我曾试图实录在法国一处有名的、美不胜收的原野树丛上空分割光与影的线条。的确，我从中得出思考性的结论如今并不怎么影响我的敏感性。它们依然如故。然而，每当我依附我的习惯，突然不按时出门去一个新地方，我就感到极大的快乐。这种快乐今天在我看来属于一种纯粹无聊的小快乐，比如某个上午去德·盖芒特夫人家。但是，既然我现在知道除了无聊的快乐我什么也得不到，那么我何苦拒绝这种快乐呢？我转而念及，在试图描绘分割光与影的线条时，我虽然感觉不出丝毫的喜悦，但喜悦不是唯一的东西，而是第一次才华的选拔赛。于是我现在试图从我的记忆中引出其他的“快镜照片”，尤其在威尼斯记忆所摄下的快镜，但只要想起快镜这个词我就厌烦：记忆仿佛就是照片展览；我觉得没有兴致也没有本能于昨天描写用细心而忧郁的眼光所观察到的事情，更何况现在描写过去看见的事情。一会儿，许多好久不见的朋友大概会要求我不要再离群索居，而跟他们一起打发日子。我没有任何理由拒绝他们，因为我现在有证据说明我什么也干不了，也说明文学不能给我带来任何快乐，抑或是我的过错，因为我太缺天分；抑或是文学的过错，因为它所包含的真实性确实比我们相信的少得多。

我想起贝戈特对我说过的话：“您身体不好，但大可不必同情您，因为您享有精神快乐。”他对我的看法大错特错了！没有效果，头脑清醒又有什么快乐呀！我甚至可以说，即使有时我或许获得愉悦(决非动脑筋的愉悦)，我也总是把它献给一个不同的女人，因此，命运即便让我多活一百年，而且活得没灾没病的，那么只是把一种存在逐渐加长延伸罢了，看不出不断加长有什么益处，更不用说长久地延续下去了。所谓“动脑筋的快乐”，是指冷静的察看，用我敏锐的眼光或准确的推理来察看而没有丝毫的愉悦并且没有任何结果，难道这还称得上什么“快乐”吗?

然而，有时候正当我们觉得一切都完了，突然有个什么东西提醒我们，使我们得救了，这好比挨门敲遍了也不对头，只有一扇门可以进去，弄不好寻找一百年也白搭，但有时无意地乱闯一下，大门豁然洞开。

我一边脑子里转悠着片刻前所说的那些令人发愁的想法，一边踏进盖芒特公馆的大院，由于心不在焉，我没有看见一辆汽车开过来；听到司机的吆喝，我赶紧躲闪一旁，后退时不小心脚跟在相当粗糙的铺路石上绊了一下，后面正好又是车库。等我站稳，一只脚踩在一块较凹的方石上，顿时我心中转悲为喜：在我一生各个不同的时期都发生过这类破颜一笑的事情，诸如看到以为是在巴尔贝克附近乘车兜风时见到的树木，看到马丁维尔的钟楼，尝到在椴花茶里浸泡过的玛德莱娜蛋糕，等等，这种种感觉我已经谈过，还有万特伊的晚期作品使我产生的综合性感觉。有如我品尝玛德莱娜蛋糕时，对未来的一切忧虑，任何精神上的怀疑，顿时烟消云散。刚才因我文学天分的真实性乃至文学的真实性而产生的忧虑和怀疑困扰着我，现在这种忧虑和怀疑神奇地消失了。

我没有作出任何新的推理，没有找到任何决定性的论据，但刚才还是难以解决的困难，现在已经不在话下了。这次我下定决心不再迁就自己蒙在鼓里，就像我品尝在椴花茶里浸泡过的玛德莱娜蛋糕那天我的所作所为。我刚才感受到的喜悦确确实实跟我吃玛德莱娜蛋糕时的喜悦一模一样，不过那时我没有探究其深刻的原因。两者之间纯粹有形的区别在于展现的形象；我眼前仿佛呈现一片深幽的蔚蓝色，顿时感到清新明亮，心旷神怡，我正想把所有这些感觉抓住，但又不敢动弹，直到我竭力把当年品尝玛德莱娜蛋糕的感觉回味透彻，我宁愿让周围一大群司机笑话，也要保持刚才蹒跚的身姿：一只脚踩在那块较高的方石上，另一只脚踩在较低的方石上。每当我仅仅有意识地跨出同样的步子，这对我毫无用处；但我在忘记那天上午在盖芒特家发生的事的情况下，一旦能够重新获得绊脚时的感受，我眼前便再次浮现奇妙而模糊的景象，仿佛在引诱我说：“你如果有力气就顺便抓住我，努力解开我给你带来的幸福之谜。”我几乎立即认出眼前的景象，那就是威尼斯，而我记忆里储存的所谓快镜照片和我想描绘这个景象的努力均没有给我任何提示，但我从前在圣马可洗礼小教堂的两块高低不平的石板上所产生的感觉油然重现，同我这天其它种种感觉融合在一起，所谓其它种种感觉，其实都各就其位地潜藏着，只是一个偶然的机会突然强行使它们显现出来，从而再现一连串已被遗忘的时日。有如小玛德莱娜蛋糕使我想起孔布雷。那么为什么孔布雷的景象和威尼斯的景象在不同的时刻给我带来如此大的快乐？这种快乐等于一种自信，不需要其它证明便足以使我对死亡漠然置之。

我一边寻根究底和决心当天找到答案，一边踏入盖芒特公馆，因为我们总是首先考虑我们所起的表面角色，然后考虑我们要解开的内心难题，而那天我的表面角色是宾客。当我到达二层楼上，一名总管请我先到与小餐厅毗连的小书房稍候片刻，直到乐曲演奏完毕，因为亲王夫人禁止在演奏时开门，然而就在那个时候，出现第二次提醒，加强了两块高低不平的方石使我产生的感受，激励我进一步解开我的那个谜。原来，一个仆人蹑手蹑脚，竭力不发出声音，结果弄巧成拙，反而把羹匙和盘子碰击得乒乓作响。我突然产生与高低不平的石板给予我同样的喜悦，两种感觉虽然都是热乎乎的，但内容却完全不同：听见碰击的响声产生的热乎感掺杂着火车头的烟味和森林发出的凉气；我承认使我感到心旷神怡的正是我曾经不屑观察和描绘的那排树木，当时我坐在车厢里，打开一小瓶啤酒，火车停在一座小树林前面，车站的一名职工正用榔头敲打车轮作检查，而刚才我在惊愕中一时觉得羹匙碰击盘子的声音使我仿佛又听见榔头敲打车轮的响声。那天，种种征兆频频出现，仿佛硬要把我从垂头丧气中援救出来，使我恢复对文学的信仰：一名为德·盖芒特亲王效劳已久的总管认出我后特地给我送来小书房一盆花式糕点和一杯橘子汁，免得我去小餐厅，我用他递给我的餐巾擦了擦嘴，突然我像《一千零一夜》中的人物，无意之间完成了使灵异显现的仪式，只有他看得见一个百依百顺的神魔准备把他送往远方[1]，而我的

---

① 参见《一千零一夜》中的《阿拉丁的故事或神灯》。

眼前再一次出现一片蔚蓝色，但纯蓝中隐现食盐的白色，鼓鼓的，像一对对乳房，蓝中隐素的乳房；印象之深刻，当时的情景恰似此时此刻发生；更有甚者，我迷迷糊糊，弄不清是否真的受到德·盖芒特亲王夫人的接待，抑或顷刻间将天崩地裂，我恍惚看见仆人刚把面向海滩的窗打开，一切在吸引我下去沿着防高潮堤散步；我接过擦嘴的餐巾恰恰是我第一天到达巴尔贝克时所用的那种上过浆的硬餐巾，当时我站在窗口，擦嘴的餐巾叫人好难受；如今我站在盖芒特公馆的书柜前打开餐巾，仿佛从餐巾的毛边和褶皱中看见孔雀开屏似的大海，碧波粼粼，绿莹莹蓝晶晶。望着这些色彩我不仅赏心悦目，而且一时间整个生命都牵动了，大概是渴望已久的缘故吧，而当时在巴尔贝克由于感到疲劳或忧伤我没有享受到，但现在外部感觉的不完善之处被排除了，一切变得纯粹而超脱，我感到满心喜悦。

正在演奏的乐曲随时可能结束，我就得步入客厅。所以我竭力尽快看清刚才在几分钟内连续三次感受到的相同愉悦的性质，然后弄清我该吸取什么教益。我一直在探究两种印象的不同之处：一种是我们对事物的真正印象，另一种则是我们对事物的虚假印象，而我们往往有意对虚假的印象津津乐道；我清楚记得斯万在谈起从前被人爱慕的日子是多么不在乎，因为他想到另外的事情，但万特伊的小乐句却突然勾起他心头的痛苦，这倒使他想起那些日子，正如他从前所感受到的那样，我十分明白，石板的高低不平之感、餐巾硬撅撅之不适、玛德莱娜蛋糕之美味在我身上唤起的东西与我经常竭力回忆威尼斯、巴尔贝克、孔布雷所得到的东西毫不相干，因为后者借助于单一不变的回忆；我知道生活很可能被认为是平庸的，尽管在某些时候显得很美丽，因为人们根据与生活全然不同的东西来判断生活，根据与生活无关的形象来判断生活，从而贬损了生活。我最多附带加以说明，任何真实的印象之间存在着差异，这说明千篇一律描绘出来的生活是不可能像生活的，印象间的差异可能出自我们在某个时期所说的无足轻重的话，出于我们所做的微不足道的举动，而这个举动却得到众人的关心，因为它反映了逻辑上与它没有关联的事情，这些事情又被与它们没有关联的智者为了推理的需要分开加以考虑，比如庄园饭店布满花草的墙上折射着玫瑰红的晚霞，又如饥饿的感觉，再如女人的欲望，再如豪华的愉悦，还有早晨蓝色的涡形浪花裹着乐句款款行进，好似水仙们微露的肩膀鳞次而行，乐声随之部分地传出水面；最简单的一举一动都被包裹着，有如千千万万封闭的器皿中每一个都装满颜色、气味、温度完全不同的东西，还不算堆积在岁月各种不同高度上的器皿，而且我们随着岁月的增高不断起着变化，哪怕只是思想和梦想的变化，这些纵向积存的器皿使我们感到具有特别不同的氛围。确实，这些变化我们在不知不觉中完成，不过，在突然重现的记忆和我们目前的状况之间，同样在不同年代、地点、钟点的两种记忆之间，距离大得足以使它们之间不可比拟，即便不算各自的特殊性。是的，即使由于遗忘，记忆在它和现时之间无法建立联系、套上链环，即使记忆呆在原来的位置和原来的日期，即使它保持着距离，独自滞留在山坳里或山顶上，我也顿时感到呼吸了新鲜空气，恰恰因为这正是从前呼吸到的空气，这种空气比诗人们妄图使之笼罩天堂的空气更为纯净，只有这种曾被呼吸过的空气才会使人产生耳目一新之感，因为真正的天堂是人们失去的天堂。

偶尔我发现，虽然我还没有自觉下定决心，却无意中准备着从事艺术创作，尽管存在极大的困难。因为我要描绘一幅接一幅的画面必须使用一种几乎不同的材料，完全不同于用来描绘回忆海边的早晨或威尼斯的下午的材料，如果我想描绘里夫贝尔的傍晚，那时在窗户开向花园的餐厅里热气开始消散、降低、沉淀；最后一抹晚霞还在庄园饭店的墙上泛着玫瑰红，天边白天最后一批水彩画仍明显可见其材料是独特的，崭新的，特别透明的，特别具有传声性能的，密集的，清晰而泛玫瑰红的。

我很快出神入定，但更急切希望找到这种喜悦的原因，找到这种喜悦浩然君临的原因，而以前这种探究一直被延误了。这种原因被猜到了，当我比较上述各种不同的、非常巧合的印象，我无论在现时还是在久远的某时同样感觉到它们有着共同的东西，诸如羹匙碰击盘子的声响，石板的高低不平，玛德莱娜蛋糕的滋味，直到把过去与现在重叠起来，甚至弄得分不清我处在过去还是现在；确实，我身上愉悦的感受在现时和过去的某一天是相同的，这种感受超乎时间，在现时和过去某个同一的状态下才出现，我的身子处在某个唯一的生存环境，享受着事物的本质，就是说与时间无关。这说明我在无意识地辨认出小玛德莱娜蛋糕时我对死亡的焦虑消灭了，因为那一片刻我所处的状态是一种超时间的状态，故而把未来的兴败置于脑后。只有把握事物的本质才有这样的状态，但想象力如果不发挥作用，那就不可能抓住本质，事物的含义也不可能为我们提供本质，我们努力争取的未来总不让我们得到事物的本质。只有在不谋求什么的时候，只有在不考虑眼前的快乐的时候，这种状态才会在我身上明显地表现出来，此时奇迹般的相仿使我从现时金蝉脱壳。只有这样的奇迹才能使我重温过去的时日，使我复得失去的时间，而我凭有意识的回忆和开动脑筋却总是失败。

或许，刚才我之所以觉得贝戈特对精神生活的快乐的说法不对，是因为我当时管“精神生活”叫逻辑推理，而逻辑推理与精神生活并不相干，与我身上此时的感受也不相干，正如我可能觉得人世生活无聊得很，因为我是根据不符合实情的记忆进行判断的，而我现在觉得人世生活非常有意思，正因为过去某个符合实情的时刻在我身上重现了。

难道只是过去的一个时刻吗？也许它涵盖的内容要丰富得多；过去和现在共有的东西比两者之总和要丰富得多。在我一生中，现实许多次使我失望，因为当我感知现实的时候，我的想象力作为唯一享受美的官能不能与现实吻合，这是必然的规律：人们只能想象不在眼前的事情。然而，这种无情的规律突然丧失效应，暂时中止效应，取而代之的是一种美妙而自然的感受，非常有诱惑力，比如餐叉和榔头的声音，甚至书籍的标题，等等，这种感受同时在过去和现在显现，我借助想象力体会过去的印象，而凭借现时因声响、因通过接触餐巾而产生的器官实际震动又为朦胧的想象力增添通常所缺乏的存在意识；多亏这一着儿，我身上获得、分离、固定从来没有体验过的感受，即快如闪电的一点点纯粹状态的时间。这种状态的感受在我身上再现时，我有一种令人战栗的快乐，仿佛同时听到羹匙碰击盘子和榔头敲打铁车轮的声音，仿佛同时踩着盖芒特大院和圣马可洗礼小教堂庭院高低不平的石板，等等，等等；这种状态的感受只能靠事物的本质来维持，唯有本质才给予它养料，给它带来乐趣。它在对现时的观察中由于感官不能给它提供养料而萎靡，在对过去的反思中智力使它枯槁，在对未来的等待中意志用现时和过去的片断来构思，但从片断的现实中只抽取适合于实用目标的东西，狭隘的人情目标的东西，而这个目标是由意志来指定的。然而，一个已经听到过的声音，或一阵从前闻到过的气味，仿佛同时在现时和过去再现，显得真实的而非实际的，理想的而非抽象的，这样，事物永久性的、通常隐伏的本质立即脱颖而出，而我们真正的自我，有时好像死亡已久又没有完全死亡，此时苏醒了，由于获得神奇的养料而生气勃勃。摆脱时序的一分钟在我们身上重新塑造了摆脱时序的人。这样的人，不难理解他充满信心，喜形于色，即使仅仅玛德莱娜蛋糕在逻辑上似乎不能包含这种喜悦的依据，也不难理解“死亡”一词对他已失去意义；当他置身于时间之外，难道他还担心未来吗?

然而，这只是一种假象，即把与现时不相容的过去的一个片刻抛在我身边，但假象维持不久。诚然，我们可以用有意识的回忆延续景象，因为有意识的回忆不比翻阅一本画册更使我们费劲。比如从前在巴黎，我正要第一次去德·盖芒特亲王夫人家的那天，从我们家阳光明媚的大院懒洋洋地眺望，迷蒙中可见的景色任我挑选，时而孔布雷的教堂，时而巴尔贝克的海滩，仿佛我点亮了日光，像浏览水彩画册似的，照亮我曾经呆过的不同地方，我像一个独享乐趣的收藏家，把记忆中的插画加以分类编目，心想：“不管怎么说，我一生中见到了许多美丽的东西。”我的记忆大概可以确认各种不同的感觉，但只能在它们之间组合同质的成分。而我上述3种回忆的情况就不相同了，非但没有使我产生自我欣赏的念头，相反我几乎怀疑我现时的现实。同样，我把玛德莱娜蛋糕泡入热腾腾的椴花茶那天，我身处的地方，无论像那天在巴黎我的房间，还是像今天，此时，在德·盖芒特亲王的书房，或早些时候，在他公馆的大院，我身上产生一种感觉(浸泡过的蛋糕的滋味，金属的声响，脚绊的知觉)，同时在我身子四周小范围内辐射，这种感觉在我当时呆的地方是如此，在另外一个地方也是如此，诸如在我姨妈奥克塔夫的房间，在火车的车厢，在圣马可洗礼小教堂。正当我这样前思后想的时候，一条水管发出的刺耳声非常像夏天在巴尔贝克远处海面晚间游船有时鸣响的长而尖的笛声，我感到很熟悉，我已经有过一次这样的感觉，那是在巴黎的一家大餐馆，看见一间豪华的餐厅一半空无客人，夏季装饰，空气炎热，正如我在巴尔贝克傍晚前的那种感觉，餐厅里所有的桌子都铺上桌布，放上银器餐具，落地门窗向海堤敞开着，窗门之间没有一处障眼的地方，连一块玻璃或石头的“实部”都没有，当时太阳慢慢降落海面，游船开始鸣笛，想去会合在海堤上散步的阿尔贝蒂娜和她的女友们，我只需抬脚跨过木制窗门框就行：人们把成排的窗玻璃全卸下来，以便使大厅通风。但我曾经爱恋阿尔贝蒂娜所留下的痛苦回忆却没有掺入上述感觉。只有对死者才会产生痛苦的回忆。而死者自行迅速消隐，在他们的坟墓四周只剩下美丽的大自然，寂静，纯净的空气。水管的声响使我产生的感受并不是过去有过的那种感觉的重复，甚至连一个回声都不是，而恰恰是那种感觉的本身。在这种情况下，正如像上述的各种情况一样，共同的感觉竭力在其周围重建以前的地点，但现时占位的地点却全力抵制把诺曼底的一块海滩或把铁路的一处路轨迁移到巴黎的一家公馆。巴尔贝克海边餐厅的缎纹桌布就像用来迎候夕阳西下的祭台布，这个景象仿佛要摇动盖芒特公馆的牢固性，仿佛硬要闯入盖芒特公馆的大门，一时间仿佛驱动一张张长沙发围着我摇晃，就像那天驱动巴黎餐厅一张张餐桌那样。在这些复活中，围绕同一感觉所产生的远方的地点总像个摔跤家在一瞬间与目前的地点交作。胜者总是目前的地点，而我觉得败者最为美妙，以致我忘情地踩在高低不平的方石上一动不动，就像我对着椴花茶杯出神入定，竭力在它出现的时刻抓住它，在它从我身上溜走时使它重视：孔布雷，威尼斯，巴尔贝克无不时而侵袭我，时而从我身上溜走，然后把我抛入那些与过去息息相通的新环境。如果目前的地点不马上占上风，我想我会失去知觉，因为这些复活的过去在它们出现的那一霎，是那样的完全，使我们目不暇接，来不及放下它们闯入的房间不看，而去看路旁种树的车道或海边涨潮。它们强迫我们的鼻孔去呼吸远方的空气，强迫我们的意愿去选择不同的计划：我们整个身心仿佛被远处的地点团团围住或者至少在远处的地点和目前的地点之间蹒跚，昏昏然忘乎所以，如同有时入睡前恍惚看见妙不可言的景象时的感觉。

因此，我身上刚才体会到三四次复活的东西，也许正是不受时间束缚的一些生活片断，但这种出神入定，尽管有永恒性，却是短暂的。然而我觉得它给我带来的愉悦，尽管在我一生中十分少见，却是唯一有繁殖力的，唯一真实的。其它事情不真实的迹象比比皆是，或者在它们不可能使我们满足的时候，比如上流社会的寻欢作乐充其量能引起对消化不良的食物的反感，又比如为了假模假式的友谊，艺术家出于某些道义的原因不得不放弃一个小时的工作去跟一个朋友作一个小时的谈话，心里明白他正在为某种不存在的东西牺牲一种现实存在的东西：所谓友谊，只不过是我们一生中的痴情，我们乐此不疲，可也清醒地意识到我们犯了疯子的错误，以为家具是有灵有性的，可以跟它们聊天；或者在它们使我们伤心的时候，比如我被介绍给阿尔贝蒂娜的那天，我没费吹灰之力便有所收获（认识她这位姑娘），但只是因为我得到了她才为她的矮小而伤心，难道不正是这样吗？甚至对一种比较深厚的愉悦也是如此，比如我爱恋阿尔贝蒂娜时所感受到的愉悦实际上是从反面觉察到的，即每当她不在的时候我便焦急不安，因为每当我肯定她即将到来，例如她从特罗卡德罗回来的那天，我只感到一阵惆怅，而当我听见刀叉声或尝到椴花茶，我便仿佛在我的房间里看见莱奥妮姑妈的房间，接着扩及整个孔布雷以及它的两边，随着体会加深，我的喜悦越来越浓厚，情绪越来越兴奋。所以这种对事物本质的注视，我现在下决心抓住不放，把它固定下来，但怎么办？通过什么手段？大概，当硬撅撅的餐巾使我想起巴尔贝克时，一时间我的想象力不仅触及像那天早晨的大海景色，还包括房间的气味、风的速度、吃早饭的欲望、对多种步道选择的困惑，这一切与碰到餐巾时的感觉联系在一起，就像天使们一千只翅膀准时地转了一千圈。大概，当两块高低不平的方石引出我脑中已经枯槁和淡薄的威尼斯和圣马可映象，顿时这些映象从我的各种感觉伸展到四面八方，衔接广场和教堂，衔接码头和广场，衔接运河和码头，衔接触目所及的一切；想望的世界只印在脑子里，而我却真想去游览一番，即使，由于季节原因，去不了威尼斯，再度在春天的水上漫游，至少再去一趟巴尔贝克。但我一刻也没有坚持要去。不仅我知道，地方并不像它们的名字所描绘的那样，只有在我熟睡做梦时眼前才展现一个纯粹的地点，完全不同于人们一般看得见摸得着的东西，但在我主观想象时它也是普普通通的。而且我还知道，甚至有关另一种映象，即记忆中的映象，比如巴尔贝克的美景，当我在巴尔贝克时，我却感觉不到，即使是印在我脑子的美景，即记忆中的美景，等到我第二次再去时，又不一样了。我这方面的体验太多了，内心深处的东西在现实中根本不可能碰到；在圣马可广场不比我第二次去巴尔贝克旅行或返回唐松维尔看望吉尔贝特更使我复得失去的时间，旅行只能使我再一次幻想以前的印象存于我的身外，例如存于某个广场的角落，所以旅行算不上我要寻找的手段。况且，我不愿再次受骗上当，因为对我来说问题在于最后弄清楚是否真的可能碰到我认为不可实现的东西：无论面对地方还是面对人物，我总感到失望，尽管有一次举办万特伊专题音乐会的房间好像是例外。我不想再走这条路子，很久以来我就知道这条路子走不通。像我试图固定的那些印象只在一种直接触发的喜悦的影响下才会消失，因为这种喜悦无法使它们直接产生。为进一步体会那些印象，唯一的办法是尽可能完全地认识它们，在它们所处的地方，即在我的心里，尽可能使它们鲜明，彻里彻外的鲜明。我在巴尔贝克无法领略愉悦，与阿尔贝蒂娜生活在一起好不了多少，我的愉悦只在事后才觉察得到。我把一生中所经历的失望回顾了一下，种种失望使我相信生活的真实不在于行动，而在别处，对失望的回顾不会使大小不同的失望顺着我生命的历程纯偶然地更加接近。我深感，对旅行的失望和对爱情的失望虽然并非不同的失望，但外表确实各异：我们在实际行动中获得和在物质享受中获得的东西，其表现形式我们都无法使其一致。重温或因羹匙声或因玛德莱娜蛋糕的滋味而引起那种超乎时间的喜悦，我不禁心想：“斯万在艺术创作上不得志，在爱情上又失意，而听到奏鸣曲那个小乐句却满怀喜悦，难道阴差阳错了吗？后来七重奏那红色而神秘的召唤使我预感到这种喜悦，其神奇的程度超过奏鸣曲小乐句，可惜斯万未能享受到，他已去世了，像许多死者那样，在他们身后真理才显示出来，是这样的吧？况且，奏鸣曲那个小乐句对斯万毫无用处，因为乐句可能很好地象征一种召唤，但并不产生力量，也不会使斯万变成作家，他原本就不是作家嘛。”

然而，片刻之后，即在对回忆的复现进行一番思考之后，我觉察到一些隐蔽的印象有时以另一种方式求助于我的思维，在孔布雷的盖芒特那边已发生过，就像模糊的回忆那样，但它们隐蔽的不是某种以前的感觉，而是遮掩一种新的实情，遮掩一种可贵的映象：我正试图通过某种类似人们努力回忆什么事时所做的努力来发掘这种映象，好像我们最美好的想法如乐曲似的不用听过就在我们的脑际萦回，我们只需努力凝听和誊写。我高兴地回想起早在孔布雷就专心致志在我脑子里树立某个图景，迫使我正视它，诸如一片云彩，一个三角，一座钟楼，一朵鲜花，一块砾石，似乎这些都是征象，我应当在其背后竭力发现某些新鲜玩意儿，它们就像象形文字，人们以为只表示具体的实物，其实表达一种思想，而我应当找出这一思想。或许这类“看谱即唱”难以办到，但唯有它才揭示几分真情实况。因为，智力在光天化日之下直接捕捉到的真实是相当肤浅的，不那么必需的，相比之下，生活强加给我们的真实则较为深刻，较为必需，并通过我的感官化为具体的印象，我们再把印象提炼成思想。总之，不管在哪种情况下，无论是马丁维尔钟楼的景象给予我的印象，还是两块高低不平的台阶石板或玛德莱娜蛋糕的滋味给我留下的模糊回忆，都必须尽力解释征象似的解释感觉，尽量运用规律和概念加以解释，同时努力思考，就是说努力把我感觉到的东西从半明半暗的状态解脱出来，把它转化为精神上相当的东西。然而，这种在我看来唯一可行的手段，是否就是创造一种艺术作品呢？我的脑子里已经充满了结论，因为无论是刀叉声或蛋糕滋味之类的模糊回忆，还是在我脑子里凭借图像写下的真情实况，我试图弄清其意义，但钟楼也罢，野草也罢，这些东西像天书一样复杂难懂，尽管像百花那般美丽，其首要特点是我不能自由选择它们，而是它们强加于我的。我觉得它们真实得咄咄逼人。我没有去寻找院子里绊我脚的两块高低不平的方石。但恰恰同一感觉相碰那种偶然的、不可避免的方式使过去的真实复活，引起我们联想，因为我们感觉得到这种方式的力量，使我们心明眼亮，感到复得真实的快乐。它同时真实地揭示过去一系列印象，其光与影、凸与凹、忆及与遗忘的比例相得益彰，这是有意识的回忆或观察所得不到的。

我的注意力在探索潜意识时所打开的书似乎充满显露的征象，它像个潜水员进去寻找，在里面碰撞一阵之后，绕道而行，至于阅读内心充满隐秘征象的书，那连注意力都帮不了忙的，这种阅读是一种创作活动，谁都无法代替我们，甚至无法跟我们合作。所以有多少人避实击虚，不去写它呀！为了避开它，人们无所不用其极！每一个事件，无论是德雷福斯事件还是战争，总能给作家提供种种借口，不去辨读那本书，作家们情愿确保正义的胜利，重振民族统一的道德，而无暇顾及文学。但这毕竟是借口，因为他们没有或不再有才华了，就是说缺乏本能了。因为本能迫使接受义务，而才智为逃避义务提供借端。然而借口在艺术中没有地位，主观意愿不足为训，任何时候艺术都应当服从自己的本能，所以艺术是最为真实的东西，最严肃的生活学派，真正的最后审判。这本最难辨读的书也是唯一强迫我们接受现实的书，唯一让现实在我们身上打上“烙印”的书。生活在我们身上留下有形的印记，即生活给我们留下印象的痕迹，不管带着何种意蕴，毕竟是生活必定的真实的证明。由纯才智产生的意念只含一种逻辑的真实，一种可能存在的真实，其选择是随意的。用形象符号而不用文字写的书才是我们的书。并非我们产生的意念在逻辑上不正确，而是我们不知道这些意念是否真实。唯有印象是选拔真实的赛马，不管印象中这匹赛马如何瘦弱，不管它留下的踪迹如何难以觉察，正因为如此，唯有印象才值得头脑去领会：如果我们的头脑善于使真实从印象脱颖出来，那么唯有印象才能把真实引到尽善尽美，进而为我们带来纯粹的喜悦。印象对作家来讲就像实验对学者那么重要，其区别在于学者的智力劳动在先，而作家的智力劳动在后。我们不必要通过个人的努力去辨认去廓清不属于我们的东西。只有我们自己身心的暗处挖掘出来的并不为人所知的东西才是我们自己的。

一束斜照的夕阳光芒顿时使我想起我从未想过的时刻，那是在我幼年，由于莱奥妮姑妈发高烧，佩斯皮埃大夫担心她得了伤寒，家人让我搬到欧拉莉在教堂广场的一间小房间住一个星期，房间里只有一张铺在地上的草编褥子，窗户上挂着竹布帘子，总有阳光在窗帘上闪烁，我很不习惯。回想起从前女佣人的这间小房间，顿时我过去的生活平添了广度，是那样的和其余部分不相同，那样的令人回味，相形之下，在我一生中最豪华的公馆举办的最阔绰的聚会给我留下的印象都显得黯然失色了。在欧拉莉的房间里唯一有点使人不快的事是夜间传来火车滚动的尖利声，因为那边附近有一座高架铁路。但由于我知道这种牛叫似的响声出自有规律的机械运行，我并不感到害怕，有如史前时代人们不会因为附近有毛象在自由而无规律地出没时发出的吼叫声而心惊胆战。

这样，我便得出下列结论： 在艺术作品面前，我们没有丝毫的自由，我们不能随意制造艺术作品，但艺术作品寓于我们的身心，我们应当去发现它，因为它是隐蔽而必然的，同时我们要把它当作自然规律来对待。艺术使我们得到的这个发现其实是我们最为珍贵的发现，通常我们根本不知道我们有如此珍贵的东西，这是我们真正的生活，也正是我们所感受的那种现实，与我们主观认为的现实截然不同，所以当我们偶然得到真实的回忆时，我们满怀喜悦，难道不正是这样的吗？我也为所谓的现实主义艺术的假象迷惑过，这样的艺术不显得太虚假，如果我们在生活中不习惯把感受到的东西以一种与其截然不同的语汇表达出来，不用多久我们便把它当作现实本身了。我觉得再也没有必要受五花八门的文学理论的束缚了，它们曾经使我动摇过，尤其在德雷福斯事件中批评界所发挥的那些理论，后来在战争中又重新冒出来，其倾向是“让艺术家走出象牙之塔”，探讨非浮浅琐碎的、非多愁善感的主题，要描绘伟大的工人运动，不要描写芸芸众生，至少不要描写无足轻重的游手好闲者(“我承认描写那些无用之辈不大引得起我的兴趣”，布洛克曾经说过)，而要描写高贵的知识分子，或者描写英雄。

况且，那些理论甚至在讨论它们的逻辑内容以前，在我看来，就已经表明主张那些理论的人们是低能之辈，有如一个真正有教养的孩子，当他被带到别人家吃饭时听到人家说：“我们什么都承认，我们是坦率的”，他会觉得此话表明品德不高尚，等于什么也没说，不如无条件做件好事。真正的艺术不需要大肆鼓吹，它是静悄悄完成的。况且，鼓吹那些理论的人们尽用些套语熟语，非常像他们痛斥的笨蛋们所说的话。也许对智力和精神劳动的好坏人们倾向于从语言的质量来判断，而不大从美学的角度来判断。反过来看这种语言的质量，甚至为了研究性格的规律，人们也同样可以从一个严肃的人或一个轻浮的人着手，正如一个解剖实验室助手同样可以在一个笨蛋的躯体或一个天才的躯体研究解剖的规律；无论伟大的精神规律还是血液循环的规律或是肾排泄的规律，在智力不同的个体身上没有什么区别，所以理论家们以为可以不顾语言的质量，而欣赏这些理论家的人们很容易相信语言质量并不证明具有才华，而为了识别才华，他们又需要才华溢于言表，所以他们不善于从一个形象归纳出美来。由此产生赤裸裸的诱惑，引导作家写带有才华的作品。这是极其不诚实的行为。一部带有理论观点的艺术作品好比一个印着价格标记的物件。价格标记只表明一种价值，相反在文学上，逻辑推理减弱文学价值。每当我们没有本事强制自己用语言把一个印象从头到尾逐渐演变直至固定下来，我们便进行推理，就是说信口开河。

现在我懂得，需要表现的现实并非寓于主体的表象，而寓于与表象无关的深层，正如羹匙碰击盘子的声响和上了浆的餐巾的硬绷所象征的那样，这些对于重振我的精神比人道主义的、爱国主义的、国际主义的、形而上的谈话更为珍贵。我听见有人说：“不要风格，不要文学，只要生活。”人们可以联想到德·诺布瓦先生攻击“吹长笛者”那些简单的论点自大战以来是多么的再度吃香。所有没有艺术感的人，就是说不能反映内心现实的人，都能够漫无边际地议论一番。只要他们参与当前的“现实”，尤其外交家或金融家，他们乐于认为文学是智慧的游戏，注定在将来逐渐被淘汰。有些人期望小说像过电影似的把事情一一排列出来。这种观念是荒谬的。实际上我们的感知要比电影镜头的排列深远得多。

恰巧在我进入这间书房的时候，我回想起龚古尔兄弟讲过关于独特版本的话，这间书房就收藏着精美版本的书籍，我既然单独呆在这里，便决心瞧一瞧。我一边想着自己的心事，一边漫不经心地把珍贵的藏书一本本抽出来翻一翻，突然在心不在焉翻开的一卷书里发现有乔治·桑的《弃儿弗朗索瓦》，不快的感觉油然而生：当时得到的印象与我的思绪太不协调了；但随后我越来越激动，不禁潸然泪下，我终于承认这种印象与我的思绪多么协调哇，有如在灵房里殡仪馆的职工们准备把棺材抬下楼，曾为祖国效力的死者的儿子正在跟最后几个前来吊唁的朋友握手告别，突然窗外街上传来一阵铜管乐曲，他怒不可遏，以为有人嘲弄他，无视他的哀悼。然而，直到那时一直控制自己的他，突然失声痛哭，因为他刚刚明白所听到的是军乐队的音乐：乐队前来参加哀悼，向他父亲的遗体致敬。我在德·盖芒特亲王的书房里看到一本书的标题时所感受到不快的印象与我当时的思绪非常协调，这一点我很快就承认了；这本书名启发我认识到文学真正地给我们提供了充满神秘的世界，同时，我却不再感到文学有什么神秘了。这本书其实并没有什么了不起，就是《弃儿弗朗索瓦》。但这个名字如同盖芒特夫妇的名字对我来说已经不像我原先认识的人名了，这个书名唤醒我的记忆：妈妈给我念乔治·桑的《弃儿弗朗索瓦》时，我仿佛觉得书中的主题包含着不可思议的东西，正如每当我好久不见盖芒特夫妇便觉得盖芒特的名字包含着许许多多封建制度的东西，而封建制度的东西也正是《弃儿弗朗索瓦》这部小说的主要内容；一时间，弃儿弗朗索瓦这个名字取代了乔治·桑描写贝里地区的小说的一致想法。在晚宴上，每当浮想联翩的时候，我可以谈论《弃儿弗朗索瓦》和盖芒特家族而不把他们与孔布雷的人们联系在一起。但每当我孤单一人时，就像此刻，我总往深层联想。于是我便觉得我在社交界认识的某个人居然是德·盖芒特夫人的表姐妹，就像幻灯上的人物那样不可思议，同样，我读过的最美好的书，且不说最出色的，都同奇特的《弃儿弗朗索瓦》相等。这是一种很久很久的印象，同我对童年和家庭的回忆亲切地掺杂在一起，只是后来我才意识到。但在意识到的最初一刻，我很生气，寻思是哪个不速之客来跟我捣乱。这个不速之客原来是我自己，是童年时代的我，《弃儿弗朗索瓦》使童年时代的我在我身上复活了：这本书呼唤出我这个孩子，只愿意让他的眼睛阅读，只愿意让他的心喜爱，也只愿意跟他说话。所以说，我母亲在孔布雷给我朗读到将近天明的这本书对我来说一直保存着那个夜晚的全部魅力。正如布里肖经常喜欢说的那样，一本书是由“一支灵巧的笔”写成的，我母亲，在她慢慢使她的文学趣味适合我的文学趣味，以前一直以为乔治·桑的“笔”是一支神笔，而我却不以为然。我无意间像中学生经常玩耍的那样使一支笔摩擦生电，顿时孔布雷的锱铢琐事沛然而生，尽管我很久以来没有放在心上，它们鱼贯地出现在磁化的笔尖，像一条长得不见尾的链子，闪烁着颤悠的回忆。

某些故弄玄虚的智者以为物件保存着曾经瞧过它的目光的余晖，认为文物和名画呈现在我们眼前时总披着世代无数的崇拜者用喜爱和观赏的目光所编织的薄膜。这种幻想将成为现实，如果他们把它移植到每个人独有的现实领域，移植到每个人自身的感觉领域。是的，在这个意义上，只有在这个意义上(这种意义要大得多)，我们从前注视过的东西，当我们重新见到时，用我们曾投入的目光给我们反馈其中包含的一切映象。这是因为，物件，比如一本普通的红皮书，一旦被我们感知，便在我们身上变成某种非物质的东西，如同我们当时的一切忧虑或感觉，并与它们水乳交融。从前书中读到的某个名字在其音节之间包含着当时我们读书的气候：飒飒的金风和明媚的阳光。所以，只限于“描写事物”的文学只不过是一行行、一篇篇可怜的文字，自以为是现实主义的文学其实离开现实最远，最使我们变得贫乏和伤心，因为它生硬地切断我们现时的自我与过去和未来的一切沟通：过去的事物保存着本质，而在未来这些事物促使我们再次领会其本质。名副其实的艺术应当表现的正是这种本质，如果失败了，我还可以从失败中吸取教训(而我们从所谓的现实主义的成就中吸收不了任何教益)，就是说这种本质有一部分是主观的和不能转让的。

更有甚者，我们在某个时期见到的一件东西，所读的一本书，不只是永远与我们周围的东西相联系，它也忠实地留存在我们当时的身上，所以它只能被我们当时的感觉、思想、身心所领会所回味；当我从书柜抽出《弃儿弗朗索瓦》，立即在我身心冒出一个孩子占据我的位置，只有他有权读这个书名：《弃儿弗朗索瓦》，像他从前阅读时那样读书名，带着对当时花园里的天气同样的印象，带着对家乡各地和生活同样的梦想，带着对未来同样的焦虑。让我重见过去的一件东西，等于在我身心涌现一个年轻人。我今天的人只不过是一段被遗弃的生涯，以为过去的生涯所包含的一切都是相同的和单调的，但每个回忆都像天才的雕塑家从中引出无数的塑像。我说，我们重见的每件东西一概如此，比如书籍就包括在这类东西里面：我们打开书面的方式，翻阅纸张的沙沙声和阅读书中的句子一样，都可以为我们留下鲜明的回忆，有如我当时想象威尼斯的方式和去那里的渴望至今记忆犹新。甚至对前者的回忆更加鲜明，因为书中的句子有时佶屈聱牙，有如我们面对某人的照片不如我们只思念他更使我们清楚地记起他。当然，我童年时代读的许多书，包括贝戈特写的一些书，等到晚上累的时候才拿出来翻阅，就像每当希望调剂一下便乘火车看一看不同的风物，或者希望领略一番从前的气氛。然而，有时候这种追寻的联想适得其反，导致我一口气地阅读下去。从前冬季的一天，我无法见到吉尔贝特，于是翻阅贝戈特的一本书；这本书在亲王的书房也有，我随手把它打开，上面的题词极尽奉承拍马之能事，我翻来翻去怎么也找不到我从前非常喜欢的句子。某些话使我觉得好像就是那些句子，但又觉得根本不对劲。我当年阅读时曾得到的美感到哪里去了呢？然而，这本书使我想起我阅读的那天爱丽舍田园大街覆盖着白雪，对此我却始终记忆犹新。

为此，如果说我试图成为像德·盖芒特亲王那样的珍本收藏家，我也只是一个独特的收藏家，而不注重版本本身价值的美，而像业余爱好者那样想知道某本书所在的书房，想了解它是在怎样的场合赠送的，通过哪个有权势的人送给哪位名人的，又是怎样辗转易手的，这样，对我来说，美的历史价值就不会失去了。但我更乐意不失去我亲身经历的价值，就是说不作为简单的好奇者把我经历的价值挖掘出来；我所注重的往往不是具体的一册书，而是作品本身，比如《弃儿弗朗索瓦》：我在孔布雷自己的小房间第一次凝视这本书，那也许是我一生中最伤心最甜蜜的夜晚，唉，我得到父母的第一次让步，我可以说，从此我的健康和意志开始衰退，对艰巨的任务越来越望而却步，当时神秘的盖芒特家族对我来说还是可望而不可及的，如今恰好在盖芒特夫妇的书房里，在最美好的日子里，重新见到这本书，不仅我从前的思想探索豁然贯通，而且我的生活目的乃至艺术追求也豁然开朗了。至于书籍本身，我以一种灵活的接纳方式对它们产生兴趣。我比较珍视第一版的书，但在我，所谓第一版，是指我首次读到的版本。我寻找原版书，就是说给我留下最初印象的那个版本的书。因为后来重读别的版本所得的印象不算数了。我愿意收集以前的精装小说，就是说我最初读的那个时代的精装本，那些小说多次听到我爸爸对我的提醒："身子坐直！"正如我初次见到一个女人穿的套裙，它有助于我重温我当初的恋情，重温我当初注视的美貌，后来对美貌的形象所投入的温情逐渐减退，所以为了重温她最初的美貌，现在的我不是见到她那时的我，必须让位于当时的我，今天我并不知道当时所认识的事物。从这个意义上讲，有一点我非常明白，就是我不会成为一般的珍本收藏家。我非常清楚，藏在脑子里的东西多么像海绵，浸透了许多的水。

我如此这般收集的藏书，其价值甚至更大，因为我从前在孔布雷、在威尼斯读过的书，现在通过我的回忆变得丰富多彩了，平添了许多景象：圣伊莱尔，停泊圣乔治大教堂脚下的威尼斯轻舟，大运河两岸镶嵌着闪闪烁烁的蓝宝石；这些书称得上"有插图的书"，称得上有人像装饰的圣人传，称得上日课经，收藏家从不打开书阅读，但不时翻一翻，以便重新欣赏像富盖①一类的好事者所作的插图，而这些插图成了收藏的全部价值。不过，如果打开从前读过的书只是为了寻找还没有装

① 系指法国画家让 · 富盖（1425—1480）所作的《日课经》细密插图。

饰的图景，那我认为十分危险，因此从这个意义上讲，有一点我非常明白，就是我不会成为一般的珍本收藏家。我非常清楚，头脑所留下的图象太容易被头脑抹去了。新的图象还不具备使旧的图象复活的能力时就代替旧的图象了。如果我至今仍保留当年母亲从外祖母送我作生日礼物的一堆书中抽出的那本《弃儿弗朗索瓦》，那我根本不去瞧它，因为我非常害怕逐渐插入我现时的印象，从而完全掩盖从前的印象，我非常害怕它会变成现时的一件东西，如果我想让它再一次使在孔布雷小房间辨认书名的孩子复活，那么孩子会莫名其妙，根本不理睬呼唤，最后永远被遗忘所埋葬。

人民艺术的观念如同爱国艺术的观念，即使不危险，在我看来也很荒谬。如果说为了使艺术让人民接受而牺牲精益求精的形式，即所谓“适合于游手好闲者”的形式，那么所谓上流社会人士我见得多了，其实真正没有文学知识的是他们，而不是电气工人。在这一点上，所谓人民艺术的形式是为赛马俱乐部的成员创造的，而不是为法国总工会创造的；至于主题，人民小说同样使老百姓厌倦，就像专门为小孩写的书使小孩感到乏味。人们读书是为了调剂精神，工人对王子感到好奇不亚于王子对工人感到好奇。战争一开始，巴雷斯先生就主张艺术家(像提香那样)应当首先为祖国的荣誉服务。但只能作为艺术家为祖国的荣誉服务，就是说有条件的，只有当他研究了艺术的规律，确定了艺术经验，有所发现，像科学发现那般精美，只应当考虑摆在他面前的真实，而不应当考虑别的什么，哪怕是祖国。有些革命者出于“公民责任感”蔑视华托和拉图尔，恨不得毁掉他们的画作，其实这两位画家比大革命所有的画家更使法兰西增光添彩哩。解剖也许不是心慈的手所要选择的事情。不是贤德的心促使绍德洛·德·拉克洛(尽管他德行高卓)创作《危险的私情》，也不是对小资产阶级或大资产阶级的兴趣促使福楼拜选择《包法利夫人》和《情感教育》的主题。有人说急促的时代的艺术是短暂的，就像战前有人预言战争是短促的。这么说，火车虽然使人无法静观，但惋惜驿车的时代是徒劳的，现在汽车照样完成驿车的功能，同样把旅行者送到被废弃的教堂观光。

生活中的一个景象其实给我们带来多种的和不同的感受。例如，看到一本曾经读过的书的封面，书名的字母使人联想起久远的夏夜的月光。早晨牛奶咖啡的味道使我隐约希望有个好天气，从前我们喝咖啡用的是白瓷碗，上面有波状皱褶，颜色白得像凝结的牛奶，每当完整无损的一天刚刚露头，好天气在朦胧的黎明中便向我们微笑了。一个小时并不是一个小时，它还恰似盛着芬芳、声响、计划和气候的花瓶。我们所称的现实是同时萦绕着我们的感觉和记忆之间的某种关系，这种关系，一个简单的电影图像就把它破坏掉了，因为它自以为抓住了真实，其实距离真实更远了；这是一种独一无二的真实，作家应当找到它，从而用词句把两者不同的关系永远连接在一起。在描写中，我们可择取两个不同的事物，确定它们的关系，这种关系在艺术世界中类似于科学世界中那种因果法则唯一的关系，并把它们置于具有优美风格的连环语句中。这样，就像在生活中使两种具有共同本质的感受接近，从中抽取它们的本质，同时用隐喻把它们联结起来，以便使它们摆脱时间的偶然缠绕。从这个观点来看，自然本身不是把我置于艺术的道路上吗？难道自然本身不正是艺术的开端吗？自然使我从另一个事物认识（往往在很久之后认识）一个事物的美，比如从钟声意识到孔布雷的中午，从热水汀的水声意识到栋西埃尔的早晨，难道不是这样吗？事物之间的关系可能并没有多大的意思，事物也可能微不足道，风格也可能很不高明，但只要没有这些，就什么也没有了。

更有甚者，如果现实是经验多余的东西，而且对每个人来说几乎都是相同的，好比我们说，天气恶劣，一场战争，一个出租车站，一家灯火辉煌的餐馆，一座鲜花盛开的花园，那么人人都知道我们想说什么；如果现实就是这些，那么用电影胶卷把它们拍下来大概就足够了，那么脱离事物简单素材的“风格”和“文学”便是画蛇添足了。但难道现实就是这个意思吗？如果我力求弄明白当一件事情给我们留下某种印象时究竟发生了什么，比如那天我经过维沃纳河桥时一片云彩倒映在水上的阴影使我高兴得跳起来高喊：“见鬼！”或者我听到念贝戈特作品中的一句话，我从自己的印象出发说出一句对他并不特别合适的话：“这很精彩！”或者有一次布洛克对某个不像话的举动很恼火，突然说出对如此庸俗的行为完全不合适的话：“他这么干，我觉得未免太神—神—神奇了！”或者那天晚上我对受到盖芒特夫妇殷勤的款待十分得意，加上他们的美酒使我微有醉意，在独自离开他们时我情不自禁地悄声说：“不管怎么说，他们是和蔼可亲的人，跟他们过一辈子会很愉快的。”综上所述，我发现这本令人含英咀华的书，唯一真实的书，以通常的含义而言，一位伟大的作家不需要把它创造出来，因为它已经寓于我们每个人的身上，而只需把它翻译出来。一个作家的职责和任务就是一个翻译家的职责和任务。

然而，每当出现不准确的说法，例如对自尊心不准确的说法，我们就要把内心不坦率的话(离开最初的中心印象越来越远)纠正到直接从印象出发的坦率的话，如果这种纠正是使我们的懒惰非常不舒服的事情，那么这样的情形还多得很，比如爱情问题，要做同样的纠正就变得很痛苦了。我们对爱情往往假装冷漠，但对爱情非常自然的谎言(我们自己就经常制造类似的谎言)却十分痛恨，总之我们一直都是这么干的，每当我们遭到不幸或被欺骗，不仅对心爱的人这么说，而且在等待心上人时也喋喋不休地对自己这么说，有时在寂静的房间我们心烦意乱时大声对自己说：“不，实在不行，这种举动是不可容忍的”，或“我想最后见你一次，我不否认这对我是痛苦的”，这与所感受到的真实相去甚远，要把这一切拉回到真情实感上来，那就得推翻我们最坚持的说法，即当我们形影相吊而思想斗争十分剧烈的时候，我们焦躁地想在信中和准备采取行动时要说的话。

甚至在我们所寻求的艺术享受上，为了获得艺术享受的印象，我们总尽快地把难以表达的东西搁置一边，而这种东西恰恰是印象本身；我们总尽快抓住不需要我们求甚解的愉悦，以为可以用它来跟其他的爱好者沟通，跟他们可能谈得来，因为我们和他们讨论同样的东西，而把我们各自印象的实质去掉了。就在我们作为旁观者对自然对社会对爱情对艺术最不感兴趣的时候，一切印象也都是双重的，其中一半留在物体里，另一半延伸到我们身上，唯有我们自己认得出，就是说我们应当抓住不放这一半，而我们往往急于忽略它，另一半我们只能顾及，却无法深入了解，因为它是外部的，我们也不必为它劳神，比如看到一株山楂花或一座教堂而引起我们身上小小的波纹，我们很难凭努力觉察出来。然而我们可以重复演奏交响乐，可以一再去观察教堂，直到我们对它们了如指掌，以至不亚于精通音乐或建筑的爱好者，但这是逃避我们没有勇气正视的生活，也叫学识渊博吧。

所以有许许多多不求甚解的人从他们的印象得不到任何益处，庸庸碌碌地带着遗憾进入老年，他们始终是与艺术无缘的人！他们患有处女和懒汉的忧伤，生育或劳动可以治愈他们。对艺术作品他们比真正的艺术家更容易慷慨激昂，因为他的激昂并非针对艰巨深入的艺术劳动，只是肤浅的外露，使得谈话更热烈，使得面孔涨得更红。他们以为在听完一首他们喜爱的乐曲之后声嘶力竭地喊叫："好极了，好极了！"是件了不起的事情。但他们的表露并不迫使他们弄清楚他们喜爱的性质，他们一窍不通。不过，这种未被利用的喜爱却影响着他们最平静的谈话，促使他们在谈论艺术的时候做手势，扮鬼脸，摇头晃脑。"我出席了一场音乐会。我坦率告诉你们，起初我觉得没劲极了。但四重奏开始了，嘀，真来劲儿！大改观了，"音乐爱好者说着，脸上露出焦虑不安的神态，好像心里想，"但我突然看到火星四溅，有焦味儿，着火了。"他接着说，"活见鬼！我听到什么呀，真叫人生气，乐品写得太差劲了，但很特别，反正哪，不是人人都能接受的作品。"他在扫视大家之前，语调依然焦虑不安，脑袋还在晃动，并再次手舞足蹈，这一切就像未长翅膀的小鹅傻乎乎滑稽可笑，却一个劲儿地想飞起来。他的一生从音乐会到音乐会中度过，这个一事无成的爱好者当他头发花白时变得又尖刻又贪婪，已经朽木不可雕，几乎始终与艺术无缘。这种人虽然令人十分憎恶，刚愎自用又不能称心受用，但也有感人之处，因为他首次试验从依靠多变的客体到依靠他永久的器官获得精神的愉快，尽管这种试验并未成形。

不管他们如何滑稽可笑，他们毕竟不能被完全弃之不顾。他们是自然塑造艺术家的第一批试验品，就像当今动物的原始种类那样未成形那样缺乏成活力，他们是过渡性的人物。这些仅有愿望没有行动又不成功的爱好者，对我们来说，他们的感人之处有如首批飞行装置，虽然离不开地面，起飞的手段还待发现，却具备飞行的愿望。“老弟，”业余爱好者挽住你的手臂说，“我，第8次欣赏这首乐曲，但我向您发誓决不是最后一次。”确实，由于他们没有吸收真正的艺术养料，他们始终需要艺术的满足，他们苦于食欲过盛，永远吃不饱似的。所以听完同样的作品之后，他们总要报以持久的掌声，另外他还以为他们的光临是履行一项义务，完成一个壮举，好比有些人出席一次董事会议，参加一次葬礼。之后，又有其他作品，甚至截然不同的作品接着而来，不管是文学的，绘画的，还是音乐的。提出想法和妙计的能力，尤其吸收想法和妙计的能力，总比获得真正的情趣来得频繁得多，甚至在创作者身上也是如此，自从文学报刊杂志急剧增长以来，这种情况更是有增无减，随之产生假冒的作家和艺术家。因此最优秀最聪明最无私的青年只爱具有高度道德和社会学意义乃至宗教意义的文学作品。他们认为这是一部作品的价值之所在，从而重复了大卫们、什纳瓦尔们、伯吕纳吉埃尔们①等的错误。人们喜欢一些思想似乎比较深刻的作家，只因他们写得不那么出色，反倒不大喜欢贝戈特，因为他写的一些最漂亮的句子实际上要求人们做深刻的反省。他的文体复杂，只为上流社会人士写作，这是某些民主派人士的说法，他们这么说是为了给上流人士涂脂抹粉。不过，一旦人们用机智的推理来判断艺术作品，那么没有任何东西是固定的，肯定的，人们可以随心所欲地论证。天才这一事实是一种普遍的财富，一种普遍后天获得的东西，人们首先以思想和风格的外表时式来确认天才的存在，批评界根据这类外表时式来评定作者。一个毫无新意的作家只因为口气武断，对他前人的流派公开蔑视，便被批评界捧为预言家。批评界经常出现这种谬误，以至于作家差不多情愿接受广大读者的评判，即使读者不能理解艺术家试图在陌生的领域所探求的成果。因为

① 大卫(1748—1825)，法国画家；什纳瓦尔(1807—1895)，法国画家；伯吕纳吉埃尔(1849—1906)，法国批评家，普鲁斯特不喜欢他们的作品。

读者本能的生命力和伟大作家的天才这两者之间更有类似之处，作家的天才在于认真地倾听本能，当其他一切被迫默不作声时，只听取一种被人理解的高级本能，而被拉拢的评判者，其肤浅的夸夸其谈和多变的批评标准无法与之比拟。他们的连篇空话每10年翻新一次，因为万花筒不仅由上流社会的团体组成，而且由社会的、政治的、宗教的观念组成，这些观念由于折射面很广，时兴一阵，但毕竟有限，因为它们的寿命很短，其新意只能吸引那些对观念的证明不挑剔的人们。因此相继出现的学派和流派所争取到的总是同一类的人，相对而言比较聪明的人，总会着迷的人，反之比较审慎和对证明比较苛求的人总克制自己不要心醉神迷。不幸得很，恰恰因为那些人只是半吊子智者，他们需要在行动中互相补充，所以他们比优秀的智者更加活跃，他们争取群众，不仅在自己的周围建立靠硬捧出来的声望和无根据的仇视，而且搞内讧和对外出击，以防止外界对他们的任何批评。

一个大师的崇高思想给具有真知灼见的人和心胸充满活力的人带来喜悦，这种喜悦大概完全健康，然而，不管真正享受这种喜悦的人(20年中有多少？)如何可贵，他们毕竟只限于充分理解别人。某个男人千方百计要得到一个女人的爱，而这个女人只会使他不幸，他经过几年不懈的努力甚至做不到跟这个女人见一面，为此，他非但没有试图表达他的痛苦和幸免的灾难，而且从她身上“获益匪浅”和得到他一生中最动人心弦的回忆，他不断重读拉布吕耶尔的想法：“男人们往往乐意坠入情网，却不善于取得成功，他们想找到失败的原因，却总找不到，因此，我冒昧说一句，他们不得不保持自由。”无论拉布吕耶尔写作时的思想是否指这一层意思(从这个意义上讲，必须是“被爱恋”而不是“爱恋”，否则更了不得)，可以肯定这位敏感的文人确实有感而发，言过其实，甚至想一鸣惊人，只有在兴高采烈时才会重复他的这个思想，他觉得太真实太美妙了，但不管怎么重复，仍没有增加什么含义，仅仅还是拉布吕耶尔的思想。

寻章摘句的文字怎会有价值呢？文字所记下的现实包含在小事情中，诸如飞机从远处传来的轰鸣声，圣伊莱尔钟楼的轮廓，曾经尝过的玛德莱娜蛋糕的滋味，等等，它们本身并没有意义，但人们可以从中挖掘意义，不是吗?

渐渐，记忆里储存了一系列不准确的俗语，我们真实感受到的东西已荡然无存，然而我们的真实感受才是我们的思想，我们的生活，即所谓现实，因此一大堆的俗语其实都是虚构的，只不过再现所谓“经验”的艺术，像生活那样简单，没有美，只有双重的作用：表达眼睛所见的和智力所确认的；这种双重的用处是那样地使人厌倦和虚浮，人们不禁寻思醉心于这种艺术的人何处找得到令人喜悦的和具有原动力的火花，以便启动艺术，使之不断向前挺进。相反，真正艺术的伟大之处，即德·诺布瓦先生所称文艺爱好者之游戏的艺术的伟大之处，在于重新找到、重新抓住、重新了解一种现实，这种现实离我们现时的生活很远，随着我们用替代它的常规知觉越来越迟钝和不受感染，我们离开现实也越来越远，这种现实我们很可能到死也认识不到，而它却不折不扣是我们的生活。

真正的生活，终于真相大白的生活，唯一完全体验得到的生活，那就是文学。在一定意义上讲，这种生活每时每刻寓于艺术家身上，同样也寓于所有人的身上。但除艺术家外，其他人一概视而不见，因为他们不去设法廓清它。他们的过去充斥着数不胜数的无用的陈词滥调，因为智力没有使他们“健康成长”。我们的生活是这样，其他人的生活也是这样；风格对于作家如同颜色对于画家不是一个技术问题，而是一个视觉问题。风格即启示，这种启示不可能用直接的和有意识的手段获得，在世界呈现于我们眼前的方式中存在着质的区别；这种区别如果没有艺术将成为每个人永远的秘密，而风格使人对这种区别得到启示。只有通过艺术我们才能摆脱我们自己，才能知道别人是怎样认识这个世界的：别人心目中的世界和我们心目中的世界是不同的，在别人心目中这个世界的景色就像月球中的景色一样鲜为人知。多亏有了艺术，我看到的不只是一个世界，而看到我们的世界变成许多的世界，有多少独特的艺术家便有多少不同的世界，它们之间的不同胜过茫茫宇宙间的星球，在发光体殒灭许多世纪之后，无论它叫伦勃朗还是叫弗美尔，还在向我们发射它们独特的光芒。

艺术家的这项工作，即千方百计在物质中、在经验中、在语词中瞥见不同的东西，正好与另一种艺术家的工作相反：每当我们不能正视我们自己的时候，自尊心、激情、智力和习惯便每时每刻在我们身上进行这种工作，它们堆压在我们真正的印象之上，使得我们完全看不清我们错误地称之为生活的实际目的和各类东西。简言之，这种如此复杂的艺术恰恰是唯一有生命的艺术。唯有它能向他人表现并且使我们看清我们自己的生活，而这种生活是不能“不看就明了”的，其外表需要说明，需要经常倒过来辨识和费力地辨认。我们的自尊心，我们的激情，我们的模仿意图，我们的抽象智力，我们的习惯所做的工作，正是艺术所不做的，艺术反其道而行之，一直返回到真正存在而不为我们所知的深层，并把我们带到那里。

再现真正的生活，更新印象，大概具有极大的诱惑力。但需要各方面的勇气，甚至包括感情上的勇气。因为首先要打消令人最珍惜的幻想，要停止相信人们杜撰的东西的客观性，非但不可上百次自欺欺人地重复“她太可爱了”，而要直截了当地说出“我很高兴吻她”。诚然，我在钟情的时刻所感受到的，也是所有的男人感受得到的。人人都有感受，但感受到的东西好比某些底片，若不把它们放在灯光下，它们只是黑乎乎的东西，观看底片时，需要从反面看：倘若不凭借智力，那就什么也看不出来。只有当智力启发了他，使他理智化了，他才费力地识别出所感觉到的东西的图像。不过，我早已意识到我起初和吉尔贝特一起经受痛苦颇有益处，尽管我们的爱情不属于引起痛苦的那种类型。其次，痛苦也是手段，因为不管我们的生活会怎样的短暂，只在我们痛苦的时候，我们的思想才波动得十分厉害而且变化异常，就像暴风雨中的海浪，掀得高高的，我们一眼就看得见，但不管有规律的波动的海面有多宽，如果我们站在不面向大海的窗口，那我们就什么也看不到；等到风平浪静，海面便下降了；也许只对几个天才来说这种波动才始终存在，他们不需要亲身经历痛苦就能心领神会；然而也不一定，当我们注视他们活泼的作品广泛而有序地铺展时，我们不大会按作品的欢快去猜想生活的欢快，因为生活也许正好相反，一直是很痛苦的，不过主要因为，我们所爱的不仅仅是一个吉尔贝特（这已经使我们极其痛苦了），也不是由于我们同时爱上一个阿尔贝蒂娜，而是由于我们内心有一部分比相继消亡的不同的自我要持久得多，不管这会给我们造成多么大的痛苦（况且是有益的痛苦），这一部分非常自私地脱离其他部分而留存下来，以一斑而概全豹，把这种爱情、把对这种爱情的理解加在所有人的头上、融入人们共同的思想中，而不逐一进入逐个的人的思想而后才融为一体。

我们必须使我周围任何微小的迹象（有关盖芒特、阿尔贝蒂娜、吉尔贝特、圣卢、巴尔贝克等等）恢复被习惯抹去的意义。当我们触及现实，为了表达现实，为了保存现实，我们必将排除与现实不同的东西和习惯不断很快给我们带来的东西。我既要排除才智选择的话语，更要排除摇唇鼓舌，包括平时谈话时充满幽默的话语，以及在跟别人长谈之后我们继续自欺的话语，因为这些话语使我们的头脑充满谎言；至于作家笔下的话语，那是全部落实成有形的东西的，作家百般无奈地把话语写下来，脸上的微笑时时被小小的鬼脸破坏，例如圣伯夫笔录的话语便是如此，而真正的书应该是昏暗和沉默的产儿，不是白光和谈话的产儿。由于艺术准确无误地重新安排生活，在人们自身触及到的种种真实的周围总是飘荡着一种诗的气氛，一种神秘的温馨，所谓神秘，只是我们不得不穿越的明暗交界的残存暗面，只是一件作品深层的标示，就像用高度表那样准确无误地标出来。这个深层并不像一些追求物质享受的唯灵论小说家认为的那样，是某些题材所固有的，因为他们不能超越表象世界，他们种种崇高的意愿，酷似某些做不了一点点好事人通常高谈的仁义道德，不应当使我们看不到他们甚至没有精神力量摆脱模仿来的种种平庸的形式。

至于由智力筛选出来的真实，即使由最聪慧的智力筛选出来的真实，由于阐明得很清楚，其价值可能很高，但真实所具有的轮廓并不那么柔和，真实平平淡淡，没有深度，因为不需要跨越深渊便可触及，真实没有被重新安排。经常有一些作家的心海深处已不再出现这些神秘的真实，他们上了一定的年岁之后便只凭智力写作，他们智慧的力量随之越来越强；他们年富力强时期的作品，由于这种原因，比他们青年时代的作品更有力量，但不再有同样的柔性了。

不过我觉得，智力直接从现实挖掘的真实也不可全盘嗤之以鼻，因为这些真实可以用一种虽不太纯粹却浸透思想的东西来衬托过去和现在的感觉给我们带来的印象，这种感觉具有超时间的共同本质，然而这类印象太宝贵了，也太稀有了，因此艺术作品很难只用它们来组成。这类印象既然可以派这样的用场，我便觉得在我身上涌现许多有关激情、性格、习俗的真实。对这些真实的感知给我带来喜悦，不过我似乎记得我不止一次发现真实时是处在痛苦之中，另外许多次也不怎么高兴。

每个使我们痛苦的人可能被我们把他同神性联系在一起，他只是神性的部分折光和顶点，我们静观神性时即刻产生喜悦而不顾我们经受的痛苦。生活的一切艺术在于把使我们痛苦的人只当作可以达到神性的形态的阶梯来利用，这样我们便可以高高兴兴地让我们的生活充满神性。

于是在我身上产生一种新的光芒，相比之下，不如另一种光芒明亮，使我发现艺术作品是复得失去的时间的唯一手段。所以，我懂得文学作品所有的素材都是我过去的生活；我懂得这些素材在我寻欢作乐时，在我懒散时，在我满怀温情时，在我痛苦时，向我涌来，被我储存，而我却不知道它们的用途，甚至不知道它们还存活着，有如种子保存着所有的养料以便将来滋养植物。我好比种子，当植物成长之后，我会死去；我碰巧为创作活下来，尽管我并不知道会是这样的，尽管在我看来我的生活从来没有与我想写的书发生任何联系，从前我每当在桌旁坐下，连主题都找不到。我就这样生活下来，直到有一天，我问自己，我的全部生活是否可以用这个标题来概括：《一种天职》。说它不可以，是从这个意义上讲的，即文学在我的生活中没有起过任何作用。说它可以，是从另一个意义上讲的，即我的生活，对生活中忧伤和喜悦的回忆，组成一种储备，酷似植物胚株中的蛋白，而胚株正是吸取蛋白的养分转化为种子的，其间人们并不知道植物的胚胎在成长，而胚胎却是秘密而积极的化学和呼吸现象演变的场所。这样，我的生活始终与其成熟所带来的东西休戚相关。之后，从我的生活得到养料的人，好似吃谷物的人，并不知道谷物所饱含丰富的养料首先滋养种子和使植物成熟，而后成为他们的食物。

关于这个问题，同样的比较如果说在开始时是不恰当的，那么在结束时可能是恰当的。文学家羡慕画家，他也想搞素描、搞细部草图，如果当真搞了，那他就完了。然而在写作时，他笔下人物的手势、面部抽搐、声调无一不是他通过回忆给他启迪的，没有一个杜撰的人名不是他见过的60个人的综合，其中某一个提供做作的面容，另一个提供单片眼镜，某某提供怒色，某某提供手臂合适的动作，等等，等等。于是作家体会到，如果说成为画家的梦想不可能有意识和自愿地实现，那他的梦想实际上已经实现，因为作家和画家一样也有素描本，不过是不知不觉搞成的。

因为，作家由于受本能的驱使，在他确认自己成为作家的很久以前，就经常对别人注视的许多东西不加注意，造成别人责难他心不在焉，连他本人也自责不善于听和看；但实际上他指使自己的眼睛和耳朵永远记住在别人心目中无谓的东西，比如说某句话时的声调，某个人在某个时刻的脸部表情和肩膀的动作，他也许对此人的其他方面一无所知，并且在很久以前见到的，因为这个声调，他先前已听到过，或觉得有可能再次听到，认为这是某种可重复的和永久性的东西；正是这种对普遍性事物的感觉使得具有作家素质的人选择带有普遍性的东西，而后把它融入艺术作品中。他只注意谛听别人鹦鹉学舌似地重复个性相似的人说的话，不管他们如何愚蠢或如何荒唐，正因为如此，这些人反倒成了先知鸟，成了心理法则的代言人。他只记得普遍性的东西。通过某些声调，通过某些脸部表情，哪怕是幼儿时期听到见到的，别人的生活留在他的心里，等到他后来写作时，就可取其一部分派用场了，比如肩膀的一个动作，这个动作和许多人的动作相同，真实得就像解剖学家记录在案那样，但在他的作品中用来表现一个心理实况，把一个人的头部动作嫁接到另一个人的肩膀上，尽管两者的动作只在他眼前一晃而过。

在文学作品的创作中，很难说想象和感觉可以相互替换，后者可以代替前者而不遇到很大的麻烦，好比有些人胃消化不良时把胃的功能交给肠子。一个天生敏感的人即便缺乏想象力也能写出精彩的小说。别人给他造成的痛苦，他为预防这种痛苦所做的努力，使他产生这种痛苦的人和另一个狠心的人之间发生的冲突，这一切若用智力来解释，可以成为一本书的素材，这样的一本书不仅可以写得和想象出来的、杜撰的书一样出色，而且可以不需要作者的幻想，如果他是关注自己的和幸福的，连他自己也感到意外，有如心血来潮想象出来那样偶有所得。

最愚蠢的人也会通过手势、言语、无意表露的情感表达他们自己觉察不到却为艺术家捕捉的规律。由于艺术家的这种观察，庸人以为作家心怀恶意，他想错了，因为艺术家在一个滑稽可笑的人身上看到了一种极大的普遍性，他并不怪罪被观察的人，有如外科医生不会蔑视患经常性血液循环混乱的病人，所以他压根儿不会嘲笑滑稽可笑的人。不幸的是，在涉及他本人的激情时，与其说心怀恶意，不如说活该倒霉，因为他十分了解普遍性，他想摆脱激情给他自己造成的痛苦就不那么容易了。诚然，即便面对蛮横无理的人，我们仍希望得到他们的赞扬，而不希望受到他们的侮辱，尤其当一个我们喜爱的女人欺骗我们时，我们会不惜献出一切，以使事情变个模样！然而，耻辱造成的愤恨，背弃带来的痛苦，很可能成为我们永远得不到的土壤，所以发现这些土壤，对本人尽管是难堪的，对艺术家却是珍贵的。写抨击文章的作者不由自主地把他鞭挞的恶棍与他的盛名联系在一起。在一切艺术作品中，人们都认得出艺术家最憎恨的人，唉，甚至他最热恋的女人。她们违背他的意愿给他造成极大的痛苦，其行为却给作家摆了模特儿的姿势。当我爱恋阿尔贝蒂娜时，我充分意识到她并不爱我，我不得不逆来顺受，只满足于她让我体验痛苦、爱情乃至起初的幸福是怎么回事儿。

在我们试图从自己的悲哀中提取普遍性并把它写出来时，我们稍微感到慰藉，兴许并不出于我上述的种种原因，而出于另一种原因，那就是按一般的想法，写作在作家的心目中是一种有益于身心和必不可少的活动，完成这项活动使他心满意足，正如锻炼、流汗、洗澡对人体的作用一样。说实在的，我对此有点忿忿不平。我很难让自己相信生活的最高真实性存在于艺术，另外，我也无论如何做不到凭记忆让自己感到我还爱着阿尔贝蒂娜胜于我惋惜外祖母的去世，我自问一部她们不会知道的艺术作品，对她们来讲，对这两个可怜的死者的命运来说，算不算一种归宿。当初我看着外祖母奄奄一息，看着她在我身旁死去，我多么的满不在乎呀！但愿作为赎罪，当我的著作完成后，让我无可救药地受伤并痛苦很长时间，被所有的人抛弃，然后死去！更何况我非常同情那些不大亲近的人，乃至无动于衷的人，以及许许多多人的命运，我在试图理解他们的同时思想上还利用了他们的痛苦，或甚至利用了他们的可笑之处。所有这些为我们揭示过真情实况的人，所有这些不在人世的人，在我看来似乎活了一辈子是专门为我利用的，好像他们是为我而死的。我悲哀地想象我如此执著的爱情在我的书中那样随便地出自一个人的身上，以致各种不同的读者会准确地把它运用到他们对其他妇女的感受上。然而我应当对这种身后的不忠感到愤慨吗？这个或那个人可能会把我的感情用到陌生的女人身上，而这种不忠，这种把爱情分给好几个女人的做法，其实在我活着的时候就开始了，甚至在我写作以前就开始了。我曾相继为吉尔贝特、为德·盖芒特夫人、为阿尔贝蒂娜受痛苦。我也相继把她们遗忘，只有我献给不同女人的爱情是永恒的。陌生的读者糟蹋我的回忆，其实我在他们之前已经先糟蹋了。我几乎令人厌恶，有如某些民族主义政党所做的那样，他们以政党的名义从事敌对行为，所进行的战争只为其政党服务，不管在战争中有多少高尚的牺牲者受痛苦和死亡，甚至不知道斗争的结果将会怎么样，但对我外祖母来说也许是一种补偿吧。我唯一的安慰是她不知道我最终投身于创作，这可告慰亡灵，如果说她不能分享我的进步，那她也早已意识不到我的无所事事和虚度年华了，而这曾经使她十分痛苦。当然不仅仅我外祖母，不仅仅阿尔贝蒂娜，还有其他许多人，我借用过她们的一句话，一个眼神，但不记得借用过谁作为个体的人了，一本书好比一座大的公墓，大部分墓碑上的姓氏已经模糊不清了。有时候正相反，我们清楚记得姓氏，却不知道这个姓氏的人有什么事情残留在书里。比如那个眼窝很深、声音单调缓慢的姑娘是葬在这里吗？如果确实是的，那么在墓地的哪个部位？怎么在花丛下找到她呢？

既然人心隔肚皮，我们与每个个体相隔甚远，既然我们最强烈的情感，比如我对外祖母的爱、对阿尔贝蒂娜的爱，几年之后就面貌全非了，既然这些情感对我们来说只是一种未被理解的言词，既然我们能够跟上流社会人士谈论这些死者，我们在他们家中还可以很愉快，当我们所爱的一切已经消亡；那么，如果我们有办法学会理解那些被遗忘的言词，难道我们不应当运用这种办法吗？难道不应该为此把那些被遗忘的言词首先用一种通用的语言翻译出来吗？至少通用的语言是远久的，它可以把去世的人们，以最真实的本质，变成世人永久性的财富。这种使我们明了难以理解的言词的变化规律，一旦为我们阐明清楚，我们的缺陷不就变成一种新的力量了吗？

况且，这种掺杂着我们的悲哀的作品为我们的未来既可理解为当作痛苦的不祥征象，也可理解为当作慰藉的吉祥征象。确实，诗人的爱情和悲哀对他有益处并帮助他创作，如果说陌生的女人有的出于恶意、有的出于嘲弄而没有料想到这一点，她们每个人实际上为她们见不到的丰碑添砖加瓦了，那么人们想象不到作家的生活并没有随着作品的产生而结束，也想象不到那种使他忍受痛苦的气质，尽管先前的痛苦已经进入作品，在作品完成后依然继续存在，那种气质使他在相同的条件下又爱上别的女人，如果时间使环境、使对象、使他对爱情的渴望、使他对痛苦的抵抗力所产生的一切变化没有动摇他的决心。从这个意义上讲，作品应该只当作一种不幸的爱情，必然预示着其他不幸的爱情，表明生活将同作品没有什么两样，诗人几乎不需要再写什么了，他完全可以在已写成的作品中找到将会出现的人物。这样，我对阿尔贝蒂娜的爱情，不管有多么大的不同，已经寄寓在我对吉尔贝特的爱情中了，就在幸福的日子里我第一次听到阿尔贝蒂娜的名字，听到她的姑妈描绘她的模样，但没有料到这个微不足道的胚芽会长大、会有一天影响我的一生。

然而从另一个意义上讲，作品是幸福的征象，因为它告诉我们在一切爱情中一般与个别近在咫尺，从后者过渡到前者只需翻个跟头，以增强抵抗悲哀的力量，为了深化其本质而忽视其根源。事实果真如此，后来我试验过，甚至在恋爱和痛苦的时刻也试验过：如果在工作的时刻写作的使命得以实现，我们便觉得心上人溶解到更为广泛的现实中，以致不时将其遗忘，以致在写作时不再为爱情而痛苦，有如忘却与心上的人儿无关的纯肉体的病痛，有如忘却某种心脏的病痛。不过事实上这是稍纵即逝的事情，如果写作的时间稍为晚一点，效果似乎正好相反。因为充满恶意和平庸无能的人物强行摧毁我们的幻想，然后他们自行化为乌有，脱离我们自己塑造的爱情幻想；如果我们着手创作，我们的心灵再次使他们升华，为了满足对我们自身分析的需要，我们把他们视为可能爱我们的同等人物，在这样的情况下，文学重新开始脱离了爱情的幻想，使不复存在的情感在一定程度上残存下来。

诚然，我们不得不重新体验一遍我们特殊的痛苦，其勇气不亚于医生在自己身上重扎有危险的针。但同时我们必须以一般的形式思考我们的痛苦，使我们在一定程度上摆脱痛苦的折磨，使所有的人分担我们的痛苦，甚至不无乐趣。生活禁锢的地方，智力总可打开一个缺口，因为即使无药医治不可分担的爱情，人们也可以察看痛苦得到解脱，哪怕从中得出它所包含的后果。生活禁锢的堡垒，智力没有钻不破的。

任何东西只在变成一般性的东西时才能经久，而且思想会自行消亡，所以我们必须迁就这样的想法：甚至是作家最亲密的人，归根结底，对于他来说好比在画家面前摆模特儿。

在爱情上，幸运的情敌，可以说我们的敌人，是我们的恩人。在一个稍为引起我们肉欲的女人身上立即可以平添一种巨大的、不相干的价值，而我们却把这种价值与她混为一谈。如果我们没有情敌，或如果我们不认为有情敌，那么肉体的享受就会变成爱情。因为不需要真有情敌存在。不存在的情敌、我们的怀疑、我们的嫉妒导致虚幻的生活，它给我们带来的好处已经足够了。

有时候，当某个令人痛苦的片段还处在初坯阶段时，一种新的温情，一种新的痛苦沛然而至，促使我们完成它、充实它。至于那些有益的巨大悲哀，我们不必叫苦，因为并不少见，而且不会姗姗来迟。尽管如此，仍应当抓紧利用，因为悲哀不会持续很久：抑或人们受到安慰，抑或悲哀太盛，因毅力不够而死亡。只有幸福才有益于身体健康，但悲哀却增强精神力量。况且，它不一定每次在我们身上发掘一种规律，但每次使我们投身于真实却是不可缺少的，迫使我们认真对待事情，每次都可拔除习惯、怀疑、浅薄、冷漠的杂草。这样的真实虽然跟幸福跟健康不相容，但不一定跟生活不相容。悲哀最终是致命的。每次剧烈的悲痛，我都感到又多了一条血管沿着我们的太阳穴或在我们的眼睛四周鼓出来，蜿蜒着，硬化着。老伦勃朗、老贝多芬的脸就这么一点一点地变得憔悴难看的，大家都嘲笑他们的脸。但既然一种力量可以转换另一种力量，既然持续热可以变成光，闪电可以照相，既然我们内心隐约的痛苦可以在每次受到新的痛苦时像蝴蝶似的使一个形象翩翩起舞，永远可见，那就让我们接受它给我们带来的肉体痛苦吧，以便认识它给我们带来的精神痛苦；那就让我们的躯体崩解吧，因为每一小块崩裂的东西都带来光明和清晰，进而补充到我们的作品中，为了使它完整，必须以接受痛苦为代价，尽管更有天赋的人不需要这种完整；为了使它更牢固，必须接受一次又一次的激动，尽管激动消耗我们的生命。思想观点是痛苦的代替物，而代替物在转化为思想观点的过程中，把一部分有害的作用力失落在我们的心上，即使转化以乐极生悲开始。再说，代替物只按时序产生，因为原始的因素似乎是思想，而痛苦似乎仅仅是方式，某些思想观点首先通过这个方式进入我们的头脑。然而在思想观点的系统中存在着好几种类别，其中某一些是喜悦的代替物。

上述的思考使我觉得一直被我揣测到的真实具有一种更强烈更确切的含义，尤其当德·康布勒梅尔夫人不明白我怎么会为了阿尔贝蒂娜而撇弃一个像埃尔斯蒂尔这样杰出的人物。即便从学识的角度来看，我认为她也错了，但我不知道她低估了什么：这就是学习成为文学家所付的学费。艺术的客观价值在这一点上无关紧要，重要的是把我们的情感和激情，即所有人的情感和激情表现出来，使其大白于天下。我们所需要的女人，使我们痛苦的女人，引发我们产生一系列深沉的情感，必不可少的情感，胜过一个优秀人物使我们产生的兴趣。但有待弄清楚，根据我们生活的格局，我们是否认为不忠的女人使我们产生的痛苦与这种不忠给我们打开眼界所发见的真实相比是无足轻重的，我们是否认为乐于制造痛苦的女人无法理解这些真实，不管怎么说，这种不忠比比皆是。作家可以放心进行长期创作。就凭智力开始创作吧，在创作的过程中会出现足够多的悲哀，自然会充实、完善其作品。至于幸福，几乎只有一种用途，促使不幸可以令人接受。在幸福的时刻，我们应当建立温柔、体贴、眷恋的关系，以致一旦关系破裂会使我们心胆俱裂，这种痛苦极其珍贵，故称不幸。假如人们不曾有过幸福，哪怕凭希望的，那么不幸就没有残酷性，不会结出果实的。

为了捕捉一种情感，作家需要接触许多人，有如画家为了画一幅教堂需要观看许多教堂，两者相比，前者比后者更需要观察，以便获得广度和厚度，获得一般，获得文学现实。如果说艺术是持久的，生活是短暂的，那么反过来可以说，如果灵感是短促的，它所描绘的情感也不会长久。我们的激情为我们的书拟订提纲，两次激情的间歇使书产生。当灵感再起，当我们重新投入创作，在我们面前为某种情感摆模特儿的女人已经不再使我们体验到这种情感了。必须根据另一个女人的情形来继续描绘它，如果涉及人物的不忠，那么从文学观点看，由于我们情感的相似性，一部作品可以既是过去爱情的回忆又是未来爱情的预言，把两者代换无关大体。这是为什么人们爱搞虚浮的研究的原因之一，总试图猜测作者在书中讲谁。因为，一部作品，甚至一部作者自白的作品，包含作者生活的好几个插曲，先前的插曲曾给过他灵感，后来的插曲也差不多，后面的爱情及其特点如法炮制前面的。我们对我们最爱的女人也不像对我们自己这么忠实，我们迟早会把她忘记，以便可以重新开始爱，这是我们的一大特色。我们热恋过的女人最多为我们新的爱情增添一种特殊的形式，使我们在不忠实中仍把她放在心上。我们将需要跟下一个女人同样在早上一起散步，或晚上把她送回家，或给她许多许多的钱。我们把钱给女人，这种钱的流通是件很奇怪的事情，女人为这个原因使我们不幸，就是说促使我们写书，几乎可以这么说，作品就像自流井的水，痛苦在心中钻得越深，苦水就长得越高。这种代换为作品平添了某种无私的、更为普遍的东西，这也是一种严厉的教训，即我们应当依恋的不是人物，而是思想观点，因为真正存在的不是人物，而是可以用语汇表达的东西。不过在把握那些模特儿时必须行动迅速，不失时机，因为，为幸福摆模特儿的人们一般表演不了多少场次，唉，摆痛苦模样的人也一样，既然痛苦很快消失了。

况且，即使痛苦在我们身上没有为作品提供素材，它对我们也是有益的，促使我们寻找。想象和思想本身可以是奇妙的机器，也可以是没有活动力的机器。痛苦使它们运转。为我们摆痛苦模样的人物给我们表演的场次非常频繁，以致在间歇期我们只去一个工作室，那就是我们自己的内心！间歇期好像一幅我们生活的图像，充满各种不同的痛苦。而痛苦之中又包含不同的痛苦，正当人们以为平静了，一种新的痛苦又油然而起。一种不折不扣的痛苦，也许因为出乎意料的情况迫使我们更深地潜入自己的心海，爱情时时刻刻向我们摆出的那些令人痛苦的窘境教育了我们，使我们逐步发现我们是什么东西。所以，每当弗朗索瓦丝看见阿尔贝蒂娜像狗似的随便从哪扇敞开的门进入我家，弄得到处乱糟糟的，还败光了我的家产，搞得我痛苦不堪，她便对我说："咳！先生要是雇一个教养好的小秘书代替这个专门浪费先生时间的女人，也好整理整理先生的各种纸张，那该多好哇！"因为那时我已经写过几篇文章和搞过几篇翻译了，我当时觉得她言之有理，现在看来她说的也许不对。阿尔贝蒂娜虽然浪费我的时间，虽然给我造成痛苦，但或许比一个替我整理纸张的小秘书对我更有用，甚至从文学的角度来看也是如此。不管怎么说，当一个人的体形长得那么不好，他不能不满怀痛苦地爱，不得不忍着痛苦去打听真情实况，这样一个人的生活终将令人厌倦。幸福的岁月是失去的岁月，人们等待新的痛苦才写作。预先受苦的想法和创作思想很协调，人们对每部新著都忧心忡忡，因为想到必须首先承受痛苦方能想出作品。但由于人们懂得痛苦是在生活中能遇到的最好的东西，人们就大胆设想了，差不多好像想到解脱，想到死亡。

然而，如果说这使我有点反感，那么还得注意我们经常拿生命当儿戏，利用活人为书本服务而不是相反。维特[1]的情况，尽管十分高尚，可惜与我的不同。我虽然一刻也未相信过阿尔贝蒂娜的爱情，却20次想为她而自杀，为了她我倾家荡产，为了她我毁了自己的健康。至于动手写作，人们就谨慎小心了，经过仔细观察后，把不真实的东西全部抛弃。但只要真的进入生活，人们为谎言倾家荡产，卧床不起，自寻短见。真的，人们只能从谎言的杂质中提取一点真实，如果年龄已过富于诗意的岁月，痛苦是卑微的、讨人嫌的仆人，人们与之抗争，结果越陷越深，他们是残忍的，不可替代的仆人，但他们从地道把我们引向真实和死亡。在死亡之前遇见真实的人们，算他们运气；对于他们来说，不管真实和死亡之间多么邻近，真实的时刻总算敲响在死亡的时刻之前！

从我过去的生活中我懂得哪怕最小的生活插曲也有助于给我理想主义的教育，这正是我今天想加以利用的。譬如我和德·夏吕斯先生的会面，甚至在他亲德的态度给我同样的理想主义教育以前，就比我对德·盖芒特夫人或阿尔贝蒂娜的爱情和圣卢对拉谢尔的爱情更好地使我深信素材太无关紧要了，一切都可被思想当作素材来使用；同性恋的现象虽然非常不被理解，虽然受到无效的指责，却比非常有教益的正常爱情扩散得更快，这是事实呀。爱情向我们表明美从我们不再爱的女人身上逃走，躲到一张我们喜爱而别人觉得最丑的脸上，而这张脸很可能，完全可能有一天会使我们讨厌；不过更令人激动不已的是看到我们不再爱的女人获得一位大爵爷的赏识，这位爵爷马上撇弃一位美丽的公主，戴着一顶公共汽车检票员的鸭舌帽跟她私奔。每次我在爱丽舍田园大街、在小巷里、在海滩上重新见到吉尔贝特的脸、德·盖芒特夫人的脸、阿尔贝蒂娜的脸，我都惊讶不已；这种惊讶不正好证明回忆只朝着与印象不同的方向伸展吗？回忆，起先和印象重合，然后远离它而去。

作家不应当为了同性恋者给其女英雄们蒙上一张男子汉的面孔而生气。唯有这个有点反常的特性使得同性恋者在后来的阅读过程按自己的特性举一反三。比如拉辛为了使这种特性具有普遍的价值，不得不

---

① 系指歌德《少年维特之烦恼》的主人公。

让古代的费德尔一时变成一个信奉冉森教派的女徒，同样，如果德·夏吕斯先生不给“不忠的女人”蒙上莫雷尔的面孔，他便不会痛哭也不会理解，正如缪塞在《十月之夜》或在《回忆》中对“不忠的女人”那样悲伤，因为正是通过这条唯一又狭窄又曲折的路他才触及爱情的真实。作家习惯用不真诚的言词在前言和题献里指称：“我的读者们”。实际上，每个读者在阅读时又是他自己的读者。作家的著作只不过是他献给读者的一种视察工具，使他能够认识到如果没有这本书他也许无法看到自己身心的东西。读者通过书中的话来印证他自身也是一本书，从而认识其真实性，反之亦然，至少在某种程度上，两篇文章的区别通常可以归因于读者而非作者。此外，对天真的读者来说，书可能太深奥太暧昧，这样，书只给读者提供模糊的眼镜片，而用这种镜片是无法阅读的。不过其他的特性，比如同性恋爱，可能导致读者需要某种特定的方法才读得懂，作者也不必为之生气，相反，作者应当让读者享受最大的自由，告诉读者：“请你们自己瞧吧，只要你们看得清楚，用这块眼镜片，用那块眼镜片，用另外的眼镜片，都行哪。”

我之所以一直对人们熟睡时做的梦如此感兴趣，因为梦在用潜能补偿时间的同时，有助于你更好地理解主观的东西，例如爱情，事实很简单，梦以惊人的速度完成人们通俗的说法：让你疯狂地爱上一个女人，以致刚睡着几分钟就在梦中出现一个丑女人如痴如狂地爱你，而在现实生活中要实现这一点需要几年经常接触或姘居才行，好像梦是某个神奇的医生所发明的爱情静脉注射，同样也可能是痛苦静脉注射，难道不是这样的吗？梦向我们做的爱情暗示来得快去得也快，有时候不仅夜爱神在我们面前停止显现，摇身变成众所周知的丑婆娘，而且某种更为珍贵的东西也消散了，好比整整一幅令人赏心悦目的情感画面：脉脉的温情，销魂的快感，隐约的憾恨，又如整整一幅登上爱情岛的情境，其引人入胜的真实色彩是我们在清醒时很想笔录的，但它很快淡出了，好像一幅褪色得很厉害的油画，无法复原了。而且，梦之所以让我入迷，也许它与时间玩耍绝妙的游戏有关。我们经常在一个夜里，乃至在某夜的一分钟内，看到非常永远的时间全速向我们扑过来，相隔太长久了，我们根本无法识别当时所体验到的情感，这使我们眼花缭乱，仿佛它们是一些巨型的飞机而不是我们以为苍白的星星，使我们重见它们曾经为我们包容的一切，使我们感到激动，感到震惊，感到它们四周一片光明，但一旦我们醒来，它们又回到原来的位置，恢复它们奇迹般跨越的距离，以致我们错以为梦是复得失去的时间的一种方式，难道不是这样的吗?

我体会到只有粗俗和错误的感知才把一切归于客体，事实上一切在于主体；我真正失去外祖母是在实际失去她许多月之后，我看到人们改头换面，其实是根据我或别人的想法把他们乔装打扮的，一个人在不同的人眼里看出来变成好几个人，例如年轻的斯万就有许多不同的面目，又如德·卢森堡公主被视为法院首席院长；甚至在一个人的眼里随着时间的流逝对别人的看法也有变化，比如我对德·盖芒特的姓氏的看法，对斯万不同面目的看法。我看到爱情在一个人身上投入的仅仅是爱者身上的东西。因此，我进一步意识到我曾把客观现实和爱情之间的距离延伸到极端，比如拉谢尔对圣卢和对我的爱情，阿尔贝蒂娜对我和对圣卢的爱情，莫雷尔或那个公共汽车司机对夏吕斯或其他人的私情，尽管如此，夏吕斯温情不减，对缪塞的诗爱不释手，等等。总之，在某种程度上，德·夏吕斯先生亲德的态度如同圣卢凝视阿尔贝蒂娜照片的目光，有助于我暂时摆脱仇视德国的感情，至少不再相信仇视德国的纯客观性，有助于我使自己想到也许恨与爱如出一辙，眼下法国认为德国缺乏人道主义，在这种严厉的评判中突出显现情感的客观化，使拉谢尔在圣卢眼里和阿尔贝蒂娜在我眼里显得特别珍贵的情感就属这一类。邪恶并不完全是德国所固有，这一点确实很有可能，正如我个人接连有过几次爱情，在爱情结束以后爱的对象在我心目中就没有价值了，同样，我看见在我的国家接连出现几次仇恨，比如把德雷福斯视为叛徒，因为他们把法国出卖给德国人，比德国人坏一千倍；如今爱国者们却与当年德雷福斯派的雷纳克合作，共同反对一个国家，因此这个国家的成员必定是骗子、猛兽、傻瓜，但那里的德国人除外，因为他们拥护法兰西的宏图大业，就像罗马尼亚国王、比利时国王或俄国女皇那样。当然，反德雷福斯派的人会反驳我说："这不是一码事。"确实，永远不会是一码事，也不会有一成不变的人，否则面对同样的现象，上当的人只能怪怨自己的主观性，而不会相信优点或缺点存在于客体。智力不必费劲就可在这种差别上建立一种理论，诸如，激进派所指的修会成员反天性的教诲，犹太种族民族化的不可能性，日耳曼种族对拉丁种族永恒的仇恨，黄种人暂时恢复的声誉，等等。况且这种主观性在一般人的谈话中也显露无遗，当你跟亲德派谈起德国人在比利时犯下的暴行时，他们居然有本事听而不闻，甚至听也不听。然而，暴行真有其事：我注意到仇恨的主观性如同视觉的主观性，但这种主观性并不妨碍客体可以具有真正的优点或缺点，一点也不会使现实在一种纯粹的相对主义中化为乌有。在过去了那么多年之后，在失去了那么多时间之后，我们仍感到内心行为这种巨大的影响，乃至波及国际关系，这在我幼年时代是猜想不到的，当时我在孔布雷的花园里阅读贝戈特的某本小说，直到今天，我若翻阅他的小说，重读几页忘却的章节，发现坏人的诡计，于是一口气读上一百页，直到最后这个坏人受到应有的羞辱，终于明白他的阴谋诡计已告失败，我这才放心把书扔下，这不是很自然的吗？因为我记不大清楚书中人物发生的事情，这使他们与今天下午在德·盖芒特夫人家的人们没有什么区别，至少其中好几个人是如此，他们过去的生活对我来说就像我从一本忘记一半的书所记得的那样模糊。德·阿格里让特亲王最终娶了 X 小姐吗？还是 X 小姐的兄弟不得不娶德·阿格里让特亲王的姐妹为妻呢？抑或我把此事同以前的读物或新近的梦混淆了？梦是我生活中出现的现象之一，它始终使我激动不已，最有助于我确信现实的纯心理性，我在创作过程中不会嫌弃它的帮助。当我对爱情不那么无私的时候，梦就会奇特地来关照我，跨越失去的时间所隔开的大距离，让我重新接近外祖母，重新爱阿尔贝蒂娜，因为她在我熟睡的时候给我讲女洗衣工的事已经大事化小了。我认为梦有时使我与真实、与印象更加接近，因为光凭我的努力，甚至与大自然接触都做不到这一点，而梦唤醒我的欲望，引起我对某些不重要的东西的遗憾，从而提供条件让我写作，让我摆脱具体，从习惯中升华。我并不讨厌这个二等诗神，这个夜间的诗神有时可代替白天的诗神哩。

我亲眼目睹高贵的人变成庸俗的人，当他们的思想变得庸俗的时候；德·盖芒特公爵的思想便是一例，正如科塔尔可能指出的那样："您倒不拘束。"我相信真理是某一种事实，但在德雷福斯事件中，在战争中，在医学中，我看到部长和医生掌握着不需要解释的"是"或"不"，这就造成X光底片指明患者得了什么病，不带说明；掌权的人知道德雷福斯是否有罪，他们不需要派罗克去实地调查便知道萨拉伊[①]是否有能力跟俄国人同时进军。我一生中没有一个时辰不在教我懂得，只有粗俗和错误的感知才把一切归于客体，而实际正相反，一切在于主体。

总之，凝神思索，我认为，我所经历的事情，即我著作的题材，来自斯万，不仅仅涉及他本人和吉尔贝特，而且他从在孔布雷开始就让我产生去巴尔贝克的愿望，否则我父母决不会想到送我去那儿的，否则我也不会认识阿尔贝蒂娜，甚至不会认识盖芒特夫妇，既然我外祖母不会重逢德·维尔帕里济夫人，我更不会认识圣卢和德·夏吕斯先生，进而通过他们认识德·盖芒特公爵夫人，再经过她认识她的表姐妹，以致此时此刻我在德·盖芒特亲王府也多亏了斯万，正是在亲王府我萌生了创作的念头，这样看来，不仅多亏斯万我的作品有了题材，而且多亏他，我才下定了决心。这个支撑点也许有点脆弱，不足以承受我的一生（"盖芒特那边"从这个意义上讲，正是起源于"斯万家那边"）。通常导演我们生活变化的人要比斯万低等得多，是最平庸不过的。随便某个同伴都可能向我指点某个可爱的姑娘，让我去追求，专程去巴尔贝克而很可能见不到，但同伴的指点不是足以让我跑一趟吗？经常还有这样的情况，晚些时候，我们遇见一个叫人讨厌的同伴，都懒得跟他握手，但如果仔细想一想，正是他无意说了一句"您应该去巴尔贝克"，促使了我们的生活革故鼎新，促使了我们的作品脱颖而出。我们对他毫无感激

① 萨拉伊(1856 — 1929)，法国将军，在第一次世界大战中曾率领部队赴东欧与德军交战；罗克(1856—1920)，曾出任国防部长(1916 年 3 月至 12 月)。

之心，而且并不因此而显得忘恩负义。因为他说此话时根本没有想到他的话会对我们产生那么大的后果。我们的敏感和智力凭借时机，在他的第一推动力驱使下，沛然而起，见机行事，而他并不能预见在盖芒特夫妇家举行的假面舞会，更不用说我与阿尔贝蒂娜同居。兴许他的推动是必要的，从这个意义上讲，我们生活的外部形式，我们作品的素材取决于他。没有斯万，我父母永远想不到送我去巴尔贝克。斯万虽然间接造成我的痛苦，但他没有责任的。我的痛苦是我懦弱造成的。斯万的懦弱使他自己深受奥黛特的折磨。在确定如此过度我们一生的同时，排除了一切其他的生活，我们的生活不会被取代的。如果斯万不给我讲巴尔贝克，我就不会认识阿尔贝蒂娜，不会去旅馆的餐厅，也碰不到盖芒特夫妇。但我可能去别的地方，我可能认识不同的人们，我的记忆如同我的书就会充斥完全不同的图景，我甚至难以想象会是怎样的图景，其新颖独到之处会使我心神陶醉，使我后悔不去别的地方而去追求她，后悔认识阿尔贝蒂娜和盖芒特夫妇，后悔知道巴尔贝克海滩和里夫贝尔。

诚然，我把某些或许要写的东西同她的脸联系起来，就是我首次在海边瞥见的那张脸。在某种意义上，我做这样的联系很有道理，因为，如果我那天不去海堤，如果我没有跟她结识，那么所有这些想法就得不到发挥，除非由另一个女人来引发。我这么说也不对，因为我们在回顾女人美丽的脸盘儿时所得到的性愉悦来自我们的感官：确实可以肯定我后来写的这些篇章，阿尔贝蒂娜，尤其当时的阿尔贝蒂娜，不会看得懂的。恰恰因为如此，而且这是一种迹象，表明不可沉溺于过分推理的气氛中，因为她与我的差别太大了，这才给我造成如此大的痛苦，哪怕先简单设想一下与自己的不同之处，便可窥其一斑。这些篇章，她要是能够明白，那便不是她引起的了。

嫉妒是个好招揽者，每当我们的画面出现空白，它便到大街上给我们找来所需的美丽的姑娘。找来的姑娘失去原有的美貌，变得更美丽，因为我们嫉妒她，这样她将填补画面的空白。

将来我们死的时候，不会高兴这幅画如此拼凑而成。但这个想法丝毫不叫人泄气，我们感到生活比人们说的要复杂一些，甚至环境也是如此。指明这种复杂性已是刻不容缓。非常有用的嫉妒不一定产生于一个目光，或一篇记叙，或一个退避。嫉妒之心随时可能产生，时刻准备折磨我们，甚至在翻阅地址大全时也不例外，比如《全巴黎头面人物地址大全》和《乡间古堡地址大全》。我们心不在焉地听到美丽的姑娘说她必须到敦刻尔克附近的加莱去看望她的姐妹几天，因为她变得对爱情冷漠了；我们也漫不经心地想到美丽的姑娘很可能是 E 先生追求过的，但她跟这位先生后来不再来往了，因为她再也不去那间她从前经常跟他见面的酒吧了。她的姐妹会是怎么样的人呢？也许是侍女？出于谨慎，我们没有过问。后来我们偶然翻阅《乡间古堡地址大全》，发现 E 先生在敦刻尔克附近的加莱拥有古堡。毫无疑问，为了取悦美丽的姑娘，他雇佣她的姐妹当侍女；美人之所以不再去酒吧间见他，因为他把美人请到家中，几乎全年住在巴黎，甚至去加莱小住时也离不开她。画笔蘸满愤和爱，随意道去，挥洒自如。但如果事实并非如此呢？如果 E 先生永远不见美丽的姑娘，但出于热心助人，把姑娘的姐妹推荐给长年住在加莱的一位兄弟呢？因为她趁 E 先生不在那边时去看望她的姐妹，甚至也许是偶然去的，因为她与 E 先生互不关心了。除非那个姐妹不在古堡里当侍女，也不在别处当侍女，而在加莱有亲戚。总之，我们最初的痛苦被后来的假设消除了，进而妒火也全部平息了。但这有什么关系呢？藏在《乡间古堡地址大全》里的妒火趁机冒了出来，如今画面上的空白已经填补上了。整个画面写意达境，浑然一体，皆因嫉妒美丽的姑娘所受刺激而成，如今我们不再嫉妒她，不再爱她了。

七　失而复得的时间(Ⅱ)

德·盖芒特公爵夫人的生活没有摆脱不幸，由此引起的结果是德·盖芒特公爵只好与地位低下的社交圈子打交道了。公爵由于年事已高，好久以来不再惹草拈花，尽管他身体还很健壮，却早已停止欺骗德·盖芒特夫人了，然而他不知怎么喜欢上德·福什维尔夫人[①]，谁也弄不清他们的私情是从何时开始的。联想到德·福什维尔夫人现在大致的年龄，这似乎很不寻常。但也许她从妙龄时代就是个风流女子吧。再说，有些女人每隔十年脱胎换骨一次，不断更换情侣，有时人们以为她们已经去世，不料她们居然夺走别人的丈夫，让年轻的妻子陷于绝望。

然而，这种私情的格局依然如故，老人在最后一次爱情中的做法完全模仿以前的，那就是把他的情妇与外界隔离；如果说我对阿尔贝蒂娜的爱情复现了斯万对奥黛特的爱情，尽管大异其趣，那么德·盖芒特先生对奥黛特的爱情更使我回想起我对阿尔贝蒂娜有过的爱情。情妇必须跟他一起吃午饭、吃晚饭，他老泡在她家里；奥黛特为此在朋友面前炫耀自己，而她的朋友们若没有她，永远无法与德·盖芒特公爵交往，他们专程来结识公爵，有点像人们去交际花家目睹当情郎的君主。诚然，德·福什维尔夫人早已成为上流社会的女子。但毕竟到暮年还当外室，再说供养她的傲慢的老人又是个重要人物，她便俯首帖耳地总穿讨他喜欢的浴衣，准备他喜欢的饭菜，恭维他的朋友们，另外对他们则说她向公爵谈起过他们，就像她对我舅公说由于她向大公谈起过他，大公才给他寄香烟，总之，尽管她已取得上流社会稳固的地位，但由于新形势推波助澜，她终于又成为走红的女人。诚然，我舅舅已经死了多年。但在我们四周新人换了旧人，难道不允许我们重新开始生活吗？她无非贪婪地利用了新形势，还因为，当她有个女儿要出嫁时，她在上流社会已相当吃香，一旦吉尔贝特嫁给圣卢，她便无人顾问了，于是她觉得德·盖芒特公爵对她关怀备至，给她召来许多公爵夫人，也许她们都乐于捉弄一下她们的朋友奥丽娅娜，也许被公爵夫人的不满所激怒，心里不服，女性的争风吃醋之情大发，非要占上风才高兴。

德·盖芒特公爵与德·福什维尔夫人的私情无非是他以前众多的私情的重复，但使他第二次失去赛马总会主席的职位和艺术科学院自由委员的席位，有如德·夏吕斯先生公开与瑞皮安结伴生活使他失去老巴黎之友联盟主席和协会主席的职位。这样，情趣迥然不同的两兄弟由于相同的懒散和同样缺乏意志，最后都弄得名誉扫地，而他们的祖父德·盖芒特公爵是法兰西学院院士，虽然也明显缺乏意志，但没有不登大雅之举，而体现在两个孙子身上，造成其中一个纵欲，另一个性变，结果两兄弟都被社会所唾弃。

圣卢始终如一地带着妻子去德·福什维尔夫人家，一直到他去世。他们夫妻同时是德·盖芒特先生和奥黛特的财产继承人，而奥黛特也许又是公爵主要的财产继承人，不正是这样的吗？甚至难以相处的库瓦泽埃侄儿们，还有德·马桑特夫人，德·特拉尼亚亲王夫人也经常去她家，希望获得财产继承权，不顾可能给德·盖芒特夫人造成痛苦，而奥黛特因德·盖芒特夫人瞧不起她而恼火，经常说公爵夫人的坏话。

年迈的德·盖芒特公爵已经足不出户，整日整夜跟奥黛特呆在一起。今天他出来片刻探望妻子，心里却很不乐意会见她。我一直没有见到公爵，即使见面，如果没有人明确指点，我恐怕认不出他了。他只是个废人了，但又是很好看的废人，比废人还废人，好似暴风雨中的一块岩石，具有浪漫色彩的美。他的面孔受到来自四面八方的痛苦、忍痛的愤怒、日夜逼近的死神的冲击，仿佛一块长年累月受到海浪拍打的岩石，风化了，尽管依然保持令我一向赞赏的外貌特征，他日益憔悴，好似损坏严重而美不胜收的古代头像，我们非常乐意把它拿来装点我们的工作室。他的头像看上去简直像属于远古时代，不仅因为粗糙和失去原有的光泽，而且因为机灵和活泼的表情让位于因疾病引起的与死亡作斗争、与艰难生活拼搏的无意的或下意识的表情。动脉已经全部失去柔韧，使从前红晕的脸变得硬如雕塑。公爵没有料想到，暴露在外的颈

① 即原斯万夫人奥黛特。

窝、面颊、前额枯萎得像一阵风吹落的黄叶，残存的生命力死死抓住每秒钟不肯离去，美丽的头发变得稀疏了，白萧萧披在脸上，好似被海浪推上沙滩的白沫。暴风雨大作时一切昏天黑地，只有风雨即将来临时岩石才变换颜色，其光泽奇特、独一；无独有偶，我弄明白了，僵硬而枯萎的面颊呈铅灰色，微微掀起的絮状发绺呈灰白色，视力衰竭的眼睛还残留着微弱的光芒，这些颜色和光芒的色调并非幻影，相反，是非常真实的，但由于年老体衰和接近死亡，色调的亮度非常奇特，亮中隐黑，这些黑点是不祥的预兆，令人毛骨悚然，所以色调看起来光怪陆离，好像照搬了调色板似的。

公爵的神情，我看几眼便明白了，奥黛特已把全部身心转向较年轻的求爱者，不把公爵放在眼里了。但很奇怪，公爵从前模仿国王风范时似乎滑稽可笑，而现在反而真的气概不凡，有点像他的兄弟，因年老消瘦，连相貌都像兄弟了。他的兄弟从前也很傲慢，尽管方式不同，如今对人也毕恭毕敬，尽管方式各异。但他还没有像他兄弟那样一蹶不振，他兄弟已经像健忘的病人，对他从前不屑一顾的人们也彬彬有礼。不过，他确实非常衰老了，当他想跨出房门走下台阶外出时，便更显得老态龙钟了：衰老对男人们来说是最要不得的，像把希腊悲剧中的国王们从顶峰推向深渊，衰老迫使公爵像朝不保夕的残废人那样生活，不得不在艰难的人生旅途中停下来，迫使他不停地擦额上汗珠，迫使他睁大眼睛摸着走下一级级踏步，生怕踏空，因为步子不稳，因为眼睛像蒙上一层云雾，他需要有个支撑。这就使他不知不觉地产生悄悄地、怯怯地恳求他人助一臂之力的神情，衰老使他失去威严，处处有求于人。

德·盖芒特先生再也离不开奥黛特，总呆在她家里，老坐在同一张扶手椅上，由于衰老和痛风，连站起来都很困难，他任凭奥黛特接待朋友，客人们有幸认识公爵，无不受宠若惊，便让公爵高谈阔论，听他讲从前的社会，讲维尔帕里济侯爵夫人，讲德·沙特尔公爵等等。

这样，在圣日耳曼区，像德·盖芒特公爵和公爵夫人和德·夏吕斯男爵家这样表面上看上去牢不可破的阵地土崩瓦解了，有如世上任何东西都从内部分化而变化，而内在变化的起因又往往出乎人们的料想，比如拿德·夏吕斯先生来说，对沙莉的爱使他沦为韦迪兰夫妇的奴隶，然后便一蹶不振；再看德·盖芒特夫人，比以前更加一味追求新奇和艺术，而德·盖芒特先生则陷入爱情不能自拔；同样的事情在他一生中曾有过多次，只不过年老体衰使他更加专横，而且因为他不再在公爵夫人严肃的沙龙露面，所以不必在社交场上否认他的嗜好，更不必为之补偿，再说沙龙也不行了。如今物换星移，权势的中心，财富的分布，局势的导向，一切曾经似乎是天经地义的东西都在不断地变化，只有深谙世态的人能在表面看上去最不可能起变化的地方观察出最彻底的变化。

有时候他们一起欣赏由斯万收集起来的古画，经斯万以“收藏家”风格精心布置之后，整个场面显得古色古香，公爵是“王朝复辟派”，交际花则是十足的“第二帝国派”，她穿着公爵喜爱的浴衣，自恃受宠，叽里呱啦乱插嘴，公爵说着说着突然打住，狠狠地瞪视她。也许他这才发现奥黛特也像公爵夫人一样有时尽胡说八道，也许老人一时产生幻觉，以为又是德·盖芒特夫人不适时宜的风趣话打断了他的话头，他自以为还呆在盖芒特公馆，好比被缚绑的猛兽苏醒时还以为自由自在地生活在非洲大漠哩。他突然抬起头，用圆圆的、黄黄的小眼睛盯视奥黛特，这种好似猛兽的锐利眼光叫我发抖，当年德·盖芒特夫人唠叨得过分时，他就用这种眼光瞪他。公爵就这样瞪视大胆插嘴的女人。但走红的女人不买他的账，也睁大眼睛跟他对视，说时慢那时快，被驯服的老猛兽突然想起他不是在公爵夫人的公馆，门前的平台有擦鞋的门毯，那边他可以像在撒哈拉沙漠那样自由自在，而今他在德·福什维尔夫人家，犹如关在植物园的兽笼里，于是他把头缩进肩膀窝，头发像马鬃似的披散下来，叫人看不清是金色的还是白色的。他继续往下讲，好像没有听明白德·福什维尔夫人想说的话，再说她的话一般没有多少意思。他允许奥黛特邀请一些朋友来跟他一起吃晚饭，但他沿袭了跟以前的情人同居时的怪癖，倒不是为了使奥黛特吃惊，况且斯万曾有过同样的怪癖，她早已习惯了，不过触动了我的心境，使我想起我跟阿尔贝蒂娜一起的生活，他的怪癖就是要求客人们早早地离开，好让他最后一个向奥黛特道晚安。不用说，等他一走开，奥黛特便又去会晤其他人了。不过，公爵没有料到或宁愿装作没有料到：老年人眼睛花了，耳朵聋了，脑子也迟钝了，疲乏使老年人失去了警惕性。人到了一定的年纪就会像莫里哀的剧中人那样起变化，比如朱比特的改变是必然的，不是变成阿尔克梅娜高傲的情人，便是变成可笑的皆隆特①。再说奥黛特一再欺骗德·盖芒特先生，跟别人偷情，所谓照料他，其实并没有什么迷人之处，其情操也不伟大。奥黛特扮这个角色跟扮其他任何角色一样，也很平庸。并非生活没有给她创造好角色，她实在不善于扮演。

事实上，后来我每次想见她，都难以如愿以偿，因为德·盖芒特先生想同时兼顾他的保健需要和嫉妒心的满足，只允许奥黛特参加节假日的活动，而且规定不许她参加舞会。这种把她与世隔绝的做法，她坦率地向我作了解释，说有好几个原因。其中最主要的原因是，她猜想，尽管我只是写写小文章或发表一些论文，但我算得上知名作家了；后来在她家里想起我早年去槐树街看望她的时代，她不无天真地说："咳！想当初我要是猜得到您有朝一日成为大作家，那就好了！"如今她听说作家喜欢在女人身边收集素材，让女人讲爱情故事，于是她在我跟前又变得轻佻起来，以便讨好我。她对我说："听着，有一次一个男人迷恋我，而我也非常喜欢他。我们一起过着神仙似的生活。但他必须去美洲旅行一次，我得跟他一起去。出发前夕，我觉得一次爱情虽然总不能热烈如初，但不使它冷下来是可以的。最后那个夜晚他深信我会跟他走，我们度过一个疯狂的夜晚，我从他身上得到无限的快乐，也为再也见不着他而感到懊丧。第二天早上我去退票，把我的票给了一个我不认识的旅客。他一定要付我钱。我对他说：'不用了，您帮了我一个大忙，车钱我不要了。'"接着，她又讲了一个故事："一天我在爱丽舍田园大街，与我只有一面之交的德·布雷奥泰先生盯着我瞧，死盯不放，我不得不停下脚步，问他为何如此目不转睛地瞧我。他回答说：'我瞧您，

① 皆隆特是《屈打成医》和《司卡班的诡计》中可笑的老年人物；在《昂菲特里荣》一剧中，朱比特是阿尔克梅娜的情人，他有意变得堕落，为了考验心上人的爱情。

因为觉得您的帽子滑稽可笑。’此话不假。我当时戴一顶小帽子，上面插有蝴蝶花，是时兴的款式，难看得要命。我发火了，对他说：‘我不允许您对我这么说话。’但天公不作美，下起雨来了。我对他说：‘我决不原谅您，除非给我弄一辆马车来。’——‘那好，巧极了，我正好有一辆，我送您回去。’——‘不，我要您的马车，但不要您。’我登上马车，他却淋着雨徒步走了。当天晚上，他到了我家。我们如胶似漆达两年之久。找个时间来我家吃茶吧，我跟您讲讲怎么认识德·福什维尔的。”接着她神情忧伤地说：“我这一辈子没有自由自在地生活过，因为跟我相爱时间长的汉子个个都是争风吃醋的。姑且不说德·福什维尔，因为他实际上是个没出息的东西，而我真正迷恋的则是聪明的男子。不过。如您所知，斯万先生跟可怜的公爵一样也是个醋坛子，但为了公爵，我把一切割爱了，因为我知道他在自己家不幸福。而对于斯万先生，则当别论，因为我爱他如醉如痴，所以我觉得为了讨好一个爱你的男人或仅仅为他排忧解难，咱们可以牺牲跳舞，可以不去上流社会，可以丢下一切。可怜的夏尔，他绝顶聪明，富有魅力，正是我喜欢的那种类型的男子。”这也许是真话。有个时期斯万讨她喜欢，恰恰当时她跟他不是“同一类型”的。说实话，她所谓“那种类型”，即使后来，她也从来没有达到过。而斯万曾经是那么爱她，而且爱得那么痛苦，他后来对这种矛盾的心情自己也觉得惊讶。如果我们想到在男人的生活中“跟他们不是同一类”的女人给他们造成的痛苦有多么巨大，那么就不大会产生矛盾心情了。但谁也想不到，这取决于多种原因，首先，正因为她们“跟你不是同一类”的，你很容易还没有爱人家就被人家爱上了，从而听其自然，养成一种当你“跟同一类”的女人生活时所没有的习惯，这种习惯一旦为我们所喜爱，就会寸步不让，在喧宾夺主以前，很少出头露面，但等到你钟情了，等到你念念不忘了，你就会有失落感，巨大的失落感，就像闹翻脸之后，就像有人出远门后杳无音信。其次，这种习惯是感情用事的，基本上没有多大肉体的欲望，即使钟情了，其情欲也大致停留在脑子里：更像构思一部小说，而不是出于需求。我们对“跟我们不是同一类型”的女人没有戒心，我们听凭她们喜爱我们，而一旦后来我们喜欢上她们，我们爱她们比爱别人胜过百倍，甚至在她们身上得不到情欲的满足。由于这些和其他种种原因，“跟我们不是同一类型”的女人往往给我们造成最大的苦楚，这样的事情不光光是命运的嘲弄，命运多舛呀，往往在我们最不喜欢的形式下才获得幸福。一个“跟我们同一类型”的女人是极少有危险的，因为她对我们不在乎，满足我们之后，便很快离开我们，在我们的生活中扎不下根，而且有危险的和造成爱情痛苦的并不是女人本身，而是她每日每时在你身旁的存在以及对你的好奇心，因此危险不在于女人，而在于习惯。

我怯懦地对她说，她实在太厚道太高贵了，其实我明明知道她假话连篇，她的坦率夹杂着谎言。听她讲矫情艳史，越听越心寒，我想到斯万完全蒙在鼓里，并为此愁肠百结，因为他把同情心倾注在这个女人身上，只要观察她看一个男人或女人的目光，无论是不认识的或讨她喜爱的，他便猜出是怎么回事。总之，她向我讲的事情只是一些她以为可以当作中短篇小说主题的东西。她错了，并不是因为她没有自始至终为我的想象力提供丰富的储存，而因为提供储备的方式是极其无意识的，并且通过我自己的感受在她不知不觉之间显露出她的生活规律。

德·盖芒特先生总对公爵夫人暴跳如雷，又有德·福什维尔夫人在他耳边叨叨公爵夫人放荡的交往，更是火上加油，使他怒不可遏。所以公爵夫人非常狼狈。对此事我跟德·夏吕斯先生谈过一次，他认为最初的错不在他兄弟一边，所谓公爵夫人的贞节实属无稽之谈，她暗地里搞过数不清的偷情，但掩饰得非常巧妙。我可从来没听说过呀。几乎所有的人都认为德·盖芒特夫人完全不是那种女人。她始终是无可指责的，这种想法牢牢占领着人们的头脑。在这两种想法之间我不确定哪一种符合实情，而实际情况几乎总有四分之三的人一无所知。我对德·盖芒特夫人在孔布雷教堂正殿做弥撒时眼中游移的蓝色光芒仍记忆犹新。可这种目光推不倒以上两种想法的任何一种，这种或那种想法都可以赋予她的目光不同的含义，也都可以接受的。我当时还是个孩子，一时头脑发昏，以为她对我频送秋波。后来我明白那只是封建君主慈祥的目光，正如教堂玻璃彩画上的女君主对待她的附庸。现在是否还有必要确认我最初的想法是对的呢？如果说后来公爵夫人从未跟我谈起过爱情，那因为她担心牵累她的姨妈和侄儿的朋友胜于在孔布雷的圣伊莱尔偶然遇见的一个陌生的孩子，这也需要确认吗？

一时间公爵夫人踌躇满志，觉得她的过去更加无懈可击，因为我分享了她的过去，然而我向她提了几个问题，有关德·布雷奥泰先生乡下气的，我当时分不清他跟德·萨冈先生或德·盖芒特先生之间的区别，她便发表上流女士的观点，就是说她又变成看破红尘的女子。公爵夫人边说边领我参观公馆。在较小的客厅里有几个喜欢清静的至交聚在一起听音乐。在一间帝国款式的小客厅里，几个穿黑礼服的人坐在长沙发上听音乐，一位年轻女子躺在长椅上，长椅是直线形的，中间凹陷，像个摇篮，长椅旁边有一架圆盘支撑的活动穿衣镜。少妇懒洋洋的姿态并没有被公爵夫人的驾到所惊动，却与她穿的帝国款式的套裙形成反差，套裙珠光色的绸面熠熠生辉，相形之下，连吊钟海棠的鲜红也黯然失色，而珍珠般发亮的面料上的徽章和花朵仿佛早已陷在里面，因为周围有一圈凹印。少妇向公爵夫人微微点头致意，她一头褐发非常好看。尽管是大白天，但由于少妇要求拉上大窗帘，以便更专心听音乐，他们“点亮”三脚支架上的瓮形灯，呈虹色的灯光虽然微弱，却不至于让人扭伤脚。我问德·盖芒特公爵夫人那位少妇是何许人，她回答那是德·圣特韦尔特夫人。于是我想知道她跟我认识的德·圣特韦尔特夫人有什么关系。德·盖芒特夫人对我说这位是她一个侄孙的媳妇，好像她娘家姓拉罗什富科，但否认认识德·圣特韦尔特家族的其他人。我提醒公爵夫人德·洛姆亲王夫人久别重逢斯万的晚会(说真的，我只听说的)，德·盖芒特夫人断定自己根本没有参加那次晚会。公爵夫人一向有点言不由衷，现在更爱说谎了。德·圣特韦尔特夫人也举办沙龙，而且相当入时，但德·盖芒特夫人瞧不起，不爱提她。我便不再多问。“不，您在我家瞥见的那个人很有头脑，他是您刚才提起的那个女人的丈夫，但我跟那个女人没有交往。”——“可她没有丈夫呀。”——“亏您想得出，他们分居了嘛，但他比她要和气得多。”我终于想起来了，那人身材魁梧，虎背熊腰，一头银发，我不时遇见他，但从来不知道他的姓氏，原来他就是德·圣特韦尔特夫人的丈夫。他去年死了。至于侄孙媳妇，我不知道她为什么躺着听音乐，见人来也不动窝，或许因为胃病，神经痛，静脉炎，或临产，刚产，流产。最大的可能性是她为自己美丽的红绸裙感到骄傲，她以为躺在长椅上必有雷卡米埃夫人肖像[①]的魅力。她没有意识到对我来说她使圣特韦尔特这个姓氏枯木逢春，重新吐绿开花，尤其在悠悠岁月中经历了那么长的间隔，所以姓氏的再生标志着时间的连续性。德·圣特韦尔特这个姓氏和比吊钟海棠更鲜艳的帝国款式的套裙光彩照人，她躺在长椅上，仿佛在抚慰时间。这种帝国款式，德·盖芒特夫人宣称她一向讨厌，就是说她现在依然讨厌，这倒是真话，因为她一向赶时髦，尽管在时间上稍为落后一点。她开门见山，在读到她所知不多的大卫时说，她年轻时认为安格尔的作品最公式化，令人生厌，但现在突然觉得他是新艺术的大师，最耐人寻味，竟讨厌起德拉克鲁瓦来了。她对德拉克鲁瓦怎样从崇拜逐渐变成反感，这无关紧要，因为趣味发生了变化了嘛，其实艺术评论家10年前就反映了贵妇淑女的观点。德·盖芒特夫人在批评帝国款式之后，请求原谅，对我讲了像圣特韦尔特家族这样无足轻重的人物，讲了布雷奥泰的乡下气这样无聊的事情：她万万想不到为什么德·圣特韦尔特——拉罗什富科夫人使我感兴趣，使我注意她躺着是为了胃更舒服一些抑或为了获得安格尔的绘画效应，她也万万猜想不到为什么她自己的姓氏即她丈夫的姓氏使我着迷，而不是她父母更为显赫的姓氏以及为什么我把她这间充满象征的小厅视为具有抚慰时间的功能。

“啊哎，我怎么跟您谈论这些无聊的事情呢？怎么会叫您感兴趣呢？”公爵夫人大惊小怪地说道。她说这句话时压低了声音，除我谁也听不见她说些什么。这时一个年轻人（后来由于我对他的姓氏比对圣特韦尔特这个姓氏更熟悉而对他产生兴趣）面带怒容地站起来，退到较远的角落，更静心地听音乐，因为正在演奏的是《克鲁采尔小提琴奏鸣

---

① 即著名的《雷卡米埃夫人的肖像》（1802），为弗朗索瓦·热拉尔所作。

曲》[1]，但节目单上写错了，而他以为是拉韦尔的作品，有人对他讲过，拉韦尔美如帕莱斯特里耶，但很难听懂。他气冲冲换位置的时候，因为室内半明半暗，撞着迭橱式写字台，他的举动引起好几个人扭头探望，但这么简单地朝后一看使大家稍稍松了一口气，打破了“按宗教仪式”听《克鲁采尔小提琴奏鸣曲》的沉闷气氛。德·盖芒特夫人和我是引起这个小风波的罪魁祸首，我们赶紧退出，到另一间屋子。“是的，这些微不足道的小人物怎么会吸引像您这样才智出众的人呢？就拿刚才来说吧。我看见您居然跟吉尔贝特·德·圣卢交谈。她怎么配跟您交谈哪。在我眼里，她这个女士一文不值，简直称不上女士，是我见到的最矫揉造作最市侩气的女人。”公爵夫人即使高谈才智学识也掺杂她的贵族偏见，“再说，您根本不应该跟她家这样门庭的人交往，对吗？今天情有可原，因为举行了拉歇尔的朗诵会，这自然合您的趣味。但不管她怎么漂亮，她也不该在这些观众面前卖弄。我安排她跟您单独吃饭。那您就明白她是何等样的人啦。她比这里聚会的人一概胜过一百倍。饭后她将给您朗诵韦尔纳的诗。您准会对我说她好话的。但这帮家伙里头没有一个像样的，您来到他们中间真叫我难受。除非是来搞调查研究的……”，她说最后一句话时显得没有把握，不那么自信，因为她不太清楚她所指的调查研究活动是否真有其事。

她特别向我吹嘘午饭后的聚会，每天 X 和 Y 必到。她终于接受了“沙龙”女士的概念，尽管一再否认她从前对此嗤之以鼻，她认为“沙龙”女士的卓尔不群和选人有方在于她们善于汇集“所有的名流”。如果我对她说某某沙龙贵妇在世时尽说豪朗夫人的坏话，公爵夫人听了我幼稚的话哈哈大笑，她说：“当然啰，在那位夫人家名流荟萃，而豪朗夫人则千方百计拉拢名流。”

“您不认为德·圣卢夫人像刚才那样谛听她丈夫以前的情妇朗诵心里很难过吗？”我问公爵夫人。德·盖芒特夫人脸上顿时皱起一道斜纹，仿佛把我的问话和她脑子里不愉快的想法连接起来了。我的推理性

---

① 贝多芬的作品。

问题确有言外之意，但一般来讲，我们所提的任何严重的问题都得不到明确的答复，无论口头的或笔头的。只有傻瓜才没完没了地写信要求答复，根本不应该写，而且写的是一封愚蠢的信，因为对这类信一向只通过行动来回答，言不由衷的人写信时称你先生，而见面时则直呼你的名字。我指出圣卢和拉歇尔的私情并不是什么严重得不得了的事情，只引起德·盖芒特夫人瞬息的不快，当我提醒她我曾是罗贝尔的朋友，也许还是他的知己，因为他曾向我倾吐他参加公爵夫人的晚会时给拉歇尔造成很大的不快。然而公爵夫人并没有固执己见，她脸上那道风云突起的斜皱纹消散了，欣然回答我那个关于德·圣卢夫人的问题：“我这么跟您说吧，我认为她对那件事毫不在乎，因为她从来没有爱过她的丈夫。她是个叫人恶心的女人。她爱的是地位、名誉，图的是摆脱下贱的等级，成为我的侄媳，一心往我们这里钻营。我对您说吧，因为可怜的罗贝尔，她给我造成许多痛苦：罗贝尔尽管没有洞察力，心里却很清楚，觉察到许多事情。不好明说呀，因为不管怎么说她毕竟是我的侄媳，我没有掌握确切的证据说明她欺骗丈夫，但有许许多多传闻。不过有一件事我是知道的，对您说了吧，罗贝尔曾想跟梅泽格利兹的一名军官决斗。正是为了这个原因罗贝尔才入伍从军，战争对他来说意味着摆脱家庭的悲哀；如果您想知道我的看法，那我认为他不是被打死的，而是故意让人打死的。她都没有一丝一毫的哀伤，甚至恬不知耻地装作无动于衷，这种少见的举动令我吃惊，使我非常伤心，因为我挺喜欢可怜的罗贝尔。您也许觉得奇怪吧，其实别人不了解我，而我有时还想起他，我谁也不会忘记的。他虽然什么也没对我说过，但他心里明白我对一切了如指掌。想想看，她要是对丈夫还有一星半点的爱，能那么冷漠地跟她丈夫迷恋多年的女人呆在一个客厅里吗？甚至在罗贝尔参战期间也是如此，我肯定他们之间从没中断过。她该掐拉歇尔的脖子才是呀！”公爵夫人提高了嗓门儿，她忘记自己的行为也许更残忍，因为她故意邀请了拉歇尔，心想倘若吉尔贝特爱恋罗贝尔，就不可避免地发生争吵，但什么也没有发生。所以她得出结论：“您明白了吧，她下流得像头母猪。”德·盖芒特夫人用了这样的俗语，为自己架起台阶，从盖芒特世族社会下到喜剧演员的阶层，倒也乐此不疲，此外她觉得这类俗语很符合18世纪那种尖刻的谈吐，总之，她自以为说话行事不必避人耳目。其实她使用这个俗语是出于对吉尔贝特的憎恶，恨不得揍她一顿，即使揍不了她的肉体，揍一揍她的模拟像也解气。同时公爵夫人也想借机为她对待吉尔贝特的行为辩护，或确切地说，从利害角度和从罗贝尔的继承权角度，为在上流社会和家族中反对吉尔贝特而辩护。

然而，由于有时我们所做出的判断吸收了我们所不知的事实，由于我们不能假设一种显而易见的证明，吉尔贝特大概长得有点像她的亲生母亲，所以我未加任何考虑便脱口而出向她要求给我介绍她的妙龄女儿，她思考了一下，从我所提请求中得出超出我任何想象的大胆论断，恐怕为了肥水不流外人田吧，她对我说："如果您允许的话，我去把我的女儿找来介绍给您。她在那边跟小莫马特和其他几个没意思的男孩子聊天哪。我敢肯定她将成为您可爱的女朋友的。"

我问她罗贝尔是否高兴得了一个女儿，吉尔贝特天真地回答："嗬，他为他的女儿感到自豪。不过嘛，我猜，按他的心愿，他更愿意有个儿子。"这个姑娘凭她的门第和财产蛮可以让她母亲希望她嫁给一个王子，为她的直系尊亲斯万及其妻子增光添彩，然而她后来却嫁给一个默默无闻的文人，因为她压根儿不喜欢赶时髦，这样反倒使她原来的家庭地位下降了。因此默默无闻的夫妻很难让年轻一代相信其双亲地位显赫。而外祖父母斯万和奥黛特·德·克雷西的名字又奇迹般地让人相信这个家族的门第不怎么样，没准儿阴差阳错了，进而人们认为德·圣卢小姐配上最好的亲事，正如当年吉尔贝特的父亲和一无所有的奥黛特·德·克雷西婚配时，根本不求什么社会地位上升，相反，至少从爱情角度来看，他们的婚事很有讲究，吸收了18世纪大贵族(卢梭的弟子们或革命先驱者们)的理论，主张像自然界动物那样生活，抛弃他们的特权。

德·圣卢夫人的话引起我的惊讶和快乐，但随着她离开去另一间客厅，被消逝的时间这个意念代替了，它以自身的方式使我想起德·圣卢小姐，根本用不着见她本人。再说，她像大多数人物那样出现在我的脑海，正如处于森林中的“星星”十字路口，来自四方的道路汇集在那里，难道我们的生活不正是各种不同的点的会合吗？对我来说，道路虽然很多，但条条道路通向德·圣卢小姐，并围绕着她向四周伸展出去。首先与她相关联的是两大“边”，从她父亲罗贝尔·德·圣卢的盖芒特那边，从她母亲吉尔贝特的梅泽格利兹那边，即“斯万家那边”，无论哪一边，我都经常去散步和遐想。一边的道路通过姑娘的母亲和爱丽舍田园大街把我引向斯万，引向我在孔布雷的夜晚，引向梅泽格利兹那边；另一边通过姑娘的父亲把我引向我在巴尔贝克的下午，在那阳光灿烂的海边我经常看见圣卢。两边之间的横路早已建立了。因为，我就在真实存在的巴尔贝克认识了圣卢，而这多半因为斯万曾向我讲起巴尔贝克的教堂，遍及各处的波斯教堂，所以我非要去看一看不可，从另一方面讲，正是通过德·盖芒特公爵夫人的侄儿罗贝尔·德·圣卢，我在孔布雷又回到了盖芒特那边。还有，德·圣卢小姐与我生活中许多其他的点都有联系，比如把我引向走红的女人，即她的外祖母，我曾在舅公家见过她。这又是一条新的横路，因为正是我去舅公家那天引我入室的听差后来送给我的那张照片使我认出走红的女人，听差的儿子不仅受到德·夏吕斯先生的宠爱，甚至受到德·圣卢小姐的父亲的宠爱，并为儿子找回他不幸的母亲。难道不正是德·圣卢小姐的外祖父斯万先生跟我谈起万特伊的音乐吗？正如吉尔贝特首先给我谈起阿尔贝蒂娜吗？然而，正是在给阿尔贝蒂娜讲述万特伊的音乐时我发现谁是她亲密的女友，也从这时我跟她开始一起生活，而正是这种生活导致她的死亡，同时造成我极大的恼恨。另外，也是德·圣卢小姐的父亲自告奋勇去把阿尔贝蒂娜找回来的。甚至我的全部社交生活，无论在巴黎的斯万夫妇沙龙或盖芒特夫妇沙龙，还是在其对立面，韦迪兰夫妇沙龙，都与孔布雷、爱丽舍田园大街的两边关联，正如坐在美丽的拉拉斯佩利埃尔咖啡馆露天座上一目了然地望见爱丽舍田园大街。况且，在我们认识的人当中有谁不迫使我们在谈论我们跟他们的友谊时把他们逐一安插在我们生活各个不同的景点上呢？比如我所描绘的圣卢的生活，就是在所有的背景上展现的，关联到我整个一生，如同我的外祖母或阿尔贝蒂娜那样，甚至关联到我的生活中与他毫不相干的部分。再者，韦迪兰夫人不管站在怎样的对立面，也还通过奥黛特的过去与奥黛特藕断丝连，也还通过沙尔莉与罗贝特·德·圣卢连接在一起，且不说在他们家万特伊的音乐起着何等重要的角色，最后斯万爱上勒格朗丹的妹妹，勒格朗丹认识德·夏吕斯先生，并且小康布勒梅尔娶了夏吕斯收养的女儿。诚然，如果只涉及我们的心，诗人说得对，生活把“神秘的导线”掐断了[①]。但更真实的却是生活用“神秘的导线”不断地把人物、事件连接在一起，结成纵横交错的网络，以致我们的过去任何一个景点和其他所有的景点之间有着四通八达的联络，绵绵线索构成丰富的回忆。

可以说没有一件时下对我们有利的事情不曾活生生存在过，如果我不去设法无意识地加以利用而去设法回顾它是怎样存在的：任何一件事情在它存在的时候都和我们个人生活密切有关，后来才变成为我们所用，就像一件简单的工业品。比如把我介绍给德·圣卢小姐这件事情即将在韦迪兰夫人家发生：我乐不可支地回想我和阿尔贝蒂娜一起进行的每次旅行，其间我将要求德·圣卢小姐替代阿尔贝蒂娜，乘小型有轨电车去多维尔、去韦迪兰夫人家，正是韦迪兰夫人在我对阿尔贝蒂娜产生爱情以前让我喜欢上德·圣卢小姐的外祖父和外祖母而后又让我跟他们断绝来往。而埃尔斯蒂尔却在他的画团团围住我们的地方把我介绍给阿尔贝蒂娜。如同吉尔贝特嫁给一位姓盖芒特的男人，韦迪兰夫人自己也改嫁给一位姓盖芒特的爵爷，就这样，她把我的过去统统熔于一炉了。

我们若不接连指出我们生活中各个不同的景点，就很难讲述我们跟一个不太熟悉的人的关系。因此，每个个人，包括我自己在内，对于我来说，存在的时间是通过此人不仅在自己的周围而且在其他人的周围所

---

① 援引维克多·雨果《光与影集》中《奥林匹欧的悲哀》的一节诗，现译如下：

“人事沧桑弹指一挥间，
宁静的大自然哪，你多么健忘，
在你的巨变中你掐断了多少
把我们心连心的神秘的导线。”

完成的变革来衡量的，尤其通过他连接占据与我有关的位置来衡量。自从我在那次欢聚中重新领悟时间以来，时间把我的生活作了安排，使我想到在一本打算叙述一种生活的书里必须使用某种多层间隔的心理状态，与人们通常使用的单层平面心理状态相对照，这样，各个层次的景点就可能为我在书房里冥思苦想时通过回忆唤醒的事情增添一份新的光彩，因为回忆在把过去原封不动地移植到现在的同时，恰恰抹去了时间所具备的巨大的维数，而生活正沿着这种时间的维数得以实现。

我看到吉尔贝特朝我走来。在我心目中，圣卢的婚礼仿佛是昨天举行的，我的种种想法一直到今天早上还和昨天一样，所以我见到她身旁走着一个约摸16岁的少女感到惊讶，少女修长的身材标出了我不情愿看见的时间的间隔。没有颜色的、不可捕捉的时间在她身上体现出来，使我看得清摸得着，时间把她塑造成为一个精品，但同时在我身上却粗制滥造，可叹哪！说时慢那时快，德 · 圣卢小姐已经走到我跟前。她的眼窝陷得很深，眼光炯炯有神，可爱的鼻子略微有点拱，鼻尖呈鸟嘴形，不大像斯万的鼻子，却像德 · 圣卢的鼻子。到她这一代，盖芒特的灵气已化为乌有；可爱的脑袋长着飞鸟锐利的眼睛，架在德 · 圣卢小姐的肩窝上，使人久久缅怀那些认识她父亲的人们。

我惊异她的鼻子和她母亲和外祖母的鼻子像得如出一个模子，向下延伸时突然在一道横线条上方悬住，线条尽管稍稍长了一点，但非常好看。一道如此独特的线条即使在一千尊雕像中也可一眼认出来，我赞叹自然在少女身上如此精确地再现，正像在她母亲身上，正像在她外祖母身上，只要看一眼这一道线条，便可知道独具匠心的雕刻家这一刀是多么有力和关键。我觉得她很美：她满怀希望，笑容可掬，前面有着我已失去的年华，她很像处在我的青少年时代。

总之，对时间的这种想法在我至关重要，是一种鞭策，催促我该开始行动了，如果我想实现在我的生活中有时感觉到的东西：我乘车同德 · 维尔帕里济夫人一起散步时曾有过那种快如闪电的感觉，这种感受使我认为生活值得维持。如今生活在我心目中好像可以廓清了，暗中不为人知的生活可以大白于天下了，人们不断曲解的生活终于可以在一本书中认识清楚了！我心想，能写这样一本书的人该多么幸福，他面前摆着多么艰巨的劳动哪！欲知其大概，恐怕得与最高级最不同的艺术相比拟了，因为写这样一本书的作家应当精心准备，为了使每个人物显示出截然不同的性格，他必须像发动一场进攻似的不断组合各种力量，才能完成这本书，他必须承受它像承受一件重负，接受它像接受一条规则，建设它像建设一座教堂，遵循它像遵循一种制度，克服它像克服一道障碍，赢得它像赢得一次友谊，拼命养育它像超营养喂养一个孩子，创造它像创造一个世界，一个包括只能在别的世界找得到解释的奥秘的世界，而对这个世界诞生的预感是在生活和艺术中最使我们激动的东西。在这类伟大的书中，有些部分只来得及勾勒出个大概，或许永远完成不了，因为建筑师的设计规模太庞大了。有多少雄伟的大教堂未能完成哪！我们养育它，保护它，增强其薄弱的部分，等到它长大了，却由它划定我们的坟墓，保护我们死后抵御谣言，使我们在某个时期内免遭遗忘。言归正传，还是谈我自己吧，我并不认为我的书有什么了不起，甚至想到那些即将阅读它的人们时管他们叫我的读者也很不确切。因为，在我心目中，他们不是我的读者，而是他们自己的读者，我的书只不过像某种放大镜片，就像孔布雷的眼镜商递给顾客的那些放大镜片；我用我的书给他们提供阅读他们自己的手段。所以，我不要他们赞扬我或诋毁我，只要求他们对我说事实是否如此，他们在自己身上读到的语词是否就是我写下的语词，在这方面即便可能出现分歧也不应该总以为我搞错了；因为有时候读者的眼光与我的书所适合的眼光不相符合，以致不能很好地阅读他们自己。我按自认为更完好更具体的设想从事创作时，时刻变更比喻，我想在弗朗索瓦丝的眼里，我趴在很大的白木工作台上写书，等于在她身旁劳动，几乎像她那样劳动（至少像她过去那样劳动，因为她现在太老了，什么也看不见了），有如生活在我们周围谦逊的人们对我们的工作有某种直觉，我这么说，差不多把阿尔贝蒂娜遗忘了，因为我原谅了弗朗索瓦丝曾经做出对不起她的事情；写到这里，我别上附加的一页，继续造我的书，我不敢野心勃勃地讲像造一座大教堂，只是像造一件套裙罢了。每当我手边资料不齐全，正如弗朗索瓦丝说我的锅碗瓢勺不齐备，每当我缺少所需的材料，弗朗索瓦丝就明白我为什么紧张，她总说她若缺少所需的线号和纽扣就无法缝纫。再者，由于长期跟我一起生活，她对文学工作有一种本能的理解，别说愚蠢的人，就是聪明的人的理解都不如她准确。我当年为《费加罗报》写文章时，弗朗索瓦丝猜得到我的幸福，从而尊重我的工作，不像有些人对别人的工作总抱有那种夸张其艰苦性的怜悯，因为他们自己不从事那项工作，甚至想象不了那项工作，甚至不习惯那项工作，正如有人看见你打喷嚏时对你说："你这么打喷嚏该有多累呀"，我们家的膳食老总管真情实意地同情作家们，他说："那该多么伤脑筋哪。"不过，弗朗索瓦丝很不高兴我预先把我的文章讲给布洛克听，生怕他抢先发表，她说："对他们那些人哪，您不够警惕，他们尽抄袭别人的东西。"果然，每次我向他概述他觉得有新意的东西，他便为自己找个事后想起的托辞，对我说："瞧，多有意思，我也写了几乎相同的东西，我得拿来读给你听听。"他根本拿不出东西读给我听，而是当晚把我的想法拿去写东西。

弗朗索瓦丝之所以管我的手稿叫锅碗瓢勺，因为我把手稿剪剪贴贴，弄得破破烂烂，七零八落。这很像她把套裙磨损的部位缝上补丁或每当厨房的窗玻璃破了，她在像我等待印刷厂经理那样等待装配玻璃的小商来到以前，用报纸把破的部位先糊上，那么，必要时，弗朗索瓦丝能否帮我剪剪贴贴呢？她指着我那些像虫蛀的木板似的笔记本对我说："瞧瞧，破损得这副模样，真可惜，这一页只剩下一条花边了"，她像裁缝似的反复打量着说："我想我是没能耐把它补好了，完了。遗憾哪，没准儿您把最美好的想法给毁了。正如咱们在孔布雷所说的那样，皮货商不如蛀虫识货，蛀虫总往最好的料子里面钻。"

况且，由于在一本书里个体特性或物体特性是由取之于许多姑娘、许多教堂、许多奏鸣曲所得的许多的印象组成的，这些印象用来塑造一首单独的奏鸣曲，一座单独的教堂，一个单独的姑娘，所以我写的办法是否很像弗朗索瓦丝做胡萝卜焖牛肉？精选的焖肉块，量很大，上冻之后非常可口，曾受到德·诺布瓦的赞赏。我最终可能实现我在盖芒特那边散步时所渴望的并以为不可能的事情，正如我回家时以为不可能习惯不吻母亲就上床睡觉，或正如后来以为不可能接受阿尔贝蒂娜爱恋女人的想法，但对这种想法我最终不知不觉地习惯了，因为我们最大的忧虑，如同我们最大的希望，都没有超越我们的力量，我们终究可以克服忧虑，实现希望。

不错，对这样一部著作，上述有关时间的观念表明我该动手了。时不我待呀，这证明我踏进客厅时突然产生焦虑感是有原因的：一张张布满皱纹的面孔使我产生失去时间的概念，还来得及吗？我还有能力吗？头脑有其自身的景色，但只能观赏片刻。我有过画家的体验：顺着伸向湖泊的山坡拾级而上，但岩石和树木遮挡了视线，突然通过一处缺口瞥见湖光秀色，顿时全景尽收眼底，于是画家拿起画笔。然而，夜幕已经降临，无法临摹了，而这样的景色永远不再见天日了。不过，我刚才在书房里设想的那部著作有个条件，那就是必须首先通过回忆来加深已有的印象。

首先，一切还未开始我便可能心慌意乱起来，即使我相信因为年纪不大还有几年好活，但说不定几分钟之后我的丧钟就会敲响。必须从有个躯体这一事实出发，就是说我始终受着双重危险的威胁：外部的和内部的危险。我这么讲只为使用语词方便起见。所谓内部危险，比如脑溢血，作为躯体的一部，也是外部危险。因此，拥有一个躯体，对思想而言，是极大的危险。人类有思想的生命大概不应说成为动物有肉体的至善至美的奇迹，而应当说它是不完善不完美的，在精神生活构造上就像珊瑚骨原生动物群居那般原始，就像鲸鱼等那般原始。躯体把精神牢牢封闭起来，一旦坚实的躯壳受到四面袭击，精神最终不得不投降。

为了仅限于把威胁精神的两类危险加以区分，先从外部危险开始论述，我记得在我一生中经常出现精神兴奋的时刻，当然某种环境使我中止一切肉体活动，比如我似醉非醉地坐着车离开里夫贝尔餐馆去附近某家娱乐场，我便非常清晰地感觉出我是思维的对象，并且懂得不管这个对象是否在我身上扎根，还是将与我的躯体一起消失，都取决于偶然。于是我就不把它放在心上了。我的喜悦不是谨慎小心的，也不是不知满足的。不管这种快乐将过一秒钟才结束还是已经化为泡影，我都不在乎了。反正已不是一码事了，因为我感受到的幸福并非来自纯主观的神经紧张(这种紧张使我们与过去隔离)，而相反来自我精神上的开阔，给了我一种永恒的价值，尽管是短暂的一瞬，因为“过去”在我的精神上已革故鼎新。我很想把这种永恒的价值传给那些从我的珍品得以充实的人们。诚然，我在书房感受到的和我想方设法加以保护的，仍然还是乐趣，但并非利己主义的乐趣，或至少不是可用来对付他人的利己主义，因为人性中所有生殖力强的利他主义成分都按利己主义的方式发展的，人类非利己的利他主义不会有任何结果，比如作家的利他主义：中断写作去接待一位不幸的朋友，去从事一项公职，去写宣传文章。我已经没有从里夫贝尔餐馆出来时的那种无动于衷的感觉了，我觉得我身上孕育的那部著作越来越沉重，就像有人委托给我一件珍贵而易碎的东西，我很想把它完好无损地交给应该得到的人手里，而不是留在我的手里。现在，感到身负一部著作在我仿佛是一起置我于死地的意外事故，非常可怕，甚至荒谬，如果我觉得这部著作是必不可少和永存的话，因为与我的愿望相矛盾，与我最初的想法相矛盾，但这不是不可能的，既然由质料因[①]引起的意外事故完全可能发生，同时截然不同的意志使其显得可恶可憎，尽管意外事故没等它们表现出来就把它们摧毁了，有如每天生活中所发生最简单的小事，比如你诚心诚意不发出声音，好让朋友安静睡觉，不料把放在桌边上的长颈大肚玻璃瓶碰掉，惊醒了你的朋友。我非常清楚我的大脑好比一座丰富的矿床，蕴藏着无比广阔的、种类繁多的珍贵矿脉。但我有时把它开采出来吗？我是唯一能进行开发的人。这有双重原因：如果我死了，那么不仅唯一能开采矿物的矿工随之消失，而且矿床也随之消灭；而我刚才回家的时候，只要我乘坐的汽

---

① 此处作者用了一个哲学术语，与“形式因”相对。

车和另一辆汽车相撞，我的躯体就会被毁，我的头脑随着生命的结束不得不永远抛弃当时还未来得及完全入书的新思想，惶惶拖住颤抖的脑髓以求保护，但虚弱得只剩奄奄一息了。然而，事有出奇的凑巧，这种对死亡推理性的担忧在我心中油然而生之时恰逢我刚刚对死亡抱有满不在乎的想法。先前我一想到我将不存在就害怕得要命，每次我产生新的爱情(对吉尔贝特，对阿尔贝蒂娜)，都有一种死亡的失落感，因为我无法想象热恋她们的人有一天将不复存在。但由于爱情不断地更新，这种惶惶不安自然变成泰然自若了。

大脑的意外事故甚至没有必要发生。它出生前的症状我能感觉得出来，比如脑子里出现某种空白和对偶尔用一下的东西的遗忘：在整理东西的时候发现一件已经遗忘的东西，甚至想不起来去寻找；这些症状使我变成像爱攒钱的人，随着往破裂的保险柜里放钱，钱也不断地流走了。曾经有一个时期我惋惜失去这些财富，对记忆力很抵触，但很快我感到记忆力在消退的同时把我的惋惜情绪也带走了。

如果说我那个时候一心想着消亡而使爱情显得黯然失色，那么对爱情的回忆早已帮助我不怕消亡了，因为我懂得消亡不是什么新鲜事，相反，我从小开始就消亡过许多回了。就拿最新近的时期来说吧，难道我不是珍视阿尔贝蒂娜胜于我的生命吗？难道我能设想我的人体而不继续把我对她的爱融于我的体内？然而，现在我不爱她了，也就不再是爱她的那个人了，而是一个与爱她的人所不同的人了。我并不因为变成另外一个人而感到痛苦，并不因为不爱阿尔贝蒂娜而感到痛苦。某一天即便失去我的身躯也完全不会像从前想到有朝一日不再爱阿尔贝蒂娜那样使我感到伤心了。现在不再爱她对我来说却完全无关紧要了！这类接连不断的消亡，我从前非常害怕被吞没，但消亡一旦完成，就变得无关紧要，悄然无声；当那个害怕消亡的我已经消亡，我很快便明白害怕消亡并不明智。然而，我对消亡无动于衷才不多久，又重新对消亡害怕起来，以另一种形式出现，说真的，不是为我自己，而是为我的书感到害怕：我的书在孕育出版的时候我这条性命至少在一段时期内是必不可少的，尽管受到许多危险的威胁。雨果说：

让青草茁壮成长，让孩子们慢慢消亡。[①]

我说，艺术残酷的规律是让人慢慢消亡，让我们在受尽所有的痛苦的同时慢慢消亡，以便让永恒的生命的青草在排除遗忘的青草之后茁壮成长，让丰富多彩的著作构成茸茸的草地：子孙万代永远不会像躺在草地下的人们那样担忧操心，他们将高高兴兴前来《在草地上午餐》。[②]

我上面说了外部危险，内部危险也存在呀。如果我预防了来自外部的危险，谁知道我是否会有幸避免我体内突发的意外事故呢，如严重的内科疾病，以致得不到必要的岁月去写完我的书。

一会儿我从爱丽舍田园大街回家，心想我大概不会得外祖母同样的病吧：一天她和我一起来爱丽舍田园大街散步，她哪里知道那是她最后一次散步，我们也不知道哇，她哪里知道时钟正好到达发条拨响钟的时间呢？也许我担心自己已经几乎走完时钟准备敲响前的一分钟，也许担心钟声即将震撼我的头脑，这种担心仿佛暗暗知道即将发生的事情，仿佛是意识到脑血管即将破裂的反应，这不是不可能的，有如伤病员突然接受死亡，尽管他脑子很清醒，尽管医生和他求生的愿望试图欺骗他们，但他们看清了将会发生的事情，于是说："我要死了，我时刻准备着"，最后给他们的妻子写下永别的遗言。

这发生在我动手写书以前确实奇异，而且以大大出乎我意料的形式发生的。一天晚上我出门，大家觉得我的脸色比以前好，他们惊异我仍旧一头乌发。但我下楼梯时差点跌倒3次。其实我只出门两个小时，但等回到家，我觉得失去了记忆，失去了思想，失去了力气，失去了存在。人家来看望我，来任命我当国王，来捉拿我，来逮捕我，我一概听

---

①参见雨果《静观集》中的《在维尔吉埃》。
②即马奈的画作《在草地上的午餐》，象征无忧无虑的幸福生活。

人穿鼻，不吭一声，不睁眼睛，有如晕船晕到极点的人，在穿过黑海的船上，即使有人对他们说要把他们扔下海去，也不会做出任何反抗的表示。确切地说，我没有任何疾病，但我觉得虚弱到极点，正如老年人风烛残年的信号，尽管摔断了腿或消化不良，但还能呆在床上生活一段时间，但毕竟死神不可抗拒，只是迎候死神的时间或长或短罢了。从前那个我，经常出席所谓的晚宴，其实是不文明的大吃大喝；对于衣冠楚楚的男士，对于袒胸露臂和饰有羽毛的女士，价值观念是完全颠倒的，比如有人接受了邀请而未来吃饭，或在烤肉时才姗姗而来，那便是大逆不道，比在晚宴上人们悄悄议论的不道德行为更不道德，只有因死亡或患重病而未出席才得到原谅，还得附加一个条件，那就是及时通知说你奄奄一息了，以便人家补请第十四位客人；[①]这样的我在我身上患了迟疑症，并且失去了记忆。另一个我，那个构思其著作的我却记忆犹存。我收到一份莫莱太太的邀请，得知萨兹拉太太的儿子死了。我决心先向莫莱太太表示歉意和向萨兹拉太太表示哀悼，然后我一言不发，舌头打个结，像我外祖母临终时那样，或像喝牛奶时那样。但片刻之后，我忘记应该做什么了。可喜的遗忘，因为想起了我的著作，记忆的唤醒把幸存的时间转移到我身上，从而打下了著作的基础。不幸的很，当我拿起一本笔记本准备写作时，莫莱夫人的请帖掉落我身旁。于是健忘的我，尽管压倒另外的我，就像赴宴的那些既不文明又拘谨的食客们那样，立即推开笔记本，给莫莱太太写信，她也许会非常敬重我，倘若她得知我优先答复她的邀请，然后再考虑我自己的建设工程。我在写回复的时候突然想起萨兹拉太太失去了儿子，于是我也给她写信，这样，我牺牲本职去尽虚假的义务，以便显得有礼貌和有人情味，但我被搞得精疲力竭，不得不闭上眼睛休息，弄得一星期什么事也干不了。可我始终准备为无意义的义务牺牲真正的义务，然而一旦种种无意义的义务离开我的头脑几分钟之后，我对工程的构思便一刻也不停止了。我不知道这项工程是不是一座教堂，信徒们将慢慢得知实情，发现和谐，看出宏伟的整体结

① 西方人忌讳 13 人同桌吃饭。

构，也不知道它会不会像孤岛顶上的一块德落伊教祭司的遗迹，无人问津。但我已决定为它献出精力，哪怕我的精力不情愿为之消耗，哪怕我的精力刚允许我在完成工程的外围之后关上“墓穴之门”。很快我便能拿出几份草稿。但谁也看不懂，甚至那些赞成我对实情的认识的人祝贺我说他们用“显微镜”发现了我在神殿上刻写的实情，而我却用望远镜观看事物，看出来的东西确实很小，但因为它们离得很远，每件东西好像都是一个世界。我在探求宏博的规律，人们却管我叫搜寻鸡毛蒜皮的人。再说，我干吗要搜寻鸡毛蒜皮呢？我年轻时就很有才气，贝戈特觉得我初中时写的东西就“无懈可击”。①但我无所用心，生活懒散，寻欢作乐，加上多病，治疗，怪癖，等到动手著书，已是病入膏肓，对我干的这一行仍一窍不通。我感到无力应付对别人的义务，也无力对我的思想和著作尽本分了，更无力两者兼顾了。于前者，忘记写信等等倒省掉我一些事情。但事隔一月，种种联想又勾起了我的内疚，我对自己的无能为力感到难过。我惊异怎么会如此无动于衷，但自从我双腿颤抖，难以下楼梯，我便变得对一切无动于衷了，一心只想休息，期待着一劳永逸的休息到来。这倒并非因为我把人们可能对我著作的赞赏推移到我身后，才对现时精英们的认可无动于衷。我身后的精英们爱怎么想都可以，反正我并不更加在乎。事实上，我之所以一心想我的著作而不考虑我应该回复的信件，也非因为我认为两者之间的重要性有多么巨大，无论在我懒散的时期，还是后来在我勤奋的时期，直到我不得不倚傍扶手下楼梯。我的记忆和定见的结构和我的著作联系在一起，或许因为，当来信收到后立即被遗忘的时候，我满脑子想的是我的著作，始终如一的思想在不断地发生着变化。但它也纠缠得我难受。对我来说它好像垂死的母亲还得费力不断照料儿子，又打针又拔火罐。她也许还爱着儿子，但知道照料儿子只是出于超过限度的义务。在我身上，作家的力量不再适应著作的苛求。自从下楼梯腿打哆嗦那天开始，世上的一切，任何的幸福，无论来自人们的友情和我著作的进展，还是来自成名的希

① 原注：暗指作者第一部著作《欢乐与时日》。

望，在我身上只好像得到一抹淡淡的阳光，不足以使我暖和，使我有活力，使我产生欲望，更何况对我太刺眼，即便非常苍白，我也情愿闭上眼睛，转身面朝墙壁。当我读到一位夫人来信说："我非常惊讶没有收到回信"，我觉得我的嘴角浮现一丝微笑，如果说我还能感觉得出自己嘴唇的活动。然而，她的话使我想起她的来信，于是我回复了。我想尽量把我现有的好意和人家对我表示的好意置于同等水平上，不至于让人家说我忘恩负义。我不得不对我濒于死亡的生命增添超乎人力的劳累。丧失记忆力有助于我减去一些义务，使我的著作占据更多的位置。

这种对死亡的构思最终在我身上扎下根，同我相结合了。并非我喜欢死亡，我恨它都来不及哩。因为时不时想起它，就如想起一个我们尚未钟情的女人，现在对死亡的思考已经完全融于我大脑的最深层，我不能做任何事情而不首先联想到死亡，即使我什么也不操心，处在完全休息的状态，我脑子始终想着死亡，正如不停地想着我自己。我不想有一天变得半死不活的时候具有意外事故所引起的特征，比如不能下楼梯，想不起人名，站不起来等等，因为意外事故使人以无意识的推理联想到死亡，联想到我已经濒于死亡，我希望死亡的特征一起到来，这样，思想这面大镜子不可避免地反映出一个崭新的现实。然而我看不出怎么从我所受的病痛不受警告过渡到完全死亡。于是我想到其他人想到每天死去的人们，我们并没有觉得在他们的疾病和死亡之间存在间隙有什么奇怪。我甚至想只因我透彻地看待疾病，而不讳疾忌医，所以某些不舒服如果逐一加以分析，我不认为是致命的，尽管我相信我不久于人世，同样，深信末日即将来临的人们却很容易相信他们之所以一时说不出话与疾病发作、与失语症毫无关系，而仅仅因为舌头疲劳，或因为出现类似结巴的神经过敏，或因为患消化不良之后的疲惫。

而我，我要写的是另一回事，要写的长得多，而且不止写一个人的事情。要写很长时间。白天，我最多试着睡觉。若写作，只能在晚上。但我需要许多个夜晚，也许一百个夜晚，也许一千个夜晚。我将惶惶不可终日，不知道我命运的主人会不会比山鲁亚尔国王更仁慈，[①]每天早晨我中断记叙，不知道我命运的主人是否愿意暂缓中止我的生命并允许我下个夜晚继续记叙我的故事。并非我硬想重写《一千零一夜》，根本不是，也非硬想重新修订圣西门的《回忆录》，虽然这两部书都是夜里写成的，更非硬想重新记叙我在天真烂漫的少年所喜欢的书籍，我当时把任何一部心爱的书都迷信地与《一千零一夜》和《回忆录》联系在一起，仿佛与我心爱的人联系在一起，很难想象世上会有跟它们不同的著作。但正如埃尔斯蒂尔 · 沙丹那样，人们只能在抛弃所爱的东西的时候才可重新创造。大概我的那些书也一样，正像我的血肉之躯，总有一天会消亡。应当甘心死亡。我们接受这样的想法：十年之后自己将不在人世，百年之后自己的书将不复存在。著作不比人更有希望永垂不朽。

我的书也许同《一千零一夜》一样长，但完全是另一种类型的。大概每当人们喜爱一部著作时，总想写一些完全相同的东西吧，但应当牺牲一时的喜爱，不想自己的兴趣，而应当思考一种真理，这种真理不问你的爱好并禁止你想你喜欢的东西。只有遵循真理，才能在遵循真理的道路上不时遇到所抛弃的东西，只有忘记《阿拉伯故事》或《圣西门回忆录》才能写出另一个时代的《阿拉伯故事》和《圣西门回忆录》。但对我来讲还来得及吗？不会太晚吗？

我心里不仅自问："还来得及吗？"而且还自问："我还行吗？"疾病好像粗鲁地领导着意识，使我永远弃绝上流社会，从而帮了我大忙，因为"一粒麦子不落在地里死了，仍旧是一粒。若是死了，就结出许多子粒来"，[②]疾病，在懒散地消耗我的敏捷之后，也许会保护我进一步受懒散的消耗，但疾病消耗了我的体力，甚至消耗了我的记忆力，这一点我早在中止爱慕阿尔贝蒂娜的时候就注意到了。印象在获得之后必

①《一千零一夜》中国王山鲁亚尔生性残暴嫉妒，每夜娶一个王后，翌晨即行杀害。宰相的女儿山鲁佐德，为了拯救其他女子，自愿嫁给国王。她用讲故事的方法，引起国王兴趣，因而未遭杀害。此后，她每夜讲一个故事，一直讲了一千零一夜。国王终于醒悟，娶山鲁佐德为正式王后。

②引自《新约全书 · 约翰福音》的第 12 章第 24 节。

须加深、阐明和转化为智慧，而通过印象记忆的再创造难道不是艺术作品的一个条件，甚至艺术作品的本质吗？我刚才在书房不就是如此设想的吗？哎，要是我还能原封不动地保留我瞥见《弃儿弗朗索瓦》那个晚上的精力，那该多好哇！正是从我母亲向我让步的那个晚上开始，我的意志和健康随着外祖母的缓慢死亡而衰弱。一切终于在那个时刻决定了：我无法忍受等到第二天才亲吻母亲的脸颊，下定决心，跳下床，穿着长睡衣走到窗前，在月光沐浴下一直到听见斯万先生告别的声响。我父母送他出门，我听见花园门打开，门铃丁当作响，大门重新关上……。

于是，我突然想到，倘若我还有精力完成我的著作，第二天早晨，就像先前在孔布雷某些日子对我产生影响那样，同时使我产生创作这部著作的想法和可能写不完的担忧，那天早晨大概先确定我著作的形式，这种形式，我先前在孔布雷教堂已经预感到了，而在通常情况下我们肉眼看不见，即时间的形式。

诚然，我们的感官还出现许多其他错觉，以致我们认识不清世界的真实面貌，正如我这部故事的好些段落所表明的那样。不过，我将尽量确切实录所见所闻，迫不得已时，我可以不改变声音的位置，不把声音同声源拉开距离：领会的智力总事后把声音确定在声源的附近，尽管把滴沥答啦的下雨声引进卧房和把熬汤药的沸腾声比作庭院大雨倾盆，都不会比画家们经常所作所为更令人困惑不解：画家们根据透视法的规律，无论离我们很远或很近，描绘出颜色的浓淡，都叫我们第一眼看去会产生错觉，好像一张帆或一座山峰就出现在眼前，但经过推理，距离拉开了，有时距离还很大哩。我可以在过路的女人脸上平添一些线条，虽然阴差阳错会更加严重，其实在鼻子、面颊和下巴那些部位只有一小块空间，最多可容纳我们情欲的映象。即使我没有空闲准备100只面具用来挂在同一张脸上(这事已经非同一般)，哪怕亲眼见过这张脸和看出五官的特色，哪怕在亲眼目睹之下产生希望或忧虑或相反产生爱情和习惯，不顾年龄的变化，长达30年之久，甚至即使我不试图再现某些人物：不从外部而从我们的内心再现他们，在我们的心中他们任何一点点行为都会引起极度的纷乱，比如我和阿尔贝蒂娜的私情足以使我明白一切都是虚假的和骗人的，最后即使我不试图变换精神世界的光芒，或根据我们感觉上所引起的不同压力，或一小片乌云顷刻之间变成一大块，扰乱了我们泰然自若的心绪；我倘若能够把这些变换和其它的变换（其必要性在这部故事中能显现出来，如果想要描绘真实的话）注入对一个需要完全重新描绘的世界的实录中去，那么至少我可以在实录中不按人的长短而按人的寿命来描写人，让他的岁月跟着他一起迁流，此项工作越来越艰巨，但终将圆满完成。

再说，大家都感觉得到，我们在时间中占据的位置在不断扩大，这种普遍性只能使我高兴，因为这是事实，每个人猜得到的事实，而我则千方百计加以澄清。不仅大家感觉得到我们在时间中占有一席之地，而且这个席位，连头脑最简单的人也大致估计得出，就像他估计我们在空间所占的席位，因为哪怕没有特殊洞察力的人见到两个陌生男人，两个留小黑胡子或不留小胡子的人，一眼就看出其中一个 20 来岁，另一个 40 来岁。这种估计经常可能出现差错，但人们认为可以估计的本身就说明年龄是可以衡量的东西。实际上，第二个男人虽然也蓄黑须，但确实比第一个年长 20 岁。

现在我之所以想特别强调时间与我们浑然一体的观念，与我们紧密相连的已逝岁月的观念，因为即便此刻我身在德·盖芒特亲王的公馆，仍听得见我父母送斯万先生出门的声音，那丁当的小铃声欢蹦乱跳的，含铁的，源源不断的，刺耳而凉爽的，向我宣告斯万先生终于走了，妈妈快上楼了，我甚至听见父母的声音，尽管他们处在过去非常遥远的地方。在我听到花园门铃的那个时刻和我在盖芒特公馆的这个上午之间不可避免地发生许多事情，联想到这些事情，我心里一阵发紧：正是那个铃声还在我的脑际回荡，而我毫无办法改变铃铛的噪声；由于不记得铃声是怎样停止的，为了重温铃声，为了凝听铃声，我不得不竭力不听周围装腔作势的人们的谈话。为了尽量听得真切，我得不断潜入我的内心。那铃声始终留在我内心的深处，在它和现时此刻之间存在着漫无边际的过去，而我不知道自己正背负着这漫长的过去。门铃作响的时候，我已经存在，但此后我为了再听见铃声，必须持续不断地听下去，不可有一刻的中断和休息，必须不停地存在，不停地思考，不停地意识到我自己，因为过去听见铃响的那一刻仍旧依恋着我，我还可以重新找到那一刻，返回到那一刻，只要更深地进入我的内心。正因为人的躯体包含着过去的时日才给爱恋它们的人们造成那么多的痛苦：它们包含那么多愉悦和追求的回忆，这些回忆对躯体而言已经消失了，但对按照时间序次凝视心爱的躯体的人来说却是十分严酷的，因为他嫉妒这个躯体，嫉妒到恨不得把它摧毁。躯体死亡之后，时间便从躯体隐退；回忆，非常冷漠、非常暗淡的回忆，从去世的女人身上消失，很快也将从它们还在折磨的男人身上消失，它们将从他身上完全消失，当他追求一个活的躯体时，再也不怀旧了。当我望着阿尔贝蒂娜熟睡，我便觉得她深不可测，如今她死了。

我感到一阵疲怠和惊骇，当我觉出这么漫长的时间不仅未间断地为我所活所想所泄，不仅是我的生活，不仅是我自己，而且我还得每时每刻牢牢地把它与我维系在一起，让它支撑我，而我，栖在时间令人眩晕的顶端，我若挪动，必须同时移动它，老不移动，就不能挪动了。花园门铃的响声是那么的遥远又那么长久地滞留在我体内，以致我听见门铃的日期成了我在无法占有的巨大空间中的一个方位标。我朝身下望去，不觉头晕目眩，且不说还只朝我自己内心深处眺望，好像我处在几法里①的高度，处在许多岁月的顶端。

我望着德·盖芒特公爵端坐在椅子上，欣赏他不显其老，尽管他身下的岁月堆积得比我多得多，但终于明白为什么他一旦起来想站稳就摇摇晃晃，双腿直打哆嗦，活像衰老的大主教的双腿，但大主教的头顶上方有结实的金属十字架，身旁有年轻壮实的修士竞相献殷勤，而德·盖芒特公爵走起路来好似一片树叶，颤悠悠的，他处在 83 岁那个难以攀登的顶端，好像人们栖在活的高跷上，高跷不断长高，有时长得比钟楼还高，越往上长就越使阶梯艰难和危险，最后人们突然从上面摔倒下

---

①1 法里约合 4 公里。

来。正因为如此，上了一定岁数的人的面孔即便在最不懂事的人眼里也绝对不可能与一个年轻人的面孔相混淆，只有透过凝重的乌云才显现其原来的面目，难道不是这样吗？我害怕我脚下的高跷已经长得太高，我似乎觉得没有力量把与我结合在一起的过去维系很长时间，它潜入太深了。所以，我的力量如果让我维持足够长的时间来完成我的著作，那么我首先不会忘记在著作中描写人，哪怕他们是恶形恶状的人物，描写他们占据非常大的地盘，然而把留给他们的地盘放到空间却是非常有限的，周围延伸出去的地盘大得难以估量，因为同时向四面八方伸展，好比生活在间隔久远的时代的伟人都在俯视脚下的悠悠岁月，无数的日子各就其位，它们所占据的地盘连接在一起就是时间。

译文名著精选书目

傲慢与偏见	〔英〕简·奥斯丁 著 王科一 译
简·爱	〔英〕夏洛蒂·勃朗特 著 祝庆英 译
基督山伯爵	〔法〕大仲马 著 韩沪麟 周克希 译
少年维特的烦恼	〔德〕歌德 著 侯浚吉 译
茶花女	〔法〕小仲马 著 王振孙 译
呼啸山庄	〔英〕艾米莉·勃朗特 著 方平 译
悲惨世界	〔法〕雨果 著 郑克鲁 译
堂吉诃德	〔西班牙〕塞万提斯 著 张广森 译
红与黑	〔法〕司汤达 著 郝运 译
雾都孤儿	〔英〕狄更斯 著 荣如德 译
欧叶妮·葛朗台／高老头	〔法〕巴尔扎克 著 王振孙 译
莎士比亚四大悲剧	〔英〕莎士比亚 著 孙大雨 译
泰戈尔抒情诗选	〔印〕泰戈尔 著 吴岩 译
乱世佳人	〔美〕玛格丽特·米切尔 著 陈良廷等 译
鲁滨孙历险记	〔英〕笛福 著 黄杲炘 译
安娜·卡列尼娜	〔俄〕列夫·托尔斯泰 著 高惠群等 译
十日谈	〔意〕薄伽丘 著 方平 王科一 译
福尔摩斯探案精选	〔英〕柯南·道尔 著 梅绍武 屠珍 译
老人与海	〔美〕海明威 著 吴劳等 译
漂亮朋友	〔法〕莫泊桑 著 王振孙 译
巴黎圣母院	〔法〕雨果 著 管震湖 译
双城记	〔英〕狄更斯 著 张玲 张扬 译
最后一片叶子	〔美〕欧·亨利 著 黄源深 译
瓦尔登湖	〔美〕梭罗 著 徐迟 译
一九八四	〔英〕奥威尔 著 董乐山 译
复活	〔俄〕列夫·托尔斯泰 著 安东 南风 译
三个火枪手	〔法〕大仲马 著 郝运 王振孙 译
苔丝	〔英〕哈代 著 郑大民 译
变色龙	〔俄〕契诃夫 著 汝龙 译
钢铁是怎样炼成的	〔俄〕奥斯特洛夫斯基 著 王志冲 译
浮士德	〔德〕歌德 著 钱春绮 译
太阳照常升起	〔美〕海明威 著 赵静男 译
莎士比亚喜剧五种	〔英〕莎士比亚 著 方平 译
理智与情感	〔英〕简·奥斯丁 著 武崇汉 译
罪与罚	〔俄〕陀思妥耶夫斯基 著 岳麟 译
羊脂球	〔法〕莫泊桑 著 郝运 王振孙 译
鼠疫	〔法〕加缪 著 刘方 译
青年艺术家画像	〔爱尔兰〕乔伊斯 著 朱世达 译

我是猫	〔日〕夏目漱石 著 刘振瀛 译
神曲	〔意〕但丁 著 朱维基 译
红字	〔美〕霍桑 著 苏福忠 译
到灯塔去	〔英〕伍尔夫 著 瞿世镜 译
格列佛游记	〔英〕斯威夫特 著 孙予 译
大卫·考坡菲	〔英〕狄更斯 著 张谷若 译
道连·葛雷的画像	〔英〕王尔德 著 荣如德 译
童年/在人间/我的大学	〔俄〕高尔基 著 高惠群等 译
城堡	〔奥地利〕卡夫卡 著 赵蓉恒 译
汤姆·索亚历险记	〔美〕马克·吐温 著 张建平 译
九三年	〔法〕雨果 著 叶尊 译
铁皮鼓	〔德〕格拉斯 著 胡其鼎 译
卡拉马佐夫兄弟	〔俄〕陀思妥耶夫斯基 著 荣如德 译
远大前程	〔英〕狄更斯 著 王科一 译
马丁·伊登	〔美〕杰克·伦敦 著 吴劳 译
名利场	〔英〕萨克雷 著 荣如德 译
嘉莉妹妹	〔美〕德莱塞 著 裘柱常 译
细雪	〔日〕谷崎润一郎 著 储元熹 译
哈克贝里·芬历险记	〔英〕马克·吐温 著 张万里 译
儿子与情人	〔英〕劳伦斯 著 张禹九 译
野性的呼唤	〔英〕杰克·伦敦 著 刘荣跃 译
牛虻	〔英〕伏尼契 著 蔡慧 译
包法利夫人	〔法〕福楼拜 著 周克希 译
达洛卫夫人	〔英〕伍尔夫 著 孙梁 苏美 译
永别了，武器	〔美〕海明威 著 林疑今 译
喧哗与骚动	〔美〕福克纳 著 李文俊 译
猎人笔记	〔俄〕屠格涅夫 著 冯春 译
圣经故事	〔美〕阿瑟·马克斯威尔 著 杨佑方等 译
希腊神话	〔俄〕库恩 编著 朱志顺 译
格林童话	〔德〕格林兄弟 著 施种等 译
月亮和六便士	〔英〕毛姆 著 傅惟慈 译
失乐园	〔英〕弥尔顿 著 刘捷 译
海底两万里	〔法〕儒勒·凡尔纳 著 杨松河 译
丧钟为谁而鸣	〔美〕海明威 著 程中瑞 译
安徒生童话	〔丹麦〕安徒生 著 任溶溶 译
了不起的盖茨比	〔美〕菲茨杰拉德 著 巫宁坤等 译
虹	〔英〕劳伦斯 著 黄雨石 译
摩格街谋杀案	〔美〕爱伦·坡 著 张冲 张琼 译
坎特伯雷故事集	〔英〕乔叟 著 黄杲炘 译
战争与和平	〔俄〕列夫·托尔斯泰 著 娄自良 译
环游地球八十天	〔法〕儒勒·凡尔纳 著 任倬群 译
人生的枷锁	〔英〕毛姆 著 张柏然 张增健 倪俊 译

剧院魅影	〔法〕加斯东·勒鲁 著 符锦勇 译
百万英镑——马克·吐温中短篇小说选	〔美〕马克·吐温 著 方平 等译
培根随笔全集	〔英〕弗兰西斯·培根 著 蒲隆 译
金银岛 化身博士	〔英〕斯蒂文森 著 荣如德 译
无名的裘德	〔英〕哈代 著 刘荣跃 译
一千零一夜	方平 等译
刀锋	〔英〕毛姆 著 周煦良 译
小妇人	〔美〕露易莎·梅·奥尔科特 著 洪怡 叶宇 译
玻璃球游戏	〔德〕黑塞 著 张佩芬 译
凯旋门	〔德〕雷马克 著 朱雯 译
变形记——卡夫卡中短篇小说集	〔奥地利〕卡夫卡 著 张荣昌 译
伊索寓言	〔希腊〕伊索 等著 吴健平 于国畔 译
前夜 父与子	〔俄〕屠格涅夫 著 丽尼 巴金 译
大师和玛格丽特	〔俄〕布尔加科夫 著 高惠群 译
死农奴	〔俄〕果戈理 著 娄自良 译
被伤害与侮辱的人们	〔俄〕陀思妥耶夫斯基 著 娄自良 译
黑桃皇后	〔俄〕普希金 著 冯春 译
伊利亚随笔精选	〔英〕查尔斯·兰姆 著 刘炳善 译
危险的关系	〔法〕拉克洛 著 叶尊 译
夜色温柔	〔美〕菲茨杰拉德 著 汤新楣 译
弗兰肯斯坦	〔英〕玛丽·雪莱 著 刘新民 译
卡门	〔法〕梅里美 著 王钢 等译
忏悔录	〔法〕卢梭 著 陈筱卿 译
伪币制造者	〔法〕纪德 著 盛澄华 译
斯巴达克思	〔意〕乔万尼奥里 著 李俍民 译
追忆逝水年华(精华本)	〔法〕普鲁斯特 著 沈志明 译
去吧，摩西	〔美〕威廉·福克纳 著 李文俊 译
蒙田随笔集	〔法〕蒙田 著 马振骋 译
美国悲剧	〔美〕德莱塞 著 潘庆舲 译
汤姆叔叔的小屋	〔美〕斯陀夫人 著 杨怡 译
三毛钱小说	〔德〕贝·布莱希特 著 高年生 黄明嘉 译
动物农场	〔英〕乔治·奥威尔 著 荣如德 译
黑郁金香	〔法〕大仲马 著 郝运 译
白痴	〔俄〕陀思妥耶夫斯基 著 荣如德 译
快乐王子	〔英〕王尔德 著 巴金 译
笑面人	〔法〕雨果 著 鲁膺 译
娜娜	〔法〕左拉 著 徐和瑾 译
贝姨	〔法〕巴尔扎克 著 许钧 译
蝇王	〔英〕威廉·戈尔丁 著 龚志成 译
看得见风景的房间	〔英〕E·M·福斯特 著 巫漪云 译